HEYNE <

GILES
KRISTIAN

CAMELOT

ROMAN

Aus dem Englischen übersetzt
von Julian Haefs

WILHELM HEYNE VERLAG
MÜNCHEN

Die Originalausgabe *Camelot* erschien 2020
bei Bantam Press, London.

Penguin Random House Verlagsgruppe FSC® N001967

Deutsche Erstausgabe 03/2023

Redaktion: Sven-Eric Wehmeyer
Umschlaggestaltung: Nele Schütz Design, München,
unter Verwendung eines Motivs von © Shutterstock/Dave Head
Karte auf Seite 10: © Liane Payne
Satz: Leingärtner, Nabburg
Druck und Bindung: GGP Media GmbH, Pößneck
Printed in Germany
ISBN: 978-3-453-47187-0

www.heyne.de

CAMELOT ist Freyja und Aksel gewidmet.
Ihr werdet durch Dickicht und Dornen eure eigenen Wege finden,
und ich werde euch lieben, bei jedem Schritt.

DRAMATIS PERSONAE

Galahad – Der Erzähler dieser Geschichte. Sohn des Lancelot.

Iselle – Eine junge Frau aus den Sümpfen von Avalon.

Der Mann im Moor

Merlin – Druide und ehemaliger Berater des Uther Pendragon.

Oswin – Merlins Sachsensklave.

Guinevere – Frau des Arthur. Geliebte des Lancelot.

Taliesin – Ein Junge.

Herrin Morgana – Herrscherin über Camelot. Arthurs Halbschwester.

Herrin Triamour – Tochter des Mordred, Schwester von Melehan und Abrosius.

Melehan – Sohn des Mordred, Bruder von Ambrosius und Herrin Triamour.

Ambrosius – Sohn des Mordred, Bruder von Melehan und Herrin Triamour.

König Cerdic – Ein Sachsenkönig.

Prinz Cynric – Sohn des Cerdic.

Bruder Yvain – Ein Mönch des Heiligen Dornbusches.

Bruder Brice – Ein Mönch des Heiligen Dornbusches.

Bruder Judoc – Ein Mönch des Heiligen Dornbusches.

Fürst Konstantin – Ein Kriegsherr aus Dumnonia. Neffe von König Uther und Sohn des Ambrosius.
Fürst Geldrin – Herr über Tintagel.

Gawain – Einer von Arthurs Kriegern.
Gediens – Einer von Arthurs Kriegern.
Hanguis – Einer von Arthurs Kriegern.
Endalan – Einer von Arthurs Kriegern.
Fürst Cai – Einer von Arthurs Kriegern.
Parcefal – Einer von Arthurs Kriegern.

König Pelles – König von Ynys Môn, genannt »Fischerkönig«.

König Bivitas – König von Cynwidion.
König Catigern – König von Powys.
König Cuel – König von Caer Gloui.
König Menadoc – König von Cornubia.

Denn das Feuer der Rache, durch vergangene Verbrechen mit vollem Recht geschürt, breitete sich von Ufer zu Ufer aus, genährt durch die Hand unsrer Feinde im Osten, und ließ nicht ab, zerstörte alle benachbarten Städte und Lande, bis es die andere Seite der Insel erreichte und seine wilde rote Zunge in den westlichen Ozean tauchte.

Gildas, Auszug aus »Der Untergang Britanniens«
(*De Excidio Britanniae*)

Die Sachsen sind wieder erstarkt. Sie sind raublustig und gnadenlos. Ihre Kriegsmeuten durchstreifen das Land, von Bernaccia im Nordosten dieser Inseln bis nach Rhegin im Süden, und auch nach Westen kommen sie, bis nach Caer Gwinntguic, weshalb ich nun fürchte, sie werden niemals wieder vertrieben werden, sondern unser Volk weiter unterjochen und tyrannisieren mit ihrem unstillbaren Hunger. Ich muss gestehen, mich nach den alten Zeiten zu sehnen. Als es noch Hoffnung gab. Und obschon er selbst im Schatten lebte, jenseits der Erleuchtung Gottes, komme ich nicht umhin zu wünschen, Arthur wäre noch bei uns. Ich träumte sogar von ihm, wie er an der Spitze seiner glorreichen berittenen Krieger aus Camelot hervorkam. Wie die Erde unter ihren Hufen erbebte! Aber Arthur ist fort. Und die übrigen Könige wollen sich nicht vereinen. Wollen nicht kämpfen. So sind wir einzig mit unseren Gebeten bewaffnet, ziehen Mut aus dem Heiligen Dornbusch und haben keine andere Wahl, als der nahenden Finsternis ins Auge zu blicken.

Auszug aus einem Brief von Prior Drustanus
aus dem Kloster des Heiligen Dornbusches in Britannien
an Seine Heiligkeit Papst Laurentius
im Apostolischen Palast in Rom

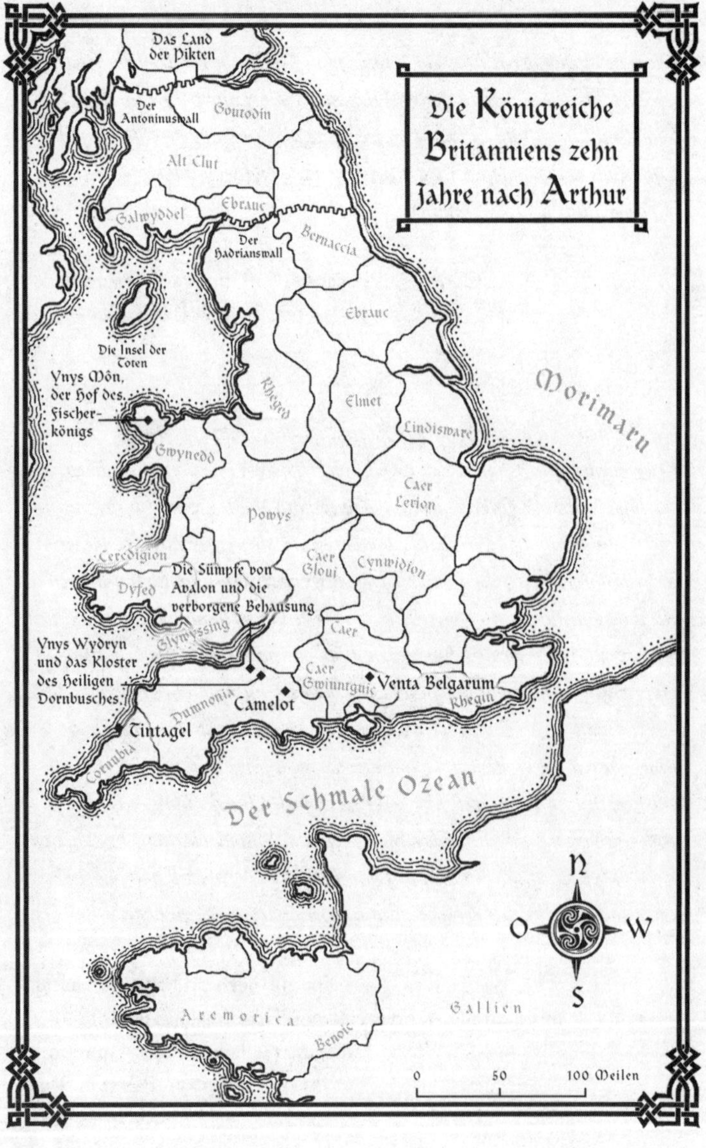
Die Königreiche Britanniens zehn Jahre nach Arthur
Das Land der Pikten
Der Antoninuswall
Goutodin
Alt Clut
Galwyddel
Ebrauc
Der Hadrianswall
Bernaccia
Ebrauc
Die Insel der Toten
Ynys Môn, der Hof des Fischerkönigs
Rheged
Elmet
Lindisware
Morimaru
Gwynedd
Caer Lerion
Powys
Ceredigion
Caer Gloui
Cynwidion
Die Sümpfe von Avalon und die verborgene Behausung
Dyfed
Glywyssing
Caer
Ynys Wydryn und das Kloster des heiligen Dornbusches
Caer Gwinntguic
Venta Belgarum
Rhegin
Dumnonia
Camelot
Tintagel
Cornubia
Der Schmale Ozean
N
O
W
S
Aremorica
Gallien
Benoic
0
50
100 Meilen

PROLOG

Er ist nicht mehr. Mein Liebster. Ich spüre es wie den Schnitt einer scharfen Klinge, wie etwas, das in mir zerreißt. Plötzlich und brutal, und ich stürze in die Finsternis, tiefer und tiefer wie ein Stein, hinabgeschleudert in den Ozean. Ich verblasse in den schwarzen Tiefen, kalt und ohne Luft. Erinnerungen und Gesichter fallen von mir ab wie die letzten Herbstblätter von der Eiche.

Immer weiter löse ich mich auf in meinem eigenen Abwärtssog. Ich komme. Dann Licht. Ein silbriger Schlitz in der Dunkelheit. Nein! Ich komme! Fliege jetzt. Werde hierhin und dorthin gepeitscht, meine Seele ein Funke im Mahlstrom des Sturms. Er ist fort, und ich strecke mich, ihm hinterher. Strebe suchend in die wirbelnde Schwärze. Greife vergebens nach dem aufblitzenden Licht. Warte! Wieder ein Blitz. Zu hell, ich muss zurückschrecken unter sengenden Schmerzen, ich keuche und schmecke Blut. Atme Eisen und Fäulnis. Und irgendwo in dem tosenden Donner höre ich mich kreischen. Ich spüre meine mächtigen Muskeln zucken, mein Herz schlagen, das Blut heiß und drängend in meinen Adern. Warte auf mich!

Aber er ist fort. Hinauf! Ich schreie, lautlos. Hoch mit dir! Und das Schlachtross, sein Schlachtross, tritt aus und ringt mit dem Schlamm. Rollt sich herum und schreit vor Hass und Trotz. Rollt sich abermals herum, streckt die Vorderbeine, schlägt die Hufe in den aufgewühlten Dreck und die Überreste Erschlagener. Sein Herz hämmert. Ein Donnerschlag, und seine Hinterbeine wuchten uns empor, und nun sind seine Stimme und meine Stimme eins, und wir kreischen. Es steht wieder, Blut fließt in die Muskeln zurück, mein Wille richtet das Schlachtross auf, als hätten die Götter selbst eine gewaltige Longe ausgeworfen und ihn wieder auf die Beine gerissen. Aber nicht mein Wille allein hat dies vollbracht. Auch sein eigener Stolz. Der Trotz, der ihnen beiden eigen war. Er aber ist fort, und ich kreise wieder und wieder, werfe mein mächtiges Haupt herum, breche Männer mit meinen Hufen. Sie weichen zurück. Diese Unholde, die ihn mir genommen haben. Jetzt galoppieren wir, die Hufe trommeln auf der Erde, zerteilen die streitende brüllende Menge und rennen wie über einen Damm, der das eiserne Meer zu beiden Seiten spaltet. Die Wellen schlagen höher. Nur weiter, tapferer Tormaigh. Lauf! Ich fühle das Leben aus dem Schlachtross rinnen wie Sand aus einer Faust, während ich mich festklammere und doch weiß, ich kann es nicht halten.

Aber ich muss. Wir sind eins, das Schlachtross und ich, und die ganze Welt ist Irrsinn. Nichts als Hass und Angst und Tod. Das Ende aller Dinge. Lauf, Tormaigh. Lauf, mein Guter. Wir durchbrechen das wimmelnde Fleisch und stolpern hervor, aber wir straucheln nicht, und nun im Kanter die Anhöhe hinauf, durch den gewundenen Kanal im hohen Gras, den Kanal, den sich das Schlachtross selbst gebahnt hatte, als sein Meister, sein Freund, ihn hinab in diesen abscheulichen Hader getrieben hat.

Hinauf. Der Lärm verblasst, flutet wie eine Welle auf Kies hinter uns zurück. Hinauf. Keuchend. Jeder Atemzug dem Tode abgetrotzt. Hinauf. Wir beflecken das Gras mit heißem Blut und schäumendem Schweiß, jagen den Pfad entlang, der uns zurück zu dem Jungen bringt.

1

Stimmen für die Verlorenen

Das Kind lebte gerade so lange, wie die Talgkerze neben dem Bettchen brauchte, um bis auf die eiserne Fassung niederzubrennen. Als sein blau geäderter Bauch zum letzten Mal an den winzigen Rippen saugte, entschwand sein Leben so unscheinbar, wie sich der Rauch aus dem Hanfdocht hinauf zwischen die Dachsparren kräuselte. Ein wenig früher, als es noch Hoffnung gegeben hatte, die Gebete könnten das Kind sicher durch die Lebensgefahr tragen, wie das Bastkörbchen den kleinen Moses durchs Schilf getragen hatte, hörte ich Bruder Judoc zu Bruder Brice raunen, es sei Verschwendung, eine Kerze zu benutzen, wenn es auch ein Binsenlicht täte.

»Du weißt so gut wie ich, dass dieses Kind bereits in den Himmel gerufen wurde, um zur Rechten des Herrn zu sitzen«, gab Bruder Brice zurück. »Soll diese arme Mutter wenigstens die Bettwache für ihr Kind halten, ohne Angst haben zu müssen, dass das Licht erlischt und sie nicht weiß, ob ihr Kleines noch in dieser Welt oder schon in der nächsten weilt, bis es wieder entzündet ist.«

Das Kind war zu früh gekommen, und so hatten wir keine Zeit gehabt, die Nonnen jenseits des Wassers zu verständigen oder wenigstens Bruder Yvain auszuschicken, einen Zweig des Heiligen Dornbuschs zu schneiden, um ihn der Frau in die

Hand zu geben, während sie sich mit den Wehen quälte. Die Brüder hatten getan, was sie konnten, aber es reichte nicht aus, also hatte Judoc mich losgeschickt, Bruder Phelan und einige andere zu holen, damit sie die Seele des Kindes in den Himmel singen konnten, nun, da sein Verscheiden gewiss war.

Bis sie sich alle im Krankenzimmer versammelt und beschlossen hatten, welcher Choral am besten für ein solch trauriges Ereignis passte, war es zu spät. Dieser viel zu schwache Junge hatte seine Mutter einmal mehr allein auf Erden gelassen und war ausgezogen, um droben mit den Engeln zu singen – sagte zumindest Bruder Brice, obwohl das Kind kaum gekräht oder überhaupt ein Geräusch von sich gegeben hatte, seit es so mühevoll auf die Welt gekommen war.

Auch seine Mutter ließ weder Schreien noch Klagen hören. Zumindest nicht am Anfang. Sie hockte auf dem Schemel neben dem Bettchen und erhob die müden Augen zu Bruder Brice. Der Abdruck der Bettkante prangte rot wie eine lange Narbe auf ihrer blassen Wange. Ich sah solche Trauer in diesem Gesicht, solch endlose Trostlosigkeit, dass ich mich schämte, dort zu sein, völlig hilflos. Bruder Brice nickte, der Augenblick sei gekommen.

Der alte Mönch rieb sich die aschfahle Wange, als hätte er plötzlich die neuen weißen Stoppeln bemerkt, die unter seinen Fingern kratzten, und in dem Moment sah ich, wie erschöpft er war. Müde nicht nur von seiner Wache in dieser Nacht, sondern auch von den Hunderten davor. Von einem ganzen Leben als Hirte, der die Seelen zur Grenze des Jenseits geleitete. Und davon, einfach auszuharren, Jahr für Jahr, wie auch unsere kleine Insel Ynys Wydryn ausharrte, während die Welt draußen verging, wie alles vergehen musste. Denn unser Hügel, der sich aus einer Düsternis von Sumpf und Gesetzlosigkeit erhob, war eine seltene Zuflucht in einem Land voller Aufruhr.

Wie die Gezeiten im Marschland kommen und gehen und unser matschiges Ufer Tag für Tag, Stück für Stück abtragen, so hatten die Jahre und die Leben und die Tode auch Bruder Brice zugesetzt, seinem Körper und seiner Seele. Und jetzt fürchtete ich, die Schwingen des Engels, die verborgen vor den Blicken der Sterblichen hier im Raum schlugen, könnten den müden alten Mönch in ihrem Sog mit in den Himmel ziehen.

Die Mutter – damals kannte ich ihren Namen noch nicht – schloss die Augen, vielleicht um ihrem Kind Lebewohl zu sagen, und als sie sie wieder öffnete, fielen zwei Tränen in ihr Gesicht. Sie erhob sich, woher auch immer sie die Kraft dafür genommen haben mochte, und starrte auf den stillen kleinen Körper hinab. Er war von solcher Reglosigkeit, wie sie selbst der tiefste Schlaf nicht hervorrufen kann. So viel Verheißung in diesen dürren Beinchen. So makellos die knorrigen kleinen Hände, die niemals die Mutterbrust ergreifen oder an ihrem dunklen Haar ziehen oder ihre Finger packen würden. Ich flüsterte ein kurzes Gebet, dass ich in Gottes Gnade wachsen und eines Tages ein wenig Einsicht in Seine Pläne erhalten möge.

Mit einer Zärtlichkeit jenseits von allem, was eine Mutter einem lebendigen Kind bieten konnte, hob die Frau den kleinen Körper auf und schmiegte ihn an sich. Ich glaube, sie wollte die letzten verhallenden Echos des Herzens ihres kleinen Jungen in ihrem Herzen aufnehmen.

Bruder Brice und Bruder Judoc tauschten einen Blick und schlugen mit den erfahrenen Händen das Zeichen des Heiligen Dornbusches. Die Gebete auf ihren spröden Lippen waren so sanft und leise wie der rußige Talgrauch, der noch immer zum Strohdach aufstieg.

Dann das Schreien. Das gepeinigte Heulen eines verletzten Tieres. Schon bevor Bruder Judoc den Docht zum letzten Mal geschnitten hatte, hatte ich dieses Zimmer verlassen wollen, aber ich wusste, ich musste bleiben.

»Dein Noviziat neigt sich dem Ende zu, Galahad, bald bist du ein Bruder unseres Ordens«, hatte Bruder Brice gesagt, sobald klar geworden war, dass es mit dem Kleinen nicht zum Besten stand. »Es reicht nicht aus, nur über das Mysterium der Seligkeit nachzudenken, nur die Heilige Schrift zu lesen und über ihren Inhalt zu meditieren. Du musst aus erster Hand das Wunder des Lebens erfahren … und das Rätsel des Todes.« Dabei hatte er mir eine Hand auf die Schulter gelegt, denn er wusste, dass ich bereits innige Bekanntschaft mit dem Tod gemacht hatte, dass die Augen, in die er da spähte, Zeugen unaussprechlicher Gewalt geworden waren. Jahre her, jetzt.

»Ich sollte draußen sein und Thymian und Petersilie für Bruder Meurig sammeln, außerdem muss ich nach den Aalreusen schauen«, hatte ich protestiert. Ich wollte überall sonst sein, nur nicht dort in diesem Raum mit dieser Trauer.

Sein Blick war streng geworden. »Du wirst bleiben, Galahad, und beten.« Dann hatte er einen Blick auf die Frau geworfen, die drüben am Bettchen saß, ihre Kleider von der Geburt verdreckt. Ein schwerer Eisengeruch lag in der Luft. »Wollen wir hoffen, dass sich das Kind erholt. Dass der Herr es an der Seite seiner Mutter belässt. Zumindest ein wenig.«

Aber der Herr in Seiner Weisheit hatte das Kind trotz unserer Gebete fortgenommen, und die Mönche, die weder wussten, wie sie die Mutter trösten sollten, noch den Mut hatten, es zu versuchen, gaben sich stattdessen ihren Trauergesängen hin.

»Mein Kind. Mein Kind ist verloren«, klagte die Frau. »Seht ihr?« Ihr stechender Blick fiel auf mich, und einen schrecklichen Moment lang glaubte ich, sie würde mir den kleinen Körper reichen. »Er ist zu klein«, sagte sie zu mir. »Wie soll er den Weg nach Annwn finden?«

Ich konnte ihr keine Antwort geben, sondern machte das Zeichen des Dornbuschs bei Erwähnung der Anderwelt, wo die Toten der Heiden hausten. Zu meiner Schande wandte ich danach den Blick ab, schlurfte näher an Bruder Phelan und die anderen heran und stimmte in den düsteren Choral ein, um Gott zu ehren.

Anfangs waren die Stimmen der Männer dünn wie Schilf, dann aber gewannen sie an Kraft, ihr Atem vermengte sich in der kalten Morgenluft zu nebligen Schleiern, während sie mit ihrem tröstenden Lied das kleine Zimmer erfüllten, das doch eigentlich vom Weinen eines Kindes und dem Gurren seiner Mutter hätte erfüllt sein sollen.

Ich war schon mitten im Lied, als Bruder Brice mich beiseitezog. »Hol Bruder Yvain her«, sagte er. »Er muss noch heute übers Wasser.«

Ich nickte und drehte mich um, dankbar, eine Aufgabe erhalten zu haben, aber Bruder Judoc packte mich am Ärmel und zerrte mich zurück. »Einen Moment, Galahad.« Er reckte einen Finger, sah Bruder Brice an und hob das Kinn. »Was hast du vor, Bruder?« Er war einen ganzen Kopf größer als Brice und genoss es. Nicht dass ich Bruder Brice je eingeschüchtert erlebt hätte.

»Im Dorf ist jemand krank geworden«, sagte Brice. »Eudaf

der Schuster. Sein Sohn ist vor zwei Tagen zu mir gekommen und hat mich gebeten, jemanden zu schicken, der seinem Vater die Litanei singt.« Er lupfte eine Augenbraue und erhob die leere Handfläche in Richtung der trauernden Mutter. »Ich bin noch nicht dazu gekommen.« Er runzelte die Stirn. »Jetzt fürchte ich, dass wir Kind, Mutter und Schuster alle drei im Stich gelassen haben.«

»So Gott will, hat sich der Mann wieder erholt.« Bruder Judoc führte die Handflächen zusammen und verschränkte die geraden Finger, die den Heiligen Dornbusch symbolisierten.

Bruder Brice neigte den Kopf, um einen anderen Ausgang anzudeuten. »Sollte er aber gestorben und noch nicht begraben sein, könnte dieser Eudaf dem armen Kind vielleicht noch helfen«, sagte er. »Und dieser jungen Frau ebenfalls.«

»Das wäre lästerlich«, platzte Bruder Judoc heraus und starrte Bruder Brice an.

»Es wäre gütig«, entgegnete Bruder Brice mit nachdenklichem Nicken. Ich sah, dass seine Tonsur der Klinge bedurfte, denn dort zwischen den Leberflecken war frischer weißer Flaum zu sehen, fein wie blühender Löwenzahn. »Ein einfaches Zeichen der Güte, nicht mehr«, sagte er mit einem Blick auf die Frau.

Mein Gesichtsausdruck machte offenbar deutlich, dass ich keine Ahnung hatte, wovon die beiden redeten, und es war Bruder Judoc, der es auf sich nahm, mich aufzuklären, und sich wohl erhoffte, dadurch einen Verbündeten gegen Bruder Brice zu gewinnen.

»Bruder Brice will, dass das tote Kind zusammen mit diesem Dorfbewohner in die Erde gelegt wird, damit die Seele des Mannes die des Kleinen in den Himmel begleiten kann.« Angewidert verzog er den Mund. »Das ist ein heidnisches Ritual. Ich habe es schon praktiziert gesehen.«

»Ihre Großmutter hat in Uthers Tagen König Deroch gedient«, sagte Bruder Brice. »Ihr Vater hat in Arthurs Schildwall gekämpft. Ich würde ihren Schmerz gerne lindern.« *Denn wir haben ihr Kind nicht gerettet* war das, was unausgesprochen blieb.

Judoc schüttelte den Kopf. »Es ist unchristlich.«

»Unchristlich, Menschen helfen zu wollen, die leiden?«, fragte Bruder Brice uns beide. »Und ist es nicht weise«, fuhr er fort und neigte den Kopf, um diesem Argument noch mehr Gewicht zu verleihen als dem vorangegangenen, »Frieden zu halten mit jenen, die unsere Feinde am Ende doch noch zurückschlagen könnten? Einst waren ihre Götter mächtig an diesem Ort.«

»Man kann die Sachsen nicht zurückschlagen«, sagte Bruder Judoc. »Sie werden nicht lockerlassen, bis sie jeden einzelnen Briten erschlagen oder in den Westen ins Meer getrieben haben. Britannien ist verloren, Bruder. Ein Narr, wer das nicht sehen kann. Und Ungläubigen zu helfen wird den Herrn nur noch mehr erzürnen. Es wird das Ende nur beschleunigen.«

Bruder Brice schenkte ihm ein trauriges Lächeln. »Wenn wir ohnehin verloren sind, Bruder, was kann dann diese kleine Geste der Barmherzigkeit schon anrichten?« Damit drehte er den Kopf und lenkte unsere Blicke wieder auf die trostlose Szenerie mit der jungen Mutter, die sich ihr totes Kind an die Brust drückte. Ihr Wimmern war schwer zu ertragen, vor allem da es nur gedämpft durch den kleinen Flaum heller Haare drang, in den sie ihre Lippen drückte. Es glitzerte vor Tränen, dieses Haar, als wollte sie dem Kind eine zweite Taufe zuteilwerden lassen, kaum eine Kerzenlänge, nachdem wir mitangesehen hatten, wie Bruder

Brice das Kind mit Wasser aus der Weißen Quelle wusch. Die Mutter schien nicht gewusst zu haben, was der Bruder da tat. Falls sie es wusste, war es ihr jedenfalls egal.

»Tu, was du nicht lassen kannst, Bruder, aber ich will die Tat nicht auf dem Gewissen haben«, sagte Bruder Judoc und machte abermals das Zeichen des Dornbusches.

»Natürlich nicht«, sagte Bruder Brice mit einer hochgezogenen Braue. Dann drehte er sich zu mir und hob das weiß gestoppelte Kinn, und ich zog los, Bruder Yvain zu finden.

»Dann hat uns das arme Ding schon verlassen.« Bruder Yvain nickte Bruder Dristan zu, er solle weiter die Drehbank bedienen, was der jüngere Mann auch tat; er zog und führte den Lederriemen, der um den Stock gespannt war und das Holz erst in die eine, dann in die andere Richtung drehte. Wieder und wieder.

Yvain schaute nicht einmal auf, während er mit dem Eisenbeitel Flocken und Spiralen aus cremefarbenem Holz auf die Schilfmatten schickte. »Junge oder Mädchen?«

Der Geruch in der Werkstatt änderte sich so oft wie das Wetter, je nachdem mit welchem Holz er arbeitete und ob es abgelagert oder frisch geschnitten und feucht war. Heute fing ich den süßlichen Duft von Kirsche auf, vermengt mit einem Hauch Katzenpisse der frischen Ulme.

»Ein Junge«, sagte ich.

Tief in seiner Kehle erklang ein grobes Geräusch; ob nun als Reaktion auf diese Eröffnung oder darauf, wie sich das grünliche Holz drehte, ich wusste es nicht. »War mir direkt klar, dass da was nicht stimmt, als ich kein Quäken gehört hab«, sagte er. »Nicht ein einziges Mal, seit das Mädchen niedergekommen ist.«

Bruder Dristan, der trotz des kühlen Tages schwitzte, bediente den Lederriemen mit der flüssigen Gleichmäßigkeit langer Übung, und Bruder Yvain drückte den kleinen Beitel ins Holz, furchte irgendeine Verzierung hinein. Erschaffen durch Fortnehmen. »Arme kleine Seele«, sagte der ältere Mann und blies von dem scharfen Eisen einen Holzsplitter weg, hell wie eine Locke des blonden Flaums. Er seufzte. »Der Herr sei ihm gnädig.«

»Amen«, hauchte Bruder Dristan.

Bruder Yvain schien die niedrige Werkstatt ganz auszufüllen, schien so sehr Teil der Einrichtung zu sein wie die Schüsseln, die zum Trocknen in den Regalen standen, und die alten vernarbten Werkbänke und die Haufen der aus Eschenholz gefertigten Hakenwerkzeuge und Schnitzmesser, die er selbst erschaffen hatte, jedes zu einem bestimmten Zweck. Die meiste Zeit des Tages fand man ihn hier, selbst in jenen Stunden, da sich der Rest von uns zum Gebet versammelte. Nicht dass die anderen Brüder Yvain bei Sext und Non vermisst hätten, auch nicht bei der Vesper, wo man ihn so gut wie nie sah. Denn von den Holzarbeiten abgesehen schulterte Yvain auch noch andere Verpflichtungen, führte Aufgaben aus, die kein anderer Bruder übernehmen wollte. Es bestand eine ungeschriebene Übereinkunft zwischen den Brüdern, dass er dafür mehr Zeit an seiner Drehbank als beim Gebet verbringen durfte, weshalb ich nun in der Werkstatt stand und die Versuchung niederrang, meinen Fuß zu heben und nach dem Splitter zu suchen, der mich quälte.

»Also?«, fragte Bruder Yvain.

Breitschultrig und schwarzbärtig war er. Seine Hände hatten dicke Finger, knorrig wie eine alte Eibe, und doch hatte ich so oft bewundert, welch anmutige Formen er Apfel und Esche, Buche und Schlehe entlockte. Spielfiguren, Ahlen und Löffel, kleine Kisten zur Aufbewahrung von Salben und Kräutern, Stuhlbeine, Hirtenstäbe und Gehstöcke für greise Mönche. All dies mit seiner Werkbank und diesen groben Händen.

»Alles, was ich erschaffe, arbeite ich so, als würde es der Hochkönig der Briten eines Tages in der Hand halten«, hatte Yvain einmal zu mir gesagt, als ich als Kind dabei zugesehen hatte, wie ein rotierendes Holzstück vom hellen Eisen in die richtige Form geküsst wurde. Nicht dass es in den vergangenen dreißig Jahren einen Hochkönig der Briten gegeben hatte.

»Bruder Brice hat mich nach Euch geschickt«, sagte ich jetzt. Ein plötzliches Stechen in meinem rechten Fuß, im weichen Fleisch mitten hinter den Zehen.

Wieder dieses Knurren tief in seiner Kehle. »Richte ihm ein Nein aus.«

Ich schaute von Yvain zu Dristan, der kaum merklich mit den Schultern zuckte und meinen Blick erwiderte, während er weiter den Riemen bediente.

»Bruder?« Ich fragte mich, wie Yvain ablehnen konnte, bevor er überhaupt vernommen hatte, was Brice von ihm wollte.

»Er will mich irgendwo hinschicken«, sagte Yvain. »Ins Dorf oder zu den Nonnen. Wohin auch immer.« Er hob das Kinn, und Dristan ließ von dem Riemen ab, sodass es plötzlich still wurde in der Werkstatt. Yvain blies auf den Rohling und betrachtete ihn eingehend, während Dristan den Atem anhielt. »Was immer es ist, sag ihm: Nein. Ich gehe nicht da raus.« Wieder hob er den Bart, der voller Holzspäne hing, und Bruder Dristan löste mit flinken Fingern den Riemen, damit Yvain das Werkstück von der Drehbank nehmen konnte. »Ich werde diese Insel nicht noch einmal verlassen, Galahad. Nicht in diesem Körper.« Er drehte das Stück in seinen großen Händen und wirkte wenig zufrieden. »Ich habe zu tun. Sag ihm das.«

»Es geht um das Kind«, sagte ich. »Und … um seine Mutter. Bruder Brice möchte das Kleine einem erwachsenen Mann mit ins Grab geben.« Bruder Dristan rümpfte die Nase. »Auf dem Crannog lag ein Mann im Sterben …«

»… und Bruder Brice will, dass ich rüberfahre und den Leichnam nach Ynys Wydryn schaffe«, unterbrach mich Bruder Yvain und drehte das Werkstück weiter in den Händen. »Dass ich ausziehe und meinen Hals riskiere, um für ein totes Kind einen toten Mann zu holen.«

Bruder Dristans Augen weiteten sich bei diesem Satz, aber er wusste es besser, als Bruder Brice' Wünsche in Yvains Gegenwart infrage zu stellen, selbst wenn diese Wünsche unserem Glauben zuwiderliefen.

»Ich werde nicht gehen«, sagte Yvain. »Diesmal nicht.«

Ich nickte und konnte nicht anders, als mich zu fragen, welch schreckliche Dinge Bruder Yvain dort im Marschland und in noch weiterer Ferne gesehen haben musste. Dinge, über die auch die anderen Brüder manchmal flüsterten, abends im Dormitorium. Geschichten, die in der tiefen Stille der Nacht noch schärfere Zähne und Klauen bildeten, um uns in der Dunkelheit heimzusuchen.

»Nun, Galahad«, sagte er und hielt die Frucht seiner Arbeit hoch, drehte sie hierhin und dorthin im fahlen Streifen des Tageslichts, das von spuckenden Regenschleiern begleitet fast ein wenig zaghaft durchs Rauchloch in die Werkstatt fiel.

»Er ist sehr schön, Bruder«, sagte ich.

Yvain runzelte die Stirn. »Das könnte er werden. Wenn ich die Maserung herausarbeite und er keine Risse bildet.«

Es war ein Kelch aus gestockter Buche. Ein einfaches Ding. Ich wusste jedoch, dass Bruder Yvain das Bienenwachs ins Holz massieren würde, bis die seltsamen, dunklen Muster eine eigene Geschichte erzählten, so reichhaltig wie das Lied eines Barden.

»Dann ab mit dir, Junge. Und denk dran, was ich gesagt habe: Ich werde nicht gehen.«

»Jawohl, Bruder.«

»Und mach, dass du den Splitter aus dem Fuß kriegst.« Er zückte ein Messer und schnitzte eine Unebenheit vom Sockel des Kelches. »Selbst ein so kleines Ding wird dich umbringen, wenn es nur kann.«

Ihm entging nicht viel, diesem Yvain. Ich nickte und zog mir die Kapuze über, fragte mich, wie sich die raue Wolle wohl auf meiner Kopfhaut anfühlen würde, wenn beim nächsten Neumond mein Noviziat endete und ich die Tonsur bekommen würde, um ein Bruder zu werden.

Dann trat ich in den feuchten Tag hinaus, stand einen Moment lang einfach da und schaute in den Himmel. Über mir zankten sich lauthals ein paar Saatkrähen, die wie schwarze Asche durch die große Leere taumelten. Die Abenddämmerung sammelte sich, der Tag zog sich zurück, und ich spürte, wie das Licht aus dem Himmel gewaschen wurde. Die Stimmen der Brüder, die mit der Brise anschwollen und verebbten, wirkten, als wären sie ebenso als Gebet gegen die einbrechende Nacht gedacht wie als Liturgie für das arme Kind, das nicht einen Tag gelebt hatte.

Bruder Brice starrte die ganze Komplet hindurch finster geradeaus, auch wenn sein Zorn vergebens war, da Bruder Yvain nicht anwesend war, ihn zu bemerken. Von den übrigen Brüdern hatte einzig Padern Brice' Anliegen unterstützt, einen kürzlich verstorbenen Erwachsenen zu finden, der das Grab des Kindes teilte. Nicht dass sich der alte Kellerer freiwillig ins Moor wagen wollte, um zu den Leuten auf dem Crannog zu reisen, als ich Yvains Weigerung überbrachte.

»Ich werde selbst gehen«, hatte Bruder Brice verkündet und die fleckigen Hände zusammengepresst. Sollte er dies je ernst gemeint haben, so löste sich seine Entschlossenheit auf wie der Nebel seiner Worte in der kalten Luft. Bruder Padern betrachtete mich mit hochgezogener Braue. Wir glaubten also beide nicht daran, dass Bruder Brice ernsthaft mit dem Gedanken spielte, das Kloster zu verlassen. Abgesehen von Padern und Prior Drustanus, der das Krankenbett hütete, seit wir die ersten Fischadler in den Sümpfen erblickt hatten, die dort Kraft sammelten, ehe sie über Winter gen Süden entschwanden, war Brice der älteste Bruder. Und obgleich sein Verstand noch messerscharf war, eignete sich sein Körper eher zum Gebet als dazu, mitten im Winter durch die Sümpfe zu paddeln. Außerdem lauerte dort draußen zwischen den Schilfinseln das Böse. Finsternis schlich in den Bruchwäldern herum und schlang sich um die Wurzeln der Weiden. Niedertracht regte sich im Morast.

Wir alle hatten die Geschichten gehört, die sich die Menschen aus den Inseldörfern über die Thrys erzählten, eine Rasse menschenähnlicher Kreaturen, die in den dunkelsten Ecken hausen, manchmal unter dem Wasser, und nur darauf warten, unachtsame Reisende zu meucheln. Alle paar Jahre gab es neue

Geschichten über Leute, die sich in den Sumpf aufmachten und nie zurückkehrten.

Und es gab die dichten Nebelfelder, die aus dem dunklen Wasser stiegen, als loderten in der Unterwelt Scheiterhaufen so zahlreich wie die Sterne am Nachthimmel, deren Ruch durch den Schleier zwischen den Welten in die unsere drangen. Auch gab es das gefürchtete Sumpffieber, das man sich in diesem unheiligen Nebel einfangen konnte, dass man sich die Seele aus dem Leib kotzte und eine gelbe Haut bekam und die Knochen einem im Fleisch klapperten, bis man daran starb.

Bruder Yvain war also der Einzige von uns, der dem Moor hin und wieder die Stirn bot, um Nachrichten von Prior Drustanus zu Priorin Klarine im Frauenkloster zu tragen oder den Schmied Ermid aus dem Seedorf zu holen, wenn bei uns etwas geschmiedet werden musste, das die Fähigkeiten unseres Drechslers überstieg.

»Ich habe schon Schlimmerem gegenübergestanden als irgendwelchen stinkenden Sumpfbewohnern«, hatte er einmal zu mir gesagt, als ich ihn fragte, warum er keine Angst davor hatte, mit unserem kleinen runden Paddelboot aus Flechtwerk hinaus aufs dunkle Wasser zu fahren, ohne zu wissen, was dort jenseits unserer sicheren Insel lauern mochte. Bruder Yvain war einmal ein Krieger gewesen, hatte sogar als Speerträger für Fürst Arthur gestritten, auch wenn er dieser Tage kaum von damals erzählte. Wenn nun selbst Yvain nicht mehr willens war, unsere kleine Zuflucht zu verlassen, dann würde es niemand tun. Bruder Brice würde sich damit abfinden müssen, das Kind allein in ein kleines Grab zu betten und zu hoffen, die Engel des Herrn mochten einen Weg durch die Nebel von Avalon finden, um die Seele des Kleinen gen Himmel zu tragen.

Und so schaute der alte Mönch während des gesamten Nachtgebets finster drein, während Bruder Yvain in seiner Werkstatt saß und Holz drehte und die arme erschöpfte Frau noch immer schluchzte, weil sie fürchtete, ihr Kind würde für immer durch die Schattenlande zwischen unserer Welt und der nächsten irren.

Ich selbst fragte mich, ob der Herrgott überhaupt wusste, dass wir hier waren, wir zehn Seelen, die sich an diese Insel im Marschland klammerten, wo schon die alten Götter der Briten gewohnt hatten, ehe die Götter der Sachsen die Dunklen Inseln erreichten. Da ich die Gebete auswendig kannte, war mein Geist frei umherzustreifen, und obwohl ich mich ein wenig schämte, mir diese Frage in solch einer Situation zu stellen, entschied ich, es sei besser, sie jetzt zu stellen, in meinem Noviziat, als später erst. So würde mein Geist hoffentlich zur Ruhe gekommen sein, damit ich mich ganz Gott widmen konnte, nachdem ich mein Gelübde ablegte und Bruder Brice persönlich mir die Tonsur schnitt.

Aber selbst diese heikle Erwägung verblasste in der feuchten Kälte der Nacht, sodass ich beim Totenoffizium zitternd und gähnend in der vom Flackern der Binsenlichter durchzuckten Dunkelheit an der Rückwand der Kapelle kauerte und nur noch an mein Bett und an süßen Schlaf dachte, obwohl ich mich doch auf die Andacht hätte konzentrieren sollen.

Denn die kleine Kirche war arg zugig im Winter, wenn die Apfelbäume jenseits der kleinen Weide nur noch schwarze Skelette waren und bittere Böen aus dem Westen übers Moor bliesen und in Wellen den Hügel hinaufrollten. Das Schilfdach war undicht, und während wir auf trockenere Tage warteten, um es auszubessern, konnten wir uns nur zusammendrängen, von nichts als unserem Atem beim Singen gewärmt – und von der illusorischen Hitze der gebrechlichen Flammen der Talglämpchen. Und obwohl Bruder Yvain für die Laudes zu uns stieß, sein Habit mit Spänen bedeckt, hatten wir nicht genug Stimmen aufzubieten, um die Schluchzer der untröstlichen Frau zu übertönen, die durch das Flechtwerk der Mauer drangen und das rhythmische Heben und Senken unserer Lieder immer wieder zerrissen.

Irgendwo zischte jemand, aber im Halbdunkel war die Quelle nicht auszumachen. Dann lenkte Bruder Dristans Ellbogen in meiner Seite meine Aufmerksamkeit auf Bruder Judoc, der mich anstarrte von seinem Platz zu unserer Rechten, unter dem trockensten Abschnitt des alten Schilfdachs. Er rief mich mit seinem Blick zu sich, also schlängelte ich mich zwischen den Brüdern hindurch, noch immer singend, bis ich vor Judoc stand und mich vorbeugte, um mein Ohr an seinen Mund zu führen.

»Das Mädchen, Galahad; so geht das nicht. Sie stört die Brüder bei ihren Gebeten.« Ich wusste, Bruder Brice hatte ihr gestattet, die Nacht im Krankenzimmer mit dem kleinen Leichnam zu verbringen, auf dass unsere Gebete durch die Wand sickern mochten, um ihr Trost zu spenden. Nach dem Klang ihres Schluchzens zu urteilen, brachte ihr unsere Andacht allerdings keineswegs Trost. »Bring ihr Wein«, zischte Bruder Judoc, »mit nur wenig Wasser.«

»Ja, Bruder.« Ich wandte mich zum Gehen.

Er ergriff meinen Arm. »Nur ganz wenig Wasser, Galahad«, wiederholte er. »Sie wird im Schlaf ein bisschen Frieden finden.« Er verzog das Gesicht. »Und uns bleibt dieses Gejammer erspart.«

Ich nickte, ging los, einen Krug Apfelwein zu holen, und fragte mich, ob ich weiter der Laufbursche der Brüder sein würde, sobald ich einer von ihnen war. Als ich mit dem Boden des Bechers an die Tür klopfte, stellte ich fest, dass meine Handflächen schweißnass waren und sich mein Magen wand wie ein Topf voller Aale. Ich dachte daran, was Bruder Folant kurz zuvor gesagt hatte – dass das tote Kind für ganz Britannien stehe. Aber Folant war stets die Stimme des Untergangs und erfüllte unsere Ohren mit dunklen Prophezeiungen über die Zukunft.

Keine Antwort von drinnen. Das Schluchzen allerdings wurde ein wenig leiser, und ich hörte ein rhythmisches Keuchen, als versuchte sie, wieder zu Atem zu kommen. Ich hob den Krug unter meine Nase und inhalierte das Aroma der fermentierten Äpfel mit dem Honig, ein Geruch wie Sommertage, die plötzlich wie von Zauberhand hell und schön in meinem Geist erstanden. Ich schob die Tür auf und trat ein.

Ein Öllämpchen brannte mit unruhig rußigem Stottern, das die Atemzüge der Frau nachzuahmen schien. Im flackernden Licht sah ich, dass das Bündel wieder in dem schlichten Bettchen aus bleicher Birke lag, gefertigt von Bruder Yvain an dem Tag, als der Ehemann der Frau sie zu uns auf den Hügel gebracht hatte. Wo ihr Mann jetzt steckte, wusste niemand. Gegen den Rat der Brüder war er weitergezogen, um einen Heiler aufzusuchen, der auf einer kleinen Landzunge im Meare-See lebte. Aber er war nicht zurückgekehrt, und wer wusste, ob er das noch tun würde.

»Es tut mir leid«, sagte ich zu der Frau, die wieder auf dem Schemel neben dem Bettchen saß wie zuvor, als ihr Kind noch mit dem Leben gerungen hatte. Sie sah mich mit einer Traurigkeit an, wie ich sie lange nicht erlebt hatte. Ihre Augen waren rot und geschwollen. In ihrem Gesicht glitzerten Rotz und Tränen, und hatte ich den dämmrigen Raum ohnehin nur zögernd betreten, so kam ich mir jetzt zur Gänze verachtungswürdig vor, wie ich da stand mit einem Krug voll Apfelwein, als könnte der für Besserung sorgen. Und trotzdem versuchte sie zu lächeln.

»Danke dir, Galahad.«

Ich war so verdattert, dass man es mir offenbar ansah.

Sie runzelte die Stirn. »Das ist doch dein Name?«

»Ja«, sagte ich und goss Wein in den Becher. Ich hatte nicht mehr als einen halben Becher Wasser in den Krug gemengt.

»Man erzählt sich von dir«, sagte sie.

Ich trat näher und reichte ihr den Becher. Sie nahm ihn entgegen und trank, leerte ihn, ehe ich den Krug auf dem Nachttisch abstellen konnte. Ich befüllte ihren Becher erneut und stellte den Krug weg. Mein Name war bekannt in Avalon. Das wusste ich. Und hasste es.

»Wie heißt du?«, fragte ich.

»Enid«, sagte sie.

Ich nickte in Richtung des Bechers in ihrer Hand. »Er ist stark, Enid«, warnte ich sie. »Ich kann noch mehr Wasser holen. Wenn du möchtest.«

Sie schüttelte den Kopf und nahm noch einen Schluck. Wieder fiel ihr Blick auf das Bettchen. »Mein Kind ist verloren.«

»Nein. Er wird seinen Weg in den Himmel finden«, sagte ich so entschlossen wie möglich. »Wir alle haben für ihn gebetet. Der eine wahre Gott wird seine Seele willkommen heißen.«

Sie verzog das Gesicht und sah mich finster an. »Hier gibt es keine Götter, Galahad«, krächzte sie. »Weder deinen noch meine. Mein armer kleiner Junge ist verloren. Wir sind alle verloren.«

Ich wusste nicht mehr weiter. Was sollte ich sagen? Die Andacht der Brüder drang durch die Wand, und ich wünschte, ich wäre drüben bei ihnen statt hier bei dieser Frau, deren Schmerz sich wie ein lebendiges Wesen anfühlte, wie eine Kreatur mit gierigen Händen und Krallen, die sich auf der Suche nach meinem Herzen in mein Fleisch zu graben schienen.

Ich nahm den Krug und füllte Enids Becher abermals, diesmal aber wollte sie ihn nicht annehmen. Sie packte den Rand des Bettchens, ihre Knöchel weiß im flackernden Schein. Frische Tränen verwandelten ihre Augen in tiefe Tümpel des Elends.

»Er ist verloren. Mein Kind ist verloren und ganz allein.«

»Es tut mir leid«, sagte ich. »Es tut mir so leid.« Und mit diesen Worten drehte ich mich zu meiner Schande um und floh aus dem Zimmer.

Ich gesellte mich wieder zu den Brüdern und erhob mit ihnen gemeinsam meine Stimme gen Himmel, sang sogar noch ein wenig lauter als zuvor, hatte noch größere Angst, Enids Schluchzen durch die Wand zu hören, jetzt, da ich ihren Namen kannte und sie den meinen.

Als ich aber später in meinem Bett lag und die einzigen Geräusche die der Mäuse waren, die in den Schilfmatten am Boden umherhuschten, begleitet vom Schnarchen der Männer und hin und wieder von jenseits unserer dünnen Wände dem Schrei einer Eule oder dem Gebell eines Hundes, das übers dunkle Wasser hallte, da dachte ich weiter an diese Frau und ihr totes Kind. Immer und immer wieder hörte ich ihre Worte in meinem Kopf, monoton wie die Andacht und verlassen wie die Sümpfe rings um unsere Insel. *Hier gibt es keine Götter … Weder deinen noch meine.*

Kalte Worte. Entsetzliche Worte, die an mir zogen und zerrten und mich keinen Schlaf finden ließen. Schließlich erhob ich mich so leise wie möglich, um kein Geräusch zu machen, das die anderen aus ihrem Schlummer reißen würde, und kroch durch die Dunkelheit auf den Schlitz aus totenbleichem Licht zu, der sich unter der Tür abzeichnete.

Der Atem der See schlug mir ins Gesicht, dünn wie nagender Hass. Er prickelte auf meinen Wangen, machte kalte Brunnen aus meinen Augen und scheuerte mir die Hände wund, mit denen ich den Schaft des Paddels hielt und das Korbboot durchs Schilf steuerte. *Kehr um*, schienen mir die dürren Schilfrohre zuzuflüstern, wann immer eine neue Brise vom Hafren sie zerzauste und den Nebel wie den Atem eines unsichtbaren Tiers bewegte, das sich gerade davonschlich, wo die Nacht allmählich dem Morgengrauen wich. *Du solltest nicht hier draußen sein,* zischten sie. *Das Marschland ist kein Ort für Wesen wie dich.* Und das war es wirklich nicht, wie ich wusste, während ich das Paddel durchs kalte Wasser stemmte – ganz langsam, damit meine Anwesenheit verborgen blieb vor den Menschen. Den Kreaturen. Den Geistern.

Ringsum stachen die ersten Brachvögel an den schlammigen Ufern ihre langen, gebogenen Schnäbel ins Wasser. Ihre einsamen, schwermütigen Rufe webten einen traurigen Gesang. *Cour-lee. Cour-lee. Cour-lee.* Hinter mir ragte lang und bucklig die Insel im Nebel auf. Der Rücken eines Drachen, alt wie die Erde. Eine dunkle Masse an einem Morgen, der wie das Kind, das bald ins Grab gelegt werden sollte, zu schwach wirkte, um lange zu überleben. Denn der frühe Tag war noch weich und ohne Form. Es war einer jener Tage, an denen der Schleier zwischen den Welten hauchdünn ist und die Menschen in ihren Hütten nahe beim Herdfeuer bleiben, ihre Zeit mit Arbeiten verbringen, die angefasst und festgehalten und gefühlt werden können.

Warum also war ich hier draußen zwischen den Schilfinseln? Geflochtene Weidenzweige und Ochsenleder waren alles, was mich vom Wasser trennte und von dem, was unter der finsteren Oberfläche lauern mochte. Was hatte ich mir dabei gedacht, mich an den Brüdern vorbei noch vor Tagesanbruch in die Dunkelheit zu schleichen, hinab zum Steg, wo das kleine Korbboot sanft zwischen den Binsen schaukelte? Vielleicht war es noch nicht zu spät umzukehren. Das Boot wieder an seinem Pfahl zu vertäuen und hinauf ins Dormitorium zu eilen, ehe jemand bemerkte, was ich getan hatte. Denn hatte ich den Hügel im Nebel erst einmal aus den Augen verloren, fände ich vielleicht nie mehr zurück.

Du bist nicht er. Kehr um. Sofort.

Ich zitterte am ganzen Leib. Abendessen und Bier vom Vortag schienen in meinem Magen geronnen zu sein, mein Gedärm voll mit saurem Wasser, sodass es sich anfühlte, als wäre der Sumpf nicht bloß um mich herum, sondern auch in mir. Schwer lastete die drückende Bedrohung auf mir, und wieder fragte ich mich, was wohl aus all den Leuten geworden sein mochte, die im Sumpf verschollen waren. Wurden sie von den Thrys geholt, diesen Wesen, die im Riedgras hausten und nach Menschenfleisch trachteten? Überkam sie eine Art Wahn, eingeatmet mit dem schwärenden Nebel? Suchte sie ein finsteres Verlangen heim, das diese verlorenen Seelen dazu trieb, sich dem Sumpf zu übergeben wie jene, die an die alten Götter glauben, dem Wasser Opfergaben aus Eisen oder Silber darbieten? Oder vielleicht waren all die watenden Brachvögel um mich herum einmal Männer gewesen, durch einen Zauber in Tiere verwandelt und ewig ans Marschland gebunden?

Warum solltest du sein wollen wie er? Kehr um.

Eine Bewegung fing meinen Blick ein, ich erschrak und fiel beinahe von der schmalen Sitzbank. Das Boot neigte sich gefährlich zur Seite. Ich hielt das Paddel über den Kopf und setzte es als Gegengewicht ein, bis das Schaukeln nachließ. Bloß eine Rohrweihe auf der Jagd, die lautlos übers Ried zog, mit silbrig aufblitzender Kehle vorbeistreifte, ihr braunes Gefieder kaum von den Fruchtständen zu unterscheiden. Dann fiel sie zwischen die Gräser und war verschwunden. Ich fragte mich, was für Beute sie mit den langen Krallen ergriffen hatte. Welchen kleinen Körper sie mit den tödlichen Klauen aufgespießt hatte.

»Herr, schenke mir Mut«, flüsterte ich, denn ich traute mich nicht, an einem solchen Ort laut zu sprechen, nicht einmal zu Gott.

Hier gibt es keine Götter … Weder deinen noch meine. Enids Worte bildeten kreisförmige Wellen im dunklen Moor meiner Angst. Zu meiner Linken platschte etwas ins Wasser, und ich konnte gerade noch den grazilen braunen Körper eines Otters entdecken, ehe er verschwand und nur ein paar Blasen zurückließ. Ich holte tief Luft und atmete den schweren süßlichen Duft von Tod und Verwesung ein. Ich leckte mir über die trockenen Lippen, schmeckte das Salz des Hafren und die bittere Arznei meiner eigenen Verzweiflung, ließ das Paddel wieder ins Wasser gleiten und setzte meinen Weg fort. Das Paddelblatt beschrieb eine Schlange, die sich umeinander wickelte und ewig versuchte, sich selbst in den Schwanz zu beißen. Weiter und weiter. Tiefer und immer tiefer in diese unwirkliche Welt, in diesen Gürtel zwischen Land und Wasser. Das blasse Morgengrauen auf meiner rechten Wange. In Richtung Seedorf. Hier und da waren Reste des uralten Damms zu sehen, den die ersten Menschen erbaut hatten, um einfacher zwischen den Inselsiedlungen verkehren zu können, aber diesen Wegen würde heutzutage kein Mann mehr vertrauen. Kein Lebender zumindest.

Ich sah etwas und stieß einen kleinen Schrei aus, hielt das Paddel vor mich, als wäre es eine Waffe oder ein Stab, erfüllt von der Macht des Herrn, um das Böse zurückzuschlagen. Irgendetwas war da auf dem Damm. Oder darüber. Ein dräuender Sumpfbewohner im Nebel, der mich mit hungrigen Augen anstarrte. Oder ein Geist? Der Geist von jemandem, der nie ins Jenseits gefunden hatte. Vielleicht sogar einer der Unbekannten, die vor so langer Zeit an diesem Damm gearbeitet hatten, tausend Jahre oder mehr, ehe die Römer gekommen waren.

Ich machte das Zeichen des Dornbuschs, saß aber ansonsten einfach nur da. Das Korbboot wiegte mich sanft, aber die Angst hatte mich mit solcher Wucht gepackt, dass ich mich nicht rühren konnte. Was immer es war, es drehte sich langsam, und ich trieb immer weiter darauf zu, als gebiete es über das dunkle Wasser und riefe mich zu sich. Kränklich und schwach kam eine leichte Brise auf, als hätte sie den Sumpf schon seit hundert Jahren durchstreift. Sie zerrte am Nebel und zerriss ihn, um ein Gesicht freizulegen. Keine gottlose Kreatur lauerte da, auch kein Geist, sondern ein Gesicht aus Fleisch. Aus altem, verrottetem Fleisch. Eingefallene Wangen und gähnend schwarze Höhlen, wo einst die Augen gesessen hatten, die Gottes Schöpfung betrachteten, ehe der Tod sie verschleiert und Krähen und Möwen sich an ihnen gelabt hatten mit gieriger Gleichgültigkeit für alles, was sie gesehen haben mochten.

Der Leichnam hing an einem notdürftigen Galgen; einem uralten Pfahl, dem Damm entrissen und ins Röhricht gerammt. Ich flüsterte ein Gebet für die Seele des Toten, so wenig es ihm jetzt noch nutzen würde, und stieß mein Paddel ins Wasser. Wer ihn da so aufgeknüpft hatte, hatte sicher nicht nur dem armen Mann das Leben genommen, sondern auch die eigene Seele durch diesen schändlichen Akt verdammt.

Kaum ein Dutzend Schläge hatte ich gemacht, da tauchte das zweite Opfer aus dem fliehenden Nebel auf. Eine Frau mit langen roten Haaren, ihre Nacktheit ein schockierender und beschämender Anblick. Ich versuchte, den Blick von der Unglücklichen abzuwenden, aber meine Augen fanden immer wieder einen Weg zurück, bis ich vorbeigeglitten war und mich hätte umdrehen müssen, was ich standhaft vermied. Und diese beiden blieben nicht die Einzigen. Sieben weitere Leichen sah ich, und alle drehten sich langsam an knarrenden Seilen, und einer war gar ein Junge von nicht mehr als neun Jahren, und ich fragte den Herrn im Himmel, wer so grausam sein konnte, einem Kind einen Strick um den Hals zu legen und zuzusehen, wie sein Leben wie eine Kerzenflamme erlosch.

»Die Welt jenseits der Insel ist ein schrecklicher, grausamer Ort, Galahad«, hatte Bruder Brice vorigen Sommer gesagt, als Bruder Yvain von einer seiner Fahrten zurückgekehrt war und berichtete, was er gesehen und gehört hatte. »Sei dankbar, dass du unsere Zuflucht niemals verlassen musst.«

»Sollten wir nicht anderen helfen, ebenfalls allem Bösen zu widerstehen?«, hatte ich in meiner Naivität gefragt. Und der alte

Mönch hatte traurig gelächelt und mir den Kopf getätschelt. Vielleicht erinnerte er sich an längst vergangene Tage, ehe er sein Noviziat beendet und sich das Haupthaar geschoren hatte.

»Alles, was wir jetzt noch tun können, ist, über den Heiligen Dornbusch zu wachen und sicherzustellen, dass unser Orden überdauert«, sagte er. »Ich fürchte, Britannien ist verloren, Galahad, das Volk ist wie Spreu vor dem Winde zerrissen. Aber wir wenigen bleiben hier, solange wir noch einen Atemzug tun. Und wir werden den Dornbusch behüten.«

Ein Auge des toten Jungen war von Schnabel und Klaue verschont geblieben. Anklagend starrte es mich durch den düsteren Dunst an. Der Neid. Die Wut über ein viel zu kurzes Leben. Ich zitterte und versuchte, das brennende Verlangen zu ignorieren, meine Blase zu leeren. Und als ich weiter dem Kanal folgte, wurden meine Augen gen Himmel gezogen vom drängenden Kreischen der Möwen, eine Wolke von mehreren Hundert, die nach Westen zogen, sich wanden wie ein Fischschwarm, die weißen Körper blitzend im ersten Strahl der Morgensonne.

Bald darauf sah ich lebende Kinder, wenn auch zweifellos lange nachdem sie mich entdeckt hatten. Sie waren zu fünft, zwei Jungen und drei Mädchen, keines größer als die Gräser und Rohrkolben ringsum. Alle sahen sie verdreckt und hungrig aus mit ihren wilden Augen. Wahrscheinlich die Kinder von Fischern oder Salzbauern. Wesen des Marschlandes, aus Moor und Fenn, die mich stumm musterten, nicht ängstlich, aber doch argwöhnisch, und ich gab ihnen das Zeichen des Dornbuschs, aber sie machten keine Andeutung, die Segnung verstanden zu haben.

Jetzt lag der süßliche Duft von Torffeuer in der sanften Brise. Und dann sah ich auch den Rauch im wintrigen Morgen hängen, ein dunkelgrauer Fleck vor dem blassen Himmel. Ich hielt darauf zu, kam zwischen dichteres Röhricht, beugte mich vor und sah seichten Schlamm unter dem Boot. Ich wusste, es war nicht mehr weit. Ich sah einen weiteren Kanal, fuhr hinein, paddelte zwischen flachen Erhebungen hindurch, die dicht mit Schwarzdorn bewachsen waren, und kam endlich zum Seedorf, verschwitzt trotz der Kälte und froh, die Herdfeuer zu riechen. Flüsternd dankte ich Gott dafür, dass ich bald wieder auf festem Boden unter Männern und Frauen sein würde, sicher vor den unbekannten Gefahren des Sumpfes.

Ich vertäute das Korbboot an einem Steg zwischen ähnlichen Booten und längeren, schmalen Einbäumen. Begrüßte einen Fischreiher, der dort stand und hinaus aufs Wasser starrte. Neben dem reglosen Vogel standen ein halbes Dutzend Weidenkörbe, vorbereitet, um im Marsch versenkt zu werden und Barsche und Plötzen zu fangen, Forellen und Aale, und mein Magen grummelte bei dem Gedanken, denn ich hatte noch nichts gegessen.

»Ein Bruder des Dornbusches«, rief jemand. Ich schaute auf und sah die breiten Schultern und den dichten Bart eines Mannes oben über dem Weidenzaun, der die Rundhäuser umspannte, um den Wind draußen und das Vieh drinnen zu halten. »Was führt Euch her?«

»Eudaf der Schuster«, antwortete ich, stapfte und schlitterte durch den Schlick auf ihn zu.

Der Mann verzog das Gesicht. »Wir haben seinen Jungen vor zwei Tagen zu euch geschickt. Eure Lieder werden Eudaf nicht mehr helfen. Er ist diese Nacht gestorben.«

»Mein Beileid«, sagte ich und hob den Saum meines Habits aus dem Dreck, ehe ich das Zeichen des Dornbuschs machte, um den verblichenen Schuhmacher zu ehren. Und doch spürte ich meine Hoffnung auf neuen Schwingen emporgehoben, denn so mochte die Seele des Kindes vielleicht doch noch gen Himmel in die Obhut des Herrn geleitet werden.

2

Ein Wolf im Schilf

Schon auf dem Hinweg hatte ich mich gefürchtet. Nun war ich halb ohnmächtig vor Schrecken, während ich den Weg zurück durchs dunkle Wasser suchte und mich der Nebel wie geisterhafte Schlangen umwehte. Ich war in kalten Schweiß gebadet, das Herz in meiner Brust verkrampft wie eine Faust. Mein Atem ging flach und stockend, in meiner Kehle schien ein Schrei festzusitzen, der nur darauf wartete, jeden Moment auszubrechen.

Woher nahm Bruder Yvain den Mut, hinaus in die Sümpfe zu fahren, wann immer es nötig war? Niemals wieder würde ich mich aufs Wasser begeben, dachte ich und spähte über meine Schulter auf den Leichnam von Eudaf, der hinter der Sitzbank lag. Seine Angehörigen hatten ihn von Kopf bis Fuß in fadenscheinige Wolldecken gewickelt, und so war ich erleichtert, wenigstens sein Gesicht nicht sehen zu müssen, damit er meine Furcht nicht bemerkte. Der Mann hatte in seiner Hütte auf einem Bett aus Tierfellen gelegen und war bereits steif geworden, sodass er nun nicht mehr ins Boot passte, sondern nach hinten überstand. Seine Beine waren unter der Bank verkeilt, auf der ich mit meinem Paddel saß und Knoten ins Wasser malte.

Nur ich und der Tote, ganz allein tief im Marschland. So dachte ich zumindest.

Ich konnte sie hören, ehe ich sie erblickte. Ich hörte die gutturalen Stimmen in der Sprache der Sachsen. Ich zog das Paddel aus dem Wasser und hielt es still. Mein Herz schlug im Takt mit den Tropfen vom Paddelblatt gegen mein Brustbein. Das Boot wurde langsamer und verharrte schließlich, während ich mich auf der Bank verrenkte, um das hohe Schilf ringsum nach einer Bewegung abzusuchen. Geräusche wurden im Sumpf unnatürlich weit getragen, und so wusste ich nicht, ob die Männer, die ich gehört hatte, bloß einen Steinwurf oder doch einen Pfeilschuss entfernt waren. Da ich kein Paddeln vernahm, mussten sie wohl zu Fuß zwischen den Ginsterbüschen auf dem flachen Landrücken unterwegs sein, den ich direkt voraus gerade noch ausmachen konnte, jenseits des Schilfs.

Gelächter jetzt und noch mehr Stimmen. Eine knurrend, tief und unheilvoll wie Donner. Eine mit hörbarer Erschöpfung. Vielleicht versuchte der Mann, einen Streit zu schlichten? Aber alle lauter als zuvor. Näher. Sollten sie an den Rand des Landrückens kommen, würden sie mich hier unten zweifellos entdecken, und falls sie Speere oder Bögen mit sich trugen, gab ich ein allzu leichtes Ziel ab, ehe ich mich weit genug entfernen konnte. Aber obwohl ich all das wusste, traute ich mich nicht, mich zu regen. Ich saß nur da und hielt die schmalen Ränder des Bootes ergriffen, das sanft auf dem ruhigen Wasser schaukelte. Und mit jedem flachen Atemzug rückten die Sachsen näher.

Versteck dich. Schnell.

Ich wollte ja. Mein Hirn bestand darauf, sofort etwas zu unternehmen, aber meine Gliedmaßen weigerten sich. Ich konnte kaum atmen.

Versteck dich. Sofort!

Ich beugte mich vor, ließ das Paddel ganz, ganz langsam ins Wasser eintauchen und schob das Boot vorsichtig auf die Böschung zu. Wenn ich mich dort im Windschatten der Anhöhe verbergen konnte, würden die Sachsen vielleicht vorbeiziehen und mich nicht bemerken. Nur hatten sie mich inzwischen beinahe erreicht. Ihre barschen Stimmen knirschten in der schweren stehenden Luft.

Schneller!

Ich paddelte, so schnell ich es eben wagte, denn das Blatt im Wasser verursachte durchaus Geräusche, und drückte das Boot in den dichten Uferbewuchs, wo es nach vorn kippte, sodass ich das Paddel in den Schlamm rammen musste, um nicht über Bord zu gehen. Hinter mir rollte der Leichnam herum und rutschte über den Rand, ich aber warf mich quer über die Bank und bekam eine Handvoll Wolldecke zu fassen, ehe Eudaf der Schuster im Wasser verschwinden konnte.

Ein Schrei von der anderen Seite der Böschung. Sie hatten mich gehört. Sie kamen.

Hastig richtete ich mich auf und packte das Paddel, aber da sah ich die Sachsen schon die Böschung hinabeilen, sich durch Distel und Schwarzdorn schlagen, mit Schilden und Speeren und wilden, bärtigen Gesichtern. Heidnische Kehlen, die gottlose Worte brüllten.

Ich drehte das Boot um die eigene Achse und mühte mich mit dem Paddel ab, hörte ein Platschen, das Boot kippte unter mir zur Seite, und ich wurde nach hinten gerissen, alles Paddeln vergebens. Noch ein brutaler Ruck, dann spürte ich die Weidenrippen des Bootes im Rücken. Überall Hände, in meinen Habit und meine Haare verkrallt, auf dem Rücken schleiften sie mich durchs kalte Wasser, Schilf brach unter meinen Fingern, als ich mich festzuhalten suchte. Ans schlammige Ufer. Zwischen den stinkenden Kriegern. Schemenhafte blonde Bärte und Haare und blitzende Zähne. Sie zerrten mich durch Dornen und Sträucher, die Anhöhe hinauf, krächzend wie Raben.

Ich schrie vor Angst und Entsetzen und rief Gottes Zorn auf ihre Häupter hinab, obschon sie weder Furcht noch Begreifen zeigten. Dann hämmerte mir einer von ihnen seine Faust ins Gesicht, und meine Lippe platzte wie eine reife Erbsenschote, Blut floss mir in den Mund und das Kinn hinunter.

Noch immer schrie ich und spuckte Blut, als sie mich zu Boden warfen und zurücktraten, um zu sehen, was sie da gefangen hatten.

Sie waren zu dritt. Zwei verwitterte, vernarbte Krieger und ein junger Mann, kaum älter als ich, mit einem kleinen Amulett des breiten Hammers ihres Gottes Thunor um den Hals. Diese Krieger von jenseits des Morimaru waren es, die uns Britannien genommen hatten, und ich wusste, sie würden mich jetzt töten. Meine einzige Chance bestand darin, schnell aufzuspringen und wegzulaufen, aber sowie ich mich regte, spürte der größte der drei Krieger meine Absichten, ließ das Ende seines Speers in meine Schulter krachen und warf mich wieder zu Boden. Der Schmerz übertönte die Furcht, und so lag ich auf der nassen Erde und schaute in den Himmel. Ringsum das Klicken der Rohrspatzen, hoch droben abermals eine Rohrweihe, deren helle Unterseite mit dem fahlen Tageslicht verschwamm, und obwohl ich dalag und auf den Tod wartete, fragte ich mich, ob es wohl derselbe Vogel war, den ich auf der Hinfahrt gesehen hatte.

Der Anführer der Sachsen knurrte mir etwas entgegen. Einen Befehl oder eine Verwünschung. Einen Moment lang schaute ich ihm in die Augen und sah dort nichts als Grausamkeit. Mein Leben bestand vielleicht noch aus einem Dutzend sauren Atemzügen. Also schloss ich die Augen und gab mich ganz Gott hin.

»Herr im Himmel, empfange Deinen Diener«, sagte ich. Und sah im gleichen Moment das Gesicht meiner Mutter. Die Erinnerung übermannte mich mit Traurigkeit, und als ich die Augen wieder aufschlug, war die Speerspitze des Sachsen zwischen Tränen verschwommen.

Der Speer sauste herab. Der Mund des Sachsen stand offen, die Augen traten ihm aus dem Kopf, er gurgelte und würgte einen Schaum aus blutigen Blasen hervor. Dann fiel er neben mir ins Gras, und ich bin mir sicher, ich muss genauso schockiert dreingeschaut haben wie er, dass der Herr im Himmel meine Drohung wahr gemacht und ihn niedergestreckt hatte.

Die anderen beiden Sachsen duckten sich, rissen die Schilde hoch und drehten sich von mir weg, und da sah ich den Pfeil aus der Seite ihres gefallenen Gefährten ragen. Der ältere der beiden Krieger brüllte eine Herausforderung ins Röhricht, aber die Angst hielt ihn hinter seinem Schild aus Lindenholz. Sein Bart war dank seiner Wutschreie mit Speichel benetzt.

Keine Antwort. Die einzige Reaktion, die der Sachse hervorrief, war ein weiterer Pfeil, der aus dem Röhricht sauste und ihn ins Schienbein traf. Er kreischte vor Schmerz, hielt aber weiter den Schild oben und den Kopf unten. Das war zu viel für den jüngsten Sachsen, der sich umdrehte und losrannte. Der dritte Pfeil war schneller. Er schlug in seinen Nacken und brach in einer blutigen Wolke aus seiner Kehle hervor.

Der junge Mann war tot, noch ehe sein dünner Bart den Boden berührte. Ich kam auf die Beine und entfernte mich von dem Krieger, der mich jetzt nicht mehr beachtete. Dieser letzte

Sachse hatte genug Verstand, einem unsichtbaren Gegner nicht den Rücken zuzukehren. Nicht dass er es mit dem Pfeil im Bein weit geschafft hätte. Blut benetzte seine Hose und tropfte über seinen Schuh, während er weiter Provokationen in Richtung des unsichtbaren Schützen schleuderte, der ihm solch plötzliches Unheil gebracht hatte. Er drehte den Speer in der Luft, rammte ihn in den Boden und zog sein Schwert, das im trüben Tageslicht matt schimmerte. Er brüllte immer wieder nach seinem Gott, hielt den Schild erhoben und hinkte die Böschung runter auf den Schützen zu. »Woden! Woden! Woden!«

Der nächste Pfeil schlug zitternd in seinen Schild. Der übernächste fuhr ihm ins rechte Auge. Er stolperte drei Schritte weiter und fiel, überquerte noch in der Luft die Schwelle von diesem Leben zum nächsten. Ich machte das Zeichen des Dornbusches im Angesicht der Vernichtung, die dieser noch immer unsichtbare Schütze verursacht hatte.

Ein Rascheln und eine Bewegung im Schilf, und ich hielt den Atem an, als der Schütze auftauchte, sich mit dem Bogen einen Weg durch die hohen Halme bahnte. Dann stieß ich eine Verwünschung aus, die mir einen Monat Kuhstall-Ausmisten beschert hätte, wäre sie im Kloster vernommen worden. Der Bogenschütze, dieser Mörder, der drei sächsische Wölfe abgeschlachtet hatte, war eine junge Frau.

»Du schuldest mir zwei Pfeile, Mönch«, sagte sie, nachdem sie bis auf eines all ihre Geschosse eingesammelt und überprüft hatte, welche noch zu gebrauchen waren und welche ausgebessert werden mussten. Jetzt kniete sie neben einem der Sachsen, beugte sich über ihn, ihr Gesicht von wilden goldbraunen Locken verdeckt, und ich begriff, dass sie dem Toten auf die Hand spuckte, um den Ring an seinem Mittelfinger zu lösen.

»Obwohl, ein richtiger Mönch bist du ja nicht, oder?« Sie schaute zu mir auf. Ihre finstere Miene verwandelte sich in ein Grinsen, als sie den Ring über den mittleren Fingerknöchel schraubte und abzog. »Sonst wärst du geschoren.« Sie ließ den Ring in den Stoffbeutel gleiten, der neben dem Köcher an ihrem Gürtel befestigt war. »Von einem Ohr zum anderen. Aber das bist du nicht. Warum tut ihr das eigentlich?«, fragte sie. »Und warum gibt es keine Frauen auf Ynys Wydryn?«

Ich fand keine Worte. Ich war so schockiert wie ein kleiner Fisch, der gerade ins Netz gegangen und an Bord gezogen worden war. Da stand ich, von oben bis unten mit Schlamm besudelt, drückte mir eine Hand an die blutende Lippe und starrte diese junge Frau an, die mir eindeutig das Leben gerettet hatte. Mein Magen bäumte sich auf. Wäre er nicht leer gewesen, ich hätte mich ins Gras erbrochen.

Sie nahm das lange Messer des toten Sachsen und schob es in ihren Gürtel, dann schritt sie zu dem jungen Mann, dessen Kehle sie mit einem ihrer todbringenden Pfeile aufgebrochen hatte.

»Dieser Pfeil ist ohne Zweifel von Gott gelenkt worden«, sagte ich und hörte das Zittern in meiner Stimme, das gleiche Zittern, das auch meine Hände und Beine erfasst hatte. Die junge Frau ließ sich auf ein Knie nieder und machte sich daran, den Pfeil aus dem zerfetzten Fleisch zu ziehen.

Sie legte den Kopf schief und sah mich stirnrunzelnd an. »Von deinem Gott? Dem Christengott?«

Ich nickte. Selbst wenn ich gewollt hätte, hätte ich ihr in dem

Moment wohl kaum die Mysterien der Heiligen Dreifaltigkeit erklären können. Eine ihrer kupferfarbenen Augenbrauen wölbte sich unter den wilden Strähnen ihres nassen Haars, das ihr ins Gesicht fiel. Ich hörte Knorpel knacken, als sie den Pfeilschaft hierhin und dorthin drehte. Konnte sehen, wie der Kopf des jungen Manns entsetzlich herumgerissen wurde.

Wieder bäumte sich mein Magen auf, ich würgte, brachte aber nichts heraus. Mit einem letzten Ruck kam der Pfeil frei, allerdings bloß der Schaft. Die Eisenspitze steckte irgendwo in der klaffenden Wunde begraben.

»Dann schuldet dein Gott mir auch einen Pfeil, Mönch.« Sie wischte sich die blutigen Hände an der Tunika des Toten ab und stand auf.

Ich machte das Zeichen des Dornbusches für den Fall, dass sie dies lästerlich gemeint hatte. Meine Zunge tastete vorsichtig über den rauen, stechenden Schlitz in der Unterlippe. Ich sah, dass sie das kleine Hammer-Amulett hielt, das der junge Sachse um den Hals getragen hatte. Das Zeichen seines Gottes Thunor. Irgendwo krächzte ein Rabe, und ich schaute auf, erwartete fast, weitere Sachsen über die Böschung stürmen zu sehen.

»Wir sollten gehen«, sagte sie.

Ich schaute sie an. Starrte. Meine Zunge war zu groß für meinen Mund. Sie hatte drei Krieger getötet. Sie hatte Ringe und Gürtelschnallen erbeutet, die Fibeln ihrer Umhänge und ihre Messer, und jetzt nahm sie auch noch die Scheide des einen an sich, der ein Schwert getragen hatte.

»Bring mir das Schwert, Mönch.« Sie nickte in Richtung eines Klumpens aus windzerzaustem Gras, in dem ich das schwache Schimmern der langen Klinge entdeckte.

Ich schaute auf den Mann hinab, auf den blutigen Tümpel

seines Auges, hörte im Kopf ein dumpfes Echo sciner letzten Worte. *Woden! Woden! Woden!*

»Der Häuptling ihrer Götter hat auch nur ein Auge«, sagte die junge Frau. Ich fragte mich, woher sie solche Dinge wusste, stellte die Frage aber nicht laut, sondern kniete mich hin. Einen Moment lang hatte ich zu große Angst, um das Schwert des Toten zu berühren. Aber diese seltsame junge Frau beobachtete mich, also schloss ich die Finger um das schweißbefleckte Leder des Griffstücks und hob das Schwert in den grauen Tag.

»Sie machen gute Schwerter. Besser als unsere«, sagte sie und schlang sich den Bogen über die Schulter.

Ich drehte das Schwert in der Luft und versuchte, das schwache Tageslicht in der Klinge einzufangen, in der sich beim Schmieden ein Wellenmuster gebildet hatte. Oder vielleicht sah es eher wie Rauchschwaden aus. Ich hatte Bruder Yvain voll Ehrfurcht vom *Atem in der Klinge* sprechen hören, als wäre das Schwert eines Kriegers ein lebendiges Wesen, das nach Blut dürstete.

»Hier.« Ich reichte ihr das Schwert und war froh, es los zu sein, starrte dann aber meine Hand an, als erinnerte sich mein Körper an etwas, das meinem Geist verborgen blieb.

Sie trat zurück und ließ die Klinge durch die stille Luft sausen. Um zu sehen, wie sie ausbalanciert war, dachte ich, aber auch des Nervenkitzels wegen. Dann ließ sie das Schwert in die Scheide gleiten. »Wir sollten gehen«, sagte sie abermals und hob das Kinn.

Ich sah mich nach dem Korbboot um, das noch immer im Schilf feststeckte. Auch der eingewickelte Leichnam von Eudaf lag noch da. Ich fragte mich, ob Eudaf – vorausgesetzt, sein Geist war noch nicht aus dem Körper entflohen – irgendeine

Ahnung hatte, was gerade geschehen war, auf dieser nebligen Böschung im Moor. Hatte die Seele des Schusters die Seelen der Sachsen vor Furcht und vielleicht auch Ungläubigkeit kreischen hören, als ihr Leben an diesem Wintermorgen so abrupt beendet wurde?

»*Wir* sollten gehen?«, fragte ich. Sie war ganz nah. Ich konnte den Holzrauch in ihren Kleidern riechen. Und auch ihren Schweiß, der anders roch als der der Brüder. Schärfer, aber nicht unangenehm.

Sie deutete mit der Schwertscheide nordwärts, wo eine wirbelnde Schar Saatkrähen auf dem Rückweg zu ihren Nestern war. »Diese Sachsen waren Späher.« Sie zog sich die Fellkapuze über den Kopf. Unser Atem vernebelte die Luft. »Hier ziehen überall plündernde Gruppen herum. Ich habe sie gesehen.« Sie wandte den Kopf ab und spuckte angeekelt aus. »Sie sind wie Ratten, die über eine Leiche krabbeln.«

Ich legte zwei Finger an den Mund und befühlte die geschwollenen Lippen, die schmerzhaft pochten. Immerhin blutete es nicht mehr so stark. »Du brauchst mich nicht zu beschützen«, sagte ich und wollte ihr fest in die Augen schauen. Die Kapuze hinderte mich daran.

»Du bist vollkommen wehrlos«, entgegnete sie und ging zu der Stelle, an der einer der Speere der Toten lag. Sie grub eine Fußspitze unter den Schaft, hebelte den Speer in die Luft und fing ihn lässig auf.

»Gott wird mich beschützen«, sagte ich und betrachtete sie.

»Weißt du, was diese Männer mit dir gemacht hätten?«

Ich antwortete nicht, spürte aber, wie meine Wangen trotz der Kälte vor Scham glühten.

Sie schaute an mir vorbei auf das Boot und zuckte mit den

Schultern. »Ich habe Eudaf gekannt. Er hat ein Paar Schuhe für meine Mutter gemacht.«

Ich schaute auf ihre Schuhe, die robust und gut gearbeitet waren, und irgendwie wusste ich, dass sie nicht das Werk von Eudaf waren, sondern einem anderen jungen Sachsen abgenommen worden waren, den die junge Frau mit ihrem Bogen getötet hatte.

»Er war ein guter Mann«, sagte sie. Diese junge Frau, die allein hier draußen im Sumpf war, mit einem Bogen auf dem Rücken, zwei langen Messern im Gürtel, einem Speer in der einen und einem Sachsenschwert in der anderen Hand. »Warum bringst du ihn nach Ynys Wydryn?« Ich antwortete nicht. Sie zuckte abermals mit den Schultern. »Egal. Ich sorge dafür, dass er da ankommt.«

»Ich brauche deine Hilfe nicht«, sagte ich. Noch vor wenigen Minuten hatte ich hilflos und verängstigt im Matsch gelegen. Ich wusste, was die Sachsen mir angetan hätten, genau wie diese Frau es wusste. Ich drohte in Scham zu ertrinken.

»Du kennst die richtigen Kanäle?«, fragte sie und deutete mit dem Speer ins Wasser, das flach und dunkel und still dalag, obwohl das Röhricht leise in der Brise raschelte. »Du bist nicht sehr geschickt mit diesem Boot.« Fast hatte es angefangen zu regnen; schon hing ein feiner Nieselschleier in der Luft.

»Hast du mich beobachtet?«, fragte ich, entsetzt von der Vorstellung, sie könnte mir durch den Sumpf gefolgt sein, ohne dass ich es bemerkte.

»Ich wollte sehen, ob du reinfällst.« Sie grinste.

Ich schaute auf das Boot, das dort im Schilf lag, dann nach Osten zum Horizont, wo große Schwärme von Staren wie Rauch waberten. Eigentlich versuchte ich, eine Antwort heraufzubeschwören wie ein Krieger, der einen Speerstoß abblocken will. Aber mit dem Regen würde es bald dunkel werden. Ich kannte die Sümpfe kaum. Und selbst jene, die sich auskannten, verschwanden manchmal und wurden nie wieder gesehen.

»Gott wird mich beschützen«, sagte ich erneut und musste an die Toten denken, die über dem alten Damm baumelten und mich angestarrt hatten, obwohl ihre Augen längst verschwunden waren. Die Erinnerung hinterließ einen üblen Nachgeschmack, eine Bitterkeit, die sich mit dem Kupfergeschmack meines Blutes vermischte.

»Gut, denn mein Bogen schießt nicht, wenn die Sehne nass ist«, sagte sie und ging an mir vorbei zum Ufer, wo Eudaf in dem kleinen Boot wartete.

»Wie heißt du?«, fragte ich.

»Iselle«, gab sie zurück, warf die Antwort einfach in den Wind, als wären Namen bedeutungslos.

»Ich bin Galahad«, rief ich hinter ihr her. Nicht dass sie gefragt hatte. Ein kurzes Zögern, dann folgte ich ihr ins Wasser.

Der Regen kam. Rachsüchtig und kalt fuhr er ins Wasser und zischte im Schilf. Er peitschte uns in dem kleinen Boot aus und durchnässte Eudafs Decke, sodass sich sein Gesicht unter der ausgeleierten Wolle abzeichnete, Mund geöffnet und Augen geschlossen. Ich versuchte, ihn nicht anzusehen, richtete den Blick geradeaus auf die Kanäle, hielt Ausschau nach Anzeichen des uralten Damms, suchte das Ufer nach einer Weide oder Erle ab, die ich wiedererkennen könnte, oder der vom Blitz erschlagenen Eiche, die ich am Morgen auf dem Hinweg gesehen hatte. Nach irgendetwas, das mir das Gefühl geben könnte, wir befänden uns auf dem rechten Weg.

Das Paddeln hielt mich warm, bis auf meine Hände, die rau waren und langsam taub wurden, und meine Füße, die im kalten Wasser standen, das im Boot schwappte. Ich fragte mich, wie es Iselle erging, die hinter mir kauerte und erbärmlich frieren musste, auch wenn sie schwieg. Sie machte nur selten den Mund auf, um mir zu sagen, welchen Kanal ich nehmen sollte, und selbst dafür musste sie die Stimme über den brodelnden Regen und auch über den Wind erheben, denn der war aufgefrischt, als wir aufbrachen, schüttelte die Kiebitze und Schwarzkehlchen im finstergrauen Himmel durch. Und auch das kleine Boot brachte er zum Wanken, während er durch die Schlitze in meinen Habit zu dringen suchte. Von Westen rauschte er klagend heran, fegte über die Marschen, bog die hohen Gräser durch und riss lange Furchen ins Wasser.

Manchmal war der Wind auf unserer Seite, stemmte sich in die gespannte Tierhaut des Bootes und schubste uns vorwärts. Manchmal trieb er uns ins Röhricht und in schlammige Untiefen, sodass ich wie wild paddeln musste, bis meine Muskeln brannten und Iselle mit dem Sachsenspeer aushalf, ihn in den Schlick bohrte, um uns zurück in die Spur zu hebeln. Eudaf der Schuster war keine große Hilfe, aber schließlich schafften wir es zu dritt durch das Netz aus Salzwasserkanälen, ohne von Geistern oder Moorwesen belästigt zu werden. Vielleicht waren wir zwischen Regenschleiern und winterlicher Düsternis selbst unsichtbar wie Geister. Und so kamen wir, von Wind und Regen arg zerzaust, nach Ynys Wydryn, als das Licht allmählich aus der Welt sickerte.

Ich malte meine Schleifen ins Wasser und schaute den Hügel

hinauf, der in der Abenddämmerung dalag wie ein alter Wal, der aus grauer See hervorbricht. Es war Iselle, die die Gestalt dort oben stehen sah, ein dunkler Fleck vor dem Himmel. Einer der Brüder, das wusste ich, noch bevor ich ihn selbst gesehen hatte, und dachte, wie elend es sein musste, dort im garstigen Zwielicht Wache zu halten. Nach mir zu suchen.

»Du bist ohne Erlaubnis aufgebrochen, richtig?«, rief sie. Ich konnte nicht heraushören, ob es als Tadel oder gar respektvoll gemeint war. Oder spöttisch, weil ich die Zustimmung anderer benötigen könnte, um die Insel zu verlassen.

Der Wind heulte. Er wirkte fast tollwütig jetzt, als hätte er sich in Ynys Wydryn verbissen und könnte sich nicht mehr losreißen. Ich rang mit dem boshaften Wasser und brachte uns irgendwie bis zum Steg, wo Bruder Yvain wartete. Wie über zerklüftete Felsen lief ihm der Regen das Gesicht hinab.

»Verfluchter Narr«, brüllte er mir entgegen, packte den Rand des Bootes und zog es längsseits zum Steg. Hinter ihm nahten zwei zischend wabernde Fackeln, in deren flackerndem Schimmer ich die Gesichter von Bruder Padern und Bruder Dristan ausmachte. »Gottverdammter Narr!«, wiederholte Yvain mit Inbrunst, als Iselle und ich Eudafs Leichnam aus dem schaukelnden Boot in die Arme des wartenden Mönches übergaben.

Du bist nicht er, Galahad, sagten Yvains Augen. *Du bist bloß ein verängstigter Idiot, der es besser hätte wissen sollen.*

Yvain warf sich den Körper über die Schulter, und ich hob das Korbboot aus dem Wasser, wo es mir der Wind beinahe aus der Hand riss.

»Was ist in dich gefahren, Galahad?«, fragte Bruder Padern. Seine Fackel zischte. »Im Namen des Dornbuschs, was hast du getan?«

»Bruder Brice wird dir die Haut abziehen«, sagte Bruder Dristan, half mir aber, das Boot festzuhalten und es an seinen Platz zu tragen, wo wir es umgedreht neben seinen Zwilling legten und mit Steinen beschwerten. »Und wer ist diese Frau?« Der Regen trommelte auf der Tierhaut seiner Kapuze, die er am Hals zusammenhielt. Dicke Tropfen liefen die gewachste Oberfläche hinab und wurden in kleinen Bächen vom Wind zerstreut. »Was tut sie an deiner Seite?«

»Dank ihr bin ich noch am Leben«, sagte ich und ballte meine Hände in rascher Folge zu Fäusten, um die taube Kälte abzuschütteln. Bruder Yvain schleppte den Leichnam eilig den Weg entlang auf die Gebäude zu, die sich im Schatten des Hügels zusammenkauerten, nur raus aus dem unerbittlichen Wind.

Bruder Dristan hielt mich zurück und ergriff meinen Arm. »Du brauchst dich uns gegenüber nicht zu beweisen, Galahad«, sagte er und spuckte Regen von seinen Lippen. Er folgte meinem Blick Bruder Yvain hinterher. »Er hat nach dir gesucht, seit du die Morgenandacht verpasst hast. Er ist sogar mit dem zweiten Boot hinausgefahren, als ihm klar war, dass du in die Marsch aufgebrochen bist.«

Ich schaute den Hügel hinauf und fragte mich, welcher der Mönche gerade auf dem Weg hinab war, nass bis auf die Knochen und vom Wind gebeutelt, nachdem er wer weiß wie lange dort oben gestanden und ins Schilf gestarrt hatte.

»Komm jetzt, Galahad!« Bruder Padern vollführte eine weite Armbewegung, um mich in Richtung Kloster zu treiben, seine sorgenvolle Miene hin und wieder von der stotternden Fackel erhellt. »Zurück ins Warme, bevor wir alle von der Nacht verschluckt werden.«

Ich schaute Iselle an, die noch immer auf dem Steg stand, den Bogen über der Schulter und Speer und Schwert in Händen. Eine beeindruckende Gestalt im Regen, der das Wasser hinter ihr aufwühlte. Einige ihrer Locken waren der Kapuze entflohen und peitschten im Wind. Sie hielt ihre Waffen, als wollte sie sie jeden Augenblick erneut einsetzen, und für einen kurzen Moment betrachteten wir einander.

Dann wandte ich mich ab, um mich meinem Schicksal zu stellen.

»Sie kann nicht bleiben«, sagte Bruder Brice abermals. Bruder Dristan hatte das Herdfeuer geschürt, und jene von uns, die draußen in der Nacht gewesen waren, standen darum versammelt und hielten die Säume unserer Kutten zu den Flammen erhoben, während wir in die Schilfmatten tropften. Der Gestank der nassen Wolle sättigte die Luft, und die Männer husteten und spuckten im Rauch, denn das Apfelholz, das Dristan gebracht hatte, war noch nicht ausreichend abgelagert.

»Ihr könnt sie nicht in diesen Sturm hinausschicken, Bruder«, sagte ich.

»Du vergisst dich, Galahad«, sagte Bruder Judoc grimmig und schenkte sich einen Becher Wein ein. »Noch bist du bloß ein Novize, mehr nicht. Merk dir das, wenn deine Strafe nicht noch härter ausfallen soll.«

Iselle hatte noch immer kein Wort gesagt, obwohl die Brüder sie in die Wärmestube gelassen und ihr einen Platz am Herdfeuer zugestanden hatten. Dort stand sie nun und starrte in die Flammen, die im Zug des Rauchloches züngelten.

»Brüder.« Yvain rieb sich die großen Hände und breitete sie

zum Feuer aus. »Galahad hat eine Strafe verdient, das bestreitet niemand.« Unter seinen zerfurchten Augenbrauen hinweg schaute er mich finster an. »Er wird dafür bestraft, ein verdammter Dummkopf zu sein und hinaus in die Sümpfe zu fahren …«

»Und die Insel ohne Erlaubnis des Priors verlassen zu haben«, warf Bruder Judoc ein, was ihm ein Grunzen von Yvain und zustimmendes Murmeln von einigen der anderen bescherte.

»Aber was das Mädchen angeht, hat der Junge recht«, fuhr Bruder Yvain fort. »Wir können sie nicht einfach fortschicken.«

Iselle wischte sich die durchweichte Kapuze vom Kopf und wrang sie aus. Kleine Bäche plätscherten auf die Herdsteine. Im Feuerschein und ohne die lähmende Furcht des vergangenen Tages sah ich sie nun zum ersten Mal richtig an.

»Es kann keine Frau die Nacht unter unserem Dach verbringen«, sagte Bruder Padern. Wie er Iselle ansah, hätte man glauben können, sie sei eine Thrys, eine dieser sagenhaften Sumpfkreaturen, die sich von Menschenfleisch ernährten.

»Zu dieser Stunde ist eine Frau in unserem Krankenzimmer, Bruder«, erinnerte Dristan ihn, und obwohl seine Stimme furchtsam klang, gab es an dieser Tatsache wenig zu rütteln.

»Sie hat kein Boot«, sagte ich. »Soll sie zum Dorf zurückschwimmen?«

»Ich wohne nicht im Dorf«, sagte Iselle, erntete aber nur stumme Blicke.

»Ich habe dich gewarnt, Galahad«, sagte Bruder Brice und erhob einen von Tinte befleckten Finger, um mir den Mund zu verbieten. »Mach es nicht noch schlimmer.«

»Es gibt Wege«, sagte Iselle. »Alte Pfade durch die Marschen.«

»Keine, die eine gottesfürchtige Seele begehen könnte«, krächzte Bruder Padern und zupfte an seinem weißen Bart. Ein Scheit rollte aus dem Feuer und lag zischend auf den Steinen.

»Wir haben von dieser jungen Frau gehört.« Bruder Judoc rümpfte die Nase und schaute Iselle an, die uns jedoch alle gar nicht zu hören schien, so fasziniert war sie von dem Feuer. Ihr Blick war von einer Spinne eingefangen worden, die über die grobe Rinde des abtrünnigen Holzscheites krabbelte und der Hitze zu entrinnen suchte. »Sie ist eine wilde Kreatur.«

»Sie ist eine tapfere junge Frau, die Galahad das Leben gerettet hat«, sagte Bruder Yvain und setzte den eisernen Schürhaken ein, um das verirrte Scheit wieder ins Feuer zu bugsieren. Seine Worte erzeugten Murren und Geflüster.

»Du hast gesehen, wie sie die Sachsen getötet hat?«, fragte Bruder Brice, obwohl ich ihm die ganze Geschichte bereits erzählt hatte. »Du hast es mit deinen eigenen Augen gesehen, Galahad?«

»Das schwöre ich beim Dornbusch, Bruder«, sagte ich.

Die Mönche schauten einander an wie Männer, die keiner Worte bedürfen, um ihre Gedanken auszutauschen. Auf der einen Seite taten sie sich schwer damit zu akzeptieren, dass Iselle drei sächsische Krieger getötet haben sollte. Auf der anderen Seite konnten sie nicht glauben, dass ich in so einer Sache lügen würde.

»Und du hattest keinen Anteil an ihrem Tod?«, fragte Bruder Brice.

Bruder Judoc schnaubte. »Galahad ist nicht sein Vater«, sagte er und musterte mich finster. »Ich kann mir nicht einmal ausdenken, was für Wahnbilder dich dazu getrieben haben, in den Sumpf zu fahren. Bist du krank?« Er drehte sich zu Bruder Dristan. »Hat jemand seine Stirn befühlt?«

»Ich bin nicht krank, Bruder«, sagte ich, »und habe auch niemanden getötet.«

Ansonsten hatte er aber durchaus recht. Ich war ein hilfloser, verängstigter Trottel gewesen, und ohne Iselles Einschreiten wäre ich nun tot.

»Das ist eine Sachsenklinge, so viel kann ich euch versichern«, sagte Yvain, und damit richteten sich alle Augen auf Iselle, die vom Feuer aufsah und die Mönche der Reihe nach anstarrte, sollte es einer wagen, infrage zu stellen, wie sie zu dem Schwert gekommen war. Zuletzt fiel ihr stürmischer Blick auf Bruder Judoc, der in seiner Haut zu erzittern schien, ehe er den Blick abwandte.

»Du hast außergewöhnlichen Mut, Mädchen«, sagte Bruder Yvain. »Viele erfahrene Krieger hätten es nicht gewagt, es nur mit einem Jagdbogen mit drei Sachsen aufzunehmen.«

»Irgendjemand muss sie töten«, sagte Iselle, die für Yvain keinen sanfteren Blick übrig hatte als für Judoc. »Meine Pfeile leisten bessere Arbeit als Eure Gebete.«

Bruder Brice und mehrere andere reagierten auf diese Blasphemie mit dem Zeichen des Dornbusches, aber niemand fand die Worte, ihr zu widersprechen.

»Während Ihr Euch hier auf dieser Insel versteckt, ziehen die Sachsen umher und morden und vergewaltigen und brandschatzen.«

Ich stand da und glotzte wie ein Fisch im Kielraum. Dass diese junge Frau es wagte, in solch einem Ton mit den Brüdern zu sprechen. Mit Stahl in der Stimme und Feuer in den Augen.

»Während Ihr Euch hier versteckt, breitet sich die Furcht in unserem Volk aus wie Flammen in trockenem Stroh«, fauchte sie und warf einen Arm seitlich nach hinten.

Aber Bruder Judoc hatte genug gehört. »Es reicht!«, schnauzte er sie an und warf einen Blick auf Bruder Folant, als fürchte er eine weitere ziellose Tirade über den Tod Britanniens und den Untergang unseres Ordens. Aber Bruder Folant stand abseits in einer dunklen Ecke und war tief in Gedanken versunken.

Iselle biss sich auf die Lippe, als müsste sie weitere Worte niederringen. Dann starrte sie wieder ins Feuer.

»Nun, Galahad«, sagte Bruder Brice, »falls dein rücksichtsloser Ungehorsam am Ende wenigstens ein Gutes haben soll, dann, dass wir das Kind mit dem Schuster begraben können. Ich bete, seine Mutter möge Trost finden in dem Wissen, dass ihr armer Sohn mit Eudafs Hilfe den Weg in den Himmel finden wird.«

»Oder nach Annwn«, sagte Bruder Judoc mit zusammengebissenen Zähnen.

Bruder Brice senkte das tonsurierte Haupt. »Wer von uns kann schon behaupten, wirklich durch den Schleier zu blicken, Bruder?«, fragte er, und nicht nur Judoc antwortete mit dem Zeichen des Dornbusches. »Morgen werden wir das Kind und den Mann begraben, und danach wird Galahad seine Bestrafung empfangen. Ich halte es nicht für nötig, Prior Drustanus mit dieser Sache zu behelligen. Es würde ihn nur schmerzen zu erfahren, dass Galahad unsere Regeln gebrochen und sich in Gefahr gebracht hat.« Er schaute auf und sah mich an, ich erwiderte seinen Blick. »Dreißig Hiebe mit dem Dornbusch auf sein Fleisch. Ein Hieb für jeden Schössling, der aus dem Stabe Josephs von Arimathäa entsprang, als er ihn hier in die Erde stieß.«

Bruder Yvain ließ bei diesen Worten ein tiefes Knurren aus seiner Kehle ertönen, und auch Bruder Brice selbst runzelte die Stirn. »Du akzeptierst deine Strafe doch, Galahad?«, fragte er. Vielleicht fürchtete er wirklich, ich würde mich weigern, was mein Recht gewesen wäre, da ich noch keine Tonsur trug. Niemand hätte mich daran hindern können, Ynys Wydryn den Rücken zu kehren. Aber wohin hätte ich gehen sollen? Die Brüder hatten mich aufgenommen, ich würde sie nicht im Stich lassen. Aber dreißig Hiebe! Ich bezweifelte, dass selbst Bruder Judoc ein härteres Strafmaß ausgesprochen hätte.

»Ich akzeptiere sie, Bruder«, sagte ich zu seiner Erleichterung. Ich warf Iselle einen Seitenblick zu, und nach ihrer Miene zu urteilen, hielt sie mich entweder für einen Trottel oder für einen Feigling oder für beides.

»Was ist mit dem Mädchen?«, fragte Bruder Judoc.

»Ihre Anwesenheit hier verheißt nichts Gutes. Lasst euch das gesagt sein, Brüder«, sagte Bruder Folant – seine ersten Worte, seit Dristan das Feuer entfacht hatte.

»Sie hat Galahad das Leben gerettet«, sagte Bruder Yvain, und es lag großes Gewicht in seiner Stimme. Abgesehen von Yvain selbst waren sie alle Brüder des Dornbusches gewesen, als man mich nach Ynys Wydryn gebracht hatte. Sie alle hatten die Geschichten über mich gehört. Sie hatten gehört, wie Prior Drustanus verkündet hatte, ich sei dem Orden von Gott geschenkt worden.

»Und sie hat geholfen, den Schuster herzubringen«, fügte Bruder Brice hinzu, »wofür ihr unser Dank gebührt.« Die Worte auszusprechen, schien ihm fast körperliche Schmerzen zu verursachen, trotzdem machte er weiter. »Sie soll bei uns bleiben dürfen, bis der Sturm vorüber ist. Bei uns, nicht *unter* uns«, stellte er klar. »Sie wird im Kuhstall schlafen. Da sollte es warm genug sein.«

Unsere Blicke trafen sich, und Iselle nickte kaum merklich, wie um zu signalisieren, dass es ihr nichts ausmachte, bei den Kühen im Stall zu schlafen. Vielleicht würde sie dies sogar vorziehen, und wer hätte es ihr verübeln wollen, so, wie wir sie behandelt hatten?

»Wir sind alle müde«, sagte Bruder Brice. »Und manche von uns bis auf die Knochen durchnässt. Vor der Andacht wollen wir uns etwas ausruhen und dankbar sein, dass unser Bruder Galahad wohlbehalten zurückgekehrt ist.«

»Und auch dankbar sein, dass drei Sachsen, die heute Morgen noch geatmet haben, diese Nacht den Fuchs ernähren.« Feierlich und respektvoll nickte Bruder Yvain Iselle zu.

»Bruder Meurig soll dir etwas Heißes zu essen bereiten, Galahad«, wies Bruder Brice an. »Du bist bestimmt hungrig und musst morgen bei Kräften sein.« Er sah mich Iselle anschauen. »Auch sie bekommt zu essen, Galahad«, versicherte er mir und nickte Dristan zu, der leicht das Gesicht verzog, sich eine Hornlaterne griff und Iselle mit leiser Stimme anwies, ihm zum Stall zu folgen.

Ich stand noch ein wenig länger am Feuer und wärmte meine nassen Kleider auf, dann begab ich mich zu Bruder Meurig, der mir eine Knochenbrühe mit Pastinaken und süßen Kastanien bereitete, die allerdings mit seiner Schelte sauer wurde.

»Was ist nur in dich gefahren, Galahad? Allein in den Sumpf zu fahren! Und ohne Erlaubnis des Priors. Geht es dir nicht gut? Hat dich ein böser Geist dazu verführt?«

»Möglich«, sagte ich frech, musste aber mein Schaudern verbergen.

»Und, was hast du dort draußen gesehen? Erzähl schon, sonst bekommst du nichts zu essen.« Und so ging es weiter – er förderte meine Erlebnisse zutage wie ein Mann, der Schmutzwasser aus dem Saum seines Mantels wringt. »Die Sachsen. Erzähl mir von denen. Wie haben diese Teufel ausgesehen?«

Ich schlürfte die heiße Brühe und machte mich dann aus dem Staub, aber selbst beim Gebet spürte ich die Fragen der Brüder schwer in ihren Blicken auf mir lasten. Sie beäugten mich unter zerfurchten Brauen oder aus dem Augenwinkel, während wir Loblieder auf Christus und den Dornbusch sangen. Ich fühlte ihren Argwohn fast körperlich im flackernden Halbdunkel, während der Sturm am Schilfdach über unseren Köpfen rüttelte, fühlte ihr Misstrauen so scharf wie den Wind, der sich Löcher in den alten Wänden suchte, wo das Flechtwerk aus Hasel und Esche exponiert war.

Denn ich war draußen im Marschland gewesen, jenseits der Zuflucht von Ynys Wydryn. Ich hatte mit eigenen Augen Dinge gesehen, die in unserer Gemeinschaft nur als geflüsterte Gerüchte existierten. Die Kinder im Schilf, dürr wie die Stängel ringsum, deren geschwollene Augen mich und mein Boot betrachtet hatten. Die selbst gebauten Galgen, die unter dem Gewicht der Erhängten knarzten. Und natürlich unsere Feinde, die Sachsen, die in einem Moment noch lebendig und wütend gewesen waren, nur um im nächsten tot dazuliegen, ihre Seelen von Iselles Pfeilen ins Jenseits befördert. All diese Dinge hatte ich gesehen, und vielleicht hatten sie einen Abdruck hinterlassen, der mich in den Augen der Brüder veränderte. Wie eine Narbe, die ich tags zuvor noch nicht getragen hatte und die sie nun zum Starren veranlasste.

Ich war der jüngste von uns und hatte an einem Tag mehr

gesehen als die meisten von ihnen in vielen Jahren. Es beunruhigte sie. Es beunruhigte mich ebenso, und obwohl ich die Andacht Wort für Wort mitsang, war ich im Kopf noch immer draußen im Sumpf. Zitterte vor Furcht. Mit rebellierendem Magen. Entsetzt. Vielleicht konnten die Brüder auch das erkennen. Am schlimmsten war in ihren Augen aber, dass ich Iselle hergebracht hatte.

Am nächsten Tag begruben wir das Kind und den Mann, gemeinsam in ein Leichentuch gewickelt. Es war eine nasse, elende Angelegenheit, was aber wenigstens dazu führte, dass Dristan und ich kaum Schwierigkeiten hatten, das Grab auszuheben, so weich und nass war das Erdreich. Wir standen um das Loch versammelt, in Kapuzen verhüllt und die Hände in unseren Ärmeln umschlungen, während wir die Stimmen über das Pfeifen des Windes erhoben und die beiden Seelen gen Himmel sangen. Die alten Apfelbäume hinter uns knirschten und ächzten. Die Gräser und Farne zischten, der Regen donnerte auf Erde und Schilfdach, mal aus einer Richtung, mal aus einer anderen, als werfe ein ungehaltener Gott mit Händen voller Kiesel nach uns. Nur die Mutter des Kindes, Enid, weinte stumm, während Bruder Yvain und Bruder Dristan mit den Knien im Matsch die Leichname in die Pfütze legten, die sich im Grab gebildet hatte.

Seit meiner Rückkehr hatte ich nicht mit Enid gesprochen. Wusste sie, dass ich es gewesen war, der den Leichnam des Schusters nach Ynys Wydryn geholt hatte und dabei fast gestorben wäre? Oder dass man mich für meine Tat auspeitschen würde? Warum sollte es sie kümmern? Was sie kümmerte, war, dass ihr Sohn nicht mehr lebte. Er würde seinen Weg ins Jenseits finden, geführt von Eudaf dem Schuhmacher, wie ein

Mann sein eigenes Kind an der Hand durch hohes Gras oder dämmrige Wälder geleitet.

Ich sah sie einen wissenden Blick mit Iselle austauschen, die ebenfalls gekommen war, um ihnen die letzte Ehre zu erweisen, sich aber im Hintergrund hielt, im Schutz der Krone der alten Eibe und aus deren Schatten zusah. Schon möglich, dass sich die beiden Frauen kannten, noch wahrscheinlicher war jedoch, dachte ich, dass sie eine Art angeborenes weibliches Mitgefühl teilten, ein Verstehen dieses Verlustes, den wir Männer nie wirklich begreifen würden.

Trotzdem sangen wir, und der Wind heulte, und als Bruder Yvain den Spaten ergriff und die nasse Erde auf das Leichentuch platschte, sah ich einen Schwarm Felsentauben, die vom tobenden Sturm durchgeschüttelt wurden. Falls sie sich nicht bald in den Wind drehten, würden sie weit über die Sümpfe verteilt und darin verloren gehen. Falls diese Vögel aber vor Angst schrien, konnte ich es zwischen Sturm und Gesang nicht hören. Stattdessen sah ich zu, wie sie ostwärts in Richtung des großen Wassers gewirbelt wurden, das vom Wetter zu dunkelbrauner Suppe verrührt war, und dachte an die drei Sachsen, die tot dort draußen lagen.

Bruder Brice hielt sich nicht lange mit dem Ritus auf. Noch während Bruder Yvain den Aushub wieder ins Grab schaufelte und mit der Rückseite des Spatens platt klopfte, eilten die Brüder davon, schlotternd und tropfend, nur zurück ins Warme. Bruder Brice blieb noch eine Weile stehen, drehte das Gesicht zu den eiligen grauen Wolken und schloss die Augen gegen den Regen.

Mir schien, als ob er lauschte. Aber auf was oder wen? Ich konnte es nicht sagen.

»Komm, Galahad«, rief Bruder Judoc, der in der Tür zur Wärmestube stand, das Gesicht im Schatten seiner Kapuze verborgen. »Es ist Zeit.«

Ich schaute mich nach Iselle um, die noch immer unter den knorrigen, weiten Ästen der alten Eibe stand, unter der Joseph von Arimathäa einst die Menschen von Avalon mit Geschichten über Christus und die ausgedörrten Länder weit im Osten unterhalten hatte. Und selbst durch den Regen und den wabernden Rauch hindurch, der vom Dach der Wärmestube in den Hof geblasen wurde, sah ich die Herausforderung in ihren Augen. Sie hielt mich für schwach, weil ich mich meiner Bestrafung stellen wollte. Sie kannte mich nicht und wollte doch, dass ich mich meinen Brüdern widersetzte und ihrer Züchtigung verweigerte. Das sah ich ihr an.

»Galahad!«, rief Judoc abermals. Ich riss mich von ihrem Anblick los und ließ sie dort stehen unter dem uralten Baum. Und während sich meine Schritte dem Biss der Knute näherten, betete ich dafür, dass ich die Kraft finden mochte, die Strafe durchzustehen.

3

Krieger aus dem Sturm

Ich klemmte mir ein Stück Seil zwischen die Zähne, um nicht laut zu schreien, während Bruder Judoc mich schlug. Als mich die Sachsen im Sumpf gefangen hatten, hatte ich gejammert. Ich hatte gekreischt und Gott angefleht, mir zu helfen. Jetzt, da ich wusste, dass Iselle zusah, schwor ich mir, alles daranzusetzen, nicht zu heulen. Und doch entfuhr mir bei jedem Hieb ein ersticktes Jaulen, sodass Brice die Brüder schon nach dem dritten Hieb anwies zu singen.

»Wir wollen den Prior nicht stören«, sagte er und deutete auf die Wand, hinter der Drustanus in seiner kleinen Zelle im Sterben lag. »Den Psalm des Kelches, Brüder«, fügte er mit einem Nicken hinzu, und sofort stimmten sie das Lied an. Ihr Gesang übertönte meine unterdrückten Schreie, obwohl auch sie bei jedem Hieb des krummen Stabes zusammenzuckten.

Bruder Dristan war, wie mir auffiel, der Einzige, der nicht hinsehen wollte, sondern den Blick auf die Schilfmatten gerichtet hielt, obwohl seine Stimme wie frisches Wasser über runde Steine floss. Er war es gewesen, den Brice zum Dornbusch geschickt hatte, um die Gerte abzuschneiden, und so schien er sich in gewisser Weise für mein jetziges Leiden verantwortlich zu fühlen. Die Hiebe gruben sich in meinen Rücken, Bruder Judoc zählte zischend mit, rote Beeren flogen wie Blutstropfen in die Luft.

Als Judoc fertig war, gab es an diesem Stock keine Beeren mehr. Bruder Brice wusch meine Abschürfungen mit saurem Wein aus. Ich keuchte unter dem frischen, stechenden Schmerz. Dann rieb Bruder Brice Honig in die Wunden, verband sie mit frischem Leinen und murmelte vor sich hin, dass ich das Kloster nie wieder ohne Erlaubnis der Brüder verlassen oder mich anderweitig in Gefahr bringen dürfe.

Als er den Verband verknotet hatte, trat er zurück und betrachtete seine Arbeit. Er hob eine Hand in Richtung der Tür, hinter der der Wind heulte. »Jetzt, wo du erlebt hast, was da draußen ist, bist du hoffentlich begierig darauf, dein Gelübde abzulegen und bei uns auf Ynys Wydryn zu bleiben. Um dem Dornbusch mit unerschütterlichem Herzen zu dienen.« Er legte mir die Hand auf die Schulter. »Vielleicht hat der Herr dies alles veranlasst.«

Ich betrachtete die tanzenden Flammen im Herdfeuer und dachte über seine Worte nach. »Wenn das so ist, Bruder, könnte Gott nicht auch Iselle geschickt haben, um mich zu beschützen und heil zurückzubringen?«

Er hob die Brauen und kratzte sich die stoppelige, noch immer vom Wind gerötete Wange. »Möglich ist es.«

Ich runzelte die Stirn. »Und im Gegenzug lassen wir sie, statt Güte und Gastfreundschaft zu zeigen, im Stall bei den Kühen schlafen, während wir uns am Feuer wärmen?«

Bruder Brice dachte über meine Worte nach, kam aber nicht dazu, mir zu antworten, denn Bruder Judoc knurrte, ich redete Unsinn. »Sie ist eine Kreatur der Sümpfe, Galahad. So wild wie Habicht und Wolf.« Er ballte eine Hand zur Faust, aus der ein Finger unters Dach zeigte. »Solcher Kreaturen bedient sich der Herr nicht.«

»Gott vielleicht nicht, Bruder«, krächzte Bruder Folant, der jenseits des Feuers auf einem kleinen Schemel saß und den Blick nicht aus den Flammen nahm, »aber der Teufel tut es. Das Mädchen ist *seine* Dienerin. Galahad hat sie hergebracht, und bald wird unser Ende folgen.« Er spuckte ins Feuer, die Flammen zischten eine Antwort. »Ich habe es gesehen.«

Bruder Padern und Bruder Meurig machten das Zeichen des Dornbusches. Judoc schaute ins rußgeschwärzte Dach hinauf, als fürchtete er, der Wind könnte es jeden Moment abreißen und davontragen. »Dieser Sturm ist aufgezogen, sowie das Mädchen an Land gekommen ist«, sagte Bruder Folant. »Das kann niemand abstreiten.«

Bruder Meurig nickte. »Der Teufel hat sie gesandt, um uns zu versuchen.« Sein Blick glitt von einem Bruder zum anderen.

»Es ist noch schlimmer als das, Bruder«, sagte Folant. »Ihr werdet schon sehen.« Er reckte das vom Feuer vergoldete Antlitz und heftete seinen Blick an mich. »Ihr werdet alle sehen.« Er tippte sich mit dem Finger an die Schläfe. »Und dann werdet ihr nicht mehr behaupten, dass Bruder Ridras von allen guten Geistern verlassen war.«

Die Erwähnung von Bruder Ridras vertiefte die Stirnfalten der Mönche. Bruder Padern und Bruder Judoc flüsterten Segen für seine Seele, Bruder Dristan erschauderte sichtbar. Denn Ridras war von Visionen vom Untergang Britanniens heimgesucht worden, genau wie Bruder Folant nach ihm. Er hatte behauptet, davon zu träumen, wie die Feuer der Hölle das Land versengen und Kinder und Greise gleichsam verschlingen. Er hatte geglaubt, dass das Leid und die Erniedrigungen, die seit Arthurs Verschwinden in Britannien um sich gegriffen hatten, nur der Anfang waren und selbst die Sümpfe von Avalon und unsere Insel Wydryn von der nahenden Finsternis verschlungen werden würden.

Wir hatten mitangesehen, wie Bruder Ridras immer tiefer im Moor seiner düsteren Gedanken versank, bis Bruder Dristan ihn schließlich eines Abends im vergangenen Sommer im Obstgarten gefunden hatte, wo er vom Ast eines Apfelbaumes baumelte. Eine beschämende und feige Tat, so hatte Bruder Judoc gesagt, und wann immer Ridras' Name seitdem fiel, machten die Brüder das Zeichen des Dornbusches und schüttelten sich, als wären sie von Läusen geplagt.

»Nun gut«, rief Bruder Yvain über das Knistern und Knacken des Herdfeuers, »solange wir noch atmen und ein Dach über dem Kopf haben, hab ich zu arbeiten.« Er leerte seinen Becher und stellte ihn mit Nachdruck auf dem Tisch ab. »Das hält mich auch warm genug, und dabei muss ich mir so was wenigstens nicht anhören«, schob er hinterher, blieb aber auf dem Weg zur Tür noch einmal stehen und legte mir sanft eine Hand auf den Arm. »Solltest du so etwas noch einmal tun, Galahad, ziehe ich dir die Haut ab und verarbeite dich zu einem Weinschlauch.« Dann beugte er sich vor und führte seinen Mund derart nah an mein Ohr, dass ich den Trunk in seinem Atem riechen konnte. »Ich werde ihr etwas Würzwein und ein paar Felle bringen«, flüsterte er, »und du machst dich nicht länger zum Narren. Verstanden?«

Ich nickte, und als er die Tür öffnete, fuhr der Regen in die Stube und der Wind durchs Herdfeuer. Die Kohlen zischten und glühten.

»Mehr Holz fürs Feuer, Bruder Dristan«, sagte Bruder Brice. »Es wird eine lange Nacht.« Dristan neigte das frisch tonsurierte Haupt und nahm seinen feuchten Umhang vom Haken.

Ich starrte in die Flammen und trank Wein, um die Schmerzen in meinem geschundenen Rücken zu ertränken. Und am nächsten Tag kamen Krieger aus dem Sturm.

Wie Geister erschienen sie aus dem Marschland. Grau und grimmig und dräuend, Dämonen aus einer anderen Zeit, vom heulenden Wind heraufbeschworen und nach Ynys Wydryn getrieben.

Bruder Meurig sah sie als Erster. Im Morgengrauen war er hinabgestiegen, um nach den Aalreusen zu schauen, und hatte gerade bis zu den Knien im sturmgepeitschten Wasser gestanden, als ihn irgendein Instinkt hinaus auf den Kanal blicken ließ, wo sich zwischen den wabernden Regenschleiern ein Umriss abzeichnete. Der Bug eines Bootes, so ging ihm auf, mit einer mächtigen Gestalt an der Spitze, die das kleine Gefährt durch den Sumpf lotste, als geleite sie Seelen ins Jenseits.

Meurig hatte nicht dort verweilt, um mehr zu erfahren. »Teufel!«, hatte er gekeucht, während er Wasser in die Schilfmatten tropfte und vornübergebeugt dastand, außer Atem von seiner Flucht den Hügel hinauf, um uns zu warnen. »Die Teufel steigen aus den Sümpfen.«

»Wohl eher Sachsen.« Bruder Brice schaute in Richtung Tür. Die meisten von uns hatten in der Wärmestube geschlafen, da sie das robusteste Gebäude war und dem Zorn des Windes am besten trotzte.

Mein Magen zog sich zusammen vor Angst. Ich fragte mich, ob uns die Geister der Sachsen, die Iselle getötet hatte, irgendwie zum Kloster gefolgt waren.

»Hol die Speere, Bruder«, sagte Judoc zu Dristan, dann drehte er sich um und starrte uns an, die wir zusammengekauert am Herdfeuer gesessen und warmen Apfelwein getrunken hatten. Jetzt standen wir allesamt da, von Furcht wie gelähmt, und mein Rücken glühte noch von den Hieben, meine Muskeln schmerzhaft verknotet.

»Was auch passiert, sie dürfen nicht erfahren, wo der Dornbusch steht«, warnte uns Bruder Brice. Sein Blick war wild und wissend, als hätte er diesen Tag lange kommen sehen. »Wir werden sterben und bei Christus und Joseph sein, bevor wir den Heiden verraten, wo er steht.«

»Ja, Bruder«, antworteten wir einstimmig zitternd.

Die Tür wurde aufgestoßen, und Dristan stolperte herein, den Arm voller Speere.

»Sie sind fast da!«, sagte er, und die Augen traten ihm wie gekochte Enteneier aus den Höhlen, als Judoc, Meurig, Folant und ich je einen Speer ergriffen.

»Für den Dornbusch«, sagte Bruder Brice, zog sein kleines Brotmesser aus dem Gürtel und führte uns hinaus in den wirbelnden Wahnsinn des neuen Tages.

Bruder Yvain wartete bereits auf uns. Er war aus seiner Werkstatt getreten und stand mit dem Rücken zu uns auf der Lichtung, eine große Axt in den Händen. Wir eilten zu ihm und teilten uns instinktiv zu beiden Seiten auf, denn er war der Größte und Breiteste von uns und einst ein Krieger gewesen. Dann fiel mein Blick auf den Kuhstall, und durch die wehenden Regenfetzen hindurch sah ich Iselle im Eingang stehen, um ihren Bogen trocken zu halten, ein halbes Dutzend Pfeile zu ihren Füßen in die Erde gesteckt.

Auch Yvain sah sie und grunzte respektvoll. »Tut, was ich

sage, Brüder«, bellte er und ließ seine Finger um den Schaft seiner Axt spielen.

»Der Herr behüte uns.« Der alte Bruder Padern verschränkte die Finger zum Zeichen des Dornbusches und hielt die Geste mit zitternden Armen aufrecht, richtete sie auf die Geister, die unten zwischen den Bäumen auftauchten und die Anhöhe erklommen.

»Vier«, hörte ich Yvain murmeln und wusste, er wägte unsere Chancen ab, das Ende dieses Sturmes zu erleben. »Bleib hinter mir, Junge«, knurrte er. »Du bist nicht in der Verfassung, um zu kämpfen.«

»Ich kann den Speer werfen«, sagte ich und hatte es oft genug bewiesen, wenn auch bloß bei der Jagd auf Wasservögel im Röhricht rings um Ynys Wydryn oder, dann und wann, beim Erlegen eines Rehs oder Ebers in den hohen Wäldern auf dem Bergrücken des Pennard. Jetzt gerade musste ich allerdings wirklich einen kümmerlichen Anblick abgeben mit nacktem Oberkörper bis auf den Verband um die Brust, mit dem strähnigen Haar voller Regen, mit meinem blassen Fleisch, das vor Furcht und Kälte bebte.

Die Gestalten waren jetzt halb über die Viehweide, und ich sah Iselle einen Pfeil aus dem Boden ziehen und auf die Sehne legen. Sie fing meinen Blick auf und schüttelte sachte den Kopf, und obwohl ich nicht wusste, wie sie das meinte, lenkte ihre Bewegung meinen Blick wieder auf die schreitenden grauen Umrisse. Keine Geister, sondern Krieger. Breitschultrig und mit runden Schilden und in Felle und Bronze gehüllt. Mit Speeren in den Händen und baumelnden Schwertern in Wehrgehängen um ihre Schultern oder Hüften stapften sie auf uns zu. Ihre grimmigen Mienen steckten in eisernen Helmen mit langen Federbüschen, die wie Flüsse aus Blut herabfielen.

»Ihre Schilde, Galahad.« Bruder Yvain kniff die Augen gegen den Regen zusammen. »Ich kann sie nicht identifizieren.«

Ich trat neben ihn, hob eine Hand, um meine Augen abzuschirmen, und versuchte, das Symbol auf dem Schild des vordersten Kriegers auszumachen.

»Ein schwarzes Tier«, sagte Bruder Dristan unsicher. »Ein Jagdhund, glaube ich.«

»Ein Bär«, sagte ich. »Ein schwarzer Bär auf weißem Grund.« Jetzt sah ich es deutlich trotz des Regens. Alle vier Schilde waren mit gebleichtem Leder überzogen und zeigten einen schwarzen Bären, der auf allen vieren auf dem eisernen Schildbuckel stand.

»Ha!«, rief Bruder Yvain. »Keine Sachsen! Doch eher Geister als Sachsen.«

»Der Bär? Wirklich?«, fragte Bruder Brice. »Ist das möglich?«

Bruder Yvain sah Iselle an, aber sie hatte den Bogen bereits gesenkt, obwohl der Pfeil weiter die Sehne küsste. »Am Ende wünschst du, es *wären* Sachsen, Junge«, sagte er leise zu mir. Ich wollte gerade fragen, warum, da trat er vor, um diese Männer mit ihren Bärenschilden und Helmen und Schwertern zu empfangen. Diese Meister des Krieges.

»Yvain, du alter Ochse!«, brüllte der Anführer der Bärenschilde, breitete Speer und Schild weit aus und kam näher. Weiße Zähne blitzten in seinem silbernen Bart. »Wie lange ist es her, alter Freund?«

»Ein ganzes Leben. Mehr«, gab Bruder Yvain zurück, schwang die Axt und versenkte ihr Blatt in der Erde, ehe er den Fremden umarmte. Beide wirkten sie selbst wie Bären. Das Lächeln der übrigen drei Krieger konnte aber ihre angespannten Kiefer nicht ganz besänftigen, auch nicht ihre harten Blicke erweichen. Blicke, die von Bruder Yvain zu mir glitten.

»Ich werde etwas Wein aufwärmen«, sagte Bruder Meurig, und zu meiner Verwirrung gingen er und Bruder Padern durch den Regen davon, vorbei an Iselle, die auf mich zukam, den entspannten Bogenstab in einer Hand. Sie betrachtete meine Bandagen und rümpfte die Nase, und ich wusste, sie konnte nicht begreifen, warum ich es zugelassen hatte, von den Mönchen geschlagen zu werden.

»Du kennst sie?«, fragte ich sie, als ich begriff, sie hatte schon vor uns allen gewusst, dass es sich bei den Fremden nicht um Sachsen handelte.

»Das sind Fürst Arthurs Männer«, antwortete sie leise. In ihren moosgrünen Augen war große Achtung zu lesen.

»Arthur«, flüsterte ich. Der Name fühlte sich seltsam an auf meinen Lippen. Fast wie Blasphemie. »Fürst Arthur.«

Bruder Brice drehte sich um, gestikulierte in meine Richtung und sagte etwas, aber seine Worte wurden vom tosenden Regen hinweggespült, und ich war nur noch ein Blatt im Wind, wurde haltlos in die Vergangenheit gewirbelt. Verloren in einem halb vergessenen Traum.

Arthur.

Eine Hand schlug mir gegen den Oberarm. »Du sollst unseren Gästen ein paar warme Decken holen, hab ich gesagt, Galahad«, zischte Brice. »Los jetzt. Ab mit dir.«

»Warte«, sagte der Mann mit dem silbernen Bart und ging auf mich zu. Er war breitschultrig und untersetzt, sein Gesicht vernarbt, die Nase krumm, die Kiefer angespannt. Ein Furcht einflößendes Gesicht – abgesehen von den Augen. Seine Augen lächelten. »Galahad«, atmete er meinen Namen lang gezogen aus, als hätte er sehr lange darauf gewartet, ihn laut auszusprechen. Dann fiel sein Blick auf die Bandagen, die jetzt völlig durchnässt waren und gewechselt werden mussten. »Was in Taranis' Namen ist mit dir passiert?«

Bruder Brice hub an, eine Erklärung zu murmeln, aber der Krieger brachte ihn mit einer Handbewegung zum Schweigen. »Später.« Er starrte mich einfach an durch den Regen, der vom Rand seines verbeulten, befiederten Helmes rann. »Es freut mich, dich wiederzusehen, Galahad«, sagte er. Dann ergoss sich sein Lächeln aus den Augen in die Lippen. »Du bist gewachsen, Bursche.«

Tief in meiner Erinnerung regte sich die Erkenntnis, dass ich diese Augen kannte. Und dies vom Kampf gezeichnete Gesicht, auch wenn die Jahre zusätzliche Flutmarken hinterlassen haben mussten, seit ich es zuletzt gesehen hatte.

»Wer seid Ihr, Herr?«, fragte ich und war mir deutlich bewusst, beobachtet zu werden. Von den Brüdern, die noch nicht vor dem Tag und diesen Männern zurückgewichen waren.

»Ich bin Gawain«, sagte er.

»Gawain, Sohn des Königs Lot von Lyonesse und Sachsenschlächter«, sagte Bruder Yvain, vom Regen umtost. »Und diese drei zähen alten Bastarde«, fügte er hinzu, zog die Axt aus dem Boden und richtete ihr matschiges Blatt auf die anderen Krieger, »sind Gediens ap Senelas, Hanguis ap Brodan und Endalan ap Plaarin.« Die drei Männer nickten mir stumm zu. *Mir!* Wie Gawain waren auch sie vernarbt und hart und nicht mehr jung.

»Ich habe deinen Vater gekannt.« Gawain reichte mir eine Hand, die ebenfalls kreuz und quer mit alten Narben übersät war.

Mir wurde der Speichel im Mund sauer. Ich schaute Yvain an, der den Kopf neigte und mir so signalisierte, alles sei in Ordnung, also ergriff ich Gawains Hand und hatte sofort Sorge, er würde mir alle Knochen in meiner brechen. *Mein Vater?* Ein schweres Gewicht schien in meinem Magen zu liegen. Ein seltsames Grauen zuckte wie eine Schlange in meiner Seele.

»Es freut mich so sehr, dich wiederzusehen, Galahad«, sagte der Krieger.

Lange Zeit standen wir einfach da und starrten einander an, als versuchten wir beide, Vergangenheit und Gegenwart irgendwie zu vereinen, wie man zwei Enden eines gerissenen Seils zusammenknotet.

»Kommt, Fürst Gawain von Lyonesse«, sagte Bruder Brice und führte die drei anderen durchnässten Krieger zum Kloster. »Jetzt, da wir wissen, dass wir nicht von Sachsen ermordet werden, wollen wir uns auch nicht den Tod holen stattdessen, bei diesem üblen Wetter.«

»Ich bin nur froh, dass wir nicht gegen euch kämpfen mussten, Bruder«, sagte Endalan mit dem Lächeln eines hungrigen, müden Mannes, der weiß, dass er bald im Warmen sitzen und seinen Hunger stillen darf.

Yvain blieb stehen und nickte Iselle zu. »Wenn ihr hier vor jemandem Angst haben solltet, dann vor ihr. Ihr Bogen ist absolut tödlich, wie drei Sachsen bestätigen könnten, wären sie noch unter den Lebenden.«

Wir alle blieben stehen. Iselle stellte ihren Bogenstab auf dem Boden ab, hob das Kinn und starrte die Krieger herausfordernd an. Die musterten sie zwar neugierig, ich konnte jedoch keine Ungläubigkeit in ihren Augen erkennen.

»Sie heißt Iselle«, sagte ich, worauf Iselle etwas Bösartiges zischte und eindeutig verärgert war, dass ich es gewagt hatte preiszugeben, was mir nicht zustand.

»Nun, Iselle«, Gawain neigte leicht den Kopf in ihre Richtung, und ein Rinnsal lief von seinem Helm, »ich hoffe, diese Mönche sind so reich an Wein und Bier, wie man sich erzählt.«

»Das Mädchen kann uns keine Gesellschaft leisten.« Bruder Judoc deutete auf das flache Gebäude. »Sie hat es im Kuhstall recht behaglich.«

Gawain rümpfte die Nase und schaute von mir zu Iselle. »Sie tötet drei Sachsen, und ihr lasst sie beim Vieh schlafen?« Er starrte Bruder Yvain an, der unbehaglich mit den Schultern zuckte.

»Sie ist ein Wildling, Herr«, sagte Bruder Brice.

»Wir dulden keine Frauen in unserem Kloster«, fügte Bruder Judoc hinzu.

»Einen seltsamen Gott habt ihr.« Gediens schüttelte den Kopf.

»Sie bekommt Wein und einen Platz am Feuer.« Gawains Blick funkelte so heftig, dass Judoc und Brice einander nur ansahen; beide waren nicht gewillt, mit dem Krieger zu diskutieren.

»Gut, dann auf.« Bruder Brice scheuchte uns erneut ins Warme. So suchten wir Zuflucht vor dem Sturm, der Ynys Wydryn auspeitschte und dabei heulte wie hundert verlorene Seelen. Und ehe die zerzausten Stare und Krähen in ihre Nester zurückkehrten und Nacht über die Sümpfe hereinbrach, erfuhr ich, dass noch ein anderer, ungleich schlimmerer Sturm näher rückte.

Gawain und seine Männer saßen auf Schemeln am Feuer und schlangen Speis und Trank hinunter, nachdem sie ihre Felle und Umhänge und Panzer aus Bronzeschuppen zum Trocknen aufgehängt hatten. Die Luft war erfüllt vom Gestank nasser Wolle, von Schweiß und dem animalischen Geruch dieser Krieger, deren Haut mit Dreck verkrustet war. Sie waren ausgehungert. Wir schauten ihnen beim Essen zu, und keiner der Brüder traute sich, sie zu unterbrechen, außerdem wussten wir, ehe sie den ärgsten Hunger nicht gestillt hatten, würden sie uns kaum erklären, weshalb sie gekommen waren. In der Zwischenzeit betrachtete ich ihre Schwerter in den fleckigen Lederscheiden. Ich betrachtete Gawains Rüstung, dieses Lederwams, das mit abertausend überlappenden Bronzeplättchen bedeckt war und aussah wie die Haut eines prächtigen Fisches. Ich betrachtete seinen Helm mit den eisernen Nieten und den schwenkbaren Wangenklappen und dem Federbusch, lang wie ein Pferdeschweif und rot wie Blut. Selbst von der anderen Seite des Raumes schien mich das Gewicht von so viel Eisen und Bronze und Stahl zu erdrücken.

»Ihr müsst weg von hier, und zwar unverzüglich«, sagte Gawain, ohne von seinem Napf aufzuschauen. Er fischte ein Stück Fleisch heraus, hielt es zwischen Zeigefinger und Daumen und pustete. Dann rammte er sich das Stück in den Mund und schloss für einen Moment die Augen, als wollte er sich den Geschmack und die Freude dieses Essens einprägen.

Bruder Brice und Bruder Judoc, die Gawain gegenüber jenseits des Feuers standen, wechselten einen Blick. »Wir können Ynys Wydryn nicht verlassen«, sagte Brice.

»Warum sollten wir?«, fragte Judoc. »Hier sind wir sicher. Verborgen.«

»*Wir* haben euch gefunden«, sagte Gawain und kaute. Brühe rann in seinen Bart.

»Die Sachsen wissen nicht, dass wir hier sind«, sagte Brice. »Und die, die Galahad angegriffen haben …«

»Falls das überhaupt Sachsen *waren*«, warf Judoc ein.

»… müssen sich auf der Suche nach Beute verlaufen und weit von König Cerdics Armee abgesetzt haben«, fuhr Brice fort, »die meines Wissens einige Meilen östlich von Camelot stationiert ist und …«

»Die Sachsen sind hier«, fuhr Gawain dazwischen, hob den Kopf und schaute Brice direkt an. Rund ums Feuer Gemurmel und Knurren.

»Wir mussten uns an ihnen vorbeischleichen, um über den Fluss Weißensee zu kommen«, sagte Gediens und deutete mit dem Daumen hinter sich in Richtung Ostwand. Er war der jüngste der vier Männer, obwohl auch er kaum unter vierzig sein konnte. »Und zwar nicht bloß ein paar Späher oder Jäger, sondern Kriegsmeuten. Dutzende Speerträger. Wir haben ihre Feuer oben auf dem Pennard gesehen. Zu viele, um sie zu zählen.« Damit widmete er sich wieder seinem Napf, löffelte Hammelfleisch und Brühe zwischen seine verbliebenen Zähne.

Gawain hob den Becher, nahm einen tiefen Zug und wischte sich mit der Hand über Mund und Schnurrbart. »Es bleibt keine Zeit, darüber zu diskutieren oder Rat von eurem Gott einzuholen oder was immer ihr hier treibt«, sagte er nachdrücklich. »Die Sachsen sind überall. Rotten sich zusammen wie Fliegen auf einem Leichnam. Sie werden den Hügel sehen, und sie *werden* kommen.« Er schaute sich um und betrachtete die einfachen Wände und Decken, unseren einzigen Schutz vor dem wütenden Sturm. Und vor der Welt da draußen. »Und wenn sie diesen Ort finden, werden sie ihn niederbrennen und euch töten.«

Die Brüder schauten einander an, und ich sah die Angst in ihren Gesichtern, die geweiteten Augen und Nasenflügel. Auch ich empfand diese Angst, sah im Geiste wieder die Leichen, die im Moor gehangen hatten. Ich spürte das kriechende Grauen, das die Worte dieses Kriegers entfacht hatten, und alle schauten wir ihn an und warteten auf mehr, er aber sagte nichts, sondern nahm sich Zeit, seinen Becher neu zu befüllen. Die Klinge seiner Vorhersage tiefer in unseren Eingeweiden zu versenken.

Bruder Yvain war es, der schließlich das Schweigen brach. »Und wie steht es um Camelot? Morganas Speerträger haben Cerdics Plünderer stets auf Abstand gehalten. Die Sachsen wagen sich nur selten aus Caer Gwinntguic vor.«

»Die Herrin Morgana ist nicht stark genug, um Cerdic auf offenem Feld die Stirn zu bieten«, sagte Gawain. »Genau wie die übrigen Fürsten und Könige Britanniens versteckt sich Morgana hinter ihren Mauern und sieht zu, wie die Feuer den Nachthimmel röten. Cerdic dringt weiter nach Westen vor, und das Land blutet.«

»Alle, die ihm nicht die Treue schwören, werden niedergemetzelt«, sagte Hanguis und zog eine säuerliche Grimasse. Er sah wahrlich brutal aus, war fast vollkommen kahl und hatte eine leuchtend weiße Narbe, die sich schräg über seine Stirn zog, wo ihm offenbar jemand fast den Schädel gespalten hatte.

»Und Konstantin?«, fragte Bruder Yvain. Dank seiner gelegentlichen Fahrten zu den Inseldörfern in der Gegend wusste er besser als alle anderen Brüder, was in den Königreichen Britanniens vor sich ging.

»Er kämpft noch immer im Osten, schlägt aus den Wäldern

von Caer Lerion zu«, entgegnete Gawain. Ich fragte mich, wie gut er und Yvain einander gekannt hatten, damals, als sie beide für Fürst Arthur gekämpft hatten. »Er hat zweihundert Mann. Vielleicht auch ein paar mehr.« Er schüttelte den Kopf. »Aber allein wird er nicht lange durchhalten. Unmöglich.«

Ich hatte schon von Fürst Konstantin gehört, dem Sohn des Ambrosius und Neffen von Uther Pendragon. Ein Kriegsherr Britanniens und selbst ernannter König. Obwohl auch er jetzt ein alter Mann sein musste.

»Vielleicht kann Camelot bestehen«, gab Gawain zu. »Ich habe die Verteidigungsanlagen mit eigenen Händen gegraben.« Er sah mich an, lupfte eine Braue und schüttelte den Kopf wie jemand, der von einer Erinnerung heimgesucht wird, die zu seltsam scheint, als dass sie wahr gewesen sein könnte. »Es ist sehr lange her. Aber Camelot kann mit dreihundert Speeren gehalten werden. Die Herrin Morgana wird bestehen. Alles andere wird untergehen.«

Die Brüder beratschlagten über die bedrohliche Lage, diskutierten darüber, ob die plündernden Trupps der Sachsen Ynys Wydryn so tief in den Sümpfen finden würden. Ich spürte den Blick von Bruder Brice auf mir, doch als ich hochschaute, sah er Gawain an. »Warum seid Ihr hergekommen, Fürst Gawain?«, fragte er. »Falls Ihr uns nur warnen wolltet, sind wir Euch zu Dank verpflichtet und werden den Heiligen Dornbusch weiter behüten.«

Ein gutturaler Ton entfloh Gawains Kehle. »Euer Baum kümmert mich nicht, Mönch.« Er schaute auf und sah mich an. »Wegen ihm bin ich gekommen. Wie ihr sehr wohl wisst.«

Da spürte ich, wie mir das Blut in den Armen gefror. Mein Magen schüttelte sich wie das stürmische Wasser rings um

Ynys Wydryn, und plötzlich richteten sich alle Blicke auf mich, während die Flammen hüpften und der Regen über unseren Köpfen zischend ins Schilfdach fuhr.

»Ich wäre schon früher gekommen, Junge«, sagte Gawain zu mir. »So oft wollte ich kommen.« Bedauern lag in seiner Stimme und in seinem Blick. Ein Blick, der an mir klebte, als teilten wir eine gemeinsame Vergangenheit, dabei kannte ich ihn doch kaum. »Andere Angelegenheiten haben uns davon abgehalten. Andere Eide.« Er hob den Becher und trank.

Bruder Yvain wirkte mit einem Mal angespannt. »Habt ihr ihn gefunden?«, fragte er und reckte das bärtige Kinn in Richtung Gawain.

»Wen gefunden, Bruder?«, fragte ich.

»Den Druiden«, fauchte Bruder Judoc. »Sie reden über den Druiden Merlin.« Die übrigen Mönche machten das Zeichen des Dornbusches. Bis auf Yvain, wie mir auffiel.

»Die ganzen letzten zehn Jahre haben wir ihn gesucht«, sprach Gawain in die Flammen. »Die wenigen von uns, die noch übrig sind. Wir haben einen Eid geschworen, und wir haben diesen Eid nicht gebrochen. Wir haben Merlin in jedem Winkel der Dunklen Inseln gesucht. Viele, die ausgezogen sind, sind nicht zurückgekehrt. Die Männer haben dieser Suche ihre letzten guten Jahre geopfert.« Er schüttelte den Kopf, sah wohl im Geiste die Gesichter alter Freunde.

»Aber ihr habt ihn gefunden?«, fragte Yvain. Er war ums Feuer gegangen und ragte jetzt hinter Gawain auf, der noch auf seinem Schemel saß, den Becher mit Apfelwein in der Hand. Er antwortete nicht, auch wenn seine Augen im Schein des Feuers heller zu glühen schienen.

»Wir werden hier nicht über den Druiden sprechen«, sagte

Bruder Brice mit finsterer Miene, die Augen entschlossen zusammengekniffen. »Und wir wollen auch nichts davon hören, dass Ihr hier seid, um den jungen Galahad von uns zu nehmen. Ihr wisst, dass er dem Orden angehört.«

Gawain erwiderte den kalten Blick des Mönchs. »Er ist noch nicht geschoren.« Er wandte sich an mich. »Hast du das Gelübde des Dornbuschs abgelegt?«

Bruder Brice sah mich warnend an.

»Nein, Herr«, sagte ich.

»Der Mond nimmt bereits wieder zu, Fürst Gawain«, fiel Bruder Brice ein, ehe ich weitersprechen konnte. Er hob eine Hand und fuhr mit der Kante durch eine Schlange aus schwarzem Rauch, die sich aus den Flammen kräuselte. »Sowie er voll ist, werde ich Galahad persönlich die Tonsur schneiden. Er hat die letzten zehn Jahre bei uns gelebt …«

»Ich weiß, seit wann er hier ist, Mönch«, knurrte Gawain.

Bruder Brice nickte knapp. »Und Ihr wisst, dass er sein Leben Christus verschrieben hat und dem Heiligen, der den Leichnam unseres Herrn vom Kreuz nahm. Galahad wird ein Bruder unseres Ordens.«

»Galahad kommt mit uns«, sagte Gawain.

Bruder Judoc machte einen Schritt auf Gawain zu und zeigte mit dem Finger auf den Krieger. »Ihr habt hier nichts zu sagen.«

»Prior Drustanus hat von Anfang an gewusst, dass ich den Jungen eines Tages holen würde«, knurrte Gawain. »Holt ihn her. Er wird es euch bestätigen.«

»Der Prior liegt im Sterben«, sagte Judoc, und alle, die wir dem Dornbusch dienten, machten sein Zeichen.

Gawain zuckte müde mit den Schultern. »Galahad kommt mit mir.« Er sah mich an. »Du erinnerst dich? Du erinnerst dich daran, dass ich dir gesagt habe, ich komme dich eines Tages abholen?«

Die Gedanken wirbelten durch meinen Schädel, während Bruder Brice und Bruder Judoc murrten und protestierten und die übrigen Brüder raunend die Köpfe zusammensteckten. Ich betrachtete das Gesicht des silberbärtigen Kriegers, folgte der alten Narbe, die sich von seiner Augenbraue bis in den Haaransatz zog.

»Ich erinnere mich an Euch, Herr«, sagte ich. Alles verstummte. »Ich war ein kleiner Junge.«

Gawain nickte. »Woran genau erinnerst du dich?«

Ich schaute ringsum in die Gesichter und sah Sorge und Neugier. Unbehagen und sogar Verärgerung. Nur Yvain nickte mir wortlos zu – *rede weiter*.

»Es war am Tag der großen Schlacht«, sagte ich und warf meinen Geist aus, zurück durch die Jahre bis zu jenem Tag. Wieder sah ich Gawain an, und plötzlich war alles in Reichweite, die Erinnerung hell und scharf wie eine Klinge, die ich mich nicht zu berühren traute.

»Und?«, drängte Gawain.

Ich schaute lieber in die Flammen als in die Augen des Kriegers. Ich konnte nicht tief genug einatmen. Die Luft im Raum war stickig, meine Kehle zog sich zusammen wie eine Faust, mein Atem hing mir im Rachen fest und zuckte wie ein Kaninchen in einer Schlingenfalle.

Ich wollte mich nicht erinnern.

»Nur zu, Galahad«, sagte Gawain abermals. Unter dem Bart zuckte ein Muskel in seiner rechten Wange.

Ich räusperte mich. »Ihr habt mich gefunden. Uns gefunden«, korrigierte ich mich. »Danach.«

Der Anblick der Frau mit dem rabenschwarzen Haar erfüllte meinen Geist. Guinevere, die Frau, die mein Vater geliebt hatte. Selbst während meine Mutter noch lebte, hatte er diese andere geliebt. Ich hatte geglaubt, diese bittere Erkenntnis wäre mir erst Jahre später aufgegangen, in den dunklen Stunden, in denen ich mein Hirn nicht daran hindern konnte, Erinnerungsfetzen hochzuwürgen, wie die See Klumpen aus Seegras auf einen Kiesstrand speit. Jetzt begriff ich, dass ich es schon immer gewusst hatte, selbst vor dem Tag, da sie im Wald vor unserer Tür gestanden hatte, als wäre sie ein fleischgewordener Geist und von irgendeinem Gott geschickt worden, um meinen Vater und mich zu verdammen. Wie mein Vater und sie einander angesehen hatten. Der Schmerz in ihren Augen. Die Sehnsucht. Die Hoffnungslosigkeit. Damals hatte ich für all das keine Worte gehabt, aber *gesehen* hatte ich es trotzdem. Selbst mit meinen Kinderaugen.

»Ich habe dich gefunden, Galahad«, bestätigte Gawain mit einem Nicken, und ich sah, dass dieser schreckliche Tag für ihn noch frisch wie der gestrige war. »Alles war verloren. Wir hatten die Sachsen und die Verräter so lange wie möglich bekämpft. So hart wie möglich. Am Ende brachen beide Seiten den Kampf ab.« Seine Zähne zupften an seiner Lippe. »Es war reiner blutiger Wahnsinn. Heilloses Chaos.«

Gediens verzog das Gesicht, Hanguis schüttelte den Kopf, Endalan berührte den eisernen Knauf seines Schwertes, um Unglück abzuwenden. Die Erinnerung an diesen Tag brannte ihnen allen noch immer im Kopf. Wie eine schwärende Wunde.

Gawain sah mich wieder an. »Nachdem ich da rausgekommen bin, habe ich dich und Guinevere gefunden. Ich konnte nicht sagen, was mit ihr passiert war.« Seine Brauen hoben sich, als wollten sie fliehen vor dem Anblick, den seine Augen erduldet hatten. »Ich glaube, sie hat es nicht verkraftet. Sie beide zu verlieren. Und das, nachdem sie gerade wieder Schwertbrüder geworden waren. Nach allem, was passiert war.« Er schüttelte den Kopf. »Ihr Geist war gebrochen, verstehst du?« Seine Finger flatterten in der verrauchten Luft. »Einfach … fort.«

»Ich erinnere mich«, sagte ich. Betrachtete meine Hände. Rieb Daumen und Fingerspitzen aneinander, konnte Tormaighs raue Mähne beinahe auf der Haut spüren. Tapferer, stolzer Tormaigh, das Schlachtross meines Vaters. Ich schloss die Augen und hörte seine Hufschläge in der Erde und den Schlachtenlärm hinter mir verhallen wie einen fernen Ozean. Ich hatte mich an ihn geklammert, und er hatte mich zu einem Birkenwäldchen getragen. Dort hatten wir Guinevere gefunden, die ausgestreckt zwischen rosa Weidenröschen und cremefarbenem Mädesüß lag.

»Ich dachte, sie wäre tot«, sagte ich, »aber ich konnte keine Verletzungen erkennen. Dann dachte ich, sie schliefe, konnte sie aber nicht wecken.«

»Gefangen irgendwo zwischen Leben und Tod, hieß es.« Bruder Yvains Worte brachen wie eine neue Welle über mich herein. Die Erinnerung verdrehte mir das Gedärm. Wie benommen öffnete ich die Augen und sah Gawain an. In einer glitzernden Träne auf seiner Wange tanzte eine winzige Flamme.

»Wir haben viele Brüder verloren an diesem Tag.« Hanguis leerte seinen Becher. »Aber wir werden sie bald genug wiedersehen.«

»Ich habe dich auf einem Pfad tiefer im Wäldchen gefunden«, sagte Gawain. »Irgendwie hattest du Guinevere auf den Rücken des Pferdes gehoben. *Ich* habe dich gefunden, Junge.

Und dich hergebracht.« Er sah sich um, als wollte er seine Erinnerungen an diesen Ort mit der Wirklichkeit abgleichen. »Die Brüder haben dich aufgenommen, und dafür bin ich ihnen dankbar.« Er nickte Bruder Brice und Bruder Judoc zu. »Dann habe ich Guinevere zu einer Frau in Caer Gloui gebracht. Einer Heilerin.« Abermals schüttelte er den Kopf. »Aber die Frau konnte ihr nicht helfen. Hatte nicht einmal einen Namen für ihr Leiden. Also habe ich Guinevere zu den Nonnen jenseits des Wassers gebracht.«

»Genug«, sagte Bruder Judoc. »Wir wollen hier nicht weiter über diese Frau sprechen. Sie hat jenseits des Schattens des Allmächtigen gelebt.«

»Ohne ihren Verrat hätte Arthur die Sachsen zurück ins Meer getrieben«, sagte Iselle, und diese Brüder des Dornbusches, die Iselle nicht unter ihr Dach hatten lassen wollen, nickten ernst.

»Kann sein«, sagte Gawain und betrachtete die tanzenden Flammen. Er nickte. »Kann sein.«

Die Holzscheite knackten und spuckten in der Stille.

»Selbstverständlich dürft Ihr die Nacht bei uns verbringen, Fürst Gawain«, sagte Bruder Brice nach einer Weile. »Aber sobald der Sturm vorübergezogen ist und Ihr am Morgen sicher aufbrechen könnt, werdet Ihr und Eure Männer uns verlassen.«

Gawain nickte. »Wir werden euch verlassen«, sagte er, »und Galahad mitnehmen.«

Plötzlich war mir kalt. Mein Atem verfing sich in der Brust, ich schaute Bruder Brice an.

»Bruder?« Ich brauchte seine Bestätigung. Wollte, dass er diesem vernarbten Krieger die Stirn bot, kraft seines ehrwürdigen Alters, seiner Weisheit und der Stärke seines Glaubens.

»Sei unbesorgt, Galahad.« Bruder Brice hob die Hand in meine Richtung. »Fürst Gawain hat hier nicht das Sagen.«

»Und trotzdem«, sagte Gawain und schob einen Stock ins Feuer, »werde ich den Jungen mitnehmen, wenn ich gehe.«

Ich holte tief Luft, gestärkt durch Brice' Kühnheit, obwohl die Kälte meinen Magen nicht losließ. »Ich werde Ynys Wydryn nicht verlassen, Fürst Gawain«, sagte ich. »Mein Platz ist hier.« Ich deutete auf die drei Krieger, die neben Gawain ums Feuer saßen. »Ihr habt Eure Brüder und ich die meinen.« Bruder Brice und die anderen nickten und murmelten anerkennend.

»Dein Platz?« Gawain starrte ins Feuer und schüttelte den Kopf. »Wo immer dein Platz sein mag, Galahad, hier ist er nicht. Man kann sich nicht vor der Zukunft verstecken, genauso wenig wie vor der Vergangenheit.«

»Auch wenn man es sich noch so sehr wünscht«, flüsterte Hanguis, während das Feuer knisterte und die Flammen züngelten und Bruder Brice einen wissenden Blick mit Bruder Judoc wechselte.

»Bis Ihr hier angekommen seid, habe ich keinen Gedanken an die Vergangenheit verschwendet«, log ich. »Nur an die Zukunft. An meine Zukunft hier, als Bruder des Heiligen Dornbuschs.« Ich schaute ihm entschlossen in die Augen. »Wenn Ihr morgen aufbrecht, werde ich den Dornbusch besuchen und für Euch beten, Fürst Gawain. Und sobald ich mein Gebet beendet habe, werde ich nicht mehr an Euch denken. Ich werde nicht mehr an jenen Tag denken.«

Gawain betrachtete mich. Ich wusste nicht, was er in meinem Gesicht zu entdecken suchte, sah aber in seinem Blick, dass es unauffindbar war.

»Du siehst müde aus, Bruder«, sagte Judoc zu mir. Ich konnte mich nicht erinnern, dass er mich je so genannt hatte. »Genau wie dieser Sturm hat auch Fürst Gawain Dinge aufgewühlt, die lieber ungestört ruhen sollten.« Er deutete auf die Tür, hinter der ein einfacher Weg aus Holzplanken durch den Matsch zum Dormitorium führte. »Geh und ruh dich aus, Bruder. Und lass deine Gedanken nicht zu weit schweifen.«

Ich regte mich nicht, sondern sah Iselle an, die die Krieger mit einer Achtung musterte, die an Ehrfurcht grenzte, ganz wie die Brüder den Dornbusch auf seinem einsamen Hügel ansahen. In Wahrheit wollte ich nicht einfach gehen, damit sie ohne mich weiterreden konnten. Aber genauso wenig wollte ich hier in Gesellschaft von Gawain und seinen Männern bleiben. Ich wollte nicht länger das Eisen ihrer Rüstungen und den Schafsgestank des Fettes auf ihren Klingen einatmen, denn es war der Geruch von Geistern.

»Tu, was Bruder Judoc sagt, Galahad.« Bruder Brice lächelte mir zu. »Ich komme gleich nach, um deinen Verband zu erneuern.«

»Ja, Bruder«, sagte ich, drehte mich um und schaute Gawain nicht noch einmal an, bevor sich die Tür hinter mir schloss.

In dieser Nacht schlief ich nur wenig. Die Wunden der Dornenrute brannten wie Feuer, sodass ich nicht bequem liegen konnte, sondern mich an mein Kissen klammerte wie ein Schiffbrüchiger an Treibholz. Und in gewisser Weise glaubte ich tatsächlich zu ertrinken. Vielleicht war es das steigende Wasser des Marschlandes oder der Regen, der noch immer auf das Schilfdach und die Wände des Dormitoriums eindrosch.

Aber ich glaube nicht. Ich glaube, es lag an Gawains Ankunft und an der Vergangenheit, die er mit sich brachte, die mich zu ersticken drohte. Dass ich zurück in den finsteren Morast gezogen wurde, aus dem ich mich vor vielen Jahren befreit hatte.

Vielleicht hätte ich Schlaf gefunden, hätte ich mehr Apfelwein getrunken – so aber hatte ich Angst vor den Träumen, die mich heimsuchen würden, sollte ich dem launischen Schlaf die Zügel meines Verstandes in die Hand geben. Also lag ich wach im dunklen Dormitorium, versuchte vergebens, an etwas anderes zu denken als an jenen Tag vor zehn Jahren, als mir alles, was ich im Leben gekannt hatte, entrissen worden war. Als alles, was ich war, alles, was ich zu werden hoffte, wie Rauch verwehte und zu bloßer Erinnerung wurde.

Sobald ich sicher war, dass die Brüder tief und fest schliefen, als Bruder Yvain und Bruder Meurig wie Mastschweine um die Wette schnarchten und selbst Bruder Folant sein unverständliches, traumgetriebenes Murmeln eingestellt hatte, schälte ich mich vorsichtig aus den Decken und kniete auf den Schilfmatten am Fußende meines Bettes. Einzige Lichtquelle im Raum war eine kleine Hornlampe neben Bruder Judocs Bett, an deren Kerze er abmessen konnte, wann er uns zum Nachtgebet zu wecken hatte. Aber ihr fahlgelber Schein reichte nicht weit, und so folgten meine Hände meinen Augen zum gewölbten dunklen Umriss der Eichentruhe, die all meine weltlichen Besitztümer barg. Einen Moment lang hockte ich nur da und ließ die Handflächen auf dem glatten Holz ruhen. Erinnerte mich.

Das Quietschen der Scharniere war kaum lauter als das der Mäuse im Stroh. Niemand erwachte. Ich atmete den Geruch meines Elternhauses und der Vergangenheit ein. Versenkte die Hände in der Truhe, vorbei an meinem Reservehabit aus abgetragener Wolle und an dem dürftigen Becher, den ich in meinem zweiten Jahr auf Ynys Wydryn unter Yvains Anleitung gefertigt hatte. Der Becher war beim Trocknen gerissen, behalten hatte ich ihn trotzdem. Ich grub tiefer und fühlte Tormaighs Zaumzeug; Stirnriemen, Backenstück, Kehlriemen. Durch bloße Berührung hatte ich sofort den Geruch des alten rissigen Leders in der Nase. Und auch Tormaighs Duft glaubte ich zu erkennen, der in den wenigen Strähnen seiner Mähne hing, die noch immer zwischen Stirnriemen und Backenstück klemmten. Ich fühlte die kalte harte Trense und sah vor mir, wie Gawain sie aus dem Mund des toten Schlachtrosses zog. Ich hatte sie sorgfältig vom blutigen Speichel des Pferdes gereinigt und das Zaumzeug mit nach Ynys Wydryn genommen, denn ich hatte Tormaigh geliebt, und er hatte mich nie verraten. In den ersten paar Monaten hatte ich Leder und Eisen sorgsam gepflegt, um dem Ross Ehre zu erweisen. Nach meinem ersten Jahr hier hatte ich das Stück nie wieder ans Tageslicht gehoben.

Ich fühlte die weiche Lederbörse, in der einige Beeren des Heiligen Dornbusches schlummerten. Prior Drustanus persönlich hatte sie in meinem ersten Winter auf Ynys Wydryn von den stachligen Zweigen gezupft und mir anvertraut. Ich nestelte am Lederriemen und griff hinein, suchte nach den Beeren, die hart und verschrumpelt durch meine Finger wanderten. Dann ließ ich ab und zog die Börse wieder zu, denn ich hatte mich an die Truhe gemacht, um noch tiefer zu graben. Und dann fand ich sie dort im Dunkeln. Das Leder war noch immer geschmeidig. Noch immer fest.

Eine Rüstung, um das Innere des Unterarmes eines Jungen vor dem Peitschenschlag der Bogensehne zu schützen. Ich zog die Armschiene hervor und staunte, wie klein sie war. In meiner

Erinnerung war sie eines erwachsenen Kriegers würdig gewesen. Ich hielt sie unter die Nase und roch das Bienenwachs, das sorgfältig ins Leder einmassiert worden war. In der Dunkelheit konnte ich gerade eben das schlichte Muster ausmachen, das mit großer Vorsicht in die Außenseite eingearbeitet war. Eine Sonne. Strahlen nach allen Seiten. Eine gleißende Sonne. Die gleiche, nur kleiner, die auch Tormaighs Brustpanzer aus gehärtetem Leder geziert hatte.

Diese Armschiene in der Hand zu halten, reichte aus, um ein Echo der Begeisterung zu spüren, die mich ergriffen hatte, als ich zum ersten Mal meinen Arm hineinsteckte und das Leder auf der Haut spürte. Noch immer kniete ich auf dem Boden, schloss die Augen und ließ mich tiefer in die Vergangenheit ziehen. Ich sah meinen Vater am Herdfeuer sitzen, leicht vorgebeugt, um sein Werkstück besser sehen zu können. Er bearbeitete das Leder mit einer Messerspitze. Knüpfte die Riemen. Rieb das Bienenwachs in die Oberfläche, bis sich die Flammen im Leder spiegelten. Seine Augen waren zusammengezogen und sein Blick unsicher, als fürchte er, seine Arbeit könnte zu dürftig ausfallen, obwohl ich nie etwas Schöneres erblickt hatte.

Am Ende war er stolz gewesen auf diese Armschiene. Und ich hatte sie getragen und war mir wie der König des Waldes vorgekommen.

Vater.

4

In die Erde

Ich fand Gawain und seine Männer in der Wärmestube, mit Schüsseln voll heißem Weizenschrot und Milch und Honig, und mit Löffeln, die ich selbst gefertigt hatte. Auf dem Boden stand eine leere Schüssel neben Iselles Sachsenschwert und zwei beschädigten Pfeilen, und mein Magen tat einen Satz. Ich begriff nicht recht warum, bis mir zu meiner Verblüffung aufging: Mir war die Vorstellung zuwider, dass sie die Nacht zusammen mit diesen Männern am Herdfeuer verbracht hatte.

Die Krieger wirkten wach und entschlossen und erfrischt nach einer trockenen Nacht mit ausreichend Schlaf. Sie hatten sich die Knoten aus Haupthaar und Bärten gekämmt, den Dreck von ihren Rüstungen gekratzt und ihre Helme poliert, die jetzt im Morgenlicht schimmerten, das in den Raum fiel, denn die Tür stand offen, damit die frische Luft den feuchten Gestank aus der Stube wehen konnte.

Irgendwann im Lauf der Nacht hatte der Wind nachgelassen. Auch der Regen war nur noch ein leichtes Nieseln, das wie Tau in der Luft hing.

»Ich hoffe, du hast gut geschlafen, Galahad«, sagte Gawain und zeigte mit dem Löffel auf mich.

Vor dem Nachtgebet hatte ich überhaupt nicht geschlafen und auch danach wach gelegen, bis das erste Licht durch die Fensterschlitze sickerte. Stattdessen hatte ich zum heiligen Joseph der Dornen gebetet, er möge mir den rechten Weg zeigen.

»Habe ich nicht, Herr«, gab ich zurück und fragte mich, wo Iselle wohl stecken mochte.

Gawain lächelte halbherzig. »Du bist jung genug, dass man es dir nicht ansieht.« Er wölbte die Augenbraue, die von der brutalen Narbe durchzogen wurde. »Das war ich auch mal. Es gab nie genug Wein und genug Frauen. Ich konnte die ganze Nacht durchzechen und trotzdem im Morgengrauen im Sattel sitzen, um Hirsch oder Wildschwein zu jagen.«

Seine Männer kicherten. Bruder Meurig trat ein und reichte Gediens einen kleinen, prall gefüllten Sack. »Käse, Brot, ein Huhn, etwas geräuchertes Hammelfleisch und jede Menge Haselnüsse, die noch gut sind. Und vier Flaschen unseres … belebenden Apfelweins«, sagte er.

Die Krieger dankten Meurig, obgleich klar war, dass es sich um ein Abschiedsgeschenk handelte, das ihnen verdeutlichen sollte, sie hätten noch in den Morgenstunden aufzubrechen.

»Ihr werdet noch eine Flasche holen müssen«, sagte Gawain zu Meurig, der den Blick des Kriegers erwiderte und dann mich ansah.

»Galahad?« Bruder Meurig schaute auf den Beutel in meiner Hand, dann in meine Augen.

»Ich habe es doch gesagt, Mönch«, sagte Gawain, ehe ich antworten konnte. »Galahad kommt mit mir.«

Meurig stand einen Moment stumm da, blinzelte und zupfte sich am Ohrläppchen, eindeutig unsicher, was er sagen oder tun sollte. Dann wandte er sich ab, eilte hinaus und ließ mich mit den vier Männern allein.

»Der Weg wird beschwerlich.« Gawain nickte zur Tür hinaus, wo der verdrießliche Tag unter einer schweren Wolkendecke brütete, die noch immer wütend aussah, sich aber augenscheinlich ausgetobt hatte.

»Ich habe nicht gesagt, dass ich mit Euch komme«, sagte ich.

Er ignorierte meine Bemerkung. »Es gibt kein Zurück. Dieser Ort ist geliefert. Die Tage, in denen du dich vor der Welt verstecken konntest und vor dir selbst – sie sind vorbei.«

»Ich habe mich noch nicht entschieden«, sagte ich und glaubte mir sogar, trotz des Beutels in meiner Hand. Trotz der Tatsache, dass ich ihn gerade eben vollgestopft hatte mit einem gewachsten Hirschfell, meinem alten Habit, etwas Brot und Käse und Rauchfleisch, die ich aus der Vorratskammer gestohlen hatte, dazu sechs Äpfel und einen Becher, der nicht löchrig war. Irgendwann mitten in der Nacht hatte ich beschlossen, mit Gawain zu gehen, obwohl mir die Vorstellung jetzt, im bleichen Tageslicht, wieder vollkommen absurd vorkam. Außerdem erboste mich Gawains Anmaßung. Aber noch immer hielt ich den Beutel fest.

»Du kannst nicht verleugnen, wer du bist«, sagte Gawain. »Wer dein Vater war.«

Gediens und Endalan wechselten einen schnellen Blick und wollten sich offenbar erheben. Gawain knurrte sie an, sie sollten bleiben, wo sie waren.

Da schien sich meine animalische Seite aufzubäumen und zu schütteln. Ich spürte es in meinen Innereien und in der Brust und zitternd bis in alle Glieder. »Kein Wort über meinen Vater«, fauchte ich. »Ich hasse ihn.«

Gawain zuckte zurück, als hätten ihn diese Worte gestochen.

»Das verstehe ich, Galahad«, sagte er. »Dein Vater und ich …« Er stockte und suchte nach den passenden Worten. »Wir waren nicht immer Freunde. Bisweilen sogar noch weniger.«

Ich sah den Schatten einer finsteren Fratze auf Hanguis' Lippen, aber was immer mein Vater ihm angetan haben mochte, er behielt es für sich.

»Trotzdem«, fuhr Gawain fort, »dein Vater war der gewaltigste Krieger, den ich je gekannt habe. Er war besser als ich. Besser als Arthur«, fügte er leise hinzu, und seinem Blick kam die Schärfe abhanden. In dem Moment schien Gawains Geist aus diesem Raum zu fliehen. Er war irgendwo anders, zwanzig Jahre entfernt. Und wo immer er sein mochte, mein Vater war bei ihm. »Nie habe ich solches Können gesehen«, murmelte er. »So etwas kann man weder lehren noch lernen. Es war gottgegeben.«

Ich machte das Zeichen des Dornbusches.

»Nicht dein Gott aus Dornen und Gestrüpp, Bursche«, sagte Gediens verächtlich. »Taranis, der Herr des Krieges. Er war es, der deinen Vater geliebt hat.«

Ich kam mir vor wie ein Narr. Warum stand ich hier herum, klammerte mich an einen Beutel und redete mit diesen Männern, die sich so sehr von mir unterschieden wie der Gerfalke von der Dohle?

Gawain schüttelte seine Erinnerungen ab und kehrte über die Kluft der Jahre zu uns zurück. Sein Blick grub sich direkt in meine Seele. »Du bist Lancelots Sohn.«

Meine Glieder waren taub und schwer, aber nicht vom Schlafmangel.

»Ich bin kein Krieger«, gab ich zurück.

»Das hab ich doch gerade gesagt, Junge. Dein Vater ist nicht zum Krieger gemacht, sondern als solcher geboren worden. Wo er gekämpft hat, sind die Feinde verwelkt und unsere Speerträger zu Helden geworden. Lancelot bei uns zu haben, das hatte den gleichen Effekt, wie Arthurs Bärenbanner über unseren Köpfen wehen zu sehen. Oder das Banner des Pendragon vor ihm. Es hat den Sachsen allen Mut ausgesaugt und ihn uns gegeben.«

»Er bedeutet mir nichts«, sagte ich.

»Sein Blut fließt in deinen Adern«, sagte Gawain.

Warum hatte ich die Kinderarmschiene aus meiner Truhe genommen und in den Beutel gesteckt? Ich hätte sie hinunter zum Steg bringen und in den Sumpf werfen sollen. Vielleicht wären dann meine Erinnerungen mit ihr versunken.

»Was ist hier los?«, sagte Bruder Brice, der im Türrahmen aufgetaucht war. Meurig stand schräg hinter ihm.

»Wir brechen auf.« Gawain erhob sich. Die anderen Krieger taten es ihm gleich, nahmen ihre Schuppenpanzer vom Haken und ihre Helme und Waffen zur Hand, die in der Wärmestube verteilt lagen.

Bruder Brice sah mich an. Den Beutel in meiner Hand. »Galahad?«

»Sag's ihm, Junge«, knurrte Gawain.

»Ich muss mit ihnen gehen, Bruder«, sagte ich.

»Wohin gehen?«, fragte Brice.

Ich schaute Gawain an und kam mir schon wieder wie ein Narr vor, denn ich hatte weder gefragt, wohin wir gehen mussten, noch, warum überhaupt. Ich wusste nur, ich musste sie begleiten.

»Das habe ich euch schon gesagt, Mönch.« Gawain mühte sich in die lange Rüstung aus glitzernden Bronzeschuppen.

»Die Sachsen rücken näher. Sie werden diesen Ort finden, wenn nicht in den nächsten paar Tagen, dann spätestens im Frühjahr. Kommt mit uns. Oder geht hier zugrunde.«

»Unser Platz ist hier. Auf dieser heiligen Insel, in deren Erde Joseph von Arimathäa seinen Stab stieß, der Wurzeln schlug und zum Heiligen Dornbusch heranwuchs.« Brice machte das Zeichen des Dornbusches, wie wir es alle taten, wann immer er erwähnt wurde. »Wir fürchten den Tod nicht.« Er packte den Stoff seines Habits mit den knorrigen Fingern. »Wir brauchen keine Rüstung. Weder Schwert noch Schild. Abgesehen von alldem liegt Prior Drustanus auf dem Sterbebett. Sollen wir ihn einfach im Stich lassen?«

»Ich werde nicht zulassen, dass Galahad sein Leben für einen Baum wegwirft«, sagte Gawain. »Oder für einen Mann, der ohnehin schon halb tot ist.«

»Ich gehe mit ihnen, Bruder«, wiederholte ich.

Bruder Brice kam zu mir und nahm meine Hand, drehte Gawain und seinen Kriegern den Rücken zu. Mittlerweile hatten sich Bruder Judoc und einige andere draußen versammelt. Ich konnte sie leise reden hören.

»Du hast keinerlei Verpflichtung, mit diesem Mann fortzugehen«, sagte Brice, »unabhängig von der Vergangenheit. Sein Weg ist nicht dein Weg.« Die Haut seiner Hände war rau wie Lindenrinde. »Du bist nicht dein Vater.«

»Vielleicht wünscht Gott, dass ich gehe«, sagte ich lahm. Ich hatte keinen Grund zu dieser Annahme, aber auf der anderen Seite hatte ich auch nie die Stimme des Herrn im Himmel in meinem Kopf vernommen, wie er mir verkündete, ich sei dazu bestimmt, ein Diener des Dornbusches zu sein.

Zu meiner Verblüffung nickte Brice. »Das mag sein, Galahad.

Vielleicht wirkt es tatsächlich schicksalhaft, dass Gawain nach all den Jahren zurückgekehrt ist, so kurz, bevor du die Tonsur bekommen und dein Gelübde ablegen sollst.«

Er schürzte die Lippen und dachte lange Zeit nach, während sich die Krieger hinter ihm reisefertig machten. »Gib mir einen Tag, Galahad«, sagte er schließlich. »Lass mich Rücksprache mit den anderen Brüdern halten und unseren Heiligen um Rat fragen.« Er wandte sich an Gawain. »Ihr könnt noch eine Nacht bleiben. Esst und ruht Euch aus. Würdet Ihr uns das zugestehen?«

Gawain sah seine Begleiter an. Gediens zuckte mit den Schultern, Endalan nickte. Hanguis deutete mit seinem großen Speer auf mich. »Gib ihm noch einen Tag, damit er sich seiner Sache sicher ist«, sagte er zu Gawain. »Wird uns kaum schaden, noch etwas mehr Wärme in die Knochen zu kriegen. Und mehr gutes Essen in unsere Bäuche.«

Gawain kratzte sich den Bart. »Einen Tag, Mönch«, sagte er, »weil ihr den Jungen aufgenommen und all die Jahre gut behandelt habt.« Er nahm seinen eigenen Speer, der hinter ihm an der Wand lehnte, ging nach draußen und zerteilte die Schar Mönche, die sich vor der Tür drängten.

»Na schön, Galahad.« Bruder Brice bedachte mich mit einem müden Lächeln. »Mir scheint, ich darf mich noch ein wenig länger an deiner Anwesenheit erfreuen. Und es gibt etwas, das wir tun müssen. Komm mit.«

»Wohin, Bruder?«, fragte ich. Aber er hatte sich bereits umgedreht und war aus der Wärmestube in den angebrochenen Tag hinausgetreten, also folgte ich.

Bruder Brice brachte mich zum Dornbusch. Er stand auf dem windigen Hügel ein Stück westlich von Ynys Wydryn, schwarz und einsam und uralt. Geduldig und beharrlich, eine Zuflucht für Schafe und, in gewissem Sinne, auch für die Menschen. Dort stand er und wachte über uns, seit fast fünfhundert Jahren schon.

Bereits aus einiger Entfernung waren die Fetzen zu sehen, die zwischen den Zweigen flatterten. Hunderte Stückchen Wolle oder Leinen, über die Jahre von Pilgern hier hinterlassen, und alle wiegten sich im Wind, als flüsterten sie die Gebete, die jene Menschen auf den Lippen gehabt haben mochten, die sie dort angebunden hatten.

Wir näherten uns dem Baum und scheuchten eine Schar Saatkrähen auf. Die Vögel stiegen aus den knorrig zerklüfteten Ästen des Dornbusches auf und beschwerten sich lautstark, bildeten eine Wolke aus dunklen grün und blau schillernden Federn, als löse sich der Baum selbst im Wind auf. Ich zählte neun Vögel, die in den Himmel strebten und im Grau verschwanden, und ich kam nicht umhin, darüber nachzudenken, dass es die Zahl der Männer war, die auf diesem Hügel lebten – mit einer Ausnahme.

Bruder Brice erwies dem Baum die Ehre, dankte dem Heiligen dafür, Avalon und Ynys Wydryn als den Ort erwählt zu haben, an dem er seine Kirche gründete. Dann zückte Brice sein kurzes Messer und schnitt einen Zweig vom Dornbusch. Die Anstrengung ließ ihn keuchen und bescherte ihm einen roten Kopf.

»Wenn man sich vorstellt«, er wischte sich den Schweiß von der Stirn, »dass Josephs Hand, die den Stab hielt, aus dem der Dornbusch gewachsen ist, auch den Leib Jesu berührte, als er Ihn vom Kreuz genommen und ins Grab gelegt hat.«

Er hielt mir den Zweig hin, und ich berührte ihn vorsichtig, um den langen, spitzen Dornen zu entgehen. »So berührst auch du jetzt den Leib Christi«, sagte er und senkte das Haupt. Seine Kopfhaut war noch rau von der frischen Tonsur. »Im übertragenen Sinne.«

Ich nickte und zog die Hand fort. Er steckte den Zweig, der wohl als Gabe für den Prior gedacht war, in den Gürtel. Ich stellte mir vor, wie der alte Drustanus den Zweig halten würde, während seine Seele diese Welt verließ.

Ich wusste, was Bruder Brice damit bezweckte. Und ich hatte wirklich Ehrfurcht vor dem Dornbusch. Um seiner selbst willen, da er als Zeichen für Gottes Macht aus einem Stab entsprungen war, aber auch weil er einen Neuanfang für die Völker Britanniens symbolisierte. Die alten Götter hatten diese Inseln verlassen oder sich von den Briten abgewandt. So erzählten sich jedenfalls die einfachen Leute im Schein ihrer Herdfeuer. Unserer aber war ein Gott, der alle Menschen willkommen hieß. Das glaubten die Brüder des Dornbusches. Das hofften wir alle.

Bruder Brice pflückte eine Handvoll roter Beeren aus den dornigsten Ästen, wo sie die Vögel nicht erreicht hatten, und ließ sie in ein Täschchen an seinem Gürtel fallen. Als er fertig war, schaute er gen Osten und lutschte am Finger, wo ihn ein Dorn gestochen hatte. Der Himmel war fast schwarz. Schwer und bedrohlich, mit geschwollenen Wolken. Aber ich glaube, es war nicht der neuerlich drohende Regen, der seine Miene so unheilvoll wie den Tag selbst stimmte.

»Wir sollten jetzt zurückgehen«, sagte er, also eilten wir den Hügel des Heiligen hinab und durch das Röhricht zurück in den Schutz von Ynys Wydryn.

Nun half ich Bruder Judoc und Bruder Dristan, den Schafstall zu reparieren, wo der Sturm ein über zwei Meter langes Stück Mauer eingerissen hatte. Ich bewegte mich behutsam, denn die Schnittwunden in meinem Rücken brannten noch immer.

Bruder Meurig hatte die kleine Herde in den Kuhstall getrieben, wo es ihr gut zu gefallen schien, also herrschte eigentlich keine Eile, die Steine jetzt im Regen wieder aufzuschichten. Aber unsere Arbeit an der Mauer war Bruder Judocs Zeichen an Fürst Gawain und seine Männer, dass die Brüder keineswegs vorhatten, ihr Kloster zu verlassen, und ihnen auch das Gerede über die Sachsen keine Angst machte. Also verzog ich vor Schmerzen das Gesicht, wann immer mich gerade niemand anschaute, wuchtete Steine hoch und setzte sie aufeinander, während ich gleichzeitig hoffte, der heilige Joseph oder Christus oder der Herr in Seinem Himmel mögen mir ein Zeichen senden, dass es meine Bestimmung sei, auf Ynys Wydryn zu bleiben. Denn mittlerweile konnte ich nicht mehr sagen, was mich dazu bewogen hatte, meinen Beutel zu packen und vor Gawain zu treten, als wollte ich das Kloster verlassen und mit ihm gemeinsam die wilden Lande draußen bereisen. Ich konnte es also nur auf einen Moment großer Verwirrung schieben, der längst vorüber war.

Nachdem Gawain mich an jenem blutroten Tag vor langer Zeit gefunden hatte, hatte er mich kurz darauf wieder im Stich gelassen, genau wie mein Vater. Die Brüder hatten mich aufgenommen, als ich nichts und niemanden sonst gehabt hatte, also wollte ich die Tonsur nehmen und einer von ihnen werden, und Gawain würde wieder wie der Sumpf draußen im Nebel der Vergangenheit verschwinden, aus der er gekommen war.

Dieser Gedanke brachte mich zu der Frage, wo Iselle abgeblieben war. Hätte nicht ihr Sachsenschwert an einem Schemel in der Wärmestube gelehnt, ich hätte geglaubt, dass sie uns verlassen hatte. Aber diese feine Klinge gehörte ihr. Sie hatte sie gewonnen, und ich konnte mir nicht vorstellen, dass sie sie einfach zurücklassen würde.

»Ich hoffe, du bist wieder bei Sinnen, Bruder«, sagte Judoc und zeigte auf einen bestimmten Stein, den ich ihm anreichen sollte. »Und dass Bruder Brice dich an deinen Platz in unserer Mitte erinnert hat.« Ich reichte ihm den Stein, und er drehte ihn hierhin, dorthin, bis er fest zwischen seinen Nachbarn saß. »Daran, welche … Bedeutung du für uns hast«, fügte er hinzu und nickte zufrieden. Kurz hielt er inne, um unsere Arbeit zu überprüfen. »Der Prior würde es dir selbst sagen, wäre er nicht zu sehr damit beschäftigt, seine Seele auf die Reise gen Himmel vorzubereiten.«

»Der Herr empfange ihn«, murmelte Bruder Dristan.

Ich sagte nichts. Ich wusste, was Bruder Judoc mit *Bedeutung* meinte. Angeblich hatte der Dornbusch in jenem Herbst meiner Ankunft geblüht. Vorher, so die Brüder, hatte er nur einmal im Jahr geblüht, und zwar im Frühling. Seit meiner Ankunft aber blühte er auch fast jeden Winter, was Prior Drustanus als großes Wunder bezeichnete, auch wenn mir dies als zehnjähriger Junge nicht wirklich etwas gesagt hatte. Seitdem hatten sie kaum noch von Wundern gesprochen, jetzt aber griff Bruder Judoc das Thema wieder auf, um mich dazu zu drängen, mir meines Platzes in ihrer Gemeinschaft bewusst zu werden. Als wäre es irgendwie vorherbestimmt, dass ich einer von ihnen sein sollte.

Bruder Judoc beäugte den verbleibenden Steinhaufen im Matsch und zeigte auf den, den er als Nächstes einsetzen wollte.

»Wir alle haben unseren Platz, Galahad«, sagte er und verlieh seiner Aussage Gewicht, indem er deutlich zu lange brauchte, um diesen Stein in die Mauer einzufügen.

»Aber wie können wir wissen, wo genau dieser Platz ist, Bruder?«, fragte ich.

Im gleichen Moment stieß Bruder Folant einen Warnschrei aus, ließ das Feuerholz fallen, das er zur Wärmestube getragen hatte, und deutete in Richtung Apfelgarten am Fuß des Hanges. Iselle rannte zwischen den Bäumen entlang, den Bogen in der einen Hand, ein Paar am Hals zusammengebundene Enten in der anderen.

»Hol die Brüder«, bellte Judoc Dristan an, der zu den Gebäuden rannte.

»Was ist los?«, brüllte Gawain, der hinaus in den Regen schritt und sich den Umhang über die Schultern warf. Hinter ihm kamen seine Männer, und gemeinsam sahen wir zu, wie Iselle einem Kaninchen gleich den Hügel hinaufeilte, die langen Locken aus dem blassen Gesicht nach hinten gewischt wie flammentriefende Peitschen.

Irgendwo bediente einer der Mönche die Handglocke, deren tiefer, metallischer Klang wie ein aufgeschrecktes Herz ertönte.

»Schilde«, rief Gawain, und Hanguis und Endalan drehten sich um und hasteten zurück in die Wärmestube, als Iselle uns erreichte, Bogen und Beute hinwarf, sich vornüberbeugte, pfeifend Luft holte und ihr gerötetes Gesicht hob, um Gawain anzusehen.

»Sie sind hier.«

»Hier? Auf der Insel?«, fragte Bruder Judoc, gefangen zwischen Furcht und Zweifel. Die Brüder hatten sich hinter uns versammelt und suchten mit aufgerissenen Augen die Bäume dort unten ab, schlugen hastig das Zeichen des Dornbusches, bewegten die Lippen im lautlosen Gebet. Phelan schlug noch immer die Glocke. Sein Gesicht war hochrot vor Anstrengung.

»Wie viele?«, fragte Gawain, der nicht daran zweifelte, dass *hier* auch *hier* bedeutete.

»Ein Dutzend« sagte Iselle. »Speerträger. Keine Häuptlinge oder Männer in Eisenrüstungen, soweit ich sehen konnte. Aber sie haben Euer Boot entdeckt.« Sie hob Bogen und Enten wieder auf und drückte den Rücken durch. »Sie kommen.«

Gawain nickte und betrachtete die Apfelbäume. »Wir verschwinden von hier.«

»Wie?«, fragte Gediens.

Gawain verzog das Gesicht beim Gedanken daran, sich durch die Sachsen schlagen zu müssen, um zum Boot zu gelangen.

»Es gibt einen anderen Weg«, sagte Bruder Brice. Er stand neben mir, und ich sah, dass er meinen Beutel in der Hand hielt, den ich wieder auf mein Bett im Dormitorium gelegt hatte. »Einen Weg durch die Höhlen unter dem Hügel.«

»Sofern er nicht überflutet ist.« Bruder Padern starrte unter seinen buschigen weißen Brauen hindurch in den grauen Himmel.

Gawain drehte sich zu Bruder Brice. »Ihr kommt mit uns?«

Der Mönch schüttelte den Kopf. »Unser Platz ist hier.« Er sah Bruder Judoc an, der nickte und seinen Blick in den eisernen, regenverhangenen Westen richtete. In Richtung des Dornbusches.

»Aber wir werden Euch den Weg zeigen«, sagte Judoc.

»Galahad.« Bruder Brice reichte mir den Beutel. »Geh mit Fürst Gawain.«

Ich trat einen Schritt zurück und zog die Hände an mich, als hätte ich mich verbrannt. »Nein, Bruder.« Ich gab mir Mühe, die kalte Schärfe in seinem Blick mit eigenem Glühen zu erwidern. Denn in diesem Augenblick wusste ich, dass ich bei den Brüdern bleiben sollte. Dass alles andere bedeutete, sie im Stich zu lassen, was nur ein nichtsnutziger Feigling tun würde. Auf einmal war alles klar. Die hellste Erleuchtung am trübsten aller Tage. »Ich werde bleiben«, sagte ich.

Gawain rammte seinen großen Speer in die Erde, fuhr herum und verkrallte seine Faust in meinen Habit. »Das wirst du nicht«, sagte er. »Und wenn ich dich bewusstlos schlagen, mir über die Schulter werfen und eigenhändig tragen muss, du kommst mit mir.«

Ich riss den Arm hoch, schlug die Hand des Kriegers zur Seite und starrte ihn hasserfüllt an. Wer war er, über mich zu bestimmen? Dieser Mann, den ich gar nicht kannte. Den ich zehn Jahre nicht gesehen hatte.

Seine Augen loderten. »Ich habe dich damals nicht hiergelassen, damit du wie ein Lamm auf der Klinge irgendeines Sachsen endest.«

»Geh mit ihnen, mein Sohn.« Wieder hielt Bruder Brice mir den Beutel hin.

»Da sind sie!«, rief Gediens.

Die Sachsen waren zwischen den Apfelbäumen hervorgekommen, hatten sich am Fuß der Anhöhe in einer Reihe aufgestellt und die Schilde erhoben. So standen sie da und betrachteten uns, suchten unsere Kampfkraft abzuschätzen.

»Ihr werdet hier kein Silber finden!«, schrie Bruder Padern ihnen entgegen. Seine dünne Stimme drang kaum durch Wind und Regen. »Schert euch fort, ihr Heiden! Hier gibt es nichts für euch!«

Ich bezweifelte, dass die Sachsen ihn verstehen konnten, trotzdem schienen sie zu zögern. Vielleicht hielten sie die Brüder des Dornbusches für Druiden. Vielleicht fürchteten sie, der alte Padern schleudere ihnen Zaubersprüche entgegen.

»Geh, Galahad«, sagte Bruder Brice und nickte über meine Schulter hinweg jemandem zu. Ich drehte mich um und sah Bruder Yvain mit einem Speer in der Hand, einem Bärenfell um die Schultern und einem alten, verbeulten Eisenhelm auf dem Kopf.

»Ich zeige euch den Weg«, sagte er zu Gawain.

»Sie rücken näher«, sagte Bruder Judoc. Die Sachsen stiegen die Anhöhe hinauf, hatten leise einen Schlachtgesang angestimmt. »Ihr müsst los.«

Iselle kam aus der Wärmestube, Bogen in der Hand, Köcher und Enten am Gürtel, Sachsenschwert auf den Rücken geschnallt.

»Ihr wollt zulassen, dass die Brüder abgeschlachtet werden, Fürst Gawain, Sohn des König Lot von Lyonesse?«, fragte ich und wollte ihn mit seinem Stammbaum beschämen.

»Sie haben sich selbst zum Bleiben entschlossen«, sagte Gawain. »Wir haben andere Kämpfe vor uns.« Er deutete mit dem Speer auf die bescheidenen Gebäude des Klosters. »Wir haben mehr zu verlieren als das.«

Bruder Brice hängte mir den Beutel über die Schulter und legte seine Hände um meine. »Du bist unsere Zukunft, Galahad«, sagte er. »Solange du lebst, gibt es noch Hoffnung.« Da traten mir Tränen in die Augen, heiß und wütend und mit dem Geschmack der Vergangenheit.

Jetzt waren auch die Stimmen der Sachsen zu hören. Sie riefen ihre Götter an: Woden, Thunor und Tiw. Der Wind trug ihren Tiergestank zu uns herauf. Ich hörte Iselles Bogensehne zischen und das dumpfe Dröhnen, mit dem sich der Pfeil in einen Schild bohrte.

»Da kommen noch mehr aus den Bäumen«, warnte Endalan.

Hanguis schüttelte den Kopf und spuckte einen Fluch aus.

»Geh, Galahad«, sagte Bruder Judoc.

»Geh oder bleib, es ändert nichts«, sagte Bruder Folant, und damit setzte er sich in Bewegung und schritt den Sachsen entgegen, die nur noch einen Speerwurf entfernt waren. Keiner der Mönche versuchte, ihrem Bruder Einhalt zu gebieten, und während Bruder Brice und Bruder Yvain mich drängten, endlich zu gehen, verloren sich ihre Stimmen in einem wabernden Schwindel, der mich wie dichter Nebel ergriff, denn ich musste mitansehen, wie ein Sachse seinen Speer in Folants Bauch versenkte. Musste mitansehen, wie der bärtige, geifernde Sachse einen Fuß auf dem Mönch abstellte und versuchte, seinen Speer aus Folants Fleisch und der rauen Wolle seiner Kutte zu ziehen.

Da setzte sich auch Bruder Padern in Bewegung, schritt auf die Speerträger zu, die Hände zum Zeichen des Dornbusches verschränkt. Bruder Meurig und Bruder Phelan folgten ihm, auch ihre Hände zur gleichen trotzigen Geste der Anrufung ineinandergelegt, als könnte das Zeichen allein alle Klingen und allen Hass und alle heidnische Ignoranz abwenden.

»Wir werden uns zu unserem Heiligen begeben«, rief Bruder Padern. Nie hatte ich seine Stimme derart entschlossen gehört. »Kommt, Brüder! Vorwärts!« Diese Stimme brach durch den Nebel und traf mich direkt ins Herz. »Habt keine Furcht«, befahl er. Ich sah die Speerspitze, ein silbernes Blatt, das durch den grauen Tag wirbelte. Sah das helle Blut in die Höhe fliegen, nackt und schonungslos. Viel zu grell für einen so alten Mann.

Ein Sachse schritt vor seinen Brüdern einher. Begierig, sich zu beweisen. Hanguis trat vor, fing den Speerstoß des Mannes mit seinem Schild ab, drehte ihn zur Seite, warf sich nach vorn und rammte ihm sein Schwert in den Bauch. Er drehte die Klinge, zog sie heraus, hob den Schild und trat mit gleichmäßigen, gemächlichen Schritten zurück.

Iselle rannte in Richtung der Gebäude bis zum unfertigen Schafstall, und ich dachte schon, sie wollte fliehen, aber beim Holzstapel blieb sie stehen, hielt den Bogen quer vor den Leib, einen Pfeil auf der Sehne.

Ein Gewicht traf mich in den Rücken, ich taumelte und wäre beinahe gestürzt. Es war Bruder Brice. »Im Namen des Dornbuschs, los!«, schrie er mich an, und der Zorn entstellte seine Gesichtszüge derart, dass ich ihn kaum erkannte. »Lauf los oder fahr zur Hölle!«

Ich sah Bruder Phelans Kopf von seinem Rumpf rollen. Seine Beine knickten ein.

Der nächste Stoß, diesmal von Gawain, und als ich endgültig wieder zu mir kam, stolperte ich auf den Kuhstall zu.

»Vergiss uns nicht, Galahad!«, rief mir Bruder Brice hinterher. »Vergiss uns nicht!«

»Bewegung, Junge«, knurrte Gawain und drückte mir das Ende seines Speers in den Rücken, sodass mich die rauen Wunden unter der Kutte aufs Neue bissen. Ich sah Iselle den Pfeil von der Sehne nehmen und in ihren Köcher stecken, dann drehte sie sich um und rannte los, und ich rannte auch, keuchend und krank und mit dem dringenden Bedürfnis, mich zu übergeben.

Ich schaute nicht zurück. Hinter mir waren entsetzliche Schreie und ersticktes Gurgeln zu hören. Dazu das Brüllen der Fremden: »Woden. Woden. Woden.«

Aber ich schaute nicht zurück.

Wir folgten dem schmalen Pfad über die Südwestseite des Hügels, den Walrücken entlang. Liefen hinauf ins Grau. Hüllten uns in ein Tuch aus unnatürlicher Dämmerung.

»Sie haben ihr Ende selbst gewählt«, murmelte Gawain zwischen schweren Atemzügen, wohl eher um sich selbst davon zu überzeugen als mich, wie mir schien. Dieser berühmte Krieger, dieser Meister des Krieges, der Seite an Seite mit Fürst Arthur gekämpft und soeben dem Feind den Rücken gekehrt hatte, um zuzulassen, dass friedfertige Männer abgeschlachtet wurden.

Hinauf in den kalten Regen. Sieben Seelen, die sich aus der Welt zu lösen schienen, das Klimpern und Klappern der Rüstungen und Waffen und die pfeifenden Atemzüge alles nur leise, ferne Geräusche für mich. Ich stolperte vom Pfad ins Gras, fiel auf die Knie und erbrach mich. Die stinkende, dampfende Flüssigkeit spritzte, ich würgte meinen schmerzhaft verknoteten Magen herauf, meine Kehle brannte wie Feuer.

»Wir haben sie einfach sterben lassen.« Ich spuckte bittere Speichelsträhnen. Wischte mir mit dem Arm über den Mund. »Wir haben sie im Stich gelassen, damit sie in Stücke gehackt werden«, sagte ich deutlich lauter. Voller Hass und Scham. Voller Angst.

»Und wir sind als Nächstes dran, Junge. Ist es das, was du willst?«, rief Gawain von weiter vorn. »Antworte mir! Willst du hier stehen bleiben und zusehen, wie deine Eingeweide ins Gras fallen?«

Aus dem Augenwinkel sah ich, wie Bruder Yvain Gawain mit einer Geste zum Schweigen brachte. Dann war der Mönch hinter mir und legte mir eine Hand auf die Schulter.

»Na komm, hoch mit dir, Galahad.« Seine Stimme war leise

und heiser. Wie das Kratzen eines Hakenwerkzeuges auf einer unfertigen Schüssel aus Esche. »Unsere Brüder haben gewusst, was sie tun. Sie haben auf ihre Weise gekämpft. Sie haben diesen sächsischen Hunden bis zum letzten Atemzug Widerstand geleistet. Kein Mann kann mehr erreichen, wenn seine Zeit gekommen ist.« Seine starken Finger gruben sich in meine Haut. »Aber *unsere* Zeit ist noch nicht gekommen, Junge. Wir müssen gehen. Wir müssen weg von hier, solange wir noch können.«

Ich spuckte den widerwärtigen Geschmack aus und richtete mich auf, die Beine zittrig, der Magen verkrümmt wie ein leerer Lederbeutel, der an seiner Schnur zugezogen wird. Ich drehte mich um und sah Iselle an, aber sie schaute zur Seite in die Düsternis.

Sie verachtet mich, dachte ich. *Oder schlimmer noch, sie bemitleidet mich.*

»Wir hätten kämpfen können«, sagte ich, wusste aber, was für leere Worte es waren. Dünn wie der gelbliche Rauch, der über der Hügelfestung von Camelot weit im Südosten hing. Wen wollte ich hier zum Narren halten?

Trotzdem nickte Gawain, seine Augen dunkel und unergründlich unter dem Rand seines Helmes. »Wir werden noch Gelegenheit dazu bekommen, Junge. Heute leben wir weiter. Morgen kämpfen wir.«

Ich hielt den Schein aufrecht, biss die Zähne zusammen und nickte knapp, als müsste ich widerstrebend einen schmerzlichen Kompromiss akzeptieren.

»Komm, Galahad.« Yvain winkte mich voran. »Wenn wir hierbleiben, sterben wir.«

Ich hielt mich noch immer für einen Feigling, einfach wegzulaufen, wollte aber auch nicht auf dieser Anhöhe im Regen sterben, und ehe ich michs versah, stolperten wir weiter den Pfad entlang, Bruder Yvain wieder voraus, dessen Bärenfell ihm das Aussehen eines großen watschelnden Tieres verlieh, das vor einem Jagdtrupp floh. Kurz darauf, als wir etwa dreißig Schritte an dem großen eiförmigen Stein vorbei waren, der am Wegesrand lag, hielt er inne und deutete mit dem Speer ins Grau.

»Hier. Da sind wir, glaube ich.«

»Hier? Ich kann nichts erkennen«, sagte Hanguis.

Auch ich sah nicht mehr als buschiges Gras und vereinzelte Häuflein aus Schafsköteln, die im Regen glitzerten. Aber Yvain hatte sich schon wieder in Bewegung gesetzt, und so folgten wir ihm, während ringsum unsichtbare Krähen krächzten. Ich schaute auf und sah zwei Kiebitze über uns hinwegziehen, deren schrille *Peewit*-Rufe wie eine Warnung klangen, uns zu beeilen.

»Ja, hier ist es«, raunte Yvain kaum hörbar und blieb neben einem zweiten kleinen Felsen stehen, der beinahe im Gras verschwand. Wir anderen standen hinter ihm auf dem schrägen Hang, nur Iselle stand ein Stück abseits und spähte den Pfad entlang, von wo die Sachsen kommen mussten.

»Ist das irgendwelche Christenmagie?«, fragte Gawain und beäugte Yvain misstrauisch. Hanguis und Endalan berührten das Eisen ihrer Schildbuckel, Gediens spuckte ins nasse Gras. Sie wirkten nervös, diese ehemals viel gerühmten Krieger, drehten ihre Köpfe hierhin und dorthin, als erwarteten sie, von einem unheimlichen Nebel ergriffen und fortgetragen zu werden. Ich machte das Zeichen des Dornbusches.

Da rammte Yvain seinen Speer ins Erdreich.

Der große Mann zog die Spitze heraus und rammte sie abermals in den Boden, und jetzt schien die Erde nachzugeben. Der

Speer fuhr bis zu Yvains Hand hinab, der halbe Schaft war verschwunden.

»Was, in Taranis' Namen?«, sagte Endalan und kratzte sich die bärtige Wange mit dem in Leder gehüllten Rand seines Schildes.

»Wollt ihr mir helfen oder bloß dastehen wie angewurzelt?«, fragte Bruder Yvain, der den Speer befreit hatte und ihn abermals ins gleiche Loch fahren ließ, ihn drehte und als Hebel benutzte, um das Loch zu verbreitern.

Gawain legte seinen Schild ab, sodass der Regen vom aufgemalten Bären abprallte, und rammte seinen Speer neben Yvains Loch. Dann gruben sie alle, brachen durch die feuchte Krume, stachen auf den Hang ein wie auf den weichen Bauch eines gestürzten Drachen. Schnell wurde ersichtlich, dass die Erde an dieser Stelle kaum einen Fuß tief reichte, wie Haut über einer alten Wunde, und sich darunter ein größeres Loch versteckte. Als die Öffnung einmal freigelegt war, ließen die Männer ihre Speere los und fielen auf die Knie, und dann gruben wir alle mit den Händen wie verwilderte Hunde auf der Jagd nach einem Knochen.

Iselle war weiter den Pfad zurückgegangen, bis ich sie nicht mehr sehen konnte. Jetzt kam sie über den Hang zu uns gelaufen, und ich wusste, was sie sagen würde, ehe sie den Mund aufmachte.

»Sie kommen.«

Trotzdem versetzten mir ihre Worte einen Stich. Wenn die Sachsen den Pfad betreten hatten und uns den Hügel hinauf folgten, konnte das nur bedeuten, dass sie ihr Massaker unter den Brüdern vollendet hatten. Bruder Judoc und Bruder Brice waren tot. Die Mönche vom Heiligen Dornbusch als Märtyrer im Schlamm gefallen. Ich stellte mir vor, wie ihre Mörder ins Krankenzimmer schlichen, vielleicht voller Furcht, unseren Gott zu erzürnen, aber doch gierig nach Silber. Im Kopf hörte ich sie nach ihren hasserfüllten Göttern rufen, während sie den Prior in seinem Bett erstachen; den gutherzigen, freundlichen Drustanus, von heidnischen Klingen in den Himmel befördert. Ich sah seine Mörder wie wild alle Gebäude nach Beute durchsuchen, die sie nicht finden würden, denn unser einziger Schatz war der einsame Dornbusch auf seinem windigen Hügel.

Wir gruben. Krallten uns in die Erde, die warm zwischen meinen kalten Fingern hing, mit verzweifelter Hast jetzt, da wir wussten, dass sich die Sachsen nicht mit dem Kloster zufriedengaben wie Wölfe, die über ihre Beute herfallen, sondern uns weiter auf den Fersen waren, nach noch mehr Blut dürsteten.

»Fast geschafft.« Yvain keuchte jetzt heftig, aber seine großen, geschickten Hände gruben sich immer noch tiefer, rissen die Spalte noch weiter auf, und dann sah ich, dass diese Öffnung in der Erde von Steinen umrahmt war. Ob sie von Menschenhand dort eingefügt worden oder ein natürlicher Bestandteil des Hügels waren, das wusste ich nicht, noch hatte ich Atem übrig, um danach zu fragen, während wir das ganze Loch freilegten, uns schnaufend zurücklehnten und fragende Blicke austauschten.

Aber es war zu spät. Die Sachsen standen bereits auf der Höhe des eiförmigen Felsens. Sechs von ihnen. Allesamt offensichtlich junge Männer, mit Speeren und Schilden bewaffnet. Sie unterhielten sich mit kehligen Stimmen, während sie uns durch den Regenschleier beobachteten und zu verstehen suchten, was wir da taten.

»Sie glauben, wir vergraben unser Silber«, sagte Gediens.

Iselle stand rechts von mir und richtete den Bogen auf unsere Feinde, einen Pfeil auf der Sehne.

»Geht«, sagte Hanguis zu Gawain, als wir uns aufrichteten und die Krieger ihre Hände im Gras abwischten, ehe sie wieder Schild und Speer ergriffen.

Endalan nickte. »Wir halten sie auf.«

Gawain schaute zu den Sachsen hinüber, und seine Augen loderten, so sehr verzehrte er sich nach einem Kampf. Er wollte sie niederstrecken, wie er so viele ihrer Brüder und Väter niedergestreckt hatte in den langen Jahren. Aber er wusste, er durfte nicht.

»Erkauft uns ein bisschen Zeit«, sagte er zu Hanguis und Endalan, »und dann kommt hinterher.«

Die beiden Krieger nickten grimmig, dann packte Gawain nacheinander ihre Hände, Gediens ebenso, und die vier Krieger tauschten Blicke, in denen viele gemeinsame Jahre als Brüder lagen und ein Verständnis, das keiner weiteren Worte bedurfte. Hanguis und Endalan hoben ihre Speere, griffen die Schilde fester und schritten den Sachsen entgegen, die ihrerseits die Speere senkten und vorrückten, mit offenkundigem Respekt für die Krieger in ihren schimmernden Rüstungen, aber umso begieriger, sie zu töten und ihr Rüstzeug zu gewinnen.

Bruder Yvain beugte sich noch weiter vor und stocherte mit dem Speer im finsteren Loch herum. »Ich gehe vor für den Fall, dass uns die Teufel auch am anderen Ende erwarten«, sagte er. »Dann das Mädchen, dann du, Galahad.«

Ich nickte, und Bruder Yvain ließ sich in den Hügel hinab. Ich wandte mich um und sah Hanguis und Endalan mit den Sachsen zusammenstoßen. Ihre Schuppenpanzer und Eisenhelme glitzerten schwach im sterbenden Tageslicht. Sie schnitten und wichen aus, stachen zu und sprangen nach hinten. Der erste Sachse ging zu Boden. Ein anderer taumelte in einer roten Fontäne zurück, und ich hörte Hanguis oder Endalan, ich wusste nicht, wen von beiden, den Namen *Arthur* brüllen, als er den tödlichen Treffer landete.

»Rein mit dir, Junge«, sagte Gawain. Ich kniete mich hin und sah Iselle in der seltsamen, uralten Dunkelheit verschwinden. Ein letztes Aufblitzen von blasser Haut und Kupferhaar, dann war sie fort. Ich schob meinen Kopf in das Loch, roch die nasse lehmige Erde und krabbelte auf Händen und Knien voran. Hier unten war es warm, geschützt vor Wind und Regen, und die Welt, die ich verlassen hatte, war plötzlich fern und gedämpft. Ich konnte den Kampf nicht mehr hören, wusste aber, dass Hanguis und Endalan noch immer auf den Beinen waren und Verderben säten. Männer wie sie, die in endlosen Schlachten zu Meistern des Krieges geworden waren, würden einen entsetzlichen Tribut fordern von unerfahrenen Kämpfern wie diesen Sachsen, die weder Eisenhelme noch Kettenhemden trugen.

Während ich mich bewegte wie ein Maulwurf. Oder wie ein Hund im Dachsbau, begierig, die Beute auszugraben, dabei aber nicht bedenkend, wie schmal der Tunnel werden oder wohin er führen könnte, nur voran, so schnell wie möglich, schnaufend in der dünnen, stickigen Luft, während sich der Saum meines Habits mit dem Wasser vollsog, das am Boden der verwinkelten Höhle entlangfloss. Jetzt stellte ich mir doch vor, was passieren würde, sollte sich der Tunnel noch weiter verengen. Sollten meine Schultern zwischen den schlüpfrigen Felswänden stecken bleiben und ich mich nicht mehr umdrehen können. Sollte ich hier unter dem Hügel begraben und zu einer Handvoll letzter

Tage verdammt sein, von lähmender Furcht ergriffen, das schale Wasser vom Boden schlürfen, nur um hungers zu sterben. Ich beruhigte mich durch die Annahme, wenn Bruder Yvain hindurchpasste, würden es auch alle anderen.

Nach einer gefühlten Ewigkeit des Krabbelns durch die Finsternis hielt ich inne und keuchte in den Ärmel meines Habits, um festzustellen, ob meine Ohren noch funktionierten. Einen herzzerreißenden Moment lang hörte ich rein gar nichts. Nur das Wummern meines Herzens in der Brust, das rauschende Blut in meinen Ohren und – eine schwere, erdrückende Stille. Die ewige Ruhe des Grabes.

Dann vernahm ich ein Grunzen und einen Fluch und atmete in großer Erleichterung aus, denn ich wusste, Gawain war hinter mir, etwa fünf Speerlängen entfernt. Für ihn musste die ganze Sache ungleich schlimmer sein mit seinem schweren Rüstzeug, auch war er kein junger Mann mehr, und dieses Wissen beschämte mich derart, dass ich mich wieder in Bewegung setzte.

Tiefer und immer tiefer in die rabenschwarzen Tunnel. Dem plätschernden Wasser hinterher, das von einem Rinnsal zu einem kleinen Bach angeschwollen war, der zu meinen Füßen in der Dunkelheit flüsterte wie unsichtbare Geister.

»Wie weit noch?«, fragte Gawain hinter mir. Seine Stimme klang seltsam und tot und doch so nahe, als käme sie aus meinem eigenen Mund.

»Wir müssen schon fast am Fuß des Hügels sein«, keuchte ich, obwohl ich in der verschlungenen Schwärze nicht hätte sagen können, ob wir mehr als ein paar Dutzend Schritte weit gekrochen waren. Bald darauf aber stellte ich fest, dass meine Schultern jetzt weniger häufig über die Wände kratzten. Ganz allmählich konnte ich den verkrümmten Hals wieder gerade richten und den Kopf heben. Der Tunnel wurde tatsächlich breiter. Als wir ebenen Boden erreichten, kam ich sogar auf die Füße und konnte geduckt weitergehen. Mein Habit war vollgesogen und schwer, meine Knie brannten von vielen Abschürfungen, und dann erreichte ich plötzlich eine Höhle und konnte mich unter der Felsendecke zur Gänze aufrichten. Noch immer war es bedrückend finster; ich konnte eben die Hand vor Augen sehen, ein dunklerer Fleck zwischen anderen Schatten.

»Galahad?«

Ich drehte mich nach Yvains Stimme um.

»Hier drüben«, sagte er.

»Bruder.« Ich kletterte über die glatten Steine und landete mit einem Platschen in einem Teich, den ich nicht gesehen hatte, da er so dunkel war wie der Rest der Höhle. Über dem leisen Hintergrundrauschen des Wassers hörte ich Iselle zischen und wusste auch, warum. Diese Quelle, die unter dem Hügel entsprang, war ein heiliger Ort für alle, die noch immer den alten Göttern Britanniens huldigten. Ein Ort, den die Menschen hin und wieder aufsuchten, um sich heilen zu lassen. Um das Wasser zu trinken und mit Morrigán Zwiesprache zu halten, Königin der Dämonen und Göttin des Krieges. Mit Cernunnos dem Gehörnten. Und mit Arawn, dem Herrn der Unterwelt.

Und jetzt watete ich, ein angehender Bruder des Heiligen Dornbusches, aufgewachsen im Lichte Jesu und des heiligen Joseph, ein Junge, für den die Götter Britanniens nicht mehr waren als dunkle, unheilvolle Schattenwesen, mitten durch diese heilige Quelle, noch dazu mit meinem verdreckten Habit aus ungefärbter Wolle. Der Anblick musste Iselle Schmerzen bereiten. Trotzdem umschmeichelte das kalte Wasser wohltuend meine geschundenen Knie. Ich formte die Hände zu einem Kelch und trank. Das Wasser war süß und klar.

Bruder Brice hatte mir diese Quelle vor Jahren einmal gezeigt, als ich noch ein kleiner Junge und neu auf Ynys Wydryn gewesen war. Im flackernden Schein einer Fackel hatte er mir erklärt, dass die Menschen diesen Ort in großen Ehren hielten, und da war ich selbst ganz ehrfürchtig gewesen und hatte gedacht, die alten Götter müssten irgendwo jenseits dieser spiegelnden Oberfläche hausen, auf der die Flammen tanzten. Mit der Zeit hatten mir die Mönche die Gedanken an diese Götter ausgetrieben. Von den Tunneln aber hatte Bruder Brice mir nie erzählt.

Bruder Brice. Ein harter Knoten legte sich um mein Herz, und ich trank abermals, wusch mir das Gesicht in der Hoffnung, die Bilder aus meinem geistigen Auge zu spülen.

»Hier«, sagte Bruder Yvain. »Der Weg hinaus.« Gawains Schild klatschte ins Wasser, gefolgt von dem Mann selbst, und ich war erstaunt, dass er den Schild erfolgreich durch die Tunnel gebracht hatte, ebenso seinen eisernen, mit Silber verzierten Helm mit dem roten Federbusch, der ein wenig zu glühen schien, das einzige sichtbare Ding an diesem Ort. Dann aber überlegte ich, dass diesem Mann seine prächtige Rüstung wahrscheinlich mehr bedeutete als die meisten Menschen, die er kannte. Es war einfacher, sich vorzustellen, wie Gawain seine Klingen zog und sich mitten durch den Hügel grub, als dass er seine Ausrüstung zurückließ.

Gediens war dicht hinter ihm, stolperte und schlug mit dem Kopf voran ins Wasser. Fluchend und spuckend richtete er sich auf und nahm Schild und Speer wieder an sich.

In dieser Höhle war es heller als in den Tunneln, oder aber

meine Augen hatten sich an die Dunkelheit gewöhnt, denn als ich Bruder Yvains Stimme folgte, konnte ich das bleiche Oval von Iselles Gesicht ausmachen und daneben den Stock ihres Eibenbogens. Bei ihrem Anblick durchfloss mich große Erleichterung.

»Die anderen?«, fragte Bruder Yvain.

Gawain sah Gediens an, dessen Zähne im Dunkeln blitzten. »Als ich euch gefolgt bin, hatten sie schon vier niedergestreckt«, sagte Gediens. »Vielleicht sind sie noch hinter uns.«

Gawain schüttelte den Kopf. »Wir können nicht warten.« Er drehte sich in Richtung Yvain. »Bring uns hier raus.«

Und das tat Yvain.

Wir traten in die Abenddämmerung hinaus wie Geister, die aus Arawns Reich zurückgekehrt waren, und schreckten eine Eule auf, die sich vom verwachsenen Ast einer Eiche erhob und auf lautlosen Schwingen verschwand. Gawain und Gediens gingen voran, die Schilde erhoben für den Fall, dass uns Sachsen erwarten sollten. Aber wir blieben unbehelligt, und so suchten wir uns einen Weg durchs Abendlicht, gelangten zwischen den Bäumen hindurch zum Rand des Sumpfes. Mehr als ein Mal drehte ich mich um und spähte den waldgekrönten Hügel hinauf, an dessen Rückseite sich unser Kloster so viele Jahre geschmiegt hatte, sicher und versteckt. Eine Zuflucht, unberührt von den Flammen, die den Rest des Landes verheerten. Bis zu diesem schändlichen Tag, der Blut und sächsische Schlächter zu unserer Türschwelle gebracht hatte.

»Wohin jetzt?«, fragte Bruder Yvain schließlich.

Wir sammelten uns, rückten dicht zusammen.

»Wir haben noch etwas zu erledigen«, sagte Gawain. »Weswegen wir nach Avalon gekommen sind.« Er sah mich an. »Abgesehen davon, dich abzuholen.«

»Und? Was genau?«, fragte Bruder Yvain, die buschigen Brauen gewölbt, die Miene unheilvoll. Genau wie ich hatte er gerade seine Brüder verloren, die Männer, mit denen er die letzten zehn Jahre zusammengelebt hatte, und was für eine Freundschaft ihn einst auch mit Gawain verbunden haben mochte, sie wirkte arg brüchig angesichts dieser Ereignisse.

»Das siehst du bald genug«, gab Gawain zurück und schaute hinaus ins Röhricht, wo sich Nacht und Bodennebel ausbreiteten. Die Regenfälle der vergangenen Tage hatten den Pegel steigen lassen, die Gräben ertränkt, die Kanäle und Baumreihen verzerrt, anhand derer wir navigierten. Es war eine schattenhafte, halb versunkene Welt, der Untergrund trügerisch. »Vorausgesetzt, wir finden es wieder.«

Gediens richtete seinen Speer auf ein Dickicht aus Hasel und Esche auf einer kleinen Anhöhe jenseits des Röhrichts. »Das Boot ist da hinten – falls die Sachsenschweine es nicht geklaut haben.«

Gawain nickte, aber ehe er uns weiterführen konnte, ergriff Bruder Yvain seine Schulter. »Ich muss wissen, ob das, was ihr sucht, das Risiko wert ist«, sagte er. »Ich habe meine eigene Aufgabe, wie du sehr gut weißt.«

Ich wusste nicht, wovon Yvain redete, Gawain aber sah die Hand auf seiner Schulter an und richtete seinen finsteren Blick auf den Mönch.

»Vorsicht, Yvain«, sagte er drohend. »Es ist viele Jahre her, dass wir Waffenbrüder waren. Bevor du hergekommen bist, um dich vor der Welt zu verstecken. Um nur noch Fisch und

Geflügel zu erschrecken und deinen Helm den Mäusen als Nistplatz zu überlassen.«

Yvains bärtige Gesichtszüge wurden hart. Er nahm die Hand von Gawains Schulter und zeigte mit dem Finger auf ihn. »Du weißt, warum ich hergekommen bin.« Seine Stimme grollte wie ferner Donner. »Oder willst du mich einen Feigling nennen?«

Gawain richtete sich auf und formte die Lippen um eine Antwort, die er nie aussprechen sollte, denn in dem Moment sah Gediens die Fackeln. Der Krieger zischte und zeigte zum Wäldchen auf dem flachen Hügel, und wir kauerten uns in den Nebel, der aus dem Moor aufstieg und um die Weiden waberte. Flammen zwischen den Stämmen. Flammen überall. Dutzende Flammen schwebten und tanzten im Zwielicht.

»Hinter uns auch«, sagte Iselle. Wir schauten uns um und sahen noch mehr flackernde Flammen zum Leben erwachen. Sie schienen einander zu entfachen, um sich dann wie Glühwürmchen zu verteilen, als die Sachsen ausschwärmten, um nach uns zu suchen.

»Das sieht aus wie Cerdics komplette Armee«, sagte Gawain, dessen Gesicht und Helm plötzlich neben mir auftauchten, als ein kaltes Licht das Dunkel zerteilte. Ich schaute auf und sah die Wolkendecke langsam auseinanderreißen. Silbrig blutete Mondlicht in die Welt. Gediens legte drei Finger an seinen Eisenhelm, um sich vor Unheil zu schützen, denn in diesem himmlischen Ereignis sah er eindeutig die Handschrift einer Gottheit, die seiner Meinung nach unseren Untergang wünschte.

»Versuchen wir trotzdem, zum Boot zu kommen?«, fragte ich.

Gawain kaute auf der Unterlippe und rang mit dem Gedanken, sich mit Gewalt zum Boot jenseits des Dickichts durchzuschlagen, denn ungesehen würden wir die Sachsen nun nicht mehr passieren. Dann schüttelte er den Kopf. »Wir verstecken uns«, sagte er entschlossen. »Aber nicht hier. Wir brauchen einen sicheren Ort.«

Gediens breitete Schild und Speer aus. »Wo dann?«, fragte er und sah erst mich an, dann Bruder Yvain. Ich schaute zum Hügel zurück. Am Hang wimmelte es von Sachsen, dort entlang konnten wir auf keinen Fall. Im Westen schien eher Meer als Moor zu liegen, nicht wiederzuerkennen selbst im Mondlicht. Dort waren zwar keine Sachsen zu sehen, aber wir würden Gawains Boot brauchen, und das lag außer Reichweite. Nach Norden oder Süden also, tiefer in die Sümpfe. Hinein in diese brackige, formlose Welt, die uns so mühelos verschlingen konnte wie ein Mann, der eine reife Beere aus einem Busch pflückt.

»Ich wüsste einen Ort«, warf Iselle ein. Wir alle schauten sie an, sie hingegen schaute nach Norden. Das Mondlicht lag auf ihrer Wange und auf dem Eisenknauf des Sachsenschwertes auf ihrem Rücken. Sie drehte sich zu Bruder Yvain und zuckte mit den Schultern. »Ich habe ja gesagt, dass ich nicht im Inseldorf wohne.«

»Du willst, dass wir tiefer in den Sumpf gehen?«, fragte Bruder Yvain. »Wie?«

»Wir nehmen die alten Wege.«

Ich dachte an die Teile des Dammes, die ich gesehen hatte, als ich mit dem Korbboot durch den Sumpf gefahren war, um den Leichnam des Schusters zu holen.

»Die werden jetzt unter Wasser stehen«, sagte ich.

»Ich finde den Weg«, sagte Iselle entschlossen. Gawains Stirn war tief zerfurcht. Selbst Bruder Yvain wirkte unsicher und zupfte an seiner Lippe, während er in die Richtung starrte, die Iselle angedeutet hatte.

»Vielleicht sollten wir doch versuchen, zum Boot zu kommen«, sagte Gediens. »Ich würde lieber kämpfen, als ersaufen.«

»Ich finde den Weg«, sagte Iselle abermals.

Und als ich sie ansah, mit den langen Kupferlocken, die jetzt hinterm Kopf zusammengebunden waren, sodass ihre funkelnden Augen endlich in all ihrer Intensität freigelegt waren, da glaubte ich ihr.

5

Geister der Vergangenheit

Das Wasser reichte uns bis zur Hüfte und war so entsetzlich kalt, dass ich kaum überrascht gewesen wäre, hätten die Sachsen meine klappernden Zähne weithin hören können. Aber dennoch gelang es uns dann und wann, einen Vogel aufzuscheuchen, vor allem Greifvögel oder Reiherenten, die sich mit klatschenden Schwingen aus dem Röhricht erhoben und uns jedes Mal arg erschreckten, während wir uns einen Weg über den uralten Damm bahnten. Wir kamen nur langsam voran, da der Boden nicht zu erkennen war, mussten also einfach der Person vor uns folgen und darauf vertrauen, dass unsere Füße die richtigen Schritte taten. Die anderen hatten wenigstens ihre Speere und Iselle ihren Bogenstab, womit sie vor jedem Schritt den vom Wasser verborgenen Damm abtasten konnten. Ich aber hatte nichts und konnte nur meine Arme zu den Seiten ausbreiten, um das Gleichgewicht zu halten. Dafür war ich froh, nicht mit Schuppenpanzer, Schwert oder Helm belastet zu sein. Sollten Gawain oder Gediens einen Fehltritt machen und fallen, würden sie im nächsten Atemzug in der schwarzen Tiefe versinken und nie wieder gesehen werden.

Iselle ging voraus, blieb manchmal stehen, um mit dem Bogen zu tasten oder darauf zu warten, dass wir zu ihr aufschlossen, ehe sie eine neue Richtung einschlug. Wie sie gewusst hatte, wo der alte Damm zu finden war, ging über meinen Verstand. Bruder Judoc hätte zweifellos Teufelswerk darin gesehen. Ich glaube, Gediens sah die alten Götter Britanniens am Werk. Ich selbst wusste nicht, was ich denken sollte, sondern nur, dass Iselle mir jetzt schon zum zweiten Mal das Leben gerettet hatte.

Nicht, dass wir bereits in Sicherheit gewesen wären.

Im Winter dringt jedes Geräusch weit durchs Schilf, also sprachen wir kein Wort, während wir uns zitternd und taub vorwärtstasteten, immer tiefer hinein in die Sümpfe. Immer weiter fort von dem Hügel und allem, was ich kannte. Ich dachte über die Menschen nach, die diese Wege einst benutzt hatten. Hatten sie je in einer Nacht wie dieser vor ihren Feinden fliehen müssen? Hatten sie die Geister und Dämonen der Sümpfe gefürchtet, wie ich sie nun fürchtete?

Aber kein Thrys stieg aus dem Wasser auf, um uns zu verschlingen. Ich biss die Zähne zusammen, kämpfte gegen die Kälte, die mir den Atem rauben wollte, und folgte Bruder Yvain, der hinter Iselle blieb. Und jeder Schritt über die uralten, versunkenen Holzpfähle trug uns weiter von den suchenden Fackeln fort, bis sie nur noch leuchtende Pünktchen vor dem dunklen Hügel am Horizont waren, der jetzt nicht mehr wie ein lang gestreckter Walrücken aussah, sondern wie ein Berg, dessen Gipfel von Mondlicht beschienen war.

Nach einer Zeitspanne, die eines von Bruder Paderns Binsenlichtern gebraucht hätte, um vollständig niederzubrennen, führte uns Iselle von dem alten Weg hinaus aus dem eisigen Wasser und auf Boden, der sich beinahe fest unter unseren Füßen anfühlte. Schlotternd, die Gesichter in Atemwolken gehüllt, folgten wir einem schmalen Stück Land, das stolz aus den überfluteten Sümpfen ragte und mehrere gedrungene Weiden barg, die im Wind leise knarrten. Wir wandten uns gen Westen und kamen in ein kleines Waldstück aus skelettierten Buchen, Birken und Erlen. Zwischen den Bäumen war es etwas wärmer, die Luft süß vom Geruch nasser Fäulnis und durchzogen von Holzrauch, der mein Herz mit Schwermut erfüllte. Ach, jetzt am warmen Herdfeuer zu sitzen, während Bruder Meurig knurrte, dass sein Gerstenbrot mehr Salz benötigte, und er uns trotzdem mit Stolz im Blick beim Essen zusah! Fast konnte ich Bruder Brice und Bruder Judoc darüber diskutieren hören, ob Joseph wirklich Gefäße mit dem Blut und dem Schweiß Christi auf diese Insel gebracht hatte. Ich hörte sie streiten, ob der Heilige seinen Stab in die Erde gestoßen hatte, weil er wusste, dass er Wurzeln schlagen und erblühen würde, oder ob er sich bloß müde auf den Stab gestützt hatte, um einen Moment zu verschnaufen, und selbst überrascht gewesen war zu sehen, wie sich die Wurzeln in die Erde schlängelten und Knospen aus dem Stab sprossen.

Wir durchquerten das Wäldchen und erreichten ein Ufer, dessen Wasser ohne Damm unpassierbar wirkte. Iselle aber führte uns zu einem kleinen Boot aus Tierhäuten, das im Schilf versteckt lag, an einem Stock vertäut, der tief in den Morast getrieben worden war. In Zweiergruppen paddelte sie uns auf die andere Seite und bediente das Boot mit großem Geschick, obwohl es schwer beladen war. Auf der anderen Seite vertäute sie das Boot mit derart fließenden, vertrauten Bewegungen an einem weiteren Pfahl, dass ich mir sicher war, sie hatte uns zu ihrem Zuhause geführt.

»Eine tatkräftige junge Frau«, sagte Gediens und rieb seine Stiefel im Gras, um den Schlamm loszuwerden. Iselle hatte uns angewiesen, dem Hang mit den Disteln zu folgen, bis wir zu einem Windschutz aus krummen Birken kämen. Dann war sie vorausgegangen und in der Nacht verschwunden. »Stolz und stürmisch wie ein Falke.«

»Und viel zu jung für einen alten Hund wie dich, Gediens«, sagte Bruder Yvain, reichte mir seinen Speer und zog sich das durchnässte Bärenfell von den Schultern, um es im Gehen auszuschütteln.

»Wohl wahr«, gab Gediens mit leisem Bedauern zu. »Wild und schön.« Er schüttelte den Kopf. »Ich glaube, Sachsen bekämpfen ist weniger gefährlich.« Er hob das Kinn und sah Yvain an. »Aber du musst doch die Gesellschaft von Frauen besonders vermisst haben, Mönch«, sagte er. Das letzte Wort klang, als hinterließe es einen schlechten Geschmack in seinem Mund. »Von jemandem, der dir die Bettfelle wärmt.«

Falls Bruder Yvain Anstoß an dieser Aussage nahm, ließ er sich nichts anmerken. »Ich war da ja nicht festgekettet«, sagte er und beäugte mich, um zu sehen, was ich aus dieser unausgesprochenen Beichte machte. Trotz der Dunkelheit war meine Verblüffung bestimmt kaum zu übersehen. »Das ist wie Speerkampf. Man vergisst es nie.« Er zwinkerte mir zu.

Wir waren ein paar Schritte weitergegangen, als ein Tier durch die Nacht schrie. Gawain hielt inne und hob den Speer, um uns zu bedeuten, ebenfalls stehen zu bleiben und zu lauschen.

»Eine Schleiereule«, sagte Gediens.

Trotzdem spähte ich angespannt in die Dunkelheit und versuchte, die schemenhaften Umrisse einzuordnen, einige reglos, andere beweglich. Ich erkannte Schwarzdorn und Birke, Röhricht und Hügel, erst einen Hasen und dann einen Nachtreiher, der mit einem lauten *Wok*-Ruf über uns hinwegzog. Jeder Schlag meines Herzens erschütterte meinen Leib. Obwohl mir noch immer kalt war, spürte ich prickelnden Schweiß aus der

Haut am Rücken treten. Das Salz stach in den Wunden, die der Stecken des Dornbusches verursacht hatte.

»Rauch«, sagte Gawain.

»Das Herdfeuer von Iselles Sippe«, vermutete ich. »Wir können nicht mehr weit weg sein.«

Gawains finstere Miene brachte etwas anderes zum Ausdruck. »Augen auf und dicht zusammenbleiben«, sagte er, hob Schild und Speer und lief mit federnden Schritten am Ufer entlang. Zu dritt folgten wir ihm, schauten uns immer wieder um und schafften es nicht, den Distelbüscheln auszuweichen, die sich in meinem Habit verfingen und meine Schienbeine zerkratzten.

»Was ist los, Bruder?«, fragte ich beim Laufen.

»Der Rauch«, sagte Yvain keuchend. Rennen war er nicht gewohnt. Der Geruch war jetzt intensiver. Beißender. Und plötzlich begriff ich, noch während Yvain es aussprach. »Das ist kein Herdfeuer.«

Die Hütte war nicht ausgebrannt. Dafür hatte der Regen gesorgt. Aber ein Stück trockenen Schilfes im Innern hatte Feuer gefangen, die Hitze war durchs Gebälk gezogen und hatte das Dach draußen teilweise getrocknet, das jetzt qualmte und zischte. Eine dicke gelbgraue Säule wälzte sich in den Nachthimmel. Auch ein Teil der geschützten Ostwand kokelte, die schwachen Flammen fraßen sich durch Flechtwerk und altes Stroh und Dung, hauchten einen bitteren, kränklich grünen Atem aus. Ebendies hatte Gawain gerochen. Und Iselle noch vor ihm, weshalb sie vorausgelaufen war.

Wir fanden sie im Schatten auf den verkohlten Schilfmatten

knien. Sie hielt die Hand einer Frau. Die beiden Gestalten verschwammen im schwärenden Rauch, der die dunkle Hütte erfüllte. Trotzdem sah ich sofort, dass die Frau nicht mehr lebte. Kein lebender Mensch konnte so still liegen, und als ich tiefer in den Raum vordrang, sah ich im flackernden Licht des brennenden Daches und im Schein der sterbenden Asche im Herd auch die Wunde, die sie niedergestreckt hatte. Die, wie es aussah, ihren Qualen ein Ende bereitet hatte. Ein breites blutiges Lächeln in ihrer blassen Kehle. Es schien unser dürftiges Verständnis von Leben zu verhöhnen. Iselles langes Sachsenmesser lag neben ihr auf dem Boden, die Klinge feucht. Mir schauderte.

»Ich schaue, ob sie noch in der Nähe sind«, sagte Gediens, trat aus der Hütte und verschwand in der Nacht, obwohl ich bezweifelte, dass er dort draußen viel entdecken würde. Bruder Yvain holte einen Wassereimer und erstickte die Flammen, so gut er konnte, erschuf zischende Dampfwolken, die in der Dunkelheit wie bösartige Dämonen klangen.

Iselle hielt den Kopf gesenkt und hatte ihr Haar gelöst, das der toten Frau übers Gesicht fiel. Eine ihrer Locken küsste die tiefe Wunde.

»Deine Mutter?«, fragte Gawain sanft und leise.

Iselle antwortete nicht. Schaute nicht einmal auf. Gawain nickte mir zu, ich solle mich ihr nähern. Iselle ein wenig Trost spenden, obwohl ich nicht wusste, wie ich das anstellen sollte. Trotzdem tat ich noch einen Schritt auf sie zu, und da hob sie den Kopf und sah mich an.

»Sie hieß Alana«, sagte Iselle. Ich hatte mit Tränen gerechnet, aber ihre Augen waren trocken. Ihr Blick war scharf wie ihre Pfeilspitzen. »Sie hat mich großgezogen.« Ihre Kiefer spannten sich an, dann schüttelte sie sachte den Kopf. »Ich habe ihr gesagt, dass die Sachsen ganz in der Nähe sind. Ich habe ihr gesagt, sie soll nach Camelot gehen. Sich in den Schutz der Herrin Morgana begeben. Sie wollte nicht auf mich hören.«

»Wir sollten alle nach Camelot«, sagte Bruder Yvain. »Die Sachsen bedecken das Land so dicht wie Flöhe einen alten Hund.«

Gawain streifte sich den Helm ab und fuhr mit der Hand durch sein silbernes Haar, sichtlich erleichtert, das Gewicht los zu sein. »Wir gehen nach Westen«, sagte er. »Sobald wir getan haben, weshalb wir gekommen sind.«

»Man sollte meinen, man wäre in Sicherheit, wenn man so weit draußen lebt.« Bruder Yvain schloss die kleine Hütte in einer ausladenden Geste ein. Es gab nur zwei Betten, also hatten Iselle und Alana wohl allein hier gelebt. »Hätte nie gedacht, dass die Sachsen selbst dem Marschvolk Ärger machen.« Er hob den Eimer und warf die letzte Ladung Wasser gegen einen Dachbalken und ein Flämmchen, das noch zwischen Büscheln getrockneter Kräuter schmauchte. Weißer Rauch wallte auf, süß und holzig, die Hütte wurde in noch tiefere Dunkelheit getaucht. »Mir scheint, König Cerdic will uns ausrotten wie jemand, der seine eigene Tunika und Hose in Brand setzt, um Läuse loszuwerden«, schloss er.

»Ich hab es ja gesagt«, sagte Gawain zu dem Mönch, obwohl er aus Respekt vor Iselle die Stimme senkte. »Ich habe es euch allen gesagt. Es gibt niemanden, der Cerdic die Stirn bietet. Die Könige Britanniens können nur noch bis zu ihren eigenen Mauern sehen. Konstantin ist der Einzige, der die Sachsen bluten lässt, aber selbst er kann nicht mehr lange kämpfen.« Nachdem die letzte Flamme erloschen war, bückte Gawain sich, stellte einen Schemel wieder auf die Beine und setzte sich neben den noch warmen Herd. Sein tiefes Ausatmen zeugte von großer Erschöpfung, die nicht zu seiner prächtigen Rüstung passen wollte.

Ich ging zu Iselle, hockte mich neben sie und gab mir Mühe, nicht die Frau anzuschauen, die sie noch immer im Arm hielt. Zu wissen, dass Iselle sie geliebt hatte, sie aber selbst nicht gekannt zu haben – da fühlte es sich falsch an, der Toten ins Gesicht zu blicken, sie ohne ihre Seele zum ersten Mal zu sehen.

»Lass mich dir helfen«, sagte ich. Ich wusste zwar nicht, wie, aber irgendetwas musste ich tun. »Bitte, Iselle.«

Sie schaute mich an, als hätte sie nur den Wind im Röhricht vernommen.

»Ich seh mal nach dem Pferch«, sagte Bruder Yvain, »für den Fall, dass sie einige eurer Tiere am Leben gelassen haben sollten.« Damit verschwand auch er in der Nacht.

Gawain widmete sich einem neuen Herdfeuer und blies vorsichtig in die glimmende Glut, tief in Gedanken.

»Was willst du tun, Galahad? Für sie beten?«, fragte Iselle mit leichter Verachtung in der Stimme. Sie hatte mich also doch gehört.

»Das kann ich tun. Falls du das möchtest«, gab ich zurück. Obwohl ich wusste, dass sie mit meinen Gebeten nichts anfangen konnte. Ihre Götter waren die alten Götter Britanniens: Cernunnos und Arawn, die Pferdegöttin Rhiannon und der Kriegsherr Taranis und noch ein Dutzend mehr; verglichen mit denen musste ihr unser Gott schwächlich vorkommen. »Ich kann dir auch einfach helfen, sie zu begraben.«

»Ich brauche keine Hilfe«, sagte Iselle.

»Was willst du jetzt tun?«, fragte ich. »Du kannst nicht hierbleiben.«

»Warum nicht?«, fragte sie herausfordernd, obwohl sie selbst wissen musste, dass die Frage dämlich war.

»Wir bleiben ein oder zwei Tage.« Gawain betrachtete die frischen Flammen, die über Stöcke und Spaltholz tanzten. Sein vernarbtes Gesicht glänzte wie geschmolzenes Kupfer. »Falls Iselle nichts dagegen hat. Sobald die Sachsen weitergezogen sind und das Wasser zurückgegangen ist, brechen wir auf. Ziehen nach Westen.« Er verzog das Gesicht. »Die Sachsen werden unser Boot mitgenommen haben. Also gehen wir zu Fuß weiter.«

»Nachdem Ihr gefunden habt, wonach Ihr hier draußen sucht?«, fragte ich.

Gawain nickte. »Genau.«

»Und Ihr wisst, wo es zu finden ist?«

»Das werde ich, sobald das Wasser zurückgegangen ist.« Da sah er uns doch noch an, und sein Gesicht wirkte grimmig und ausgezehrt im Feuerschein. »Wirst du mir helfen, Mädchen? Du kennst das Marschland besser als wir alle.« Aber Iselle antwortete nicht. Sie starrte Alanas Gesicht an. Und jetzt, endlich, schimmerten Tränen in ihren Augen.

Zwei Tage später verbrannten wir das Rundhaus vollständig. Auf Iselles Wunsch hin. Sie hatte Alanas Leichnam auf einen großen Haufen Schilf neben dem Herd gelegt. Dann steckten wir Dach und Möbel an mehreren Stellen in Brand, benutzten zusätzlich trockenes Stroh und Holz aus dem leeren Stall. Seit wir angekommen waren, hatte es nicht mehr geregnet, und die Flammen fraßen sich hungrig ins Holz, rannten wie Lebewesen die Dachbalken entlang und hüpften in die Schilfbündel, die gelben Rauch rülpsten, ehe sie lichterloh entbrannten. Wir ließen das Heim wie einen großen Scheiterhaufen hinter uns.

Gediens hatte sich dagegen ausgesprochen. Er hatte die Sorge geäußert, ein großes Feuer könnte die Sachsen von weit her anlocken wie der Geruch eines Bratens die Hunde. Gawain aber deutete auf drei weitere schwache Rauchsäulen am Horizont und erinnerte uns daran, dass die Sachsen bereits damit beschäftigt waren, woanders zu plündern und zu brandschatzen, und kaum Notiz von einer weiteren Rauchwolke über dem Moor nehmen würden.

»Soll das Mädchen sein Heim verbrennen«, sagte er, als wir Iselle allein ließen, um sich von der Frau zu verabschieden, die sie großgezogen, sie geliebt und genährt hatte wie ihr eigenes Kind. »Sie kann nicht in der Asche hausen. Und ich brauche sie jetzt«, sagte der alte Krieger und spähte nach Norden über die Schilfinseln hinweg, die noch immer von Nässe gebeugt dalagen.

Wir betrachteten das Feuer eine ganze Weile stumm, denn wir wussten, dass Iselle viele Erinnerungen in diesen Flammen sah. Irgendwann wandte sie sich wortlos ab, was wir als Zeichen verstanden, dass sie sich entschlossen hatte, uns zu begleiten, auch wenn keiner von uns die Frage aussprach, um nicht Stolz oder Trotz zu entfachen. Denn es lag etwas Wildes in ihrem Wesen, eine große Härte trotz der formlosen, wässrigen Welt, in der sie aufgewachsen war. Ein großer Trotz, geschärft durch Wind und Einsamkeit. Und doch wusste ich, als wir über die verborgenen Pfade durch die Schilfbetten gen Norden stapften und der Himmel so blass war wie die Buschwindröschen, die ich in einem anderen Leben gekannt hatte, dass ich ihr nah sein wollte.

Sie brachte uns zu einer kleinen Landzunge nördlich des Sees von Meare. Wie sie immer die richtigen Dämme und von

Wellen überspülten Anhöhen fand, um uns zu dem Ort zu bringen, den Gawain beschrieben hatte, war uns allen ein Rätsel. »Es riecht wirklich nach Zauberei, wenn ihr mich fragt«, sagte Gediens verhalten, während wir Wasser aus unseren Umhängen wrangen und uns Wärme in die schlotternden Beine rubbelten. Iselle stand ein Stück abseits und spannte ihren Bogen, jetzt, da wir wieder festen Boden unter den Füßen hatten.

»Gute Instinkte, mehr nicht«, gab Gawain zurück und hüpfte auf und nieder, um das Wasser aus seinem Schuppenpanzer zu schütteln und etwas Leben in seine Knochen zu bringen. »Woher weiß der Falke, wie er seine Beute verbergen muss?« Er ließ die linke Schulter kreisen und verzog das Gesicht. Sie musste steif sein von der Anstrengung, den Schild über den Kopf zu heben, um ihn aus dem Wasser zu halten. »Woher wissen die Wölfe, wie sie im Schnee die Fährten ihrer Beute verfolgen können?«, fragte er. »Wir sind, was wir sind.« Er richtete seinen Blick auf mich. »Zwecklos, etwas anderes zu behaupten.«

»Du hast gut reden«, murmelte Bruder Yvain. »Du hast nie versucht, Getreide zu säen oder eine Haut zu gerben oder Brennholz zu schlagen. Du hast nie etwas anderes gekannt als das Schwert.« Der Mönch schwang sich den großen Beutel wieder auf die Schulter, wo er halb versteckt im Bärenfell ruhte. »Aber es gibt auch andere Wege.«

Gawain stieß ein tiefes Grunzen aus. »Andere Wege.« Er verzog die Lippen im silbrigen Bart. »Wie vor dem Christengott auf die Knie zu fallen, während ringsum das Land in Flammen steht? Gemeinsam zu singen, während Mütter ihre verhungernden Kinder beweinen? Oder ihre Ehemänner, die von den Sachsen erschlagen wurden? Und was hat das deinen Brüdern gebracht, Yvain? Was hat es deinem Volk gebracht?«

Da hasste ich Gawain, und seine Worte trafen mich wie eine Faust in den Magen. Denn unrecht hatte er wahrlich nicht.

Bruder Yvain sagte nichts, spannte nur die Kiefer an und starrte auf den Weg, den Iselle vor uns bahnte. Wir schwiegen wieder, jeder allein mit seinen Gedanken und Ängsten, und trotteten voran.

»Es ist nicht mehr weit«, sagte Gawain nach einer Weile und übernahm die Führung, da er nun wusste, wo wir waren. Wir folgten ihm einen schmalen Weg entlang, den jemand in die Vegetation geschlagen hatte, und ich fühlte mich wie ein Tier, das sich der Behausung eines anderen Tieres näherte, denn das Schilf war hier so hoch, dass es gebogen über unseren Köpfen aufragte und fast ein Dach bildete, einen Tunnel, den die Wintersonne mit goldenen Strahlen erfüllte. Bald gelangten wir zu einer zehn Fuß hohen Mauer aus Röhricht, die unpassierbar wirkte, bis Gawain und Gediens ihre Schwerter zogen und einen Weg hindurchschlugen. Mehrfach mussten sie innehalten, um zu Atem zu kommen. In diesen Momenten lastete eine unerträglich bedrückende Stille auf uns. Der Boden bestand aus schlüpfrig-schwarzem Matsch, der uns ohne die gebrochenen, zertrampelten Schilfrohre, die unser Gewicht mit Mühe trugen, verschlungen hätte. Kein Vogel war zu hören. Kein Summen von Insekten, wie es die Sümpfe im Sommer erfüllt. Nur ein Gefühl unheilvoller Bedrohung. Ich sah meinen Gefährten an, dass ich es nicht als Einziger spürte. Wie eine kalte Hand, die mich im Nacken gepackt hielt. Als würden wir durch den Schleier von einer Welt in eine andere wechseln. Und in gewisser Hinsicht taten wir genau das.

Das Gehöft bot einen armseligen Anblick. Es gab ein paar Schweine, zwei Schafe, eine Ziege und mehrere Hennen, die im Matsch nach Würmern suchten. Die Nebengebäude umfassten einen kleinen Kornspeicher, eine Räucherkammer, eine leere Scheune, die als Lagerraum diente, und einen zweiten heruntergekommenen Stall, der dem Vieh bei schlechtem Wetter kaum Schutz bieten würde.

Das Haus selbst war ein karges Gebilde aus Flechtwerk und Lehm und fauligen Schilfbündeln, kaum besser als eine notdürftige Hütte. Und doch blieb Gawain, ehe er sich der Schwelle näherte, eine Weile stehen, mit dem Helm unterm Arm und einem Gesichtsausdruck, wie ich ihn bei ihm noch nie gesehen hatte. Es erinnerte mich an den Blick, mit dem Iselle zugesehen hatte, wie die Flammen ihr Heim verschlangen.

Trotzdem konnte ich mir nicht erklären, warum wir uns elend und halb erfroren durch die Sümpfe geschleppt hatten, um jemanden zu besuchen, der unter solchen Umständen hauste. Und mein Gesicht musste diesen Gedanken offen gezeigt haben, denn Bruder Yvain hob eine große Hand in meine Richtung und schüttelte den Kopf. Sein Blick wechselte auf eine Weise zwischen der Hütte und Gawain hin und her, die nahelegte, dass er mehr wusste als ich.

»Wartet hier«, befahl Gawain. »Folgt mir nicht.« Und damit ging er zur Tür, stand noch einmal lange mit der Hand auf dem Türknauf da, ging schließlich hinein und trat in die Dunkelheit.

Iselle zuckte mit den Schultern. »Ich war noch nie hier«, sagte sie als Reaktion auf den Blick, den ich ihr zuwarf, nachdem Gawain im Haus verschwunden war. Wir warteten auf dem Holzweg, der die Nebengebäude mit dem Viehpferch verband.

Östlich des Hofes gab es ein Wäldchen aus verkrümmten und brüchigen Apfelbäumen. Westlich erstreckte sich ein Entwässerungsgraben zwischen zwei kleinen Feldern, der unter großer Anstrengung und viel Schweiß ausgehoben worden sein musste, um dem Sumpf ein wenig urbares Land abzutrotzen. Jenseits der Felder lag ein weiteres Wäldchen aus Saalweiden, Haseln und Eschen. All das lag innerhalb der großen Schilfpalisade, deren Köpfe sich in der Brise wiegten und ihr das Aussehen von Winterweizen verliehen an diesem sterbenden Tag.

»Ein solcher Ort könnte selbst vor Gott verborgen bleiben«, sagte ich zu Iselle und sah dem dünnen Rauch hinterher, der aus dem Dach stieg und wie ein leises Flüstern westwärts fortgeweht wurde. Da erschien Gawain auf der Türschwelle und reckte sein bärtiges Kinn in unsere Richtung.

Gediens und Bruder Yvain tauschten einen wissenden Blick.

»Bist du bereit, Junge?«, fragte Gediens mich. *Warum ich?* Ich nickte und wurde mir auf einmal meines schweren Herzens bewusst, als hätte es sich selbst träge schlagend durchs Moor geschleppt. Die Vorstellung eines wärmenden Herdfeuers hätte mich sicher belebt oder vielleicht einer warmen Mahlzeit, um meinen leeren Bauch zu füllen. Aber nichts davon kam mir in den Sinn, als wir über den zweiten Holzweg auf die dunkle Türöffnung zugingen. Ich spürte nichts als Furcht.

»Rein mit dir.« Gawains Stimme war leise, als fürchtete er, jemanden zu wecken. Hinter uns fiel die Tür zu, und meine Augen durchsuchten die Düsternis jenseits des in Gold und Kupfer erstrahlenden Herdfeuers. Ein kleiner Tisch. Ein Bett auf der gegenüberliegenden Seite. Eine Sitzbank am Feuer. Geflochtene Körbe und hölzerne Eimer. An die Wand gelehnte Speere. Ein Bündel Enten, das an einem Dachbalken hing und sich sanft im Rauch drehte.

»Komm näher, Junge, damit ich dich sehen kann«, sagte eine Stimme. Ich trat einen Schritt auf die Feuerstelle zu. Dann einen weiteren. Aber noch immer konnte ich den Mann nicht erkennen, der gesprochen hatte, denn er stand im Schatten jenseits des Feuers. Neben ihm saß ein schwarzer Hund auf den Hinterbeinen und betrachtete uns andächtig. Gawain stand zu meiner Rechten, Gediens, Bruder Yvain und Iselle links hinter mir. »Ah. Das ist er also«, sagte der Mann. Seine Stimme war trocken und spröde, brüchig wie die Apfelbäume, die ich draußen gesehen hatte. »Galahad«, sagte er, und mir war, als spräche er zum ersten Mal im Leben einen Namen aus, den er all die Zeit sicher in seinem Kopf bewahrt hatte.

Er trat vor, und da sah ich ihn im Feuerschein. Und ich wusste, diese Augen würden mich begleiten, solange ich lebte. Diese blauen Augen, in denen im Widerschein der Flammen Dämonen tanzten.

»Galahad.« Gawain neigte das Haupt in Richtung des Mannes. »Dies ist Fürst Arthur ap Uther ap Konstantin ap Tahalais.«

Hinter mir hörte ich Iselle laut einatmen und spürte meinerseits das Stechen des Torfrauches in meiner Kehle, als ich tief Luft holte.

Arthur.

Unsichtbare Spinnen krabbelten meine Arme hinauf. Die Nackenhaare prickelten in ihren Wurzeln. Konnte dieser Alte wirklich jener Arthur sein, der die Könige Britanniens unter seinem Bärenbanner vereint hatte, mit dem Schwert Excalibur in der Hand, dessen Klinge noch am trübsten Tag strahlte? Der

Mann, der einst sein Ziel, die Eindringlinge ins Meer zurückzutreiben, über das sie gekommen waren, fast erreicht hatte? Arthur. Das Licht in der Dunkelheit.

Nein, das konnte nicht wahr sein. Und doch kniete ich mich auf die Schilfmatten und neigte mein Haupt und spürte, wie Iselle hinter mir es ebenfalls tat.

»Bitte«, sagte der Mann und hob die Hand. »Nein«, fügte er schärfer hinzu.

Ich schaute auf und sah weder einen Prinzen noch einen Kriegsherrn. Nicht einmal einen Krieger wie Gawain oder Gediens. Ich sah einen alten Mann, abgehärmt und mit hohlen Wangen. Einen Mann, der schwer an der Last seiner Erinnerungen zu tragen hatte. Einen, den die Vergangenheit verfolgte.

»Ich bin nicht mehr der Mann, der ich einmal war«, gab er zu, als er mein ungläubiges Gesicht sah. Er hielt meinen Blick fest, während ich auf die Beine kam, als müsste er sicherstellen, dass ich begriff. »All das war … vor langer Zeit.«

»So lange nun auch nicht, Onkel«, murmelte Gawain.

Arthur machte eine wegwerfende Geste in seine Richtung, raunte etwas Unverständliches und kam ums Feuer herum, während sein schwarzer Hund gehorsam an seiner Seite blieb. Dann stand er vor mir. Er richtete sich zu seiner vollen Größe auf, und erst da, als die Flammen sein Gesicht in scharfen Schatten zeichneten, erhaschte ich einen kurzen Blick auf den Mann, der er einst gewesen sein musste. Mit breiter Brust und mächtigem Körper. Schön und selbstsicher. Ein geborener Anführer. Dann aber neigte er leicht den Kopf, das Licht warf neue Schatten, und wie ein flüchtiger Geist war die Vision der Vergangenheit verschwunden.

»Mein Fürst«, brummte Yvain hinter mir. »Wir hielten Euch

für tot. All die Jahre. Nur die wenigsten haben noch zu hoffen gewagt. Aber Herr …« Er schluckte die nächsten Worte hinunter, aber sie arbeiteten sich von Neuem seine Kehle hinauf. »Warum kämpft Ihr nicht mehr?«

Arthur betrachtete den Mönch. »Warum kämpfst du nicht, Yvain?«, fragte er müde und traurig. »Ich hätte nicht gedacht, dass du dich dem Christengott zuwendest.«

Bruder Yvain antwortete nicht, und für einen bedrückenden Moment war nichts als das Knistern der Flammen zu hören.

Iselle trat einen Schritt vor. »Herr, wenn die Leute nur wüssten, dass Ihr lebt, würden sie neue Hoffnung schöpfen.«

Ich zuckte innerlich zusammen angesichts ihrer Anmaßung. Arthur aber starrte sie bloß an.

»Wie könnt Ihr ihnen diese Hoffnung verwehren?«, drängte sie weiter, und da drehte ich mich um und sah sie an, wollte sie mit einem Blick auffordern, vorsichtig zu sein, Fürst Arthur den nötigen Respekt zu zollen. Iselle aber erwiderte meinen Blick nicht, sondern trat noch einen Schritt vor, sodass sie neben mir stand. »Die Menschen würden kämpfen, Herr«, sagte sie. Ich konnte Petersilie und Minze in ihrem Atem riechen, ein scharfer, frischer Duft in dieser modrigen Hütte. »Sie würden für Euch kämpfen.«

Die meisten Menschen wären wohl zu ehrfürchtig gewesen, um Fürst Arthur überhaupt anzusprechen, geschweige denn derart forsch. Aber Iselle war nicht wie die meisten Menschen. Sie schien keine Furcht zu kennen. Und jetzt sah Arthur sie an, wie ein Mann ein Feuer im Strohdach aus der Ferne betrachten mochte, fragte sich wohl, wer das Feuer entfacht hatte – und weshalb. Ich warf einen schnellen Blick auf Gawain und hoffte, er würde die unangenehme Stille brechen, aber er schüttelte fast unmerklich den Kopf, was ich als Warnung verstand, mich nicht einzumischen. Er wollte sehen, wohin all das führte.

Iselle hob ihr Kinn in einer Geste, die Misstrauen oder wenigstens Argwohn ausdrückte, als hätte sie noch nicht abschließend akzeptiert, dass der Mann vor uns der Kriegsherr aus den Liedern der Barden war, jener Arthur, von dem selbst der Wind in den Zweigen und im langen Sommergras erzählte. »Sie würden für *Euch* kämpfen«, sagte sie noch einmal, »und auch die anderen Könige würden wieder neuen Mut finden.«

Arthurs Miene verhärtete sich bei ihren Worten. »Sag mir, Mädchen, was du von Mut verstehst.«

Bruder Yvain schaute Iselle an und schüttelte demonstrativ den Kopf, aber sie wollte sich nicht den Mund verbieten lassen.

»Ich weiß, dass es Mut erfordert, überhaupt hier draußen zu überleben«, sagte sie. Ich dachte an die Erhängten über dem Damm und an die Brüder des Dornbusches, die erschlagen auf Ynys Wydryn lagen. An Iselles Ziehmutter Alana und an den Rauch von einem halben Dutzend weiterer Höfe, der den Himmel befleckte. »Ich weiß, dass sich der Arthur aus den Erzählungen nicht vor der Welt verstecken würde«, schob sie hinterher und blickte ringsum in die dunkle Stube. »Ich weiß, dass der Arthur, der die Sachsen abgeschlachtet hat, niemals sein Volk im Stich lassen würde, solange er noch seinen Atem und seine Klinge hat.«

Arthur dachte über ihre Worte nach, dann lupfte er eine Braue in Richtung Gawain, während er sich vorbeugte, um seine Hündin zwischen den Ohren zu kraulen. »Wo hast du diese junge Wölfin aufgetrieben?«

»Galahad hat sie gefunden«, gab der Krieger zurück. Er bleckte die Zähne zu einem Lächeln. Oder einer Grimasse. »Die Christen haben sich vor ihr gefürchtet.«

»Glaub ich gern.« Arthur nahm seinen Blick von Iselle und richtete ihn auf mich, forderte mich zum Sprechen auf.

»Sie hat mir das Leben gerettet, Herr«, sagte ich. »Die Sachsen haben Ynys Wydryn erreicht.« Ich hielt es nicht für nötig, mehr zu sagen. Arthur erstarrte, legte eine Hand ans Kinn und zog seinen Bart zwischen Zeigefinger und Daumen hindurch, während er über die Schulter in die Schatten spähte.

Als er sich wieder zu uns umdrehte, sagte Gawain: »Das Kloster ist nicht mehr, Arthur.«

»Sie haben die Brüder ermordet«, fügte Yvain hinzu und trat in den Lichtschein einer kleinen Hornlaterne, die neben einer Karaffe und zwei Bechern auf dem Tisch stand.

»Mögen Christus und der heilige Joseph sie behüten«, sagte ich und dachte an den Zweig des Dornbusches und an die acht Beeren, die Bruder Brice in meinem Beutel versteckt hatte an dem Tag, da er den Märtyrertod gestorben war. Rot und kühl waren sie, diese Beeren. Ausgehärtete Blutstropfen. Einer für jeden der Brüder.

»Hanguis und Endalan sind tot.« Gawains Kiefer mahlten. Wir sahen einander an. Es war das erste Mal, dass dies ausgesprochen wurde, auch wenn wir es alle längst gewusst hatten. Arthur schaute an die Decke und schloss die Augen. Gediens betrachtete den Helm in seinen Händen und fuhr mit dem Daumen eine Delle im Eisen entlang. Iselle zog ihre Bogensehne aus der kleinen Tasche am Gürtel und legte sie zum Trocknen auf den Herdsteinen aus, sah aber die ganze Zeit weiter Arthur an. Bruder Yvain ebenso. Der Mönch wirkte wie eine unheilvolle Erscheinung im Halbdunkel, er studierte Arthur mit einem Blick, den ich bei ihm schon oft gesehen hatte, wenn er versuchte, Maserung, Knollen und Knötchen in einem Werkstück aus Kirschholz oder Schwarzdorn zu lesen. Da stand dieser gewaltige Kriegsfürst vor uns, dessen berühmte Reiter durch das Land und schließlich hinein ins Reich der Legenden gedonnert waren. Was mochte er gerade denken? Kochte ihm das Blut des Pendragon in den Adern bei der Nachricht, dass die Sachsen ungehindert plünderten? Schrie sein Herz danach, das Bärenbanner zu entrollen und Speerträger um sich zu scharen? Einmal mehr Dux Bellorum zu sein, der Kriegsführer?

Arthur schlug die Augen auf. »Zu viele sind gegangen«, murmelte er, zog sich einen Schemel heran und ließ sich nieder, starrte in die Flammen wie ein gewöhnlicher alter Mann, der in seinen Erinnerungen versank. »Zu viele.«

Ich sah Gawain an, der einen Daumen in die Handfläche presste und sich einen Schmerz ausmassierte. »Wie geht es ihr, Onkel?«, fragte er. Erst schien Arthur ihn nicht gehört zu haben, dann aber starrte er abermals in die Schatten, und diesmal schien ich dort in der Dunkelheit etwas zu erkennen.

»Sie ist … unverändert«, sagte Arthur.

Iselle und ich wechselten einen Blick. Beide hatten wir gleichzeitig begriffen. Beide hatten wir es jetzt erst *gesehen*. Meine Haut kribbelte. Da saß jemand im Dunkeln in einem Sessel. Jemand, der uns beobachtete. Bruder Yvain zischte und machte unbewusst das Zeichen des Dornbusches. Er stand der sitzenden Gestalt näher als wir, aber auch er hatte sie jetzt erst bemerkt.

Ich trat einen Schritt vor.

»Sie weiß, dass ihr hier seid«, sagte Arthur, in dessen Augen sich noch immer die Flammen spiegelten. »Aber die Götter allein wissen, wo sie ist.«

Yvain nahm die Hornlaterne vom Tisch und hob sie an, betrachtete mit aufgerissenen Augen die Frau, die plötzlich erleuchtet war. Er wirkte furchtsam und schaute Gawain an, der kaum merklich nickte. Die beiden alten Waffenbrüder schienen einen kurzen Moment des Verstehens zu teilen, obwohl die Frau selbst nicht reagierte, den Mönch nicht einmal zu sehen schien. Sie starrte nur geradeaus ins Nichts. Oder sah etwas, das uns allen verborgen blieb.

»Stört sie das Licht?«, fragte Bruder Yvain und senkte die Lampe ein wenig.

Arthur schüttelte den Kopf, und so hob der Mönch die Lampe wieder, schirmte sie aber ein wenig mit der Hand ab, um ihren Schein abzuschwächen.

Die Frau war unfassbar dünn. Ihre Hände lagen auf den Oberschenkeln, fleischlos wie Vogelfüße. Ihre Brust war so flach wie die eines Jungen unter dem Leinenkleid, das ihr einst gepasst haben mochte und so blau war wie die Eier einer Singdrossel. Ihr Hals war zierlich, schlank und weiß wie eine junge Birke, ihr Gesicht eingefallen. Die bleiche Haut spannte sich so straff über den Wangenknochen, dass es den Anschein hatte, sie müsste reißen, sollte die Frau sich an einem Gesichtsausdruck wie Stirnrunzeln oder Lächeln versuchen. Aber sie *hatte* keinen Gesichtsausdruck. Ihre Miene war vollkommen leer, und hätte sich der Brustkorb nicht sachte gehoben und gesenkt unter dem alten Kleid, so sachte, dass ich eine Weile hinsehen musste, um es überhaupt zu bemerken, ich hätte sie für einen Leichnam gehalten und glauben müssen, Arthur habe den Verstand verloren. Dass hier ein Irrer saß, der zusammen mit einer Toten in diesem Haus lebte.

Und doch war sie untot, diese stumme, geisterhafte Frau,

und daher war sie wohl eine Erinnerung aus Fleisch und Blut, die Arthur nicht weniger heimsuchte als die Dämonen, die in seinen Augen tanzten.

»Sie ist meine Frau, Galahad«, sagte Arthur und richtete seine traurigen Augen auf mich. »Meine Guinevere.«

Ich konnte nicht sprechen, so sehr hatte es mir die Kehle zugeschnürt. Ich wusste, wer sie war. Ich hatte sie sofort erkannt mit ihrem langen Haar, schwarz wie die Schwingen eines Raben, mit ihrem markanten Gesicht, hohl und freudlos und trotzdem noch immer schön.

Ich dachte zurück an den Tag der großen Schlacht, als Tormaigh, das Schlachtross meines Vaters, müde und blutüberströmt aus dem Getümmel zu mir getrabt war, wo ich auf dem Hügel stand, mein Blickfeld von unaussprechlichen Schrecken erfüllt. Ich hatte den edlen Freund bestiegen und er mich zu einer Lichtung im Wald getragen, wo Guinevere im Mädesüß gelegen hatte, das den Druiden Britanniens einst so heilig gewesen war. Selbst damals war sie bereits verloren gewesen, hatte sich nicht mehr artikulieren können. Sprachlos und verzaubert. Haltlos treibend wie ein Herbstblatt im Wind.

»Du erinnerst dich an sie, Galahad?«, fragte Gawain.

Ich nickte. Ich hatte versucht, sie zu erwecken. Hatte geschrien, bis meine Stimme nur noch ein trockenes Krächzen gewesen war. Ich hatte sie geschüttelt und an ihr gezogen, verzweifelt bemüht, sie dem Zauber zu entreißen, der sie gefangen hielt. Nicht weil sie mir teuer gewesen wäre – ich kannte sie nicht und hatte sie nur ein einziges Mal flüchtig getroffen –, sondern weil ich mich so allein fühlte. Weil ich verängstigt war und meine Mutter vermisste und wollte, dass jemand meine Tränen sah.

»Seit diesem Tag ist sie unverändert.« Arthur stieß ein Eisen ins Feuer. Knisternd flogen Funken auf.

Noch immer hatte ich die Gesichter der Männer vor Augen, die uns schließlich dort auf der Lichtung gefunden hatten. Einige von Arthurs Speerträgern, die vor dem letzten Gemetzel geflüchtet waren. Sie brachten uns zu Gawain, der für Guinevere eine Heilerin aufsuchte, aber die alte Frau war nicht in der Lage, ihr zu helfen. Also hatte Gawain Guinevere zu den Nonnen gebracht und mich nach Ynys Wydryn zu den Mönchen vom Dornbusch. Es war so viele Jahre her. Und doch fühlte es sich jetzt wieder so nah an, bei dieser Zusammenkunft alter Seelen, die damals an jenem Spätsommertag zusammen gekämpft hatten, als Britannien wie eine glühende Klinge ins Löschwasser gestoßen worden war, um zu sehen, ob es heil oder in brüchigen Stücken herauskommen würde.

Wieder hörte ich den Schlachtenlärm, die Schreie von Männern und Pferden. Wieder roch ich, wie sich die Speerträger mit Klingen und Hass in Stücke rissen. Auch Tormaigh konnte ich riechen, das süße Heu in seinem dampfenden Atem und den Eisengestank des Blutes, das seine schwarze Mähne und das glänzende Fell verklebte. Ich hörte den Dreitakt seines Galopps wie Trommelschläge in der Erde. Spürte die kalten Bronzeschuppen der Rüstung meines Vaters an meiner Wange, ehe die Schlacht begonnen hatte, als er mich an sich gedrückt und gesagt hatte, er liebe mich. Ehe er Tormaigh den Hügel hinabgeführt und sich ein letztes Mal umgewandt hatte, unsere Blicke sich ein letztes Mal getroffen hatten.

Arthur seufzte seinen schalen Atem voller alter Trauer und Erschöpfung heraus. »Meine arme Guinevere«, sagte er. *Nicht nur Eure Guinevere.* Auch mein Vater hatte diese Frau geliebt.

Das hatte ich sofort begriffen, als sie am Abend von Samhain auf unserer Schwelle stand. Ich war draußen gewesen, um Baldrianwurzeln zu sammeln, weil mein Vater von schlechten Träumen geplagt wurde, und da war Guinevere erschienen. Als hätten die Träume, die meinen Vater peinigten, sie zu Fleisch werden lassen.

Jetzt sah ich Guinevere an, diese Lippen, die mein Vater geküsst hatte. Diese krallenartigen Hände, die seine gehalten haben mussten, als sie noch jung in der Welt waren und ihr Glück so echt wirkte wie die Bäume und der Himmel und der Wind. Da stand ich in Guineveres Gegenwart und hasste meinen Vater, weil er ihr seine Seele geschenkt hatte, und hasste Guinevere, weil sie sie angenommen hatte. Und wieder kam ich mir vor wie der kleine Junge, den man auf dem Hügel allein gelassen hatte.

»Dein Vater hat sie mir genommen«, fuhr Arthur fort. Ich zuckte zusammen und starrte ihn an, plötzlich von Furcht ergriffen, dass er meine Gedanken hören konnte. Iselle drehte sich zu mir, ihre Augen groß und hell im Feuerschein. Ich sah ihre Hand auf den Knochengriff ihres Jagdmessers sinken – vielleicht um Trost aus der Berührung zu ziehen.

»Dein Vater hat geglaubt, sie wäre sein, und hat sie mir genommen«, sagte Arthur, und da war ein stählerner Unterton in seiner Stimme, der seine Erschöpfung zerschnitt. Es drehte mir die Eingeweide um.

»Nichts davon ist Galahads Schuld.« Gawain schüttelte den Kopf. »Lass den Jungen aus dem Spiel.«

Hatte meine Mutter von Guinevere gewusst? Hatte es sie gebrochen, wie es Arthur gebrochen hatte? Ich wäre damals zu jung gewesen, um derlei zu bemerken, aber jetzt sah ich es in

Arthurs Gesichtszügen, die vom Feuer verzerrt wurden. Eine Maske aus Bitterkeit und Schmerz.

»Schau ihn dir an, Neffe«, forderte Arthur. Sein Blick hielt mich wie Angelhaken gepackt. »Erzähl mir nicht, du könntest *ihn* nicht in diesem Gesicht erkennen. In diesen Augen.«

»Ich sehe ihn«, gab Gawain zu. »Natürlich sehe ich ihn. Trotzdem kann der Junge nichts dafür.«

»Nein«, sagte Iselle und schüttelte fassungslos den Kopf. »Du bist nicht sein Sohn.« Ihre Stimme zitterte wie eine Wasseroberfläche im Wind. »Nicht Lancelots Sohn.« Sie war einen Schritt zurückgetreten und hielt noch immer den Griff ihres Messers umklammert. »Das kann nicht sein. Du bist ein Mönch vom Dornbusch.«

»Noch ist er es nicht«, raunte Bruder Yvain.

Alle starrten mich an, ihre Blicke lasteten schwer wie nasse Wolle auf mir. Selbst Guinevere schien mich zu beobachten.

»Galahad ist nicht sein Vater«, sagte Gawain, was Iselle nicht daran hinderte, einen Pfeil aus dem Köcher zu ziehen und seine Eisenspitze zu berühren, um Unglück abzuwenden.

Ich wusste, wie die Menschen über meinen Vater dachten. Was man sich über ihn erzählte.

»Vielleicht«, sagte Arthur und kratzte mit den Zähnen seinen blonden Bart über die Unterlippe, »sollten wir uns wünschen, er *wäre* sein Vater. Kannst du dir das vorstellen, Neffe? Das würde dir doch sicher gefallen, oder?«

Gawain gab keine Antwort. Arthur schloss die Augen. »Dein Vater und ich waren die Schwerter Britanniens«, sagte er. »Unsere Feinde haben beim Klang unserer Namen gezittert, und wo wir gekämpft haben, war es, als wären die Götter an unserer Seite.« Eine Weile saß er in Erinnerung versunken da. Rief sich vergangene Zeiten und Vorkommnisse ins Gedächtnis, als wären es die Geheimnisse und Vertraulichkeiten längst verflossener Geliebter. Und als er die Augen wieder aufschlug, glitzerten Tränen in ihnen. »Ich habe deinen Vater geliebt«, sagte er. »Wirklich, Galahad, ich habe ihn geliebt. Aber er hat mir das Herz gebrochen.«

Die Trauer in seiner Stimme war beinahe greifbar. Die Qualen in seinem Gesicht entsetzlich. Mein Brustkorb aber zog sich vor Hitze zusammen, meine Muskeln spannten sich.

»Er hat Euch mir vorgezogen, Herr«, sagte ich.

Arthurs Blick wurde scharf. Er konnte den Schmerz in mir so deutlich sehen wie ich den seinen.

»Es geht nicht um Vorziehen«, warf Bruder Yvain ein, und seine Stimme war wie ein rauer Wetzstein, der den intimen Moment zerrieb, den Arthur und ich teilten. »Wenn Männer Seite an Seite kämpfen«, fuhr er fort und ergriff einen imaginären Schild, »wenn sie ihre Feinde ins Jenseits schicken und sehen, wie ihnen Freunde in Blut und Pein entrissen werden, dann werden sie zu Brüdern.« Er stellte die Lampe auf den Tisch zurück. »Sie können einander hassen oder lieben, aber nichts kann daran rütteln, was sie füreinander sind.« Er nickte. »So ist das eben.«

Gediens und Gawain nickten einhellig angesichts dieser unumstößlichen Wahrheit.

Ich wusste darauf nichts zu erwidern. Was wusste ich schon von solchen Dingen? Meine Brüder waren ihren Gebeten verschrieben gewesen. Ich wusste nur, dass mein Vater, aus dessen Fleisch und Blut ich erschaffen worden war, mich auf diesem Hügel im Stich gelassen hatte und fortgeritten war, um zu sterben. Und dass ich ihm nicht vergeben konnte.

»Wie könnt Ihr sie immer noch lieben?«, verlangte Iselle von Arthur zu wissen und betrachtete Guinevere mit unverhohlener Abscheu. »Nach allem, was sie getan hat, wie könnt Ihr Euch da um sie kümmern? All die Jahre?«

»Hüte deine Zunge, Mädchen«, sagte Gawain. »Das geht dich nichts an.«

»Es geht uns alle an«, sagte Iselle. »Vom König bis zum Bettler. Selbst die Götter geht es etwas an, oder warum hätten sie sich sonst von uns abgewandt?«

»Genug!«, fauchte Gawain, aber Arthur hob die Hand. »Sie soll offen reden.« Er nickte Iselle zu. »Mich kann nichts mehr verletzen.«

Iselle hob ihr Kinn in Richtung Guinevere, die in Schatten gehüllt dasaß, einmal mehr von Dunkelheit verschlungen. »Sie und Lancelot haben Euch verraten, Herr. Sie haben Euch schwerer getroffen als je ein Feind in der Schlacht. Ihr habt den Mut verloren. Habt nicht mehr daran geglaubt, dass wir gewinnen können.« Iselle hatte die herabhängenden Hände zu Fäusten geballt. Ihre Augen waren schmal, als könnte sie noch immer nicht ganz begreifen, dass der Mann, der vor uns am Feuer saß, derselbe war, dessen Kühnheit und Kampfkraft sich wie ein roter Faden durch die von Met geschwängerten Lieder der Barden zogen. Dessen Siege die Könige Britanniens zusammengebracht und dem Land jahrelangen Frieden beschert hatten. Der gewaltige Kriegsherr, über den man sich flüsternd erzählte, er sei an jenem brutalen und blutreichen Tag vor zehn Jahren nicht gestorben, sondern lebe noch immer und werde eines Tages zurückkehren, um das Land aus der Dunkelheit zu führen.

»Und was soll ich deiner Ansicht nach tun?«, fragte Arthur sie. Dann schüttelte er den Kopf. »Habe ich nicht genug gegeben?«

Iselle lockerte ihre verkrampften Hände und streckte sie in seine Richtung. »Ihr solltet uns noch immer anführen. Ihr solltet Hochkönig sein. Ihr solltet Arthur Pendragon sein.«

Ihre Worte hingen in der verrauchten Luft. Stille breitete sich aus. Wir wussten alle, dass wir jetzt den Mund zu halten hatten, selbst Iselle. Wir wussten, dass die nächsten Worte einzig Arthur gebührten. Und er wusste es auch und trug einen langen Moment allein diese Last, behielt seine Gedanken für sich, während das Feuer leise atmete.

Dann sah er Iselle an, und es lag eine solche Traurigkeit in seinem Blick, dass mein eigenes Herz in der Brust wehtat. »Ohne sie bin ich nichts«, sagte er.

Ich schaute Iselle an, sie schaute mich an, und ich sah den Vorwurf in ihren Augen. Sie konnte die Frau nicht wirklich hassen, die zwischen Leben und Tod gefangen war. Noch konnte sie meinen Vater hassen, einen Fremden, der vor langer Zeit in Arawns Reich entschwunden war. Aber mich konnte sie hassen, denn ich war Lancelots Sohn.

»Vielleicht gibt es doch noch Hoffnung, Onkel«, sagte Gawain.

Arthur sah sich um, und die Qual in seinem Blick wich Argwohn. Als wollte er es glauben und auch wieder nicht.

»Vorsicht, Neffe«, sagte er. »In all den Jahren deiner Suche hast du das noch nie gesagt.«

Gawain stimmte ihm mit einem Nicken zu. »Trotzdem sage ich es jetzt.«

Arthur nahm den Schürhaken zur Hand und stocherte abwesend in den Flammen herum, aber er saß ein wenig aufrechter, die Schultern waren weniger gekrümmt als zuvor.

Auch die Stimmung im Raum schien sich verändert zu haben.

Ich spürte es wie ein Vibrieren, wie man einen aufziehenden Sturm *spürt*, ehe man ihn sehen oder hören kann.

»Wir haben ihn gefunden, Arthur«, sagte Gawain. Er atmete aus, als läge unendlich viel Gewicht in diesen Worten, die er bis jetzt in sich festgehalten hatte. »Wir haben Merlin gefunden.«

6

Schatten und Bronze

In den folgenden Tagen wirkte Arthur zunehmend verändert. Es war ein langsamer Übergang, von einem Moment auf den anderen so unmerklich wie eine Sumpfdotterblume, die ihr Köpfchen nach der Sonne dreht. Bald aber war es nicht mehr zu übersehen – als würden einige der Jahre von ihm abfallen. Wo ich in der ersten Nacht im Feuerschein noch einen kurzen Blick auf den Mann erhascht hatte, der er einst gewesen war, so sah ich jetzt immer öfter den wahren Arthur ap Uther im fahlen Winterlicht aufblitzen. Ich sah ihn, als er mit dem Spaten an einer kleinen Anhöhe jenseits der Obstwiese arbeitete, wo er den Boden umgrub und einen Sack voll Zwiebeln und Knoblauchknollen pflanzte, die neue grüne Triebe hervorgebracht hatten. Ich sah ihn, als er zusammen mit Gawain aufs Dach kletterte, um einen Teil der alten Schilfbündel auszutauschen, und ich sah ihn, als er mit Gediens und Iselle ins Moor aufbrach, um später mit einer Ente oder einem anderen Watvogel für den Kochtopf zurückzukehren. Ich sah ihn sogar, als er Gawain und Bruder Yvain lauschte, die ihm berichteten, was sie über die Sachsen und die Könige Britanniens wussten. Und über Camelot, das Arthur persönlich wiedererrichtet hatte und das als einzige Festung noch den Invasoren standhielt, ein Leuchtfeuer der Hoffnung in finsteren Tagen.

Seine Körperhaltung hatte sich verändert. Die elende Apathie, die an ihm geklebt hatte, schien sich zu lösen, und jetzt war da fast eine gewisse Rastlosigkeit, eine Anspannung zu erkennen.

»Genau so war er auch in der Nacht, bevor er sie geheiratet hat«, erzählte mir Gawain eines Nachmittags, als wir Arthur betrachteten, der vornübergebeugt mit einer Axt den Schlamm und die Fäulnis von den Planken des Holzweges abschabte, während seine Hündin Banon geduldig neben ihm saß. Das Wetter war gut, also waren Gawain und ich unterwegs gewesen, um Totholz fürs Feuer zu sammeln statt Arthurs Torfvorrat, und als wir zurückgekommen waren, hatten wir Arthur bei der Arbeit vorgefunden. »Und so war er, als er zusammen mit deinem Vater die Verteidigungsgräben von Camelot ausgehoben hat«, fügte Gawain hinzu und kratzte sich gedankenverloren den Bart, während ich das Holz unter dem Vordach aufschichtete.

»Ihr habt ihm neue Hoffnung gegeben«, sagte ich und betrachtete den berühmten Kriegsherrn, der dort im Dreck schuftete. Denn Feuerstein und Stahl, die in Arthurs Herzen Funken geschlagen hatten, waren aus der Nachricht erwachsen, dass Merlin gefunden worden sei. Wie die Barden ihre Lieder über Arthur sangen, so schmückten sie die dunklen Nächte auch mit Geschichten über Merlin, den Letzten der Druiden. Sie sangen von der Furcht, die seine Zaubersprüche in den Eingeweiden der Sachsen gesät hatten, von seinem gewaltigen Wissen über die Götter und seiner Gabe, mit ihnen Zwiesprache zu halten. Und natürlich sangen die Barden vom Schwert Excalibur, das Merlin wiederentdeckt und Fürst Arthur übergeben hatte, damit dieser es wie eine Fackel emporhalten konnte, um den Völkern dieser Dunklen Inseln den Weg zu weisen.

Der große Unterschied bestand darin, dass die Menschen an

Arthur ap Uther glaubten, an Arthur den Mann. Und sie hofften aller Wahrscheinlichkeit zum Trotz, dass er eines Tages wiederkehren würde, um erneut für sie zu kämpfen. Nicht so bei Merlin. Die Menschen glaubten, dass der Druide, der einst sogar den Pendragon beraten hatte, nie ein Mann aus Fleisch und Blut gewesen war, sondern ein rätselhaftes Geisterwesen. Ein Gestaltwandler. Eine Legende, von der man sich abends am Feuer erzählte, ein Flüstern im Wind zwischen Eiben und Eichen und den alten Menhiren.

Ich konnte mich nicht erinnern, ob mein Vater je von Merlin erzählt hatte, obwohl er ihn zweifellos gekannt haben musste. Und die Brüder vom Dornbusch hatten seinen Namen nicht aussprechen wollen aus Furcht, damit die alten Götter anzurufen und so Gedanken neues Leben einzuhauchen, die lieber begraben bleiben sollten. Aber selbst jene, die Merlin gekannt hatten, Männer wie Gawain und Gediens und Arthur, die mit dem Druiden durchs Land gereist und seinen Ratschlägen gefolgt waren, die bestätigen konnten, dass er als lebender Mann unter der Sonne gewandelt war, konnten nicht sagen, was aus ihm geworden war. Wie ein Wort im Wind war er spurlos verschwunden.

»Seit vielen Jahren hat ihn niemand mehr gesehen«, hatte Gawain mir in der ersten Nacht auf Arthurs Hof erklärt, nachdem der Grund für unsere Reise ans Licht gekommen war. »Wir haben gesucht, diejenigen von uns, die unseren Eid noch ehren, für Arthur zu kämpfen. Viele sind dabei gestorben. Andere, die ausgezogen sind, haben wir nie wiedergesehen.«

»Wieso wart Ihr so sicher, dass Merlin noch lebt?«, hatte ich gefragt, während ich mir mein Lager aus Tierfellen am Herd vorbereitete. Die Reise und die Wärme des Feuers hatten eine tiefe Müdigkeit in mir ausgelöst, aber trotzdem wollte ich noch meine Nachtgebete für die Seelen der Brüder sprechen, ehe ich schlafen ging.

Gawain hatte mit den breiten Schultern gezuckt. »Solange die Chance bestand, dass er noch atmet und irgendwo Unheil anrichtet, mussten wir es versuchen. Um seinetwillen.« Er nickte in Richtung Arthur, der Guinevere zum gemeinsamen Bett getragen hatte und nun dort saß, ihr durchs Haar strich und geheime Dinge flüsterte, nicht lauter als der Atem der Flammen im Herdfeuer.

Ich erfuhr, dass Arthur nichts Gutes über Merlin zu sagen hatte. Er machte den Druiden ebenso verantwortlich für den Untergang Britanniens wie sich selbst und das eigene Versagen. Aber was immer er über den Mann denken mochte – Arthur hatte sich offenbar an die Hoffnung geklammert, dass der Druide in der Lage sein würde, Guinevere zu heilen, wie man sich an einen zerfließenden Traum klammert, während man bereits erwacht. Er hatte weiter daran geglaubt, dass einzig Merlin mit seinem enormen Wissensschatz über Kräuterkunde und alte Texte und die Götter ihr rätselhaftes Leiden bannen konnte. Arthur glaubte daran, dass Merlin sie zurückbringen konnte.

Gawain erzählte uns, dass Parcefal, ein weiterer von Arthurs treuen Kriegsfürsten, mit dem zusammen er die Armeen der Sachsen aufgerieben und die kühnsten Träume gehegt hatte und der genau wie Gawain selbst viele Jahre lang auf der Suche nach Merlin gewesen war, ihn schließlich gefunden hatte, als Einsiedler auf Ynys Weith vor der Südküste Britanniens. Es war kaum zu glauben. Und doch hatte Arthur es geglaubt.

»Hat er gewusst, dass ich noch lebe?«, hatte Arthur gefragt

und finster in die Ferne gestarrt, während die Neuigkeit langsam sackte.

»Hat Parcefals Bote nicht gesagt, und ich habe ihn nicht danach gefragt«, gab Gawain zurück. »Aber Merlin hat eingewilligt, Parcefal nach Tintagel zu begleiten und dort auf mich zu warten. Wir können nicht riskieren, dass ihm auf dem Landweg etwas zustößt«, sagte er und nickte in Richtung Tür. Draußen war es Nacht geworden. »Die Sachsen würden ihm die Haut abziehen.«

»Nicht nur die Sachsen«, murmelte Gediens. »Viele Briten würden den alten Bastard genauso am nächsten Baum aufknüpfen, und ich könnte es ihnen kaum verübeln. Sie glauben, dass er uns in der Stunde unserer größten Not im Stich gelassen hat.«

Bruder Yvain stieß ein kehliges Knurren aus. »Da kann man lieber versuchen zu erraten, was ein Fisch sich denkt, als einem Druiden in den Kopf schauen zu wollen.«

Arthur musterte den Mönch mit einer hochgezogenen Augenbraue, sagte aber nichts. Sein Blick machte deutlich, dass auch er der Meinung war, der Druide habe ihn im Stich gelassen. Trotz der Stille hing dieser Vorwurf greifbar in der Luft.

»Er lebt«, sagte Gawain und brachte uns wieder zum Thema zurück. »Und sobald ich ihn in die Finger kriege, bringe ich ihn her.« Arthur hatte genickt und über die Schulter in den Schatten gestarrt, wo zwei Augen schimmerten.

Später am Abend waren Iselle und ich zur Räucherkammer gegangen, um einen Aal und drei Forellen zu holen, die Arthur einige Tage zuvor aufgehängt hatte. Ich wartete, bis wir allein in der beengten Dunkelheit der Kammer standen, und dort fragte ich Iselle, was sie über Merlin wusste. Noch immer konnte ich kaum fassen, dass ich Arthur ap Uther kennengelernt hatte, den großen Kriegsherrn Britanniens. Darüber hinaus auch noch zu erfahren, dass Merlin, der letzte der Druiden, noch am Leben war ... Was denn noch? Vielleicht kniete Joseph von Arimathäa gerade höchstselbst zu Füßen des Dornbusches und betete für meine verlorenen Brüder.

»Meine Ziehmutter hat ihn einmal getroffen, als sie noch jung war«, sagte Iselle. »Aber sie hat nie von ihm erzählt. Ich glaube, sie hat sich vor ihm gefürchtet.« Sie nahm den Aal vom Haken, und ich fand einen Korb für den Fisch, während Iselle den süßen, dumpfen Erlenrauch fortwedelte, der aus der Asche eines alten Feuers aufstieg. »Ich weiß nicht, warum Merlin verschwunden ist«, fuhr sie fort. »Er wird seine Gründe gehabt haben. Aber Gawain wird ihn zurückbringen. Kannst du dir das vorstellen? Merlin und Arthur wieder vereint?«

Ich konnte ihr Gesicht durch den Qualm nur schemenhaft erkennen, aber ihre Erregung war deutlich. Ich spürte ihre Gedanken wie das Summen ihrer gespannten Bogensehne in der stickigen Luft. »Wenn Merlin Fürst Arthur damals nicht helfen konnte«, sagte ich, »als er ihn am dringendsten gebraucht hat, wieso glaubst du dann, dass er ihm jetzt helfen kann?«

»Was kümmert dich das?«, fragte sie, griff nach einem weiteren Fisch und legte ihn in den Korb. »Dir geht es doch nur um deinen Gott und diesen krummen alten Baum, an den ich schon Hunde hab pissen sehen.«

»Ich bin kein Mönch vom Dornbusch«, sagte ich. »Und werde auch keiner mehr werden.«

»Nein. Du bist Lancelots Sohn. Lancelot, der große Krieger.« Hohn lag in ihrer Stimme, und ich wollte ihre Worte anfechten, biss jedoch die Zähne zusammen, riss den letzten Fisch vom Haken und warf ihn in den Korb.

»Ich habe gesehen, wie du Guinevere angeschaut hast«, sagte ich. »Du hasst sie, weil sie meinen Vater geliebt hat.«

»Hasst du sie nicht?«, fragte sie.

Ich sagte nichts. Meine Augen tränten vom Rauch.

»Sie haben Arthur verraten, und das hat ihn gebrochen«, sagte sie.

Das hatte ich schon von anderen gehört, wenn sie glaubten, ich könnte sie nicht hören. Oder wussten, dass ich es doch konnte. Aber es war schlimmer, es von Iselle zu hören. Sie schob sich an mir vorbei und legte die Hand auf den Türknauf, wollte mir die Tür aufhalten, da ich den Fischkorb trug. Ich rührte mich nicht. »Wenn du sie hasst«, fragte ich, »was interessiert es dich dann, ob Merlin sie heilen kann oder nicht?«

Sie starrte mich in der Dunkelheit an. »Du verstehst es immer noch nicht, oder?«

Ich zuckte mit den Schultern. »Ich verstehe, dass Arthur lebt, aber ein gebrochener Mann ist. Und dass Merlin lebt und Männer gestorben sind, um ihn zu finden, alles für Arthur, obwohl nicht mal sicher ist, dass er Guinevere überhaupt retten kann.«

Sie schüttelte den Kopf angesichts meiner Dummheit. »Aber was, wenn Merlin sie retten *kann*? Was dann? Warum, glaubst du, haben diese Männer Jahre ihres Lebens mit der Suche verbracht? Warum sollte ein Krieger wie Gawain ganz Britannien durchforsten im Dienst eines gebrochenen Herrn?«

Ich blinzelte durch den Rauch und versuchte, den Husten zu unterdrücken, der mir in der Kehle festsaß. Versuchte zu begreifen. Und dann, plötzlich, sah ich es, sah, was Iselle gesehen hatte. Was sie alle gesehen hatten.

»Wenn Arthur Guinevere zurückbekommt, bekommen wir Arthur zurück«, sagte ich. »Dann wird er wieder Fürst Arthur sein und Excalibur schwingen, um die Könige und Speerträger Britanniens zu vereinen. Er wird seine mächtigen Reiter versammeln und gegen die Sachsen ziehen und sie aus unserem Land vertreiben.« All das sah ich vor mir wie einen breiten Pfad durch hohes Schilf. Und dort im Zwielicht, durch den Rauch, der zu den Haken aufstieg, an denen noch ein gehäuteter Hase und zwei Felsentauben baumelten, sah ich Iselles Zähne aufblitzen.

Fünf Tage nach unserer Ankunft auf dem verborgenen Hof verkündete Gawain, die Zeit zum Aufbruch sei gekommen. Er und Gediens waren unterwegs gewesen, um festzustellen, ob Cerdics Krieger noch immer Avalons von Weiden gesäumte Sümpfe und verschlungene Kanäle durchstreiften. Immer wieder hatten die beiden Krieger lange verharrt und den Himmel nach Rauchfahnen abgesucht. Außerdem waren wir alle abwechselnd nachts hinausgegangen, um nach dem Kupferschein ferner Feuer Ausschau zu halten, der vom traurigen Schicksal der Ermordung der Familie eines Jägers, Fischers oder Korbflechters durch die Diener von Woden und Thunor erzählte. Da ich daran gewöhnt war, mich nachts zu erheben, um Gebete zu singen, stand ich dann neben Arthurs Schweinepferch und dachte an die Brüder, an Brice und den alten Padern und Dristan, hörte ihre Stimmen in meinem Kopf, während ich leise die vertrauten Melodien summte und ringsum Nachtreiher und Eulen wie Geister durch die Dunkelheit glitten.

Nun aber war es drei Tage her, dass Gediens von fern einen Trupp Speerträger erspäht und ihre seltsam gutturale Sprache weit über das Röhricht gehört hatte, und zwei Tage, seit ich ein

Feuer in der Nacht entdeckt hatte. Gawain sagte, die Sachsen seien weitergezogen. Vielleicht gen Norden, um Caer Cynwidion zu plündern, da König Conyn auf dem Sterbebett gelegen hatte und sich nun seine Gefolgsleute darüber entzweiten, wer ihm nachfolgen sollte.

»Und wenn sie doch noch nicht fort sind?«, fragte Bruder Yvain, der auf einem Baumstumpf saß und die Schneiden seiner Speerspitze mit einem Wetzstein bearbeitete.

Aus dem Westen von der weiten Mündung des Hafren her blies eine frische Brise, die Gawains silbernes Haar zerzauste, als er dort stand und die blasse Sonne über dem nebligen Horizont betrachtete. Er zuckte mit den Schultern. »Wir können nicht länger zögern. Parcefal erwartet uns bereits, und je länger er warten muss, desto größer die Gefahr, dass jemand Merlin erkennt oder der Druide seine Meinung ändert und wieder verschwindet.« Er drehte sich um und blickte in Richtung des Obstgartens, wo Guinevere in ihrem Sessel saß, die Hände im Schoß gefaltet, das Gesicht zum winterlichen Himmel erhoben. Denn manchmal, wenn das Wetter es gut meinte, trug Arthur sie vor die Tür, um dem Torfrauch und Dämmerlicht der Hütte zu entkommen. Auch jetzt war er bei ihr, lehnte an einem umgestürzten Apfelbaum, in dem noch Leben steckte, und sah zu, wie zwei Krähen eine Rohrweihe ärgerten, um sie von ihren Nestern zu vertreiben.

»Morgen früh brechen wir auf«, sagte Gawain.

Ich schaute den Holzweg entlang auf die Wand aus aufragendem Schilf, durch die ich vor einigen Tagen getreten war und Arthurs Hof erblickt hatte und durch die Iselle im Morgengrauen auf der Suche nach frischen Federn für ihre Pfeile verschwunden war.

»Sorg dich nicht, sie weiß es schon«, sagte Gawain. »Ich habe es ihr heute Morgen gesagt.« Ich spürte Hitze in meine Wangen steigen und fragte mich, woher Gawain gewusst hatte, dass ich nach Iselle Ausschau hielt. »Sie begleitet uns nach Tintagel. In Avalon hält sie nichts mehr. Und dich auch nicht, Junge.«

Ich wusste, dass er recht hatte, trotzdem gefiel mir seine Annahme nicht, ich würde ihn selbstverständlich begleiten. Dass sein Weg, dem er gefolgt war, seit er mich im Kloster der Brüder vom Dornbusch zurückgelassen hatte, nunmehr auch der meine war.

»Schau mich nicht so an, Galahad«, sagte der Krieger. »Du magst dein halbes Leben als Priesteranwärter für den Christengott verbracht haben, aber es war nie deine Bestimmung, einer von ihnen zu werden.« Ehe ich etwas erwidern konnte, hob er die Hand. »Ich bin nie jemand gewesen, der behauptet, viel über die Götter oder das Schicksal zu wissen, über Vorsehung und Zaubersprüche. Das überlasse ich gern Merlin.« Er spähte in Richtung Obstgarten. »Und Arthur. Er hat an viele Dinge geglaubt, solange es seinen Zielen dienlich war. Aber ich hab dich nicht in die Obhut der Christen gegeben, damit du dein Leben auf irgendeiner Insel im Sumpf mit Gebeten verbringst. Das ist nicht dein Schicksal, Galahad«, sagte er und kratzte sich die Narbe, die ihm jemand vor langer Zeit vom Haaransatz bis hinunter zum Knochenwulst über dem linken Auge gezogen hatte. »Das bist nicht du. So viel weiß ich, Junge.«

»Woher?«, wollte ich wissen. »Woher wollt Ihr das wissen?«

Er verzog das Gesicht, presste den Daumen an seine gebrochene Nase und schoss einen Rotzklumpen in den Matsch.

»Ich weiß es, weil ich deinen Vater gekannt habe«, knurrte er.

Es gefiel mir nicht, dass dieser Mann mir erzählen wollte,

was ich war und was nicht. Auch gefiel mir die Ehrerbietung nicht, mit der er über meinen Vater redete. Was immer er von ihm als Mann gehalten haben mochte, als Krieger hatte er ihn ganz offensichtlich bewundert. Mehr noch, Gawain und Arthur schienen ihn beide zu verehren und sprachen von meinem Vater, als sei er auf dem Schlachtfeld unbezwingbar gewesen. Ein todbringender Kriegsgott. Konnten sie von dem gleichen Mann reden, der sich wie ein Gesetzloser vor der Welt versteckt hatte, sodass ich meine Kindheit ohne Freunde verbringen musste? Von dem Mann, der eine andere Frau mehr geliebt hatte als meine Mutter? Von dem Mann, der sich dafür entschieden hatte, für Arthur zu kämpfen und zu sterben, statt für mich zu leben?

»Ich muss den Dornbusch retten«, sagte ich. »Ich habe einen Zweig und Beeren und muss einen sicheren Ort finden, wo ich sie einpflanzen kann.« Denn ich wusste, dies war die Aufgabe, die Bruder Brice mir anvertraut hatte, als er mir die kostbaren Beeren mitgab. Mir war, als sei es schon ewig her.

Gawains Stirnrunzeln machte deutlich, was er davon hielt, aber ich ignorierte seine Reaktion.

»Gut möglich, dass die Sachsen den heiligen Baum gefunden und abgehackt haben«, sagte ich.

»Wird der Christengott nicht einen Nebel schicken, um den Baum zu verbergen?«, fragte Gawain. »Oder den Sachsen niederstrecken, der seine Axt an den Stamm legt?«

Ich konnte seinem kriegsversehrten Gesicht nicht entnehmen, ob er mich aufziehen wollte, dennoch kam es mir so vor, und alle Muskeln in meinen Gliedern spannten sich krampfhaft an. Wut flammte in meiner Brust auf.

»Es gibt niemanden mehr auf Ynys Wydryn, der für die

Rettung des Baumes beten könnte«, sagte ich und dachte wieder an den armen Bruder Brice und den armen Bruder Judoc und die anderen, deren Leiber mittlerweile von Wölfen und Füchsen, von Raben und Krähen und zahllosen kleineren Tieren zerfleischt worden sein mussten, von allem, was flog oder kroch oder glitt. »Niemand mehr, der den Dornbusch vor Gottes Feinden beschützen könnte. Ich muss das Werk der Brüder fortführen. Ich werde dafür sorgen, dass der Dornbusch weiterlebt.«

»Pflanz den Zweig hier ein.« Bruder Yvain deutete mit dem Speer, den er schärfte, in Richtung Obstgarten. »Zwischen den Apfelbäumen. Ein ebenso guter Platz wie jeder andere.«

Ich starrte ihn finster an. »Hier ist es nicht sicher, Bruder.« Es beunruhigte mich, dass Bruder Yvain meine Sorge nicht zu teilen schien. Er war nie der frommste der Brüder gewesen, weit gefehlt, aber ich hätte doch erwartet, er würde zumindest seine gefallenen Brüder ehren wollen, indem auch er tat, was er konnte, um den Dornbusch zu retten.

»Es ist nirgendwo sicher«, gab er zurück. »Nicht in diesen Tagen.« Er spuckte auf den Wetzstein und führte ihn die Schneide entlang. »Pflanz ihn hier ein und lass gut sein.«

Mein Blut war in Wallung. Hatten sie alle das Gemetzel bereits vergessen? Ich wusste, das Opfer der Brüder würde Gawain, der kein Christ war, nur wenig bedeuten. Aber Bruder Yvain? Von ihm hatte ich mehr erwartet.

»Nein«, sagte ich. »Ich werde einen besseren Ort finden. Einen Ort, wo es Christen gibt, die den heiligen Baum beschützen werden, wie die Brüder es weiter täten, würden sie noch leben.«

Da stürzte Gawain auf mich zu. In fünf Schritten war er bei mir, packte mich am Habit und schob mich rückwärts durch den Schlamm. »Du verdammter Narr!« Speichel traf mich ins Gesicht. »Ich habe zwei tapfere Männer verloren, um dich von Ynys Wydryn zu retten! Bessere Männer als dich, Bursche.« Ich bäumte mich unter seinem Griff auf, warf mich nach hinten, riss die linke Hand hoch und schlug seine Faust von meiner Kehle fort. Er machte einen Schritt zurück, ich ebenfalls.

»Das reicht!«, brüllte Bruder Yvain. Irgendwie stand er plötzlich zwischen uns, schirmte mich mit seinem breiten Rücken ab. Seine massige Gestalt ragte in der Abenddämmerung auf, sein Speer war drohend in Gawains Richtung erhoben. »Lass ihn in Frieden.«

Gawain zeigte mit dem ausgestreckten Finger auf ihn. »Du vergisst dich, Mönch«, fauchte er, und da dachte ich, er würde sein Schwert ziehen.

»Nein, Bruder, das tue ich nicht.« Yvain reckte die Speerspitze noch höher.

Ein tiefes Grollen kam aus Gawains Kehle. Irgendein Instinkt ließ mich herumfahren, und da stand Iselle, den ungespannten Bogenstab über den Rücken geschlungen. Ich fragte mich, wie lange sie wohl schon zurück war.

»Ich bin noch nicht so lange Mönch«, sagte Bruder Yvain warnend.

»Lange genug, wette ich«, gab Gawain höhnisch zurück und forderte Yvain geradezu heraus, seinen Speer zu gebrauchen, dessen Klingen mit Rost befleckt waren.

»Friede, Gawain.« Arthur war zwischen den Apfelbäumen hervorgekommen, wo Guinevere saß. Sein Gesicht war blass und angespannt, und die Augen unterhalb der gekräuselten Brauen, Augen, mit denen er Gawain, Yvain und mich anstarrte, waren hart und unerbittlich, als zürne er uns ob der Anmaßung, unser kleinliches Gezänk in seine armselige Zuflucht getragen zu haben.

Gawain aber, der Arthur entweder nicht gehört hatte oder nicht hören wollte, tat einen Schritt auf Yvain zu, breitete die Arme aus und lud ihn zu einem Angriff ein.

Yvain blieb stehen, senkte aber auch den Speer nicht.

»Friede, habe ich gesagt!«, rief Arthur und schritt mit geöffneter Handfläche auf uns zu.

Yvain ließ den Speer sinken. Gawain hob die Hand in seine Richtung, um zu signalisieren, dass er selbst die Situation aufgebauscht hatte. Dann reckte er das Kinn in meine Richtung. »Er ist seinem Vater ähnlicher, als er glaubt«, sagte er, und sein Ärger schien zu verrauchen, obwohl sein Kiefer weiter angespannt blieb.

Arthur war etwa zehn Schritte entfernt stehen geblieben und stemmte die Stiefel in den Matsch. »Hattest du nicht genau das gehofft, Neffe?«, fragte er.

Gawain verschränkte die Arme vor der breiten Brust und dachte nach. »Hanguis und Endalan sind nicht umsonst gestorben«, sagte er zu mir, sah dann Bruder Yvain an. »Auf jeden Fall nicht für irgendeinen alten Baum.«

Bruder Yvain nickte und stützte seinen Speer auf dem Boden ab. »Dazu wirst du von mir keinen Widerspruch hören.«

Gawain runzelte die Stirn. Einen Moment lang schien es, als hätten er und Arthur einander noch mehr zu sagen, aber dann wandte Gawain sich ab, stiefelte aufs Haus zu und murmelte etwas darüber, dringend einen kräftigen Schluck zu brauchen. »Wir brechen bei Sonnenaufgang auf«, rief er über die Schulter.

Iselle schaute mich noch einen Atemzug lang an, dann verschwand auch sie im Haus.

Ich richtete meine Aufmerksamkeit wieder auf Arthur, der mich betrachtete. Seine Augen waren so blau und doch so fern, dass sie einen anderen Himmel aus einer anderen Zeit zu reflektieren schienen. »Lancelot war der störrischste Mann, den ich je gekannt habe«, sagte er und zog seinen lichten Bart durch eine Faust. Zum allerersten Mal sah ich den fernen Anflug eines Lächelns auf seinen Lippen. »Merlin hat mir einmal erzählt, dass dein Vater als Junge eine Sperberin besessen hat. Einen furchterregenden, hasserfüllten Vogel. Ein missgünstiges Ding mit gebrochenem Flügel, aber der junge Lancelot wollte nicht aufgeben, sie abzurichten. Tag für Tag hat er von morgens bis abends gearbeitet, um das Vertrauen seines Vogels zu gewinnen, obwohl er kaum etwas von der Kunst der Falknerei verstand. Merlin sagte, es sei ein Kampf zweier Sturköpfe gewesen, zwischen Lancelot und seinem Vogel. Sie war wütend und wild, und niemand hat daran geglaubt, dass es dem jungen Lancelot gelingen könnte, sie abzurichten.« Arthurs Lippen wurden zu einem schmalen Strich. Er schüttelte sachte den Kopf und drehte sich nach dem Garten um, wo Guinevere zwischen den Obstbäumen saß, deren knorrige Stämme von der sinkenden Sonne verzerrt wurden, sodass sie wie dunkle, grapschende Hände aussahen, die über den Boden auf die Frau zukrochen.

»Was ist aus dem Vogel geworden, Fürst Arthur?«, fragte Bruder Yvain, und ich war froh darüber, denn ich hatte mir auf die Zunge beißen müssen, um nicht dieselbe Frage zu stellen.

Arthur drehte sich wieder zu mir. »Der Junge hat den Vogel abgerichtet.«

»Und der Vogel den Jungen.« Bruder Yvain lächelte.

»Und am Ende fraß ihm die stolze Vogeldame sogar aus der Hand«, sagte Arthur. »Er konnte sie auf eine Beute abwerfen und zurückrufen, und sie hat ihm die Beute vor die Füße geworfen, weil sie ihn beeindrucken wollte.«

Yvain nickte, sichtlich zufrieden mit dem Ausgang von Arthurs Geschichte. Dann sagte er, er werde Guinevere zurück ins Haus tragen, und ließ Arthur und mich dort stehen. Wir sahen zu, wie die Schatten zusammenwuchsen und Teiche bildeten, aus denen die Dunkelheit wie eine Flut stieg, je tiefer die Sonne sank.

»Diesen Kampfgeist hat dein Vater nie verloren«, sagte Arthur und schaute nach Westen. »Er hat alles getan, was in seiner Macht stand, um dich nicht zu verlassen, Galahad. Das weißt du doch, oder?«

Ich spürte, wie sich meine Gesichtszüge spannten. Meine Kehle zog sich zusammen.

»Sein Ende habe ich nicht gesehen.« Arthur streckte eine Hand über die Brust und berührte seine Schulter, wie um eine alte Wunde abzutasten. »Aber mir wurde davon erzählt. Die Männer sagen, er habe sich geweigert aufzugeben. Dass er den Tod ignoriert habe, obwohl es einem Sterblichen nicht hätte möglich sein dürfen weiterzukämpfen. Er hat mit jeder Sehne gekämpft. Mit jedem Atemzug. Für dich, Galahad. Weil er dich geliebt hat.«

Ich hatte Schmerzen in der Brust. Mein Atem kam in kurzen, abgehackten Schüben. Ich sah einem losen Schwarm Dohlen und Saatkrähen hinterher, die auf eine Gruppe Erlen zuhielten, in deren Zweigen sich bereits unzählige Vögel niedergelassen hatten.

»Komm, Galahad«, sagte Arthur. »Ich habe etwas für dich.«

Eine Weile standen wir da, bis sich unsere Augen an die Dunkelheit jenseits der Hornlaterne gewöhnt hatten, die Arthur emporhielt. Es roch nach Stroh und Staub, nach Leder und Eisen und altem Pferdeurin, obgleich klar war, dass diese Scheune seit Jahren kein Pferd mehr beherbergt hatte. Es gab Fässer und Körbe und einige Amphoren, wie sie griechische Händler im Tausch für unser Zinn nach Britannien brachten. Es gab Schilfbündel, alte Schürhaken, einen rostigen Kessel und einen Sattel mit Zaumzeug, alles von weißem Vogelmist verdreckt.

Ich folgte Arthur tiefer ins Innere und sah an der nächsten Wand einen Schild lehnen, ganz ähnlich jenen, die Gawain und seine Männer trugen, mit gebleichtem Leder überzogen und dem schwarzen Bären, der auf allen vieren über dem Schildbuckel stand. Nur war dieser Schild noch verschrammter und verbeulter, das Leder zerschlissen und verdreckt und mit rostfarbenen Flecken übersät. Es musste sich um Arthurs eigenen Schild handeln, dachte ich. Einst ein Anblick, um Furcht in den Bäuchen der Sachsen zu entfachen. Jetzt ein staubiges Relikt. Es anzuschauen war, als werfe man einen Blick in seine glorreiche Vergangenheit, als selbst die übrigen Könige des Landes unter einem Banner zusammengekommen waren. Als die Menschen noch Hoffnung gehabt hatten. Als Britannien einen Arthur gehabt hatte.

Immer noch starrte ich den Schild an, als Arthur mich leise beim Namen rief und ein Leintuch anhob, das einen Teil der Schatten bedeckt hatte, wie es schien. Er trat einen Schritt zurück und hielt die Hornlaterne hoch.

Nein! Ich holte pfeifend Luft, stolperte einen Schritt rückwärts und warf ein leeres Fass um. Ich könnte nicht sagen, wie oft mir das Herz in der Brust hämmerte, ehe ich den nächsten

Atemzug tat. Da stand ich, die Hände vor den Mund geschlagen, mein Blut wie gefroren. Kalt bis ins Mark. Konnte mich weder äußern noch regen. Gefangen wie mit Ketten oder von einem mächtigen Zauber.

Denn mein Vater war von den Toten auferstanden.

»Ist schon gut, Galahad.« Arthurs Stimme schien aus weiter Ferne zu kommen, fast ertränkt vom rauschenden Blut in meinen Ohren. »Hab keine Angst.«

Ich blinzelte. Machte einen Schritt nach vorn. Und noch einen. Meine Hände rutschten vom Mund herab und fühlten mein Herz gegen das Brustbein hämmern.

Es war nicht mein Vater, der aus Annwn zurückgekehrt war, aber es *war* seine komplette Rüstung. Seine prächtige Ausstattung, wie aus meinen Träumen heraufbeschworen, hing auf einem einfachen Holzkreuz, sodass mir meine Augen in der Dunkelheit einen Streich gespielt hatten. Sodass ich in dem Augenblick, als Arthur das Leintuch beiseitegezogen hatte, meinen Vater dort stehen sah in all seinem Glanz. Und selbst jetzt noch, wo ich wusste, was ich sah – Metall und Leder, Tuch und Wolle –, konnte ich bei dem Anblick kaum atmen. Der lange Rock aus überlappenden Bronzeschuppen, von denen jede einzelne schwach im Zwielicht schimmerte. Der silberdurchwirkte Schwertgurt, der von der rechten Schulter zur linken Hüfte lief, und das Schwert selbst, Eberzahn, das verborgen in seiner Scheide die Jahre verschlafen hatte. Am rechten Ende des Querbalkens lehnte ein langer Speer, als hielte die Rüstung ihn ergriffen, und unten am Fuß des Kreuzes lehnten die eisernen Beinschienen meines Vaters, kunstvoll geschmiedet, um die Muskeln seiner Beine nachzuahmen. Auf Kniehöhe hatte der Meisterschmied je den Kopf eines Raubvogels aus der Bronze gearbeitet. Es waren Abbilder der Sperberin, die mein Vater als Junge abgerichtet hatte, und als ich die Beinschienen jetzt vor mir sah, ergriff mich wieder die verwunderte Begeisterung, die mein Blut schon damals in Wallung gebracht hatte, wann immer ich einen Blick auf sie geworfen hatte, ohne dass mein Vater es bemerkte.

»Ich hatte sie für deinen Vater anfertigen lassen. Als Geschenk zu Ehren unserer Freundschaft.« Auch Arthur betrachtete die Beinschienen und beugte sich mit der Lampe vor, sodass die Vogelköpfe zum Leben erwachten, als der Feuerschein über die Rücken und Vertiefungen in der Bronze spielte. Die wilden Augen. Die scharfen Schnäbel. Die gesträubten Federn.

»Hat er mir erzählt.« Ich erinnerte mich, auch wenn ich ihm damals nicht wirklich geglaubt hatte. Dem Kind, das ich gewesen war, war es unmöglich vorgekommen, dass mein Vater mit dem großen Arthur hätte befreundet sein können, dem Kriegsherrn der Briten.

»Komm näher.« Arthur winkte mich mit der Laterne zu sich, seine Stimme war kaum mehr als ein Flüstern. Ich trat neben ihn. Jetzt konnte ich auch die Bronze riechen und den erdigen, leicht süßen Geruch des Leders, auf dem die Schuppen angebracht waren. Ich betrachtete den Helm meines Vaters mit den verstellbaren Wangenklappen und dem langen weißen Federbusch aus Rosshaar. Ich schloss die Augen und erinnerte mich daran, diesen Federbusch zu waschen, die Knötchen und Verfilzungen herauszukämmen, bis er wie Wasser floss. Mein Vater hatte nicht gesagt, dass ich gute Arbeit geleistet hatte, aber ich hatte gewusst, er war zufrieden. Beide waren wir stolz gewesen, als er den Helm aufgesetzt und die Lederriemen unter dem Kinn zusammengebunden hatte. Zum letzten Mal.

»Warum habt Ihr sie all die Jahre aufgehoben, Herr?«, fragte ich und fürchtete mich vor der Antwort, denn ich kannte sie bereits.

»Ich habe sie für dich aufgehoben, Galahad.« Er schaute die Rüstung an. Er musste sie persönlich geputzt haben, begriff ich, denn weder auf den Schuppen noch auf dem Helm war Patina zu sehen.

»Warum, Herr?«

Arthur nickte, als hätte er nur auf die Frage gewartet.

»Weil sie jetzt dir gehört. Lancelot war mein Freund. Wäre er jetzt noch unter uns …« Er wollte – oder konnte – diesen Gedanken nicht zu Ende führen, streckte aber die Hand aus und legte drei Finger an eine Wangenklappe. »Dein Vater würde wollen, dass du sie trägst«, sagte er. »Ich habe von dir gewusst, Galahad. Mir war klar, dass Gawain eines Tages nach Ynys Wydryn zurückkehren und dich zu mir bringen würde. Also habe ich die Rüstung deines Vaters verwahrt, weil ich dachte, du würdest sie sicher haben wollen. Sie benutzen wollen.«

Meine Eingeweide schienen sich verknotet zu haben. Meine Brust schmerzte. Wieder war ich zehn Jahre alt, stand oben auf dem Hügel und sah meinen Vater davonreiten.

»Ich will sie nicht«, sagte ich.

Arthur summte leise und kehlig und kratzte sich die Wange. Wie immer er sich diesen Moment ausgemalt haben mochte, so sicher nicht.

»Es tut mir leid, Herr, aber ich will sie nicht.« Ich schluckte schwer. Ich musste der Enge entfliehen, drehte mich also um und ging.

»Sie gehört dir, Galahad«, sagte Arthur, als ich die Tür öffnete und in die einbrechende Nacht verschwand. In einer Dunkelheit, die meine hell entbrannten Erinnerungen nicht zu dämpfen vermochte, in denen ich ihn sah, wie er einst gewesen war. Meinen Vater in seinem Schuppenpanzer, von Feinden umringt. Von ihnen umschlungen.

Ich musste fliehen. Obwohl ich wusste, dass er nicht geflohen war.

»Was soll ich mit ihr tun, Junge?«, rief Arthur mir hinterher, aber ich hielt nicht an.

Ich kenne diese Kreatur, und sie kennt mich. Sie ist angespannt, während wir das Unterholz und die Wildblumen am Rand der Lichtung durchstöbern. Die Abenddämmerung ist da. Der Duft von frischem Heu liegt in der Luft, selbst hier noch, zwischen den Bäumen, weit weg vom nächsten Dorf und dessen Feldern, deren Ränder von Mohn gesäumt sind, der seine leuchtend roten Köpfchen in die sommerliche Brise reckt.

Da, ein Zopf aus Geißblatt, der sich hoch hinauf um eine junge Eiche windet. Süß und schwer in den goldenen Lichtstrahlen, die wie Pfeile durch die Lichtung fahren. Die cremefarbenen Kelche der kleinen Blüten zittern vor Erregung bei dieser warmen Berührung.

Zu schön hier, um diesen Ort zu verlassen, außerdem ist es noch nicht Nacht. Wir bewegen uns langsam, lauern auf versteckte Gefahren, zucken nach den Insekten, die träge durch die stickige Luft brummen, durch Luft so dick wie Schlick, der aus einem Flussbett aufgewirbelt wird. Wir bewegen uns im Halbschatten durchs Gras, zwischen bitterem Farn und süßlich duftenden Kräutern, und ich glaube, ich könnte diese Ricke geradewegs auf die Lichtung und bis zur Tür der kleinen Behausung steuern, wäre mir nur danach. Denn ich bin schon so lange an diesem anderen Ort, dass ich vielleicht eher den Tieren gleiche, mit deren Seelen sich meine Seele immer wieder verflicht, als dem Wesen, das ich einst gewesen bin.

Manchmal kann ich in die Welt sehen, die ich hinter mir gelassen habe. Die Welt, in der mein Körper noch immer fortbesteht wie ein altes Haus, das allmählich verfällt. Manchmal schaue ich durch die müden Augen hinaus und sehe ihn. Arthur. Alt ist er geworden. Ergraut und gebrochen, aber noch immer Arthur. Mein Arthur. Meist aber durchstreife ich die wilden Wälder und den grauen Himmel. Die wellengepeitschte Küste und die weiten Wiesen, wo das Gras so hoch wächst wie ein Junge. Ich bin gefangen, und doch bin ich frei.

Was der Druide denken würde, wüsste er davon? Dass meine Gabe, mein Talent, mein Fluch sogar mächtiger ist als seiner? Dass die Jahre für mich wie ein steter Strom vorüberziehen? Und ich wie ein Lachs bin, mit der Strömung ziehen kann, aber auch dagegen, die Schnellen hinauf, zurück in Zeiten und an Orte, die längst nur noch blasse Erinnerung sind oder ein leises Echo alter Gefühle zwischen Ruinen oder eine Geschichte, die wie ein Trinkgefäß am Feuer herumgereicht wird.

Und dort bin ich auch jetzt, mein Geist mit diesem Tier verbunden am Rand der Lichtung, auf der er wohnt.

Lancelot.

Ich lasse die Ricke ein wenig Geißblatt knabbern, dann aber lenke ich sie ab, und wir gehen weiter, halten den Wind in ihren Nüstern, und jetzt rieche ich ihn. Sehe ihn. Er ist groß und stark. Mit dunklem Haar und scharfem Blick. Er ist wunderschön. Und schön ist auch sein Junge, der in diesem Moment auf ihn losgeht, und das Klappern der Holzschwerter versetzt der Ricke einen Schrecken, aber ich halte sie hier an diesem Flecken zwischen Buchenschösslingen und Schmerwurz. Selbst der Pfeil eines Jägers könnte mein Herz nicht schwerer treffen. Da stehe ich in der Vergangenheit, atme die gleiche Waldluft wie er. Lasse mich von der gleichen Abendsonne wärmen, die auch seine Wange streichelt.

Sein Knabe ist schnell und kräftig, und der Vater kann sich ein Grinsen nicht verkneifen, so stolz ist er. Sie bewegen sich geschmeidig wie

Wasser, der Junge und der Mann. Wie im Tanz. Sie drehen und verbiegen sich, sie ducken sich und stechen zu, ihre Übungsschwerter küssen sich und klatschen und zischen durch die Abendluft.

Galahad sieht seinem Vater so ähnlich. Es sind die Wangenknochen und die Art, wie er den Kopf neigt, wann immer sie voneinander ablassen, um durchzuatmen. Es sind die Falkenaugen, dieser fragende Blick, als würde er sich selbst an allen anderen Menschen messen, an der ganzen Welt ringsum, und ich muss an den Jungen denken, den ich einst auf jener Insel kennenlernte. Dieser stolze Junge, der hinaus in den Sturm schwamm und mich aus den Pranken eines gierigen Gottes rettete. Der Junge, der zu dem Mann wurde, mit dem ich jetzt und für immer verbunden bin. Und der mich erwartet.

Dann aber öffnet sich die Tür des kleinen Hauses, und meine Kontrolle über die Ricke wird beinahe gebrochen, denn der Schmerz ist zu groß. Sie hat helles Haar und blasse Haut und ist gekommen, um den beiden zuzusehen. Beide drehen sich zu ihr um und lächeln, und jetzt sehe ich, dass Galahad mit ihr genauso viel Ähnlichkeit hat wie mit seinem Vater. Beide lieben sie, und sie liebt die beiden. Es liegt in ihren Gesichtern und in der Luft. So dicht in der Luft, dass ich diese Liebe einatme, obwohl ich nicht will. Die drei dort. Drei Seelen, die sich vor der Welt verbergen.

Wieder stürmt der Junge auf seinen Vater zu, aber Lancelot pariert jeden Hieb, bis er schließlich einen Angriff des Jungen falsch einzuschätzen scheint und der Junge einen Treffer gegen seine Brust landet und mein Geliebter in die Knie geht, als sei er tödlich verletzt, die Stelle umklammert, wo ihn der Junge getroffen hat. Und der Junge grinst seine Mutter an, die in die Hände klatscht wie Taubenschwingen.

Über mir erhebt sich ein verschrecktes Tier in die Lüfte, ich aber bleibe fest dort stehen, als Lancelot versucht, die schmerzverzerrte Grimasse festzuhalten, was ihm bald misslingt. Der Bogen seiner Lippen, dieser Lippen, die ich so gut gekannt habe, verzieht sich zu einem Lächeln. Er lacht, und in seinen Augen sehe ich, wie sehr er den Jungen liebt. Bis zum Ende der Welt.

Ich kann nicht länger hinschauen. Und so lasse ich die Ricke gewähren, deren angespannte Muskeln sich sofort in Bewegung setzen. Wir fliehen in den Wald.

Eule und Iltis, Fuchs und Dachs waren noch auf der Jagd, als ich mich vor Arthurs Scheune wiederfand, den Umhang fest gegen die Kälte geschlossen. Noch war kein Morgenrot in den dunklen Saum der Nacht geflossen, und alle anderen lagen in tiefem Schlaf, als ich leise die Tür hinter mir zugezogen hatte und den Holzweg entlanggegangen war, den Arthur von Schlamm und Moos befreit hatte.

Ich betrat die Scheune, und wieder blieb ich beim Anblick der Rüstung meines Vaters wie angewurzelt stehen. Nur wusste ich jetzt, was mich erwartete. Metall und Leder, Leinen und Rosshaar, nicht Fleisch und Blut und Seele, und doch rechnete ich halb damit, die Rüstung würde mich begrüßen. Weshalb ich etwas tat, was ich auch mir selbst gegenüber nur schwer erklären konnte.

»Vater«, sagte ich leise. Dann ein wenig lauter, ein wenig heller, wie ich nach ihm gerufen hätte, wäre er von den Hasenschlingen oder den Fallen aus Weidenruten zum Haus zurückgekehrt. »Vater.«

Ich wartete, spürte das Blut durch meine Adern strömen. Spürte die Last der Stille und meines Herzens wie einen Stein in der Brust.

Vielleicht hatte ich einfach die altbekannte Begrüßung noch einmal im Mund schmecken wollen, um mich daran zu erinnern, wie es gewesen war, ein Junge zu sein und einen Vater zu haben. Oder ich wollte mich absichtlich verletzen, mich im Schmerz suhlen, indem ich mein Herz aller Hoffnung und Vernunft zum Trotz zu der Annahme überlistete, gleich die vertraute Stimme meines Vaters zu hören. *Hallo, Junge.*

Etwas raschelte in der Dunkelheit. Ich hob die Lampe und sah zwei Mäuse über die Schilfbündel huschen. Irgendwo in der Nacht jenseits der Scheune rief eine Eule. Ein lang gezogener Schrei, der mich anklagte, die Vergangenheit und damit Dinge aufzuwirbeln, die besser in Ruhe gelassen wurden. Ich machte das Zeichen des Dornbusches, trat an die Rüstung und legte meine Handfläche auf die Bronzeschuppen. Ich war jetzt näher dran als vorher mit Arthur und sah, dass viele der Plättchen eingedellt waren. Manche dieser verbogenen und beschädigten Plättchen bildeten Linien quer über die Rüstung. Lautlose Echos aus der Vergangenheit. Ich schloss die Augen und ließ meine Hand über diese Narben gleiten, stellte mir die Schwerthiebe vor, die sie hinterlassen hatten, jeden brutalen Schlag, den mein Vater gespürt hatte, ohne zu Boden zu gehen.

Ich ging um die Rüstung herum und entdeckte im Schein der Öllampe drei kleine Löcher, eins in der Schulter und zwei im Kreuz. Ich erforschte sie mit den Fingern, folgte den Pfaden der Speere, die unter den Schuppen hindurchgestoßen worden waren und das zähe Leder darunter zerfetzt hatten. Um meinem Vater ins Fleisch zu fahren.

Ich legte die Hände auf die entsprechenden Stellen an meinem Körper und versuchte, mir die Schmerzen vorzustellen, aber es gelang mir nicht. Dann kam der Helm, in dem der Geist meines Vaters am deutlichsten zu hausen schien. Ich berührte den weißen Helmbusch, den ich im Wind hatte fliegen sehen.

Ich drückte ihn an die Nase und sog den Duft ein. Ich durchkämmte ihn und spürte die langen, rauen Pferdehaare durch meine Finger gleiten. Und dann, mit bebendem Herzen und zitternden Fingern, setzte ich mir den Helm auf den Kopf. Roch das ferne Aroma des Schweißes meines Vaters in der Lederfütterung. Nach all den Jahren noch. Und in diesem Moment war ich nicht mehr der junge Mann, der in einer Winternacht in einer Scheune stand, sondern wieder der zehnjährige Junge, der sich im Kampf übte. Der im Schutz der unbezwingbaren Festung väterlicher Liebe Krieg spielte.

»Er passt dir.«

Ich riss mir den Helm vom Kopf und fuhr herum. Iselle stand im Türrahmen.

»Was tust du hier?«, fragte ich. Wie hatte ich sie nicht kommen hören? Sie trat näher und blieb knapp außerhalb des Kegels der Lampe stehen, die ich auf einem Hocker abgestellt hatte. Ich sah die Bronzeschuppen in ihren Augen glitzern und wusste, sie war von dieser prächtigen Rüstung genauso beeindruckt wie ich.

»Die Rüstung deines Vaters«, sagte sie. Keine Frage. Sie wusste es einfach.

»Fürst Arthur hat sie für mich aufbewahrt.«

Sie machte noch einen Schritt und legte wie ich die Hand auf die Rüstung. »Sie ist unglaublich.«

Ich nickte. Es war ein seltsamer Anblick, wie auch ihre Finger die Kampfspuren auf der Bronze fanden. Ich wollte ihr sagen, es sei unangebracht, die Rüstung zu berühren, in der mein Vater seinen letzten Atemzug getan hatte. Aber ich sagte nichts.

»Man sagt, dein Vater sei der größte Krieger Britanniens gewesen, seit den Tagen von Cú Chulainn«, sagte sie. »Dass selbst der Kriegsgott Belatucadrus neidisch auf Lancelot geworden ist und dafür gesorgt hat, dass er sich in Guinevere verliebt, um ihn so zu Fall zu bringen.«

»Glaubst du das?«, fragte ich.

Sie legte den Kopf schief und betrachtete mich, als fragte sie sich, ob ich es wohl glaubte. »Ich bin kein Kind, Galahad. Solche Geschichten sind was für kleine Kinder und Männer, die zu tief in den Becher geschaut haben.« Sie zog die Hand fort, als hätte sie sich an den Bronzeschuppen verbrannt. »Aber er muss ein Krieger ohnegleichen gewesen sein. Stell dir vor, was er zusammen mit Fürst Arthur hätte erreichen können, hätte Lancelot seinen Freund nicht betrogen. Hätte er Arthur nicht das Herz gebrochen.«

»Wenn Fürst Arthur meinen Vater so sehr gehasst hat, warum hat er dann seine Rüstung gerettet und sie zehn Jahre aufbewahrt?«, fragte ich. »Schau sie dir an.« Ich hob den Helm ins Licht. »Überleg mal, wie oft er hergekommen sein muss, um Bronze und Stahl zu säubern und zu pflegen. Wahrscheinlich ist selbst das Schwert meines Vaters geschärft.« Ich betrachtete Eberzahn in seiner Scheide, tastete die Klinge jedoch nicht an. »Warum hätte Arthur das tun sollen, wenn er meinen Vater so gehasst hat?«

Iselles Zähne spielten mit ihrer Unterlippe, während sie über die Antwort nachdachte. »Er sagt, er hat sie für dich aufgehoben?«

»Ich will sie aber nicht«, sagte ich.

»Weil du Angst hast?«

»Meine Pflicht ist, mich um den Heiligen Dornbusch zu kümmern. Meine Brüder können es nicht mehr, also muss ich es tun. Ich werde den Dornbusch in Sicherheit bringen. An einen geheimen Ort.«

Ich wollte ihr nicht erzählen, dass ich selbst meinen Vater hasste, weil er mich alleingelassen hatte. Weil er Arthur und Guinevere gewählt hatte, nicht mich. Weil er Speer und Schild fest ergriffen und mich dafür losgelassen hatte.

»Aber vielleicht ist es deine Bestimmung, sie zu tragen.« Immer noch betrachtete sie die Rüstung. »Vielleicht ist das der Grund, warum ich dir im Sumpf gefolgt bin. Warum ich dir das Leben gerettet habe.«

»Du hasst die Sachsen. Deswegen hast du diese Männer getötet.«

Sie widersprach nicht, trotzdem konnte ich sehen, dass sie noch andere Dinge dachte und versuchte, die Knoten in ihrem Kopf zu entwirren.

Die Eule draußen schrie abermals, aber diesmal machte ich nicht das Zeichen des Dornbusches.

»Also, was willst du dann mit ihr anstellen?«, fragte sie.

»Nichts. Ich hab doch gesagt, ich will sie nicht. Arthur kann sie im Sumpf versenken, wenn es ihm Spaß macht. Als Opfergabe an seine Götter, von denen er glaubt, sie hätten ihn im Stich gelassen.«

Wieder berührte sie die Schuppen. Bei ihrem andächtigen Blick hätte man denken mögen, die Rüstung wäre von Göttern geschmiedet. Oder von einem getragen worden.

»Darf ich?«, fragte sie und nickte dem Helm in meinen Händen zu.

Ich wollte verneinen. Stattdessen hielt ich ihr den Helm hin, und als sie ihn entgegennahm, berührten sich unsere Finger. Ein Beben durchfuhr mich.

»Ich hatte gefragt, was du hier machst«, sagte ich.

Langsam und achtungsvoll setzte sie sich den Helm auf. Er

war ihr viel zu groß. Zwischen ihren hohen Wangenknochen und den stählernen Klappen war zu viel Raum, auch musste sie den Helm nach hinten schieben, um richtig sehen zu können. Und doch stand er ihr. Sie sah stürmisch aus. Sie war schön.

»Ich war wach, als du dich rausgeschlichen hast«, sagte sie. »Ich dachte, du wolltest zu deinem Gott beten gehen, und wollte hören, wofür du beten würdest.«

Das war nicht die Wahrheit, aber ich ließ es so stehen. Sie streifte sich den Helm ab und wollte ihn mir reichen, aber ich schüttelte den Kopf, also setzte sie ihn wieder über der Rüstung auf den Ständer.

»Es wird bald hell.« Ich nahm die Lampe vom Hocker. Iselle warf einen letzten Blick auf Rüstung und Helm meines Vaters, auf seine Beinschienen und sein Schwert, dann folgte sie mir hinaus in die Nacht.

Ich kroch wieder in meine Felle am Herd und träumte nicht mehr, wie mein Vater zum Sterben fortritt, sondern von Bruder Brice. In meinem Traum hatte er das Gemetzel auf Ynys Wydryn überlebt, und ich traf ihn an einem dunklen, engen, verrauchten Ort, vielleicht in den Tunneln unter dem Hügel oder in Fürst Arthurs Räucherkammer. Aus irgendeinem Grund konnte oder wollte der Mönch nicht sprechen, ich aber sehr wohl. Immer und immer wieder sagte ich ihm, dass ich mich schämte, nicht an seiner Seite geblieben zu sein, als die Sachsen kamen. Beim nächsten Mal würde ich bleiben, sagte ich, Brice aber schien damit beschäftigt zu sein, einen Weg aus diesem Raum zu finden, nur weiß ich nicht, ob wir erfolgreich fliehen konnten, denn Bruder Yvain stupste mich wach. Es war bereits hell.

Alle anderen waren vor mir aufgewacht, und eine Weile saß ich einfach in meinen Fellen und versuchte, Bruder Brice' Gesicht im Kopf zu behalten, während der Traum bereits von mir abfiel. Iselle saß mir gegenüber mit dem Rücken zur Wand jenseits des Herdfeuers und nähte ein Kaninchenfell in den Saum ihrer Kapuze ein. Arthur, Guinevere und Gediens mussten draußen sein, genau wie Yvain und Gawain, die sich leise vor der geöffneten Tür unterhielten, durch die frische Morgenluft drang, um den Mief aus der Hütte zu scheuchen. Ein Windstoß fuhr mir in den Nacken und ließ mich erzittern.

»Du hast geträumt.« Iselle schaute von ihrer Arbeit auf.

Bruder Brice driftete davon wie der Rauch des sterbenden Feuers.

»Habe ich etwas gesagt?«, fragte ich und erinnerte mich daran, wie Bruder Dristan mich einmal mitten in der Nacht aufgeweckt und durchs dunkle Dormitorium zu Bruder Meurigs Bett gezerrt hatte, weil der Koch im Schlaf redete. Wir hatten mit bebenden Schultern neben seinem Bett gestanden, die Augen tränennass und die Hände vor den Mund gedrückt, um nicht laut zu lachen, während unser Koch vor sich hingemurmelt hatte, ein ganzes Rezept aus Aalen, Erdkastanien, Pastinaken und Dickmilch mit Sauerklee.

»Du hast ein bisschen gestöhnt. Aber alles unverständlich«, beruhigte Iselle mich.

Ich drückte die Knöchel in eine Verspannung in meinem Nacken, schaute zu Bruder Yvain und Gawain hinüber und fragte mich, was sie besprechen mochten. Gawain hatte einen Becher in der Hand, und plötzlich merkte ich, wie durstig ich war von der Nacht im Feuerrauch. Der Krieger musste meinen Blick gespürt haben, denn er drehte sich um und sah mich an. Sein vernarbtes Gesicht wirkte verdrießlich. Dann sah auch Bruder Yvain mich an, einen Atemzug lang nur, und sein Blick galt wieder Gawain. Ihre geflüsterte Unterhaltung lief weiter, und in meinem Magen bildete sich ein harter Knoten.

Vielleicht war es der Traum von Bruder Brice, vielleicht auch purer Instinkt; irgendetwas ließ mich in meinen Beutel greifen. Ich stieß die Hand hinein und suchte nach der feuchten Leinentasche, in der ich den Zweig des Heiligen Dornbusches und die acht kostbaren Beeren aufbewahrte. Sie war nicht da. Ich zog den Beutel ganz auf und drehte die Öffnung ins Licht, damit ich hineinsehen konnte.

»Er ist nicht mehr da, Galahad«, sagte Iselle.

Einen Moment lang fragte ich mich, woher sie wissen wollte, wonach ich suchte. »Wo?«, fragte ich. Aber noch während ich das fragte, fiel mein Blick auf den Herd und die versengten Reste der Asche, aus der ab und an noch ein Flämmchen züngelte, als wollte es die Luft schmecken. Mein Magen zog sich zusammen, ich bekam keine Luft mehr. Der kleine Zweig hatte aus grünem Holz bestanden, war vor wenigen Tagen vom lebenden Baum geschnitten worden, sodass er nicht richtig gebrannt und sogar seine Form behalten hatte.

»Nein.« Ich war aufgesprungen und starrte kopfschüttelnd den knorrig geschwärzten Zweig an, der in Fürst Arthurs Herd lag und glühte und rauchte. »Nein.« Ich schaute mich um und sah, dass sowohl Bruder Yvain als auch Gawain mich betrachteten.

»Was habt ihr getan?«, schrie ich Gawain an, der warnend die Hand hob und den Mund aufmachte, um etwas zu erwidern.

»Ich war das«, gab Iselle zu. »Ich habe ihn verbrannt.«

Ich drehte mich nach ihr um und hoffte, dass sie log. Wusste, dass sie es nicht tat.

»Die Beeren auch«, fügte sie hinzu. »Als du geschlafen hast, hab ich sie genommen und ins Feuer geworfen.«

Mir war übel. Ich starrte in die schwächlichen Flammen, dann wieder Iselle an.

»Wie konntest du?« Ich zwängte die Worte zwischen zusammengebissenen Zähnen hervor, zitterte am ganzen Leib. »Mit welchem Recht?« Ich kochte vor Wut, und mir wurde umso heißer, weil ich keinerlei Reue in ihrer Miene sah, kein Anzeichen dafür, dass sie sich ihrer Tat schämte.

»Es ist besser so«, sagte sie.

»Besser? Bist du wahnsinnig? Wer bist du, dass du glaubst, entscheiden zu können, was besser ist?« Ich bebte vor Zorn, konnte das Blut in meinem Schädel pochen hören und wollte Iselle bei den Schultern packen und sie schütteln, aber ich war wie gelähmt.

Gawain und Bruder Yvain kamen herein, und ich wusste, dass sie es gewusst hatten. Dass Gawain sich zum Komplizen einer solchen Tat gemacht hatte, wunderte mich nicht. Ich glaubte nicht, dass der Krieger an irgendetwas anderem interessiert war als an seiner Suche nach Merlin, um Arthur wieder zu alter Größe zu verhelfen. Aber hatte Bruder Yvain es wirklich gewusst und nichts unternommen?

»Warum, Iselle?«, fragte ich. »Warum hast du das getan?« Mittlerweile mischte sich der bittere Geschmack ihres Verrats in meine Wut.

»Es ist passiert, Galahad«, sagte Bruder Yvain. »Es lässt sich nicht mehr ändern.«

Ich starrte ihn an. »Habt Ihr unsere Brüder so schnell vergessen?«

»Ich habe sie nicht vergessen, Junge«, sagte er und schüttelte den Kopf. »Aber ein Baum ist nur ein Baum.«

Träumte ich immer noch? Falls ja, musste ich schleunigst aufwachen.

»Es war eine Beleidigung der Götter«, sagte Iselle. »Jetzt sind wir alle besser dran.«

»Aber ich habe es den Brüdern geschworen«, sagte ich und wandte mich wieder an Bruder Yvain. »Ich habe es ihnen auch in meinen Gebeten immer wieder geschworen. Dass ich den Dornbusch beschützen werde. Ich konnte nicht bis zum Ende bei ihnen bleiben. Bruder Brice hat es gewusst, und deshalb hat er mir den Zweig anvertraut. Gott hat mir geholfen, ihn in Sicherheit zu bringen.«

»Nein, Galahad.« Gawain schüttelte einen Finger in meine Richtung. »Nicht Gott. Hanguis und Endalan. Sie sind der Grund dafür, dass du noch lebst.« Er zeigte auf Iselle. »Und vor ihnen Iselle«, fügte er hinzu. »Du bist am Leben, weil wir nicht zugelassen haben, dass die Sachsen dich umbringen.«

Eine kalte Wahrheit lag in seinen Worten. Trotzdem war ich es Bruder Brice und Bruder Judoc und den anderen schuldig, weiter für sie zu sprechen. Ich hatte das Gefühl, als hörten die Mönche uns zu. Dass ich gewogen und für zu leicht befunden worden war. Mit geballten Fäusten und Fingernägeln, die sich in meine Handflächen bohrten, wollte ich Iselle verkünden, dass ich sie für ihre Tat verabscheute. Aber das tat ich nicht.

»Du solltest die Brüder vom Dornbusch und deren Gott hinter dir lassen, Galahad«, sagte Gawain. »Nichts davon kann dir jetzt noch helfen.« Er wandte sich ab und ging wieder nach draußen. Der neue Tag hüllte seine bronzene Schuppenrüstung in rote Flammen. »Sachen packen, alle zusammen. Wir brechen auf.«

Iselle wickelte das überschüssige Garn um die Knochennadel und steckte sie zurück in die kleine Tasche an ihrem Gürtel.

Ohne mich anzuschauen, erhob sie sich und folgte Bruder Yvain vor die Tür. Ich starrte ihr hinterher und dann ins Herdfeuer. Flüsterte Bruder Brice zu, dass es mir leidtue. Sah zu, wie der Zweig des Heiligen Dornbusches schmorte und rauchte.

7

Das zerrissene Land

Als im Osten die Dämmerung anbrach, die Sümpfe mit goldenem Licht flutete und einen schönen kalten Tag verhieß, verließen wir Arthur und Guinevere, die in Felle gehüllt unter den Obstbäumen saßen. Iselle führte uns, immer einen Pfeilschuss voraus. Mir schien, dass sie am fröhlichsten war, wenn sie allein ging, und von uns allen hatte sie das größte Wissen und die meiste Erfahrung in dieser Wasserwelt. Wann immer sich bei unserem Nahen ein Vogel aus dem reifbedeckten Röhricht erhob, wurde mir bewusst, wie ungeschickt wir anderen waren, verglichen mit ihr, die sie diese Vögel vor uns passiert hatte, ohne sie in den Himmel aufzuscheuchen. Iselle konnte mit einem einzigen Blick den Wuchs einer krummen Weide lesen, deren Extremitäten vom ewigen Wind geformt waren, und wusste sofort, wohin wir uns wenden mussten. Sie konnte einen Tropfen Wasser aus einem Kanal und einen Tropfen aus einem anderen probieren und wusste auf der Stelle, wie weit wir vom Meer entfernt waren, ob der Hafren gerade anschwoll und wir höheres Gelände aufsuchen mussten. Mit ihrem Bogen konnte sie jederzeit mit Leichtigkeit eine Mahlzeit aus Rohrdommel oder Ente heraufbeschwören, und bald war uns allen klar, wie es ihr gelungen war, hier zwischen Schwemmland, Bächen, Flüssen, Kanälen, Tümpeln und Teichen nicht nur zu überleben, sondern zu gedeihen.

Wir wandten uns nach Süden und kamen in der Abenddämmerung zu einer von Moos überwucherten, halb eingefallenen Hütte, die verlassen war, auch wenn im Inneren mehrere Fallen und Schlingen lagen, die darauf hindeuteten, dass hier noch vor Kurzem ein Vogelfänger Unterschlupf gesucht haben musste. Wir verbrachten die Nacht an diesem zugigen Ort und brachen abermals im Morgengrauen auf, während sich über uns eine dichte Wolkendecke zusammenbraute, die Nacht verlängerte und mit Regen drohte, der aber nicht kam. Am Tag danach schneite es. Der Schnee blieb nicht liegen, sondern wirbelte im Wind umher, verschleierte die Welt und verwandelte die blattlosen Eichen, Erlen und Eschen in nackte, drohende Gestalten. Ich fragte mich, ob Iselle gewusst hatte, dass es schneien würde, und deshalb das Kaninchenfell in ihre Kapuze genäht hatte. Ich fragte sie nicht. Seit wir Arthurs Hof verlassen hatten, war kein Wort mehr zwischen uns gefallen, und das Schweigen lag schwer wie der düstere Tag zwischen uns.

Ich brütete in meinem Umhang, Iselle starrte unter ihrer neuen Kapuze hervor, und irgendwann wurde es Bruder Yvain zu viel. »Diese Sache zwischen euch beiden«, der Mönch nickte in Richtung Iselle, die wie immer vorausging, »ist wie Eis, das in einer Regentonne wächst.« Er keuchte vom Erklimmen eines grasbedeckten Hangs und nutzte seinen Speer wie einen Wanderstock. »Je länger man es unangetastet lässt, desto härter ist es zu durchbrechen.«

Ich erwiderte nichts, und als wir die Anhöhe erreicht hatten, blieb der Mönch stehen und stemmte die Hände in die Hüften, um die Aussicht zu genießen, während sich Flocken auf seinen großen Bärenpelz setzten und ihm im Bart schmolzen. In Wahrheit rang er nach Atem. »Du bist deinem Vater ähnlicher, als du glaubst«, sagte er dann und ließ den Blick über den Landrücken schweifen, der sich in südöstlicher Richtung neben dem Hafren erstreckte. Der große Strom schlängelte sich durchs südliche Avalon ins Landesinnere.

»Spart Euch den Atem, Bruder«, sagte ich. »In Eurem Alter habt Ihr davon nicht mehr genug, um ihn zu verschwenden.« Er keuchte zwar immer noch, lachte aber trotzdem. Gawain und Gediens schnauften hinter uns den Hang hoch. Ihre Ausrüstung klapperte und klimperte.

»Hast du dich mal gefragt, warum sie es getan hat, Junge?«, fragte Bruder Yvain.

»Weil sie unseren Gott hasst«, gab ich zurück.

»Kann sein. Vielleicht aber auch, weil sie ganz allein auf der Welt ist. Und sie dich mag und nicht will, dass du losziehst und dich wegen eines alten Baumes in Lebensgefahr begibst. Hast du daran gedacht, Galahad?«

Das hatte ich nicht, tat es aber jetzt. Iselle hatte nichts über ihre richtigen Eltern erzählt, nur, dass sie in den Wirren während Arthurs Kriegen umgekommen waren. Und jetzt war auch ihre Ziehmutter Alana tot. Ihr Zuhause nur noch Asche im Wind. Die Sachsen hatten ihr alles genommen, und obwohl sie tief im Sumpf aufgewachsen war, die geheimen Wege allein bereist hatte wie ein Wolf, der vom Rudel verstoßen wird und wild sein muss, um zu überleben – konnte es sein, dass Iselle dieses einsamen Lebens überdrüssig war? Vielleicht hatten Einsamkeit oder Neugier sie dazu bewogen, mich an dem Tag, als ich mich zum Inseldorf aufmachte, durchs Röhricht zu verfolgen. Oder vielleicht hasste Iselle einfach unseren christlichen Gott und hatte den Zweig des Heiligen Dornbusches verbrannt, weil sie mich für einen Narren hielt. Das war doch viel wahrscheinlicher, redete ich mir ein, während ich einem Fischreiher hinterherschaute, der gen Westen zog, den langen Hals und die langen Beine ausgestreckt wie ein grauer Geist, der durch den fallenden Schnee glitt. Ich fragte mich, wie es sich anfühlen mochte, dort oben zu sein und aufs Land hinabzuschauen. Alles zu sehen. Vielleicht alles zu wissen.

Wir trotteten den langen Grat entlang. Weit in der Ferne vor uns war Camelot auf seinem Hügel im Süden auszumachen, dank des bräunlichen Anstriches, den seine Feuer in die schneeschweren Wolken malten. Ich drehte mein Gesicht zur Seite, um den Biss des Windes abzuschwächen, und konnte nicht anders, als diesen fernen Hügel anzustarren und mir Camelot auszumalen, wie es einst gewesen war, als es noch Hoffnung in Britannien gegeben hatte. Ich musste an meinen Vater und an Fürst Arthur denken, wie sie ihre Schlachtrösser durch das große Tor der Festung ritten, gerade von einem neuen Sieg gegen die Sachsen zurückgekehrt. Noch immer jung. Noch immer Freunde. Die Helden Britanniens.

An diesem Abend erreichten wir die römische Straße, die Gawain Fossa nannte und die seiner Erzählung nach von den sächsischen Gebieten in Lindisware im Nordosten bis nach Lindinis in Dumnonia lief. Sie war breit genug für vier Reiter nebeneinander und hatte nichts mit unseren Pfaden und Wegen gemeinsam, die sich meist an Wildwechseln oder Gewässern entlangschlängelten und gerade im Winter oft im Matsch versanken. Diese römische Straße, die auf einem Damm angelegt worden war, damit die Legionen, die einst hier marschiert waren, vor Überfällen sicher waren, führte größtenteils pfeilgerade durchs Land. Und obwohl hier und da Gräser und Gestrüpp zwischen den Steinen emporkrochen und unaufhaltsam das Land zurückeroberten, wie wir es auch tun wollten, war es nicht schwer, sich die Straße in ihrer ursprünglichen Pracht vorzustellen. Ehrfurcht gebietend, beeindruckend, ein mächtiges Werk aus Erde und Stein, aus Schweiß, Blut und Zielstrebigkeit.

Als wir in einem nahe gelegenen Wäldchen unser Nachtlager aufschlugen, versuchte ich, mir die vielen Hundert Männer vor Augen zu führen, die hier geschuftet haben mussten. Römische Soldaten aus Gallien oder den Rheinlanden, vielleicht sogar aus Rom selbst, Männer, die unter einem fremden Himmel lebten und ackerten und starben. Ich fragte mich, ob ihre Seelen das Jenseits gefunden hatten. Oder marschierten die Geister dieser Männer noch immer die Straße auf und ab, ruhelos, ohne je ans Ziel zu gelangen?

Wir würden unter dem kalten Himmel nächtigen müssen, sammelten also genug Holz, um das Feuer die Nacht hindurch brennen zu lassen. Etwas Windbruch von den Buchen ringsum, hauptsächlich aber Wacholderzweige, die nur wenig Rauch entwickelten. Als ich eine Armladung zum Lager brachte, sah ich Gawain einfach dastehen, die Arme voller Zweige. Er starrte die Straße entlang.

»Wir sind hier oft entlanggedonnert«, sagte er, und seine Gedanken schienen die Straße hinunter im Galopp in die Vergangenheit zu fliegen, in die Erinnerungen an seine Zeit als einer von Arthurs berühmten berittenen Kriegern, den Kataphrakten, welche die Sachsen in ihren Albträumen heimgesucht hatten. »Arthur hat immer wieder gemeckert, dass Uther die Straßen reparieren und in Schuss halten soll, aber er hat die Römer auch schon immer bewundert.« Gawain grinste. »Wir sind hier so schnell vorangekommen, haben an einem Tag solche Entfernungen zurückgelegt, dass wir am Morgen einen Trupp sächsische

Plünderer in Caer Celemion in den Boden hämmern und noch vor dem Abend eine weitere Gruppe in Cynwidion abschlachten konnten.«

»Die müssen gedacht haben, wir wären Tausende.« Auch Gediens war stehen geblieben, um die Straße zu betrachten, den Kopf voller Vergangenheit.

Gawains Lächeln verblasste, und er schüttelte den Kopf. »Wären wir nur zweihundert mehr gewesen, hätten wir sie ins Morimaru jagen und ihnen zuschauen können, wie sie ersaufen.«

»Was ist aus ihnen geworden? Aus Arthurs Schlachtrössern?«, fragte ich und warf meine Zweige auf den wachsenden Haufen neben Bruder Yvain, der dort kniete und in einem Ring aus Steinen, die wir aus dem Graben neben der Straße gesammelt hatten, das Feuer aufbaute.

»Ich habe gehört, sie seien verschwunden. Wie Merlin.« Yvain blies in die Glut, die er in einem Häuflein aus Fetzen trockener Birkenrinde entfacht hatte.

»Die Leute erzählen sich, dass Fürst Arthurs Pferde von seinem Tod so betrübt waren, dass sie in die Westliche See galoppiert sind, wo die Göttin Epona sie in Wellen verwandelt hat«, sagte Iselle und schüttelte Beeren von einem Wacholderast.

»Ist wohl besser als die Wahrheit«, murmelte Gawain. »Dass sie geschlachtet wurden. Fast alle. Diese wunderbaren, herrlichen Pferde.« Er schloss die Augen, um die Tiere besser sehen zu können, und als er sie wieder aufschlug, glitzerten Tränen in ihnen. Er blinzelte und schüttelte den Kopf, um die Erinnerungen loszulassen. »Ein paar haben überlebt«, sagte er und drehte sich zu Iselle. »Manche sind bis zum Westlichen Meer gerannt wie in deiner Geschichte. Und vielleicht hat die Göttin sie in

Wellen verwandelt.« Er zuckte mit den Schultern, ging zum Feuer und ließ seine Zweige auf den Haufen fallen.

»Es gibt noch andere wie euch?«, fragte Iselle. »Irgendwo da draußen am Leben?«

Ein Windstoß fuhr durch die Bäume, und Gawain zog den Mantel um den Hals enger, um den kalten Fingern des Winters zu entgehen. »Ich kann es keinem Mann verübeln, leben zu wollen«, sagte er. »Wer im Schildwall steht oder ins Gemetzel reitet, braucht etwas, woran er glauben kann. Wir haben lange Zeit nichts dergleichen gehabt.« Er pustete warmen Atem in seine Hände. »Vielleicht wird sich das ändern.«

Die ersten Flammen knisterten und spuckten aus Yvains Gebilde. Der Mönch bückte sich noch tiefer und blies vom Boden her aufwärts in die Glut, um das Feuer zu nähren.

»Dann besser bald«, sagte Gediens und hielt zwei Stöcke aneinander, um ihre Länge zu vergleichen. »Ich bin langsam zu alt, um kreuz und quer durchs Land zu latschen und im Winter draußen zu schlafen.«

»Das ist Arbeit für junge Männer«, pflichtete Gawain ihm bei und ließ sich schwerfällig auf einer Bank nieder, die er aus Baumstümpfen und Totholz zusammengeschoben hatte.

Gediens ließ einen der Stöcke mit einem Sausen durch die Luft fahren. »Ich fürchte, die jungen Männer von heute haben das nicht mehr in sich. Nicht so wie wir damals.« Das ging an mich, ich wusste es genau, ignorierte es aber. »Was sagst du dazu, Galahad?«, fragte er also und warf mir einen der Stöcke zu. Ich fing ihn auf. Er zeigte mit dem anderen auf mich. »Warum prüfen wir nicht mal nach, ob du etwas vom Talent deines Vaters geerbt hast? Allzu weit vom Stamm kann dieser Apfel doch nicht gefallen sein.« Wieder sauste sein Stock wie eine

Klinge durch die Luft. »Wer als Erster einen guten Treffer landet. Iselle kann darüber richten.« Iselle sagte nicht, ob sie es tun wollte oder nicht, mein sichtliches Unbehagen zauberte jedoch ein Lächeln in ihre Mundwinkel.

Ich machte drei Schritte und ließ meinen Stock in Yvains Feuer fallen, der sofort murmelte, es sei noch zu klein für Nahrung solcher Größe.

Gediens seufzte, reckte das Kinn und sah Gawain an. »Bist du sicher, dass wir den richtigen Mönch abgeschleppt haben?«

»Lass den Jungen in Frieden, Gediens«, murmelte Bruder Yvain. »Nichts von alledem hat er gewollt.«

Gawain streckte die Hände in Richtung der wachsenden Flammen. »Glaubst du, Hanguis und Endalan haben sich auf diesem Hügel sterben sehen?«, fragte er Yvain. »Glaubst du, sie haben das gewollt?« Die einzige Antwort kam von den ersten Wacholderzweigen, die knisternd Feuer fingen. »Aber sie haben gewusst, dass wir da sind, um Galahad zu retten. Sie haben gewusst, wofür sie sterben.«

»Ich wollte nicht, dass sie ihr Leben für meines opfern«, sagte ich und meinte es auch.

Gawain sah mich an und nickte. »Manchmal können wir uns das nicht aussuchen, Galahad.« Wie eine Faust fuhr der nächste Windstoß durchs Wäldchen und ließ das Feuer auflodern. »Manchmal sind wir Teil von etwas Größerem, das wir nicht begreifen können. Was ich weiß, ist, dass wir dich bei uns haben. Und ob du es willst oder nicht, du *bist* Lancelots Sohn.« Er rieb sich die Hände und hielt sie weiter vors Feuer. »Wir haben Merlin gefunden und werden ihn zurückbringen. Und vielleicht, so die Götter wollen, werden wir auf dem Weg auch Arthur zurückgewinnen.«

Danach sagte lange niemand ein Wort, denn keiner von uns wollte den seltsamen Zauber brechen, den Gawains Worte gesponnen hatten. Vielleicht trauten sich auch die anderen, sich vorzustellen, wie es wäre, sollte Arthur wieder ausreiten. Sollte er Excalibur aus der Scheide ziehen und die Briten unter seinem Bärenbanner vereinen, wie er es schon einmal getan hatte, und die Sachsen zur Küste zurückdrängen.

Wir brieten zwei Rohrdommeln und eine Reiherente über dem Feuer, teilten Wachen ein und verbrachten die kalte Nacht so gut wie möglich. Schon ehe der Morgen graute, machten wir uns wieder auf den Weg, zitternd und steif, während uns ein Rotkehlchen ausschimpfte, das neben der Straße auf dem Stumpf einer alten Eiche saß. Sein schlagendes *Tick Tick* hallte unnatürlich laut durch diese stille, trübe Welt.

Streckenweise zogen wir die alte Fossa entlang in den Fußstapfen der alten Legionen. Dann wieder hielten wir uns in den umliegenden Wäldern, wann immer uns Hügel oder Unebenheiten die nötige Aussicht verwehrten. Denn obwohl es mit jedem Tag, den wir weiter nach Westen kamen, unwahrscheinlicher wurde, auf Sachsen zu stoßen, war es dennoch nicht ausgeschlossen. Wir wollten auf keinen Fall mit einer der Gruppen zusammenstoßen, die Nahrung für Cerdics Armee plünderten, geschweige denn mit einem der Trupps, die nach Gegenwehr von den geschwächten Fürsten Britanniens suchten wie Knaben, die aus purer Bosheit mit Stöcken in Wespennester stechen. Auch wollten wir weder Morganas Männern noch den Speerträgern begegnen, die im Dienst des Königs Cuel von Caer Gloui standen, denn dann hätte es die Ehre geboten, dass Fürst Gawain zum Hofe ihres Herrn reiste, um ihm seine Aufwartung zu machen, wofür wir keine Zeit hatten.

»Was wir hier tun, muss unter uns bleiben«, hatte er uns gewarnt. »Sobald wir stark genug sind, sobald Arthur stark genug ist, werden wir die Könige und Speerträger Britanniens zusammenrufen. Wir dürfen aber keine falschen Hoffnungen schüren.«

Dem stimmten wir alle zu. Außerdem – wer würde schon glauben, dass Arthur noch lebte? Bis auf die wenigen treuen Krieger, die das Land nach Merlin durchkämmten, hatte ihn seit zehn Jahren niemand gesehen. Er war eine Erinnerung. Für manche vielleicht auch eine ferne Hoffnung, für die wenigen, die noch daran glaubten, dass die alten Götter Britanniens mit gezückten Schwertern zurückkehren würden, um uns von unseren Feinden zu erlösen. Für die meisten aber war Arthur bloß ein Gedanke, so ungreifbar wie Spinnenseide im Morgentau; sein Name nicht mehr als ein geflüstertes Lied auf fernen Rabenschwingen.

»Wenn wir bereit sind, werden sie kommen«, versicherte Gawain uns. »Aber noch ist es nicht so weit.«

Er hielt unsere Hoffnungen und Ziele für so zerbrechlich wie eine frische Flamme auf einem feuchten Docht, und je weniger Augen uns bemerkten, je weniger Zungen über uns redeten, desto besser.

Nur konnten wir uns nicht in die Unsichtbarkeitszauber hüllen, für die Merlin so berühmt gewesen war, und ebenso wenig konnten wir davon ausgehen, die Fossa für uns allein zu haben.

Wir trafen einen Mann und eine Frau und ihre drei Kinder, die ein Stück vor uns die Straße betraten. Sie waren Flüchtlinge aus Caer Celemion, das von sächsischen Plünderern verwüstet wurde, nun, da Fürst Farasan gestorben war. Die Familie war unterwegs nach Cornubia. Der Mann hinkte und schob ihre wenigen Habseligkeiten in einem Handkarren vor sich her, der mit jeder Drehung der abgenutzten Räder kläglich ächzte.

Als sie Gawain und Gediens mit ihren Bärenschilden und den prächtigen Rüstungen erblickten, erzählte der Mann von der Flucht seiner Familie, die Augen niedergeschlagen, die Stimme bebend, aber voller Respekt. Seine Frau hingegen spuckte vor Gawain und Gediens aus und nannte sie Feiglinge, weil sie nach Südwesten zogen, statt im Nordosten zu kämpfen. Der Mann, der sich seinem Alter und dem rostigen Helm auf dem Karren nach sein Hinken durchaus in den letzten Sachsenkriegen verdient haben mochte, schlug seine Frau, brachte Blut auf ihrer Lippe zum Vorschein und hielt dies offenbar für einen geringen Tribut, um seine Familie vor Gawains Zorn zu retten.

Gawain aber senkte den Speer in seine Richtung und starrte ihn scharf an. »Leg noch einmal Hand an deine Frau, und sie kann dich und deine gebrochenen Beine auf diesem Karren weiterschieben.« Der Mann murmelte eine Entschuldigung und hielt den Blick auf die Gräser gerichtet, die zu seinen Füßen zwischen den Steinen der Straße wuchsen.

Gawain nickte der Frau zu. »Haltet an Eurem Zorn fest. Nährt ihn. Es wird eine Zeit kommen, da wird er Euch im Gegenzug nähren und Euch Kraft geben.« Mehr sagte er nicht dazu, und so brachen wir auf, hatten die Familie bald weit hinter uns gelassen, den hinkenden Mann, den quietschenden Karren, die finster starrende Frau und die Kinder mit ihren großen Augen.

Aus der Ferne sahen wir noch mehr Familien. Entweder hatten sie zu viel Angst vor Sachsen und Banditen, oder sie waren zu abergläubisch, um die römische Straße zu benutzen, jedenfalls blieben sie in den Wäldern zu beiden Seiten der Fossa.

Immer wieder erhaschten wir Blicke auf verwahrloste Männer und Frauen, die uns mit dunklen, eingefallenen Augen anstarrten. Wir sahen auch Kinder, dürr und halb verhungert, ihre Kleider so fadenscheinig und zerschlissen, dass sie fast aus den gleichen Ästen und der aussätzig weißen Rinde geformt zu sein schienen wie die Birken, zwischen denen sie umherhuschten, sodass ihr trauriges Schicksal beinahe spielerische Züge annahm. Dies waren die Verlorenen von Britannien. Die Vertriebenen, die wie Asche aus Hunderten von Feuern nach Süden und Westen geweht wurden, und wann immer ich sie erblickte, betete ich zu Gott, Er möge ihnen eine sichere Zuflucht bieten. In Wahrheit aber spürte ich mich zunehmend entfremdet von Gott, je mehr ich von Britannien sah. Der Gott, den ich auf Ynys Wydryn gekannt hatte, der Gott, zu dem ich auf unserer geschützten Insel täglich gebetet hatte, war doch angeblich gnädig und allwissend und omnipräsent. Jetzt aber sah ich Ihn nirgendwo, und immer mehr schien mir, dass Er, sollte Er überhaupt existieren, offenbar an das ferne Kloster hinter uns gebunden war, wie der Schatten einer Eiche an den Baum gebunden ist und sich niemals von ihm lösen kann, so weit die Sonne auch über den Himmel reisen mag.

Denn es gab sogar noch schlimmere Anblicke als diese verzweifelten, gepeinigten Menschen. Ich sah einen jungen Mann in meinem Alter, der kopfüber vom Ast einer Eberesche baumelte. Man hatte ihn entblößt, ihn aufgeknüpft und ihm die Kehle durchgeschnitten, und nun hing er da, drehte sich mit ausgestreckten Armen über einer Lache seines geronnenen Blutes in den toten Blättern. Sein aschfahles Gesicht mit den aufgerissenen Augen schien alle Welt zu fragen, was er bloß getan hatte, um dieses Schicksal zu verdienen. Ob solche Taten von Sachsen oder Briten verübt wurden, wir wussten es nicht, obwohl mir klar war, dass wir alle es lieber den Sachsen in die Schuhe schoben, als zuzugeben, dass unser Land so zerrissen und unser Volk so tief gefallen war seit den Tagen von Arthur.

Ein Stück weiter wurden wir vom Lärm einer Krähenschar vorgewarnt, dass wir uns dem nächsten grässlichen Schauplatz näherten. Wir fanden eine Frau mit dem Gesicht in der Wiese liegen. Ihre Kleider waren zerschnitten und zerrissen, ihre helle Haut laut wie ein Schrei im dunklen Wintergras. Ich musste einen Schluck aus meiner Flasche nehmen, um die Galle runterzuspülen, die mir in die Kehle stieg. Ich sah Iselle eine Verwünschung an die Männer murmeln, die für diese unaussprechliche Tat verantwortlich waren, während über uns die Krähen kreisten wie ein finster kochender Strudel in einem Kessel, erbost über unsere Einmischung.

»Wir sollten sie begraben.« Ich schluckte mühsam.

»Und den Jungen abhängen und sie gemeinsam ins Grab legen«, fügte Bruder Yvain hinzu, der anscheinend den gleichen Gedanken gehabt hatte wie wir alle – dass die beiden ein Paar oder Bruder und Schwester gewesen waren.

»Wir haben keinen Spaten«, sprach Gediens das Offensichtliche an.

»Und keine Zeit.« Gawain betrachtete die junge Frau im Gras und Bruder Yvain mit einer Miene, die deutlich zum Ausdruck brachte, dies sei aus der Welt jenseits von Ynys Wydryn geworden. Der Mönch schüttelte verzweifelt den Kopf, machte aber, wie mir auffiel, nicht das Zeichen des Dornbusches. »Wir müssen weiter«, sagte Gawain. Also gingen wir.

Und noch mehr Anblicke gab es, die mir Magen und Seele sauer werden ließen. Noch mehr Schrecken, die ich nie vergessen konnte, die mich im Schlaf heimsuchten. Die verkohlte Ruine eines Rundhauses, die im Regen glitzerte und noch immer qualmte, und darin eine fünfköpfige Familie, in ihren Betten gestorben, die geschwärzten Leiber von den Flammen verkrümmt. Eine weiße Mähre, die dastand und graste, obwohl ihre Innereien aus einer brutalen Wunde hervorhingen und zehn Schritt hinter ihr über die Wiese rutschten wie ein verknotetes rotes Seil, an dem sich ein ausgemergelter verwilderter Hund labte, der befriedigt knurrte. Der Kopf eines alten Mannes auf einen Speer gerammt, sein weißes Haar in der sanften Brise flüsternd wie ein Büschel Schafwolle, das sich im Gestrüpp verfangen hat. Ein Bachlauf mit einem Staudamm aus Leichen. Das Wasser türmte sich vor dem grimmigen Bollwerk auf und trat über die Ufer. Nachts hörten wir Wölfe heulen, und manchmal sahen wir sie auch in der Abend- oder Morgendämmerung, vom reichen Angebot an Fleisch aus ihren Hügeln und Wäldern gelockt. Wir sahen Saatkrähen und Aaskrähen und Raben wie Wolken über Siedlungen, deren Tore nicht hätten offen stehen sollen, und fast jeder unserer Atemzüge war mit Rauch beschmutzt.

Ich sah einen Fuchs ein Neugeborenes aus einem flachen Grab scharren. Der Fuchs war so dreist, so ermutigt von der Aussicht auf ein reiches Mahl, dass er bei unserer Ankunft nicht Reißaus nahm, sondern weiter zerrte, bis das arme verlorene Kind wieder im Freien lag. Wie ein Hühnerbein klemmte er sich eines der pummeligen Ärmchen zwischen die Kiefer, setzte sich in Bewegung und schleifte den winzigen Leichnam hinter sich her.

Wir sahen, was aus Britannien geworden war. Und immer wieder weinten wir. Ich sah Gediens und Gawain an, diese beiden alten Krieger, die so lange gekämpft und es doch nicht geschafft hatten, den Sachsen Einhalt zu gebieten, wie auch der Damm aus Leichen irgendwann hinweggespült werden würde, und ich fragte mich, woher sie die Kraft nahmen, weiterzumachen, noch immer zu kämpfen, wenn längst alles verloren war. Da empfand ich sogar Mitleid mit ihnen für alles, was sie verloren hatten, die Jahre und die Freunde und die Träume, aber gleichzeitig bewunderte ich sie. Mehr noch, ganz allmählich machte sich etwas bemerkbar, das an meinem Gewissen nagte wie eine unsichtbare Ratte. Nicht die ganze Zeit. Oft war ich zu müde vom Laufen oder zu nass oder zu durchgefroren, um an irgendetwas anderes denken zu können als an das Lagerfeuer am Abend und das warme Essen, das damit einherging. Manchmal aber, vor allem, wenn ich zwischen meinen Fellen und Häuten lag, entweder in einem Wäldchen oder in einem der vielen verlassenen Rundhäuser, konnte ich diese Zähne spüren, die sich an meinem Gewissen zu schaffen machten und eine Scham freilegten, die ich mir nie hatte eingestehen können. Dass ich die letzten zehn Jahre im Gebet und in ziemlicher Sicherheit verlebt hatte. Dass ich warm und wohlgenährt und versteckt im Kloster von Ynys Wydryn gesessen hatte, während Britannien brannte und das Land mit Schrecken überzogen wurde.

8

Tintagel

Wir erreichten Tintagel bei strahlendem Vollmond. Demselben Vollmond, in dessen Glanz ich mein Gelübde hätte ablegen sollen, während mir Bruder Brice die Tonsur verpasste. Ich hätte zu diesem Vollmond aufgeschaut und wäre nicht länger ein Novize gewesen, sondern ein vollwertiger Bruder vom Heiligen Dornbusch. Bruder Meurig hätte ein feines Festmahl aus Schweinefleisch in heißem Brot gezaubert und Bruder Judoc den Trinkschlauch mit seinem besten Apfelwein herumgehen lassen, und zweifellos wäre Bruder Dristan wie ein Narr umhergetanzt, bis er sich übergeben musste und wie ohnmächtig in den Schlaf fiel, lange bevor selbst der alte Bruder Padern sich zur Nachtruhe begab. Es wäre eine schöne Feier geworden und ich endlich einer von ihnen, mein Leben dem Gebet verschrieben, um für alle Gläubigen zu bitten und für den Baum, der dort auf dem einsamen, windgepeitschten Hügel stand.

Stattdessen war ich wie ein Blatt, das sich von einem gefällten Baum losgerissen hatte. Fortgetragen auf einem Wind, der schon lange vor meiner Geburt geweht hatte. Jetzt gab es kein Kloster mehr und nur noch einen einzigen Bruder vom Dornbusch, und das war Bruder Yvain, nicht ich. Ich war weder Mönch noch Krieger. Ich war niemand. Und doch fand ich mich unter dem vollen Mond auf einer stürmischen Landzunge wieder. Ganz in der Nähe seufzte die See, und das Krachen der Wellen an den hohen Klippen fuhr laut durch die Nacht, während ich die gewaltige Festung auf der Halbinsel anstarrte, die im ganzen Land berühmt war.

Das Silberlicht des Mondes fiel über die dunklen Wellen und enthüllte ein Handelsschiff, das dort lag und an seinem Anker zerrte, umgeben von Brechern, die in Richtung Küste galoppierten. Das Licht floss über die Höhen von Tintagel und erhellte mehr als hundert Gebäude, aus deren Fenstern und Türen gelber Feuerschein fiel, begleitet vom Raunen ferner Stimmen. Und ich versuchte, mir vorzustellen, wie Parcefal im gleichen Moment am Fuß der Klippen in der Brandungshöhle stand und in die Nacht hinausspähte, denn dort wollte er laut seinem Boten zusammen mit Merlin auf Gawain warten.

»Hast du jemals so einen Ort gesehen, Galahad?«, fragte Iselle. Wie ich stand sie da und starrte über die Bucht hinweg. Der Silberschein der Wellen spiegelte sich in ihren Augen.

»Noch nie«, antwortete ich und konnte mir kaum vorstellen, wie es sein musste, auf dieser Felskuppe zu leben. Ich dachte an die Bienenstöcke, die die Brüder bei den Apfelbäumen gehalten hatten, und wie die Bienen dort dicht wie eine Decke übereinander hausten. So musste es sich anfühlen, in Tintagel zu leben, dachte ich mir.

»Ich würde lieber hier schlafen«, sagte Iselle und deutete mit dem Bogen auf einen Flecken hoher Gräser, deren Halme im Wind schaukelten.

»Vielleicht müssen wir das sowieso«, sagte ich, denn zwischen uns hier auf dem Festland und der schmalen Landbrücke, die zu der großen vorgelagerten Klippe führte, standen einige weitere

Gebäude, und dort wärmten sich Krieger an lodernden Feuerschalen. Wir hatten bereits beobachtet, wie diese Speerträger Menschen abwiesen, denn offenbar durfte niemand des Nachts die Festung betreten, und so standen bereits ein paar Zelte an den Hang ganz in unserer Nähe gekauert, deren Leinenwände im Wind knatterten. Gawain und Gediens hatten sich eine Weile mit diesen Menschen unterhalten, und gerade kamen sie zu uns zurück, ihre Helme und Schuppenpanzer vom tief stehenden Mond in unserem Rücken poliert.

»Wir können rein.« Gawain hob seinen Beutel auf und warf ihn sich über die Schulter. Ich schaute Iselle an und nickte ihr zu, versuchte, sie zu beruhigen. Ein Kräuseln zwischen ihren dunklen Brauen, dann gab sie das Nicken zurück, hob ihre eigene Ausrüstung auf und schaute wieder rüber zur Siedlung, wo noch immer König Uthers große Halle stand. Mein Blut pochte in den Adern beim Gedanken daran, bald Tintagel zu betreten, wo die Fürsten und Könige Britanniens geherrscht hatten, wo Hochkönig Uther Pendragon gesessen hatte wie ein Adler in seinem Horst. Und wo mein Vater als junger Mann einige Zeit verbracht hatte. Aber ich wusste, dass Iselle die Vorstellung hasste, dort zu sein. Ich hatte mitangesehen, wie sie Männer mit ihrem Bogen getötet und deren Leichen geplündert hatte, ohne die geringste Furcht zu zeigen. Jetzt aber kaute sie auf ihrer Unterlippe, fuhr mit dem Daumen ihren Bogen entlang und grub einen Fingernagel in die Lederriemen, denn sie hatte ein Leben geführt, das noch abgeschiedener als das meine gewesen war, und die Aussicht, unter so vielen Menschen zu sein, erfüllte sie mit Grauen.

Wir fragten nicht nach, wie Gawain die Wachen davon überzeugt hatte, uns nächtens Einlass zu gewähren, aber die Art, wie ihn die beiden Speerträger beäugten, die uns über den bröckelnden Isthmus begleiteten, machte deutlich, dass sie Ehrfurcht vor ihm hatten. Sie schienen Fürst Gawains Namen und Ruf zu kennen. Wussten, dass er ein Meister des Krieges war, ein Mann, der an Arthurs Seite gekämpft und zahllose Feinde kreischend ins Jenseits befördert hatte. Sie respektierten ihn und fürchteten ihn vielleicht sogar, denn er trug den Bärenschild, der verkündete, dass er noch immer für Arthurs Sache stritt, während die meisten anderen Männer, Könige eingeschlossen, sich nur um ihre eigenen Belange kümmerten, nur um ihr eigenes Überleben kämpften wie Ratten, die ihre Nester verteidigen und keine höheren Ziele kennen. Diese Kämpfer schauten Gawain an und sahen einen Mann, der noch an den Traum namens Britannien glaubte, und es flößte ihnen Angst ein, denn vielleicht fürchteten sie, Gawain würde Krieg in diesen südwestlichen Zipfel des Landes tragen, auf diesen vom Meer umtosten Felsen, und dann würden sie vielleicht ihre Schwerter und Speere schärfen müssen, um für etwas Größeres zu kämpfen als sich selbst.

Sobald wir die Landbrücke überquert hatten, rief unsere Begleitung den Wächtern auf dem Torhaus zu, dass Fürst Gawain von Lyonesse und Fürst Gediens von Glywyssing gekommen seien. Die Männer oben beugten sich über die Brüstung, um uns zu betrachten. Ihre Augen glitzerten im Mondlicht. Rasch wurde das Tor geöffnet, und dann waren wir im Inneren der Festung, stapften durch denselben Matsch, der auch die Stiefel des großen Uther Pendragon beschmutzt hatte. Über denselben Boden, der unter den Hufen von Arthurs Panzerreitern erzittert war.

»Hier habe ich deinen Vater zum ersten Mal getroffen, Galahad«, sagte Gawain. Wir folgten einem Pfad, der hinauf auf den Rücken des Plateaus führte. Ich spürte den vertrauten Knoten im Magen, der sich einstellte, wann immer Gawain meinen Vater erwähnte. »An dem Tag, als Uthers Scheiterhaufen die Welt erhellte.« Er deutete auf eine Ansammlung von Gebäuden zu unserer Rechten. »Irgendwo da drüben, glaube ich. Schwer zu sagen im Dunkeln. Außerdem stehen da viele neue Gebäude.« Während er weiterging, reckte er den Speer in den Himmel. »Die mächtigsten Flammen, die ich je erblickt habe. Und laut wie ein Sturm.« Er schüttelte den Kopf, als reiche die bloße Erinnerung, um ihn erneut zu blenden. »Man muss das Feuer bis hinüber nach Dyfed gesehen haben.« Trotz des Knotens in meinem Bauch wollte ich mehr darüber erfahren, wie er meinen Vater kennengelernt hatte, konnte dies aber nicht zugeben und wartete also, während Gawain seine Erinnerungen durchforstete. »Da stand er bereits unter Arthurs Bann. Wobei der Met sicher geholfen hat.« Ein seltenes Grinsen verzog seine Lippen.

»Met hilft immer«, warf Bruder Yvain ein. Gediens murmelte zustimmend.

»Er muss ungefähr so alt gewesen sein wie du jetzt«, sagte Gawain und grunzte, als sei diese Erkenntnis von besonderer Relevanz. »Du musst wissen, Merlin hatte Lancelot durch einen Trick dazu gebracht, Arthur die Treue zu schwören.« Er drehte sich zu mir. »Hast du das gewusst?«

»Nein«, sagte ich.

»Tja, typisch Merlin.« Gawain tauschte einen wissenden Blick mit Bruder Yvain, der eine Braue hob. »Lancelot hat einen Eid geschworen, den künftigen König von Dumnonia zu beschützen.«

»Aber Arthur war nie König«, sagte Iselle.

»Nein, das stimmt«, gab Gawain zu. »Aber alle dachten, er würde es werden. Auch Lancelot. Am Ende war es auch egal, weil Lancelot und Arthur schnell zu Brüdern geworden sind. Und sobald Lancelot eine Sache einmal entschieden hatte, konnten nur noch die Götter dem Narren helfen, der sich ihm in den Weg stellte.« Die Tür eines Rundhauses in der Nähe wurde krachend aufgestoßen. Ein Mann stolperte ins Freie und spuckte seinen Mageninhalt in den Dreck. »Schon am nächsten Tag hat Lancelot Arthur das Leben gerettet. Als Konstantin uns verraten hat.«

»Ich war nicht dabei, aber das hat schnell die Runde gemacht«, sagte Bruder Yvain. »Ganz Dumnonia hat gehört, wie Konstantin nach Uthers Thron greifen wollte und Arthurs Männer im Morgengrauen angegriffen hat.«

Gawain fluchte. »Während sie sich noch den Schlaf aus den Augen geblinzelt haben.« Wieder schüttelte er den Kopf, als könnte er noch immer nicht fassen, was damals passiert war. »Ich habe viele Freunde verloren an dem Morgen. Gute Männer. Und gute Pferde.« Er betrachtete jedes Gebäude, an dem wir vorbeikamen – die Rundhäuser und Werkstätten, die Stallungen, Kornspeicher, Räucherkammern, Kuhställe, Tierpferche –, und auch das Spinnennetz der Wege, die durch die Siedlung führten, als wollte er das heutige Tintagel mit jenem vergleichen, das er damals gekannt hatte. »Und auch Arthur wäre gestorben, hätte Lancelot ihn nicht gerettet«, sagte er. »Aber Lancelot hatte geschworen, ihn zu beschützen, und wie gesagt, wenn sich dein Vater einmal etwas in den Kopf gesetzt hatte …« Er musste den Satz nicht beenden.

Als wir weitergingen, wurden wir von einer Gruppe Kinder entdeckt, die im Schatten eines Ziegelofens saßen und einen Weinschlauch herumreichten. Besser gesagt entdeckten sie nicht uns alle, sondern vor allem Gawain und Gediens mit ihren Schuppenpanzern und Helmen und Bärenschilden. Sie rannten zu uns, vier Jungen und drei Mädchen, und tanzten um die beiden Krieger wie Motten um zwei lodernde Fackeln.

»Wer seid ihr Herren?«, fragte der Anführer der Gruppe mit einem räuberischen Grinsen. Er war stämmig und blond und nicht älter als dreizehn, und sein Tonfall bewegte sich scharf an der Grenze zwischen respektvoll und verächtlich. Trotzdem bot er Gawain den Weinschlauch an, der seine Schritte jedoch nicht verlangsamte und den Jungen kaum beachtete. »Was immer ihr sucht, ich bin euer Mann«, redete der Junge unbeirrt weiter, hielt mit uns Schritt und stiefelte rückwärts durch den Matsch. »Wein, Bier, Frauen. Knaben.« Er breitete die Arme aus. »Ich kann euch alles besorgen. Wäre mir eine Ehre, solch prächtigen Fürsten wie euch behilflich zu sein.«

»Die Bierstube ist immer noch hinter Uthers Halle?«, fragte Gawain.

Der Junge zog die Stirn kraus. »Uther?« Er schielte einen seiner Begleiter an, einen kupferhaarigen Jungen, der mit den Schultern zuckte und wie ein Dämon grinste, während er neben Gediens hertrabte. »Ihr meint Fürst Geldrins Halle.«

»Er ist ein Christusmann, ein Priester«, krähte eins der Mädchen und zeigte auf mich. Ihr Gesicht war von entzündeten Pusteln bedeckt und ihre Augen weit und aufgeregt. Sie musterte meinen Habit, der aus ungefärbter Wolle bestand und eigentlich schmutzig weiß war, im Schein des Vollmondes aber hell erstrahlte. Offenbar hatte sie Bruder Yvain nicht genau betrachtet, der ein echter Mönch war, dafür aber wie ein Krieger gebaut, mit dem Speer in der Hand und dem Bärenfell über seiner Kutte.

Das Mädchen spuckte vor mir auf den Boden. »Solche wie euch wollen wir hier nicht.«

»Der ist kein Priester«, sagte ein groß gewachsener, spindeldürrer Junge mit einem wilden dunklen Lockenkopf. »Sein Haupt ist nicht geschoren.«

»Und außerdem sind die Christen alle reich, hat mein Vater gesagt«, meinte ein anderes Mädchen zu dem mit den nässenden Pickeln.

»Nur die griechischen«, sagte der hochgewachsene Junge, als wir die Stallungen passierten, aus denen hin und wieder das leise Wiehern und Schnauben zufriedener Pferde drang. »Und die gehören irgendwie zu einer anderen Sorte Christen.«

»Ich gehöre zu der Sorte Christen, die dich in eine Kröte verwandeln können«, sagte ich, woraufhin die meisten von ihnen johlten und lachten, bis auf das Mädchen mit den Pusteln, das entsetzt dreinschaute.

Bruder Yvain und Iselle schienen sich zu amüsieren ob der Menge an Aufmerksamkeit, die mir zuteilwurde, aber dann fragte ein anderes Mädchen Iselle aus, ob sie eine Kriegerin sei, ob sie schon mal einen Mann getötet habe, ob sie bereit sei, das kostbare Schwert auf ihrem Rücken zu verkaufen, denn sie kenne da einen Händler, der ihr einen guten Preis machen könnte. Da war ich an der Reihe zu grinsen, bis wir um die Ecke der Stallungen bogen und der Anblick der großen Halle, die dort vor uns aufragte, uns alle innehalten ließ. Die Bande schwatzhafter Jugendlicher hätte sich ebenso gut in Rauch auflösen können, der von der Nachtluft fortgeweht wurde.

»Es ist lange her«, sagte Gawain. Selbst er war stehen geblieben, um die Halle zu betrachten, aber während Iselle und ich voller Ehrfurcht und Verwunderung gafften, schien Gawain von den geisterhaften Ketten seiner Erinnerung an Ort und Stelle gebunden zu werden.

Gediens legte sich den Speer in den Nacken und hängte die Arme über den Schaft. »Ein ganzes Leben lang.«

Die Halle war riesig, mit Abstand das größte Gebäude, das ich je gesehen hatte, und der Mond, der schräg über dem östlichen Dachvorsprung hing, erhellte ein geschwungenes Dach aus frischem, goldenem Stroh. Im flackernden Schein einer nahen Feuerschale konnte ich gerade eben die Wörter entziffern, die auf dem mächtigen hölzernen Türsturz über dem Haupteingang standen. Die rote Farbe war verblichen und verwittert, aber der Geist dieser Wörter verblieb. *A fronte praecipitium a tergo lupi.*

»Als ich diese Halle zum ersten Mal gesehen habe, war ich noch ein bartloser Speerträger«, sagte Gediens verträumt. »Hab mir fast in die Hose gepisst, als ich gehört habe, wie König Uther einen Stallburschen zusammengeschissen hat, der seinen Hengst aufgezäumt hatte statt seiner weißen Stute.«

Ein undeutliches Grunzen entfuhr Gawains Kehle. »Klingt ganz nach Uther.«

Da kam ich nicht umhin, mich zu fragen, was wohl mein Vater empfunden haben musste an jenem Sommertag, als er König Uther Pendragon kennengelernt hatte, der auf dem Sterbebett lag.

Dieser Tage gab es in Tintagel keinen König mehr.

»Ihr werdet Fürst Geldrin morgen früh eure Aufwartung machen müssen«, sagte der stämmige blonde Junge zu Gawain. »Mein Onkel kennt ihn persönlich. Ich könnte dafür sorgen, dass er ein gutes Wort für Euch einlegt, Herr. Wer, soll ich ihm berichten, ist nach Tintagel gekommen?«

»Morgen sind wir schon wieder weg, es gibt also keinen Grund, Fürst Geldrin zu behelligen«, sagte Gawain. »Aber sag mir, an wen muss ich mich hier wenden, wenn wir Pferde erstehen möchten?«

Der Junge dachte darüber nach. Er und sein lockenköpfiger Freund warfen ein paar Namen hin und her. Schließlich einigten sie sich darauf, dass der Mann, den Gawain aufsuchen sollte, ein buckliger Händler namens Lidas sei.

»Dann werden wir uns mit diesem Lidas unterhalten und vielleicht ins Geschäft kommen. Danach machen wir uns wieder auf den Weg.« Gawain zog eine Münze aus der Börse an seinem Gürtel und gab sie dem Jungen, der nickte und den Handel begriff, der mit dem Austausch dieser kleinen Silberscheibe beschlossen worden war. Er würde nicht mit diesem Onkel reden, der den Fürsten von Tintagel kannte. Da man Fürst Geldrins Erlaubnis benötigte, um nach Sonnenuntergang die Seetreppe zu benutzen, die hinunter zum Strand führte, und wir es vorzogen, dass der Herr der Klippen nicht von unserer Anwesenheit erfuhr, fragte Bruder Yvain den Jungen, wo wir die Bierstube fänden.

»Jenseits der Schweine.« Der Junge deutete am nächstgelegenen Pferch vorbei, vor dem eine Gruppe Männer und Frauen herumalberte oder sich stritt – schwer zu sagen. Merlin und Parcefal würden sich jedenfalls bis zum Morgen gedulden müssen.

Yvain dankte dem Jungen, und wir nahmen den glitschigen Weg aus Holzplanken, der in Richtung Wärme und heißer Nahrung führte, zu gewürztem Bier und Met und Kopfschmerzen.

Der Lärm in der Bierstube glich dem Gebrüll des Ozeans, der sich tief unten in blinder Wut auf die Felsen warf. Er war wie das siedende Dröhnen im Herzen eines großen Feuers. Oder der Sturmwind in den Wipfeln. Zu viel für mich, der ich erst das Leben eines Einsiedlers im Wald und dann das stille Dasein eines Mönches auf einer nebelverhangenen Insel im Sumpf gekannt hatte.

»Ich kann hier nicht bleiben«, sagte ich zu Bruder Yvain, der bloß grinste und mir einen vollen Becher in die Hand drückte. Iselle trank bereits. Obwohl die Bierstube kaum ein Viertel der Ausmaße von König Uthers alter Halle hatte, war sie vollgestopft mit Menschen und erfüllt vom Rauch eines zentralen Herdfeuers und einer Unmenge rußiger Öllampen. Nie im Leben hatte ich so viele Leute auf einmal gesehen, und der Gestank von Schweiß und feuchter Wolle, von Bieratem, fauligen Darmwinden und brennendem Fischöl reichte aus, um mir Gallensaft in die Kehle und Tränen in die Augen zu treiben.

»Du wirst dich dran gewöhnen«, sagte Gawain und grinste mich an, wie ich dasaß, die Knöchel vor die Nasenlöcher gedrückt.

»Je mehr du trinkst, desto weniger stinkt's.« Gediens knallte seinen Becher gegen Yvains. Beide kippten eine gewaltige Welle aus Bier hinunter, krachten ihre Becher zeitgleich auf den Tisch und grinsten wie freche Bengel.

Zu unserer Überraschung waren vor der Tür weder Sklaven noch Dienstburschen postiert gewesen, um die Klingen und sonstigen Mordwerkzeuge der Männer zu hüten, während diese drinnen soffen – denn so war es üblich, um die Chance zu verringern, dass Blut und Bier gleichzeitig flossen, wenn Verstand ertränkt wurde und Wut aufschäumte. Daher war der Raum vollgepackt mit bewaffneten Männern, Kriegern mit gegürteten Schwertern an der Hüfte oder auf dem Rücken. Viele hatten Messer im Gürtel und Speere hinter sich an der Wand lehnen. Manche trugen sogar hier noch Kettenhemd; vielleicht wie wir Besucher, die ihre Ausrüstung nur ungern aus den Augen ließen. Niemand aber trug Schuppenpanzer, wodurch Gawain und Gediens deutlich mehr auffielen, als es ihnen lieb gewesen wäre. Auf der anderen Seite veranlasste die Ankunft zweier ergrauter Kriegsfürsten einige Nachtschwärmer dazu, auf den Bänken zusammenzurücken und uns Platz zu machen, was sie sonst wohl kaum getan hätten.

»Schau sie dir an«, zischte Iselle und verzog die Lippen hinter ihrem Becher, während ihr Blick durch die Menge schweifte. Männer rülpsten, und Frauen schnatterten, gemeinsam auf einem Meer von Tränken fortgetragen, alle lallten, schwankten und stolperten im Stehen, kämpften gegen den Lärm an und wurden nur selbst umso lauter. »Wissen die überhaupt, was da draußen passiert?«, fragte Iselle mich. »Die Sachsen vergewaltigen und brandschatzen und morden. Ganz Britannien zerfleischt sich.« Mit dem Becher zeigte sie auf einen Mann und eine Frau am Nebentisch, die sich wie die Wurzeln eines alten Baumes ineinander verschlungen hatten.

»Sie sind frei, und noch sind die Sachsen weit weg«, sagte ich, wurde rot und rutschte auf der Sitzbank umher, versuchte, meine Schulter so zu positionieren, dass ich das schwer beschäftigte Pärchen nicht mehr sehen musste.

»Wenn die glauben, hier sicher zu sein, sind sie Narren, allesamt«, fauchte Iselle. »Genau wie die Mönche auf Ynys Wydryn Narren waren zu glauben, die Sachsen würden sie in Ruhe lassen.« Sie verzog das Gesicht, und nicht zum ersten Mal dachte ich darüber nach, was für ein wildes Wesen sie war. Ganz anders als alle Frauen, die ich in meinem Leben kennengelernt hatte. Nicht dass ich viele Frauen gekannt hätte, abgesehen von den Nonnen, die hin und wieder unser Kloster besuchten. Iselle fuhr mit dem Finger einen dunklen Fleck in der Maserung ihres Bechers entlang. »Genau wie ich eine Närrin war zu glauben, Sumpf und Nebel könnten uns schützen«, schloss sie.

Gawain, Gediens und Bruder Yvain unterhielten sich, schwelgten in gemeinsamen Erinnerungen, aber ich sah den Zorn in Iselle, konnte ihn trotz all der lärmenden Stimmen ringsum beinahe unter ihrer Haut kochen hören.

»Es gibt nichts, was du hättest tun können, um Alana zu retten«, sagte ich.

Sie schüttelte den Kopf. »Ich hätte bei ihr sein sollen statt auf Ynys Wydryn. Dann hätte ich diese Leute getötet, und Alana wäre noch am Leben.«

Vielleicht wäre es so gewesen. Wahrscheinlich aber wäre auch Iselle jetzt tot, und das war, so stellte ich in dem Moment fest, ein unerträglicher Gedanke. Ich fühlte mein Gesicht schon wieder rot werden und wandte mich ab, um einen Mann zu betrachten, der sein Essen mit einem ergrauten Hund teilte, der geduldig neben ihm saß. Mit großer Vorsicht fraß der alte Hund die Fleischstückchen von der Hand seines Herren.

»Gut, also bin ich ein Feigling, weil ich von Ynys Wydryn geflohen bin und meine Brüder habe sterben lassen«, sagte ich, »und du bist eine Närrin, weil du mir im Sumpf geholfen hast. Weil du mit zur Insel gekommen bist, wo du bei deiner Ziehmutter hättest sein sollen an dem Tag, als die Sachsen dein Zuhause niedergebrannt haben.«

Ich sah sie an. Sie dachte über meine Worte nach und widersprach nicht. Und dann sagte ich etwas, das Bruder Brice dazu gebracht hätte, vor Wut sein Leichentuch zu zerreißen, hätten wir ihm eines bieten können.

»Vielleicht haben die Götter dieses Landes noch nicht ganz aufgegeben und sich nicht vollständig von uns abgewendet«, meinte ich. Die Worte schienen von einem Fremden zu kommen. Scham fuhr mir wie eine Klinge in den Bauch, und ich versuchte, nicht daran zu denken, was die Brüder hierzu gesagt hätten, als ich mich vorbeugte, damit niemand außer ihr meine nächsten Worte hören konnte. »Wenn Gawain, du und Gediens Merlin zurückbringt und Arthur wieder erstarkt, gibt es vielleicht *doch* noch Hoffnung für Britannien.«

Ich konnte sehen, wie überrascht Iselle war, solche Worte aus meinem Mund zu hören. »Du meinst, die Götter haben bei alldem ihre Hand im Spiel?«

Ich zuckte mit den Schultern. »Wer kann sagen, dass sie es nicht haben?«

Wieder dachte sie nach. »Dann bist du genauso sehr ein Teil davon wie ich, ansonsten würdest du jetzt tot im Sumpf liegen. Oder auf der Anhöhe unterhalb des Hügels.« Sie trank und wischte sich mit dem Handrücken über die Lippen, und ich starrte sie an, weil ich noch nie jemanden gekannt hatte wie sie.

»Langsam bekomme ich das Gefühl, dass du keinen guten Mönch für den Christengott abgegeben hättest.«

Ihre Worte trafen mich, aber ich erwiderte nichts. Ich wusste tatsächlich nicht mehr, was ich glauben sollte, hegte mittlerweile ernste Zweifel, dass sich der christliche Gott, der Gott des Joseph von Arimathäa, wirklich um Britannien sorgte oder um das Leben der Menschen, die zu Ihm beteten. Der Keim meiner Zweifel war mit dem Blut meiner Brüder bewässert worden. Auch fehlte in meinem Herzen jener Funke der Hoffnung, der in Iselles Herzen glomm, dass die alten Götter Britanniens unsere Not erhören und große Armeen von Speerträgern schicken und uns zu Siegen verhelfen würden, wie wir sie nicht gekannt hatten seit den Tagen, als Arthur noch an vorderster Front gekämpft hatte.

Ich wusste nur, dass ich meine Brüder auf Ynys Wydryn im Stich gelassen hatte, genau wie mein Vater mich im Stich gelassen hatte. Und dass ich in meiner Pflicht versagt hatte, den Dornbusch in Sicherheit zu bringen. Und vielleicht wäre auch Alana noch am Leben, hätte Iselle mir nicht geholfen, den Leichnam von Eudaf dem Schuster zum Kloster zu bringen.

Das Bier war stark. Ich merkte bereits, wie es mich wärmte und meinen Verstand benebelte. Und war froh darüber, denn ich wollte nicht mehr denken.

»Nicht übertreiben, Galahad«, warnte Bruder Yvain, während er mir nachschenkte. »Das Zeug tritt zu wie ein Esel, und ich hab keine Lust, dich ins Bett zu schleppen.«

Iselle bedachte mich mit hochgezogener Augenbraue. Herausfordernd.

Gediens grinste. »Galahad ist nicht mehr in irgendeinem Kloster des Weißen Christus, Yvain.« Er wrang mit der Faust Bier aus seinem Bart und deutete auf die Feiernden ringsum. »Er ist jetzt in Tintagel. Soll er sich doch amüsieren.«

Bruder Yvain grunzte, widersprach aber nicht. Sein Blick wanderte zu einer Frau mit langem goldenem Haar und Hüften so breit wie das Schiff, das ich unten in der Bucht gesehen hatte. Und ich trank lange und tief, um dem Mönch und auch Iselle zu zeigen, dass ich keine Aufpasser nötig hatte.

»Dumnonia braucht einen König«, sagte Gawain in seinen Becher.

»Konstantin nennt sich jetzt König«, sagte Gediens.

Gawain schnaubte. »Konstantin kann sich von mir aus Kaiser von Rom nennen, wie es schon sein Großvater getan hat. Dadurch wird es noch lange nicht wahr.«

Ich erinnerte mich an einen Tag kurz nach meiner Ankunft auf Ynys Wydryn, als Bruder Yvain von einer seiner Fahrten über den See mit der Neuigkeit zurückgekehrt war, Fürst Konstantin habe sich zum König von Dumnonia erklärt. Ich wusste, dass Konstantins Vater Ambrosius Aurelius zehn Jahre lang Hochkönig Britanniens gewesen war, ehe er ermordet wurde und Uther den Thron seines Bruders einnahm. Auf dem Sterbebett hatte Uther seinen Sohn Arthur zum Erben bestimmt, aber obwohl Arthur lange und hart gekämpft hatte, war er nie König geworden.

»Arthur hat uns Frieden erkauft. Eine Art Frieden, wenigstens. Und dein Vater mit ihm«, hatte Yvain mir erzählt, als ich ihn an jenem Abend in seiner Werkstatt aufgesucht hatte, um mehr zu erfahren. »Es war seine letzte Tat als Beschützer Britanniens.« Yvain hatte die Stirn gerunzelt. »Aber das weißt du wohl besser als die meisten Menschen, Junge.«

Ich hatte genickt und an diesen blutigen Tag zurückgedacht, an dem ich Dinge gesehen hatte, die kein Knabe sehen sollte. Die Sachsen, zu geschwächt für weitere Vorstöße, hatten sich nach Osten zurückgezogen, um ihre Wunden zu lecken und neue Truppen auszuheben, und in dieser Ruhephase hatte das edle Blut in Fürst Konstantins Adern seine alten Ambitionen flüsternd zu neuem Leben erweckt. Und als im nächsten Frühling das Wiesenschaumkraut auf dem Schlachtfeld spross, die kleinen Stängel vom Blut der Erschlagenen gestärkt, war Konstantin ebenfalls neu erblüht und hatte seinen Anspruch verkündet, Uthers alten Sitz hier in Tintagel einzunehmen.

Dieser Tage war Konstantins Thron irgendein Baumstumpf in den Wäldern von Caer Lerion, so sagte Gawain, obwohl er zugab, dass Konstantin der Einzige war, der den Sachsen mit seinen letzten treuen Speerträgern noch immer Ärger machte.

»Wir brauchen hier einen König«, sagte Gawain jetzt und schaute erst Bruder Yvain an, dann mich. »Es gibt in ganz Britannien keine stärkere Festung. Männer und Vorräte können per Schiff gebracht werden, und auch tausend Sachsen könnten nichts dagegen tun.«

»Was ist mit Camelot?«, fragte Bruder Yvain.

Gawain nickte Gediens zu, forderte ihn auf, die Frage an seiner statt zu beantworten. »Zu nahe an Cerdics Armee«, sagte Gediens, »und außerdem können wir uns nicht darauf verlassen, dass die Herrin Morgana uns überhaupt helfen würde.« Er beugte sich vor und senkte die Stimme. »Nicht, sobald sie von Arthur erfährt. Die Herrin sitzt wie eine Spinne im Zentrum von Dumnonia und bewacht ihr Netz. Ich bezweifle, dass sie uns willkommen heißen würde.«

»Angeblich hat sie selbst König Konstantin nie Zutritt gewährt«, sagte Gawain, auch wenn er *König* wie ein Schimpfwort aussprach. »Nein, wenn wir irgendwo unser Banner entfalten, dann hier.« Er drückte den Zeigefinger auf die Tischplatte. »Hier. In Tintagel.«

Vielleicht war es dem Bier geschuldet, aber mir schien, als spräche aus Gawain in diesem Moment mehr als nur vage Hoffnung. Sein Blick war scharf, als habe er ein Ziel vor Augen, das er allein sehen konnte. Die Vision von Arthurs Bärenbanner, wie es über der mächtigen, von Klippen umwallten Festung auf dieser Halbinsel im Wind flatterte. Vielleicht sah Gawain statt der lärmenden Feiernden in diesem stinkenden Raum viele Speerträger, deren Bärenschilde in der Sommersonne schimmerten. Krieger, die zum schrillen Klang der Kriegshörner marschierten. Die tapferen Söhne von Dumnonia und Cornubia, Caer Celemion und Caer Gloui, die mit dem Tau sächsischen Blutes die Wiesen benetzten. Gawain schien daran zu glauben, wirklich zu glauben, und er lehnte sich auf seinem Schemel zurück, um in Ruhe in dieser Vorstellung zu schwelgen, während Gediens und Bruder Yvain darüber diskutierten, ob sie bei Bier bleiben oder sich einen Krug griechischen Weines leisten sollten.

Ich aber schaute mich in der Bierstube um und sah bloß Betrunkene und fette Händler und Vertriebene, die sich alle nur um die eigene Haut und das Getränk in ihrer Hand scherten. Ich sah Menschen über Spielbretter gebeugt, wo sie die Ringe an ihren Fingern oder die Broschen ihrer Umhänge setzten, gewannen und verloren. Ich sah Pärchen eng umschlungen in dunklen Ecken, triebgesteuert wie Tiere. Männer und Frauen, die nur für die flüchtigen Freuden lebten, die sie auf diesem windumtosten und wellengepeitschten Felsen im äußersten Südwesten der Dunklen Inseln finden konnten.

A fronte praecipitium a tergo lupi – so lautete der Schriftzug, den ich gelesen hatte, der in verblichenen römischen Lettern über der Tür von Uthers alter Halle prangte. *Vor uns der Abgrund, hinter uns die Wölfe.* Mir schien, dass diese Aussage heute nicht weniger relevant war als in Uthers Tagen, als mein Vater unter diesem Satz hindurch die Halle des Königs betreten hatte. Nur hatten wir damals noch Arthur gehabt.

Und doch, vielleicht hatte Gawain wirklich einen Blick in die

Zukunft erhascht, dachte ich später, als sich der Raum langsam drehte und Bruder Yvain zwei große Teller mit gebratenem Schwein und frischem Brot bestellte und mir einschärfte, ich müsse ordentlich zuschlagen, um das Bier in meinem Magen aufzusaugen. Vielleicht würde Arthur tatsächlich Schwert und Schild ergreifen und wieder Kriegsherr der Briten werden.

Nur würde es keinen Arthur ohne Merlin geben, und so wollten wir am Morgen losziehen, um den Druiden zu finden und ihn mit uns zurückzubringen.

Vor uns der Abgrund, hinter uns die Wölfe.

Ich erwachte mit saurem Magen und einem Gefühl, als hätte ein Schmied meinen Kopf auf seinem Amboss mit dem Hammer traktiert. Dem Anschein nach ging es Iselle nicht viel besser. Sie schaute finster drein und saß neben mir im Stroh des Stalles, wo Gawain uns einen Schlafplatz erstanden hatte. Ihr Gesicht war aschfahl, und ihre Lippen waren straff gespannt wie eine Trommel, als müsste sie alle Konzentration darauf verwenden, Bier und Wein daran zu hindern, hochzukommen und sich einen Weg ins Freie zu bahnen. In der anderen Ecke des Stalles leerte die alte Mähre, in deren Gesellschaft wir die Nacht verbracht hatten, ihr Gedärm. Die prallen Äpfel wurden von einem Schwall stinkenden Urins begleitet.

Ich setzte mich auf, wurde sofort von einer Welle des Schwindels erfasst und sah durch verquollene Augen Gediens, der beide Arme in die Höhe reckte und den Schuppenpanzer über seinen Kopf fallen ließ, dann die Schultern schüttelte und auf und nieder hüpfte, damit sich die schwere Rüstung setzen konnte. Ich hatte nur in meiner leichten Tunika im frischen Stroh geschlafen, den Umhang wie eine Decke über mich geworfen, und jetzt fühlte ich mich in Iselles Gegenwart arg verlegen. Nicht, dass sie sich für meinen leicht bekleideten Zustand interessiert hätte.

»Ich dachte, Mönche wären erfahrene Trinker«, sagte Gediens mit einem Grinsen auf dem Gesicht, das gerade aus dem Halsloch seiner Rüstung auftauchte. »Da habe ich mich wohl geirrt.«

Bruder Yvain nahm meinen Habit vom Haken an der Wand. »Galahad ist ein langsamer Schüler.« Er warf mir die Kutte zu. Ich mühte mich mit dem Kleidungsstück ab, das von letzter Nacht noch nach Bier und Qualm stank. Der Geruch schnürte mir die Kehle zu, aber ich schluckte tapfer. »Du würdest nicht glauben, wie lange er gebraucht hat, um zu lernen, auf meiner Drehbank eine einfache Holzschale zu fertigen«, fuhr der Mönch fort und schüttelte spöttisch den Kopf. »Und selbst die war dann nicht mal als Nachttopf zu gebrauchen.« Er kicherte, und die alte Mähre wieherte leise, als hätte sie seinen Witz verstanden. »Aber er hat's versucht. Das ist unbestritten.«

Ich stand auf und warf mir meinen Habit über, wie Gediens es mit der Rüstung getan hatte. Ich schluckte abermals. »Vielleicht wäre es mit einem besseren Lehrer schneller gegangen«, sagte ich. Der Mönch neigte den Kopf und hob eine Hand, um meinen Konter zu würdigen.

Ich schlang mir den Gürtel um die Taille. Die raue Wolle des Habits kratzte am Hals und an den Handgelenken und erinnerte mich an lange Nächte, die ich kniend im Gebet mit den Brüdern verbracht hatte. Hatte ich wirklich den gestrigen Abend zechend verbracht, während sie tot und unbegraben auf Ynys

Wydryn lagen? Ich sah Bruder Brice' Gesicht vor mir, wie er mich anschrie, endlich zu verschwinden, loszulaufen oder zur Hölle zu fahren. *Vergiss uns nicht, Galahad,* hatte er mir hinterhergerufen, und seine Worte hallten dumpf durch meinen Schädel, pulsierten mit dem Blut in meinen Ohren.

»Wenn du speien musst, dann bitte draußen, Junge«, sagte Gediens.

Schwindel wallte in mir auf, und ich schaute mich nach einem Becher mit verdünntem Bier um. Oder, noch besser, nach klarem Wasser, denn mein Mund war ausgetrocknet, und meine Zunge fühlte sich an wie ein alter Lederriemen. Aber am schlimmsten, sogar noch schlimmer als die Strahlen der Morgensonne, die sich mir durchs Stallfenster ins Auge bohrten, war das Grinsen von Gediens und Bruder Yvain.

Gediens wandte sich an Iselle, die ihre Haare ergriffen hatte, um sie hinter dem Kopf zu flechten. »Wo sind meine Manieren? Guten Morgen, werte Dame.« Er verbeugte sich galant. »Ich hoffe, dir geht es an diesem neuen Tag besser als Galahad?«

Iselles Blick war scharf wie die Klauen eines Raubvogels, aber ehe sie den Mund aufmachen konnte, tauchte Gawain im Eingang auf.

»Eine Karawane von Sklavenhändlern aus Caer Gloui ist über den Isthmus gekommen«, sagte er und hob Speer und Schild auf. Seine Wangen und Nase waren gerötet von der Kälte, die er mit sich in den Stall brachte. »Halb Tintagel scheint auf den Beinen zu sein, um einen Blick auf sie zu werfen, und die andere Hälfte schläft noch ihren Rausch aus, also ist jetzt der beste Zeitpunkt, um ungesehen runter zur Höhle zu kommen.«

Iselle und ich wechselten einen Blick. Gawains Worte fuhren durch unsere benebelten Köpfe wie ein eisiger Hauch durch eine verrauchte Halle. Wir spürten beide die Last der Verantwortung unserer Aufgabe. Denn Merlin, der Letzte der Druiden, war hier in Tintagel, versteckt in einer Brandungshöhle am Fuß der Klippen. Der Mann, der Uther und Arthur beraten hatte, der mit den Göttern Britanniens kommunizieren und das Flüstern der Toten hören konnte, war nach zehn Jahren entbehrungsreicher Suche von Arthurs treuen Männern gefunden worden. Und bald würden wir ihm von Angesicht zu Angesicht gegenüberstehen und ihn mit uns nach Osten nehmen, zurück zu Arthur.

»Hast du den buckligen Lidas gefunden?«, fragte Gediens.

Gawain nickte. Ein Nebel aus Wasserdampf stieg von seinen in Metall gehüllten Schultern auf. »Der Preis war gesalzen, aber der Mann kennt sich mit Pferden aus. Punkt Mittag stehen sie gesattelt am Tor bereit.«

Gediens nickte. »Gut.«

Gawain schaute Bruder Yvain an, der mit dem Daumennagel die Klingen seiner Speerspitze kontrollierte. Ihre Blicke trafen sich, und der Mönch nickte ebenfalls. Die gute Laune war verflogen, stattdessen konnte ich in seinem Gesicht die stumme Entschlossenheit lesen zu tun, was getan werden musste, und obgleich er wie ich einen einfachen Habit trug und darüber ein Bärenfell statt einer prächtigen Schuppenrüstung, sah Yvain neben Gediens und Gawain nicht weniger wie ein Krieger aus. Binnen einer Handvoll spätwinterlicher Tage schienen die zehn Jahre auf Ynys Wydryn von ihm abgefallen zu sein wie Schnee, den man vom Stiefel stampft.

»Bist du bereit, Galahad?«, fragte er. Sein Atem umwölkte die offene Stalltür.

Ich nickte. Noch immer konnte ich mir nicht erklären, welche

Rolle ich bei der ganzen Sache spielen sollte, trotzdem kann ich nicht leugnen, dass mich kribbelnde Erwartung erfüllte, eine nervöse Aufregung bei der Vorstellung, Merlin zu treffen. Und Iselle ging es nicht anders, das wusste ich, auch wenn sie kein Wort sagte, während sie ihren Bogen spannte. Ihre Miene blieb völlig gelassen, als sie den Eibenstab um ihr Schienbein bog. Seit unserer Kindheit waren Gerüchte über Merlin vom Wind über die Dunklen Inseln getragen worden, und auch sie war gespannt wie ihre Sehne, diese Legende in Fleisch und Blut zu erblicken.

Wir traten in die Morgensonne hinaus, und ich füllte meine Lunge mit Meeresluft, die nur leicht von den vielen Herdfeuern besudelt war. Eine frische Brise blies über Tintagel, schnitt durch meinen Habit und ließ mich erzittern. Oben zog ein Kormoran unter einem breiten dunklen Wolkenstreifen vorbei. Still und schwarz wie ein Schatten jagte er nach Westen, als habe die Nacht Gestalt angenommen, um vor der Dämmerung zu fliehen.

»Eine Warnung.« Gawain blieb mitten im Schritt stehen, drehte sich zu uns und schlang sich seinen Schild über den Rücken. »Merlin war schon immer ein unangenehmes Arschloch. Ich hab ihn nie leiden können, und das war damals, als Arthur noch an ihn geglaubt hat.« Er verzog das Gesicht. »Bevor er sich wie ein Wiesel nach … die Götter allein wissen, wo er gesteckt hat. Aber er hätte bei uns sein sollen an dem Tag, als Mordred Arthur verraten hat. Britannien verraten hat.« Er zerrte an der Trageschlaufe des Schildes und ruckte mit den breiten Schultern, bis er richtig saß. »Er wird alt sein jetzt. Alt und verbittert, höchstwahrscheinlich. Aber er ist und bleibt ein Druide, und nach meinen Erfahrungen traut nur ein Narr einem Druiden über den Weg.« Er bedachte Bruder Yvain mit gelupfter Augenbraue. »Ich wette, Parcefal wünscht sich längst, er hätte dem alten Bock die Lippen zusammengenäht.«

Der Mönch kratzte sich den krausen Bart und schnitt eine Grimasse. »Parcefal hat es nie an Mut gefehlt. Aber auch nicht an Verstand. Druide bleibt Druide.«

Gawain brummte kehlig, widersprach aber nicht. Dann drehte er sich um, und wir folgten ihm über das matschige Gras zwischen den Schweinepferchen und Kuhställen, den Pferdeställen, Handwerkshütten, Schmieden und Rundhäusern, von denen es auf Tintagel wimmelte.

Es war kaum jemand unterwegs. Ein paar Händler bauten ihre Stände auf. Eine Gruppe Kinder holte Wasser, dicht gefolgt von einem verdreckten Hund. Unter dem Vordach von Uthers Halle stand ein alter Mann vornübergebeugt und hustete seine Lunge in den Schlamm. Die Wintersonne brach über dem Vorland hervor und warf lange Schatten, in denen sich der Seewind zu sammeln schien und die Oberflächen der Pfützen zerzauste. Ich zitterte erneut und raffte die Wolle in meinem Nacken zusammen, um die Kälte abzuhalten.

So zogen wir los, um Merlin zu finden.

Zuerst dachte ich, wir würden durch Nebel vom Meer laufen, aber Gediens sagte, es handle sich um tief hängende Wolken, die über die windigen Anhöhen rollten und von den schroffen Klippen zerrissen wurden. Ringsum jagten Möwen durch den nassen Dunst und kreischten wie gemarterte Seelen, von einem Moment zum nächsten hinein in unser Blickfeld und wieder hinaus, während wir uns der Nordostseite der Halbinsel näherten. Immer lauter drang der Klang der Brandung zu uns herauf, getragen von Böen, die meine Kutte erfassten und mein Haar zerzausten, und dann kamen wir zum eisenbeschlagenen Tor, durch das die Schätze der Welt nach Tintagel gelangten: Oliven und Öl, Walnüsse, Honig, Gewürze, Seide, Glasgefäße, Töpferwaren und Wein, alles von Schiffen gebracht, die schwer beladen mit Gold und Zinn wieder von unseren Küsten ablegten.

Bruder Yvain musste mit dem Speerschaft gegen das Torhaus schlagen, um die Wachen zu wecken, während der Rest von uns im feuchtkalten Wind von einem Bein aufs andere trat. Iselle schlug vor, um das Tor herumzugehen und stattdessen die Felsen hinunterzuklettern, als endlich die Tür aufgestoßen wurde und ein Wächter heraustrat. Mit verquollenen Augen und sichtlich gereizt blinzelte er in den blassen Morgen und schloss seinen Umhang mit einer eisernen Fibel.

»Seid ihr alle blind? Es ist Ebbe«, rief er, deutete theatralisch in Richtung Klippe und gähnte herzhaft. Seine Atemwolke roch nach Bier und Knoblauch. »Vor Mittag kommt da unten kein Schiff an.« Die Worte hatten seinen Mund kaum verlassen, als sein Blick von Bruder Yvain weiter zu Gawain rutschte. Er riss die Augen auf und klappte den Mund zu.

»Mach das Tor auf«, befahl Gawain.

Der Wächter war kaum älter als ich. Zu jung, dachte ich, um Gawain zu kennen, der seit vielen Jahren nicht mehr in Tintagel gewesen war. Aber nicht zu jung, um einen Kriegsfürsten als solchen zu erkennen.

»Natürlich. Sofort, Herr«, murmelte er und drehte sich zu dem zweiten Wächter um, der aus dem kleinen Haus gestolpert war und schon bereitstand, um den schweren Balken anzuheben, der das Tor verschlossen hielt. Dann waren wir hindurch und standen auf einem ausgetretenen Pfad, der vorbei an der Palisade und hinab zu der langen Treppe führte, die vor langer Zeit in den Felsen gehauen worden war.

Draußen in der Bucht lag noch immer das Schiff vor Anker, das wir am Vortag gesehen hatten. Es schwankte auf den Wellen und war zu weit entfernt, um zu erkennen, ob die Besatzung den dunkleren Hautton der Griechen zeigte, die an den Ufern dessen wohnten, was die Römer bescheiden *Mare Nostrum* genannt hatten – ›Unser Meer‹.

»Passt auf, wo ihr hintretet«, rief Gawain über die Schulter, denn die Stufen waren gefährlich glatt, und der Wind blies uns salzige Gischt ins Gesicht.

Ich schaute hinab zu den kreisenden Möwen und der Ebbe, die einen dunklen Streifen auf Sand und Felsen hinterlassen hatte, und da sah ich den gähnenden Höhleneingang am Fuß der Klippe. Plötzlich traf mich der Gedanke, dass Merlin vielleicht einen Blick auf meinen Habit werfen und mich hassen würde – oder Schlimmeres. Glaubte man den Geschichten, konnte er mit kaum ein paar Worten einem Mann Maden in die Eingeweide zaubern. Er konnte mit einem Murmeln und einer schnellen Handbewegung das Gemächt eines Feindes verschrumpeln lassen. Und war es nicht wahrscheinlich, dass der Druide genau wie die anderen Britannier, die sich nach der Rückkehr der alten Götter sehnten, Bruder Yvain und mich als Diener Christi verachten würde?

Ich hörte Gediens zu Gawain sagen, dass er damit gerechnet hätte, Parcefal würde den Eingang der Höhle bewachen. Aber als wir unten den Strand betraten, konnten wir noch immer niemanden dort im Schatten warten sehen. Über uns kreischten die Möwen, hundert Schritt hinter uns schnauften und ächzten die breiten Brecher auf dem Kies.

»Irgendwas stimmt da nicht«, sagte Iselle leise zu mir und zog einen Pfeil aus dem Köcher an ihrem Gürtel. Dann waren wir in der Höhle, wo der nasse Fels glitzerte und die Brandung fern und gedämpft klang.

»Parcefal«, rief Gawain ins Zwielicht. Seine Stimme schwamm durch die hohen Steinhallen. Weit vor uns fiel Tageslicht durch ein Loch und ließ erahnen, dass sich die Höhle durch die gesamte Breite der Halbinsel zog.

»Da oben.« Ich deutete auf einen breiten Vorsprung oberhalb der Flutlinie. »Da liegt was.«

Gawain nickte. »Rauf mit dir.« Also raffte ich den Saum meines Habits zusammen und kletterte los, zog mich zu dem Vorsprung hinauf und war erleichtert, denn dort erwartete mich kein legendärer Druide, um mich zu verfluchen oder mir die Kehle durchzuschneiden.

»Nur das hier«, sagte ich und hob den Sack an, der an der Felswand gelehnt und dessen oberes Ende ich von unten entdeckt hatte. Abgesehen von dem Sack gab es noch die verkohlten Reste eines Lagerfeuers, einen Eisentopf und ein paar Tierknöchel – eindeutig die Überreste einer Mahlzeit. Ansonsten ließ nichts darauf schließen, dass Merlin und Parcefal noch vor Ort waren, falls sie überhaupt je hier gewesen waren.

»Nichts«, rief Gediens, der tiefer in die Höhle gegangen war. Er befand sich auf dem Rückweg und nutzte seinen Speer, um unbeschadet über die glitschigen Steine zu kommen.

Ich kletterte mit dem Sack in der Hand zu den anderen hinab, erst dort machte ich ihn auf. Einen Moment lang wusste ich nicht, was ich da sah. Schatten im Schatten. Ich beugte den

Rand des Sacks in Richtung Höhlenausgang, und das Tageslicht ließ die Dunkelheit in seinem Inneren schillern. Ein Hauch von Lila. Eine Ahnung von Grün. Ich steckte meine Hand hinein.

»Federn«, sagte ich.

»Die Robe eines Druiden«, knurrte Bruder Yvain.

Gawain nickte. »Lass da lieber die Finger von«, sagte er, und das tat ich, froh darüber, an dem Lederriemen zu ziehen, um Merlins Besitztümer wieder der Dunkelheit zu überantworten. »Aber verlier sie nicht«, warnte Gawain.

»Hier ist Blut«, sagte Iselle, die nahe beim Eingang kniete.

Wir gingen zu ihr und sahen, dass sie sich nicht getäuscht hatte. Es war nicht viel, nur eine klebrige, dunkelrote Stelle in Sand und Kies, Iselle aber hatte es selbst im Halbdunkel entdeckt.

»Was immer hier los war, ist gerade erst passiert, als die Sonne schon draußen war«, sagte Gawain, »ansonsten hätte die Flut es weggewischt.« Damit richtete er sich auf und verließ die Höhle.

Ich bot ihm Merlins Sack an, aber er verzog das Gesicht. »Behalt ihn ruhig, Galahad.« Er starrte zu dem Schiff hinüber, das mitten in der Bucht ankerte.

Ich bot Gediens den Sack an, aber der hob eine Hand und schüttelte den Kopf. Ich rümpfte die Nase und begriff, dass ich ab jetzt für das Ding verantwortlich war. Es schien mir ein seltsamer Streich des Schicksals zu sein, dass ich den Zweig des Heiligen Dornbusches verloren hatte, um dafür den Rabenfederumhang eines Druiden zu bekommen, und was immer Merlin sonst noch in dem Sack aufbewahren mochte.

»Was jetzt?«, rief Gediens.

Gawain wandte sich vom Meer ab und ging den Strand hinauf, zurück zum Fuß der langen Steintreppe.

»Wir stellen ein paar Fragen«, rief er über die Schulter.

Gerade kamen zwei Speerträger die Treppe hinab, um sich auf ihren Posten zu begeben, sollten auf der kommenden Flut Boote anlanden. Als sie auf den Kies traten und an uns vorbeigingen, bedachten sie uns mit Stirnrunzeln – sie fragten sich zweifellos, was wir hier trieben, waren aber zu faul oder zu desinteressiert, um nachzuhaken.

»Die Dinge haben sich verändert hier«, murmelte Gediens nicht zum ersten Mal, seit wir Tintagel erreicht hatten.

»Die Dinge haben sich überall verändert«, sagte Gawain. Seine Stiefel schabten über die nassen Stufen, der Bärenschild klapperte auf seinem Rücken.

Ich folgte diesem Bären die verwitterte Treppe hinauf, während mir die schwarzen Federn des Umhangs im Sack leise zuflüsterten. Sie erzählten von Blut.

9

Herr der Klippen

Wie vereinbart trafen wir den buckligen Lidas und brachten unsere neuen Pferde in dem Stall unter, in dem wir die Nacht verbracht hatten. Der Besitzer, ein kleiner glatzköpfiger Mann namens Brycham, willigte ein, uns noch eine Nacht zu beherbergen, wirkte allerdings überrascht, dass Gawain und Gediens solch eine bescheidene Unterkunft wünschten.

»Fürst Geldrin würde Herren wie Euch sicher in seiner eigenen Halle unterbringen.« Brycham runzelte die Stirn und kratzte sich eine alte Wunde am Hals. »Ihr habt es doch nicht nötig, Euer Lager mit Tieren zu teilen.« Sein Blick huschte über Iselle, zu dem Sachsenschwert auf ihrem Rücken, den Messern in ihrem Gürtel und dem Bogen in ihrer Hand, dann zurück zu Gawain. Es war durchaus möglich, dass er wusste, wer da in seinem Stall nächtigte. Mittlerweile musste sich die Kunde von Fürst Arthurs Bärenschilden in Tintagel weit verbreitet haben, von Lippe zu Ohr wie Flöhe von Hund zu Hund, aber sosehr er sich auch danach sehnen mochte, uns nach unseren Absichten zu fragen, hielt ihn offenbar ein noch stärkerer Instinkt dazu an, seine Zunge zu hüten.

»Frisches Stroh und ein Dach über dem Kopf sind alles, was wir brauchen«, sagte Gawain entschlossen. »Obwohl ich dankbar wäre, wenn Ihr die Pferde mit Eurem besten Getreide füttern könntet«, fügte er hinzu und gab Brycham eine Münze, die sofort in der Börse des Mannes verschwand.

»Die gleiche Gerste, aus der Fürst Geldrins Brot bereitet wird«, antwortete der kleine Mann, senkte den Kopf und hob die Hand. »Ich werde mich persönlich darum kümmern.«

Nachdem wir die Pferde gut versorgt wussten, kauften wir etwas Brot und Käse und Salzfisch und kehrten in die Bierstube zurück, wo wir hoffentlich etwas über den Verbleib von Parcefal und seinem Schützling erfahren würden.

»Sobald wir anfangen, Fragen zu stellen, wird ganz Tintagel wissen, wer du bist«, sagte Bruder Yvain zu Gawain. Wir standen draußen, aßen einen Happen und sahen zu, wie ein Dutzend Sklaven von einer Gruppe schlanker, wettergegerbter Speerträger zu Uthers Halle gebracht wurden. Sieben dieser Sklaven waren blonde Sachsen, die man nach ihrem Aussehen zu urteilen halb totgeprügelt hatte. Wer konnte sagen, woher die anderen armen Schweine stammten? Gediens sagte, sie hätten den wilden, stolzen Blick von Gälen. Vielleicht kamen sie auch aus Cambria – waren Plünderer, die ihre Boote an Dumnonias Küste gesteuert hatten und nun nie mehr den Hafren überqueren würden, um zu ihrer Sippschaft zurückzukehren.

Bruder Yvain riss ein Stück Brot aus dem Laib und reichte es mir. »Ehe wir es uns versehen«, sagte er mit vollem Mund, »werden wir vor Fürst Geldrin geschleift, der bestimmt wissen will, warum Gawain, Sohn des König Lot von Lyonesse und rechte Hand des großen Arthur ap Uther, in seiner Festung herumschleicht, ohne sich anzukündigen.«

Iselle starrte die Sachsen hasserfüllt an, und mir war klar, dass sie nichts lieber tun würde, als ihre Pfeile in deren Fleisch zu versenken oder ihnen mit dem langen Messer die Kehlen durchzuschneiden. Offenbar würde jedoch Fürst Geldrin die erste Gelegenheit haben, die Ware der Sklavenhändler zu begutachten, ehe diese gebrochenen und geschundenen Männer zum Markt getrieben und verkauft wurden. Elend und kläglich standen sie vor der Tür, während der Hofmeister in der Halle verschwand, um seinen Herrn über die Ankunft der Händler zu informieren.

»Wir sollten längst wieder unterwegs sein«, sagte Gediens, bohrte ein Stück Käse in ein Stück Brot und stopfte sich das ganze Ding in den Mund.

»Sind wir aber nicht«, sagte Gawain. »Und wahrscheinlich weiß ganz Tintagel längst, dass wir hier sind.« Er sah Bruder Yvain an. »Ändert aber nichts. Wir sind Merlins wegen gekommen, ohne ihn gehen wir nicht.«

Einer der Sklaven, ein dürrer, bleicher Kerl, tat oder sagte irgendetwas, das ihm vier Hiebe mit der Haselrute seines Besitzers einbrachte. Vergeblich versuchte er, die Hiebe abzuwehren, schrie laut auf vor Schmerz, und ich dachte an die Hiebe, die mir von Bruder Judoc verabreicht worden waren für meinen Ungehorsam, ohne Erlaubnis in den Sumpf gefahren zu sein. Nachdem sich der Sklavenhändler abgewandt hatte, um einen anderen Mann anzuherrschen, drehte er sich um und schlug den kränklichen Sklaven zur Sicherheit noch zwei Mal.

Mir schauderte. Saß Bruder Judoc nun im Himmel zur Rechten des heiligen Joseph? Betrachteten die Brüder des Dornbusches mich durch den Schleier, der zwischen dieser Welt und der nächsten hängt? Bewerteten sie, ob ich würdig war, überlebt zu haben und noch zu atmen, während sie tot waren?

»Ich will wissen, wem das Schiff unten in der Bucht gehört«, sagte Gawain, »und wessen Blut am Höhleneingang vergossen wurde.« Wir nickten alle und stimmten zu, die Antworten auf diese Fragen wären es wert, das Risiko einzugehen, dass die Menschen erfuhren, dass Gawain von Lyonesse, einer von Arthurs berühmten berittenen Kriegern, in Tintagel weilte. Also suchten wir diese Antworten in der Bierstube, die zu meiner Verblüffung genauso prall mit bier- und weinseligen Männern und Frauen gefüllt war wie am vergangenen Abend. Sofort stieg mir der Lärm zu Kopf, breitete sich der schwindelerregende Aufruhr in meinem Hirn aus, wo so viele Jahre nur Gebete und Fürbitten und das leise Murmeln der Brüder gelebt hatten.

Und der Gestank; all die Menschen auf derart engem Raum, dass die Läuse ohne Hüpfen von einem zum anderen wechseln konnten, der Schweiß und das Erbrochene und die Pisse. Das schale Bier und die Fleischgerichte von letzter Nacht und das modrige Stroh über unseren Köpfen. Und die Erinnerung an alles, was ich mir am Vorabend in den Leib geschüttet hatte. Es schnürte mir die Kehle zu. Ich suchte mir die sauberste Handvoll Stroh, die ich am Boden entdecken konnte, und hielt sie mir vor die Nase, rollte sie zwischen Zeigefinger und Daumen, um den Geruch des längst vergangenen Sommers freizusetzen.

»Maximal zwei Becher, Galahad«, sagte Gawain. Dabei hätte er sich seine Worte sparen können, denn beim Gedanken daran, mehr zu trinken als einen Schluck stark verdünntes Bier, wurde mir ganz anders.

»Ich werde allein mehr erfahren«, sagte Iselle. Gawain nickte, und Iselle setzte sich ab, verschwand zügig in der Menge. Auch wir anderen teilten uns auf. Bruder Yvain und ich setzten uns an einen Tisch zu griechischen Händlern, die auf ein Schiff aus Irland warteten, das sie gen Süden und in die Heimat bringen sollte, zusammen mit der Ladung Zinn, die sie gekauft hatten.

Da sie Christen waren, redeten sie bereitwillig mit uns, und obwohl sie noch nie vom Orden des Heiligen Dornbusches gehört hatten, nahmen sie Bruder Yvains Segen freudig an und bedankten sich mit einem Krug Wein.

»Das Licht Christi ist ein stotterndes Flämmchen in diesem Land«, sagte ein Mann namens Anatolios in seinem seltsamen Akzent und füllte meinen Becher. »Also sind wir froh, hier Glaubensbrüder zu treffen.« Er tippte mit dem Rand seines Bechers gegen meinen, sein Freund unterhielt sich mit Yvain. »Aber erzählt mir doch etwas über Euren Orden, junger Mann. Hat der heilige Joseph von Arimathäa wirklich den Kelch des Herrn auf diese Inseln gebracht?« Mit einer Mischung aus Neugier und Zweifel lehnte er sich zurück und stampfte mit dem Fuß auf den festgeklopften Lehmboden. »Haben seine heiligen Füße diesen Boden berührt?«

Ich führte den Becher zum Mund, gab mir Mühe, beim ersten Schluck Wein nicht zusammenzufahren, und erzählte Anatolios die Geschichten, die Bruder Brice mir erzählt hatte, als ich ein einsamer kleiner Junge gewesen war und Geschichten dringend gebraucht hatte.

Gediens und Gawain teilten sich ebenfalls auf, zwängten sich durch die Menge, blieben ab und an stehen, um sich zu unterhalten, schenkten hier einen Becher nach, tranken dort einen Schluck mit; aber ihre Gesichter waren so vernarbt und finster vom Krieg und ihre Schuppenpanzer und Waffen so auffällig, dass Männer wie Frauen vor ihnen zurückzuweichen schienen oder ihnen gar den Rücken zudrehten und vorgaben, sie nicht gesehen zu haben.

Ein paar Männer, ihres Zeichens selbst Krieger oder zumindest Männer, die schon in einem Schildwall gestanden oder unter dem windgekräuselten Banner dieses oder jenes Fürsten einen Speer getragen hatten, senkten die Köpfe, schoben sich die Ellbogen in die Seiten, versteckten ihre bewegten Lippen hinter erhobenen Bechern und lenkten die Blicke ihrer Gefährten auf die beiden Gestalten, die sich durch die Halle bewegten.

»Sie spüren das Blut, das an ihnen klebt«, murmelte Bruder Yvain, als ich gerade den zweiten Becher leerte. Er war meinem Blick in Richtung Gediens gefolgt, der jetzt in einem Haufen betrunkener Männer und Frauen nach Informationen fischte, unter ihnen auch Anatolios und seine Händlerfreunde, die sich um ein Mädchen mit einer Lyra geschart hatten. »Sie riechen es und fürchten es und wollen auf keinen Fall einen Tropfen davon abbekommen.«

»Gawain sagt, der Krieg wird auch in den Westen kommen, sogar bis hier nach Tintagel«, sagte ich bei den ersten Klängen der Lyra, die fast im Lärm der Stimmen unterging, zögerlich und süß und rein wie Tauwasser im Frühling.

Bruder Yvain nickte. »Ich fürchte, Gawain hat recht. Die Sachsen werden kommen – aber bis sie da sind, machen die Menschen das Beste aus ihrem Leben.« Er hob den Weinkrug und die Augenbrauen. Ich nickte und ließ ihn Gawains Anordnungen zum Trotz meinen Becher abermals füllen. Dann tranken wir beide, und ich stellte fest, dass ich mich mit dem Wein tatsächlich besser fühlte als vorher.

»Eine echte Schönheit, nicht wahr?« Yvain betrachtete das hübsche dunkelhaarige Mädchen, dessen lange Finger über die Saiten der Lyra tanzten und Noten in die stinkende Halle entließen, als würde eine Königin Münzen unter den Armen verteilen. Er ging davon aus, dass auch ich das Mädchen betrachtete, aber dem war nicht so. Mein Blick folgte Iselle, hin und wieder erhaschte ich zwischen den wogenden Köpfen einen kurzen Blick auf sie. Ich war tief beeindruckt, mit welcher scheinbaren Leichtigkeit sie sich in dieser Umgebung zurechtfand, die ihr, der jungen Frau aus der Welt des windigen Röhrichts und der geheimen uralten Pfade, so fremd vorkommen musste wie mir, der ich erst tief im Wald und dann im Gebetshaus auf Ynys Wydryn aufgewachsen war, fern von neugierigen Blicken.

Und während die Leute vor Gawain und Gediens wachsam und misstrauisch zurückzuweichen schienen, während sie Bruder Yvain und mich entweder finster anstarrten oder ignorierten, da uns die Kutten als Anhänger des neuen Glaubens identifizierten, schienen sie sich zu Iselle geradezu hingezogen zu fühlen. Viele Blicke und viel Geflüster folgten in ihrem Kielwasser. Ich sah, wie Männer ihre Gespräche unterbrachen, um sich ihr in den Weg zu stellen. Sie boten ihr Trunk an oder luden sie ein, sich neben ihnen niederzulassen und ihr Essen zu teilen. Sie erkundigten sich nach dem Schwert auf ihrem Rücken und den langen Sachsenmessern in ihrem Gürtel, und der eine oder andere bekam die Waffen gar aus nächster Nähe zu sehen, wenn Iselle sie zog und hierhin und dorthin drehte, bis sich der Feuerschein in den geisterhaften Rauchschlieren zeigte und sich die Klingen ihrer Geburt zu entsinnen schienen.

Ich sah, wie ein Mann neben ihr die Hand nach unten und außer Sichtweite führte, hinab ins Gedränge der Leiber, und mit einem Grinsen offenbar fand, wonach er suchte. Iselle wirbelte herum, es gab eine schnelle Bewegung, ein rasches Handgemenge. Der Mann ging zu Boden und hielt sich den Schritt, und nur das Gelächter der Umstehenden verriet uns, dass Iselle ihn nicht aufgeschlitzt, er also nicht mehr als Schmerz und Erniedrigung erlitten hatte.

»Sie ist ein Wildfang.« Bruder Yvain grinste, als wir zusahen, wie sich Iselle weiter durch die Menge schob, ohne einen Blick zurück auf die Szene, die sie hinterlassen hatte.

»Sie ist zu sehr von sich überzeugt«, sagte ich. In Wahrheit war ich unglaublich beeindruckt von ihr. »Sie sollte vorsichtiger sein.«

Bruder Yvain sah mich an, und sein Blick und die Form seines Mundes in dem Gestrüpp aus Bart sagten eindeutig, ich hätte einfach aussprechen sollen, was ich wirklich dachte.

Iselle war großartig.

Als die Abenddämmerung hereinbrach und der auffrischende Wind Regen in ruckartigen Böen über das Plateau verteilte, sodass alle Fackeln zischten und die Feuer kehlig brüllten, ohne je ganz zu verlöschen, trafen wir uns wieder in unserer bescheidenen Bleibe, um zu besprechen, was wir erfahren hatten.

»Wo ist Iselle?«, fragte ich, sobald ich merkte, dass sie nicht da war. Seit Verlassen der Bierstube hatte ich sie nicht gesehen, und jetzt machte ich mir Sorgen.

Gediens nickte hinaus ins nasse Dunkel. »Ich hab sie nach da drüben gehen sehen.« Er deutete mit dem Speer in Richtung der Gerberei, jenseits derer sich ein Kuhstall erstreckte und hinter diesem die Terrassen hinab zur Klippe. Zwischen den pfeifenden Windböen waren die Wellen zu hören, die tief unten gegen die Felsen krachten.

»Iselle kann auf sich selbst aufpassen, Junge.« Bruder Yvain knuffte mich in die Schulter und beugte sich vor, um sich mit einer Handvoll Stroh den Matsch von den Schuhen zu wischen.

»Also?« Gawain hob auffordernd das Kinn, um unsere Berichte zu hören.

»Es wollte kaum jemand mit uns reden«, gab Bruder Yvain zurück, warf das verdreckte Stroh fort und wischte mit dem breiten Handrücken das Wasser aus dem Bärenfell. Seine Wangen, soweit sie nicht von Bart verdeckt wurden, waren vom Trinken gerötet, seine Worte ein wenig unsauber. »Sie haben hier kaum was zu schaffen mit Göttern.«

Gawains Blick wanderte vom Mönch zu mir. »Galahad? Wissen die griechischen Händler, wessen Schiff unten ankert?«

Ich schüttelte den Kopf. »Sie haben es noch nie gesehen. Sie haben sich auch sehr viel mehr für das Mädchen mit der Lyra interessiert.«

»Ja, gut, deine Geschichten über den heiligen Joseph und den Dornbusch haben selbst mich arg ermüdet«, warf Bruder Yvain ein und schüttelte an Gawain gerichtet den Kopf. »Die Leute hier wollen trinken, essen, spielen und herumhuren. Sie haben keine Lust, dass Gottes Diener ihnen dabei zuschauen.« Er zuckte mit den Schultern, wischte sich mit der Hand über den Mund und betrachtete die Weinflecken auf seiner Haut. »Kann ich ihnen nicht verübeln.«

Gediens schnaubte leise. Er stand ein Stück abseits mit einer unserer Stuten und bürstete ihre Flanke bis hinab zum Bauch. »Es ist mir wirklich ein Rätsel, wie du es zehn Jahre in diesem Christenhaus ausgehalten hast, Yvain.«

Der Mönch rümpfte die Nase. »Das ist kein Rätsel, wie du sehr wohl weißt.«

Ich wusste nicht, was er damit meinte, aber Gawain sah den Mönch finster an, und damit schien das Thema erledigt.

»Also hat hier niemand jemanden gesehen, der wie Parcefal aussah?«, fragte Gawain.

Gediens schüttelte den Kopf. »Vor unserer Ankunft hatte

offenbar seit Jahren niemand mehr einen Bärenschild in Tintagel gesehen.« Er zupfte die Haare von der Bürste aus Wildschweinborsten und ließ sie ins Stroh fallen.

»Und niemand hat Männer gehört oder gesehen, die unten in der Höhle hausen«, fügte Gawain hinzu, »obwohl mich das auch nicht wundert. Parcefal wäre auf jeden Fall vorsichtig gewesen.« Seine Stirn umwölkte sich. »Was mir am seltsamsten vorkommt, ist, dass niemand, mit dem wir gesprochen haben, zu wissen scheint, wem das Schiff in der Bucht gehört.« Er nahm ein Pflegetuch vom Haken und wischte sich die Regentropfen von der Rüstung, damit die Bronzeschuppen nicht anliefen. Mein Vater war nicht weniger sorgfältig mit seinem Kriegsgerät gewesen. »Oder wenn es jemand weiß, dann sagt man es uns nicht.«

Es war nicht schwer zu verstehen, warum die Männer und Frauen, die hier die kurzen Tage durchzechten, wenig Lust verspürten, mit ihm zu reden, dachte ich, als ich Gawain im flackernden Schein der einzigen Fackel des Stalles betrachtete. Er war ein massiger vernarbter Krieger mit gebrochener Nase und schien aus einer anderen Zeit zu stammen, als es noch schwertschwingende Fürsten in Britannien gegeben hatte, die den Sachsen Angst einjagten.

Ich fragte mich, wie mein Vater jetzt wohl aussehen würde, hätte er überlebt. In meinem Kopf war er stark und stolz und schön. Makellos. Aber wenn er jetzt hier wäre, wäre nicht auch er vom Krieg gezeichnet und vernarbt? Müde vom ewigen Kampf? Heimgesucht von den Gesichtern vieler längst verlorener Freunde?

Warum hast du mich verlassen?

»Iselle.« Bruder Yvain schaute auf und starrte ins Dunkel jenseits der Stalltür.

Iselle trat ein, warf ihren Umhang ab und wischte den Regen von ihrer Kleidung.

»Es ist weg«, sagte sie. »Das Schiff ist verschwunden.«

Die Bürste in Gediens' Hand erstarrte. Er tauschte einen vielsagenden Blick mit Gawain.

»Glaubst du, das hat etwas mit Parcefal und Merlin zu tun?«, fragte Gawain Iselle.

»Ich habe mit einem der Wächter am Strand gesprochen«, sagte sie. »Er hat gestern die Landbrücke bewacht und im Morgengrauen seine Schicht beendet. Er war auf dem Weg ins Bett, als er gesehen hat, wie ein Ruderboot mit der Ebbe ablegte und auf das Schiff zuhielt. Er hat gesagt, das sei ihm komisch vorgekommen, weil seines Wissens noch niemand von dem Schiff die Treppe hinaufgekommen sei und sich vorgestellt habe.« Iselle legte die Hände zusammen und blies Wärme hinein. »Also hab ich nachgeschaut, ob das Schiff noch da ist.« Sie zuckte mit den Schultern. »Es ist weg.«

Einen Moment lang stand Gawain da und dachte nach. Dann nickte er. »Ich will mit diesem Wächter reden.«

Gediens warf die Bürste in einen Holzeimer. Die Stute scheute fast bei dem lauten Knall. »Vielleicht kann er uns mehr darüber verraten, wer in dem Ruderboot saß«, sagte er.

»Wir sind bald zurück«, sagte Gawain, und damit hoben er und Gediens Speer und Schild auf und verschwanden in schneidendem Wind und spuckendem Regen. Wir drei blieben zurück und schauten einander an.

»Wir sollten versuchen, uns etwas auszuruhen«, schlug Bruder Yvain vor und holte seinen überzähligen Umhang, den er als Bettzeug benutzte. »Euch jungem Gemüse macht das wahrscheinlich nichts aus, aber ich bin steif und wund von dem ganzen Gelaufe.« Er legte den Umhang ins saubere Stroh und verzog vor Schmerzen das Gesicht, als er sich darauf niederließ.

Hin und wieder fuhr eine nasse Windbö zur Tür herein, ansonsten aber war es durchaus behaglich im Stall. Die Pferde sonderten genug Körperwärme ab, um die Kälte auszusperren, außerdem hatten wir draußen in den Wäldern entlang der alten Römerstraße wesentlich ungemütlichere Nächte verbracht. Aber der Wein lag mir warm im Magen, und ich wollte mich noch nicht hinlegen, damit sich die Welt nicht wieder so schwindelerregend drehte wie in der vergangenen Nacht, also nahm ich die Bürste aus dem Eimer und ging zu unseren Pferden.

Das Pferd, das ich reiten sollte, war ein geschleckter Wallach. Er war nicht besonders groß, unter fünfzehn Handbreit, sah aber wohlgenährt und gesund aus und wirkte gutmütig – offenbar hatte uns der Junge bestens beraten, den buckligen Lidas aufzusuchen. Auch brauchte mein Pferd keine Pflege, denn sein Fell schimmerte im Halbdunkel, die weißen Flecken wie frischer Schnee, die schwarzen wie die Rabenfedern in Merlins Robe. Ich wollte aber, dass er sich an mich gewöhnen konnte, machte mich also trotzdem mit der Bürste ans Werk, von seinem Kopf und dem weißen Stern, der in der dunklen Nacht über seinen Augen schien, seinen starken Hals hinab zu Brust und Widerrist. Ich strich lange Bögen mit der Bürste, zog das Öl aus seiner Haut ins Fell, um ihn vor Wind und Regen zu schützen. Hin und wieder bebte er leicht vor Wonne.

»Ich heiße Galahad«, flüsterte ich ihm zu, bürstete ihm ganz sanft das Gesicht, berührte ihn rings um die Augen kaum. »Wie du wohl heißt, frag ich mich.«

Ich bürstete nicht Staub noch Dreck fort, sondern Jahre. Ich war wieder ein Junge im Stall neben unserer Hütte tief in den

Wäldern von Dumnonia südwestlich von Camelot und umsorgte Tormaigh, das mächtige Schlachtross meines Vaters – und mein Freund. Der tapfere Tormaigh, der, obwohl schon selbst alt und grau, mit hoch erhobenem Haupt meinen Vater ein letztes Mal in die Schlacht getragen hatte. Und dann irgendwie aus dem blutigen Gemetzel hervorgekommen war, um mich zu Guinevere zu tragen, die dort auf der Lichtung lag, verloren in ihrem eigenen Geist.

Ich hatte Tormaigh geliebt, und er hatte mich geliebt, und jetzt bürstete ich diesen Wallach, dessen Namen ich nicht kannte, aber in meinem Kopf war er Tormaigh. Ich sog seinen Duft ein, das süßliche Heu in seinem Atem, das beruhigende Aroma von Schweiß und Staub, das dort am stärksten war, wo der Kopf in den Hals überging. Und in gewisser Weise verabschiedete ich mich so all die Jahre später von ihm, denn als Kind hatte ich die richtigen Worte nicht gefunden.

Tapferer, edler Tormaigh.

»Kann ich helfen?«

Ich schaute auf. Iselle stand auf der anderen Seite des großen Kopfes. Sie hatte ein Pflegetuch aus grober Wolle in der Hand. Ich hatte sie nicht kommen sehen, aber etwas an ihrer Miene sagte mir, dass sie mich schon eine Weile betrachtete.

Ich blinzelte, um Blick und Gedanken zu klären. »Du solltest dich lieber um dein eigenes Pferd kümmern, damit ihr euch kennenlernen könnt.« Iselle war nicht an Pferde gewöhnt, und ich wusste, die Vorstellung, demnächst reiten zu müssen, war ihr nicht geheuer, auch wenn sie das nicht offen zugegeben hatte.

Auch jetzt sagte sie nichts, und ich widmete mich wieder der Bürste, führte sie hinab über die Vorderbeine zum Knie, wie ich es gelernt hatte. Wie es mir mein Vater beigebracht hatte.

»Er mag dich«, sagte Iselle nach einer ganzen Weile.

»Er mag es, abgebürstet zu werden. Manche Pferde mögen das nicht. Mein Großvater hatte einen Hengst namens Malo, der die Stallburschen immer getreten und gebissen hat. Selbst den Stallmeister meines Großvaters.« Ich fühlte ein Lächeln an meinen Mundwinkeln zupfen, da die Erinnerung an die Worte meines Vaters plötzlich erweckt worden war. »Malo war ein übellauniger Dämon. Er hat jeden gehasst, nur meinen Vater nicht. Und alle hatten Angst vor ihm, bis auf meinen Vater, obwohl er da noch ein Knabe war. Er war der Einzige, dem Malo gestattet hat, ihn zu bürsten, wenn er mal wieder gereizt war.«

Die Stute hinter Iselle wieherte leise und schnaubte.

»Ich glaube, sie will auch etwas Aufmerksamkeit«, sagte ich.

Aber Iselle rührte sich nicht. Ihr Blick war noch immer fest auf mich gerichtet.

»Das ist das erste Mal, dass du mir von deinem Vater erzählt hast«, sagte sie.

»Ich weiß, wie du über ihn denkst.« Sie hob das Kinn, erwiderte aber nichts. »Du machst ihn für den Untergang Britanniens verantwortlich. Dafür, dass er Guinevere geliebt und Arthur das Herz gebrochen hat.« Die Bürste in meiner Hand verharrte. Ich sah auf und schaute Iselle in die Augen. »Du glaubst, Arthur wäre unbezwingbar gewesen, hätten mein Vater und Guinevere ihn nicht betrogen. Dass er und mein Vater die Sachsen zurück ins Meer getrieben hätten.«

Sie dachte darüber nach und nickte. »Das habe ich geglaubt. Und ich glaube es immer noch. Aber ich glaube auch daran, dass wir uns nicht aussuchen können, wen wir lieben. Wir haben darüber nicht mehr Kontrolle als über die Flugbahn eines Pfeiles, wenn er einmal die Sehne verlassen hat.« Sie zuckte sachte mit den Schultern. »Dein Vater hat Guinevere geliebt. Und er hat Arthur geliebt. Trotz all seiner Kraft, trotz all seiner Schwertkünste, daran hat er nichts ändern können.« Andächtig schüttelte sie den Kopf. »Er konnte die Flugbahn dieses Pfeiles nicht beeinflussen.« Sie legte eine Hand an den Hals des Wallachs. Dicht neben meine Hand. Ihre lag auf einem weißen Fleck, meine auf einem leuchtend schwarzen. Ein Fingerbreit schimmerndes Fell, mehr trennte uns nicht.

Ein Beben ging durch den Pferdeleib, und ich wusste, dass Iselle es ebenfalls spürte. Hitze durchflutete mich. Mehr als alles andere wollte ich meine Hand auf ihre legen. Ihre Finger und Knöchel an meiner Handfläche spüren.

»Ich bin mir sicher, dein Vater hat auch dich geliebt, Galahad«, sagte sie.

Ich zuckte zusammen, zog die Hand weg und nahm die Arbeit mit der Bürste wieder auf.

»Du glaubst, dass er dich nicht geliebt hat, weil er dich verlassen hat, um an Fürst Arthurs Seite zu kämpfen.«

Ich antwortete nicht. Wollte ihr sagen, dass sie sich irrte. Dass sie mich nicht gut genug kannte. Aber das wäre eine Lüge gewesen, also sagte ich nichts, strich nur mit den Fingern durch die Mähne und löste einen Knoten, der nicht wirklich da war.

»Lancelot hat versucht, die Dinge zwischen ihnen wieder in Ordnung zu bringen«, sagte sie. »Und selbst wenn dem nicht so wäre, er musste einfach an Arthurs Seite kämpfen. Er war ein Krieger und hatte den Stolz eines Kriegers.« Ich schaute sie jetzt nicht an, spürte aber ihren Blick wie glühende Kohlen auf der Haut. »Wenn du ein Krieger wärst, würdest du es verstehen.«

Ich war zwar nie von einem Pferd getreten worden, aber so

fühlten sich ihre Worte an. Die Luft blieb mir in der Brust stecken. Meine Glieder schienen von unsichtbaren Händen ergriffen worden zu sein, mein Körper wurde völlig reglos, bis auf meinen Kopf, der sich herausfordernd hob. Mein Mund war voller Worte, die ich noch nicht in die richtige Reihenfolge gebracht hatte.

Aber Iselle schaute nicht länger mich an. Sie schaute in Richtung Stalltür und in die Nacht hinaus. Der Wallach hob den Kopf etwas höher und zuckte mit den Ohren, vor und zurück.

»Da kommt jemand.« Iselle eilte zu der Stelle, wo ihr Bogenstab an der Wand lehnte.

»Bruder, wacht auf«, zischte ich Yvain an, der in seinem Strohnest schlief. Ich ließ die Bürste fallen, lief um den Kopf des Pferdes herum, wo der Mönch zwischen Decken und Fellen schnarchte, und ging in die Knie. »Aufwachen, Bruder.« Ich berührte ihn an der Schulter. Er schnaubte, wachte aber nicht auf, also schüttelte ich ihn. »Bruder.«

»Ich bin doch noch wach«, knurrte er. »Wie soll ich auch schlafen, wenn ihr beiden schnattert wie zwei Krammetsvögel im Weißdorn?« Er setzte sich auf, warf das Bärenfell ab und starrte zur Tür. »Ist Gawain wieder da?«

Ich glaubte nicht, dass es sich um Gawain und Gediens handelte. Nicht so bald. Und Iselle offensichtlich auch nicht, denn sie hielt ihr Sachsenschwert in der einen Hand, die leere Scheide in der anderen; ihr war keine Zeit geblieben, den Bogen zu spannen. Ihr bewaffneter Anblick trieb Bruder Yvain auf die Beine. »Du bist dir sicher, du hast was gehört?«, fragte er und nahm den Blick nicht von der Nacht jenseits der Stalltür.

Ich hörte das Zischen des Regens und das dumpfe Raunen der Menschen, die sich in der Bierstube vergnügten. Ein Lachen.

Ein betrunkener Ruf. Hin und wieder das leise Trillern einer Flöte und, ganz in der Ferne auf der anderen Seite des Plateaus, das unablässige Bellen eines Hundes.

Ich sah Iselle an. Sie antwortete Bruder Yvain nicht, aber ihren angespannten Kiefern war deutlich anzusehen, dass sie jemand Fremdes dort draußen vermutete. Und wir hatten alle gelernt, ihren Instinkten zu vertrauen.

Bruder Yvain machte einen Schritt auf die Tür zu. »Zeigt Euch!«, rief er in die Dunkelheit, den Speer vor der breiten Brust fest gepackt.

Die Pferde waren unruhig; eines scharrte mit dem Vorderhuf im Stroh, ein anderes klappte die Oberlippe zurück und zeigte seine Zähne. Ich spürte das Blut durch meine Adern strömen, in meinen Ohren donnern wie die Wellen am Fuß von Tintagel. Wieder sahen Iselle und ich einander an. Vielleicht irrte sie sich ja. Oder es waren bloß neugierige Kinder, die einen Blick auf die Krieger mit den Bärenschilden, mit den glänzenden Helmen und Schuppenrüstungen werfen wollten. Gerade wollte ich diesen Gedanken aussprechen, als Bruder Yvain einen leisen Fluch knurrte.

»Leg den Speer weg, Priester.« Ein kleiner, breitschultriger Mann zog die flache Stalltür auf und trat ein. Seine Schwertspitze zeigte auf Bruder Yvain. »Auf den Boden damit, alter Mann, bevor ich ihn dir wegnehme und das spitze Ende in dein Gedärm ramme.«

Hinter ihm zählte ich noch sechs weitere Krieger. Der Regen tropfte vom Rand ihrer grauen Helme und vom Saum ihrer Umhänge und lief die Speerschäfte hinab, die sie mit weißen Knöcheln gepackt hielten.

Die Männer kamen nach ihm in den Stall, drei zu seiner

Linken, drei zu seiner Rechten, alle mit gesenkten Speeren und Gewalt im Blick.

»Ihr trampelt Dreck in mein sauberes Stroh«, sagte Bruder Yvain und deutete mit seiner Speerspitze auf die Füße des Anführers. »Also bitte ich euch dies eine Mal, euch umzudrehen und zu verschwinden.«

Der kleine Mann hob die Hand, und seine Leute hielten inne, blieben stehen wie brave Jagdhunde, die nur auf das Zeichen ihres Herrn warteten. »Wo sind die anderen?«, fragte er.

Bruder Yvain verzog die Lippen im dichten Nest seines Bartes. »Welche anderen?«

Der Kleine grinste. Yvains Unverfrorenheit schien ihm zu gefallen. Demonstrativ ließ er den Blick über die Pferde im Schatten und die Sättel streifen, die zusammen mit dem Rest unserer Ausrüstung an einer niedrigen Trennwand lehnten. »Du *bist* doch ein Priester?«

Yvain nickte. »So was Ähnliches. Oder war es mal.« Er zuckte mit den Schultern. »Für ein paar Jahre.«

Der Kleine schien darüber nachzudenken. »Einer von der Sorte, die ihr Geschäft mit Flüchen und Bannsprüchen machen?«, fragte er und machte eine knappe Bewegung mit dem Kopf, woraufhin die drei Männer zu seiner Rechten vortraten und die Lücke zu Iselle schlossen, die sich umdrehte und die drei unbeeindruckt anstarrte.

Bruder Yvain ließ den Speer warnend in ihre Richtung zucken. »Habt ihr den Geisterzaun nicht gesehen, den ich dort draußen errichtet habe?«, fragte er. »Der das Gemächt jedes Narren verwelken lässt, der ihn überschreitet, es sei denn, ich verrate den Stimmen im Wind rechtzeitig seinen Namen?«

Der Kleine neigte den Kopf und betrachtete den Mönch. Im

Schein der Öllampe sah ich die Pockennarben in seinem Gesicht. Vielleicht hatte er einen Grund, Flüche zu fürchten.

»Er lügt«, sagte der spindeldürre Speerträger zu seiner Rechten. »Er ist ein Christ.« Der Mann spuckte vor Bruder Yvain aus. »Du hast keine Magie.«

Bruder Yvain drehte den Speer in seinen Händen. Die Klinge surrte im Kreis und flüsterte im Zwielicht. »Ich brauche keine Zaubersprüche. Mir reicht der hier«, sagte er, spannte die Finger an und packte den Speerschaft wieder fest. Dann deutete er mit dem bärtigen Kinn auf Iselle. »Und das Mädchen da tötet Sachsen zum Spaß. Hast du jemals einen Sachsen getötet, Bürschlein?« Herausfordernd sah er den dürren Speerträger an. Er mochte nicht besonders alt sein, dieser Kämpfer, aber ein Junge war er auch nicht mehr, und sichtlich erbost ob dieser Anrede.

Der Anführer mit dem vernarbten Gesicht betrachtete Iselle mit widerstrebendem Respekt, dann richtete er seine Augen auf mich. Was ich seiner Miene entnahm, während er mich musterte, war erst Neugier, dann Abscheu.

Ich schaute an dem kleinen Mann vorbei in die Ecke des Stalles, wo die Speere von Gawain und Gediens an der Wand lehnten. Ich würde sie niemals rechtzeitig erreichen, bevor einer der Männer mich aufspießte. Mein Magen zog sich zusammen. Mein Speichel schmeckte sauer. Ich sah Iselle an, die herausfordernd in der drückenden Stille stand, jetzt, da alle wussten, was folgen musste. Sie ließ die Scheide fallen und packte ihr Schwert mit beiden Händen, bleckte die Zähne wie ein Wolf, wartete darauf, dass der Pockennarbige das Zeichen gab und seine Hunde auf uns hetzte.

Ich sah seine Hand nach oben rucken, dann eine wirbelnde

Bewegung von der Seite, als Bruder Yvain vorschnellte und das Schwert des Mannes mit dem Ende seines Speeres beiseiteschlug, den Speer in einer fließenden Bewegung drehte und die Kehle des Mannes in einem blutigen Schwall zerfetzte. Yvain trat zurück, blockte den Speerstoß eines zweiten Mannes ab und stieß ihm den eigenen Speer in den Bauch, drehte und riss ihn heraus, ehe er sich zwischen Eingeweiden und Fleisch verhaken konnte.

Iselle parierte einen Speer und ließ die Klinge ihres Schwertes den Schaft entlanggleiten. Ich sah mehrere Finger weiß durch die Luft wirbeln, ehe sich ein zweiter Mann auf sie warf und beide ins Stroh fielen. Iselle schrie leise auf, als ihr das Schwert aus der Hand glitt. Der Mann grunzte und versuchte, sie auf den Boden zu drücken. Eine Klinge fuhr so knapp an meiner Wange vorbei, dass ich ihren Luftzug spürte und mich duckte, als der Mann den Speer in einem Bogen schwang und die Klinge über meinen Kopf hinwegglitt. Ich warf mich auf ihn, schlug mit beiden Fäusten zu, kratzte mit den Knöcheln über seine Schläfen und hieb ihm die Zähne in den Mund, aber während er nach hinten kippte, hörte ich Iselle abermals schreien und drehte mich um, und im nächsten Moment hatte ich die Hände um den Hals des Mannes geschlossen, der auf ihr hing. Ich riss seinen Kopf zurück und hatte plötzlich das Gefühl, als hätte sich die Zeit um uns verlangsamt, als wäre die Luft selbst zähflüssig geworden und würde unsere Feinde behindern. Sie bewegten sich wie Insekten, die in Honig gefallen waren. Ich brüllte, hörte mich aber nur leise. Ich konnte kaum irgendetwas hören, schaute nur in Iselles Augen, und für einen Sekundenbruchteil schienen sich unsere Seelen zu berühren. Ich sah das Messer in ihrer Hand, die lange Klinge nach oben zucken. Durch blasses Fleisch schneiden.

Dann lag ich selbst im Stroh, mein Blickfeld von grellen Lichtpunkten erfüllt wie Funken vom Feuerstein, spürte aber noch nicht den Schmerz von dem Schlag, der mich niedergestreckt hatte. Jenseits der hellen Pünktchen sah ich Bruder Yvain einen Schwertstreich parieren und einen weiteren Mann erschlagen. Sein Mund war von einem wütenden Schrei verzerrt, der aus weiter Ferne zu kommen schien.

Schwert? Nur einer der Männer hatte ein Schwert getragen. Ich versuchte aufzustehen, verschluckte mich am Staub, den viele Stiefel aus der Streu traten, und wusste, es waren noch mehr Männer gekommen. Wir würden sterben. Dies waren unsere letzten Atemzüge, und ich suchte nach Iselle, sah aber nur den in Leder geschlagenen Rand eines Schildes, der auf meinen Kopf herabsauste und mich wieder ins Stroh rammte.

»Gib auf, oder sie sterben!«, rief jemand. »Lass ihn fallen, dann verschonen wir sie.«

»Woher weiß ich, dass das stimmt?«, hörte ich Bruder Yvain fauchen. Seine Atemzüge klangen wie ein Blasebalg. »Woher soll ich wissen, dass ihr sie nicht doch abschlachtet, nachdem ich tot bin?«

Gemurmel, dann griffen mir zwei Männer unter die Arme und stellten mich auf die Füße. Iselle erging es genauso. Ihr Gesicht war blutüberströmt und noch immer wild verzerrt, sie wehrte und wand sich. Ein weiterer Mann legte ihr die Klinge seines Speeres an die Kehle, wie ich auch an meiner eine spürte. Der kalte Stahl schien die Nacht von draußen hereingebracht zu haben.

Ein Mann betrat den Stall, hob seine Laterne und erleuchtete die Gesichter der Erschlagenen, während er über sie hinwegschritt. Eine Speerlänge vor Bruder Yvain blieb er stehen. Links und rechts hinter ihm standen Männer mit Speeren und Schilden.

»Du würdest sie lieber sterben sehen, bevor wir dich töten?«, fragte er Bruder Yvain. »So können wir es auch machen«, schob er hinterher, als wäre es ihm einerlei. Er war vielleicht fünfzig Winter alt, hatte breite Schultern, von der Kälte gerötete Wangen und offenbar Mumm genug, um ohne Helm oder Schild oder blankes Schwert vor Bruder Yvain zu stehen. Allerdings trug er teure Kleider, und sein fellbesetzter Umhang aus blauer Wolle war mit einer silbernen Fibel geschlossen, deren lange spitze Nadel im Schein der Laterne glitzerte. »Nun?«, fragte er und reckte einen Finger in Richtung der Männer, deren Klingen an unseren Hälsen lagen. In wenigen Augenblicken würden sie wissen, ob sie uns töten sollten oder nicht.

Bruder Yvain sah mich an. Ich schüttelte den Kopf, wollte verhindern, dass er seinen Speer aufgab, denn ich war sicher, sie würden ihn im nächsten Moment erschlagen.

Aber Yvain biss die Zähne zusammen und warf seinen Speer fort. Sofort stürmten drei Mann heran und hielten ihn fest.

»Gut.« Der Herr mit der feinen Fibel nickte.

»Wer seid Ihr?«, fragte Bruder Yvain.

Das blonde Haar des Mannes ergraute bereits. Sein Backenbart war kurz, sein Schnurrbart dafür umso länger, und mir sah er eher wie ein Sachse als wie ein Brite aus.

»Ich bin Fürst Geldrin«, sagte er. »Und du bist, wie mir scheint, ein Priester, der mehr vom Kriegshandwerk als von Gebeten versteht.« Er schaute einen seiner Männer an, der an die Wand gelehnt saß und sich den Mantel ins Gesicht drückte, um den Blutfluss zu unterbinden, während mehrere Kameraden um ihn herum hockten und vergeblich verlangten, die Wunde inspizieren zu dürfen.

»Das war ich«, sagte Iselle mit Zorn in der Stimme und Stolz im Blick. Der Mann neben ihr beugte sich vor und hob ihr Kinn mit der Speerklinge, sodass sie nicht weitersprechen konnte.

»Sie hat mir die Finger genommen!«, kreischte ein anderer Mann, der seine verstümmelte Hand umklammerte. Blut rann in Strömen seinen Arm hinab und tropfte vom Ellbogen ins Stroh.

Bruder Yvain verzog das Gesicht. »Sagt nicht, ich hätte euch nicht vor ihr gewarnt.«

Fürst Geldrin hob die Hornlaterne über den Kopf, um Iselle besser betrachten zu können, die ihn trotzig anstarrte. »Was hat Fürst Gawain, Prinz von Lyonesse, in Tintagel zu schaffen? Was führt ihn her?«

»Fragt ihn selbst«, sagte ich.

Die Laterne schwang herum und überschüttete mich mit Licht.

»Und wer bist du?« Er schürzte die Lippen und kniff die Augen zusammen. »Kennen wir uns? Du läufst herum wie ein christlicher Mönch, trägst aber nicht die Tonsur.«

»Ich bin Galahad, Herr. Wir sind einander noch nicht begegnet.«

»Galahad«, wiederholte er und sprach meinen Namen aus, als versuchte er, sich an dessen Geschmack zu erinnern. Sein Blick hatte sich wie ein Angelhaken in mein Gesicht gebohrt. »Du kommst mir bekannt vor, Galahad. Es ist, als hätte ich einen Geist vor mir.«

Ich warf einen schnellen Blick auf Bruder Yvain. Er schüttelte den Kopf, und Fürst Geldrin bemerkte diesen Austausch durchaus, sagte aber nichts, sondern machte bloß eine einladende Bewegung mit den Fingern weiterzusprechen.

»Ich war bis vor Kurzem Novize im Kloster des Heiligen Dornbusches auf Ynys Wydryn«, sagte ich. »Bis die Sachsen gekommen sind und meine Brüder erschlagen haben.« Ich nickte Bruder Yvain zu. »Nur wir zwei haben überlebt.«

Fürst Geldrin zeigte weder Überraschung noch Mitleid, als er vom Schicksal der Brüder erfuhr. »Und jetzt seid ihr hier, in meiner Inselfestung, fragt meine Wachleute aus und meine griechischen Gäste, weigert euch aber, meine Halle zu betreten, um mir eure Aufwartung zu machen.« Er schien einen Moment nachzudenken und zog seine langen Schnurrbartzöpfe durch die Faust, um sie zu glätten. »Wie kommt ihr dazu, mit Fürst Gawain zu reisen? Ist er zum Christentum konvertiert?«

Ich spannte die Muskeln an, um zu prüfen, wie fest mich die beiden Männer hielten. Sie verstärkten ihren Griff. »Wie gesagt, Herr – fragt ihn selbst.«

Fürst Geldrin wölbte die Brauen. »Oh, das werde ich.« Er nickte, verharrte mit seinem Blick auf mir. Dann drehte er sich zu seinen Speerträgern. »Schafft sie nach draußen.«

Meine Sicht war noch immer leicht verschwommen, meine Beine unsicher. Fürst Geldrins Männer schleiften uns aus dem Stall in die Nacht, bohrten uns die Speere in den Rücken, schubsten uns den Weg aus glitschig verschlammten Holzplanken entlang, auf die Menge zu, die sich vor dem Haupttor von Uthers Halle gebildet hatte. Jetzt Fürst Geldrins Halle, dachte ich mir und fragte mich, was wir getan hatten, um uns den Herrn von Tintagel zum Feind zu machen.

»Halt dein Bierloch geschlossen«, knurrte mir Bruder Yvain ins Ohr, als die Wartenden Fürst Geldrin nahen sahen und ihr Raunen durch die kalte Nachtluft drang. Die Menge teilte sich, um ihren Herrn passieren zu lassen, und da standen Gediens und Gawain. Ihre Schuppenpanzer blinkten matt im Feuerschein. Eine Hecke aus Speerspitzen war auf sie gerichtet.

Gawain nickte mir zu und war eindeutig erleichtert, uns alle unverletzt zu sehen.

»Fürst Gawain, habe ich Euch nicht mein Wort gegeben, ich würde Eure Freunde unversehrt zu Euch bringen, sollten sie sich ergeben?« Fürst Geldrin bedachte uns mit einer ausladenden Geste. »Obwohl es nicht ganz einfach war. Ich wage zu behaupten, hätte Christus einen Freund wie Euren Mönch hier gehabt, hätten es die Römer nicht gewagt, ihn zu kreuzigen.« Er sah Iselle an und zog die Stirn kraus. »Und was diese wilde Kreatur angeht – die leibhaftige Inkarnation der Morrigán.«

Der Name dieser Königin der Dämonen, der gestaltwandelnden Kriegsgöttin, die einem Mann seinen Untergang verheißen konnte, sandte ein Zittern durch die Menge. Männer und Frauen starrten Iselle an, manche berührten Eisen oder machten andere Schutzzeichen, und Iselle starrte finster zurück, ihre Augen weiß in der Dunkelheit.

»Ist dies Eure Tochter, Fürst Gawain?«, fragte der Herr der Klippen.

»Nein. Aber wenn dem so wäre, wäre ich stolz auf sie.« Der Stolz war auch so in seinem Blick zu lesen.

Fürst Geldrin betrachtete die Menge. Eindeutig stand dort ein Mann, der sich an seinem Status und der damit einhergehenden Aufmerksamkeit ergötzte. »Ihr habt mich einiges gekostet«, sagte er. »Ich werde entscheiden, wie ihr eure Schuld am besten begleichen könnt. Bis dahin gehören auf jeden Fall diese Schuppenpanzer ab sofort mir. Solches Handwerk sieht man heutzutage nur noch selten.« Er streckte eine Hand nach hinten aus, und der Speerträger, der Gawains Schwert verwahrte, händigte seinem Herrn die Klinge mit dem in Leder und Silber gebundenen Griff aus. Geldrin zog am Knauf, um zu prüfen, ob er noch fest auf dem Griffzapfen saß. Dann fasste er die Klinge mit beiden Händen und bog sie, um festzustellen, ob sie sich wieder gerade bog. Offenbar zufrieden vollführte er eine Reihe von Übungsschlägen, die zeigten, dass er etwas von der Schwertkunst verstand. Mit dem letzten Wirbeln entwich seiner Kehle ein anerkennendes Knurren.

»Ein bisschen schwer um die Spitze vielleicht, trotzdem eine feine Waffe.« Er nickte. »Etwas anderes hätte ich von Gawain von Lyonesse auch nicht erwartet, von dem Mann, der an Arthurs Seite geritten ist. Der neben dem großen Kriegsfürsten gekämpft hat bis zu dem Moment, in dem Mordred ap Arthur den eigenen Vater niederstreckte.« Er drehte das Schwert in der Hand, sodass die Klinge im Feuerschein schimmerte. »Ist dies das Schwert, das Ihr an jenem finsteren Tag geschwungen habt?«

Gawain hob das bärtige Kinn. »So ist es.«

»Und Ihr, Gediens ap Senelas.« Fürst Geldrin richtete die Klinge auf ihn. »Wart Ihr auch dabei?«

»Bis zum Ende«, gab Gediens zurück. Er stand mit geradem Rücken da, denn er kannte den Wert des Ruhmes, sagen zu können, man sei an jenem verhängnisvollen Tag an Arthurs Seite gewesen.

Fürst Geldrin breitete die Arme aus. Die große Geste bekam einen drohenden Beigeschmack dank des blitzenden Stahls in seiner Hand. »Warum vergießen wir dann hier Blut?«, fragte er Gawain. »Wo wir doch Wein und Essen teilen und Euren Geschichten über die alten Tage und Arthur lauschen sollten?«

Gawains Lippen verzogen sich unter seinem Schnurrbart. »Ich bin kein Freund von Geschichten. Sehen wir aus wie Barden?« Er sah Gediens an, der säuerlich grinste.

Sie sahen wahrlich nicht aus wie Barden. Sie *sahen* aber aus wie jene Sorte Krieger, um deren Taten Barden ihre Lieder spinnen wie die Frauen die Fäden auf dem Webrahmen, um gemusterte Stoffe zu erschaffen. Ganz wie das Schwert in Geldrins Hand waren auch sie in Feuer geschmiedet worden und für den Krieg bestimmt.

Fürst Geldrin wandte sich geschmeidig zur Menge um und drehte eine leere Handfläche nach oben – fragte sein Publikum mit dieser Geste, wie er nur mit derart störrischen Gästen verfahren sollte. »Sie sind zu stolz, zu berühmt, um sich in meiner Halle anzukündigen«, sagte er mit theatralischer Unterwürfigkeit, »und trotzdem schlafen sie bei ihren Pferden im Stall.« Seine Stirn umwölkte sich nachdenklich.

»*Eure* Halle?« Gawain schüttelte den Kopf. Das Licht einer nahen Fackel spielte über sein vernarbtes Gesicht. »Es wird für alle Zeit König Uthers Halle sein. Zumindest, bis wieder ein König auf dem Thron sitzt. Oder wenigstens ein Mann, der seiner würdig ist. Ein Mann, der gegen die Sachsen kämpft. Und nicht einer, der darauf hockt wie die Krähe auf dem Misthaufen.«

Die Menge raschelte wie Blätter in auffrischendem Wind. Geldrins Männer wirkten angespannt, als warteten sie nur auf die Anweisung, uns die Speere ins Fleisch zu rammen. Aber Fürst Geldrin lächelte bloß vor sich hin und übergab Gawains Schwert wieder dem Mann, der es verwahrt hatte.

»Mir scheint, wir werden heute Nacht keine Geschichten über Arthur hören«, sagte er zu seinen Leuten, ehe er sich wieder Gawain zuwandte. »Aber ich bin mir sicher, morgen werdet ihr anders darüber denken. Ihr werdet mir mindestens verraten, was ihr hier tut. Warum ihr heute Morgen hinab zur Brandungshöhle gegangen seid und warum ihr so dringend mehr über das Schiff erfahren wolltet, das in meiner Bucht lag.«

Er richtete seine tief liegenden Augen auf Iselle. »Wir wollen hoffen, dass wenigstens eine von euch das Talent hat, eine gute Geschichte zu spinnen.« Sein Blick wanderte weiter zu mir. »Euer Leben wird davon abhängen.« Er bedachte uns mit einer abgehackten Geste. »Schafft sie weg. Gebt ihnen zu essen. Und Wein. Niemand soll sagen, ich sei ein schlechter Gastgeber.«

»Und ihre Rüstungen, Herr?«, fragte einer der Speerträger und zeigte auf Frediens' Schuppenpanzer.

Geldrin verzog das Gesicht. »Nicht so voreilig. Wir sind keine Barbaren, die zwei Fürsten Britanniens entehren würden, indem sie sie vor versammelter Menge, die zweifellos von ihren Taten gehört hat, ihrer prächtigen Rüstungen berauben würden. Morgen. Morgen.« Er wischte mit dem Arm durch die nasse Dunkelheit. Und damit wurden wir von seinen Speerträgern abgeführt, die warteten, bis wir außer Sichtweite ihres Herrn waren, bevor einer das stumpfe Ende seines Speeres gegen Bruder Yvains Hinterkopf rammte. Ich hörte ein Knacken und sah ihn stolpern, aber er hielt sich auf den Beinen.

»Das war für Gereint«, sagte der Mann und spuckte Yvain an, der sich den Kopf hielt, aber weiterging, die Augen auf den matschigen Holzweg gerichtet, die Lippen schmerzverzerrt zusammengekniffen.

Wieder sah ich das kurze, blutige Chaos im Stall vor mir. Wie Bruder Yvain mit dem Können und den Instinkten eines erfahrenen Kriegers getötet hatte. Meine Hände um den Hals eines Mannes, als Iselle ihr Messer durch sein Gesicht fahren ließ. Entsetzen und Erregung hingen noch immer als leises Zittern in meinen Gliedmaßen.

Ohne einen weiteren Fehltritt richtete Bruder Yvain sich zu seiner vollen Größe auf. Er zog die Hand vom Hinterkopf, und ich sah, dass er blutete. »Hat dein Vater dir nie beigebracht, wie man anständig zuschlägt?«, knurrte er seinen Peiniger an, der eine hässliche Beleidigung murmelte und den Speer hob, um abermals zuzuschlagen.

»Du!« Gediens zeigte mit dem Finger auf den Mann. »Berühre meinen Freund noch ein Mal, und ich schwöre, du wünschst dir, du wärest mit diesem Gereint zusammen an Annwns Gestaden gelandet.«

Der Speerträger spuckte Bruder Yvain abermals an und erklärte Gediens, dass dieser, Fürst hin oder her, gerade wohl kaum in der Position sei, Drohungen auszusprechen. Trotzdem schlug er Bruder Yvain nicht noch einmal, bis sie uns in einen Brennofen pferchten, der keinen Speerwurf von Fürst Geldrins Halle entfernt stand.

Einer der Männer entzündete eine stinkende Öllampe und stellte sie in den Steinofen zwischen einen Haufen Keramikscherben. Er vergewisserte sich, dass der Docht richtig brannte, dann schlossen sie die Tür hinter sich und bezogen Posten rings um das Gebäude.

»Lasst mich nach Eurem Kopf sehen, Bruder«, sagte ich, während sich die anderen Schemel suchten oder einfach mit dem Rücken an der runden Wand hinabrutschten.

»Mir fehlt nichts«, gab Bruder Yvain zurück und wollte mich mit einer blutroten Hand abhalten, aber ich drückte ihn auf einen Schemel, um mir die Wunde anzuschauen.

»Das Blut hat sich bereits verdickt«, sagte ich erleichtert, obwohl der Schnitt in seiner Kopfhaut so lang war wie mein Daumen.

»Ich hab doch gesagt, da ist nichts.« Bruder Yvain reckte das Kinn in Richtung Tür. »Dieses großmäulige Stück Wieselkot schlägt wie ein kleines Mädchen«, fügte er so laut hinzu, dass unsere Wachen es hören mussten.

Auch mein Kopf tat an zwei Stellen weh, am schlimmsten an der Stirn, wo mich der Schildrand getroffen hatte. Die Stelle war eiförmig angeschwollen und pulsierte wie die Brandung unten in der Bucht.

Ich setzte mich auf die Erde. Der Boden war trocken und rissig von tausend Töpferfeuern in dem großen Ofen, der die Mitte des Raumes einnahm. Lange Zeit sagte niemand ein Wort, alle waren im Netz ihrer eigenen Gedanken gefangen. Obwohl ich Gawains Gesicht nur anzuschauen brauchte, das finstere Starren und die kaum gezähmte Wut, um zu wissen, dass bald etwas kommen musste. Es dauerte etwa so lange wie ein gründliches Messerschärfen, um sich aus seinem Bauch in die Kehle vorzuarbeiten.

»Was in Balors Namen hast du getan?«, zischte er Bruder Yvain an.

Der Mönch starrte genauso finster zurück.

»Sie sind mit erhobenen Speeren gekommen. Wäre Iselle nicht gewesen, hätten sie mich im Schlaf abgestochen.« Er legte die saubere Hand an den Hinterkopf, um zu prüfen, ob die Blutung aufgehört hatte. »Ich habe sie getötet, bevor sie uns töten konnten.«

»Und was, wenn Fürst Geldrin nur mit uns reden wollte?«, fragte Gawain. »Wenn wir ihn nur verärgert haben, weil wir ihm nicht unsere Aufwartung gemacht haben und er uns bloß zeigen wollte, dass er hier das Sagen hat? Uns in Verlegenheit bringen wollte, mehr nicht?«

Aber Bruder Yvain schüttelte den Kopf. »Sie haben uns nicht vorgewarnt und sind im Schutz der Dunkelheit gekommen. Ohne Schilde, also nicht mal auf einen Kampf aus. Nur Speere. Wenn du mich fragst, spricht das für Mord, nicht für eine Einladung, ihrem Herrn einen Besuch abzustatten.«

Gawain verzog das Gesicht und kaute auf seinen nächsten Worten herum.

»Nach allem, was wir wussten, waren Gediens und Ihr bereits tot«, schob ich dazwischen.

Gawains Kopf fuhr herum, er nagelte mich mit seinem Blick fest. »Waren wir aber nicht«, sagte er und senkte das Kinn. »Hast du einen von ihnen getötet?«

»Nein.«

»Gut, das ist immerhin etwas.«

In Wahrheit aber schämte ich mich sehr. Bruder Yvain hatte so tapfer gekämpft. Wie ein Held. Auch Iselle hatte mit mutigem Zorn gekämpft und nicht aufgegeben. Und was hatte ich getan? Kaum mehr als die Pferde, die im Stall angebunden standen.

»Ich hätte genauso gehandelt wie Yvain.« Damit brach Gediens sein Schweigen, schaute aber nicht auf, sondern kratzte weiter mit dem Daumennagel an einem Rostfleck auf seinem Helm.

Gawain knurrte kehlig. »Und dafür werden wir jetzt einen Blutzoll entrichten müssen«, sagte er zu uns allen, sah aber Bruder Yvain an, der die Öllampe verschoben hatte, um ein Feuer im Brennofen zu entfachen. »Du hättest dich zurückhalten müssen, bis du ganz sicher bist. Du hättest warten sollen.«

Bruder Yvain schichtete das Kleinholz auf, mit einem schmalen Loch in der Mitte. »Ich konnte nicht warten.« Er legte eine Handvoll Stroh an die Flamme der Lampe.

»Warum nicht?«, fragte Gawain.

Bruder Yvain hob den Kopf. »Du weißt, warum.«

Gediens' Blick huschte zu mir und sofort wieder zum Helm auf seinem Knie. Keinen Herzschlag lang ruhte sein Blick auf mir, aber Iselle hatte ihn ebenfalls bemerkt, denn jetzt sah sie mich an. Eine ungestellte Frage lag auf ihrem Gesicht, das noch immer vom Blut eines Mannes besudelt war.

»Was hat das mit mir zu tun?«, fragte ich und schaute von Gawain zu Bruder Yvain.

Gawain sah den Mönch an, als wollte er ihn einladen, meine Frage zu beantworten, aber Bruder Yvain schüttelte den Kopf.

»Was hat das mit mir zu tun?«, fragte ich abermals, deutlich schärfer.

»Erzähl mir, Galahad«, sagte Gawain, »war Yvain ein pflichtschuldiger Bruder des Heiligen Dornbuschs? Hat er sich die Lehren eures Ordens zu Herzen genommen? Hat er eurem Gott gut gedient? Oder wenigstens ebenso ergeben wie die anderen Brüder auf Ynys Wydryn?«

Ich wollte Bruder Yvain ins Gesicht schauen, aber er war mit dem Feuer beschäftigt, schob den Ball aus brennendem Stroh vorsichtig zwischen das Kleinholz.

»Bruder Yvain war gewissenhaft in seinem Glauben«, gab ich zurück. »Er hat gearbeitet. Gebetet. Die Andachten so inbrünstig gesungen wie der Rest der Brüder.«

Bruder Yvain schnaubte, beugte sich in den Ofen vor und blies vorsichtig in die neugeborene Flamme, auf dass sie sich zwischen den Hölzern ausbreitete.

»Wirklich?« Gawain betrachtete mich mit hochgezogener Braue.

Ich fühlte mich die Stirn runzeln, während ich nach der Falle in dieser Frage suchte.

»Ich hab vielleicht von der Hälfte der Andachten den Text gekannt«, sagte Bruder Yvain und legte weitere Stöckchen nach. »Und auf jeden Fall lieber Schalen und Becher gedrechselt, als euch zuzuhören, wie ihr wie eingeräucherte Bienen summt. Und sag nicht, das stimmt nicht, Junge.«

Gediens grinste. Iselle ebenfalls.

Meine Stirn umwölkte sich noch mehr. Das Feuer knisterte und knackte, erblühte in Kupferglanz, verscheuchte die Dunkelheit, erschuf allerdings auch neue Schatten.

»Ich behaupte jetzt einfach mal, dass unser Yvain sich jedes Mal freiwillig gemeldet hat, wenn eine Aufgabe erforderte, dass jemand Ynys Wydryn verließ«, sagte Gawain und schaute mich herausfordernd an. Die Flammen tanzten in hundert Bronzeschuppen, die bald einem anderen Mann gehören würden.

»Weil er den Sumpf besser kannte als alle anderen«, sagte ich, als wäre es so einfach.

»Lass gut sein, Gawain.« Bruder Yvain zog ein Holzscheit aus einem Korb und legte es auf die knackenden, spuckenden Stöckchen.

»Weil er gelobt hatte, dem Prior und dem Kloster zu dienen«, sagte ich.

Da lachte Gawain. Selbst an diesem Ort, trotz der Wachen draußen und des drohenden Blutzolls am kommenden Morgen. Obwohl es uns nicht gelungen war, Merlin und Parcefal zu finden, lachte Gawain, und der Klang war wie ein Feuer unter meinem Blut, brachte es rasch zum Kochen.

»Lass gut sein, Gawain«, knurrte Bruder Yvain erneut, obwohl alle wussten, dass es dafür längst zu spät war.

Gawain starrte den Mönch an. »Bruder Yvain ap Drudwas ap Kailin dient nicht dem Gott der Christen, Galahad, sondern einem anderen Meister.«

Ich sah Yvain an und wartete darauf, dass er dies abstritt. Tat er nicht.

»Wie ich Arthur diene, so dient Yvain einem anderen Herrn«, fuhr Gawain fort. »Und wie Arthur ist auch dieser Mann nur noch ein Hauch im Wind. Ein langer Schatten, der aus der Vergangenheit auf uns fällt.«

Bruder Yvain setzte sich auf und betrachtete das Feuer, das er zum Leben erweckt hatte. Er wirkte resigniert und schien zu wissen, dass er den Stopfen nicht wieder in die Flasche bekommen würde.

»Ich diene Merlin«, gab er zu. »Wie Gawain Arthur dient, so diene ich Merlin.«

Iselle und ich wechselten einen Blick.

Yvain zuckte mit den Schultern. »Jetzt kannst du es auch gleich wissen.«

»Aber wie?«, fragte ich. Meine Haut prickelte. »Wie dient Ihr Merlin?« Je länger ich Yvain im Feuerschein anstarrte, desto mehr schienen die Flammen sein Gesicht zu verändern, bis dort nicht länger der Mann saß, den ich kannte.

»Ich habe ihn nicht gesehen«, sagte Yvain kopfschüttelnd. »Seit zehn Jahren nicht mehr. Aber ich hatte keinen Grund zu der Annahme, er wäre tot, also sah ich mich nicht von meinem Eid entbunden. Und tue es noch nicht.«

»Was für ein Eid?«, fragte ich.

Er kaute einen Moment auf der Unterlippe, dann erwiderte er offen meinen Blick. »Auf dich aufzupassen, Junge. Sicherzustellen, dass dir kein Leid geschieht. Nicht dass du auf Ynys

Wydryn in große Schwierigkeiten geraten konntest.« Er lächelte. »Aber ich habe Merlin einen Eid geschworen, und Eide sind nichts, was man einfach in den Sumpf werfen kann, sobald sie einem zu schwer werden.«

»Warum?«, fragte ich. Ich verstand überhaupt nichts mehr. »Warum ich?«

Yvain wölbte eine Braue und beugte sich auf dem Schemel vor. »Du bist Lancelots Sohn. Ob dir das passt oder nicht.«

Ich wankte unter seinen Worten, meine Gedanken wirbelten wild umher, verloren wie Blätter im Sturm. »Warum solltest du das für Merlin tun?«, fragte ich. »Warum ihm so viele Jahre schenken?«

»Ich hatte sie übrig«, sagte Yvain schlicht.

Ich dachte an die vielen Anlässe, als ich noch neu im Kloster gewesen war und Prior Drustanus unsere Gebete angeführt hatte, in denen der große, bärtige Mönch durch Abwesenheit aufgefallen war. Und hinterher fand ich ihn in seiner Werkstatt zwischen Haufen süß duftender Holzspäne, und er ließ mich ihm bei der Arbeit zugucken.

»Aber du *bist* ein Christ?«, sagte ich.

Yvain nickte. »So gut man eben Christ sein kann, wenn man einem Druiden dient.«

Ich schaute in die Runde und spürte einen Knoten im Magen. Gediens hatte den nächsten Rostflecken ausgemacht und rückte ihm mit einem in Lampenöl getauchten Lappen zu Leibe. Gawain hatte einen Stock aufgehoben und kratzte sich sorgfältig den Matsch von den Stiefeln. Keiner der beiden wirkte in irgendeiner Weise verblüfft.

Einzig Iselle wirkte genauso verwirrt wie ich selbst. »Hat Merlin Euch für den Dienst belohnt?«, fragte sie Bruder Yvain.

Gawain hob das Kinn in Richtung des Mönches. »Sieht er für dich aus wie ein reicher Mann?«

»Dank Merlin werde ich alles haben, was mir etwas bedeutet«, sagte Yvain. »Ich werde meine Frau wiedersehen. Meinen Sohn wieder im Arm halten. Meine kleine Tochter wieder auf den Schultern tragen. Meine Tangwen.« Tränen standen ihm in den Augen.

»Ich wusste nicht, dass Ihr Familie habt«, sagte ich. »Ihr habt nie von ihnen erzählt.«

Es war, als hätte sich eine Wolke vor Yvains Gesicht geschoben. Er holte tief Luft. Als er den Atem ausstieß, löschte er beinahe die kleine Flamme, die sich an den Schilfdocht in der mit Öl gefüllten Muschelschale klammerte. »Sie sind nicht mehr, Galahad«, sagte er. »Das Schweißfieber hat sie geholt. Im Sommer vor Arthurs letzter Schlacht. Ich hatte Merlin aufgesucht in der Hoffnung, er könnte etwas für sie tun. Er ist mit mir gekommen, aber es war zu spät. Er konnte nichts mehr ausrichten. Er hat ihnen die Schmerzen genommen, aber nicht einmal er konnte sie in dieser Welt halten.«

Iselle und ich wechselten einen Blick. Keiner von uns wollte tiefer in die Wunde graben, die ich gerissen hatte, aber beide wollten wir mehr wissen.

»Merlin hat meine Familie nicht retten können.« Bruder Yvain wischte eine Träne weg, die seinem Auge entflohen war. »Aber für mich konnte er etwas tun. Kurz vor dem Ende hat er meine Frau und meine Kleinen mit einem Zauber belegt. Bilsenkraut, Blut und Knochen.« Er winkte ab. »Und noch andere Sachen. Er hat sie markiert, weil mein Sohn und meine Tochter so klein waren, dass ich Angst hatte, sie würden ihre Mutter in Arawns Reich nicht wiederfinden. Und auch mich hat er mit seinem

Zeichen berührt. Merlin hat mir geschworen, ich werde meine drei Liebsten wiederfinden, sobald ich den Schleier durchschreite, ganz egal, wie viele Jahre ich länger leben sollte. Dass meine Frau und mein Sohn und meine süße Tangwen vielleicht sogar dort am Ufer stehen und auf mich warten.«

Bruder Yvain wischte sich die Tränen aus dem Bart, setzte sich gerade hin, atmete tief aus und fixierte mich erneut mit seinem Blick. »Als Gegenleistung für seinen Zauber wollte Merlin etwas von mir.« Er zuckte mit den Schultern. »Ich hätte ihm an Ort und Stelle mein Leben gegeben, aber Merlin brauchte meine Dienste. Er wollte meinen Eid, dass ich tun würde, was immer er von mir verlangen sollte.«

Er sah Gawain an. »Ich dachte, ich würde dort auf dem Feld sterben, als Mordred uns verraten hat und Dumnonias Speerträger wie Ähren vor der Sense fielen. Aber ich habe überlebt, und kurz darauf kam Merlin, um meinen Eid einzufordern.« Sein Blick wanderte wieder zu mir. »Er sagte, ich müsse mich den Mönchen vom Dornbusch auf Ynys Wydryn anschließen. Ich müsse mich um dich kümmern und sicherstellen, dass dir nichts passiert. Er sagte, dass ich dich beschützen solle, Galahad, zumindest bis Gawain kommt, um dich zu holen, was Merlin ebenfalls gewusst hat.« Er schüttelte den Kopf. »Ich werde meine Familie im Jenseits wiedersehen. Und wenn dir nachts Speerträger nachstellen, werde ich sie töten.«

»Ein Eid ist ein Eid«, sagte Gediens leise. Und selbst Gawain fand keinen Tadel mehr an Yvains Verhalten. Nichts konnte an alldem etwas ändern, und so breitete sich eine Art kollektive Ermattung in unserer Runde aus. Als hätte man ein schmerzhaftes Geschwür endlich eröffnet, und nun blieb nichts weiter zu tun, als abzuwarten und darauf zu hoffen, dass die Wunde verheilen würde.

»Wir sollten noch etwas Schlaf bekommen.« Gawain erhob sich, um seine Schuppenrüstung abzustreifen. »Der Morgen wird bringen, was der Morgen bringen mag.«

Wir machten es uns so gemütlich wie möglich. Ich wusste allerdings, ich würde kein Auge zutun. Mein Kopf war prall gefüllt mit Gedanken und Erinnerungen. Sie zuckten und wanden sich wie ein Korb voller Aale. Endlich wusste ich, warum Bruder Yvain sich dem Orden nie vollkommen hingegeben hatte wie der Rest der Mönche. Und warum er sich auf Arthurs Hof so wenig aus dem Zweig des Heiligen Dornbusches gemacht hatte, den ich von Ynys Wydryn gerettet hatte. Ich versuchte zu begreifen, welche Opfer er auf sich genommen hatte. Den Handel, den er mit Merlin eingegangen war. Zehn Jahre seines Lebens für einen Druidenzauber. Ein Eid, so bindend wie Ketten aus der Hand von Gofannon, dem Gott der Schmiede – im Tausch für ein Zeichen, das nur die Toten sehen konnten.

Und zwischen den zuckenden Aalen schwammen auch noch andere Dinge herum, für die ich keine Namen hatte. Fragen, die ich nicht stellen konnte. Zumindest noch nicht. Fragen wie: Hatten Prior Drustanus und die anderen Mönche gewusst, aus welchem Grund Yvain ihrem Orden beigetreten war? Und woher hatte Merlin wissen können, dass Gawain mich eines Tages holen würde?

Nein, anders als Gawain würde der Schlaf mich diese Nacht nicht finden. Und so lag ich auf meinem Umhang auf dem harten Lehmboden und betrachtete die flackernden Geister der Flammen, die über die weiß getünchten Wände und das dunkle

Strohdach tanzten. Ich dachte an Yvains Frau und Kinder. Drei gesichtslose Gestalten, die Hand in Hand an Annwns nebelumwobenen Gestaden standen. Ich dachte an Geldrin, den Herrn der Klippen, der mich wiedererkannt zu haben schien, und ich dachte an Iselle und wie sie einem Mann das Gesicht aufgeschlitzt hatte, wie sie sich sein Blut aus den wilden Augen geblinzelt hatte. Und ich fragte mich, was der Morgen wohl bringen mochte.

10

Yvain

Als sie uns abholten, waren wir bereit. Acht in Kettenpanzer gehüllte Speerträger tauchten schließlich vor der Tür auf. Sie trugen Felle und Umhänge gegen den Frost und wirkten sichtlich verstimmt, Dienst zu haben, ehe Tintagel erwacht war. Stumm und zielstrebig brachten sie uns noch vor der Dämmerung durch die kalte Dunkelheit über den Holzweg. Wir zitterten und klammerten uns jeder an den eigenen Gedanken fest. Wie Rauch wölkte sich unser Atem, als wir auf jene alte Halle zugingen, die vor uns wie ein schlafender Riese aufragte, dessen Atem ebenfalls in einer Wolke durchs Strohdach fuhr. Aber dann verließen die Speerträger den Holzweg und betraten den Matsch, der unter unseren Füßen schmatzte, und ich sah Gawain und Bruder Yvain einen Blick wechseln, der mir wie eine kalte Klinge aus Furcht in den Leib fuhr.

»Wohin gehen wir?«, fragte Gawain den Anführer unserer Eskorte.

»Wo wir hingehen sollen«, sagte der Mann über die Schulter und schlug mit dem Speerschaft nach dem Hund, der uns die ganze Zeit gefolgt war und fest entschlossen schien, die Hose des Mannes zu beschnüffeln. Der Mann war der Einzige, den ich vom Abend zuvor wiedererkannte; wahrscheinlich lagen die anderen, die uns im Brennofen bewacht hatten, jetzt schnarchend in ihren Betten.

Über uns im Dunst zogen kreischende Möwen vorbei. Noch hing der Mond über dem fernen Horizont, verschüttete Licht übers Westliche Meer und versilberte eine zerfetzte Wolke, die aussah wie ein gewaltiger Raubvogel mit ausgestreckten Schwingen, kurz vor dem Sturzflug.

»Hier kommt doch nichts mehr«, sagte ich zu Iselle, während wir einen grasbedeckten Abhang hinaufstiefelten. Der schneidende Wind trieb mir Tränen in die Augen. Er brachte den Geruch des Seetangs mit sich, den die Ebbe auf Strand und Kies zurückgelassen hatte, und das nachdrückliche Geschrei der Lummen in ihren Felsennestern.

»Hast du erwartet, dass Fürst Geldrin uns zu warmem Brot und Honigwein in seine Halle einlädt?«, fragte Iselle. Immer weiter entfernten wir uns von der Siedlung und erklommen die Felsnase, die, wie ich wusste, ins Nichts führte.

»Ich hatte es zumindest gehofft«, gab ich zurück. Mein Magen war noch immer sauer von Fürst Geldrins Wein. »Aber wie es aussieht, wissen wir bald Bescheid.« Denn dort auf der Klippe stand eine dunkle Gestalt vor dem langsam dämmernden Himmel. Ihr Umhang flatterte im Wind. Es war Geldrin, Fürst von Tintagel, Herr der Klippen. Er hatte hinaus aufs Meer geschaut, jetzt aber wandte er sich um und sah zu, wie wir zu ihm hinaufkletterten. Er trug einen Speer in der Hand, sein kurz geschorenes Haar stand in Büscheln ab.

Neben ihm stand eine junge Frau in einem silbernen Fell. Ihr Gesicht war so blass wie die anbrechende Dämmerung, ihr langes schwarzes Haar flog wie eine Rabenschwinge im Wind. Zur Rechten der Frau stand ein gewaltiger Krieger in Kettenhemd, sein Gesicht so zerklüftet wie die Felsen drunten. Hinter ihm warteten noch einmal vier Speerträger, deren Schilde wie das seine weiß bemalt waren und oberhalb des Buckels einen Raben oder eine Krähe zeigten.

»Fürst Gawain«, rief Fürst Geldrin zur Begrüßung. »Und Fürst Gediens«, fügte er hinzu und neigte das Haupt in unsere Richtung. »Ich hoffe, Ihr habt wohl geruht. Der Wein war eher zum Vergessen, das gebe ich freimütig zu, aber ich war nicht der Auffassung, dass ich Euch meinen besten kredenzen sollte, nachdem Eure Freunde drei meiner Männer erschlagen und zwei verstümmelt haben.«

»Der Wein war annehmbar«, brummte Gawain.

Wir traten auf die nackte Felsnase, und da sah ich das Meer in Fürst Geldrins Rücken, die weißen Wellenkämme, die rasch nach Norden strebten. Ich blickte nach Osten zum Festland und sah einen ersten Lichtstreifen über Dumnonias dunkle Wälder kriechen.

»Aber das Fleisch war zäh«, schob Gawain hinterher und sah Gediens an, der nickte.

»Ich glaube, ich hab sogar einen Zahn verloren.« Gediens rümpfte die Nase und steckte sich Daumen und Zeigefinger in den Mund.

»Ich hab dir doch gesagt, wir werden langsam zu alt, um irgendwas zu essen, das nicht mindestens einen Tag durchgekocht wurde«, sagte Gawain tadelnd. Die beiden unterhielten sich so lässig, als säßen wir noch in der Bierstube, und versagten Fürst Geldrin so die Angst, die er zweifellos auf unseren Gesichtern zu sehen gehofft hatte, wo er uns im stürmischen Morgengrauen mit gezückten Speeren zum Rand der Klippe getrieben hatte.

Fürst Geldrin lächelte. Selbst das Meer tief unten hätte nicht kälter sein können. Er bedachte die junge Frau neben sich mit einem Seitenblick. Sie nickte, sagte aber nichts. Ihre dunklen Augen glitten nacheinander über uns hinweg, schienen sich von Kopf bis Fuß jedes Detail einzuprägen.

Fürst Geldrin drehte das Gesicht aus dem Wind, damit seine Worte nicht von der nächsten Bö davongetragen wurden. »Was wollt Ihr in Tintagel, Fürst Gawain?«

»Das geht Euch nichts an«, sagte Gawain, »aber da Ihr uns alle hergebracht habt, wollt Ihr anscheinend darauf bestehen, also werde ich Euch antworten, um uns allen weiteren Ärger zu ersparen. Wir sind hier, um einen alten Freund zu treffen.«

Bei diesen Worten kniff die Frau mit dem dunklen Haar die Augen zusammen und trat einen Schritt vor. Ihre Hände waren vor dem Schoß gefaltet.

»Sein Name?«, fragte Fürst Geldrin.

»Parcefal«, sagte Gawain.

»Parcefal ap Bliocadran?«, hakte Fürst Geldrin nach und schaute die Frau an, die Gawain anstarrte.

Gawain nickte. »Selbiger.«

Einige der umstehenden Speerträger tauschten überraschte Blicke, denn wie die Männer Geschichten über Gawain von Lyonesse gehört hatten, so kannten sie auch Parcefals Namen.

Fürst Geldrin packte den Speer noch fester, bis die Knöchel weiß hervortraten. »Was sollte einer von Arthurs Pferdeherren hier zu suchen haben?«, fragte er und wandte sich plötzlich an mich. »Es ist seltsam, Mönch, dass sich all die berühmten Krieger, die an der Seite des großen Arthur geritten sind, plötzlich wie Geister einfinden, die sich für Samhain versammeln.«

Gawain grinste grimmig. »Nicht unser Problem, dass alle

glauben, wir wären längst gestorben.« Er zuckte mit den Schultern. »Aber ich habe meinen alten Freund seit langer Zeit nicht gesehen und würde zu gern wie früher einen Becher mit ihm erheben.« Er breitete einen Arm aus in Richtung der Rundhäuser, Werkstätten, Stallungen und Pferche. »Wir hatten uns hier verabredet.«

»Warum hier?«, fragte Fürst Geldrin.

Gawain zuckte abermals mit den Schultern. »Seid Ihr die letzten Jahre viel durch Dumnonia gereist, Herr? Das Land wimmelt von Sachsen. Hungersnöte raffen die Alten und die Jungen hinweg. Krankheiten plagen jede Siedlung und jede Burg. Männer ermorden einander für eine Münze oder ein Stück Eisen oder ein Weib. Und die großen Könige Britanniens?« Seine Stimme troff vor Zorn. »Sie wollen sich unseren Feinden nicht entgegenstellen. Sie verstecken sich hinter ihren Mauern.« Er deutete auf den Rand der Klippe. »Was für ein Glück, dass Ihr keine Mauern braucht.«

Die Beleidigung war kaum versteckt, aber Fürst Geldrin ignorierte sie trotzdem. »Wo ist der große Parcefal jetzt?«, fragte er.

Gawain legte den Daumen an die gebrochene Nase, drehte den Kopf zur Seite und schoss einen Klumpen Rotz in den Wind. »Wir haben ihn noch nicht gefunden.«

»Vielleicht hat er seine Meinung geändert«, sagte Fürst Geldrin und wandte sich an Gediens. »Vielleicht hat er keine Lust, an alte Tage erinnert zu werden, in denen er noch jung war und ihn die Menschen gefürchtet haben. Würdet Ihr den Rest Eurer Tage nicht auch lieber in Frieden verbringen?«

»Es kann keinen Frieden geben, bis wir unser Land zurückgewonnen haben«, sagte Gediens.

Fürst Geldrin nickte, schien diese Antwort zu akzeptieren.

»Und sonst wolltet Ihr hier niemanden treffen? Nur Parcefal, den Sachsenschlächter?«

»Nur ihn«, sagte Gawain.

Der Herr der Klippen hob seinen Speer und deutete hinunter in seine Feste. »Weshalb habt ihr dann acht Pferde von Lidas erstanden? Selbst wenn ihr euren alten Freund findet, seid ihr bloß zu sechst.«

»Als Packtiere für Vorräte und Waffen«, entgegnete Gawain.

»Und acht Sättel«, sagte Fürst Geldrin.

Gawain wischte ein Stück Dreck vom Ärmel seiner Tunika. »Lidas ist ein großzügiger Mann.«

Fürst Geldrin lächelte. »Nein, Herr Gawain, das ist er nicht.«

Die dunkelhaarige Frau hob die Hand und reckte ihr Kinn in Richtung Gawain. »Fürst Gawain, seid Ihr gekommen, um Euch mit dem Druiden Merlin zu treffen?«, fragte sie.

Fürst Geldrin sah Gawain an. »Ich habe nichts über den Umhang aus Rabenfedern erzählt, den wir gefunden haben«, knurrte er so leise, dass die Frau es nicht hören konnte.

Bruder Yvain machte das Zeichen des Heiligen Dornbusches, ich tat es ihm gleich. Gawain und Gediens sahen einander stirnrunzelnd an.

»Merlin ist schon seit vielen Jahren nicht mehr gesehen worden, weder in Dumnonia noch sonst wo in Britannien«, sagte Gawain. »Schon als ich ihn kannte, war er kein junger Mann mehr.« Er zuckte mit den Schultern. »Möglich, dass er über genug Magie gebietet, um den Tod aufzuhalten. Aber wahrscheinlich ist er längst in Annwn und sät Zwietracht unter den Toten.« Er sah die Krieger mit den schwarzen Vögeln auf ihren Schilden an. »Wer seid Ihr, Herrin?«

Die Frau schien zu überlegen. »Ich bin die Herrin Triamour.«

Sie hob eine schlanke Hand und strich sich eine Strähne ihres schwarzen Haares hinters Ohr. Ihre Stimme war dünn in den Windböen und brüchig wie frisches Eis.

»Herrin Triamour«, wiederholte Gawain und neigte respektvoll das Haupt. Seinem Blick war unschwer zu entnehmen, wie schön er sie fand. Und sie *war* schön. Ihre dichten Brauen wölbten sich über blaugrauen Augen in der Form kleiner Speerspitzen. Ihre Lippen waren prall wie die Knospen der Esche im Winter, wenn auch rissig und wund, verheert von Wind, Zähnen oder Nägeln. Unterhalb ihres linken Auges prangte ein kleiner Fleck dunklerer Haut wie eine Träne, und auf mich wirkte ihr Blick traurig und abwesend.

Gawain riss seinen Blick von ihr los und nickte den Kriegern zu. »Sind das Krähen oder Raben? Man kann es schlecht erkennen.«

»Krähen«, knurrte der massige, granitgesichtige Krieger, der direkt hinter der rechten Schulter seiner Herrin stand.

Die Herrin breitete einen Arm in Richtung Tintagel aus. »All dies hat einst meinem Urgroßvater gehört«, sagte sie, »ehe Uther es ihm genommen hat.«

Gawain wirkte ebenso überrascht wie Gediens und Bruder Yvain. »Ihr seid die Enkelin der Herrin Morgana?«, fragte er.

»Das bin ich«, gab Triamour zurück, allerdings nicht mit Stolz, sondern eher vorsichtig.

»Mordreds Tochter?« Gawain verzog das Gesicht. Sie nickte. Ich sah Iselle an, die eine Braue hob. Ich kannte die Geschichten. Angeblich hatte Uther, ehe er Hochkönig war, die Herrin Igraine begehrt, damals Gemahlin von Fürst Gorlois, Herrscher über Tintagel. Er wäre bereit gewesen, in den Krieg zu ziehen, um sie für sich zu gewinnen. Aber Tintagel war eine gewaltige

Festung, und so hatte Uther Merlin überredet, ihm zu helfen, Burg und Dame mithilfe von Magie zu erobern. Manche sagten, Merlin habe daraufhin einen Zauber gesponnen, der Uther das Aussehen von Gorlois verlieh, und derart vollkommen sei die Verwandlung gewesen, dass dessen Wachen das Tor geöffnet und Uther hereingebeten hätten wie den Wolf in den Hühnerstall. Igraine, die glaubte, ihr Gatte sei zurückgekehrt, nahm Uther in ihr Bett, und bald darauf wurde Arthur geboren.

Andere sagten, Merlin habe vom Meer her einen Nebel heraufbeschworen, so dick wie Drachenodem, und in dessen Schutz hätten Uthers Männer die Landbrücke erstürmt und die Festung in einer Woge aus Blut eingenommen. Wie auch immer es sich zugetragen haben mochte, hier stand die Urenkelin von Fürst Gorlois und Herrin Igraine. Die Enkelin von Arthurs Halbschwester Morgana, nun Herrin von Camelot. Und somit auch Fürst Arthurs Enkelin. Ich schob diesen Gedanken beiseite.

»Ich habe Euch einmal gesehen«, sagte Gawain, »als Ihr noch ein kleines Kind wart. Ihr habt geschrien wie eine Todesfee, weil ein anderes Kind Eure Strohpuppe in den Brunnen geworfen hatte.«

Die Herrin Triamour kniff leicht die Augen zusammen. »Daran erinnere ich mich nicht«, sagte sie, und ich konnte sie mir auch kaum schreiend vorstellen. Sie wirkte so gefasst. Seltsam abgeklärt.

»Ihr wart auch noch sehr klein«, sagte Gawain mit einem Lächeln.

In gewisser Hinsicht wirkte die Herrin Triamour noch immer wie ein Kind, mit dem schlanken Hals und dem traurigen, fernen Blick.

»Warum ist Merlin zurückgekommen?«, fragte sie.

»Ist er das?« Gawain sah erst Gediens an, dann mich, als wollte er feststellen, ob einer von uns vielleicht etwas gehört hatte, um der Behauptung dieser Dame Gewicht zu verleihen.

»Das wisst Ihr sehr wohl«, sagte die Herrin Triamour.

Gawain seufzte. »Ich bin nie so ehrgeizig gewesen, die Gedanken eines Druiden enträtseln zu wollen.«

»Und doch seid Ihr mit Merlin geritten«, warf Fürst Geldrin ein, »um das Schwert Excalibur von den bemalten Wildlingen nördlich des Walls zurückzuholen.«

»Das stimmt«, sagte Gawain. »Aber ich war dort, um Arthur zu beschützen und nicht, um Merlin zu dienen.«

Fürst Geldrin hatte noch mehr dazu zu sagen, aber die Herrin Triamour war schneller. »Ihr weigert Euch also, uns zu sagen, was Ihr mit Merlin vorhabt?«

»Ich sagte doch schon, ich …«

»Ihr lügt«, unterbrach ihn die Herrin. »Ihr seid hergekommen, um Euch mit Merlin zu treffen, und so ein Treffen kann nicht unwichtig sein. Warum sonst hätte der Druide unter dem Stein hervorkrabbeln sollen, unter dem er sich all die Jahre versteckt hat?«

»So behauptet Ihr«, sagte Gawain und sah ermüdet Gediens an, der mit den Schultern zuckte und den Kopf schüttelte.

»Herr!«, rief einer von Fürst Geldrins Speerträgern und zeigte mit der Speerspitze hinunter zur großen Halle.

Da kam ein Reiter durchs Morgengrauen, lenkte sein Pferd langsam die Anhöhe hinauf in unsere Richtung.

»Wer ist das?«, fragte Fürst Geldrin, aber keiner seiner Männer hatte eine Antwort für ihn.

Wer immer es war, er schimmerte im letzten Licht des verblassenden Mondes, Helm und Bronzeschuppen kündeten von einem Meister des Krieges, lange bevor wir sein Gesicht erkennen konnten.

Fürst Geldrins Speerträger wurden unruhig. Einige drehten sich abwehrend in Richtung des Reiters; der bullige Leibwächter der Herrin Triamour trat vor und stellte sich zwischen seine Gebieterin und den Neuankömmling, der etwa dreißig Schritt von uns entfernt die Zügel zog. Seine Fuchsstute blies große Wolken heißen Atems aus ihren bebenden Nüstern.

»Wer seid Ihr?«, verlangte Fürst Geldrin von dem Krieger zu wissen.

»Was glaubt Ihr wohl, wer ich bin?«, rief der Reiter zurück, ignorierte damit die übliche Etikette und verweigerte Geldrin den Respekt, der ihm als Fürst von Tintagel zustand. In seiner Linken hielt der Krieger einen Speer mit dickem Schaft, den Schild hatte er über den Rücken geschlungen. Sein Gesicht lag im Schatten und war ebenfalls von Atem umwölkt.

»Ich glaube, Ihr seid Parcefal ap Bliocadran, einer der Anführer von Arthurs Panzerreitern«, sagte Fürst Geldrin. »Noch ein Name aus der Vergangenheit.« Er hob die freie Hand und ließ die Finger flattern. »Noch ein Geist.«

Der Krieger ließ sein Pferd ein paar weitere Schritte machen und hielt genau dort, wo der grasbedeckte Abhang in nackten Fels überging. Die Augen unter dem Rand des Helmes richteten sich auf mich. »Bei den Göttern, Junge, du siehst wirklich aus wie dein Vater.«

Ich spürte sowohl Gawains als auch Fürst Geldrins Blick auf mir. »Ich finde, ich komme eher nach meiner Mutter«, sagte ich.

Der Reiter grunzte.

»Parcefal«, sagte Gawain.

»Gawain«, rief Parcefal, dann nickte er Gediens und Bruder Yvain zu. »Was ist hier los?«

Gawain breitete die Arme aus. »Es wirkt langsam wie einer dieser Bardengesänge, die einfach nicht aufhören wollen. Ich glaube, die Herrin Triamour will uns über die Klippe werfen lassen, Bruder.« Er nickte in Richtung der Felsnase, wo tief unten das Meer in endlosem Rhythmus barst.

»Diese Sache geht Euch nichts an, Fürst Parcefal«, rief die Herrin Triamour, und plötzlich lag eine Schärfe in ihrer Stimme, die mühelos durch die Windböen schnitt. »Kehrt um und bleibt unversehrt.«

Parcefals Stute warf ihren Kopf herum und wieherte. Ihr Meister beugte sich vor, tätschelte ihr den Hals und flüsterte Worte, die wir nicht hören konnten.

»Ich fürchte, das geht nicht, Herrin.« Parcefal beruhigte weiter sein Pferd. »Jetzt sind wir schon den ganzen Weg heraufgekommen.«

Die Krähenschilde der Herrin lachten oder johlten verächtlich, aber Fürst Geldrins Männer, die auch noch uns im Auge behalten mussten, wirkten weniger belustigt und warteten sichtlich besorgt auf Anweisungen ihres Herrn. Er bedeutete ihnen, sich weiter um uns zu kümmern, und die Speere drückten Gawain und Gediens nach vorn, zogen den Ring um uns noch enger.

»Ich habe keinen Streit mit Euch, Parcefal ap Bliocadran«, sagte Fürst Geldrin. »Das wird sich ändern, wenn Ihr Euch jetzt nicht umdreht und Tintagel verlasst.«

Über uns wirbelten die Möwen dahin und woben mit ihrem *Kiau Kiau* einen Teppich aus Lärm.

Parcefal drehte sein Pferd nicht um.

»Er hat sich nicht verändert, wie ich sehe«, sagte Bruder Yvain.

»Du etwa?«, gab Gediens zurück und spielte wohl auf die Toten im Pferdestall an. Bruder Yvain akzeptierte den Einwurf stumm.

Da nahm Parcefal den Helm ab, und sein Haar entrollte sich lang und weiß im letzten Mondlicht.

»Bist du hier heraufgekommen, um zu sterben, alter Mann?«, rief der Leibwächter der Herrin Triamour und ließ die mächtigen Schultern rollen. »Ich kann deine alten Knochen bis hier knacken hören.«

Gawain sah mich an und schüttelte den Kopf. »Das war unklug«, murmelte er. »Parcefal hasst es, alt zu werden.«

»Herrin, lasst mich diesen alten Narren von seinem Gaul zerren, damit er sich bei Euch für diese Unverfrorenheit entschuldigen kann«, sagte der große Krieger über die Schulter, nahm den Blick aber nicht von Parcefal.

Die Herrin Triamour ergriff das silberne Fell in ihrem Nacken und zog es gegen die Kälte enger. »Ich brauche keine Entschuldigung, Balluc. Töte ihn einfach«, befahl sie, und Balluc grinste.

»Gern, Herrin.« Er packte Speer und Krähenschild fester und schritt die Felsen hinab auf Parcefal zu.

»Mach schnell«, sagte Fürst Geldrin, als der Krieger ihn passierte.

»Wo bleibt denn da der Spaß?«, knurrte Balluc, während Parcefal seinen Helm wieder aufsetzte, die Stute umdrehte und sich gemächlich entfernte.

»Er geht?«

»Nein, Galahad, das tut er nicht«, sagte Gawain.

»Aber er ist wirklich alt«, sagte ich, entgeistert von Parcefals Reaktion. Er hatte einen Kampf auf Leben und Tod vor sich, trotzdem saß er da auf seinem Pferd und wirkte völlig entspannt.

Gediens nickte. »Er sollte eigentlich längst tot sein.«

Ich sah zu, wie der Recke der Herrin Triamour mit den gemächlichen und gleichmäßigen Schritten eines Mannes ging, der auszieht, eine Aufgabe zu erledigen, die er schon hundertmal erledigt hat, und zitterte unwillkürlich, als die nächste Bö von der See durch meinen Habit fuhr.

»Da hab ich wohl das Geld für sein Pferd rausgeworfen«, sagte Gawain.

Gediens zuckte mit den Schultern. »Du konntest ja nicht wissen, dass er schon eins hat.«

Als die Entfernung zwischen ihm und Balluc noch etwa einen starken Speerwurf betrug, drehte Parcefal seine Stute herum.

»Balor sei mit dir, alter Freund«, hörte ich Gediens verhalten murmeln, als Parcefal seine Stute gemächlich antrieb und das Pferd seinen eigenen Kriegsschrei wieherte. Genau in dem Moment sah ich, dass die Nacht endgültig vor der Dämmerung kapitulierte. Eine wässrig blasse Sonne ging über dem Festland auf und hüllte Felsen und Wiesen in kaltes graues Licht. Parcefal drückte der Stute die Fersen in die Seite, sie wechselte in Trab.

Balluc baute sich auf, Kinn gesenkt, ein Fuß hinter dem anderen, Schild erhoben, Speer in die rechte Armbeuge geklemmt, dicht an den Leib.

Die Stute warf den Kopf in die Höhe, als Parcefal sie zum Kanter trieb. Hocherhoben saß er im Sattel, der lange rote

Helmbusch erinnerte an all das Blut, das sein Speer in Britanniens dunklen Tagen vergossen haben musste. Dann beugte er sich im Sattel vor, stieß einen Schrei aus und bohrte die Speerspitze in den Himmel. Seine Stute wechselte in vollen Galopp, ihre Mähne flog im Morgenlicht, ihre Hufe trommelten auf der Erde.

Balluc aber war bereit, beugte sich ebenfalls vor, die Beine gekrümmt, und streckte den Schild vor, um Parcefals Speer abzuwehren, vielleicht sogar die Spitze im Holz zu verkeilen und den Feind auf diese Weise zu entwaffnen. Als Parcefal keine zehn Schritte mehr entfernt war, drehte Balluc den Schild schräg nach oben, um den Stoß abzufangen. Aber der Stoß blieb aus. Parcefal hob den Speer hoch, drehte ihn fließend herum und ließ ihn herabsausen, rammte ihn nach hinten, während er an Balluc vorbeiritt, und trieb dem Krieger die Spitze unterhalb der Schulterblätter in den Rücken.

Balluc stolperte vorwärts, brüllte und drehte sich zu seinem Gegner um, der sein Pferd verlangsamte, um es zu einem weiteren Angriff umzudrehen.

Keine tödliche Wunde, dieser Stoß in Gegenrichtung der Angriffsbewegung, dafür aber eine Demütigung für Balluc, der wenigstens begreifen musste, dass er seinen Gegner unterschätzt hatte.

»Das habe ich schon seit vielen Jahren nicht mehr gesehen«, sagte Gawain. Obwohl wir hier am Rand der Klippe standen und bald in den Tod gestürzt werden sollten, lag ein Lächeln nicht nur auf seinen Lippen, sondern auch in seinen Augen.

»Nicht schlecht für einen alten Mann«, gab Bruder Yvain zu, und selbst auf Fürst Geldrins Gesicht war der Anflug eines Lächelns zu sehen, wie ich bemerkte, als Parcefal erneut angriff, den Speer diesmal unter den linken Arm geklemmt. Wieder hob und drehte er den Speer im letzten Moment, diesmal aber rammte er das stumpfe Ende in Ballucs Krähenschild. Der große Mann wurde von der Wucht des Aufpralls zurückgeschleudert und landete unsanft auf dem Boden.

Die restlichen Krähenschilde der Herrin fluchten und spuckten aus. Die Herrin selbst sagte kein Wort, hielt die spröden Lippen aufeinandergepresst und die blassen Hände vor dem Leib geschlossen.

Parcefal drehte bei und preschte erneut heran, und wieder bereitete Balluc sich auf den Aufprall vor, doch diesmal zog Parcefal die Zügel, die Stute bäumte sich auf, wieherte in einer großen Atemwolke und zerschnitt mit den Vorderhufen die Luft, und Balluc dachte, seine Chance sei gekommen. Er ließ den Schild sinken, um mit dem Speer zuzustoßen, und genau da warf Parcefal den seinen, während er sich mit dem Schildarm am Hals der Stute festklammerte. Der Speer fuhr Balluc in den Mund, brach durch seinen Nacken hervor und verhakte sich.

Ein Keuchen stieg von den Krähenschilden auf, von Fürst Geldrins Männern und auch von uns, als Balluc den Schild fallen ließ und rückwärts stolperte, als die Stute mit den Vorderhufen landete und triumphierend den Kopf nach hinten warf. Ballucs Beine knickten ein, sein Hintern berührte seine Fersen, und er bot ein seltsames Schauspiel, wie er so dasaß, mit dem Speer in der Scheide seines Rachens, als hätte ein Gott ihn vom Himmel geschleudert, ehe ihn das Gewicht von Muskeln und Kettenhemd auf den Rücken drehte. Ein schockierender, aber zugleich faszinierender Anblick.

»Ich bin froh, das miterlebt zu haben«, sagte Bruder Yvain.

Ich sah Iselle an, die mich ansah, beide die Augen vor Verwunderung aufgerissen.

»Geister aus einer anderen Zeit«, sagte Fürst Geldrin, als Parcefal die Stute zu Balluc trotten ließ und sich seitwärts aus dem Sattel beugte, um seinen Speer aus dem Schädel des Toten zu wuchten. Dann lenkte er sein Pferd die Anhöhe hinauf, und ich sah, wie sich die Bronzeschuppen in den Wellen seiner schweren Atemzüge hoben und senkten.

»Hast du das gesehen, Junge?«, rief er, und ich begriff, dass er mich adressierte.

Ich nickte. Natürlich hatte ich es gesehen. Nie hatte ich so etwas gesehen.

»Ich bin nicht mehr so gut wie früher«, gab Parcefal zu und keuchte. »Und selbst damals war ich nie so gut wie dein Vater.« Er schüttelte den Kopf. Sein Helmbusch floss durch den Wind. »Keiner von uns war so gut wie er.«

Weder Gawain noch Gediens widersprachen.

»Wer war dein Vater?«, fragte Fürst Geldrin, obwohl ich ihm ansah, dass er es bereits erraten hatte.

»Lancelot war mein Vater«, sagte ich.

Obwohl er es gewusst haben musste, schien ihn dieser Name wie ein Schlag zu treffen.

»Lancelot«, sagte er leise. Er hatte meines Vaters Namen eindeutig sehr lange nicht ausgesprochen.

Die Herrin Triamour tat einen Schritt auf mich zu. »Das ändert gar nichts«, sagte sie, auch wenn ihr Gesicht sie Lügen strafte.

Fürst Geldrin beachtete sie nicht. »Dein Vater und ich waren Freunde«, sagte er. »Als wir in deinem Alter waren. Beziehungsweise noch jünger.« Er kratzte sich den sorgfältig gestutzten

Bart. »So sehr man eben Lancelots Freund sein konnte.« Wie er mich anstarrte, wusste ich, er suchte in meinem Blick nach meinem Vater.

»Das ändert gar nichts«, sagte die Herrin Triamour abermals. War ihre Stimme bislang wie Eis gewesen, knisterte sie jetzt wie dünner Frost unter den Stiefeln. »Tötet sie, Fürst Geldrin.«

Fürst Geldrin runzelte die Stirn. »Nein, Herrin, das werde ich nicht.«

»Ihr werdet sie töten, Fürst Geldrin. Ich spreche für die Herrin Morgana, wie Ihr sehr wohl wisst, und ich befehle Euch, diese Männer zu töten. Und sie auch«, fügte sie hinzu und zeigte auf Iselle.

Fürst Geldrin schüttelte den Kopf. »Und ich sage Euch, dass ich das nicht tun werde.«

»Weil Ihr in einem anderen Leben mit seinem Vater befreundet wart?« Die Herrin schnaubte verächtlich, ihre blassen Wangen röteten sich. Hinter ihr regten sich die vier Krähenschilde unruhig und schauten einander fragend an. Fürst Geldrins Weigerung, den Befehl der Herrin auszuführen, hatte sie sichtlich erbost – da aber ihr Recke Balluc nun tot dort unten im nassen Gras lag und sie so wenige waren, wussten sie nicht, was sie tun sollten. »Oder habt Ihr schlicht Angst vor den Toten, Fürst Geldrin?«, fuhr sie fort. »Habt Ihr Angst davor, Lancelot im nächsten Leben wiederzusehen und Euch seinem Zorn zu stellen für das, was Ihr seinem Sohn angetan habt?«

Fürst Geldrin antwortete ihr nicht. Stattdessen deutete er auf mich und Gawain, Gediens und Iselle. »Sie werden nicht angerührt«, sagte er zu seinen Männern, dann richtete er den Speer auf Bruder Yvain. »Aber tötet den Mönch.«

»Nein!« Ich machte zwei lange Schritte, ehe einer der Kämpfer seine Speerspitze an meine Brust legte. »Nein, Herr!« Ich spürte einen zweiten Speer im Kreuz.

»Er hat drei meiner Männer getötet, Galahad ap Lancelot«, sagte Fürst Geldrin, während zwei seiner Speerträger Bruder Yvain an den Armen packten und ihm ein dritter den Speer in den Rücken drückte, »und wird dafür mit dem Leben bezahlen.«

»Tötet sie alle«, befahl die Herrin Triamour.

»Nur den Mönch«, wiederholte Fürst Geldrin.

»Bitte, Herr!«, rief ich.

»Tut das nicht, Fürst Geldrin«, sagte Gawain.

»Es ist bereits getan, Fürst Gawain.« Fürst Geldrin deutete mit seiner Speerspitze zum Rand der Klippe.

»Gawain?«, rief Parcefal, als wollte er um Erlaubnis fragen, sein Pferd zum Angriff zu treiben. Gawain hob kopfschüttelnd die Hand.

»Bitte, Herr«, sagte ich. »Tut das nicht.« Die Speerspitze in meiner Brust pikte unangenehm, trotzdem drückte ich weiter, während sich eine Flutwelle in mir zu erheben schien, in meinen Adern kochte und überzulaufen drohte.

»Schon gut, Galahad«, sagte Bruder Yvain. »Schon gut.«

»Ihr habt mich nur beschützt!«, sagte ich.

»Ein Eid ist ein Eid.« Er lächelte. »Aber ich würde es wieder tun, mit oder ohne Eid.«

Die Speerträger zerrten an ihm, wollten ihn zur Klippe schleifen, aber er wehrte sich, als hätte er Wurzeln im nackten Fels geschlagen.

»Lasst mich den Jungen umarmen«, knurrte er Fürst Geldrin an. »Ein letztes Mal.«

Fürst Geldrin nickte. Die Kämpfer, die uns bewachten, traten zurück und richteten ihre Speerspitzen in den immer helleren

Himmel. Im nächsten Augenblick hatte ich mich in Bruder Yvains Arme geworfen, und er hielt mich so fest, dass ich keine Luft mehr bekam.

»Wir müssen kämpfen«, sagte ich.

»Nein, Junge. Diesmal nicht.«

»Bitte.«

»Du musst mich ziehen lassen. Hörst du? Du musst mich jetzt ziehen lassen.«

Ich hielt ihn, und er hielt mich, und meine Tränen benetzten das Fell auf seiner Schulter.

»Alles gut, Galahad«, sagte er, und dann legte sich seine große Hand um meinen Hinterkopf. Ich war wieder ein kleiner Junge. »Aber denk daran, Bursche: Du bist nicht er. Du bist nicht dein Vater.« Seine Worte fuhren heiß in mein Ohr, sein Bart lag weich an meiner Wange. »Du bist Galahad. Ganz gleich, was alle anderen in dir sehen wollen. Ganz gleich, was du glaubst, wer du sein musst. Du bist Galahad. Verstehst du, was ich meine, Junge?«

Ich versuchte zu nicken, aber er hielt meinen Kopf so fest. *So fest.*

»Bitte«, flehte ich.

»Wenn du Merlin siehst, sag ihm, ich habe meinen Eid erfüllt. So gut ich konnte. Das sagst du ihm, Junge. Und jetzt lass mich gehen. Sie warten auf mich. Meine kleine Tangwen und mein Bursche. Sie haben lange genug gewartet.«

Er ließ mich los, und ich glaubte, ich müsste ertrinken ohne seinen Halt, an den ich mich klammern konnte. Er nickte, und da sah ich die Angst in seinen Augen.

»Vergiss es nicht. Bloß nicht«, sagte er, als Fürst Geldrins Männer ihn abermals ergriffen. »Vergiss es ja nicht!«, fauchte er mich mit wachsender Furcht an.

Ich sah Iselle an. Ihre Tränen fielen auf den nackten Fels. Ich sah Gawain und Gediens an und hoffte, sie würden irgendetwas tun. Gawain erwiderte meinen Blick und schüttelte den Kopf, und als ich mich wieder zu Bruder Yvain umdrehte, hatten sie ihn bis zur Kante geschoben, und sein Bart wehte im Seewind und glitzerte von seinen Tränen.

Ein Speerträger gab ihm einen Stoß, dann war er verschwunden.

Ich konnte sehen, dass Fürst Geldrin und die Herrin Triamour sich stritten, hörte aber ihre Worte nicht. Über mir wirbelten die Seemöwen auf und nieder, völlig lautlos. Selbst die See hatte ihr Brüllen eingestellt, die Wellen warfen sich in stummem Zorn auf die Felsen tief unten.

Er war weg. Er hatte mich verlassen. Obwohl ich noch immer seine Hand auf meinem Hinterkopf spürte, seine starken Finger in meinem Haar, ihn sogar auf meiner Haut riechen konnte, war er weg.

Ich drehte mich um und sah Parcefal zu uns heraufkommen. Sah ihn Gawain sein Schwert und Gediens sein langes Messer zuwerfen und sah auch, dass Fürst Geldrins Männer ihn nicht daran hinderten.

Iselle stand vor mir, und ich erkannte die Form meines Namens auf ihren Lippen, konnte aber noch immer nichts hören. Sie packte meinen Habit und zog mich zu Gawain, der neben Gediens und Parcefal eine defensive Haltung eingenommen hatte, die Klingen in Richtung der Männer von Fürst Geldrin und der Krähenschilde erhoben.

Dann schlug Iselle mir ins Gesicht, und mir war, als hätte sie mich aus einem Traum erweckt. Lärm schlug über mir zusammen, umspülte mich wie eiskaltes Wasser, und ich stolperte, während Iselle mich von den beiden Kämpfergruppen wegzerrte, die einander johlend mit Beleidigungen bedachten und sich in gewalttätige Stimmung brachten.

»Tötet sie!«, schrie die Herrin Triamour. Verschwunden war die schöne junge Frau mit dem wehmütigen Blick. An ihre Stelle war eine hasserfüllte Kreatur getreten, die nach unserem Tod lechzte. »Tötet sie, Fürst Geldrin, oder ich werde Euch persönlich verfluchen. Ich werde Eure Seele an ein schwarzes Zicklein binden. Ich werde Eure Blase mit Steinen füllen, bis Ihr kein Wasser mehr lassen könnt.«

»Es reicht!«, brüllte Fürst Geldrin, rammte das stumpfe Ende seines Speeres lautstark in den Fels und zeigte mit dem Finger auf die Herrin Triamour. »Wagt es nicht, mir zu drohen, Herrin«, sagte er finster. »Ich habe Morgana die Treue gehalten, aber hier bin ich der Herr, und diese Männer unterstehen meinem Befehl.« Er deutete mit dem Speer aufs Meer hinaus. »Ihr habt den Druiden. Ich habe mich nicht eingemischt. Aber ich werde nicht noch einen meiner Männer aufs Spiel setzen.« Er nickte uns zu. »Wenn Ihr sie tot sehen wollt, Herrin, müsst Ihr sie selbst töten.«

Die Herrin Triamour zischte Fürst Geldrin an und befahl ihren Leuten, uns zu töten. Sie senkten ihre Speere, hoben die Schilde und kamen auf uns zu. Iselle drehte sich um, rannte zu Ballucs Leiche und stand keine zehn Herzschläge später neben Gawain und Gediens, das Schwert des Toten in der einen Hand, seinen Schild in der anderen.

»Zurück«, wies Fürst Geldrin seine eigenen Speerträger an, die sich über den Felsen zurückzogen. »Damit haben wir nichts zu tun.« Dann rief er meinen Namen und warf mir seinen Speer zu, und ich fing ihn auf. »Obwohl ich nicht zusehen werde, wie Lancelots Sohn ohne eine Klinge in seiner Hand erschlagen wird, selbst wenn er ein Mönch des Christus ist.«

Ich legte beide Hände um den Schaft, und es fühlte sich vertraut an. Es fühlte sich gut an.

»Komm hinter mich, Galahad«, sagte Gawain. Ich aber blieb, wo ich war, stand an seiner Seite und sah den Krähenschilden entgegen, die jetzt nah genug waren, dass ich ihren Schweiß riechen konnte, ihren Gestank nach Leder und Dung, den uns der Wind entgegentrug. Ich fixierte einen von ihnen und suchte seinen Blick. Ein großer Mann, vielleicht zehn Jahre älter als ich und zweifellos ein erfahrener Kämpfer, wenn er das Recht erworben hatte, in der Leibgarde der Herrin Triamour zu dienen. Ich wollte ihn töten. Ich sehnte mich danach, spürte das Verlangen in meiner Brust wachsen und wild mit den Flügeln schlagen.

Aber der große Krieger ging auf Gawain los, und so viel Kampferfahrung er auch haben mochte, dies war die letzte Handlung seines Lebens. Er stach mit seinem Speer zu, Gawain parierte die Klinge mit Parcefals Schwert, trat einen Schritt zur Seite, packte eine Faust voll Umhang am Hals des Mannes, zog ihn zu sich, rammte ihm im gleichen Moment das Schwert in den Bauch und brüllte vor Anstrengung und Blutdurst. Das Schwert brach durch den Lederpanzer und bohrte sich tief in die Eingeweide, dann zog Gawain es heraus und wich einen Schritt zurück, als die restlichen Männer der Herrin an ihrem Mitstreiter vorbeiliefen, der seinen Schild fallen ließ, auf die Knie sackte und die tödliche Wunde umklammerte, die im Morgenlicht dampfte.

»Zurück, Junge«, fauchte Gawain mich an, aber ich blieb stehen.

»Nein!«, schrie die Herrin Triamour. »Das genügt. Zurück. Zurück, Krieger von Camelot.« Sie hatte plötzlich ihre Meinung geändert, und die Krähenschilde brauchten keine zweite Aufforderung. Sie senkten die Schilde und zogen sich zurück, scharten sich um ihre Herrin. Die Herrin hatte zugesehen, wie zwei ihrer Besten erschlagen wurden, und vielleicht eingesehen, dass die Götter auf dieser windumtosten Klippe nicht an ihrer Seite standen.

»Gut«, sagte Fürst Geldrin. »Und nun schlage ich vor, ihr verlasst Tintagel, Fürst Gawain. Meine Männer werden euch eure Besitztümer zurückgeben. Nehmt eure Pferde und geht und kommt nicht wieder her, verstanden?«

Gawain atmete noch immer schwer, während die Schwertspitze Rot ins Gras tropfte. Er nickte. »Jawohl.«

Fürst Geldrin starrte mich an, und Feuer lag in unseren Blicken.

»Du weißt, dass ich es tun musste, Junge«, sagte er. »Die Toten müssen gerächt werden.« Er nickte. »Behalte den Speer. Als Geschenk.«

Ich erwiderte nichts. Der Speer lag gut in meiner Hand. Ich fragte mich, wie es um meine Wurfkünste bestellt war. Ob ich Fürst Geldrin von hier aus treffen würde.

»Galahad«, knurrte Gawain. »Wir gehen.«

Noch immer starrte ich den Herrn der Klippen an, nickte aber. Dann drehte ich mich um, marschierte den Hügel hinunter in Richtung Tintagel, schaute dann und wann zurück, um sicherzugehen, dass die Männer der Herrin uns wirklich nicht folgten.

»Du siehst alt aus, mein Freund«, sagte Gawain zu Parcefal, der sich ans Sattelhorn lehnte und der Stute die Navigation überließ.

»Ich *bin* alt«, sagte Parcefal, hob den linken Arm und verzog schmerzlich das Gesicht. Unter uns erwachte Tintagel allmählich. »Ich wollte diesen dicken Ochsen schon bei der ersten Runde niederstrecken.«

Gawain und Gediens grinsten bitter. Ich aber hörte noch immer Fürst Geldrins Worte im Wind.

Die Toten müssen gerächt werden.

Seine Männer gaben uns alles zurück, was sie uns abgenommen hatten, zu meiner Verwunderung sogar den Sack des Druiden, obwohl es mir nicht allzu geheuer war, abermals auf dessen Inhalt aufpassen zu müssen. Danach eskortierten sie uns über die Landbrücke und stellten sicher, dass das große Tor auf der Festlandseite hinter uns fest verriegelt wurde. Sie hatten Gawain nicht gestattet, dem buckligen Lidas einige Pferde zurückzuverkaufen, also ritten wir zu fünft mit vier überzähligen Rössern, deren leere Sättel uns jederzeit an unser Scheitern erinnerten. Und daran, dass Bruder Yvain nicht mehr war.

Ich war nicht zum Rand der Klippe gegangen und hatte hinuntergeschaut, trotzdem zeigten mir meine Gedanken immer wieder Bilder von seinem toten Körper, wie er dort zerbrochen auf den Felsen lag, in den Wellen langsam vor und zurück schwappte, während die See sich hungrig spielte, um ihn schließlich ganz zu verschlingen. Er war fort, und mein Herz sehnte sich sehr nach ihm.

»Er war ein ehrbarer Mann.« Iselle schaute beim Reiten in den Himmel und sah einem weißen Reiher hinterher, der aufs Meer hinausflog und grazil auf den Böen ritt, den Hals angewinkelt, die langen Beine nach hinten ausgebreitet, und ich stellte mir vor, dass es Yvains Seele war, die seinem zerschellten Körper entfloh und jetzt zu seiner Frau und den Kindern strebte, die ihn an der Küste von Annwn erwarteten. Und irgendwie wusste ich, dass Iselle das Gleiche dachte, während sie diesen Vogel betrachtete.

»Einer der tapfersten Männer, die ich je gekannt habe«, sagte Gawain, der hinter mir ritt. »Wir hätten nichts für ihn tun können.« Ich spürte seinen Blick im Nacken.

Ich holte tief Luft und versuchte, den Kloß im Hals runterzuschlucken. »Wie wir auch nichts für die restlichen Brüder tun konnten«, sagte ich, meine Worte beißend wie Rauch. »Erinnert Ihr Euch noch daran, wie wir sie im Stich gelassen haben?«

Eine ganze Weile waren nur die Geräusche der Hufe zu hören, die sanft auf der Erde klapperten, das Klingeln des Zaumzeugs und das Knirschen von Leder.

»Wir haben sehr viele Opfer gebracht, Galahad«, sagte Gawain schließlich. »Und werden noch mehr bringen müssen, ehe alles vorbei ist.«

»Und wann wird das sein, Herr?«, fragte ich.

»Wenn Arthur uns zum Sieg führt. Wenn wir die Sachsen zurück ins Meer getrieben haben.«

»Wenn die Götter wieder in dieses Land zurückkehren«, fügte Iselle hinzu.

»Stellt euch nur die Feuer von Beltane vor«, sagte Gediens. »Wir werden die Nacht zum Tag machen.«

»Ich hoffe, ich lebe lange genug, um es zu sehen«, sagte Parcefal.

Ich drehte mich im Sattel und sah die große graue Stute an, die Bruder Yvain hätte reiten sollen. Ich fühlte seine Abwesenheit wie eine schwere Last, wie einen Mühlstein in meinem Bauch. Die Bürde der Schuld für die vielen Jahre, die Bruder Yvain gegeben, für die Worte, die er gesprochen und die ihn fest an mich gebunden hatten. Aber warum hatte Merlin ihm einen solchen Eid überhaupt abverlangt? Was wollte der Druide mit mir?

»Glaubst du, Bruder Yvain ist jetzt bei seiner Familie?«, fragte ich Iselle.

Sie schien zu überlegen. »Die Götter hatten immer ein offenes Ohr für Merlin, sagt man.« Sie beugte sich vor und berührte die eiserne Trense im Maul ihres Pferdes. »Daran hat auch Arthur geglaubt.«

»Aber am Ende hat Merlin Arthur im Stich gelassen«, sagte ich. »Vielleicht hatte Merlin zu dem Zeitpunkt, als er Yvain den Eid abgenommen hat, schon seine Macht verloren.«

Wie ein vorbeiziehender Schatten umwölkte sich Iselles Stirn. »Selbst wenn sein Zauber nicht funktioniert hat oder Merlin sogar wusste, dass er nicht funktionieren würde, und Yvain hintergangen hat …« Sie sprach es aus, als schmeckten die Worte faulig. »Glaubst du, Yvain war ein Mann, der je aufhören würde, nach seiner Familie zu suchen?«

Das musste ich nicht beantworten. Yvain würde seine Frau und seinen Sohn und seine Tochter in Arawns Reich finden. Ich suchte den Himmel ab, aber der weiße Reiher war längst verschwunden. Irgendwo oberhalb des Westlichen Meeres war er mit den grauen Wolken verschmolzen, und so schloss ich die Augen und sah Bruder Yvain vor mir, wie er ein lachendes kleines Mädchen auf den Schultern trug.

Wir ritten gen Osten, nach Camelot. Gawain hatte richtig vermutet, das Schiff in der Bucht müsse etwas mit unserer Suche zu tun haben. Parcefal erzählte, er sei hinauf in die Festung gegangen, um Vorräte zu kaufen, und habe Merlin mit seinem Sachsensklaven Oswin in der Höhle zurückgelassen.

»Der alte Bastard hat sich Tag und Nacht nur übers Essen beschwert«, sagte Parcefal, »wie eine Made hing er mir ständig im Ohr. Also hatte ich die Hoffnung, ihm mit etwas frischem Brot und Käse das Maul zu stopfen. Und einem Schluck Wein vielleicht.« Als er aber später in die Höhle zurückkehrte, waren Merlin und Oswin verschwunden, und nur ein paar Blutspritzer im Sand hatten von einer Auseinandersetzung gezeugt. »Eine Made in meinem Ohr«, wiederholte Parcefal und fluchte leise. Der alte Krieger war beschämt. All die Jahre auf der Suche nach Merlin, um ihn endlich zu finden und gleich wieder zu verlieren.

»Ich mache dir keinen Vorwurf«, sagte Gawain. »In Merlins Gegenwart zu sein, ist wie Zahnschmerzen haben. Ich bin zwei Mal an seiner Seite der Länge nach durch Britannien geritten, und wäre Arthur nicht gewesen, hätte ich dem Druiden irgendwann im Schlaf die Zunge herausgeschnitten.« Er grunzte und schüttelte den Kopf. »Aber gut, Lancelot hat ihn sogar noch mehr gehasst als ich.«

»Warum?«, fragte ich.

»Dein Vater war sicher, Merlin habe Guinevere irgendwie manipuliert. Weil auch sie die Gabe besaß«, sagte Gawain. »Lancelot dachte, der Druide hätte seine Finger im Spiel, und das ist sicher richtig. Dieser hinterlistige Hund hatte überall seine Finger im Spiel.« Er schien auf den nächsten Worten zu kauen, ehe er sich dazu durchrang, sie auszuspucken. »Es gab Momente, als Arthur ganz am Boden war, da hat er geglaubt, dass Merlin hinter allem steckt.« Ich sah Gawain an, und er erwiderte meinen Blick. »Dass Merlin *gewusst* hat, dass Lancelot und Guinevere sich verlieben würden. Dass er dafür gesorgt hat, dass es so kommt. Genau wie er deinen Vater betrogen hat, damit er Arthur den Treueeid schwört.«

Ich wechselte einen Blick mit Iselle. »Warum hätte Merlin das tun sollen?«, fragte ich.

Gawain zuckte mit den Schultern. »Warum tut ein Druide überhaupt irgendwas?«, gab er zurück und pulte mit dem Finger etwas aus seinem Ohr. »Vielleicht hat er Guineveres Gabe für so verheißungsvoll erachtet, dass er sicherstellen wollte, sie würde von den beiden größten Kriegern Britanniens beschützt. Oder vielleicht wusste er, dass Lancelot Guinevere lieben musste, wie der Falke das frische Fleisch liebt und ohne dieses Verlangen nie die Gunst der Götter erlangen würde? Wer weiß das schon.«

»Ich glaube, er hat gewusst, dass ihn seine Scham noch enger an Arthur binden würde«, sagte Iselle. »Damit er alles für ihn tun würde.«

Es waren schwere Worte, denen langes Schweigen folgte. Wieder waren nur die klopfenden Hufe im Gras und die knirschenden Sättel zu vernehmen.

Ich hatte Merlin nie kennengelernt. Für mich war er nie mehr als eine Sagengestalt gewesen. Ein schlechter Geruch in der Luft, an den die Brüder des Dornbusches kaum einen Atemzug verschwendet hatten. Jetzt aber wusste ich, dass er ein Mann aus Fleisch und Blut war, und schon hatte ich begonnen, ihn zu hassen.

11

Camelot

Als wir vier Tage später Camelot erreichten, sagte Gediens, ich sähe aus wie ein Fisch, den man aus großer Tiefe emporgezogen hätte, mit riesengroßen Augen und offenem Mund. Das mochte sein, aber ich war nicht der Einzige, der sich von diesem Anblick tief beeindruckt zeigte. Iselle saß hocherhoben im Sattel und verdrehte sich fast den Hals, als sie den großen Hügel betrachtete und die gewaltige Mauer aus behauenen Steinen und Holzpfählen, die ihn einmal ganz umlief. Selbst Gawains Blick wirkte verklärt, obwohl ich wusste, dass es nicht an dem Anblick lag, sondern daran, wofür Camelot stand, an den Erinnerungen, die hier geschmiedet worden waren und die er noch immer mit sich trug, so scharf und hell wie die Klinge in seiner Scheide.

Wir kamen, als hätte uns das Dröhnen des Schmiedehammers heraufbeschworen, als hätten uns der süße Duft der Herdfeuer und der weniger süße Duft der Menschen und ihrer Verunreinigungen angelockt. Denn selbst darin liegt ein gewisser Trost, sagte Parcefal, wenn man lange Zeit unterwegs ist.

Die alte Hügelfestung ragte fast fünfhundert Fuß über dem fruchtbaren Ackerland der Ebene auf. Schon die alten Könige hatten hier ein Bollwerk errichtet, lange bevor das mächtige Rom seine genagelten Marschsandalen auf unser Land gesetzt hatte. Und wirklich hatte dieser Ort irgendetwas an sich, dass mir das Blut in den Adern bebte, als wir unsere Pferde unter den weiten Zweigen einer alten Eiche abstellten, an die sich trotz all der scharfen Winterwinde noch immer ein paar braune Blätter klammerten. Im Rascheln dieser toten Blätter hörte ich sie. Schwache Stimmen aus der Vergangenheit, die von Sterben und Krieg flüsterten, von gewalttätiger Auseinandersetzung oder lautloser Krankheit, die ihnen das Leben genommen hatten. Aber es war auch Geflüster dabei, das von Liebe und kurzem goldenem Glück erzählte, von üppiger Ernte und Scheunen voller Korn und Feuern an Beltane, deren Flammen bis in den Himmel ragten.

An schönen klaren Tagen hatte ich von Ynys Wydryn aus diesen fernen Hügel betrachtet im Wissen, dass er nun seit fast dreißig Jahren als Zeichen des Widerstands gegen die Sachsen stand. Erst jetzt aber, da er mein ganzes Blickfeld ausfüllte und sogar die Luft ringsum von Erinnerungen geschwängert schien, die sich in meinen Geist bohrten, begriff ich wirklich, was Camelot bedeutete. Es war das schlagende Herz Dumnonias. Selbst ohne Arthur, der oben die Mauern abschritt oder seine berühmten berittenen Krieger zum Tor hinausführte, stellte Camelot nicht weniger dar als die Hoffnung Britanniens. Das letzte Licht auf diesen Dunklen Inseln. Und vielleicht hatte die Herrin Morgana Merlin geraubt, um ihn für den Krieg gegen die Sachsen an ihrer Seite zu wissen, wie er auch ihrem Halbbruder Arthur und dessen Vater Uther zur Seite gestanden hatte.

Aber Gawain und die letzten treuen Krieger Arthurs hatten nicht all die Jahre nach dem Druiden gesucht, um seine Macht nun der Herrin Morgana zu überlassen. Es gab jene, die glaubten – wenn sie es auch nicht laut aussprachen –, dass Morgana von Mordreds geplantem Verrat an Arthur gewusst hatte. Dass sie gar den Samen des Hasses im Herzen des jungen Kriegers gesät hatte, als er noch ein Junge gewesen war. Denn hatte sie nicht begehrt, selbst über Camelot zu herrschen? So erzählte man sich. Und eine entsetzlichere Rache hätte sie sich kaum erdenken können für den Mann, der diesen Sohn mit ihr gezeugt hatte, von dem inzestuösen Akt aber derart abgestoßen gewesen war, dass er versucht hatte, den kleinen Mordred umbringen zu lassen.

»Kaum eine entsetzlichere Rache«, hatte Gawain eines finsteren Abends am Lagerfeuer bemerkt, »für einen Mann, der durch Verrat bereits bis ins Mark erschüttert war.«

»Armer Arthur«, hatte Iselle gesagt. Die Flammen erhellten ihr Gesicht und tanzten in ihren Augen.

»Ja, armer Arthur«, sagte Parcefal.

Gawain warf einen halb verkohlten Stock ins Feuer. »Und jetzt hat sie sich auch noch Merlin gegriffen, um ihn für ihre Zwecke zu gebrauchen.«

»Was, wenn nicht?«, fragte ich. »Was, wenn doch jemand anders den Druiden hat?«

Gawain schüttelte den Kopf. »Morgana hat ihn, Junge. Warum sonst hätte ihre trübsinnige Enkeltochter in Tintagel sein sollen?«

Parcefal gab ihm recht. »Irgendwer muss uns gesehen und Camelot benachrichtigt haben.« Er faltete eine Decke zusammen und stopfte sie hinter sich zwischen Rücken und Steine, lehnte sich zurück und starrte ins Feuer. »Ist euch aufgefallen, dass wir viel talentierter darin sind, uns Feinde zu machen anstatt Freunde?«

Gawain grunzte bloß und sah in die Nacht hinaus.

Und so waren wir unter schweren grauen Wolken zu der mächtigen Hügelfestung gelangt, um den Druiden zu finden.

»Der Anblick allein kann einem neue Hoffnung einflößen.« Parcefal stand gebeugt unter zwei Umhängen da, nachdem er sich seinen Ersatzmantel ebenfalls übergeworfen hatte. Wie die anderen hatte auch er sein prächtiges Rüstzeug abgelegt; Schuppenpanzer, gefiederte Helme und Bärenschilde waren eingewickelt und auf den Ersatzpferden verstaut worden, um nicht die Blicke der Menschen auf uns zu ziehen, die Camelots südwestliches Tor passierten. Trotzdem sahen diese drei Männer kaum wie Bauern aus.

»Dein Vater und Arthur haben diese Gräben gemeinsam ausgehoben«, meinte Gawain zu mir und hob sein Kinn in Richtung der Wallanlagen, die an den ohnehin schon steilen Flanken des Hügels errichtet worden waren. »Tag für Tag haben sie im Matsch geschuftet. Es war die einzige ehrliche Arbeit, bei der ich Arthur je gesehen habe, von der Kriegsführung mal abgesehen.« Er schüttelte den Kopf. »Das war sein Traum, Galahad. Die beiden waren wie Brüder damals. Vor ihrem Bruch.«

»Es gibt keinen Bund zwischen Männern, den eine Frau nicht trennen kann«, sagte Gediens.

Iselle bedachte ihn mit einer hochgezogenen Braue, er drehte die leeren Handflächen nach oben.

»Was, wenn wir ihn nicht finden können?«, fragte ich, denn zuerst sollten Iselle und ich Camelot allein betreten. Die anderen würden erkannt werden, sowie sie durchs Tor ritten. Gawain war an Arthurs Seite gewesen, als dieser Mordred erschlagen hatte, konnte also schlecht darauf bauen, von der Herrin in Camelot freundlich empfangen zu werden. Iselle und mich kannte jedoch niemand, also war es an uns herauszufinden, wo Morgana Merlin gefangen hielt – vorausgesetzt, der Druide befand sich wirklich in der Festung.

»Er ist irgendwo da drin«, sagte Gawain überzeugt, als wir von unseren Pferden stiegen. Iselle verzog das Gesicht und drückte sich eine Hand in den Hintern, der wohl vom Reiten schmerzte. »Ihr werdet ihn schon aufspüren.«

Das Schiff, auf das sie den Druiden gebracht hatten, würde entlang der Küste von Dumnonia bis zur Halbinsel von Steart gesegelt sein und von dort über den Fluss Parwydydd, bis die Sümpfe zu flach wurden, dann den Rest des Weges mit kleineren Booten. Höchstens drei Tage, hatte Gediens gesagt.

»Er ist hier«, knurrte Parcefal. »Ich kann den Bastard spüren.«

Gawain streckte Iselle die Hand entgegen. »Du wirst genug Blicke auf dich ziehen, auch ohne ein Sachsenschwert auf dem Rücken, Mädchen.«

Iselle verkrampfte sich, ihre Nasenflügel bebten, und ich dachte schon, sie würde sich weigern, da sie bereits Bogen und Köcher an ihrem Sattelknauf vertäut hatte. Dann aber rümpfte sie die Nase und hielt Gawain ihr Schwert hin, inklusive Scheide und Wehrgehänge, und er wickelte den Gürtel um die Scheide und deutete auf das lange Messer an ihrer Hüfte.

»Nein«, sagte sie entschlossen. Ihre Hand fiel auf den Knochengriff.

Gawain presste die Lippen zusammen und nickte. »Handelt euch keinen Ärger ein«, sagte er zu uns. »Wir bleiben hier. Und beeilt euch.« Er drehte sich im Sattel um und schaute den matschigen Pfad entlang, den wir gekommen waren. Ein Mann und ein Knabe mit einem leeren Ochsenkarren näherten sich der Hügelfestung. Hin und wieder quietschte ein Rad, der Mann trieb das Tier mit einer Haselrute an. »Die Herrin Triamour kann nicht weit hinter uns sein«, Gawain drehte sich wieder zu uns, »und sobald ihre Großmutter erfährt, dass wir noch am Leben sind, werden ihre Speerträger ganz Dumnonia nach uns durchforsten, und wir bringen den Druiden niemals heil zu Arthur.«

»Wir finden ihn«, sagte ich und meinte es auch so. Ich würde alles tun, um der Herrin Morgana wehzutun, die zwar Bruder Yvain nicht persönlich von der Klippe in Tintagel geworfen hatte, diesen Ausgang mit ihrer Suche nach Merlin jedoch erst herbeigeführt hatte. So warteten Iselle und ich, bis uns der Ochsenkarren passiert hatte, und folgten ihm dann die Pflasterstraße zum Tor hinauf, über dem ein Banner von dem Wachturm aus Holzstämmen hing – ein weites Tuch aus ungebleichter Wolle, bestickt mit drei großen schwarzen Vögeln. Mannshohe Krähen mit Schnäbeln wie Schwerter.

Wo Tintagel wirkte, als wäre es lange vor der Zeit der ersten Könige von einem Gott aus dem Felsen gehauen worden, war Camelot eindeutig ein Werk von Menschenhand, dadurch aber nicht weniger beeindruckend. Die große Festung war auf den Gebeinen unserer Vorfahren errichtet worden, die Erde von Muskeln und Eisen umgewälzt, die Krume mit Blut bewässert und gedüngt mit Gemeinschaft und Einigkeit. Und während wir diesen Kanal erklommen, der vor langer Zeit durch die vier gewaltigen Wälle geschnitten worden war, welche die äußeren Verteidigungsringe bildeten, konnte ich nicht anders, als mir meinen Vater vorzustellen, wie er hier unter der Sommersonne ackerte, mit glänzender Haut, die langen schwarzen Haare nach hinten gebunden, wie er es getan hatte, wann immer er Holz hackte oder pflügte oder mich im Umgang mit Schwert und Lanze unterrichtete. Fast konnte ich den Schweiß auf seiner Brust und in seinem Bart riechen. Auch hier spürte ich seine Anwesenheit, wie schon in der Nacht, als ich auf Arthurs Hof allein vor seine Rüstung getreten war, und davor, als ich auf Ynys Wydryn die Armschiene aus den Tiefen meiner Kiste gegraben und sie mir unter die Nase gehalten hatte, um den süßen harzigen Geruch einzuatmen, der noch immer an ihr haftete, und meinen Vater vor mir gesehen hatte, wie er am Herdfeuer saß und Bienenwachs ins Leder massierte, bis es glänzte.

»Was ist, Galahad?«, rief mir Iselle über die Schulter zu. Sie war vorangegangen, blieb jetzt aber vor dem inneren Tor stehen, wo zwei Wachen den Mann mit dem Karren befragten. »Was ist los?«

»Nichts«, sagte ich und beeilte mich. Oben drehte ich mich noch einmal um und blickte über die Wallanlagen. Aber mein Vater war fort.

Wir folgten dem Karren durchs Tor und erwarteten, ebenfalls von den Wachen befragt zu werden, aber sie würdigten uns kaum eines Blickes, und schon waren wir in der Festung. Obwohl wir jetzt auf dem Plateau standen, fast fünfhundert Fuß oberhalb der alten Eiche, in deren Schutz wir die anderen zurückgelassen hatten, war es hier fast windstill. Ich wandte mich nach links und rechts, saugte alles in mich auf, war verwundert von der Größe der Siedlung und verzaubert von der Vorstellung, dass auch mein Vater einst genau hier gestanden und den gleichen Anblick vor sich gehabt haben musste.

»Ich hätte nie gedacht, einmal herzukommen.« Iselles Stimme

war voller Verwunderung, aber auch gedämpft, als habe sie das Gefühl, am falschen Ort zu sein. Als könne ihr jederzeit jemand befehlen, sich umzudrehen und das Tor zu nehmen, da dies kein angemessener Ort für Sumpfbewohner sei. Sie schüttelte den Kopf. »Ich habe versucht, es mir vorzustellen, aber nie geglaubt, es je zu sehen.«

Ich musste ihr nicht antworten. Wir waren beide überwältigt, ließen die Blicke über strohgedeckte Gebäude und Werkstätten mit großen Rauchsäulen schweifen, über Viehställe und Kaufläden, Stallungen und Schmieden und unzählige Holzwege und all die Menschen, die hinter den Mauern von Camelot vergleichsweise in Sicherheit lebten. Männer, Frauen, Kinder, die an diesem grauen Tag ihren Geschäften nachgingen.

Der Lärm an diesem Ort brach über uns herein wie ein schwerer Wein: Hundegebell, Muhen und Blöken aus den Ställen, wildes Geschrei von spielenden Kindern, spaltende Äxte und quietschende und knarrende Karren, das Ächzen der Ochsentreiber und das Wiehern und Schnauben der Pferde.

»Aber da bin ich.« Iselle riss die Arme auseinander. »In Camelot. Zusammen mit einem halben Mönch.«

Ich biss an. »Ich bin nicht mehr Mönch als du«, sagte ich und schämte mich nicht einmal, sondern empfand bloß eine gewisse Leere dabei. Nun, da Bruder Yvain nicht mehr war, gab es die Brüder vom Heiligen Dornbusch nicht mehr. Der Orden war bloß noch eine Erinnerung, die ich allein weitertragen konnte.

Nur – wer oder was war ich dann?

»Schon seltsam die Vorstellung, dass Arthur und Guinevere hier mal geherrscht haben«, sagte Iselle. »Wenn man daran denkt, wie sie sich jetzt im Sumpf verstecken.« Ich folgte ihrem

Blick und sah die große Halle, die den Platz im Inneren der Festung dominierte. Bis jetzt hatte ich mir absichtlich versagt, sie genauer zu betrachten, wie man sich das Fleisch in der Brühe bis zuletzt aufspart, um es richtig zu genießen.

Sie war so groß wie Uthers alte Halle in Tintagel, deren Holzstämme jedoch vom Alter gebeugt waren, während die hiesigen gerade wie Speere standen gleich dem Tag, da Arthurs Baumeister sie in die Erde gerammt hatten. Das Stroh auf dem geschwungenen Dach war ergraut, wies aber keine Flechten auf, und man konnte sich gut ausmalen, wie Fürst Arthur und seine schöne Gemahlin an einem Sommertag ins Freie traten und die Menschen ihre Namen flüsterten, wie man die Götter um reiche Ernte bittet, alle Hoffnungen Britanniens auf ihren Schultern.

»Glaubst du, es kann je wieder so werden wie damals, Galahad?«, fragte Iselle. »Wenn Merlin Guinevere zurück ins Licht führen kann? Wenn Arthur wieder Excalibur ergreift und uns anführt?« Leidenschaftliche Hoffnung lag in ihrem stolzen Gesicht. Ich verzehrte mich nach ihr.

»Gawain muss daran glauben«, sagte ich. »Und ich habe nicht das Gefühl, dass er jemand ist, der Träumereien nachhängt.«

Iselle runzelte die Stirn. »Er ist ein Krieger. Er kennt nichts anderes. Gawain will den alten Arthur zurückhaben, weil er weiß, dass der alte Arthur, der Kriegsherr, jemand ist, dem andere Menschen folgen werden. Dass ihm selbst die Könige Britanniens folgen werden und es ein großes Heer geben wird. Das will Gawain erreichen, und er wird alles für dieses Ziel tun.«

»Parcefal und Gediens glauben auch daran«, sagte ich, aber darauf ging sie nicht ein, denn wir wussten beide, dass sie wie

Gawain selbst Echos aus der Vergangenheit darstellten, und alle drei suchten sie nach der Stimme, die sie erschaffen hatte.

»Versuchen wir es zuerst in der Halle der Herrin?«, fragte Iselle.

Wir gingen den Holzweg entlang, als ein Donnerschlag durch den Himmel im Westen rollte und alle Hunde Camelots ein großes Geheul anstimmten. Iselle sagte, sie klängen wie die Mönche vom Heiligen Dornbusch bei ihren Gebeten. Meine Reaktion aber blieb aus, denn ich starrte eine Gruppe Kämpfer an, die sich um zwei schlammbedeckte Männer mit blankem Oberkörper versammelt hatten, die rangen und versuchten, einander umzuwerfen.

Wir waren beide stehen geblieben. »Nein«, sagte Iselle. Sie packte mich am Arm. Ich spürte, wie sich ihre Finger bis auf meinen Knochen gruben. »Das kann nicht sein.«

Einer der Männer warf den anderen zu Boden, und die eine Hälfte der Menge johlte, während sich die Ringkämpfer nun beide im Schlamm wälzten, derart besudelt, dass das Weiß in ihren Augen in der dunklen Erde schimmerte.

Mein Magen zog sich zusammen, die Haut in meinem Nacken prickelte. Denn manche dieser Männer, acht oder neun von ihnen, hatten lange blonde Haare, offen getragen oder zu Kriegerzöpfen geflochten, trugen goldene Bärte oder Bartzöpfe und hatten gerötete Gesichter. Diese Männer waren in Felle gehüllt, und die meisten von ihnen trugen Handäxte im Gürtel, auch waren ihre Schwerter länger als gewöhnlich, ganz wie jenes, das Iselle eben noch in Gawains Obhut gegeben hatte.

Es waren Sachsen.

»Was machen die in Camelot?«, zischte Iselle. Ihre Hand fiel von meinem Arm auf den Knauf ihres langen Messers.

Dass wir hier im Herzen Dumnonias auf Sachsen treffen sollten, schien unmöglich. Dass sie auf Einladung hier sein könnten, war vollkommen undenkbar. Und doch standen sie dort, Männer mit eisernen oder silbernen Amuletten ihres Gottes Thunor um den Hals. Männer, in deren Augen noch das graue Morimaru zu erkennen war, an deren Händen das Blut der Briten klebte. Männer, die ihren Kameraden anfeuerten, der jetzt mit seinen starken Armen und Beinen Morganas Mann am Boden gebunden hatte, sehr zum Verdruss der Dumnonier, die den Sachsen unlauterer Methoden bezichtigten.

Eine Weile standen wir da und schauten dem Wettkampf zu, und obwohl man bei all dem Schlamm bald nicht mehr sagen konnte, welcher Mann wer war, jubelten die Sachsen irgendwann lautstark und schlugen sich gegenseitig auf die Schultern und sammelten von einem graubärtigen Dumnonier ihre Wettgewinne ein. Keiner von uns sprach dieses schlechte Omen an. Aber wie um unsere Stille zu verhöhnen, donnerte es abermals im grauen Himmel, näher diesmal, gefolgt von fetten Regentropfen, die auf den Holzweg klatschten und einen jener Regengüsse vorhersagten, bei dem alle schleunigst das nächste Dach suchen.

Als wir aber weiter zwischen den Gebäuden entlanggingen, vorbei an Schmiede und Töpferei, an Tischler und Bronzegießer und Korbflechter und Fassbinder, begriff ich, dass uns der Regen zuträglich war. Denn wie alle anderen zogen wir uns die Kapuzen über, und kaum jemand würde uns jetzt noch fragen, wer wir waren. Als ich dies zu Iselle sagte, war ihre bissige Antwort, dass die Menschen von Camelot wohl ohnehin daran gewöhnt waren, Fremde in ihre Festung zu lassen.

Hinter einem Stall trafen wir auf eine Gruppe Kinder, die

sich mit Holzschwertern und geflochtenen Weidenschilden bekriegten. Es waren vier Jungen und drei Mädchen, und die Seite mit vier Kindern gab vor, Sachsen zu sein.

»Schau dir diese wilden Krieger an«, rief ich. »Sieh dich bloß vor, sonst schlagen sie dir noch den Kopf ab.«

Die Kinder grinsten blutrünstig und warfen sich mit noch mehr Elan in den Kampf, jetzt, da sie ein Publikum hatten. Ein älterer Junge verkündete, Fürst Arthur zu sein, und der Kerl neben ihm, ein kleinerer Junge mit wildem Blick, dessen Schwert wie der Wind durch die Luft wirbelte, sagte zu Iselle, er sei Lancelot. Und mein Herz trat aus wie ein Pferd.

Ich holte tief Luft und spürte Iselles Blick. Die Holzschwerter klapperten und klatschten. »Tapfere Krieger von Dumnonia«, sagte ich und wartete, während die beiden Armeen erneut voneinander abließen, um sich um ihre Verletzten zu kümmern, ihre Waffen nach Schäden untersuchten oder uns anstarrten, wobei ein oder zwei Kinder vor allem meinen Habit misstrauisch beäugten. »Mir ist zu Ohren gekommen, die Herrin Morgana habe einen Druiden gefunden. Und er sei hier in Camelot. Ist das wahr?«

»Das ist wahr!«, sagte einer von ihnen und fuchtelte mit seinem Schwert.

»Er heißt Merlin«, fügte der älteste Junge hinzu. »Er war ein mächtiger Druide vor langer Zeit.« Er benutzte noch immer seine Fürst-Arthur-Stimme.

»Seid Ihr ein Druide?«, wollte ein kleinerer Junge von mir wissen.

»Sei doch nicht blöd, Dalam«, fauchte ein anderer. »Es gibt keine Druiden mehr außer Merlin. Er ist der Letzte.«

Der kleinere Junge starrte finster drein, und ein anderer

erklärte, ich sei Christ, woraufhin der Kleine sichtlich enttäuscht war.

»Ich hab ihn gesehen. Merlin«, sagte das älteste Mädchen. Sie trug einen Leinenverband um den Kopf und über dem rechten Auge. »Mein Vater ist einer seiner Wachleute.« Sie hob das Kinn, und ihr linkes Auge funkelte vor Stolz. »Einmal hat ihm die Herrin Morgana eine römische Münze gegeben, weil er in der Schlacht am Riesenfelsen so tapfer gekämpft hat.«

Ich gab mir alle Mühe, gebührend beeindruckt dreinzuschauen. »Dein Vater muss ein großer Krieger sein.«

»Wo ist Merlin jetzt?«, fragte Iselle. Das Mädchen kniff ihr gutes Auge zusammen und starrte sie an.

»Das soll ich niemandem erzählen«, sagte sie und schaute ihre Mitstreiter an, von denen die meisten den Kampf wieder aufgenommen hatten und ganz im Auf und Ab ihrer gewaltigen Schlacht versunken waren.

»Wir verraten es auch niemandem«, log ich. »Wir würden nur furchtbar gern einmal einen echten Druiden sehen.«

Sie überlegte und schien unsere Beweggründe nachvollziehbar zu finden. Dann machte sie drei Schritte auf uns zu, und ihre plötzlich unheilvolle Miene passte so gar nicht in ihr junges Gesicht. »Ehe die Sonne untergeht, werden alle Gelegenheit haben, den Druiden zu sehen«, sagte sie.

Ich schaute zum Himmel auf, aber falls es dort oben eine Sonne gab, konnte ich sie nicht entdecken. Dann hielt sich das Mädchen die Spitze ihres Holzschwertes an die geschürzten Lippen und überlegte, was sie sagen konnte und was nicht. »Seid ihr ein Liebespaar?«, fragte sie und schaute von mir zu Iselle, dann wieder zu mir. Es traf uns beide unvorbereitet. Iselle lachte, was meine Wangen nur noch tiefer rötete.

»Wir glauben nicht einmal an die gleichen Götter«, sagte Iselle, und in dem Augenblick setzte der angekündigte Regen richtig ein. Zischende graue Schleier fuhren herab und ließen alle Formen verschwimmen.

Das Mädchen bedachte Iselle mit einem kritischen Blick. »Am Nordosttor, kurz vor Sonnenuntergang«, sagte sie, wandte sich ab und rannte hinter den anderen her, die sich zerstreuten und verschwanden wie kleine Fische in Erwartung des eintauchenden Ruderblattes.

»Wir sollten uns auch ein Vordach suchen«, sagte Iselle und ging auf die Mauer zu, um sich unter den Wehrgang zu stellen, auf dem die Männer der Herrin Morgana standen, sich auf ihre Speere stützten und die Köpfe einzogen, während sie durch den Regen gen Osten über die Wälder von Caer Gwinntguic spähten.

»Das macht dir nichts aus, dich mit mir zusammen vor dem Regen unterzustellen?«, fragte ich herausfordernd. »Obwohl wir verschiedene Götter anbeten?«

Sie legte den Kopf schief und gab mir den Blick, den ich verdiente. Dann warteten wir und betrachteten den Regen, der zischend auf Camelot niederfuhr, fragten uns, warum es an diesem Ort Sachsen gab, und hofften, das einäugige Mädchen hatte uns nicht veralbert.

12

Merlin

Zuerst sahen wir ihn im Regen gar nicht. Wir sahen den Ochsenkarren und den Mann mit der Haselrute und den Jungen, der auf der anderen Seite des Ochsen ging. Wir sahen die Bewohner von Camelot langsam aus ihren Behausungen und Werkstätten treten, aus Ställen und Scheunen und aus der großen Halle der Herrin kommen, alle gegen den Wolkenbruch in Umhänge oder Ledermäntel gehüllt. Wir sahen eine Gruppe Speerträger, die sich um den Karren drängte, und wussten nun, warum der Karren leer gewesen war, als man ihn durchs Südwesttor gebracht hatte, und wussten auch, dass er nun nicht mehr leer war, auch wenn wir seine Fracht noch nicht erblickt hatten.

Die Speerträger postierten sich rings um den Karren – und da sahen wir ihn. Ich hörte Iselle scharf einatmen und sah ihre Hand unter dem Umhang nach unten rutschen, um das Eisen ihres langen Messers zu berühren.

»Er ist es«, sagte ich. Er musste es einfach sein. Merlin. Der Mann, der Uther Pendragon geholfen hatte, Tintagel zu erobern und Hochkönig zu werden. Der Mann, der Fürst Arthur gedient und ihm geholfen hatte, das Schwert Excalibur zu finden, in dessen uraltem Klingenglanz Arthur die Könige Britanniens zum ersten Mal seit Generationen wieder vereint hatte.

Und der Mann, der plötzlich verschwunden war, als Arthur ihn am dringendsten brauchte, der die letzten zehn Jahre kaum mehr als ein Gerücht gewesen war, das flüchtig wie Rauch übers Land waberte.

Der Bauer schlug dem Ochsen gegen die muskulöse Flanke, und das Tier trottete weiter durch die Abenddämmerung, der Karren krächzte und rumpelte neben dem Holzweg vorbei, der einmal quer durch Camelot verlief, vorbei an der großen Halle und bis zum Südwesttor. Ich sah das Mädchen, das uns zugeflüstert hatte, bei Sonnenuntergang am Nordosttor zu sein, und nickte ihr dankbar zu. Sie lächelte.

»Die Herrin will ihn beschämen«, fauchte Iselle. »Da sitzt ein Mann, der zu den alten Göttern spricht, den Göttern Britanniens, und sie will ihn vorführen wie einen erbeuteten Sklaven.«

Den meisten Leuten, die sich hier im hämmernden Regen eingefunden hatten, schien dieses Zurschaustellen Merlins ebenso wenig geheuer zu sein wie Iselle. Oder vielleicht hatten sie einfach Angst. Sie hielten Schritt mit dem Wagen, blieben aber in einiger Entfernung, tuschelten leise und beäugten den Druiden aus den anonymen Schatten ihrer Kapuzen.

»Der Letzte der Druiden«, raunte ich und verspürte auf einmal eine seltsame Mischung aus Leere und Furcht.

»Ich hab ihn mir ganz anders vorgestellt«, gab Iselle zu, während wir mit der Menge schlurften und zwischen den wogenden Leibern immer wieder einen kurzen Blick auf den Gefangenen erhaschten.

Wahrscheinlich hatten sie Merlins Sachsensklaven Oswin längst erschlagen. Oder er wurde noch irgendwo anders separat gefangen gehalten.

»Er muss mittlerweile sehr alt sein«, sagte ich und kam mir

recht dumm vor, auf diesen Anblick nicht vorbereitet gewesen zu sein. Was hatte ich denn erwartet? Einen Druiden in all seiner schrecklichen Pracht? Einen Priester der heidnischen Götter, der das uralte Wissen Britanniens auf seinem Gesicht trug wie ein Feuer in der Finsternis?

Natürlich mussten die letzten Tage Spuren bei dem alten Mann hinterlassen haben; erst in einer Höhle zu hausen, dann per Schiff und durch den Sumpf zu reisen und schließlich als Gefangener gehalten zu werden. Er saß zusammengesackt da, die Hände mit einem Strick gebunden, schwankte und hüpfte bei der Fahrt des Wagens über den unebenen Grund so sehr, dass ich mir ausmalte, die Knochen unter seiner Haut klapperten wie Schmiedewerkzeuge in einem alten Sack. Er war mit Matsch besudelt und starrte wild umher, und die wenigen Haare, die ihm geblieben waren, hingen lang und grau in verfilzten Strähnen von seinem Schädel. Und obwohl schon Arthur und Guinevere auf mich wie lebende Skelette gewirkt hatten, war Merlin so dürr, so schmerzhaft ausgezehrt, dass er seit vielen Tagen nichts mehr gegessen haben konnte. Er wirkte eher wie eine alte knorrige Wurzel als wie ein Mann, hätte längst wie Asche vom Wind davongetragen werden müssen, würde ihn nicht ein finsterer Zauber über seine natürliche Zeit hinaus an diese Welt binden.

Wir gingen weiter in dieser seltsamen Prozession durch die Regenschleier, und als der Wagen die große Halle erreichte, blieb er stehen, und alle Augen richteten sich auf den offenen Eingang, hinter dem hüpfende Flammen und Kupferglanz Wärme und Geborgenheit versprachen und mich erst recht daran erinnerten, dass der Regen längst meinen Umhang und meinen Habit durchnässt hatte und ich erbärmlich fror.

Plötzlich gab es Bewegung in der Halle, dann trat die Herrin von Camelot heraus, blinzelte mit vom Qualm geröteten Augen in den Regen. Sie stand in schwarze Umhänge gehüllt, die so gut eingefettet waren, dass der Regen in Bächen abperlte und zu ihren Füßen auf die Planken fiel. Da wusste ich, warum ihre Krieger Krähen auf den Schilden trugen, weshalb das große Krähenbanner von Camelots Torhaus wehte. Die Herrin Morgana war die lebende Verkörperung der Morrigán. Ihr Haar war lang und silbrig und noch immer dicht genug, um es zu einem Seil zu flechten, mit dem man einen Mann hätte fesseln können, wie es einst wohl ihre Schönheit getan hatte. Ihre Hände waren alt, die Knöchel geschwollen, sodass sie aussahen wie Krähenfüße, und ihre Nase, die einst edel und schön gewesen sein musste, hing wie ein langer Schnabel in ihrem verschrumpelten Gesicht.

Ein Teil meines Geistes wunderte sich, wie es sein konnte, dass dieses alte Weib solche Macht in Camelot und ganz Britannien hatte. Aber so war es.

»Menschen von Camelot«, rief sie krächzend, während sich zwei junge Kämpfer zu ihren Seiten postierten. »Seht her!« Ein weiterer Mann stand schräg hinter ihr, und Iselle und ich begriffen gleichzeitig, dass es sich um den Sachsenkrieger handelte, der vor ein paar Stunden im Schlamm gerungen hatte. Jetzt war er sauber, trug ein Kettenhemd, hatte sich den blonden Bart geflochten und stellte eine Silberfibel zur Schau, die seinen mit Hermelin gesäumten Umhang vor der Brust schloss. Seine Männer standen ganz in der Nähe und waren ebenfalls gerüstet. Ihre Speerspitzen schimmerten matt.

»Seht den Untergang Britanniens.« Die Herrin Morgana schritt zu dem Karren. Die zwei Krieger begleiteten sie, und einer von ihnen packte auf ihr Zeichen hin den Schopf des Druiden und riss seinen Kopf nach hinten, sodass er keine andere Wahl hatte, als die Herrin anzusehen. »Hier sitzt die schwärende Wunde, die unser Land vergiftet«, sagte Morgana.

Sie hatte etwas unbeschreiblich Grausames an sich. Wie eine geschliffene Klinge. Ich spürte es selbst aus dieser Entfernung und fürchtete mich vor ihr, während ein Raunen durch die Menge ging. Ein junger Mann trat vor und spuckte Merlin an. Der Druide zuckte nicht zusammen, noch versuchte er, sich den Speichel von der Wange zu wischen. Er starrte nur Morgana an, die ihrem Kämpfer bedeutete, den Druiden loszulassen. Der Kämpfer trat zurück. Merlin ließ den Kopf sinken und schloss die Augen.

»Einen Druiden anzuspucken«, flüsterte Iselle entgeistert.

»Verbrennt ihn!«, schrie eine Frau.

»Hängt ihn!«, forderte ein Kind von nicht mehr als acht Jahren.

Welche Macht Merlin auch einst über die Menschen gehabt haben mochte, welch seltsame Ehrerbietung die Leute bis jetzt zu Vorsicht getrieben hatte, all das war verschwunden, vom sauren Wind der Worte der Herrin hinweggefegt.

»Wo war Merlin, als Dumnonia ihn gebraucht hat?«, fragte ein alter Mann in die Runde, beugte sich vor, krallte sich eine Handvoll Schlamm und warf sie auf den Druiden.

»Wo sind die Götter jetzt, Druide?«, kreischte eine Stimme aus der Menge. »Wir haben Sachsen hinter unseren Mauern, die unsere Vorräte essen und unser Bier trinken.«

Ein zustimmendes Raunen lief durch die Menge, kaum weniger bedrohlich als der Donner kurz zuvor, und die beiden Krieger der Herrin Morgana wechselten einen unbehaglichen

Blick. Die Herrin schüttelte knapp den Kopf, wies ihre Männer an, nicht auf den Einwurf einzugehen. Die beiden Männer hatten so viel gemeinsam – das schmale Gesicht, die vollen Lippen, den geringschätzigen Blick in ihren grauen Augen –, dass es sich eindeutig um Brüder handelte, und etwas Unterschwelliges legte nahe, dass sie darüber hinaus mit der Herrin verwandt waren.

»Wer sind die beiden?«, fragte ich den Mann neben mir, einen Schmied mit Lederschürze und versengten Augenbrauen. Gerade wusch ihm der Regen den Ruß aus den Fältchen um Augen und Nase.

Er verzog die Lippen in dem kurzen, ebenfalls versengten Bart. »Der da heißt Melehan«, sagte er und zeigte auf den Mann, der Merlin am Schopf gepackt hatte, »und der andere mit den schönen neuen Stiefeln heißt Ambrosius.« Der Schmied spuckte in den Schlamm. »Mordreds Gezücht«, sagte er. Iselle und ich wechselten einen bedeutsamen Blick, ehe wir unsere Aufmerksamkeit wieder Merlin und der Herrin widmeten.

»Merlin ist ein Geschwür«, krächzte die Herrin, »und wir müssen ihn herausschneiden, wenn wir wieder gedeihen wollen wie früher.« Sie drehte sich zu dem Sachsen in der feinen Rüstung um, schüttelte sich das Wasser von den klauenartigen Händen, und ich fürchtete schon, sie würde Merlin tatsächlich ins Fleisch schneiden. Man konnte sich nur zu gut vorstellen, wie Morgana dem alten Mann mit einem Messer zu Leibe rückte. Wie das Blut des Druiden sich mit Dreck und Matsch vermengte. »Er sieht nicht mehr nach viel aus dieser Tage, Prinz Cynric, aber einst war er mächtig. Euer Vater wird sich erinnern.«

»Ich habe die Geschichten gehört, Herrin«, sagte der Sachse und nickte, wirkte aber wenig überzeugt.

Die Herrin Morgana schaute in den dunkelnden Himmel. Mir schien, als wartete sie auf etwas. Dann wies sie Melehan an, dafür zu sorgen, dass Merlin bis zum Südwesttor gefahren wurde, damit ganz Camelot Gelegenheit hätte, ihn zu sehen. Die Haselrute knallte, und der Ochse setzte sich in Bewegung, der Karren rumpelte hinterher, und obwohl sich viele Menschen schnell in ihre trockenen Behausungen zurückzogen, begleiteten nicht wenige den Karren weiter auf seinem Weg, und auch Iselle und ich blieben dabei.

Ich sah, dass Iselle verzweifelt versuchte, Merlin irgendein unauffälliges Zeichen zu geben. Ihn wissen zu lassen, dass wir hier waren, um ihm zu helfen. Ich musste sie aber nicht davor warnen, denn der Druide hatte weder die Kraft noch den Willen, den Kopf zu heben. Und als der Wagen das Tor erreicht hatte und wendete, blieben wir zwischen den letzten Zeugen von Merlins Erniedrigung stehen, bis der Ochse vor einem Rundhaus hinter der großen Halle anhielt. Dort packten Melehan und Ambrosius Merlin unter den Armen und wuchteten ihn vom Karren. Melehan herrschte uns Schaulustige an, nach Hause zu gehen, denn die Nacht würde sternenlos und finster werden, auch weil bei diesem Regen keine Fackeln brannten.

Wieder stellten wir uns unter den Wehrgang, vollkommen durchnässt und zitternd vor Kälte. »Gawain wird sich langsam fragen, was mit uns passiert ist.« Iselle schaute in Richtung Tor.

»Er muss sich noch etwas gedulden«, sagte ich, und Iselle drehte sich zu mir um. »Wir machen es heute Nacht. Einverstanden?«

Sie nickte. Es gab keinen Mond. Keine Sterne. Noch immer goss es in Strömen aus der Dunkelheit hoch droben. Trotzdem sah ich ihre Zähne aufblitzen. Ein flüchtiges Glimmen in der Finsternis, begleitet von einem wölfischen Funkeln in ihren Augen.

Das Stroh unter mir war vollgesogen und glitschig. Lange Zeit lag ich einfach da und drückte meine Wange an die Halme, die nach Moos und Qualm und Fäulnis stanken, weil ich fürchtete, sofort abzurutschen, sollte ich mich bewegen. Es mochte nur der Regen gewesen sein, aber ich glaubte, Iselle leise zischen zu hören, streckte also eine Hand aus und grub sie ins Stroh, packte mit der anderen eine der Haselstreben und zog mich vorwärts. Ganz langsam. Mein Habit war schwer vom Regen und verfing sich immer wieder im Stroh. So kroch ich hinauf und hoffte, der brodelnde Regen möge meine Geräusche vor den Menschen im Inneren verbergen und vor den Speerträgern, die auf der anderen Seite des Hauses vor der Tür wachten.

Ein Wächter auf dem Wehrgang rief etwas. Ich blieb reglos liegen und spürte mein Herz gegen den Dachbalken unterhalb des Strohs hämmern, fühlte mein Fleisch vor Kälte und Furcht beben. Aber es war bloß eine Begrüßung gewesen, und bald atmete ich wieder. Bestimmt spähten die Wächter auf Camelots Mauern nach außen, nicht nach innen. Bestimmt verbarg mich meine graue Kutte in dieser widerwärtigen finsteren Nacht ebenso gut wie ein Zauber Merlins. Also kletterte ich weiter, suchte die nächste Haselstrebe, schob mich höher und höher, Stück für Stück, denn wir mussten wissen, ob die Speerträger vor der Tür die einzigen Wachen waren oder sich noch mehr im Gebäude befanden.

Endlich fand mein rechter Fuß eine Stütze, ich hielt inne und den Atem an, legte das Ohr an die nassen Halme. Lauschte. Versuchte, nicht zu husten von dem Qualm, der durchs Dach in die feuchte Nacht entwich. Ich langte nach unten, zog Iselles langes Sachsenmesser aus dem Gürtel und versenkte die Klinge im Strohbündel neben meinem Kopf. Bis zur halben Länge ließ ich sie verschwinden, dann drehte ich die Klinge und versuchte, eine Öffnung zu schaffen. Aber obwohl das Stroh alt war, war es doch dick und fest gepackt, und ich musste die scharfe Schneide einsetzen, um die Halme zu durchtrennen. Hin und wieder hielt ich inne, um die abgetrennten Stücke herauszuziehen.

Es war noch schlimmer als das Klettern. Die ganze Zeit stellte ich mir vor, wie die Stückchen drinnen wie Spreu von der Decke rieselten. Es brauchte nur eine Wache im Innenraum, die hinaufschaute und meine Hand oder die Klinge im Dach bemerkte, und ich würde einen Speer in meinem Bauch spüren, der mir die Eingeweide zerteilte, wie ich gerade die Halme zerteilte.

Aber jetzt konnte ich nicht mehr anhalten. Wieder schob ich die Klinge hinein, zog einen langen Schlitz und legte mein Auge ans Loch, blinzelte gegen den beißenden Rauch des Herdfeuers an, spürte die Hitze in meinen Wangen. Und plötzlich hatte ich das Gefühl, mich direkt im Rundhaus zu befinden, nicht länger nur im Regen auf dem Dach zu liegen. Denn ich konnte Merlin sehen.

Er lag auf der Seite auf einem Umhang auf dem festgestampften Lehmboden, schlief mit angewinkelten Knien, den Kopf auf die gebundenen Hände gebettet. Auf der anderen Seite des Feuers lag ein Mann mit gelbem Bart und gelbem Schopf, der mich direkt anstarrte und nur Merlins Sachsensklave Oswin sein konnte. Mir gefror das Blut in den Adern. Wie lange hatte er mich schon beobachtet? Stand da noch ein Mann im Raum, wo ich ihn nicht sehen konnte, der nur darauf wartete, mir den Speer in den Bauch zu stoßen? Oswin machte eine kaum merkliche Kopfbewegung, aber sie reichte aus, um mir zu signalisieren, dass tatsächlich noch jemand im Raum war.

Iselle musste mittlerweile glauben, ich hätte mich ausgeräuchert, dachte ich, bewegte mich aber trotzdem noch langsamer als zuvor, da ich nun wusste, dass man mich von drinnen sehen konnte. Ganz vorsichtig hob ich mit dem Messer noch ein paar Halme zur Seite, spähte abermals hinein. Da sah ich den Wächter, der auf einem Schemel an der Wand gegenüber hockte, den Speer über die Knie gelegt, den Helm zu seinen Füßen abgestellt und den Krähenschild an eine hölzerne Säule gelehnt hatte. Anders als Merlin schlief er nicht, sah aber auch nicht aus, als wäre er allzu weit davon entfernt.

Ich schaute wieder Oswin an. Er überprüfte, dass der Wächter ihn nicht beachtete, drehte die Handflächen nach oben und nickte dem Messer in meiner Hand zu. Ich schüttelte den Kopf. Ich konnte nicht riskieren, ihm das Messer zu geben – was, wenn der Wächter es fallen sah und sofort seine Kameraden draußen warnte? Oder er Oswin einfach tötete? Selbst wenn Iselle und mir dann noch die Flucht gelang, würden wir wohl kaum eine zweite Chance bekommen, Merlin zu befreien.

Noch einmal schüttelte ich demonstrativ den Kopf und stählte mich dafür, das Dach runterzurutschen, um Iselle von dem Wächter im Innenraum zu erzählen und das weitere Vorgehen zu planen. Aber etwas an Oswins Gesichtsausdruck ließ mich zögern. Mit einem Anflug kalter Furcht begriff ich, dass er beschlossen hatte, die Festigkeit des Schicksalsfadens zu testen, den seine Götter für ihn gesponnen hatten. Er setzte sich auf und erklärte dem Wächter, er müsse den Nachttopf benutzen.

Der Mann knurrte eine Beleidigung, war hörbar verärgert, gestört zu werden, stand aber trotzdem auf und wandte sich ab, um den Eimer zu holen, der neben der Tür stand. Sowie er ihm den Rücken zudrehte, blitzten Oswins Augen auf, er nickte mir zu, und ich dachte nicht nach, sondern rammte die Hand durch das Loch im Stroh und ließ Iselles langes Messer fallen.

Sofort bewegte ich mich, mit kaum halb so großer Sorgfalt wie zuvor. Ich krabbelte nach unten, rutschte halb, fiel halb, bis ich über dem tropfenden Vordach hing und auf den Boden sprang.

»Es ist so weit«, sagte ich zu Iselle, die draußen im Regen stand, flach an die Wand gedrückt.

Sie packte mich bei den Schultern. »Mein Messer«, zischte sie und suchte in meinen Augen.

»Hat Oswin«, sagte ich, und sie zog ein weiteres Messer aus seiner Scheide am Gürtel, während wir beide die Ohren an die kalte Wand drückten, unbedingt wissen mussten, was drinnen vor sich ging. Ein gedämpfter Ruf. Ein klappernder Eimer, dann die Stimme des Wächters vor der Tür, der sich nach dem Befinden des Kameraden erkundigte. Wir schlichen ums Haus herum und hielten uns im tiefen Schatten des Vordachs.

Dann ein dumpfes Knirschen, als die Tür geöffnet wurde.

Wie ein schattenhafter böser Geist stand Oswin im Türrahmen, das Feuer hinter ihm und den Sax in seiner Hand. Aug in Aug stand er dem Wächter gegenüber, der ihm den Weg versperrte und sofort den Speer auf ihn anlegte. In weniger als fünf Herzschlägen war alles vorbei. Iselle sprang vor, und ich konnte das Messer zwar nicht sehen, wusste aber, dass sie es dem Wächter in den Rücken gerammt hatte. Während er sich umdrehte, um sich der neuen Bedrohung zu stellen, war Oswin schon da, legte ihm den Arm um den Hals, zerrte ihn nach hinten ins Haus und stach ihm das lange Messer wieder und wieder in die Brust.

Ich schaute hinaus in die Nacht, entdeckte aber niemanden.

»Schnell«, zischte Iselle Oswin zu, der den Toten fallen ließ und dem verschlafenen Merlin erklärte, es sei Zeit zu gehen.

Einer von Merlins legendären Verschleierungszaubern wäre jetzt hochwillkommen gewesen, aber er sah so aus, als könnte er kaum laufen, geschweige denn einen mächtigen Zauber weben, und Oswin knurrte mich an, wir sollten verschwinden. Also drehte ich mich um und führte sie zur Westmauer, die uns am nächsten war. Wie Geister huschten wir tief gebückt durch die schwarze Nacht, unsere Schritte auf dem durchweichten Boden leiser noch als Flügelschläge. Wir suchten uns die finstersten Schatten und hielten die Augen zu Boden gerichtet aus Angst, ihr Weiß könnte von einem wachsamen Krieger auf dem Wehrgang entdeckt werden.

An einem Schafpferch vorbei und dann durch eine tiefe, schmatzende Pfütze, die Merlin fast verschlungen hätte, aber Oswin hob den alten Mann auf und trug ihn, wie ein Vater sein Kind über einen Gebirgsbach oder zu Bett trägt. Die Anhöhe hinauf bis zum Fuß einer Leiter, wo wir warteten und dringend verschnaufen mussten, aber kaum zu atmen wagten. Wir starrten zum hölzernen Wehrgang hinauf, um ganz sicherzugehen, dass keine Wachen in der Nähe waren.

»Jetzt«, drängte ich, und dann kletterten wir. Oswin musste Merlin abermals so gut wie tragen. Wir kauerten auf dem Wehrgang und warteten auf einen Warnruf, der aber ausblieb. Ich nickte Iselle zu, sie und Oswin kletterten über die Mauer, ließen sich hinab und hingen noch einen Moment da, ehe sie sich auf den steilen Hang fallen ließen.

Ich schaute hinunter, und Oswin wedelte auffordernd mit dem Arm. »Seid Ihr bereit, Herr?«, fragte ich Merlin. Er sah alt und verängstigt und so verwirrt aus, wie zu erwarten war bei jemandem, der wenige Momente zuvor noch am Feuer geschlafen hatte, um jetzt durch Regen und Nacht um sein Leben zu laufen.

Merlin nickte und versuchte quälend langsam, aus eigener Kraft über die Mauer zu klettern, murmelte Worte, die für meine Ohren keine Form hatten. »Es tut mir leid, Herr«, sagte ich und packte ihn, entsetzt darüber, wie wenig er wog, hob ihn über die Mauer und ließ seinen dürren Leib durch meine Finger gleiten, bis ich ihn nur noch an den Handgelenken hielt. Mit aufgerissenen Augen schaute er zu mir hoch und ließ einen kleinen ängstlichen Schrei fahren. Dann ließ ich ihn in Oswins Arme fallen und kletterte hinterher.

Auf dem Hintern rutschten wir den steilen Hang hinunter, mühten uns durch den tiefen Graben und wiederholten das Ganze bei den zwei folgenden Hängen und Gräben. Erst im letzten Graben unten entdeckte uns ein Wächter und brüllte herausfordernd durch die Nacht.

Mein Herz machte einen wilden Satz. Furcht schoss mir in die Glieder. Wir ließen uns vom letzten Erdwall auf die Ebene hinab, kaum einen Pfeilschuss entfernt vom Südwesttor und den Speerträgern im Torhaus, die den Warnruf aufgriffen, brüllten und auf die eiserne Scheibe eindroschen, die dort oben hing. Ihr harter hohler Klang erfüllte die Nacht.

Einen Augenblick lang blieben wir stehen, keuchten und spähten in den dunkel zischenden Regen. Iselle hielt Oswin eine Hand hin. »Mein Messer«, sagte sie.

Oswin reichte es ihr mit einem dankbaren Nicken, ich gab ihr die Scheide zurück. »Die werden das Tor erst aufmachen, wenn sie sicher sind, dass sie nicht angegriffen werden«, sagte der Sachse mit seinem schweren Akzent.

»Da lang.« Iselle deutete mit dem Messer gen Süden.

Wir bewegten uns so schnell, dass Oswin mit seiner Bürde gerade noch mithalten konnte. Als ich mich aber das nächste Mal nach der Hügelfestung umdrehte, sah ich trotz des Regens Fackeln auf den Wehrgängen. Ich hatte mir erfolgreich eingeredet, dass sie die zwei Toten längst entdeckt haben mussten und also wussten, dass Merlin geflohen war. Sofort würden sie die Herrin Morgana wecken, deren Zorn ihre Männer aus Camelot hinaus in die Nacht hinter uns her treiben würde.

»Gawain«, schrie ich, machte mir keine Gedanken mehr darum, ob mich unsere Verfolger hörten, solange wir nur unsere Kameraden fänden, bevor Morganas Männer uns fanden. »Gawain, hier!« Meine Blicke durchsiebten die Dunkelheit, suchten nach dem Umriss der alten Eiche, in deren Schutz wir Gawain, Gediens und Parcefal am Mittag zurückgelassen hatten.

»Galahad«, rief eine Stimme aus der Schwärze. Gediens.

»Hier«, gab ich zurück. Neben mir ließ Oswin Merlin behutsam zu Boden sinken, denn der Druide stöhnte, er sei zwar nicht mehr so jung wie einst, aber auch noch nicht tot genug, um nur getragen werden zu müssen.

»Ich hab sie gefunden. Hier!«, rief Gediens über die Schulter. Sofort hörten wir das Klimpern von Zaumzeug und das Schnauben der Tiere. Ich sah das matte Schimmern der Schuppenpanzer und Helme.

»Galahad«, sagte Gawain, saß ab und kam näher, sodass wir einander sehen konnten. Da erblickte er Merlin, und sofort sah ich seine Hand auf die eiserne Gürtelschnalle fallen. »Götter«, knurrte er.

»Das erklärt dann wohl das Durcheinander«, sagte Gediens. Irgendwo hinter uns schlug noch immer der eiserne Alarm, rhythmisch und drängend wie ein Herzschlag. Und da waren Männer mit Fackeln, mehr als ein Dutzend Flammen, die rasch das Dunkel durchsuchten.

»Gawain ap Lot, Prinz von Lyonesse«, fauchte Merlin und schlurfte vor, um Gawain mit geschwollenen Augen zu mustern. Er war gebeugt und knorrig wie ein alter Zierapfelbaum. »Du siehst alt aus«, sagte er.

13

Eine geborene Kriegerin

Wir ritten die Nacht hindurch, kamen nur langsam voran, vorbei an Hügelgräbern und Wäldchen aus Erlen und windschiefen Schwarzpappeln, viele von ihnen über hundert Fuß hoch; gigantische Wächter in den Uferstreifen. Hin und wieder blitzten kurz Flammen in der Dunkelheit auf, war von fern das gequälte Dröhnen eines Signalhorns zu hören. Noch seltener drangen sogar die Schreie der Verfolger an unsere Ohren, wenn sie neue Spuren entdeckten, die sie für unsere hielten, und ihre Kameraden anbrüllten, sich hierhin oder dorthin zu wenden. So wagten wir keine Pause einzulegen, achteten aber darauf, den Pferden die Wegfindung zu überlassen, deren Augen im Dunkel viel verlässlicher waren als unsere.

Gawain ritt voraus, gefolgt von Oswin und Merlin, dann Iselle und ich und die überzähligen Pferde. Parcefal und Gediens bildeten die Nachhut, und ich wusste, sollten die Männer der Herrin uns einholen, würden die beiden ihre Pferde wenden und die Schwerter ziehen, ehe sie zuließen, dass Merlin abermals gefangen wurde.

Der Druide saß zusammengesunken auf seiner kleinen Stute und starrte gen Nordost, als hätte er mehr Angst vor unserem Ziel als vor dem Ort, von dem wir ihn gerettet hatten. Er war dürr und grimmig, verbeult und mit getrocknetem Blut verkrustet. Er sah aus wie eine Leiche, die man aus ihrem Hügelgrab gezerrt hatte, und da wir hinter ihm ritten, kann ich sagen, dass er auch so roch. Aber er war der letzte der Druiden, der Hüter des alten Wissens Britanniens, und ich wusste, meine Kameraden glaubten daran, dass er allein Arthur wieder zu einstiger Größe verhelfen konnte, um die Schatten von den Dunklen Inseln zu vertreiben.

Die alte römische Brücke war nicht unbewacht. Die Kämpfer traten aus im Regen schimmernden Zelten, bewaffnet mit Schilden und Speeren und Groll, weil sie hier draußen in der feuchten Kälte ausharren mussten, fern von den Annehmlichkeiten Camelots.

»Warum reist Ihr nachts?«, fragte einer von ihnen und setzte sich einen Helm auf, der so zerbeult war, dass er sicher einiges an Regenwasser sammelte. Hinter ihm standen zehn weitere Kämpfer, gähnend, zitternd und murrend. Sie hatten längst gesehen, dass wir keine Sachsen waren, rechneten also nicht mit Ärger und wollten lieber schnell zu ihren Bierkrügen oder Würfelbechern zurückkehren.

»Weil dieser Mann ein Christ ist.« Gawain deutete mit dem Daumen auf mich. Ich zeigte dem Mann das Zeichen des Dornbusches, und er zuckte zusammen, als fürchtete er, ich wollte ihn mit einem bösen Fluch belegen.

»Na und?«, hakte er nach.

Gawain seufzte, Gediens schüttelte den Kopf.

»Wisst Ihr denn gar nichts über Christen?«, fragte Gawain.

Der Mann spuckte wortlos in den Schlamm.

»Er ist ein Mönch«, sagte Gawain. »Ein wichtiger, angeblich. Und sein Begleiter, der Alte …« Wieder deutete er mit dem Daumen hinter sich, in Richtung Merlin, eine stumme, verhüllte

Gestalt in der Düsternis. »Der ist krank. Er behauptet, der Satan versuche, seine Seele zu rauben.« Gawain zuckte mit den Schultern. »Aber nachts kann ihn Satan nicht finden, also reiten wir zur Kirche in Caer Gloui, wo die Christen Amulette verwahren, die den Tod selbst aufhalten können, und der Abt dort will uns für unsere Dienste entlohnen.«

Der Speerträger sah mich an. »Ihr Christus-Leute fürchtet euch vor einem Gott, der nicht mal im Dunkeln sehen kann?«

»Satan ist kein Gott«, sagte ich. »Es gibt nur einen Gott.«

»Was ist dieser Satan denn dann?«, fragte er.

»Ein gefallener Engel«, erklärte ich und erhob die Stimme, um das Murmeln und Rauschen des Flusses zu übertönen.

Der Mann drehte sich zu seinen Leuten um, die entweder den Kopf schüttelten oder ausspuckten oder Eisen berührten oder raunten, die Christen seien alle verrückt und man mache lieber einen Bogen um sie. Dann sah er wieder Gawain an, und ich brauchte weder Mond noch Sterne, um den Abscheu in seinem Gesicht zu lesen. »Seid Ihr ein Christ, Herr?«, fragte er. Er hatte sicher den funkelnden Schuppenpanzer und den verzierten Schwertgriff unter Gawains Mantel gesehen und hütete sich, den Respekt zu vernachlässigen, den solche Ausrüstung gebot.

»Nein.« Gawain beugte sich im Sattel vor und nickte über die Schulter in Richtung Merlin. »Aber ich habe gesehen, wie er mit einem einzigen Wort einem Mann den Mageninhalt in saures Wasser verwandelt hat«, sagte er leise. »Und einmal hat er Maden aus den Augen eines anderen tropfen lassen. Ich an Eurer Stelle würde uns hier also nicht allzu lange aufhalten, Freund.«

Der Speerträger betrachtete Merlin in der Dunkelheit, war aber eindeutig nicht gewillt, sich diesem kranken Christen weiter zu nähern, der die Augen eines Mannes von Maden wimmeln lassen konnte. Er richtete sich auf, stützte sich auf seinen Speer und winkte die römische Brücke entlang.

»Bitte«, sagte er.

Gawain nickte und schnalzte mit den Zügeln. Seine Stute setzte sich in Bewegung, unsere Pferde folgten. »Christus sei mit Euch«, sagte ich zu dem Anführer, der tatsächlich zwei Schritte zurücktrat und abermals energisch über die Brücke deutete. Als wir aber an ihm vorbeiritten, ruhten die Blicke der Männer auf Iselle, nicht auf Merlin. Sie schauten ihr hinterher wie Männer, die schon zu lange von ihren Frauen getrennt sind. Iselle hingegen hielt den Blick auf die Pflasterstraße gerichtet und ritt weiter.

»Sein gefallener Engel kann vielleicht nicht im Dunkeln sehen, die Sachsen aber sehr wohl«, rief uns der Mann mit dem verbeulten Helm hinterher. Wir waren jetzt mitten auf der Brücke, und das rauschende Wasser ertränkte seine Worte fast. »Sie sind überall, diesem verdammten Waffenstillstand sei Dank«, rief er. »Aber lasst euch von dem bloß nicht zum Narren halten. Diese tollwütigen Hunde werden euch trotzdem noch töten, und sei es nur, um einen neuen Mantel in die Finger zu kriegen.«

Kaum hatten wir die Brücke hinter uns gelassen, da trieb Parcefal seine große Stute vorwärts, die ihren kastanienbraunen Kopf in den Nacken warf, als wäre sie selbst empört von dem, was sie soeben vernommen hatte.

»Morgana hat mit König Cerdic Frieden geschlossen?«, fragte der alte Krieger.

Wir hatten noch keine Gelegenheit gehabt, den anderen davon zu berichten, was wir gesehen hatten.

»Oben in der Festung waren Sachsen.« Ich wärmte mir die Hände am Hals meines Wallachs, wo die dicken Adern unterm Fell pulsierten. »Ihr Anführer war ein Mann namens Cynric.«

»König Cerdics Sohn«, warf Oswin ein. »Eines Tages wird er der König meines Volkes sein.« Er schaute mich an, und in der Dunkelheit sah ich nur einen Sachsen. Da fragte ich mich, wie lange es her war, dass seine Vorfahren nach Britannien gekommen waren, und ob sie ein gutes Leben vorgefunden hatten oder bloß Mühsal, Blut und Tod. »Cynric ist von Woden begünstigt«, fuhr er fort. »Das kann jeder sehen. Aber im Moment gibt er sich damit zufrieden, Morganas Gast zu sein und die Aussicht und ihren Wein anstelle seines Vaters zu genießen.«

»Und mit Sicherheit zu planen, wie er Camelot an sich reißt, sobald dieser Waffenstillstand bricht«, sagte Gediens.

»Er würde es lieber niederbrennen, glaube ich«, sagte Oswin zögernd.

»Morgana hat Dumnonia verraten«, fauchte Iselle.

Gawains Gesicht schien nur noch aus Runzeln und Narben zu bestehen. »Wir werden das später in Ruhe besprechen«, knurrte er und trieb sein Pferd an, denn wir wussten, bald genug würden Morganas Männer begreifen, wer wir waren und in welche Richtung wir ritten. Und da Stimmen weit durch die Nacht tragen, ritten wir von nun an schweigend durch die sanften Hügel und entlang der Kreideablagerungen an den Ufern der Bäche. Durch flache Täler und uralte Wälder. Ein Zug von Ausgestoßenen. Eine seltsame Gefolgschaft, gebunden an einen fernen Traum.

Wir ritten zu Arthur.

Am folgenden Mittag trafen wir nördlich des Flusses Cary auf die alte Römerstraße und folgten ihr so weit wie möglich, ehe wir uns westwärts in die Sümpfe wandten. Von da an kamen wir nur langsam voran, hielten uns der Pferde wegen an die Anhöhen und trockeneren Pfade, selbst wenn diese nicht direkt in Richtung von Arthurs Hof führten. Wieder setzten wir unser Vertrauen in Iselle, und wieder führte sie uns mit fast übernatürlicher Schläue. Nur drei Mal mussten wir umkehren und einen anderen Weg versuchen, nicht ein einziges Mal blieb ein Pferd im schmatzenden Schlamm stecken. Trotzdem war es anstrengend und ermüdend, und als wir endlich die tiefen Moore nördlich vom Meare-See erreichten, eine unheimliche stille Welt unter einem grauen Himmel, saßen wir halb tot im Sattel, da wir in der vergangenen Nacht kein Auge zugetan hatten.

Wieder setzte die Abenddämmerung ein, als wir aus dem hohen Röhricht traten und Arthurs Haus vor uns sahen. Seinen bescheidenen Unterschlupf im Sumpf. Diese Behausung, die vollkommen aus der Zeit gefallen schien. Noch seltsamer als der Ort aber war der Anblick von Fürst Arthur, der auf dem Stumpf der alten Weide saß, seine Hündin Banon neben ihm auf dem Boden, und beide starrten hinaus in den Sumpf, als hätten sie genau gewusst, wann wir zurückkehren würden. Und da fragte ich mich, ob Merlin und Arthur vielleicht noch immer irgendwie miteinander verknüpft waren wie durch ein unsichtbares Band, das sich durch die Jahre erstreckte, und ob Arthur den nahenden Druiden gespürt haben mochte, wie eine Spinne eine Fliege durch die feinen Fäden ihres Netzes bemerkt. Ich wusste nicht, wie derlei funktionieren sollte, und doch schien mir diese Erklärung deutlich weniger unheimlich als die Alternative – dass nämlich Arthur alle Tage, seit wir ihn verlassen hatten, so auf diesem Stumpf gesessen hatte.

»Bei den Göttern«, sagte Arthur und erhob sich, als wir unsere Pferde auf die Lichtung führten. Banon trat folgsam an seine Seite. »Ihr habt ihn.« Seine Stimme war zittrig, und er spähte ins Zwielicht, als traute er seinen eigenen Augen nicht mehr als dem festen Grund jenseits seiner Barrikade aus Schilf. »Ist das die Wirklichkeit?«, fragte er und kam steif auf uns zu, zog sich mit der Faust den Pelz enger um seine Brust, obwohl der Tag nicht kalt war.

»Wirklich genug«, sagte Gawain.

Arthur nickte mir zu, dann Iselle, dann bemerkte er die überzähligen Pferde und leeren Sättel. »Yvain?« Er sah mich an.

»Er ist bei seiner Familie in Annwn, Herr«, sagte ich. Denn dessen war ich mir nun sicher.

Ein Schatten fiel über Arthurs müdes Gesicht, er nickte. »So viele sind von uns gegangen«, murmelte er und schien mich argwöhnisch zu beäugen, als wäre er sich nicht sicher, ob ich zu jener alten Welt oder dieser neuen gehörte.

»Wir haben ihn gefunden, Herr«, sagte ich, um nicht stumm dazustehen. »Wir haben Merlin gefunden.«

Dies schien Arthur aus dem Morast seiner Erinnerungen zu reißen. Er drehte sich um und sah zu, wie Oswin Merlin vom Pferd half, während sich der Druide über seine steifen Glieder beschwerte und üble Flüche ausstieß, die von dem Sachsen abperlten wie Regen von einer gewachsten Tierhaut.

»Guinevere?«, fragte Gawain.

»Unverändert, Neffe«, sagte Arthur, starrte weiter den Druiden an und packte das Fell um seinen Hals noch fester, weiße Knöchel in schwarzem Pelz verhakt. Sein Atmen wirkte tief und angestrengt, als versuchte er, einen Schmerz in der Brust loszuwerden, und seine Kiefer waren fest geschlossen. In der eingefallenen Wange pulsierte ein Muskel wie das bebende Herz eines Raubvogels.

Wir saßen ab und kümmerten uns um Sättel und Zaumzeug, hatten aber alle ein Auge für Arthur und Merlin übrig, die sich dort im Matsch gegenüberstanden, keine fünf Schritte und doch zehn Jahre entfernt. Meine Anwesenheit bei dieser Szene fühlte sich an wie ein Affront gegenüber einem Gott, der dieses Treffen in die Wege geleitet haben mochte, aber trotzdem schaute ich weiter hin, während die ganze Welt erwartungsvoll wirkte – wie gefangen in der atemlosen Pause zwischen dem grellen Blitz und dem Dröhnen des Donners.

Merlin schwankte und stolperte beinahe, und Oswin kam näher, um ihn zu stützen, aber der Druide schlug fauchend um sich, also zog sich der Sachse wieder zurück. Dann drückte Merlin den alten Rücken durch und hob das Kinn. Sein grauer Bart zitterte, er versuchte zu sprechen. Aber die Worte wollten nicht kommen. Er kaute auf der Lippe, und seine geschwollenen schwarzen Augen weiteten sich und füllten sich plötzlich mit Tränen, die über seine hohlen Wangen tropften.

»Arthur«, hauchte er. »Arthur.« Seine Hände verhakten sich ineinander, die Finger wanden sich wie kleine Schlangen, und dann humpelte er die paar Schritte vorwärts, während Arthur nur einen halben Schritt tat, mehr nicht, seine Lippen zu einem dünnen Strich gepresst, seine Augen wie brüchiger Stahl.

Merlin wischte sich Tränen und alte Blutkrusten von den Wangen. »Die Götter spielen noch immer mit uns, mein alter Freund«, sagte er.

Wir aßen reichlich und schliefen fest. Und am nächsten Tag erkundigte Arthur sich nach allem, was wir gesehen und gehört hatten, obgleich er mit den Gedanken noch immer woanders zu sein schien. Bis wir ihm berichteten, dass die Herrin Morgana einen Waffenstillstand mit dem Sachsenkönig Cerdic geschmiedet hatte. Diese Nachricht schien ihn zu schmerzen wie eine alte Wunde, die wieder aufbrach.

»Warum sollte sie mit Cerdic Frieden schließen, während seine plündernden Horden weiter mordend und brandschatzend durch Caer Gwinntguic und Caer Celemion und Cynwidion ziehen?«, fragte er und legte seinen Mantel behutsam um Guineveres Schultern. Sie saß in ihrem Sessel vor der gegenüberliegenden Wand und schaute uns zu, ohne uns zu sehen.

»Weil sonst niemand kämpft und sie nicht stark genug ist, um sich allein zu wehren«, schlug Parcefal vor.

»Mein Vetter kämpft noch«, sagte Arthur.

Gawain schnaubte verächtlich. »Konstantin versteckt sich in den Wäldern von Caer Lerion.«

»Aber Camelot ist das Symbol der Hoffnung für ganz Britannien«, sagte Iselle. Was niemand bestritt, nicht einmal Arthur, und mir schien, dass diese alten Krieger sie trotz ihres Feuers und ihrer Widerspenstigkeit als eine der Ihren akzeptiert hatten. Mehr noch, sie respektierten.

»Camelot hat immer standgehalten«, sagte Gediens. »Wenn sie inzwischen aber Sachsen reinlassen …« Er schüttelte den Kopf und brachte es offenbar nicht übers Herz, den Satz zu vollenden.

Arthur lehnte sich an der Wand zurück und starrte den Becher in seiner Hand an. »Dann verschwindet selbst der Gedanke eines freien Britanniens wie ein Traum.«

»Es kann kein Britannien geben ohne einen Mann, der stark genug ist, die Könige in den Krieg zu führen«, sagte Gawain mit Nachdruck. »Es kann kein Britannien geben ohne dich, Arthur. Und das weißt du.«

Aber Arthur hatte sich in den Tiefen seines Bechers verloren und war zu weit weg, um ihn zu hören.

Die nächsten Tage verbrachten wir mit der Jagd und Reparaturen an Arthurs und Guineveres Hof, kümmerten uns um die Schweine und Schafe, streuten Pferdemist aus, um die Erde anzureichern, damit sie Früchte und Gemüse trage, pflügten den fetten Boden in Vorbereitung der Frühlingsaussaat, schnitten Schilf und sammelten Feuerholz, schmiedeten Pläne, die Könige Britanniens zu einen, und warteten darauf, dass Merlin sich erholte. Als wir den alten Kuhstall repariert hatten – zumindest so weit, dass Regen und Wind draußen blieben –, zog Merlin zu uns und überließ Arthur und Guinevere das Haus. Aber der Druide war noch immer schwach, und Oswin sagte, es werde noch eine Weile dauern, bis er bereit sei zu versuchen, was von ihm verlangt wurde. Und so beschäftigten wir uns so gut wie möglich, während sich der Sachse um seinen Herrn kümmerte.

Eines Tages fragte ich Gawain, nachdem Iselle mit ihrem Bogen in den Sumpf gezogen war, ob er mich in Schwert, Schild und Speer unterrichten würde. Er beaufsichtigte Bruder Yvains graue Stute, die einen Pflug zog, denn sie war stark und sanftmütig und schien sich nicht an dem schweren Geschirr zu stören.

»Bist du sicher, Galahad?«, fragte er mich, schaute aber starr geradeaus auf die Reihe aus Salweiden, Haseln und Eschen jenseits des Feldes, um eine gerade Linie zu ziehen. Es gab hier nur wenig urbares Land, denn den Großteil hatten sich die Sümpfe zurückerobert, dafür fuhr das Sech ohne großen Widerstand hindurch. Das Messer zerteilte den Boden, ehe die Pflugschar ihn seitlich zu glänzenden Wällen aufwühlte.

»Ja«, sagte ich. »Ich bin sicher.«

»Warum?«, fragte Gawain. »Warum jetzt?« Er legte sich in den Streben und schnalzte mit der Zunge. Die Stute schnaubte eine Antwort.

Ich dachte wieder an den grauen Tag, an dem die Sachsen mit Mordlust in unser Kloster eingedrungen waren, und vorher schon, als mich die sächsischen Späher im Sumpf gefangen hatten und ich mich wie ein Aal in einer Korbfalle am Boden gewälzt hatte. Und noch andere Erinnerungen blitzten daneben auf. Parcefal, der den Recken der Herrin Triamour besiegte. Iselle und Oswin, wie sie die Männer töteten, die Merlin bewachten, Bruder Yvain, den man von der Klippe von Tintagel warf. Der eine Anblick aber, der seine Klauen am tiefsten in mein Hirn gebohrt hatte und mich in Wahrheit verfolgte, seit wir Tintagel verlassen hatten, war Iselle, wie sie auf den Boden geworfen wurde, der Kämpfer, der auf ihr hing, und das nackte Entsetzen in ihrem Blick.

»Den Orden vom Dornbusch gibt es nicht mehr.« Ich maß meine Schritte so ab, dass ich genau neben Gawain und dem Pflug blieb. »Und selbst wenn es ihn noch gäbe und ich die Tonsur bekommen hätte, was könnte ich dann schon ausrichten?«

Gawain schnalzte abermals aufmunternd mit der Zunge, obwohl die Stute freiwillig schuftete. »Es ist immer nützlich, eine Gottheit an seiner Seite zu wissen«, sagte er.

Ich musterte ihn abschätzig. »Ich dachte, Ihr macht Euch nicht viel aus den Göttern.«

Fast lächelte er, als er sich umschaute, um zu kontrollieren, ob er auch wirklich gerade geblieben war. »Ich verlasse mich auf Menschen, Galahad. Auf Eisen und Stahl. Auf Mut.«

»Dann unterrichtet mich«, sagte ich.

»Hat dein Vater dich unterrichtet?«, fragte er.

Ich dachte an meine Kindheit. An das Üben mit Waffen, die zu groß und zu schwer waren und meine Arme und Schultern vor Schmerzen brennen ließen.

»Jeden Tag«, sagte ich.

Gawain nickte. »Dein Vater hat selbst sehr jung angefangen. Ist von verlässlichen Männern unterrichtet worden. Aber er hatte auch eine Veranlagung. Vielleicht hast du sie geerbt.«

Und so war es. Das hatte ich immer gewusst. Hatte es in meinem Blut und meinen Händen gespürt, als steckten die instinktiven Erinnerungen eines Fremden in meinem Fleisch gefangen. All die Jahre hatte ich ihr fernes Echo vernommen, leise wie ein Flüstern nur, aber nagend wie eine alte Wunde. Wann immer ich mit dem Bogen ins Moor gezogen war, um Wasservögel zu schießen, wann immer ich mit dem Speer in den Wäldern gewesen war, um Rehe oder Schweine zu jagen. Und wenn ich hinterher die erlegten Tiere ausnahm, mir ihr scharfer Geruch in die Nase stieg und ich wusste, sie waren durch meine Hand gestorben.

»Zeit genug haben wir«, sagte Gawain, »denn Oswin wird nicht zulassen, dass wir Merlin auf die Nerven gehen, solange er nicht wieder gesund ist. Oder tot.« Die Pflugschar zog ihre Furche, legte Erdwürmer frei, die rosa und nackt auf der schwarzen Krume lagen. Hinter uns lärmten Möwen und Krähen und zankten sich um die zuckenden Leckerbissen. »Wir werden dir beibringen, was wir können. Zu dritt. Und dann wollen wir sehen, ob du etwas von ihm in dir hast.« Er zwinkerte mir zu. »Oder ob es doch besser gewesen wäre, du hättest die Tonsur genommen und wärst zurück nach Ynys Wydryn gegangen, um den Rest deiner Tage damit zuzubringen, allein unter einem stacheligen Baum zu sitzen.«

Wir fingen noch am selben Tag an. Gediens fand einen alten Speer in Arthurs Scheune, entfernte die Spitze, schnitt ihn in der Mitte durch und wickelte Leder um die Enden, die als Griffe dienen sollten. Dann kämpften Gawain und ich mit diesen Stöcken und mit Schilden, damit er mich besser erniedrigen konnte. So kam es mir zumindest vor, denn sehr bald konnte ich nicht mehr zählen, wie oft ich auf dem Hosenboden landete oder plötzlich im Dreck lag. Er schien mich ohne jeden Aufwand niederzustrecken, nutzte nur meine Fehler in Beinarbeit und Balance gegen mich und bestrafte mich jedes Mal, wenn ich mich zu weit streckte oder auf eine Finte hereinfiel.

Einmal drehte er genau in dem Moment, als ich gegen seinen Schild schlug, diesen nach unten weg, und als mich mein Eigengewicht nach vorn zog, machte er einen Schritt zur Seite und zog mir eins über den Rücken, und ich klatschte mit dem Gesicht voran in den Schlamm.

»Mit Christusliedern allein wirst du sie nicht beschützen können, Galahad«, knurrte er mir leise zu, während er darauf wartete, dass ich wieder auf die Beine kam.

Ich erhob mich, spuckte Dreck aus und rammte meinen Schild gegen seinen. Er grinste. »Noch mal.« Er machte einen Schritt zurück und nickte mir zu, ich solle ihn attackieren.

Ich trat vor und suchte nach einer Stelle, die ich angreifen konnte, wollte dringend einen Treffer landen, der ihm das Grinsen aus dem Gesicht wischen würde. Er sah es in meinen Augen und drehte den Schild nach außen, lud mich ein, seine Brust oder seinen Bauch anzugreifen. Natürlich eine Falle. Aber wenn ich nur schnell genug war, könnte ich sie vielleicht auslösen und ihn trotzdem treffen. Er war alt, und ich war jung. Ich ließ den Stock sinken, als müsste ich erst zu Kräften kommen, warf mich unvermittelt auf ihn. Er parierte, lenkte meinen Stock zur Seite ab und drehte sich in der Hüfte, um mir den Schild in die rechte Schulter zu rammen. Wieder ging ich zu Boden. Ich rollte mich auf den Rücken, schaute in den Himmel und sah drei Krähen, die einen Habicht belästigten, ihn abwechselnd anflogen und wieder abdrehten und den Raubvogel so gen Westen abdrängten, weg von ihren Nestern.

»Gebete werden deine Feinde nicht umbringen. Ein Gebet ist nicht mehr als ein Furz im Wind.« Er wedelte mit seinem Stock. »Hoch mit dir, Junge.«

Ich kam auf die Beine und hasste ihn. Ich hämmerte auf seinen Schild ein und genoss es, sah seinen Stock erst, als er mich in den Bauch traf und mir die Luft aus dem Leib drosch. Gekrümmt stand ich da und rang nach Atem. »Wut bringt dich um. Können hält dich am Leben«, sagte er.

Und so ging es weiter. Ich übte auch mit Gediens und Parcefal. Gediens war ein Meister des Speeres, und obwohl wir die Spitzen in Ledertaschen hüllten, verlor ich bei den Kämpfen gegen ihn am meisten Blut. Die Naht der Tasche öffnete meinen Hals und meine Wange und beide Handrücken, sodass ich tatsächlich sehr schnell lernte, seine Angriffe mit meinem Schaft abzublocken. Unsere Speere klackten in ihrer eigenen harten Sprache, unsere Füße glitten rasch über den Boden.

Parcefal lehrte mich, zu Pferd zu kämpfen, ließ mich manchmal sogar seine Stute Lavina reiten, die mich durchaus zu mögen schien. Sie war in der Kriegskunst sehr erfahren, und gemeinsam sprangen wir über Hindernisse, galoppierten über unebenes Gelände, beschrieben enge Kreise, plötzliche Drehungen und Bremsmanöver, bei denen ich mit dem Speer zustechen oder mit dem Schwert auf Pfähle einschlagen sollte, die Parcefal in den Boden gerammt hatte, oder mit Übungsschwert und ledergebundenem Speer gegen die drei alten Krieger kämpfte, die mir zu Fuß zusetzten.

Ich fraß Schlamm und schmeckte bittere Demütigung. Ich humpelte und verzog die finstere Miene vor Schmerzen von all den Blutergüssen, die in meinem Fleisch erblühten wie Schimmel im Brot. Oft sah Arthur uns zu, sagte wenig, nickte aber dann und wann, wenn ich mich geschickt anstellte. Noch öfter schüttelte er ob irgendeiner Verfehlung den Kopf.

Wenn Iselle nicht gerade mit ihrem Bogen oder mit ihrem Sachsenschwert übte oder im Röhricht auf der Jagd war, schaute auch sie uns zu. Manchmal lachte sie, wenn Gawain oder Gediens meine Verärgerung oder mein Ungestüm gegen mich einsetzten, und ihr Gelächter schmerzte mehr als alle Prellungen und Schwellungen und trieb mich zu noch größerem Eifer an.

Hin und wieder verließ auch Merlin sein Lager, um frische Luft zu atmen und mich unter verkniffenen weißen Brauen hindurch zu beäugen.

»Du hast ihn zu lange bei den Christenmännern gelassen, Gawain«, krächzte er einmal.

»Weil ich zu beschäftigt war, nach Euch zu suchen, Druide«, gab Gawain zurück, hob das Kinn in meine Richtung und wartete auf den nächsten Angriff.

Es waren Tage voller Schmerz und Frust und Scham. Aber auch Tage des Erwachens. Alte Erinnerungen manifestierten sich in meinem Fleisch, entzündet durch einen Schwertschwung oder einen Speerstoß oder durch Lavinas Wiehern, als ich sie in einem engen Bogen führte und einen Span von einem Pfahl abschlug, und plötzlich saß ich wieder auf Tormaighs Rücken und spürte den Blick meines Vaters wie den eines Raubvogels auf uns, während wir imaginäre Feinde niederritten.

Endlich zeigten sich die ersten Anzeichen des Frühlings in den Marschen. Misteldrosseln, Blaumeisen und Buchfinken gossen ihre fließenden Gesänge in die zunehmend längeren Tage, markierten ihre Reviere und suchten nach Partnern. Die Spechte trommelten im Totholz, und die Reiher vollführten ihre seltsamen Tänze, reckten die langen Hälse in die Höhe und bogen sie nach hinten über ihre Rücken. Im Röhricht tauchten die Kröten aus ihren Winterverstecken auf und versahen die Tümpel mit langen Ketten aus schleimigen Eiern. Im Wäldchen hinter Arthurs Hof bedeckten Huflattich, Veilchen und übel riechendes Bingelkraut den Boden wie ein Teppich, der sanft in der Brise wogte.

Eine Weile mussten wir befürchten, Merlin würde zusammen mit dem Winter von uns gehen. Oswin erzählte, dass Mordreds Söhne Melehan und Ambrosius den Druiden geschlagen hatten, wann immer er sich weigerte, Morganas Fragen zu beantworten.

»Sie wollte seine Magie für sich haben«, erklärte der Sachse, »aber Merlin sagt, ihm wohnt keine Magie mehr inne. Zuerst haben sie ihm nicht geglaubt und ihn geschlagen. Aber nicht zu heftig, weil sie ihn weiterhin gefürchtet haben. Aber nach einer Weile, als sie wussten, dass er sie nicht verflucht hatte, als sie sahen, dass sie kein Blut pissten und ihnen nicht die Haare ausfielen und ihnen die Männlichkeit nicht zwischen den Beinen verschrumpelte, glaubten sie langsam, dass seine Macht verschwunden war. Von da an haben sie ihn ohne Furcht geschlagen.«

Oswin hatte mich gebeten, etwas Wasser zu erhitzen, damit er Merlin im Stall waschen konnte, denn der Druide war noch immer zu schwach, um sich selbst im Bach beim Wäldchen im Westen zu reinigen. Ich trug den Kessel von Arthurs Herd in den alten Kuhstall, und dort, im Tageslicht, das hinter mir durch die Tür flutete, sah ich Merlins nackten Leib. Und Oswin sah das Entsetzen in meinem Blick, schwieg jedoch. Da lag der Mann, der ganze sächsische Armeen mit seinen Geisterzäunen aus abgeschlagenen Köpfen im Zaum gehalten hatte. Der Mann, der König Uther Tintagel gegeben hatte und Arthur Excalibur. Der letzte Druide dieser Dunklen Inseln. Und er sah so hilflos und seltsam aus wie ein Vogelbaby, das aus dem Nest gefallen ist. Seine Beine bestanden nur aus Sehnen und Knochen, sein Kopf war zu groß für den dürren Hals, die Augen geschwollen und schwarz, das weiße Haar auf Brust, Schultern und Kopf wie die Daunen eines Schlüpflings.

Mit Schaudern hatte ich die Blutergüsse betrachtet, die sich zwischen den Wirbeln und Inschriften erstreckten, mit denen sein Körper bedeckt war. Er sah aus, als verweste er bei lebendigem Leib. Er war alt und schwach, und seine Feinde hatten ihn gefoltert, weil sie den Rest Wissen und Kraft aus ihm rausprügeln wollten, der noch in ihm schlummern mochte.

Aber Merlin starb nicht. Und als das Leben ins Land zurückkehrte, fand auch Merlin langsam wieder zu sich. Und wir anderen, die wir uns dort im Sumpf verbargen, Teil der Welt und doch von ihr entrückt wie die Geister, die an Samhain die Augenwinkel bevölkern, wagten zu hoffen, dass er bald wieder kräftig genug sein würde, um zu versuchen, wofür wir ihn zu Arthur gebracht hatten.

Dreiundzwanzig Tage nachdem wir zu Arthur zurückgekehrt waren, gab ich Merlin seinen Rabenumhang. Gawain und Gediens waren unterwegs, um die Schlingfallen und Aalreusen zu kontrollieren. Parcefal und Arthur waren im Stall, bürsteten die Pferde und sprachen über alte Zeiten und verlorene Freunde. Oswin war im Wald, um Kräuter und Wurzeln, Trameten und Beeren und was auch immer sonst noch zu sammeln, das Merlin für seine Tränke benötigte. Also blieben Iselle und ich mit Guinevere und dem Druiden zurück.

Ich brachte ihm den Sack, der seinen Umhang barg, ans Herdfeuer, wo er saß und sich die Knochen wärmte, einen Becher dampfenden Apfelwein in den Händen. Iselle stand jenseits des Feuerscheins und flößte Guinevere eine Schüssel Gänsebrühe mit Pastinaken ein.

»Dein Vater hätte das verbrannt.« Merlin hob eine Augenbraue, als ich einen Teil des Umhangs hervorzog, um ihm zu zeigen, was sich in dem Sack befand. Die Federn schienen im Feuerschein sofort lebendig zu werden, schillerten in Blau und Violett und Grün zu Ehren der Vögel, denen sie einst gehört hatten. Ihr Glanz hing wie geflüsterte Magie in der Luft. »Lancelot hat meine … Begabung nicht gutgeheißen«, sagte Merlin. »Er hat nicht verstanden, was nicht von einer starken Hand ergriffen oder von einem erfahrenen Arm geschwenkt werden konnte, sondern nur hier gehandhabt wird …« Er drückte zwei Finger an die Brust. »Oder hier«, fügte er hinzu und legte dieselben Finger auf die Altersflecken an seiner Schläfe.

Er schaute hinüber zu Guinevere, die von tiefem Instinkt

getrieben jedes Mal die Lippen öffnete, wenn Iselle den Holzlöffel zu ihrem Mund führte, auch wenn manchmal ein wenig Flüssigkeit danebenging und Iselle Guineveres Kinn mit einem Tuch abtupfte.

»Deswegen hat er sie nie wirklich verstehen können«, sagte Merlin. »Denn ihre Gabe war sogar größer als meine.«

»Hat mein Vater sie geliebt?«, fragte ich. Ich kannte die Antwort, wollte sie aber trotzdem aus Merlins Mund hören, obwohl ich gleichzeitig hoffte, meine Mutter würde sie nicht durch den Schleier zwischen den Welten vernehmen.

»Oh, er hat sie geliebt.« Merlin holte tief Luft. »Er hat sie geliebt, wie die See die Küste liebt.« Er schlürfte an seinem Würzwein.

Ich spürte, wie sich meine Miene verzog, sagte aber nichts.

Erneut sah Merlin zu Guinevere. »Dein Vater war ein Narr, weil er nicht gesehen hat, dass seine eigene Gabe, sein Talent für den Krieg, den gleichen Ursprung hatte wie ihre Gabe«, sagte er. »Die Götter sind unser aller Brunnen, Galahad.« Er schob eine Hand in den Sack zu seinen Füßen, ganz langsam, als könnte dort in der Tiefe eine bissige Schlange lauern, und fuhr sachte mit den Fingern durch die Federn. »Ob Traummantel oder Schwert, sie sind eins, nur konnte dein Vater das nicht sehen. Die Götter hätten durch ihn gewirkt, hätte er sie nur gelassen.« Er schüttelte den Kopf. »Aber Lancelot wurde von den launischen Trieben der Männer bestimmt. Er war nicht stark genug.« Der Druide starrte in die Flammen, die in seinen Augen tanzten. »Wir alle waren nicht stark genug.«

»Könnt Ihr sie zurückholen?«, fragte ich.

Seine Stirn umwölkte sich. »Vielleicht«, gab er zurück, klang aber nicht sehr zuversichtlich.

»Wann werdet Ihr es versuchen?«

Sein Kopf fuhr hoch, und sein Blick bohrte sich in meinen. »Wenn ich bereit dazu bin, Bursche«, fauchte er. Aber nach allem, was ich gesehen hatte, brauchte man vor diesem Merlin aus Fleisch und Blut – anders als vor dem Druiden aus den Geschichten der Bevölkerung – keine Angst zu haben, also hielt ich seinem Blick stand.

»Hat Yvain seine Familie in Annwn gefunden?«, fragte ich.

Da drückte er den Rücken durch, richtete sich auf und starrte mich weiter an, und trotz seiner Gebrechlichkeit stahl sich etwas in seine Augen, das mir einen Schauer über den Rücken jagte.

»Yvain hat nicht an mir gezweifelt«, sagte er. »Die wenigsten hätten das gewagt, damals.«

»Ich habe nie darum gebeten«, sagte ich. Bruder Yvain war fort, aber der Eid, den er zu meinem Schutz geschworen hatte, war wie ein Halseisen zurückgeblieben – eine Last, die noch schwerer zu werden schien, wann immer ich in Merlins Nähe war, denn er selbst hatte diese Fessel geschmiedet.

»Du hast mir nicht zugehört, Galahad.« Er seufzte. »Der Funke ist wahrlich nicht weit vom Feuerstein gefallen.« Er beugte sich zu mir, war jetzt nah genug, dass ich die gelben Verfärbungen in seinen Augen sehen und den Apfelwein in seinem Atem riechen konnte. »Glaubst du, sie hätte in irgendeiner Form darum gebeten?«, zischte er, und ich wusste, dass er von Guinevere sprach. »Sie hat Arthur geheiratet, weil ich es so veranlasst habe. Weil die Götter mir gezeigt haben, dass Arthur und Guinevere Britannien gemeinsam erneuern würden. Dein Vater hat für Arthur gekämpft, weil ich es ihm abverlangt habe. Denn Lancelot war der größte Krieger seit dem legendären

Brân Galed höchstselbst. Gemeinsam waren er und Arthur die Schwerter Britanniens.«

»Und Ihr, Merlin? Hattet Ihr eine Wahl?«, fragte ich.

Er riss die Augen auf und stieß ein Schnauben aus, das einem erstickten Geräusch wich, bei dem es sich wohl um Gelächter handeln sollte. Vielleicht war er außer Übung. Trotzdem widerte mich seine offenkundige Erheiterung an.

»Ich war der Einzige, der die Götter dieses Landes noch hören konnte. Ich war der Letzte. Glaubst du, sie hätten mich mit dieser Erkenntnis im Kopf als Einsiedler hausen lassen, der hin und wieder einen Aussätzigen heilt und ansonsten nur mit Bäumen und Vögeln redet?« Abermals lachte er, und Iselle schaute über die Schulter, fragte sich zweifellos, was so lustig sein mochte.

Merlin reckte entschuldigend eine Hand in ihre Richtung, woraufhin sie weiter Suppe in Guineveres halb geöffneten Mund löffelte.

»Verstehst du«, hauchte der Druide und beugte sich wieder zu mir, »die Götter lieben es, mit uns zu spielen, Galahad.« Er schaute hinauf ins Schilfdach und sah dem Rauch hinterher, der sich einen Weg nach draußen suchte. »Selbst hier, an diesem Ort. Du glaubst, du seist hier versteckt. Du irrst.«

»Abgesehen von Gawain hat niemand Arthur in all den Jahren seit der großen Schlacht gefunden«, sagte ich.

Merlin reckte einen knorrigen Finger. »Kein Mann hat Arthur gefunden«, sagte er betont. »Was weißt du über sie?« Er legte den Kopf schief.

»Iselle?«, fragte ich.

Er nickte.

»Ich weiß, dass sie keinen Mann fürchtet.«

Er lächelte.

Iselle stellte Schüssel und Löffel ab, ließ Guinevere im Schatten zurück und sagte, sie wolle einen Becher schwaches Bier für sie holen. Merlin und ich sahen zu, wie sie aus dem Zwielicht in den Tag hinaustrat.

Sobald sie verschwunden war, nickte der Druide mir zu. »Nur zu.«

Ich sah ihn stirnrunzelnd an. Es kam mir treulos vor, mit diesem Mann, den ich kaum kannte, über Iselle zu reden. Und doch wollte ich, dass er sie kannte, dass er wusste, was sie für unsere Sache geleistet hatte. Was es für sie bedeutete. Was sie alles verloren hatte.

»Ich weiß, dass sie die Sachsen hasst«, sagte ich. »Und dass sie alles dafür tun würde, die alten Götter zurückzubringen, denn man sagt sich, sie hätten auch uns verlassen, als sie Fürst Arthur im Stich ließen.«

Er verzog den Mund, bedeutete mir aber mit einem neuerlichen Nicken weiterzusprechen.

»Ich weiß, dass sie an Euch glaubt«, fuhr ich fort. »Und dass sie hofft, Ihr könnt Arthur Guinevere zurückgeben, damit er wieder sein kann, wer er einmal war. Damit er die Könige von Britannien wieder unter seinem Banner vereint und wir das Land von der Krankheit befreien können, die es befallen hat.« Das Feuer spuckte einen Funken auf Merlin, der in den Falten seiner Tunika landete. Der Druide leckte einen Finger an und drückte das Leben aus der Glut.

»Du liebst sie«, sagte er.

Ich setzte mich aufrecht hin und sah zur Tür, erleichtert, dass Iselle nicht in diesem Augenblick zurückkam. »Nein.« Mein Blick glitt von seinem ab.

»Doch«, gab er zurück. »Du liebst sie, und deswegen verbringst du deine Tage damit, dich mit einem Holzschwert im Matsch zu wälzen und dich zum Narren zu machen.« Er leerte seinen Becher, stellte fest, dass auch der Krug leer war, schaute sich finster im Raum um und murmelte etwas darüber, dass Oswin ein faules Sachsenschwein sei. »Weil du deines Vaters Stolz geerbt hast und glaubst, du müsstest sie beschützen, was natürlich nicht geht, solange du das eine Ende eines Schwertes nicht vom anderen unterscheiden kannst.«

»Iselle braucht meinen Schutz nicht«, sagte ich, womit ich seinen Vorwurf allerdings nicht wirklich abstritt. »Sie ist eine Kriegerin. Sie hat es im Blut.«

Merlin grinste, und verblüfft stellte ich fest, dass er noch fast alle Zähne hatte. »Natürlich ist sie eine Kriegerin, Junge«, sagte er. »Ich habe dich gefragt, was du über sie weißt, und du erzählst mir nichts. Ich musste sie bloß einmal ansehen und weiß bereits mehr als du.« Er schüttelte den Kopf und seufzte leise. »Ich hatte gehofft, du wärst mit etwas mehr Klugheit ausgestattet als dein Vater.«

»Ich weiß, dass sie bei ihrer Ziehmutter Alana aufgewachsen ist«, sagte ich. »Iselle sagt, Alana hat Euch einmal getroffen, als sie noch klein war.«

Er wedelte nach dem Feuerrauch. »Ja, ja, vor langer Zeit. Auf der Insel, auf der dein Vater gelernt hat, wie man Männer abschlachtet.« Er gestikulierte ungeduldig mit einem Finger. »Wie hast du sie getroffen? Wer hat wen gefunden, Galahad?«

Ich dachte an jenen Tag zurück, als ich mit dem Korbboot in die Sümpfe gefahren war, um im Seedorf nach einem toten Mann zu suchen. »Iselle hat mich gefunden«, sagte ich, woraufhin Merlin eine Braue lupfte, als bedeutete ihm diese Tatsache etwas. »Sie hat mir das Leben gerettet. Sie hat drei Sachsen getötet.«

»Eine geborene Kriegerin«, sagte er, wandte den Blick vom Feuer ab und sah Guinevere an, die uns aus dem Schatten zu beobachten schien.

Die Tür ging auf, die Flammen hüpften, und Iselle kam mit einem Bierkrug und zwei Bechern herein. Sie füllte Merlins Becher, dann schenkte sie mir ein.

Der Druide nickte dankend, hatte die Hand wieder im Sack zu seinen Füßen versenkt und strich durch die Federn, während er Iselle anstarrte. »Galahad hat erzählt, er wäre wohl nur noch ein Fleck auf einer Sachsenklinge, wärest du nicht gewesen, Mädchen.«

Iselle befüllte den letzten Becher und sah mich an. »Galahad war ein Narr, allein und unbewaffnet durch den Sumpf zu fahren«, sagte sie, drehte uns den Rücken zu und trug den Trunk zu Guinevere.

Wieder beugte sich der Druide zu mir. »Ich glaube, sie mag dich«, flüsterte er, versteckte seinen Mund hinter dem Becher und trank. Als er fertig war, fuhr er sich mit dem spindeldürren Arm über die Lippen und den grauen Bart. »Aber du *bist* ein Narr, Junge. Und Gawain ebenso.« Er verzog das Gesicht. »Ihr alle seid Narren.« Er verdrehte die Augen und schaute einmal mehr zum Schilfdach auf. »Und die Götter sind eben doch hier, an diesem Ort.«

Ich wusste nicht, warum er das sagte, auch nicht, warum er mich über Iselle ausgefragt hatte. Was ich jedoch wusste, war, dass er mindestens einen ganzen Krug Apfelwein geleert hatte und nun einen Becher mit Bier hielt, der auch schon wieder halb leer war. Statt sich erneut vorzubeugen, winkte er mich mit einem verkrümmten Finger näher zu sich. Ich rutschte mit meinem Schemel durch das Bodenstroh, beugte mich vor und führte mein Ohr nah an seinen Mund.

»Schau sie dir *genau* an«, zischte er. Ich konnte Iselle sehen, ohne mich zu bewegen, auch wenn sie mit dem Rücken zu mir stand, den Becher an Guineveres Lippen hielt und ihn ganz leicht anhob. »Ist es nicht offenkundig? Selbst wenn sie nicht die Kriegerin wäre, von der du berichtet hast. Schau sie dir an, Galahad«, raunte er, seine Worte kaum mehr als saurer Atem auf meiner Wange. »Deine Augen sind jung, und doch bist du blind.«

Ich schaute sie an. Versuchte zu sehen, was auch immer Merlin entdeckt hatte.

»Und wenn du es siehst, wirst du den Mund halten, verstanden?« Sein Gesicht war von Schatten und Flammen zu einer wölfischen Fratze verzogen. »Kein Wort! Es steht dir nicht zu.«

Ich schaute sie an. Und plötzlich blieb mir der Atem in der Brust stecken. Meine Haut prickelte, als wimmelte meine Tunika von Läusen. Mein Herz trommelte sich bis hinauf in den Hals, und in die Höhle, die es hinterließ, flutete eine schreckliche Kälte – eine Kälte, die sich durch mein Knochenmark ausbreitete trotz der Flammen des Herdes, die das Gesicht des Druiden mit Schatten umtanzten, dessen Augen angesichts meines Begreifens fröhlich glitzerten.

»Es steht dir nicht zu«, flüsterte er abermals.

Ich schaute sie an. Und ich sah, dass Iselle nicht nur eine junge Frau war, die in den Sümpfen überlebt hatte, wild wie eine Wölfin und so gut wie allein in dieser erbarmungslosen, dunklen Welt. Sie war nicht nur die stolze kupferhaarige Sachsentöterin, deren Existenz meine Innereien verknotete, ob wir nun beisammen oder getrennt waren. Schon jetzt konnte ich mir nicht mehr erklären, wie ich es vorher nicht gesehen hatte, und fast schien mir, als müsste irgendein Gott einen seltsamen Nebel um sie gewoben haben, den meine Augen nicht zu durchdringen vermocht hatten. Merlin aber, dieser alte, gebrochene Mann, hatte den Nebel mit seinem Flüstern aufgelöst, und nun sah ich es an ihrer edlen Nase und ihrer weiten Stirn. An ihren vollen Lippen und an dem Feuer in ihren Augen. Dem Feuer des Pendragon. Denn Iselle hatte Heldenblut in ihren Adern. Sie war eine geborene Kriegerin. Und Arthur, der Herr der Schlachten, die Flamme in der Finsternis, war ihr Vater.

14

Alte Feinde

Die ersten tiefen, hohlen Rufe der Rohrdommeln, die das Ende des Winters verkündeten, hörten wir an jenem Tag, an dem Fürst Konstantin kam. Die Krähen reparierten geschäftig ihre vom Wetter gebeutelten Nester, und ihr Geschrei wurde wie ferner Schlachtenlärm vom Wind zu uns getragen. Der Schwarzdorn erblühte mit plötzlicher Kraft und erinnerte noch an den Schnee, der gefallen war, als wir Arthurs Hof auf der Suche nach Merlin verlassen hatten, und die ersten pelzigen Weidenkätzchen machten sich bemerkbar.

Iselle hatte als Erste die fahle Rauchfahne gesehen, die sich ein Stück nordwärts in den Himmel schraubte, jenseits der hohen Bäume, in deren Wipfeln auch die Reiher die Nester des vergangenen Jahres mit Stöcken ausbesserten. Wir hatten befürchtet, es könnten Sachsen sein, die einmal mehr einen Hof oder eine Fischerhütte brandschatzten. Arthur aber verneinte, denn niemand wohnte in solcher Nähe.

»Mein Vetter ist gekommen«, sagte er zu Gawain. Also waren Gawain, Gediens und Parcefal losgezogen und hatten Fürst Konstantin mit zwanzig seiner Krieger in ihrem Lager um das Signalfeuer vorgefunden, das sie nach alter Übereinkunft zwischen Arthur und Konstantin entzündet hatten.

Fürst Konstantin kehrte allein mit Gawain zurück, denn

Arthur wollte so wenigen Menschen wie möglich preisgeben, wo er hauste. Ich stellte fest, dass die Gerüchte, der Kriegsherr gebe sich wie ein römischer General, der Wahrheit entsprachen. Er war Anfang sechzig, schlank und hart und vernarbt von einem langen Leben im Krieg, und sein Gesicht erinnerte mich an eine Statue, die ich auf den Mauern der Festung Dore gesehen hatte, als ich etwa acht Jahre alt gewesen war und mich mein Vater mitgenommen hatte, um das große Samhain-Feuer von König Cyn-March zu sehen. Denn Fürst Konstantin trug weder Bart noch Schnurrbart, um sein herbes und grimmiges Gesicht zu verdecken. Sein Mantel hatte die Farbe einer reifenden Pflaume, er trug einen Brustpanzer aus Bronze, fein gearbeitet, um einen muskulösen Torso darzustellen, und unter dem Arm einen römischen Helm mit einem steifen Busch aus rotem Rosshaar.

Er war der Neffe von Uther Pendragon und der Enkel jenes Königs Konstantin, der sich Kaiser von Rom genannt hatte, und nie hatte ich jemanden gesehen, der sich mit solcher Würde gebärdete, noch jemanden, der so wenig in seine Umgebung zu passen schien, als wäre er in einer anderen Zeit geboren worden und hätte sein ganzes Leben mit dem blutigen Streben verbracht, sie wieder zurückzubringen.

Arthur hieß ihn willkommen und schüttelte seine Hand, aber es gab keine Wärme zwischen ihnen, kein Anzeichen von Freundschaft. Nur den gegenseitigen Respekt zweier Streiter, die den gleichen Feinden gegenübergestanden und die gleichen Kriege geführt hatten.

»Es ist lange her, Vetter«, sagte Arthur.

»Die Jahre fliegen dahin, Arthur, und noch immer kommen jeden Frühling mehr Sachsen. Ich fürchte, wir werden sie niemals loswerden.« Er breitete die Arme aus und drehte die Handflächen himmelwärts. »Aber trotz allem sind wir noch am Leben.«

Eine Weile unterhielten sich die alten Kämpfer über vergangene Schlachten, als könnten sie das Echo des Schwertgesanges noch immer vernehmen, und dann stellte Arthur mich vor, woraufhin Fürst Konstantin den Kiefer anspannte und mit dem Daumen über den eisernen Adlerkopf strich, der den Knauf seines römischen Gladius bildete, das er an der rechten Hüfte gegürtet trug.

»Galahad ap Lancelot«, wiederholte er und beäugte misstrauisch meinen Habit, der mit getrocknetem Schlamm verkrustet war. »Dein Vater war der Beste, den ich je gesehen habe.«

Ich sagte nichts, bis Arthur das betretene Schweigen brach.

»Galahad beweist sich derzeit ebenfalls als talentierter Schwertkämpfer«, sagte er, was sicherlich allzu wohlwollend gesprochen war, aber trotzdem fühlte ich mich ein wenig größer als zuvor.

»Du bist ein Christ, Galahad?«, fragte Fürst Konstantin.

»Das war ich, Herr«, gab ich zurück, denn ich wusste tatsächlich nicht mehr, woran ich eigentlich glaubte.

Fürst Konstantin schien mit meiner Antwort wenig anfangen zu können. Manche sagten, er sei selbst ein Christ, wieder andere erzählten sich, er pflege in einer Höhle im Wald einen Schrein des römischen Gottes Mithras. Er betrachtete uns der Reihe nach, und sein harter Blick blieb einen Moment auf dem Sachsenmesser hängen, das an Iselles Gürtel hing.

»Ich bin wohl zur rechten Zeit gekommen, denn wie mir scheint, hebst du hier ein neues Heer aus, Arthur«, sagte er. Er gab sich keine Mühe, den Hohn in seiner Stimme zu verbergen.

Als wir aber ins Haus gingen, um den Grund für sein Kommen zu erfahren, und er Merlin am Feuer sitzen sah, der mit der stumpfen Rückseite einer Axt ein Bündel Rosmarin zerstampfte, schien alles Blut aus dem Gesicht des Kriegsherrn zu weichen. Seine Geringschätzigkeit wich unverhohlener Ehrfurcht.

»Ihr seid ein Mann, der an seinen Ambitionen festhält, Fürst Konstantin, das muss ich Euch lassen.« Merlin ließ den Axtkopf auf den Holzteller donnern. Von der Taille aufwärts war er nackt, und die seltsamen Symbole und Muster, die vor langer Zeit in seine Haut geritzt und mit Asche oder Färberwaid eingerieben worden waren, erzählten im Feuerschein geheimnisvolle Geschichten in einer Sprache, derer ich nicht mächtig war. »Oder ist es König Konstantin, mittlerweile?«, schob er hinterher.

Konstantin antwortete nicht, denn obwohl er sich vor einigen Jahren selbst zum König ausgerufen hatte, war die Vorstellung dieser Tage vollkommen absurd, solange die Herrin Morgana in Camelot herrschte und König Cerdics Sachsen ungestört von Rhegin im Süden bis nach Lindisware im Norden zogen, von den Reichen dazwischen ganz zu schweigen.

»Ihr seid ein alter Mann, träumt aber immer noch von Uthers Thron«, sagte Merlin.

Der würzige Duft von Merlins Kräutern schwängerte die Luft. Oswin füllte einen Becher mit Bier und reichte ihn unserem Gast.

»Ich träume davon, Sachsen zu töten, Merlin, und sonst von wenig«, gab Fürst Konstantin zurück, nahm aber trotzdem das Getränk von dem Sachsen an.

Der Druide murmelte etwas Unverständliches, wischte mit zwei Fingern über den Holzteller, nahm damit etwas von dem Öl auf, das er aus den nadelartigen Blättern geschlagen hatte, und rieb es in die linke Armbeuge, um wohl einen Schmerz im Gelenk zu lindern. »Dann atmet tief ein, Herr, denn der Duft des Rosmarins bringt Erinnerungen in Wallung.« Er lächelte. »Ein alter Trick der Druiden, der uns schon immer geholfen hat, uns alten Wissens zu entsinnen. Vielleicht hilft es, Euch daran zu erinnern, wie Ihr in den guten alten Tagen gemeinsam mit Arthur Sachsen erschlagen habt.«

»Ich kämpfe immer noch«, sagte Fürst Konstantin, der sich sichtlich in seiner Ehre verletzt fühlte.

Wieder fuhr die Rückseite der Axt herab. Drei harte Schläge, dann gab Merlin etwas von dem Rosmarin in eine kleine eiserne Schüssel, die über dem Herdfeuer ruhte.

»Vergebt mir, Herr«, sagte Merlin, »aber ich dachte, Ihr hättet Euch in den Wäldern von Caer Lerion versteckt.« Er rümpfte die Nase. »Dann muss Gawain von einem anderen König Dumnonias gesprochen haben.«

Gawain sah Fürst Konstantin an und hob eine Braue. Keine Entschuldigung – dafür mochte er den Mann nicht genug –, aber ein Eingeständnis, dass Merlins Worte wie giftige Dornen niemanden verschonten.

»Warum bist du hier, Vetter?«, fragte Arthur, der offensichtlich genug hatte von dem Geplänkel und vielleicht auch der Tatsache überdrüssig war, sein Heim mit so vielen zu teilen, denn längst war er mehr an Vogelsang und Insektenbrummen und Windrascheln im Röhricht gewöhnt als an Männer, die über Krieg und über Britannien redeten.

Fürst Konstantin nahm einen tiefen Schluck und nickte, während ich mich fragte, wie er es anstellte, seine Rüstung hier draußen im Sumpf dermaßen sauber zu halten. Sie glomm wie pures Gold, das Feuer spiegelte sich in den weichen Kurven und bronzenen Muskeln, die den Körperbau eines athletischen jungen Mannes zeigten, sodass Konstantin die Last der Jahre und seiner lang gehegten Ambitionen doppelt spüren musste, wann immer er den Brustpanzer anlegte.

»König Cerdic hat Verhandlungen vorgeschlagen«, sagte er. »Er hat Boten zu mir geschickt.«

Parcefal schnaubte leise. »Warum sollte er jetzt verhandeln wollen?«

»Weil ich seine Männer töte, Parcefal.« Die gezackte Ader an Fürst Konstantins Schläfe bäumte sich unter der ledrigen Haut auf.

»Du bist ihm ein Dorn im Auge. Ein kleiner Dorn«, sagte Gawain. »Und falls die Gerüchte stimmen, hast du keine zweihundert Speerträger mehr.«

Fürst Konstantin hob das Kinn. »Ich kämpfe«, sagte er und wandte sein römisches Antlitz Arthur zu. »Ich halte das Bärenbanner hoch, und es hat noch immer die Kraft, den Sachsen Angst einzuflößen. Aber es ist dein Banner, Arthur. Stell dir vor, welche Furcht es verbreiten könnte, würdest du wieder unter ihm stehen, an meiner Seite.«

Ich sah Gawain und Parcefal einen Blick tauschen, der beinahe durstig wirkte. Obwohl keiner der beiden Konstantin mochte, sprach er ihre geteilten Hoffnungen aus, und sie konnten nicht anders, als seine Worte aufzusaugen.

»Mag sein.« Arthur führte die rechte Hand zur linken Schulter und tastete eine alte Wunde ab. Eine Wunde, schrecklicher als alle anderen, die er je erlitten hatte. Einen Schnitt nicht nur ins Fleisch, sondern auch ins Herz, denn das Schwert, das ihn verursacht hatte, war von seinem eigenen Sohn geschwungen worden.

Wenn er nur wüsste, dass seine Tochter nur wenige Schritte von ihm entfernt stand, dachte ich. Das musste doch Balsam selbst für die finsterste Verletzung sein. Seit ich die Wahrheit mit eigenen Augen entdeckt hatte, konnte ich nur an wenig anderes denken. Ständig schwirrte mir diese Erkenntnis durch den Schädel, nagte Tag und Nacht an mir, und doch konnte ich nichts sagen. Noch nicht.

»Aber warum sollte Cerdic sich jetzt zu Verhandlungen bereit erklären, wo du allein ihn schröpfst?«, fragte Arthur seinen Vetter. »Wenn sich alle anderen Könige entweder hinter ihren Mauern verstecken oder ihm Tribut zahlen?«

»Und selbst die Herrin Morgana keine Lust hat, ihn zu bekämpfen«, fügte Gawain hinzu.

Fürst Konstantin kratzte sich eine alte Narbe auf der Wange. »Wen kümmert das Warum?«, fragte er. »Wir brauchen mehr Zeit, Arthur. Wenn du zurückkehrst, werden sich uns neue Männer anschließen. Das weiß ich.« Sein Blick fiel auf mich, und ich fragte mich, ob er meinen Vater in mir sah. Erinnerte er sich an jene Morgendämmerung in Tintagel vor langer Zeit, als er Arthurs Männer überfallen hatte und mein Vater Arthur zu Hilfe eilte – das erste Glied der Kette ihrer Freundschaft, die im Feuer des Krieges geschmiedet worden war? »Frieden wird uns die Gelegenheit geben, unsere Kräfte zu sammeln«, sagte er.

Gawain nickte. »Er hat recht, Arthur. Soll Cerdic denken, dass sich seine Feinde die Wunden lecken. Währenddessen verbreiten wir in ganz Britannien die Nachricht deiner Rückkehr. Säen Samen der Hoffnung im Land aus. Sammeln Speerträger.« Er schaute in die Flammen des Herdes, die für Merlin tanzten. »Wir entfachen ein neues Feuer.«

»Wir können es schaffen, Arthur«, sagte Fürst Konstantin. »Komm mit mir. Lass die Sachsen sehen, dass du noch lebst. Dass der Mann, der sie weiter in ihren Träumen heimsucht, noch atmet.«

»Cerdic wird sich sehr viel eher an einen Waffenstillstand halten, wenn er weiß, dass du wieder kämpfst«, sagte Parcefal und legte Arthur eine Hand auf die linke Schulter. Die verwundete Schulter. Vielleicht unbeabsichtigt, vielleicht aber auch nicht.

Ich sah Iselle an, die sachte nickte. Ihre Augen funkelten.

Aber Arthurs Stirn blieb umwölkt, seine Augen matt, seine Gedanken nicht bei Bärenbanner oder Excalibur oder Feldern mit prächtigem Sommerweizen, der mit Sachsenleibern gedüngt wurde. Sondern ganz woanders.

Er drehte sich um und schaute übers Feuer hinweg nach Guinevere.

»Ich kann hier nicht weg«, sagte er. »Ich werde nicht gehen.« Er hob den Becher, trank ausgiebig und stellte ihn auf dem Tisch ab. »Du hast deine Reise umsonst unternommen, Vetter«, sagte er zu Fürst Konstantin, ging zur Tür hinaus und ließ uns dort sitzen, die wir einander anstarrten.

Fürst Konstantin ließ einen schalen Atemzug fahren, und mit einem Mal sah er alt und müde aus, als wäre die Illusion, aufrechterhalten durch seinen Bronzepanzer und die edlen Beinschienen, den römischen Helm und das adlerköpfige Schwert, endgültig verflogen. Der Zauber durch Arthurs letzte Worte gebrochen.

Merlin stocherte mit einem Eisen zwischen den brennenden Holzscheiten herum und ließ einen Schwall Funken auffahren, die laut in der Stille knackten. »Ihr alle seht, dass die Herrin

Guinevere verloren ist«, sagte er, »erkennt aber nicht, dass Arthur genauso verloren ist.« Er verzog das Gesicht. »Ihr wollt es nicht sehen.«

»Und was seht Ihr, Druide?«, fragte Gawain herausfordernd und reckte das bärtige Kinn in Richtung Feuer. Im flackernden Flammenschein schien sein Gesicht nur aus Granit und Narben zu bestehen.

»Ich sehe Männer, die sich danach verzehren, einen Wein zu kosten, der längst ausgetrunken ist«, sprach er leise ins Feuer.

Gawain starrte ihn finster an.

»Arthur hat recht«, sagte Fürst Konstantin. »Ich habe die Reise umsonst gemacht und hätte in Caer Lerion bleiben sollen.«

»Es gibt immer noch Hoffnung«, sagte Gawain und wandte sich wieder an den Druiden. »Ihr werdet die Herrin zu ihm zurückbringen, Merlin«, befahl er, »oder ich schicke Euch zu Morgana zurück, damit sie weiter mit Euch spielen kann.«

Merlin verzog die Lippen und richtete langsam seinen Blick auf den alten Krieger. »Nur ein Narr würde einem Druiden drohen«, gab er zurück, auch wenn seine Worte im Hier und Jetzt eher wie das ferne Echo einer Warnung klangen.

Gawain ignorierte ihn und wandte sich wieder an Fürst Konstantin. »Was habt Ihr vor?«

Fürst Konstantin dachte lange nach und schüttelte andächtig den Kopf. Das Herdfeuer knisterte. Der Druide brütete, sauer wie alte Milch. Iselle schien noch immer hoffnungsvoll mitzufiebern, und die Krieger in diesem engen Raum, Männer, die ihr Leben lang gekämpft hatten und bis zum letzten Atemzug weiterkämpfen würden, wenn nur ihr Kriegsherr zu ihnen zurückkehrte, schienen schwer an der Last all der Jahre zu tragen.

»Ich werde mich mit König Cerdic treffen.« Fürst Konstantin drückte die linke Faust in die hohle rechte Hand. »Ich werde mit ihm verhandeln und uns Zeit erkaufen, wenn ich kann.«

Gawain nickte. »Ich begleite dich. Da bin ich von größerem Nutzen als hier.«

Gediens und Parcefal knurrten zustimmend.

»Cerdic wird sich an uns erinnern«, sagte Parcefal, »und unser Anblick wird den Gerüchten, dass Arthur noch lebt, stärkeres Gewicht verleihen.« Er hob den Bierkrug an und stellte enttäuscht fest, dass er leer war. »Wir können ihn nicht direkt bekämpfen.« Er stellte den Krug wieder ab. »Aber vielleicht wenigstens dafür sorgen, dass er beim Schlafen ein Auge offen hält.«

»Cerdic wird bei diesem Anblick zittern wie ein nasser Hund«, murmelte Merlin. »Die Greise von Dumnonia, die gekommen sind, um mit ihren rostigen Schwertern herumzufuchteln.«

Gawain lupfte eine Braue. »Cerdic muss selbst ein alter Mann sein. Er wird es besser wissen, als Männer zu missachten, die so viel erlebt haben wie er.«

Fürst Konstantin reichte Gawain die Hand. »Ich bin froh, Euch an meiner Seite zu wissen, Fürst Gawain«, sagte er, während Gawain seine Hand schüttelte. Dann reichte der Enkel König Konstantins auch Parcefal und Gediens die Hand. Alte Feinde und Waffenbrüder, Männer, die unter Uthers Drachen und Arthurs Bären gekämpft hatten, besiegelten einen neuen Pakt. Waren entschlossen, ihre verbleibende Kraft zur Verteidigung von Dumnonia zu opfern. Hatten sich in ihr Schicksal ergeben, einer alten Flamme, die so gut wie erloschen war, neues Leben einhauchen zu wollen.

Gawain rieb sich den Nacken. »Morgen früh brechen wir auf.«

Konstantin nickte. »Ich erwarte euch in meinem Lager.« Dann sah er mich an. »Übe weiter fleißig, Galahad. Britannien wird jede Klinge brauchen.« Er wandte sich an Iselle, die jetzt, da ich es wusste, ihrem Vater so ähnlich sah. »Und jeden Bogen«, fügte er hinzu. Ich wollte ihm sagen, ihnen allen sagen, dass sie die Tochter von Arthur und Guinevere war. Stattdessen biss ich die Zähne zusammen.

»Im Morgengrauen also«, sagte Gawain.

»Wir bereiten alles vor«, sagte Fürst Konstantin, und damit verließ er uns.

Gawain wandte sich an mich und Iselle. »Und ihr behaltet den Druiden im Auge. Sobald wir zurückkommen, muss er bereit sein, sich an der Heilung der Herrin zu versuchen.«

»Das wird er, ich schwöre es«, sagte Iselle.

Ich sah Merlin an, der auf seinem Schemel sachte vor und zurück wippte, die Augen geschlossen. Dann sah ich an ihm vorbei, dorthin, wo jenseits des Feuerscheins Guinevere saß. So nah und doch unerreichbar. Hier und doch nicht hier. Der Untergang Britanniens.

Und unsere letzte Hoffnung.

Die Pferde wirkten rastlos im Dunkeln, gestört durch meine Anwesenheit und den Lichtschein der stinkenden Fischöllampe, die ich auf einem umgedrehten Fass abgestellt hatte. Vielleicht spürten sie aber auch nur meine Unsicherheit. Meine Furcht.

Ich legte sanft eine Hand auf die kalte Bronze, wie man sich einem großen Tier nähert, um sein Vertrauen zu gewinnen.

Mehr noch, mir war, als bäte ich die Rüstung um Verzeihung, sie zurückgewiesen zu haben, als Arthur sie mir gezeigt hatte. Mein Kopf schwirrte vor Erinnerungen.

Als ich bereit war, hob ich die Rüstung von ihrem Ständer. Die Schuppen klimperten leise, regten sich nach ihrem langen Schlummer. Tausend flüsternde Stimmen im Zwielicht. Ich schob die Arme in die bis zu den Ellbogen reichenden Ärmel der Tunika und hielt sie eine lange Weile gebauscht vor der Brust, gewöhnte mich an ihr Gewicht. Halb rechnete ich damit, eine Stimme zu hören, die den Moment zersplittern ließ und mich für meine Anmaßung rügte. Aber niemand sprach, und schließlich reckte ich die Arme über den Kopf und ließ das lange Gewand fallen. Leder und Bronze und Vergangenheit umspülten mich mit einem Schwall aus Gerüchen und Geräuschen und Erinnerungen.

Mein dicker Wollhabit half, die Rüstung auszufüllen, auch wenn unterhalb der letzten Schuppenreihe noch ein Fußbreit des verdreckten Saumes hervorschaute. Ich ließ die Schultern rollen und hüpfte auf der Stelle, bis alles richtig saß, und sah dabei meinen Vater das Gleiche tun. Dann kniete ich mich ins Heu und schnallte mir die Beinschienen um, verharrte eine Weile und ließ die Finger über den Sperberkopf gleiten, der am Knie aus der Bronze gearbeitet war. Ich zeichnete die feurigen Augen nach, den brutalen Schnabel und die feinen Federn und fragte mich, ob dieser Tage überhaupt noch ein Mann in Britannien lebte, der ein solch vollendetes Handwerksstück zu fertigen vermochte. Ich würde jemanden finden, der die drei Löcher im Rücken der Rüstung reparieren konnte, das Leder ausbesserte und die fehlenden Schuppen ergänzte. Oder … vielleicht auch nicht. Die Vergangenheit ließ sich nicht ändern.

Als Nächstes legte ich das mit Silber verzierte Wehrgehänge an, dessen Leder zwar abgenutzt und faltig, aber noch immer biegsam war, und ließ Eberzahn an meiner linken Hüfte ruhen. In dem Moment wurde ich endgültig vom Gewicht der Rüstung ergriffen. Plötzlich wirkte sie zu eng. *Zu schwer!* Ich zerrte am Hals. Versuchte, sie von der Brust zu heben, aber meine Finger rutschten von den Schuppen ab, ich bekam sie nicht zu fassen. Konnte nicht atmen. Ein Pferd wieherte, schien meine Qualen zu spüren. Ein anderes scharrte mit den Hufen, während ich um jeden Atemzug kämpfte und glaubte, ich müsste meines Vaters Rüstung ablegen oder in ihr sterben, wie es ihm ergangen war.

Ich war ihrer nicht würdig, das wusste ich genau. Der Schuppenpanzer und der Gürtel und das Schwert erinnerten sich an alles. Sie hatten dem größten Krieger dieser Dunklen Inseln gedient und wussten, ich war unwürdig, in seine Fußstapfen zu treten. Ich stolperte rückwärts gegen einen Pfahl und rutschte langsam hinab ins Stroh, atmete abgehackt und keuchend, zerrte noch immer an den Schuppen.

»Vater.« Ich verschluckte mich an diesem Wort, meine Kehle war wie zugeschnürt. »Es tut mir leid, Vater.« Meine Stimme versagte und verschwand in der Dunkelheit jenseits der Lampe. Ich schaute zu dem Helm auf, der noch immer oben auf dem Rüstungsständer ruhte. Der lange weiße Federbusch war durch meine Tränen hindurch bloß ein heller Fleck.

Es musste Gawain sehr schmerzen, Venta Belgarum in den Händen der Sachsen zu sehen. Die in Pelze gehüllten Speerträger auf den Wehrgängen zu betrachten. Überall um uns herum ihre kehlige Sprache zu hören und vielleicht sogar die Anwesenheit fremder Götter zu spüren, wie den schwelenden Ruch verkohlter Baumstämme und vergossenen Blutes. Denn Gawain, Parcefal und Gediens hatten hier Seite an Seite mit Arthur und meinem Vater gekämpft. Viele tapfere Krieger, mit denen sie Feuer, Bier und Geschichten geteilt hatten, waren gestorben, um die Stadt vom Sachsenkönig Aella zurückzugewinnen, der die alte Hauptstadt König Derochs kurz zuvor eingenommen hatte. Es war ein großer Sieg gewesen, einer von vielen für Arthur, und Parcefal berichtete von den Freudenfeuern in jener Nacht, deren Flammen dem dunklen Himmel von Ruhm, Tapferkeit und Verlust erzählt hatten. Aber was hatten sie wirklich erreicht?

Das Vorrücken der Sachsen nach Caer Gwinntguic war für ein oder zwei Jahre aufgehalten worden wie eine gestillte Blutung, ohne die Wunde selbst zu schließen. Denn die Wunde war nicht verheilt, die Schiffe der Sachsen nicht weniger geworden. Jeden Frühling und Sommer überquerten sie das Morimaru und verschütteten ihre hungrigen Männer an unseren Küsten. Jede neue Schlacht zwischen Mädesüß und Sumpfdotterblume, jedes neue Scharmützel im Unterholz der uralten Wälder entriss den Dörfern und Landstrichen Britanniens neue Ehemänner, Väter, Brüder.

Wir erreichten Venta Belgarum im Regen, hielten die Schilde verkehrt herum über unseren Köpfen zum Zeichen, dass wir in Frieden kamen, und ritten so durch das große Heerlager, das die Ebene westlich der Mauern unter sich begrub. Denn noch immer mieden die Sachsen Gebäude aus Stein und weigerten sich, in den alten römischen Hallen, Tempeln, Badehäusern und

Villen zu leben, die im Schutz der Stadtmauer langsam verfielen. Bruder Brice hatte gesagt, dass die Sachsen wie Tiere waren und sich vor allem fürchteten, was sie nicht verstanden, denn sie konnten sich fraglos nicht ausmalen, wie solche Gebäude von Menschenhand errichtet worden waren. Bruder Judoc hatte gesagt, die heutigen Sachsen hielten die Römer für eine untergegangene Rasse von Riesen. Bruder Yvain hatte mir erzählt, dass die Sachsen die römischen Gebäude mieden, weil sie glaubten, dort wimmele es von Geistern. Ich aber fragte mich, ob die Sachsen die alten Villen nicht eher mieden, weil sie fürchteten, ihre Götter aus der fernen Heimat jenseits des Morimaru würden sie in Gebäuden aus Steinen und Ziegeln nicht wiederfinden. Und niemand, der in fremden Ländern kämpft, will für seine Götter unsichtbar sein.

Und so ritten wir an Hunderten von Zelten entlang, vorbei an Gruppen mürrischer Männer, die um qualmende Feuer standen oder saßen, und hatten die Hände nie weit von unseren Schwertgriffen, obwohl uns klar war, dass wir binnen weniger Herzschläge tot wären, sollte einer von uns sächsisches Blut vergießen. Eine Gruppe von zwölf Sachsen war uns aus der Stadt entgegengekommen, um uns zu eskortieren.

»Wie fühlt sie sich an, Galahad?«, fragte Gawain und nickte meiner Rüstung zu.

»Schwer«, sagte ich.

Er lachte und zog damit die Blicke aller Sachsen auf sich. »Warte dreißig Jahre oder so, dann merkst du kaum noch, dass du sie trägst.«

»Wir wollen hoffen, dass Galahad in dreißig Jahren keinen Grund mehr hat, sie zu tragen«, sagte Fürst Konstantin. Er ritt mit geradem Rücken, das glatte Kinn hocherhoben, und ignorierte die Beleidigungen, die ihm von sächsischen Kriegern entgegengeworfen wurden, denn viele erkannten in ihm den Befehlshaber, der sich noch immer gegen sie auflehnte, noch immer ihre Waffenbrüder ins Jenseits beförderte, um dann jedes Mal schnell wieder in den Wäldern im Norden zu verschwinden.

»Er wird sie brauchen«, sagte Parcefal mit Nachdruck, »denn es wird immer Leute geben, die den Tod verdienen.«

Ich wusste, dass dieses Geplänkel mir zuliebe feilgeboten wurde, um meine Gedanken von den tausend Sachsenkriegern um uns herum abzulenken – und von der durchaus nicht abwegigen Möglichkeit, dass König Cerdic seine Leute anweisen könnte, uns niederzustrecken, um sich auf diesem Weg eines lästigen Problems zu entledigen. Helles Blut an einem grauen Tag.

»Na ja, auf jeden Fall steht sie dir besser als die alte Mönchskutte«, sagte Gawain, sah mich an und schüttelte den Kopf, wie er es bereits mehrfach getan hatte, seit wir von Arthurs Hof aufgebrochen waren. »Auch wenn ich *immer noch* das Gefühl habe, neben einem Geist zu reiten.«

Ich wusste nur zu gut, was er meinte, welche Illusion ich mit diesen Bronzeschuppen und dem weißen Helmbusch erzeugte, mit den Beinschienen, der reich verzierten Scheide am Gürtel und dem weißen Umhang; ein Geschenk von Arthur, das von meinen Schultern herab über den Rücken des Wallachs floss. Ich erkannte die Wirkung nicht nur in Gawains Blick und den Gesichtern der anderen Männer, die mit mir ritten, sondern auch in den Blicken einiger graubärtiger Sachsen, die mich passieren sahen, sich auf ihre Speere stützten oder neben Feuern kauerten, sich die Hände wärmten und jüngeren Mündern die

Schmährufe überließen. Die Blicke dieser Veteranen folgten mir, und ich schien sie zurück in die Vergangenheit zu ziehen. Vielleicht hörten sie wieder das Donnern der mächtigen Hufe, die Schreie der Kameraden, die von langen Speeren aufgespießt wurden. Denn wie Gawain sahen auch diese alten Sachsen einen Geist in ihrer Mitte reiten. Sie sahen Lancelot.

»Wird sich König Cerdic an meinen Vater erinnern?«, hatte ich vor drei Tagen im Morgengrauen gefragt, als Gawain, Gediens und Parcefal aus Arthurs Kuhstall traten und mich auf dem Vorplatz erblickten, wo ich gerüstet auf sie wartete. Ich war erschöpft gewesen, und als Gawain mich ansah, hatte er gewusst, welchen Kampf ich mit meinem Erbe ausgefochten haben musste, während sie schliefen.

Er hatte knapp genickt. »Er wird sich erinnern.«

Hinter ihm war Parcefal gekommen. »Kann ein Mann so einfach vergessen, wenn ihm jemand derart in die Familienjuwelen getreten hat?«

Ich nickte. »Dann soll er glauben, dass Lancelot ap Ban zurückgekehrt ist«, sagte ich, und da grinste Gawain, und ich grinste zurück. Dann aber schaute er an mir vorbei, und ich drehte mich um und erblickte Arthur mit Guinevere auf dem Arm, denn oft trug er sie aus dem Haus, um gemeinsam den Sonnenaufgang zu betrachten. Aber sein Gesicht … Sein Mund stand offen, seine Augen waren aufgerissen, und was ich dort sah, war nicht bloß Überraschung, sondern auch Hass und vielleicht sogar Furcht, denn schnell schaute er Guinevere in seinem Arm an, um festzustellen, ob sie das gleiche Trugbild erblickte.

»Galahad wird uns begleiten, Arthur«, rief Gawain. Versuchte so, den Bann zu brechen.

Arthur blinzelte. Klappte den Mund zu. Runzelte die Stirn. Auch Guinevere sah mich an, aber wer konnte schon sagen, was sie denken mochte?

»Ich … ich dachte, ich sollte sie tragen, Herr.« Die Worte fühlten sich sehr ungelenk an in meinem Mund. »Ich bin kein Mönch.«

Arthur starrte mich immer noch an. Dann nickte er langsam. »Sie gehört dir, Galahad«, sagte er. Dann trug er Guinevere davon, vorbei am Schafpferch zu der alten Weide, deren schlanke Zweige mit flauschigen Knospen behangen waren.

»Damit hast du so gut wie seinen Segen, Junge«, sagte Gawain, trat zu mir und packte mich entschlossen an der Schulter. »Meinen hattest du sowieso schon.« Er hob eine Augenbraue. »Du hast nur für einen Moment sehr viel an die Oberfläche gespült für ihn, das ist alles«, murmelte er.

Ich nickte und fühlte mich sehr befangen in dem Helm. Spürte deutlich, wie mich tausend Bronzeschuppen zu Boden zogen. Wankte noch immer unter der Wucht von Arthurs Blick.

»Wir sind froh, dich bei uns zu haben.« Parcefal schüttelte die Schuppen auf meiner anderen Schulter durch.

Gediens lächelte und lenkte meinen Blick mit einem Nicken in Richtung Haus, wo Iselle im Türrahmen stand und uns beobachtete. »Hübscher Kerl, was?«, rief Gediens ihr zu. Er sah selbst aus wie ein Kriegsfürst in seiner Schuppenrüstung mit dem roten Helmbusch und hatte seinen Schild über den Rücken geschlungen.

Ich raunte ihm eine Verwünschung zu, die ihn zum Kichern brachte.

»Ihr Männer seid wie junge Hähne, die sich gegenseitig mit

ihren Kämmen und Federn beeindrucken müssen«, sagte sie und verzog das Gesicht. »Als Nächstes werdet ihr euch darin messen, wer am lautesten kräht.«

Die drei alten Waffenbrüder grinsten einander an, und auch ich rang mir ein Lächeln ab, hoffte aber insgeheim nur, dass sie mich nicht alle für einen Narren hielten, wie ich dort stand in der Rüstung eines großen Kriegers, obwohl ich noch nie in eine Schlacht gezogen war.

Nun standen wir drei Tage später in einer schlecht ausgeleuchteten Halle, die einst den Königen von Caer Gwinntguic gehört hatte, Kriegerkönigen, deren Aufgabe es gewesen war, die westlichen Ausläufer der Sachsenküste zu verteidigen. Dieser Tage war die Halle von sächsischen Liedern erfüllt. Geschichten über sächsische Siege und sächsische Helden sickerten allmählich in die dicken Holzbalken und das alte Strohdach, aber noch stand zu hoffen, dass die Gerüchte über Arthur weiter durch die Stadt krochen wie die dünnen Rauchfahnen, welche sich zwischen den Kriegern erstreckten, die sich versammelt hatten, um zu erfahren, warum wir gekommen waren.

Sie drängten sich um uns, schoben uns hierhin und dorthin, schwängerten die Luft mit ihren miesen Beleidigungen und Provokationen, mit schlechtem Atem und lautem Getöse.

»Ruhig Blut, Galahad«, warnte Gawain mich leise, als ich die Hand eines Sachsen zur Seite schlug, der entschlossen schien, eine meiner Bronzeschuppen abzureißen.

Ich spürte etwas Nasses gegen die rechte Wangenklappe meines Helmes und meine Nase klatschen, drehte mich wütend um, konnte aber unmöglich herausfinden, wer mich bespuckt hatte. Da brüllte jemand um Ruhe, und der Tumult verebbte. Krieger traten zwischen uns, hielten die Speere quer vor den Leibern und drängten die Menge zurück, um uns ein wenig Platz zu verschaffen. Dann wiederholten sie den Vorgang und bahnten eine Gasse zwischen uns und dem Podium, und da erst entdeckten wir unseren Gastgeber. Unsere Gastgeber, besser gesagt, denn zu unserer Überraschung und unserem Entsetzen sahen wir die Herrin Morgana neben dem alten Sachsenkönig sitzen. Der schwarze Umhang, den sie über einer gerefften Tunika aus schwarzer Wolle trug, war mit einer Silberfibel, deren Nadel überlang und gefährlich spitz aussah, vor der Brust befestigt. Die Haut um ihre Augen war rußgeschwärzt, ihr silbernes Haar zu einem dicken Zopf geflochten und mit einem Lederriemen abgebunden. Um den blassen Hals trug sie einen silbernen Wendelring, mit dem man die Dienste von dreihundert Speerträgern für einen ganzen Sommerfeldzug hätte erkaufen können. Schwarz und Silber war Morgana, und ihre Augen funkelten vor Niedertracht.

Melehan und Ambrosius standen neben ihrer Großmutter, beide schlank und herablassend. Der blondbärtige Prinz Cynric, ein Krieger im besten Alter und der künftige König, stand an der Seite seines Vaters.

Wir nahmen unsere Helme ab, und ich sah Gawain von der Seite an, fragte mich, ob er wohl das Gleiche dachte wie ich, dass wir von Glück sagen konnten, sollten wir Venta Belgarum lebendig verlassen.

»Ich bin froh, dass Ihr meine Einladung angenommen habt, Fürst Konstantin.« König Cerdics Stimme brachte auch das letzte Gemurmel in der Halle zum Erliegen, gebot jeder Zunge Einhalt.

Er hob ein Trinkhorn in unsere Richtung. »Es ist gut, sich nach so vielen Jahren endlich persönlich gegenüberzustehen.«

»Herr König«, gab Konstantin zurück. Die Worte klangen wie Gift in seinem Mund.

Cerdic legte das Horn an die Lippen, trank einen tiefen Schluck, wischte sich mit den Knöcheln durch den grauen Schnurrbart und bedachte Konstantin mit einem Lächeln, das mehr aus rotem Zahnfleisch als aus Zähnen bestand. »Gleiches gilt für Euch, Fürst Gawain, Fürst Parcefal, Fürst Gediens.« Der Reihe nach zeigte er mit dem Trinkhorn auf die Krieger. Sein Akzent war schwer, und er wirkte sehr zufrieden mit sich selbst, genau zu wissen, wer wer war. »Ihr alle habt euch als große Krieger erwiesen in den Jahren, seit ich mein Volk in dieses Land geführt habe. Aber besonders Ihr, Fürst Gawain, Sohn des Königs Lot von Lyonesse«, sagte er und beugte sich auf seinem Thron vor. Seine Schultern waren noch immer von stattlichen Muskeln gezeichnet, obwohl er ein alter Mann war. »An Euch erinnere ich mich gut. An Euch und Fürst Arthur und Eure mächtigen Schlachtrösser. Gegen solch einen Gegner hatte mein Volk schon seit fünf Generationen nicht mehr gekämpft.« Er holte tief Luft und lehnte sich zurück. »Ihr habt in jenen Tagen viele Frauen zu Witwen gemacht. Habt viele junge Krieger in Wodens Halle geschickt, wo sie mit ihren Vätern und Großvätern trinken.« Er schaute zur Decke hinauf und hob sein Trinkhorn zu Ehren der Gefallenen.

»Ich wünschte, wir hätten noch mehr Eurer Leute zum Feiern ins Jenseits befördert«, sagte Gawain, worauf alle Sachsen in der Halle, die unsere Sprache verstanden, johlten und ihren König aufforderten, uns abzuschlachten und an seine Jagdhunde zu verfüttern.

König Cerdic aber zeigte keinerlei Anzeichen, sich angegriffen zu fühlen, sondern warf lediglich seinem Sohn, dem Prinzen, einen Blick zu, der wohl *Siehst du, Junge, und mit so etwas hab ich mich all die Jahre herumschlagen müssen* sagen wollte. Cynric selbst betrachtete Gawain mit solch stummer Herausforderung, dass sie nicht zu überhören war.

»Aber genug der Vergangenheit.« König Cerdic machte eine wegwerfende Handbewegung. »Deswegen seid ihr Fürsten Britanniens nicht gekommen.« Da wandte er sich an mich, und in seinen Augen sah ich nichts von der Verwirrung und Furcht, die Arthur anzumerken gewesen war. Was der Sachsenkönig ausstrahlte, war Neugier. »Wir sind einander noch nicht begegnet«, sagte er.

»Nein, das sind wir nicht, Herr König.« Ich spürte Morganas finsteren Blick, während ich dem Sachsenkönig in die Augen schaute.

»In meinem Heerlager wird gemunkelt.« Er legte Daumen und Zeigefinger aneinander und rieb sie dicht neben seinem rechten Ohr. »Manche behaupten, Ihr wärt kein Geschöpf dieser Welt. Dass der Zauberer Merlin den größten Krieger eures Volkes aus Annwn zurückgerufen hat, um einmal mehr gegen mich zu kämpfen, wie damals schon.« Er glättete seinen langen Schnurrbart mit der Faust, und ich sah ihm an, dass er hoffte, die Gerüchte könnten sich bewahrheiten. »Man sagt, Ihr wäret der große Lancelot, der an jenem Tag vor zehn Sommern beim wütenden Klingensturm das Blatt gewendet hat. Als Euer Volk und meines die Erde mit dem Tau des Gemetzels getränkt haben.« Er warf einen Seitenblick auf die Herrin Morgana, deren klauenartige Hände sich so tief in die Armlehnen ihres Stuhls gruben wie ihre Augen in die meinen. »Das wäre wahrlich gewaltiges Hexenwerk«, fuhr Cerdic fort. »Mächtiger als alles, was meine eigenen Zauberer vermögen.« Er kniff die Augen zusammen und beugte sich abermals vor. »Sagt mir: Wart Ihr dort an jenem Tag?«

Ich spürte die Härchen auf meinen Armen abstehen. Hinter uns knackte das Feuer im großen Herdfeuer der Halle. Davon abgesehen hörte man nichts als das Atmen der Männer und den Flügelschlag irgendeines Vogels, der oben auf dem Dach saß.

»Ich war dort, Herr«, gab ich zu.

Der König riss die Augen auf, und viele um uns herum murmelten und zischten. Jemand knurrte, man sollte uns die Kehlen aufschlitzen und uns an der alten Eibe draußen neben dem Brunnen aufhängen. Melehan und Ambrosius flüsterten beide auf ihre Großmutter ein, Prinz Cynrics Hand fiel auf seinen Schwertgriff.

»Ich war dort, an jenem Tag.« Ich erhob die Stimme, um von allen gehört zu werden. »Aber ich war bloß ein Knabe.« Ich spürte Gawains Blick auf mir, und auch die anderen starrten mich an. »Ich habe oben vom Hügel aus alles mitangesehen«, sagte ich und legte eine Hand an die Brust, fühlte meinen Herzschlag selbst durch Bronze, Leder und Wolle. »Ich habe meinem Vater geholfen, die Rüstung anzulegen, die ich heute trage. Dann ist er zu Fürst Arthur geritten. Ich habe zugesehen, als er Eure Leute niedergestreckt hat wie eine Sense im Weizenfeld. Ich habe gesehen, wie er Sachsen getötet hat und die Verräter, die für Fürst Mordred gekämpft haben.«

Das gefiel der Herrin Morgana überhaupt nicht, denn Mordred war ihr Sohn gewesen, aber ich war froh, als sich ihr Mund bei meinen Worten verzog. Ohne sie wäre Bruder Yvain noch am Leben gewesen.

»Und ich habe ihn fallen sehen«, sagte ich. »Hinterrücks niedergestreckt von Männern, die zu feige waren, sich ihm zu stellen.« Ich hob das Kinn und schluckte gegen meine zugeschnürte Kehle an. »Ich bin Galahad ap Lancelot.«

Die Herrin Morgana tastete nach der Silberfibel ihres Mantels. König Cerdic hob die Hand, um das Raunen zu unterbinden, das unter den sächsischen Kriegern und Frauen ausgebrochen war.

»Ach, zu schade«, sagte der König laut. »Ich hatte gehofft, die Gerüchte wären wahr. Dass Merlin wirklich einen Weg gefunden haben könnte, dem Tod selbst zu trotzen.«

»Herr König, habt Ihr uns nicht hergebeten, um die Bedingungen für einen Waffenstillstand auszuhandeln?«, fragte Fürst Konstantin.

Der Blick des Sachsenkönigs verharrte noch ein paar Herzschläge länger auf meinem Gesicht, dann sah er Konstantin an. »Dafür ist auch morgen noch Zeit, nachdem ihr gegessen und euch ausgeruht habt. Ihr seid unsere Gäste«, er breitete beide Arme aus, die mit den kunstvollen Armreifen eines ehrwürdigen Kriegers verziert waren, »und diese Nacht wollen wir zusammen trinken und über vergangene Schlachten reden.«

»Wir werden nicht mit Euch trinken«, sagte Gawain. »Und auch nicht wie alte Freunde über die Vergangenheit plaudern.« Dabei schaute er die Herrin Morgana an, womit er für alle Anwesenden deutlich machte, dass er sie als Verräterin erachtete, weil sie Cerdics Speerträger in Camelot willkommen geheißen hatte und nun neben dem Sachsen saß, als wären sie König und Königin. »Wir werden verhandeln, und danach werden wir Euch verlassen.«

Cerdic sah Fürst Konstantin an, der Gawains Worten nur ein knappes Nicken hinzufügte.

»Einmal mehr enttäuscht ihr mich«, sagte König Cerdic. Sein rauer Akzent bildete unsere Worte, wie der Seewind ein Segel bauscht. Er wischte eine Hand in meine Richtung. »Dieser Mann ist nicht der große Lancelot, von den Toten zurückgekehrt«, sagte er, dann schaute er die Herrin Morgana an, »und jetzt wollen die großen Kriegsherren Britanniens nicht bleiben, um einen Becher auf unsere Hochzeit zu erheben.«

Gawain und Fürst Konstantin schauten einander fassungslos an. Parcefal knurrte einen Fluch, und Gediens packte den Helm unter dem Arm ein wenig fester, legte die rechte Hand flach auf dessen Eisen, um Übel abzuwenden.

»Herrin?«, fragte Fürst Konstantin.

Morgana legte die Hände zusammen und massierte mit einem Daumen die geschwollenen Knöchel.

»König Cerdic und ich werden uns an Beltane vermählen«, sagte sie, was die Sachsen in der Halle laut johlen ließ, nicht aber, wie mir auffiel, ihre eigenen Speerträger. »Wir gehen diese Allianz zum Wohle Britanniens ein.«

»Es kann kein Britannien geben, solange seine Leute brandschatzen und morden und unser Volk entwurzeln«, sagte Fürst Konstantin, und seine Stimme klang wie heißes Eisen, das ins Kühlbecken gestoßen wurde. Gawain sah zu wütend aus, um überhaupt Worte zu finden.

»Das Töten wird ein Ende haben«, sagte Morgana. »König Cerdics Volk soll das Land behalten, das es gewonnen hat. Gemeinsam werden wir Britannien als Hochkönig und Königin regieren.«

»Ich sehe wohl, was er davon hat«, sagte Parcefal, »aber was ist mit Euch, Herrin? Was ist Euer Lohn dafür, dass Ihr uns alle verratet?«

König Cerdic knurrte etwas in seiner Muttersprache, aber Morgana bedeutete ihm, sich zurückzuhalten.

»Im Tausch für den Frieden hat König Cerdic geschworen, dass uns die Fürsten Ambrosius und Melehan beerben werden, wenn wir den Thron von Camelot verlassen.« Die Enkel der Herrin grinsten. Prinz Cynric hingegen nicht. »So ist sichergestellt, dass unser Volk weiter die Macht behält. Dass Uthers Urenkel die Macht über Dumnonia behalten. So werden zwei Pendragons unser Land beschützen.«

»Die Sachsen werden die Macht in der Hand haben«, sagte Gediens sichtlich ungläubig. »Und Ihr wollt ihnen Britannien ausliefern.«

»Ich will uns Frieden bringen«, sagte Morgana.

Fürst Konstantin schüttelte den Kopf. »Herrin, Ihr könnt ihnen nicht trauen.«

König Cerdic zeigte mit einem beringten Finger auf ihn. »Und Ihr könnt uns nicht besiegen.«

Gawain regte sich. »Jetzt verstehe ich. Deshalb hat er Euch hergebeten«, sagte er zu Konstantin. »Um Euch … das da zu zeigen.« Er deutete auf den König und die vermeintliche Königin.

Fürst Konstantins Gesicht wirkte kalt wie die römischen Statuen, denen es so ähnelte. »Ist das wahr, Herr König? Ihr habt mich nicht hergebeten, um einen Waffenstillstand auszuhandeln?«

Cerdic wischte mit einer Hand durch die verrauchte Luft. »Nennt es ruhig einen Waffenstillstand, wenn Ihr mögt.« Seine Stimme klang wie der Kiel eines Schiffes, der auf einem Kiesstrand zum Liegen kommt. Er nickte Prinz Cynric zu, der vortrat.

»Beim kommenden Vollmond werdet Ihr nach Camelot reiten«, teilte der Prinz Konstantin mit. »Ihr alle«, fügte er hinzu und richtete seine blauen Augen der Reihe nach auf uns. »Ihr werdet dem König und der neuen Königin die Treue schwören. Ihr werdet Eure Armee auflösen …«

»Und Ihr werdet mir das Banner meines Bruders bringen, Fürst Konstantin«, fuhr Morgana dazwischen, »damit ich es verbrennen kann.« Sie wandte sich an Gawain. »Ich will diesen Gerüchten, dass Arthur noch lebt, ein Ende bereiten. Und Ihr solltet es ebenfalls tun, Fürst Gawain. Solche Trugbilder helfen unserem Volk nicht weiter.«

»Arthur lebt«, hörte ich mich sagen, ehe Gawain reagieren konnte, und die Augen aller Menschen auf dem Podium, aller Menschen in der verqualmten Halle richteten sich auf mich. Ich sah Gawain an, und er nickte. Sein vernarbtes Gesicht machte deutlich, dass ich das Feuer bereits entfacht hatte, also konnten wir es ebenso gut brennen sehen. Ich wandte mich wieder der Herrin Morgana und ihren neuen Verbündeten zu. »Arthur lebt, und Merlin dient ihm einmal mehr.«

»Lügen!«, kreischte Morgana.

»Nein, Herrin, das ist die Wahrheit«, sagte ich.

Gawain breitete den Arm mit dem gefiederten Helm aus. »Hat Merlin Euch nicht mitgeteilt, dass dies der Grund seiner Rückkehr nach Britannien ist?«, fragte er die Herrin. »Hättet Ihr ihn nicht wie einen Hund geprügelt, hätte …«

»*Ihr* habt ihn uns geraubt?«, fragte Melehan dazwischen, während sein Bruder Ambrosius sofort das Schwert aus der Scheide zog und einen Schritt vortrat.

»Nicht in meiner Halle!«, brüllte König Cerdic. »Diese Männer sind meine Gäste. Ihr werdet Euer Schwert wegstecken, Fürst Ambrosius.«

»Hör auf ihn, Bruder«, sagte Melehan.

Aber Ambrosius gierte danach, sich mit Gawain zu messen, und stand mehrere Atemzüge vor Unentschlossenheit wie gelähmt da. Ambrosius war ein britischer Fürst, und ihm war deutlich anzusehen, wie sehr er es hasste, Befehle von seinem Sachsenkönig entgegennehmen zu müssen. Und dies, obwohl wir soeben vernommen hatten, dass die Hochzeit seiner Großmutter mit König Cerdic ihm und seinem Zwillingsbruder den Thron von Dumnonia sichern sollte. Sie würden die Hochkönige Britanniens sein, wenn auch nur mit sächsischer Erlaubnis.

»Eure Verfehlungen werden nicht ungesühnt bleiben, Herr«, warnte Ambrosius Gawain und stieß sein Schwert wieder in die Scheide.

»Du hast mir den Druiden zuerst gestohlen, Bursche«, sagte Parcefal, »also pass auf, bevor du mit Drohungen um dich wirfst, die du nicht einlösen kannst. Ich bin sicher, deine Schwester, die Herrin Triamour, wird dir gern erzählen, was ich mit ihrem Recken angestellt habe.« Er sah Gediens an. »Wie hieß dieses Rindvieh noch?«

»Balluc«, sagte Gediens verächtlich.

»Richtig, Balluc«, sagte Parcefal. »Ist auf den Knien gestorben, wenn ich mich recht entsinne.«

»Balluc war langsam«, sagte Ambrosius. »Ich bin es nicht.«

König Cerdic hob die Hand, und die Herrin Morgana fauchte ihren Enkel an, seine Zunge zu hüten, so er sie behalten wolle.

»Kommenden Vollmond, ihr Herren«, bekräftigte der König. »Ihr werdet nach Camelot kommen und eure Eide ablegen.« Er knurrte einen Sklaven an, ihm mehr Bier zu bringen. »Solltet ihr nicht erscheinen, werde ich nach euch suchen. Meine Krieger werden Caer Celemion und Caer Gwinntguic durchkämmen«, er deutete zur Decke der Halle, »wie Thunors Streitwagen über den Himmel rollt. Ich werde eure Saat in Blut ertränken, die Nacht mit Flammen röten und Krähe und Wolf mästen, bis sie nicht mehr fliegen noch laufen können, weil sie sich derart am Fleisch eures Volkes satt gefressen haben.« Der Sklave steckte dem König ein Trinkhorn in die ausgestreckte Hand, und Cerdic nahm einen tiefen Schluck, um sich für das letzte seiner Versprechen die Kehle zu befeuchten. »Wer ein Schwert oder einen Schild besitzt, wird sterben. Wer den Namen Arthur auch nur erwähnt, wird sterben, sei es Mann, Frau oder Kind.« Er hob sein Trinkhorn. »Das schwöre ich bei Woden, solltet ihr euch mir nicht unterwerfen.« Und damit lehnte er sich auf seinem Thron zurück.

Nun hob Prinz Cynric die Hand, um das Gemurmel zu beenden, das sich bei der blutigen Rede des Königs in der Halle erhoben hatte, wie Jagdhunde die Köpfe recken, sobald der Geruch von frischem Fleisch in der Luft liegt. »Niemand bezweifelt euren Mut, ihr Herren«, sagte der Prinz. »Ihr habt uns bekämpft, seit ich ein kleiner Junge war. Ihr habt viele Schlachten gewonnen. Aber eure Zeit ist vorbei.« Er runzelte die Stirn. »Das müsst Ihr doch wissen, Fürst Konstantin. Ihr könnt uns ebenso wenig zurück ins Meer treiben, wie ein Mann die Flut selbst mit Schwert und Schild aufzuhalten vermag.« Die Miene des Prinzen zeugte von ehrbaren Absichten. Von Respekt für seinen Widersacher, der ihn dazu bewog, wenigstens zu versuchen,

Konstantin mit intaktem Stolz ziehen zu lassen. »Der Kampf ist vorbei.« Er schüttelte den Kopf. »Ihr könnt nichts mehr erreichen.«

Fürst Konstantin spannte den Kiefer an. Die Knöchel der Hand, mit der er seinen Helm hielt, waren blutleer und weiß wie Marmor. »Mein Großvater war Kaiser von Rom«, verkündete er mit einer Stimme, die daran gewöhnt war, das Donnern von Schilden und das Klirren von Klingen zu übertönen. Jetzt zerfetzte sie die rauchgeschwängerte Luft. »Mein Vater und mein Onkel waren Hochkönige Britanniens. Maßt Euch nicht an, mir erklären zu wollen, was verloren ist und was nicht.«

Die Wucht seiner Worte traf uns alle wie ein Schlag. Ich spürte heißen Stolz in meiner Brust erblühen, und in diesem Augenblick hätte ich mein Schwert gezogen, hätte Fürst Konstantin es mir befohlen. Aber der Effekt war nur von kurzer Dauer, und die Sachsen, die einander ermutigten und sahen, wie ihr König sein Trinkhorn Fürst Konstantin vor die Füße warf, brüllten uns ihre Beleidigungen und Drohungen entgegen und wollten uns anstacheln, wie es Krieger nach gewonnener Schlacht mit ihren Gefangenen tun.

Aber wir waren in Frieden nach Venta Belgarum gekommen, auf Einladung des Königs, und Gawain wusste, dass wir den gleichen Weg zurück nehmen mussten, und zwar rasch, ehe Cerdics Blutdurst seinen Anstand ertränkte oder Morgana ihn davon überzeugte, dass unser sofortiger Tod den gemeinsamen Weg zur Herrschaft merklich sanfter gestalten würde.

»Kommt, Herr.« Gawain berührte Konstantin am Arm, denn der alte Krieger starrte den König an und sehnte sich danach, ihm die Kränkung heimzuzahlen, die das Trinkhorn im Stroh zu seinen Füßen darstellte. »Wir müssen gehen. Es gibt hier nichts mehr zu sagen.«

Noch immer stand Fürst Konstantin da, als wollte er sich die Gesichter seiner Feinde einprägen, dann endlich wandte er sich auf seinen genagelten Stiefeln ab, sein purpurner Mantel bauschte sich im Rauch, und wir folgten ihm, drückten uns durch die stinkende Menge, mein ganzes Blickfeld voll von hasserfüllten Gesichtern, mein Kopf bestürmt vom Lärm der Männer, die schworen, uns abzuschlachten.

»Bringt mir das Banner meines Bruders«, kreischte Morgana hinter uns her. »Bringt den Bären nach Camelot und seht zu, wie er verbrennt.«

Wir schoben uns durch die Menge hinaus ins Tageslicht und sahen mit großer Erleichterung, dass unsere Pferde noch dort standen, wo wir sie in die Obhut von König Cerdics Sklaven gegeben hatten.

»Nicht anhalten, Galahad«, sagte Gawain warnend, als wir aufsaßen. Mein Schädel dröhnte vor Lärm, und nun entdeckten uns auch die Sachsen im Rest des großen Lagers. »Um keinen Preis, verstanden?« Ich nickte, klammerte mich an die Zügel und spürte das Blut in meinen Schenkeln pochen. Denn unserem Aufbruch nach so kurzer Zeit entnahmen die Speerträger draußen, dass wir von ihrem König gedemütigt worden waren, und schrien ihren Hass nun unverblümt heraus. Manche sammelten sich und bedrängten uns mit Schilden und Helmen, johlten und bellten Flüche und verkündeten vielstimmig unseren Tod. Wir aber führten unsere Pferde unbeirrt im Schritttempo zum Tor und blieben dicht beieinander; Fürst Konstantin vorneweg, dann ich, dann Gediens und Parcefal. Gawain bildete die Nachhut.

Etwas krachte gegen meinen Helm. Ein Stein, dem Klang nach. Ein zahnloser Sachse bückte sich, klaubte eine Handvoll Schlamm auf und warf sie auf Fürst Konstantin. Der Matsch traf den Brustpanzer direkt oberhalb der bronzenen Bauchmuskeln, und der Sachse jubelte, während Konstantin vorgab, es nicht einmal bemerkt zu haben. Sein Rücken war kerzengerade, sein Gesicht eine Maske aus Geringschätzung. Etwas anderes musste Gediens hinter mir getroffen haben, denn er brüllte wütend, aber Gawain wies uns einmal mehr an, nicht stehen zu bleiben.

»Würdigt sie nicht mal eines Blickes«, knurrte er, und ich versuchte zu gehorchen, obwohl mein Herz gegen mein Brustbein hämmerte und ich spüren konnte, wie mir der Schweiß in Strömen den Rücken hinunterlief.

Dann noch mehr Gebrüll hinter uns, begleitet von schnellem Hufschlag, und da hörte ich, wie Parcefal Taranis anrief, denn sicher mussten König Cerdic oder die Herrin Morgana ihre Leute angewiesen haben, uns zu verfolgen und zu töten. Als ich aber nicht anders konnte, als mich im Sattel umzudrehen, sah ich Prinz Cynric, der sich auf einem stämmigen Pony einen Weg durch die Menge hinter uns bahnte. Sein goldenes Haar flog im Wind, zu beiden Seiten begleiteten ihn berittene Speerträger.

»Was will der denn?«, fragte Parcefal, aber Prinz Cynric hielt nicht an, um mit uns zu reden, sondern ritt an uns vorbei, setzte sich an die Spitze, machte uns den Weg frei und befahl den Sachsen, uns ungestört passieren zu lassen. Er ließ auch am Stadttor nicht ab, sondern geleitete uns bis zum Rand des Heerlagers, und schließlich verblasste der Lärm, die Schreie und Beleidigungen wurden vom Klang der Hufe und dem Klimpern des Geschirrs und dem schnaubenden Atem unserer Pferde übertönt. Dann hieß Prinz Cynric sein Pony anhalten und drehte sich zur Seite, um uns vorbeiziehen zu sehen.

Fürst Konstantin nickte ihm dankbar zu, der rote Helmbusch wehte im Wind, und der Sachsenprinz erwiderte sein Nicken. Er und seine Männer wendeten und führten ihre Ponys zurück ins Heerlager, wir hingegen verlangsamten unsere Schritte, brachten unsere Pferde dichter zusammen, ritten nun zu fünft nebeneinander.

»Das ist ein Mann, den wir irgendwann töten müssen«, sagte Gawain. Mehr Respekt hätte man aus seinem Mund kaum erwarten können.

»Es wird also keinen Waffenstillstand geben«, sagte Fürst Konstantin. Fern im Westen trommelte ein Specht im Wald. Ganz in unserer Nähe lag ein gestürzter Baum, verziert mit roten Kelchbecherlingen, die wie Blutstropfen leuchteten, und dort tanzten und hüpften ausgelassen zwei Hasen, als wären sie schier verrückt vor lauter Freude darüber, dass der Winter endlich vorüber war.

»Kein Waffenstillstand«, stimmte Gawain zu. »Was habt Ihr vor?«

Fürst Konstantin dachte nach, obwohl er die Antwort sicher im Kopf gehabt hatte, sowie die Herrin Morgana ihren Plan offenbarte, den Sachsenkönig zu ehelichen, damit Melehan und Ambrosius über Dumnonia herrschen würden, wenn sie und Cerdic nicht mehr waren; ein Verrat, der nicht weniger schmerzte als der ihres Sohnes Mordred zehn Jahre zuvor.

»Ich bereite mich auf den Krieg vor«, sagte Konstantin. »Stell alle Speere auf, die sich mir anschließen mögen. Sende Botschaft an die anderen Könige. An König Catigern von Powys und König Bivitas, den neuen Herrscher von Cynwidion. Vielleicht lassen sie sich davon überzeugen, sich uns anzuschließen, wenn sie von Morganas Plänen erfahren.« Er hatte sich an diesem Morgen nicht rasiert, und ein Sonnenstrahl enthüllte die feinen weißen Stoppeln an Oberlippe und Kinn. Er sah alt aus. Müde. Als hätte er seine Kraft und seinen Willen aufgebraucht, um eine bestimmte Version seiner selbst vor unseren Feinden zur Schau zu stellen, und könnte die Darbietung nun nicht länger aufrechterhalten. »Wir müssen hoffen, dass Merlin einen Weg gefunden hat, Arthur seine Herrin zurückzubringen«, sagte er.

Und wir wollen hoffen, der Druide hat Iselle mittlerweile erzählt, dass sie die Tochter von Fürst Arthur und Herrin Guinevere ist, dachte ich. Ansonsten würde ich es ihr sagen. Es ihr sagen müssen.

»Viel Zeit bleibt uns nicht«, sagte Gawain.

Gediens schaute in den Himmel. Noch war dort kein Mond zu sehen, aber wir wussten, er würde sich als abnehmend zeigen, sobald die Nacht ihn enthüllte.

Lange Zeit hing jeder seinen eigenen Gedanken nach. Finsteren Gedanken. Denn der Krieg rückte immer näher, und wir hatten nicht genug Zeit.

»Die Götter seien mit euch«, sagte Fürst Konstantin.

»Und mit Euch«, antworteten wir in einem zerklüfteten Chor.

Der alte Krieger wandte sein Pferd in Richtung Norden und ritt davon, und auf mich wirkte er wie ein römischer General, der wieder zurück in die Vergangenheit ritt, aus der er aufgetaucht war.

Dann drehten wir unsere Pferde gen Westen in Richtung der untergehenden Sonne.

Krieg. Blut, um den Sommerweizen zu düngen. Fleisch, um die Aasfresser der Lüfte und des Landes zu mästen.

Wir ritten nach Westen. Zurück zu Arthur.

15

Der Druide

»Sie haben kaum ein Dutzend Worte gewechselt seit eurer Abreise.« Iselle saß unter dem Apfelbaum auf einem Schemel und rupfte einen Schwan, der sich irgendwie in einer ihrer kleinen Schlingen verfangen hatte, wie sie mir erzählte. Sie hatte die Handschwingen bereits beiseitegelegt, die großen Flugfedern, die sie spleißen und zur Befiederung ihrer Pfeile verwenden würde. »Ich habe versucht, sie am Herd zusammenzuführen. Sie dazu zu bringen, dass sie miteinander reden und einander zuhören.« Sie schüttelte den Kopf und rupfte mit flinken Händen frustriert weitere Federn aus, die wie Apfelblüten in einem fruchtlosen Jahr im Wind davonschwebten. »Sie sind beide zu stur. Beide unmöglich.«

»Jetzt, wo Arthur weiß, was Morgana und Cerdic vorhaben, wird er sein Schicksal annehmen.« Ich stockte. »Er muss einfach.«

Als wir am vorigen Abend in der Dämmerung zu Arthurs Hof zurückgekehrt waren und ich das Funkeln in ihren Augen gesehen hatte, war ich davon ausgegangen, dass Merlin ihr tatsächlich die Wahrheit gesagt haben musste. Bald aber war mir klar, dass sie weiterhin nichts davon wusste und ihr Ärger über Merlin und Arthur in deren Starrköpfigkeit begründet lag.

»Arthur grollt Merlin noch immer«, sagte Iselle. »Er sagt,

dass Merlin ihn im Stich gelassen hat, als er dessen Hilfe am dringendsten gebraucht hätte. Noch schlimmer als dieser Verrat aber ist für Arthur, dass Merlin Britannien verlassen hat. Oder zumindest aus dem Leben der Menschen verschwunden ist.«

Ich schaute in Richtung Haus. »Aber jetzt ist er hier. Arthur muss doch in der Lage sein, die Vergangenheit hinter sich zu lassen.«

»Arthur glaubt, dass Merlin von Guinevere gewusst hat«, sagte Iselle. »Dass sie verloren ist. Zwischen den Welten umherirrt.« Iselle sah zu mir auf, und da schimmerte Schmerz in ihren klaren Augen, nicht Wut. »Und wenn er es gewusst hat, warum ist er dann nicht zurückgekommen?«, fragte sie nun um ihrer selbst willen, nicht stellvertretend für Arthur. Sie schüttelte den Kopf. »Arthur kann ihm nicht vergeben.« Sie seufzte tief, und da wusste ich, dass wir, die wir nach Venta Belgarum geritten waren, um uns vom König der Sachsen beleidigen und bedrohen zu lassen, die einfachere Aufgabe gehabt hatten.

Ich sah ihr dabei zu, wie sie den Schwan verheerte, und nach einer Weile fuhr sie fort. »Merlin ist nicht der, für den ich ihn gehalten habe. Ich habe mit ihm gesprochen. Er behauptet, die Götter hätten ihn verlassen, dass sie nicht mehr zu ihm sprechen und er auch nicht mehr die Zeichen lesen kann, die sie im Flug der Vögel oder deren Eingeweiden schicken.« Sie zuckte mit den Schultern.

»Und Guinevere? Hat er es gewusst?«, fragte ich.

»Er sagt, er wäre früher gekommen, hätte er es gewusst.«

»Glaubst du ihm? Dass er seine Kraft verloren hat?«

Iselles dunkle Brauen zogen sich zusammen. »Warum sollte er es sonst sagen?«

»Aber wird er es versuchen? Die Herrin zurückzubringen?«

»Ja.« Sie nickte. »Er will es versuchen.«

Ich betrachtete den Kadaver in ihrem Schoß. Die meisten großen Federn waren ausgerupft, der Körper aber noch mit weißem Flaum bedeckt, und ich wusste, wenn Iselle ihre Arbeit vollendet hatte, würde es unter dem Apfelbaum aussehen, als hätte es einen frühlingshaften Schneeschauer gegeben.

»Was ist los, Galahad?« Sie schaute noch immer zu mir auf, während ihre Hände weiter Federn rupften. »Das hier?« Sie deutete auf ihr Werk.

Ich fragte, warum sie die Federn nicht aufhob, denn auf Ynys Wydryn hatten wir sie stets benutzt, um Kissen auszustopfen, oder Bruder Yvain hatte sie gesammelt und im Seedorf verkauft.

»Wir bleiben nicht so lange hier, dass wir gemütliches Bettzeug brauchen würden«, sagte sie, und so fielen die feinen Schwanenfedern in den Matsch. »Ich habe Merlin gefragt, ob er es für ein Omen hält. Ob ich den Vogel hätte in Ruhe oder freilassen sollen.« Sie schaute auf den Kadaver hinab und schürzte die Lippen. Ich konnte nicht anders, als an Guinevere zu denken bei der Vorstellung, wie sich dieser wunderschöne Vogel in Iselles Schlinge verfing. Wieder zuckte sie mit den Schultern. »Er hat gesagt, es sei ihm nicht bestimmt, solche Dinge zu wissen. Nicht mehr. Aber Gawain hat gesagt, nur ein Narr würde so eine Portion Fleisch wegwerfen. Die Götter hätten nicht zugelassen, dass sich der Vogel verfängt, wenn er ach so besonders wäre.«

»Er wird sicher köstlich schmecken«, sagte ich und sah, wie sich Iselles Mundwinkel ein klein wenig nach oben zogen. Der Schatten eines Lächelns.

In Wahrheit aber hatte ich weder an den Schwan noch an

Omen gedacht, sondern daran, dass Iselle die Tochter von Fürst Arthur und Guinevere war und es nicht wusste. Wenn Merlin es ihr nicht sagen wollte, würde ich es tun, denn sie hatte es verdient, das zu wissen. Ich würde es ihr morgen erzählen. Sobald ich mit Gediens an den Waffen geübt hatte, würde ich mit Iselle ins Moor gehen, um Vögel zu jagen, und da würde ich es ihr sagen.

Aber am nächsten Tag gingen wir nicht jagen, und ich übte auch nicht mit den Waffen. Stattdessen klebten wir wie Holunderrauch am Rundhaus, und Gediens und Parcefal riefen immer wieder die Götter an, mit kräftigen Zügen aus ihren Bierkrügen oder den Fingern an Glück bringenden Eisenstücken. Iselle hielt sich beschäftigt, indem sie ein ganzes Bündel Pfeile neu befiederte, das sie in Arthurs Scheune gefunden hatte und deren Federn von Mäusen angenagt worden waren. Gawain trug seine Laune wie einen dunklen Umhang, dachte seine eigenen Gedanken, steckte mit seinen Ängsten aber uns alle an. Oswin mischte Kräuter, zerrieb Wurzeln, ließ getrocknete Blätter in Schälchen schmauchen, wärmte Wein und befüllte Becher mit starkem Trunk. Arthur baute das Feuer neu, ehe es nötig wurde, schichtete Torfplatten und spaltete Weidenscheite für die kommende lange Nacht, beschäftigte sich mit jeder noch so sinnlosen Aufgabe. Und ich schrubbte die letzten Anzeichen unserer Reise von der Rüstung meines Vaters, von seinen Beinschienen und seinem Mantel, rieb die Stummel ausgebrannter Talgkerzen in die Metallschuppen und polierte jede einzelne mit einem Leintuch, bis Arthurs überfüttertes Feuer in der Bronze schillerte.

Denn heute wollte Merlin versuchen, Guinevere wieder in die Welt der Lebenden zurückzubringen.

Er begann noch vor Sonnenaufgang, flößte der Herrin aus einer Muschelschale einen Trank ein, der aus drei Zutaten bestehen musste, die nicht durch Menschenhand erschaffen oder gewonnen werden konnten, nämlich Honig, Milch und Salz, die zusammen ein altbekanntes Heilmittel gegen Heimsuchung durch böse Geister bildeten, so murmelte zumindest Merlin, während er Guinevere das Gebräu an die Lippen setzte und bei jedem verschütteten Tropfen leise in seinen Bart fluchte. Der nächste Trank war noch fragwürdiger, denn er bestand aus dem Herzen einer Krähe, das in dem Blut des Vogels zerstoßen und noch warm eingenommen werden musste. »Das wird sie für die nächsten acht Tage nehmen«, verkündete Merlin, hob mit der Seite seines Fingers einen roten Tropfen von Guineveres Kinn und schob ihn ihr zwischen die Lippen. »Vorausgesetzt, Oswin und Iselle schaffen es, genug Krähen zu fangen.« Zumindest wusste ich nun, warum vier von den Vögeln an den Beinen zusammengebunden über der Tür der Räucherkammer gebaumelt hatten und sich sanft im Wind drehten, die toten Augen schwarz wie finstere Flüche.

Nach einigen gemurmelten Zauberformeln nahm der Druide eine Knochennadel zur Hand, versuchte, gegen die Jahre anzukämpfen, die seine Finger zittern ließen, und durchbohrte das Haus einer lebenden Schnecke. Dann wies er Oswin an, Guineveres Kopf zu nehmen und in den Nacken zu legen – denn Arthur wollte es nicht tun –, hielt die Schnecke über den Kopf der Herrin und sorgte dafür, dass die Flüssigkeit aus dem Haus des Tieres auf Guineveres Augen tropfte. Sie blinzelte. Einmal. Zweimal. Dann starrte sie ins Leere wie zuvor.

»Eigentlich würde ich ihre Augen natürlich mit dem Schwanz einer schwarzen Katze abreiben«, sagte Merlin, »aber Oswin, nutzloses Sachsenschwein, das er ist, hat mir keinc auftreiben können.« Ich tauschte mit hochgezogenen Brauen einen Blick mit Gediens aus, denn wer hätte erwarten können, hier draußen tief im Sumpf eine Katze zu finden, sei sie nun schwarz oder andersartig gefärbt? Und einmal mehr fragte ich mich, warum Oswin, ein Sachse, Merlin all die Jahre so treu geblieben war, wo er den Druiden doch sicher jederzeit hätte verlassen können, um sich wieder seinem Volk anzuschließen. Meines Erachtens konnte sich Merlin glücklich schätzen, dass er ihn hatte, auch wenn mir klar war, dass er so etwas niemals zugegeben hätte.

Merlin hob eine Hand in den Rauch des Herdfeuers. »Trotzdem können wir nicht ausschließen, dass die Herrin dann und wann einen Blick in diese Welt wirft, auch wenn sie uns das nicht mitteilen kann.«

Fürst Arthur kniete neben Banon beim Feuer und grunzte. »Du musst durchaus nicht jede Einzelheit deines Vorhabens teilen«, sagte er mit schlaffem Mund, als wollte er einen schlechten Geschmack meiden. Er zupfte Kletten aus Banons Fell. Die Hündin saß still und zufrieden da, hin und wieder fielen ihr die Augen zu. »Habe ich dir jedes Detail meiner Schlachtpläne aufgedrängt?«, fragte er den Druiden. »Welche meiner Kataphrakten den Vortrupp bilden sollten? Ob Parcefal, Bedwyr oder Cai ausscheren sollten, um den Gegner von hinten zu attackieren? Oder wann ich vorhatte, meine Männer ins Scharmützel zu schicken, wann sie geschlossen angreifen und die feindliche Schlachtreihe aufbrechen sollten?«

»Du bist es nicht, der hier gefangen sitzt, Arthur.« Merlin wischte die Worte seines Herrn mit einer flapsigen Geste beiseite. »Geh los und sammel mir etwas Schierling und Weiderich, wenn du nichts lernen willst. Außerdem sage ich es nicht für dich auf, sondern um meinetwillen, weil ich eine derart anstrengende Heilung schon seit Jahren nicht mehr versucht habe, und die Schritte laut auszusprechen, hilft mir, mich an das alte Wissen zu erinnern.« Er winkte Oswin, der zwei Handvoll Kräuter nahm und sie ins Herdfeuer warf, wo sie sich sofort geschwärzt einrollten, manche in Flammen aufgingen und alle dicken Qualm ausspuckten, weiß und gelb wie der dreckige Bart eines alten Mannes. Zuvor hatte Merlin bereits ein Bündel Minze um das rechte Handgelenk der Herrin gewickelt. »Geh und hol noch etwas Holz, Arthur. Wir werden hier nicht vor Morgengrauen fertig sein.« Er nahm eine Lederflasche und goss etwas dunkle Flüssigkeit in einen Becher, und ich fragte mich, was er Guinevere wohl als Nächstes einflößen würde, aber er setzte den Becher an die eigenen Lippen und leerte ihn in drei tiefen Zügen. »Komm her, Galahad«, er winkte mich zu sich, »nimm die Herrin in den Arm, geh mit ihr drei Mal ums Feuer und halt ihr Gesicht dabei in den Rauch gerichtet. Sie muss ihn einatmen.«

Ich spürte ein Flattern in meinem Bauch und sah Iselle an, die mir zunickte, ich solle tun, was Merlin mir aufgetragen hatte. Ich hatte nicht damit gerechnet, eine aktive Rolle bei dem Prozedere einzunehmen, und wollte es auch nicht.

Arthur schaute zu mir auf, und da lag etwas wie Argwohn in seinen grauen Augen. Ich glaube, er sah wieder meinen Vater vor sich stehen. Ich glaube, er verabscheute die Vorstellung, dass ich an Merlins Riten teilnehmen sollte, denn obwohl er vor den Menschen und der Welt geflohen war, seine Erinnerungen hatte er nie abschütteln können. Trotzdem nickte er kaum merklich, also ging ich zur Herrin hinüber und überlegte, wie ich sie wohl anheben sollte, ohne ihr wehzutun, denn sie war so zerbrechlich. Und als ich mich mit Guinevere im Arm umdrehte und ihr Kopf auf meiner Schulter lag, sodass ich das Eisen des Krähenblutes in ihrem Atem riechen konnte, sah ich, wie Arthur zur Tür hinausging, den schwarzen Schatten Banons an seiner Seite.

Ich schritt mit Guinevere ums Herdfeuer, ganz langsam, dass uns der schwersüße Kräuterqualm einhüllen konnte, während Merlin unablässig mit einem Holzteller wedelte, damit uns der Rauch auch wirklich folgte. Sie wog nichts. Die Schuppenrüstung meines Vaters war schwerer, und doch spürte sie vielleicht, wie meine Arme unter ihr bebten. Denn mein Blut erzitterte unter der Sünde meiner Grenzübertretung; dass ich diese Frau im Arm hielt, die für meinen Vater Erde, Meer und Himmel gewesen war. Ihre warme Wange, einst benetzt von den Tränen ihrer gemeinsamen Verzweiflung, ruhte nun an *meiner* Wange. Ihr weicher Atem strich über *meine* Haut, der gleiche Atem, der im Dunkeln meines Vaters Namen geflüstert hatte.

Nach der dritten Umrundung des Feuers und gebeugt eher von der Last der Blicke als von Guinevere selbst, ließ ich die Herrin wieder in ihren Sessel gleiten und zog mich auf die andere Seite des Herdfeuers zurück in der Hoffnung, der Druide würde nicht noch einmal nach meiner Hilfe verlangen.

»Hast du den Schädel, Mädchen?« Merlin wandte sich an Iselle, die nickte und eine Schüssel von Arthurs Tisch nahm. Soweit ich sehen konnte, enthielt sie einen Haufen feinen grauweißen Puders, und mir schauderte bei der Vorstellung, dass dies ein menschlicher Schädel gewesen sein musste, ehe Iselle ihn in Stücke geschlagen und gemahlen hatte, als handelte es sich um Mehl fürs Brotbacken. »Gut.« Merlin nickte, nahm die dargebotene Schüssel in Empfang und einen Becher, den Oswin ihm reichte. Er enthielt eine grünliche Flüssigkeit, die der Druide jetzt über das Puder schüttete. Er nahm einen Löffel und begann zu rühren. »Neun Stücke eines Männerschädels«, sagte er, und ich fragte mich, wo Iselle einen aufgetrieben hatte, aber dies schien mir nicht der richtige Moment zu sein, um diese Information einzuholen. »Vermengt mit einem Sud aus Mauerraute.« Er sah Gawain an. »Das ist eine Farnsorte«, erklärte er, worauf Gawain die Schultern hob, wie um zu sagen, es sei ihm egal, worum es sich handelte, solange es seine Wirkung tat. »Wie die Krähenherzen wird sie auch dies hier jeden Morgen trinken müssen, bis alles aufgebraucht ist.« Warnend hob er einen Finger. »Nichts darf übrig bleiben, falls wir nicht wollen, dass der Tote zurückkehrt, um nach den Stücken seines Schädels zu suchen.«

Ich sah Iselle an, aber sie hörte gebannt Merlin zu. Parcefal murmelte etwas Unverständliches und sagte dann, er müsse die Pferde füttern gehen.

»Ich kann euch nicht versprechen, dass irgendetwas hiervon wirklich funktioniert«, gab Merlin zu und wedelte mit dem Löffel in unsere Richtung, ehe er ihn wieder in der Schüssel versenkte. »Es ist so lange her, dass die Herrin von diesem Unheil befallen wurde.« Er schob einen Löffel mit der Schädelbrühe zwischen ihre Lippen. »Sie ist seit so langer Zeit für uns verloren«, murmelte er. »Wie ich schon Arthur zu erklären versucht habe, ist mir der Wille der Götter nicht mehr bekannt als euch.« Er deutete auf die Lederflaschen, Becher und Schüsseln, auf die Kräuter- und Wurzelbündel und die umgedrehten Gefäße, in denen Tiere gefangen saßen, die krochen oder glitten oder krabbelten. »Diese Heilmittel richten sich gegen die gewöhnlicheren Krankheiten. Blindheit, Fallsucht und derlei.« Er verzog das Gesicht und wischte Guinevere mit den Knöcheln einen Tropfen des Suds vom Kinn. »Was die Herrin aber plagt, ist weitaus finstererer Natur und wird ein Eingreifen höherer Mächte erfordern.«

»Bringt sie einfach zurück«, sagte Gawain.

Merlins Blick huschte zur Tür, als befürchtete er, jemand könnte genau in diesem Moment eintreten. Arthur, zweifellos. Dann sah er Gawain an. »Hast du in all den Jahren auch nur ein Mal einen Gedanken daran verschwendet, dass sie vielleicht nicht zurückkommen will?«, fragte er. Der Blick, den Gawain und Gediens daraufhin tauschten, machte deutlich, dass ihnen dies nicht in den Sinn gekommen war. »Wie dem auch sei«, sagte Merlin und wandte sich wieder der Herrin zu, »ich werde tun, was ich kann, weil Arthur mein Freund ist. Und weil ich es ihm schuldig bin, es wenigstens zu versuchen.«

»Und weil ich Euch, solltet Ihr Euch weigern, als Hochzeitsgeschenk an Morgana und ihren Sachsenkönig ausliefere«, sagte Gawain finster.

Und so arbeitete Merlin den ganzen Tag, während wir anderen kamen und gingen, hilflos wie Männer während einer Geburt. In der Abenddämmerung, als die Reiher ostwärts zu ihren Nestern strebten und die ersten Fledermäuse, die ihre Winterquartiere verlassen hatten, über unseren Köpfen umherhuschten, bat Merlin mich abermals, Guinevere aus ihrem Sessel zu heben. Diesmal sollte ich sie aufs Bett legen, in Vorbereitung dessen, was Merlin als den wichtigsten Teil seiner Riten bezeichnete.

Wieder konnte ich kaum fassen, wie wenig sie wog. Ich dachte an Arthur, der das Gleiche tat wie ich jetzt, nur seit zehn

Jahren jeden Abend. Sie durchs Zwielicht trug, zwischen die Felle bettete und sich neben sie legte, ihrem Atem und dem leisen Flüstern der Herdflammen lauschte, und die Vorstellung seiner großen Einsamkeit war entsetzlich.

»Dank dir, Galahad«, sagte Merlin.

Wir waren nur noch zu dritt. Ich sah Guinevere an, wie sie dort auf dem Bett lag, und kam nicht umhin, mich zu fragen, was mein Vater wohl gedacht hätte, wäre er noch am Leben und könnte sie jetzt so sehen.

»Wann haben sie … wann ist das passiert?«, fragte ich sehr leise, damit niemand draußen es hören konnte.

»Ah, ich habe schon darauf gewartet, dass du fragst«, sagte Merlin. »Du bist ein wenig träge, genau wie dein Vater. Vielleicht bist du sogar noch begriffsstutziger als er.« Er rümpfte die Nase und betrachtete mich von unten herauf. »Da bin ich mir noch nicht sicher.« Er saß auf seinem Schemel, hatte einen Haufen Taubnesseln neben sich auf dem Tisch ausgebreitet, zupfte behutsam eine nach der anderen die zarten Blüten von den Stängeln und steckte sie sich in den Mund, um den süßen Nektar herauszusaugen.

»Ob du's glaubst oder nicht, es war unmittelbar nachdem Arthur versucht hat, sie auf dem Scheiterhaufen zu verbrennen«, sagte er. Das Geräusch seines greisen Mundes, der die kleinen Blütenkelche aussaugte, war ekelerregend. Er sah Guinevere an. »Dein Vater hat die Welt auf den Kopf gestellt, um sie zu retten, und trotzdem hat sie sich nach alldem zurück zu Arthur gestohlen.« Er wölbte eine Braue. »Die Götter haben es ihr befohlen, glaube ich. Was könnte das sonst erklären?« Er hob einen weiteren Taubnesselstängel hoch und beäugte ihn prüfend. »Sie hat auf ihre Weise versucht, alles wiedergutzumachen.« Er zupfte eine Blüte und hielt sie mir hin. »Schau hinein, Galahad.«

Ich sah ihn stirnrunzelnd an, aber er schob mir die Blüte hin, also nahm ich sie entgegen.

»Hineinschauen«, wiederholte er.

Es war so dunkel in der Stube, dass ich kaum etwas erkennen konnte, also drehte ich die Blüte zum Feuer und spähte hinein.

»Siehst du die Staubblätter?«, fragte der Druide.

»Staubblätter?«

»Die dicken Fäden, Junge. Zwei Stück. Einer schwarz, einer golden.«

»Die sehe ich.«

Merlin nickte. »Sehen sie nicht aus wie zwei Gestalten, die Seite an Seite in einem Bett aus weißen Fellen schlafen?«

Abermals runzelte ich die Stirn, spähte in die Blüte und sagte nichts, legte sie wieder auf dem Tisch ab, falls der alte Mann auch ihren Nektar herauslutschen wollte.

»Eine Nacht waren sie zusammen. Eine einzige.« Er betrachtete Guinevere, die dort auf ihrem und Arthurs Bett lag. Hin und wieder spielte das flackernde Herdfeuer über ihre bleiche Wange, wie sie so vollkommen still dalag. »Aber mehr als eine Nacht ist nicht nötig.«

Ich starrte Guinevere an und wollte sie hassen. Wollte den Schmerz spüren, den mein Vater gefühlt haben musste, als er begriff, dass sie zu Arthur zurückgekehrt war.

»Oh, ich bezweifle, dass dein Vater es wusste, falls es das ist, was dich bedrückt. Oder vielleicht wusste er es doch.« Der Druide zuckte mit den Schultern. »Aber da war es sowieso zu spät.«

Um diese Zeit musste mein Vater meine Mutter kennengelernt haben, das wusste ich. Und obwohl ich kurz darauf geboren worden war, zweifelte ich nicht daran, dass er Guinevere weiter in seinem Herzen getragen hatte.

Merlin erhob sich, nahm die zerrupften Nesselstängel und warf sie ins Feuer, wo sie qualmten und wie Schweißperlen kleine schillernde Wassertropfen bildeten.

»Jetzt muss ich mich eine Weile ausruhen und mit den Göttern träumen, wenn ich kann.« Er wirkte erschöpft; die Haut um seine Augen war bläulich und so dünn, dass sie aussah, als könnte sie jeden Moment einreißen. Das Zittern, das ich vorhin in seinen Händen bemerkt hatte, war in seine alten Knochen gekrochen, sodass sein ganzer Leib bis hinauf zum Gesicht bebte wie Heidekraut im Wind. Er schaute auf Guinevere hinab. »Behalte sie im Auge«, befahl er, »und weck mich, falls sie irgendetwas auswirft. Obwohl die Minze ihren Magen beruhigen sollte.«

»Und wenn sie sich beschmutzt?«, fragte ich, denn das schien mir durchaus nicht unwahrscheinlich nach allem, was Merlin ihr eingeflößt hatte.

Der Druide verdrehte die Augen. »Dann machst du sie sauber, Galahad.« Damit verließ er uns und suchte sich eine ruhige Ecke, wo er sich zu den Göttern träumen oder vielleicht auch einfach schlafen konnte. Und als wir ihn das nächste Mal sahen, war er ein anderer Mensch.

Wie die meisten von uns war ich an Arthurs Herd eingenickt, in den Schlaf gewiegt vom sanften Flackern der Flammen und der warmen Blüte des starken Honigweins im Bauch. Als ich erwachte, weil meine Blase zum Bersten gefüllt war, sah ich Fürst

Arthur auf einem Hocker neben dem Bett sitzen, wo er Guinevere beim Schlafen zusah. Er nickte mir zu, ich nickte zurück, dann sah ich mich in der Stube um. Die anderen lagen zwischen ihren Fellen oder saßen an die Wand gelehnt. Gawain und Parcefal schnarchten so laut, es war ein echtes Wunder, wie hier überhaupt jemand schlafen konnte.

Iselle war wach und starrte ins Feuer, hob aber den Kopf, als sie meinen Blick spürte, und ich formte lautlos *Merlin?* mit den Lippen. Sie zuckte mit den Schultern. Der Schrei einer Eule und die Schwere der Welt jenseits der Wände aus Lehmfachwerk sagten mir, dass es schon tief in der Nacht sein musste. Wo also blieb der Druide? Warum steckte er nicht bis zum Hals in seinen rätselhaften Riten und versuchte, die Herrin Guinevere von diesem lebendigen Tod zu erlösen, der sie nicht loslassen wollte? Ich dachte darüber nach, Oswin zu wecken und ihm zu sagen, er solle den Druiden aus dem Stall holen, falls er noch immer dort lag und schlief, denn vielleicht konnte er sich in seinem Alter nicht mehr selbst wecken, und ich fürchtete, er würde ruinieren, was er bereits vollbracht hatte, sollte er nicht fortfahren wie geplant.

Aber dann knarrte die Tür in ihren Angeln und weckte Gediens, dessen Hand sofort das Schwert neben ihm im trockenen Stroh fand. Silbriges Mondlicht ergoss sich in die Dunkelheit, erhellte einen Moment lang erwachende Gesichter, Eisen, Felle, Herdsteine. Dann flossen die Schatten zurück und legten sich mit solcher Macht auf meine Brust, dass ich mich nicht bewegen konnte, denn ich glaubte, ein Gott müsse in den Sumpf hinabgestiegen sein, um Guinevere ein für alle Mal fortzuholen oder aber uns zurechtzuweisen, die wir uns in Dinge einmischten, die jenseits unseres Horizontes lagen.

Das Gottwesen trat über die Schwelle. Es war pechschwarz, formlos, hatte keine Arme, und ich sah Iselle den Schürhaken ergreifen, um Übel von sich abzuwenden. Auch Parcefal zog sein Messer halb aus der Scheide, um dessen Klinge zu berühren. Denn wie ich glaubten auch sie, die Morrigán, Göttin der Zwietracht, sei in Form einer gewaltigen Krähe erschienen, schwarz wie die Nacht, lila und grün schillernd in entsetzlicher Schönheit. Und selbst Gawain, für gewöhnlich kein Mann, der Omen erkannte im Vogelflug oder in der Art, wie sich das Muster der Sahne im Milcheimer bildet, der sicher auch keine Götter in Türrahmen sah, riss die Augen auf, warf seine Felle ab und erhob sich.

Nicht die Morrigán war gekommen, sondern Merlin, gehüllt in seinen Umhang aus Krähen- und Rabenfedern; es schienen so viele Federn zu sein, wie die Rüstung meines Vaters Bronzeschuppen besaß. Jetzt standen wir alle, ich aber war ihm am nächsten, und mich schaute er an, obwohl er mich nicht zu erkennen schien. Ich versuchte zu sprechen. Ihn zu grüßen. Ihm in irgendeiner Form Respekt zu zollen, denn hier stand ein Druide in seinem rituellen Gewand, ausgestattet mit der uralten Macht unseres Volkes. Aber ein schwerer Fuß schien auf meiner Zunge zu stehen. Niemand sagte etwas, und Merlin, der Letzte der Druiden, rauschte an mir vorbei und ging zu dem kleinen Tisch, wo noch immer all die Tränke und Schüsseln standen. Ohne ein Wort nahm er zwei Humpen zur Hand, schnüffelte an beiden, stellte einen wieder ab und trank aus dem anderen. Dann ging er zu Guinevere und schien Fürst Arthur gar nicht zu sehen, der anscheinend widerstrebend zur Seite wich und sich in die Schatten an der Wand zurückzog.

Merlin hob die Arme, und da trat Oswin zu ihm, nahm den

gefiederten Umhang von den Schultern seines Herrn, der darunter nackt war, sein dürrer Leib weiß wie Kreide bis auf die Formen und Wirbel, die seine Haut verzierten und fast lebendig wirkten im flackernden Licht, das vom Feuer gegeben und wieder genommen wurde. Er ließ sich auf der Bettkante nieder und starrte direkt geradeaus, seine Augen riesig und kugelrund. Er schien keinen von uns zu bemerken, schien nicht einmal zu wissen, dass wir da waren. Oswin winkte Iselle, das Feuer richtig anzufachen, damit sein Meister nicht frieren musste.

Mein Mund war trocken, aber ich wagte nicht, mich zu bewegen, um mir etwas zu trinken zu holen. Auch musste ich immer noch dringend meine Blase leeren, aber ich konnte nicht weg, so sehr band mich Merlins Zauber mit unsichtbaren Fäden an diesen Ort, die zwischen uns allen wie Spinnenseide zu zittern schienen.

Stumm, atemlos, mein Magen leer wie ein Gallapfel nach dem Schlupf, so stand ich da, während Iselle den Herd schürte, bis das Feuer knisterte und spuckte und Oswin vorsichtig die Felle von Guinevere hob. In einem kurzen Aufleuchten des Kupferscheins sah ich sie: die Herrin, die sich in einem Traum verloren hatte. In einem blauen Leinenkleid lag sie da, das Arthur ihr angezogen haben musste für den Fall, dass Merlin erfolgreich sein und sie tatsächlich zu sich selbst und zu Arthur zurückbringen sollte. An der Hüfte war das Kleid mit einer zarten Goldkette zusammengerafft. Ein schmaler Silberreif umfasste ihren blassen Oberarm, war aber viel zu groß; die Schlangenköpfe küssten sich in der Leere, wo sie einander einst über ein blasses Meer hinweg angestarrt haben mussten. Ihr schwarzes Haar war gekämmt, ihr Kopf mit einem Ring aus Windröschen und Veilchen gekrönt, und als ich sie so dort liegen sah, brach mir das Herz für Arthur. Ich wagte es nicht, ihn anzuschauen, denn ich fürchtete mich vor der schrecklichen Hoffnung, die ich in seinem Antlitz entdecken würde.

Merlin legte sich neben der Herrin nieder und robbte auf sie zu, bis sich ihre Leiber berührten, dann legte er seine Hand um ihre, ein Vogelfuß, der einen anderen ergriff. Verknotete Krallen.

Banon hob ihren schwarzen Kopf und heulte leise, als hätte sie etwas vernommen, das Menschen nicht hören konnten. Oswin trat ans Bett und bedeckte den Druiden und die Herrin mit dem gefiederten Umhang, sodass nur ihre Füße und Schienbeine frei blieben.

Wo auch immer Ihr stecken mögt, Herrin, er kommt Euch zu Hilfe, dachte ich ganz fest in ihre Richtung. Dann sah ich Iselle an und stellte fest, dass sie mich betrachtete.

Ich laufe. Wie Wasser. Wie Feuer. Hinaus aus dem dunklen Wald, über knorrige Wurzeln und weiches Moor. Bis unter den weiten Himmel. Hinein ins lange Gras, das sanft zu mir flüstert. Ungebunden und herrenlos. Ich trommle den uralten Rhythmus in den Boden, den Gesang meiner Art seit weit vor der Zeit, da der Mensch anfing, unsere Rasse seinem Willen zu beugen. Uns zu zähmen, um selbst den Wind kosten zu können, um über die Erde zu fliegen mit einer Eile, die er ohne uns niemals erlebt hätte.

Hier gibt es keine Menschen. In diesem verborgenen Tal, an diesem geheimen, versunkenen Ort, der von alten Eichenwäldern und steilen windgepeitschten Heidehängen bewacht wird. Und ich renne, nicht von Furcht, sondern von purer Freude getrieben. Finde Frieden in Bewegung. Das

Klopfen meines Herzens, das Rauschen meines Atems, der Takt meiner Hufe auf dem Boden und im Boden, ein Lied zu Ehren der fruchtbaren Erde, die uns süßes Gras schenkt. Ein Echo aus der Zeit des tiefen Donners der ersten Herden. Aus der Zeit, als uns der Mensch in die weißen Gischtkronen der rasenden Wellen träumte. Als er uns Götter gab, uns zu beschützen, und uns benutzte, um die Seelen der Toten zu sammeln. Als er uns das erste Mal vor schimmernde Streitwagen spannte und wir ihn in den Krieg trugen.

Ich versuche nicht, diesem Tier meinen Willen aufzuzwingen. Es würde mir nicht gelingen. Und ich würde es auch gar nicht wollen. Sie ist stolz und frei, diese Stute, und könnte bis ans Ende der Welt jagen wie ein Donnerschlag über das Firmament. Ich werde mich an sie klammern, so gut ich kann, denn ich schwelge im Wind, der durch meine Seele fließt, und in der Tatsache, mich ihrer Bewegung auszuliefern. Und ich spüre, dass sie weiß, dass wir verbunden sind. Es ist, als wollte sie mir dieses Geschenk der Gelassenheit aus freien Stücken geben, während die Welt wie Rauch von uns abperlt. Und so lasse ich mich selbst in den Hintergrund treten wie eine Flamme, die langsam erlischt, gebe mich ganz der Stute hin, deren großes Herz unablässig schlägt wie das Auf und Ab der Gezeiten, wie der Wechsel der Jahreszeiten, wie der Tod des alten Hengstes und die Geburt des neuen Fohlens.

Die Welt ist grau, als wir zu dem Teich gelangen, der tief und dunkel am Grund des Tales ruht wie die letzte Pfütze in einem Kessel. Ich werfe den Kopf in die Luft und wiehere Triumph und Trotz heraus, bemerke, wie sich der Gesang meiner Hufe auf dem weicheren Untergrund verlangsamt. Bemerke auch den wilden Durst, die Flanken schäumend von Schweiß. Mein Bauch zieht sich zusammen und schwillt an. Ich schreite zum Ufer und drehe mich in den Wind, dann trinke ich, kühle das Feuer in meinem Blut. Wieder recke ich den Kopf in die Höhe, schwenke die Ohren, atme ein und aus und schmecke die Luft. Und jetzt spüre ich die Angst der Stute, denn ein Teil von ihr erinnert sich noch daran, kleiner zu sein. Schwächer. Ein Beutetier, das ewig nach dem Schutz der Herde strebt, und schon wappnet sie sich, fort vom Ufer zu tanzen und wieder zu rennen, ehe sie nicht mehr fliehen kann.

Dann sehe ich sie. Sie taucht aus dem Ginster jenseits des Wildwechsels auf wie mein eigener Schatten, der zu mir aufschließt. Eine andere Stute, grau wie der Himmel. Sie atmet schwer. Wirft ihr Haupt in den Nacken und sagt, dass sie mir nachgestellt hat wie der Mond der Sonne. Sie wiehert und bittet um Erlaubnis, sich zu nähern, ich aber springe zur Seite, fort von ihr und von dem Teich, bäume mich auf und spreize die Beine. Wieder wiehert die Stute und kommt näher, unerbittlich wie die Nacht, und ich werfe den Kopf herum und schreie, meine Muskeln zum Bersten gespannt, mein Herz entfacht, mein Blut erneut in Wallung.

Und immer noch kommt die Stute näher, nah genug jetzt, dass ich das Weiße in ihren Augen wie glatte Flusskiesel schimmern sehe und ihr Geruch schwer an meinem Gaumen klebt. Und da weiß ich, dass diese Stute von einem anderen besessen ist. Ich weiß, er ist gekommen. Der Druide. Irgendwie hat er mich gefunden. Nach all der Zeit.

Aber er ist zu spät.

Noch ein paar Herzschläge lang halte ich den Blick der Stute gefangen. Dann kreische ich in den grauen Himmel.

Und fliehe.

Es dauerte lange Zeit, bis Merlin wieder sprach. Er hatte den Federmantel abgeworfen und sich aufgesetzt, starrte geradeaus auf die Schwerter und Felle, die dort an der Wand hingen, sah jedoch Dinge, die viel weiter weg lagen, jenseits unserer Wahrnehmung. Das Feuer knackte. Er fuhr zusammen und schaute in die Flammen. Ich sah Tränen in seinen Augen.

»Gib ihm zu trinken«, herrschte Gawain Oswin an, der für seinen Meister ein Mahl aus Käse und Räucheraal vorbereitete, nachdem er uns erklärt hatte, das Reisen löse stets einen mächtigen Heißhunger in dem Druiden aus.

Ich wusste nicht, ob auch Arthur die Tränen in den Augen des alten Mannes gesehen hatte, aber er bedeckte die Herrin wieder mit ihren Fellen und nahm sich einen Moment Zeit, um mit den Fingern über ihre Stirn bis ins dunkle Haar zu streichen, wie um seine Geliebte sanft zu wecken.

Vielleicht warteten wir aus purem Respekt. Oder weil wir glaubten, es sei an Fürst Arthur, als Erster zu fragen. Oder weil wir es insgeheim alle wussten, aber die Zeitspanne ausdehnen wollten, in der noch alles möglich schien. Als Merlin aber seinen Becher geleert hatte, ohne einen von uns anzusehen oder ein Wort zu sagen, konnten wir es allesamt nicht länger ertragen, und ich war dankbar, dass das Schweigen endlich gebrochen wurde.

»Raus damit, Druide«, sagte Gawain, woraufhin Arthur zuckte, als hätte man ihn geohrfeigt, und einen Blick auf Merlin richtete, wie ich ihn seitdem nur bei Männern gesehen habe, die ein tot geborenes Kind oder eine vom Feind geschändete Frau betrachten; er sah ihn an, weil er musste und doch wusste, der Anblick würde ihn lange verfolgen.

Merlin hatte den Anstand, Arthurs Blick zu erwidern, obwohl wir ihn alle anstarrten.

»Ich habe versagt.«

Wir wussten es, natürlich wussten wir es, auch wenn wir gehofft hatten, uns zu irren. Dass die Riten vielleicht noch nicht abgeschlossen waren oder die Herrin so lange fort gewesen war, dass sie nicht gleich zurückkehren konnte, wie es der Sehkraft ergeht, wenn man nach langem Schlaf die Augen öffnet, dass sie vielleicht erst im Lauf des folgenden Tages zu sich kommen würde.

Arthur hielt den Blick des Druiden eine Weile und schien noch weitere Fragen stellen zu wollen, dann aber nickte er bloß, sagte, er brauche frische Luft, warf sich einen Mantel um und verschwand in der Nacht.

Gawain, Gediens und Parcefal sahen einander müde und resigniert an, und auf mich wirkten sie alle drei älter als vorher, als wäre das Flämmchen der Hoffnung, das in ihren Herzen nie erloschen war und ihnen geholfen hatte, die Zeit selbst aufzuhalten, endgültig erloschen, und mit der Dunkelheit strömten auch die Jahre auf sie ein.

»Ich gehe schlafen«, grummelte Parcefal.

»Ich auch«, sagte Gediens.

»Ich schaue nach Arthur«, knurrte Gawain und stürzte einen ganzen Becher Bier hinunter, ehe er seinem Herrn, Onkel und Freund folgte.

Iselle schob ein Holzscheit ins Feuer und kniete sich hin, um neues Leben in die Glut zu pusten. Ihr Gesicht verriet nichts, bis auf die Tatsache, dass ihr Geist damit beschäftigt war, Gedanken zu entwirren. Ich richtete meine Aufmerksamkeit wieder auf Merlin, wartete darauf, dass er uns mehr gab. Mehr tat.

»Was ist, Bursche?«, fragte er betont herablassend. »Selbst Uther wusste es besser, als mich anzustarren wie ein Trottel, der versucht, Wasser mit den Augen zum Kochen zu bringen.« Er stützte sich ab und stand schwankend auf, aber sofort war Oswin bei ihm, half ihm zur Sitzbank beim Herd, setzte ihn hin und holte ihm sein Essen.

»Was ist passiert?«, fragte ich.

»Hab ich doch gesagt. Ich habe versagt.« Seine Stimme war trocken wie uralte Knochen.

Ich fragte mich, ob er meinem Blick auswich, weil er sich schämte oder weil es Dinge gab, die er für sich behalten wollte und fürchtete, sie auch ohne Worte zu verraten.

»Ihr habt sie nicht gefunden?«, fragte ich.

Auf der anderen Seite des Herdes schaute Iselle auf, ihr Gesicht von frischen Flammen umspült.

»Was kümmert dich das?«, fauchte der Druide, ein Funken Ärger in einem niedergebrannten Feuer. »Es ist, wie ich gesagt habe. Wie ich Arthur gesagt habe, auch wenn er mir wohl nicht glauben wollte.« Er kaute auf den nächsten Worten herum, ehe er sie ausspuckte. »Die Götter haben mich verlassen. Wie sie Britannien verlassen haben. Die Macht, über die ich einst geboten habe. Sie ist fort.« Sein Blick wanderte dorthin, wo sich der Rauch unterm Dach sammelte und zwischen den Schilfbündeln entschwand. »Sie haben mir meine Kraft geraubt, wie die Mutter dem ungebärdigen Kind das Spielzeug entreißt.« Er hielt die Handflächen zum Feuer und zitterte, dass man hätte glauben mögen, er sei gerade aus der kalten Nacht ins Haus gekommen. Aber wer konnte auch sagen, wohin er unter dem Mantel aus finsteren Federn auf der Suche nach Guinevere gereist war?

Er knurrte Oswin an, ihm den Teller zu bringen, was der Sachse tat, bevor er den Becher des Druiden auffüllte. Merlin klaubte ein Stück Aal auf und warf es sich in den Mund. »Ihr wärt alle besser beraten gewesen, mich meine letzten Jahre in Frieden verleben zu lassen«, sagte er kauend. »Statt mich zurück in die Welt zu zerren.« Er wischte mit einer Hand nach mir. »Ihr seid wie Diebe, die eine Leiche ausgraben, um die Münzen von ihren Augen zu stehlen.«

Ich sah die Herrin an, die dort mit der Blumenkrone im schwarzen Haar auf dem Bett lag. Kein Leichnam, aber auch nicht wirklich lebendig. »Ihr könntet es noch einmal versuchen«, sagte ich.

Da lachte er. Ein trockenes, gehässiges Prusten, das in einen Hustenanfall überging. Danach nahm er die Hand vom Mund und griff nach der Luft über dem Herdfeuer. »Und du könntest versuchen, den Rauch zu packen und ihn in deiner Hand zu behalten, Galahad«, sagte er und schaute mich direkt an, zum ersten Mal seit seiner Reise. »Oder versuchen, zurück zum Hügel von Camlan zu laufen und deinen Vater anzuflehen, dich nicht dort zurückzulassen und in den Tod zu reiten.«

Ich fühlte den Schmerz, den er hatte verursachen wollen, und wollte ihn schlagen. Warum auch nicht? Dieser Mann, den die Menschen den Letzten der Druiden nannten, hatte absolut nichts getan, um meinen Respekt zu verdienen, und seine Macht sollte ich auch nicht fürchten, denn ich glaubte ihm, dass er keine mehr besaß. Vielleicht war aber gerade dies der Grund, ihn in Frieden zu lassen, also schluckte ich meinen Zorn hinunter. Er war bloß ein alter Mann. Gebrochen und verloren. Er war nicht mehr als Ruß, der noch in der Luft hängt, nachdem das Feuer bereits erloschen ist.

»Bald ist es Morgen, Galahad«, sagte Iselle, die sah, welches Feuer in meinem Blut schwelte. Ich nickte und wandte mich von Merlin ab, um meinen Mantel aufzuheben.

»Die Götter haben uns alle betrogen«, sagte der Druide andächtig, als Iselle und ich ihn am Feuer zurückließen. »Wie beim Latrunculi«, rief er uns hinterher. »Sie haben das Spielbrett aufgebaut und sind einfach weggegangen.«

Der abnehmende Mond hing tief im Osten, war aber doch hell genug, um die Schatten der Nebengebäude und des krummen alten Apfelbaumes auf den Boden zu zeichnen. Er versilberte das Röhricht und bebte in den Schlammpfützen. Er schien durch den Rauch, der aus Fürst Arthurs Dach drang, und leuchtete einer Flotte fahler Wolken den Weg, die durch den Nachthimmel segelten und mich an die Schiffe der Sachsen denken ließen, die bald wieder über das Morimaru kommen würden, jetzt, da der Frühling angebrochen war.

»Bald genug wird er wieder voll sein.« Auch Iselle schaute zum Mond auf, denn wir waren auf dem Weg zum Stall stehen geblieben, um unsere Lungen mit frischer Luft zu füllen, ehe wir uns schlafen legten.

»Das wird er«, stimmte ich ihr zu, sah aber nicht mehr den Mond an. Ich sah sie an. Und obwohl er in der Tat bald wieder voll wäre und wir dann dem Sachsenkönig und seiner Braut die Treue schwören mussten, falls wir nicht den endgültigen Untergang Britanniens erleben wollten, war mir all das in diesem Moment egal.

Unsere Hände berührten sich. Ein Schauer durchfuhr mich, vom Scheitel bis zu den Muskeln in meinen Schenkeln. Dann waren wir ineinander verschlungen, unsere Münder sanft aufeinandergepresst. Wir schmeckten einander. Nie hatte ich Wein oder Met gekostet, der derart zu Kopf stieg, und Iselle seufzte in meinen Mund, und ich atmete ihren Atem, brauchte sie, Fleisch und Seele. Da brach sie den Kuss ab, löste sich von mir und schaute mir in die Augen, wie um sicherzugehen, dass ich der Mann war, für den sie mich hielt. Als hätte mein Geschmack in ihrem Mund ihr noch etwas anderes eröffnet.

»Komm«, sagte sie, nahm mich bei der Hand und zog mich in die Scheune.

Merlin schlief drei Tage und drei Nächte lang nach seinem gescheiterten Versuch, Guinevere zu heilen. Gawain, Gediens und Parcefal verbrachten den Großteil der Zeit damit, in Vorbereitung von König Cerdics Ultimatum und dessen Ablauf Pläne zu schmieden. Noch immer flehten sie Arthur an, seine alte Schuppenrüstung anzulegen und sie wie früher anzuführen, aber Arthur wollte Guinevere nicht verlassen. Denn sie musste doch weiterleben wollen, sagte er, musste doch zu ihm zurückkommen wollen, denn warum hätte sie dieses Leiden sonst so lange erdulden sollen?

»Die Götter stellen mich immer noch auf die Probe«, sagte er. »Sie testen meine Entschlossenheit und meine Treue. Wenn ich nur standhaft bleibe, gibt es noch Hoffnung, dass sie sie zu mir zurückschicken. Das ist der Preis für meine Sünden. Ich werde sie nicht im Stich lassen.«

Und so sprachen Gawain und die anderen über die Könige Britanniens. Wer von ihnen sich vielleicht bereit erklären würde, angesichts des Verrats der Herrin Morgana an Fürst Konstantins Seite zu kämpfen? Wer von ihnen am meisten zu verlieren hätte, sollte er einem Sachsenkönig in Camelot die Treue schwören? Und wer von ihnen sich bereit erklären würde, in den Krieg zu ziehen, um zu verhindern, dass die Fürsten Melehan und Ambrosius gemeinsam die Krone von Dumnonia bekamen, nachdem doch alle bei der letzten großen Schlacht unter Mordreds Verrat gelitten hatten? Alle hatten sie Väter, Söhne, Onkel oder Brüder verloren an diesem Tag.

»Sie müssen kämpfen«, sagte Gediens, »denn sie müssen begreifen, dass ganz Britannien verloren ist, ist das Kerngebiet von Cynwidion und Caer Celemion einmal überrannt.«

Parcefal schüttelte den Kopf. »Wenn sich die Sachsenhäuptlinge südlich des Flusses Tamesis Cerdic ebenfalls anschließen, was sie angeblich vorhaben, und weitere tausend Speere nach Dumnonia bringen, werden wir sie niemals wieder loswerden. Nicht ohne Camelot.«

Gawain stimmte ihm zu. »Also müssen wir diesen Sommer kämpfen.« Er kratzte sich den Bart. »Und nicht nur einen Überfall hier und da veranstalten. Konstantin muss den Wald verlassen und sein Banner aufrichten.«

»Unser Banner.« Parcefal schlug sich mit der Faust vor die Brust. Denn Konstantin führte den gleichen Bären, der auch die Schilde der drei Krieger zierte. Fürst Arthurs Bären.

»Wir werden sie mit Krieg überziehen, ehe der Weizen gereift ist«, sagte Gawain. »Es ist die letzte Gelegenheit, die uns bleibt. Es ist die einzige Möglichkeit.«

Sie redeten über das Ausheben frischer Truppen, als wäre das so einfach zu bewerkstelligen. Drei sonnige Tage lang debattierten sie, während die Nattern aus der Winterruhe erwachten und sich die Wintergoldhähnchen und Graugänse in den Himmel erhoben, um sich zu ihren Nistplätzen weiter im Norden und Osten zu begeben. Sie debattierten, weil sich die Jahreszeit änderte und in dieser Zeit neue Hoffnung wie Saft in den Bäumen aufsteigt und es schwer ist, zwischen all dem frischen Leben an den Tod zu denken. Und sie redeten, weil sie nicht weiter an den Fehlschlag denken wollten, den sie alle mitangesehen hatten. Jahrelang hatten sie nach Merlin gesucht und gehofft, er könnte Guinevere heilen und ihnen und Britannien auf diesem Weg Arthur zurückgeben. Aber all die Mühe war umsonst gewesen, und ich glaube, lieber wären sie zu dritt losgeritten, um König Cerdic herauszufordern, als sich dieser Tatsache zu stellen.

Iselle verbrachte den Großteil dieser drei Tage im Sumpf bei der Jagd, sodass ich schon zu fürchten begann, sie bedauere, was sich in jener Nacht in der Scheune zwischen uns ereignet hatte, im Schatten des Kreuzes, an dem die Rüstung meines Vaters gehangen hatte. Ich konnte kaum an etwas anderes denken. Ich gierte nach ihrem Geruch. Nach ihrer Berührung. Nach den Stellen ihres Körpers, die geheim und verborgen, mir nun aber vertraut waren. Sie verfolgten mich wie ein Traum. Und so beschäftigte ich mich mit meinen Waffen, warf den Speer, bis meine Schulter brannte. Übte Schwertschläge an der Zielpuppe aus geflochtenem Schilf, bis ich Eberzahn nicht mehr anheben konnte. Genoss den scharfen Schmerz in den geschwollenen Muskeln und der gespannten Haut. Die Vertrautheit dieser Waffen in meinen Händen hatte mich über den Abgrund der Jahre erreicht wie ein Echo aus der Kindheit, ein Echo der Anleitungen meines Vaters, und jetzt fühlten sich Schwertgriff und Speerschaft fast an wie meine eigenen Körperteile.

Dann aber, am Abend des vierten Tages, erwachte Merlin. Gediens und ich kämpften gerade mit den in Leder gehüllten Speeren, als Oswin auftauchte, um zu verkünden, der Druide wolle uns alle versammelt sprechen. Wollte er noch einmal versuchen, Guinevere zu heilen? Oder war er – wie die Schlangen, die man zusammengerollt unter den Brombeeren am Waldrand finden kann – mit irgendeinem neuen Gift im Kopf erwacht, das er auf uns spucken wollte, über die Götter und wie sie uns verlassen hatten?

»Ich hatte einen Traum«, sagte er, nachdem wir uns um seine Bettstatt im Stall versammelt hatten. Er hatte vier Tage lang nichts gegessen und einen wilden Blick. »Oder mein Geist hat diesen Gedanken in der Tiefe eingefangen, als ich weder schlief noch wach war. Wie man einen Fisch an die Leine bekommen kann, selbst wenn man sie unbeachtet lässt.« Er rümpfte die Nase und kratzte sich die eingefallene Wange, sichtlich beunruhigt, dass er keine Antwort auf diese Frage fand. Er hob eine Hand, um die Triskele zu zeigen, die drei ineinander verschlungenen Spiralen in seiner Handfläche, grün wie altes Kupfer. »Das muss ich selbst herausfinden«, murmelte er, dann schaute er wieder zu uns auf. »Es braucht euch nicht zu kümmern.«

»Glaubt mir, wenn ich Euch versichere, es kümmert uns nicht«, sagte Gawain, der mit beiden Händen an einem Lederriemen zerrte, um seine Widerstandsfähigkeit zu überprüfen. Er hatte sich vorgenommen, den Tragegurt an meines Vaters Schild auszutauschen, da der jetzige so abgenutzt war, dass er nicht mehr vertrauenswürdig schien. »Jetzt sagt uns, warum Ihr uns gerufen habt, oder legt Euch wieder schlafen und lasst uns in Frieden.«

»Hört, hört«, sagte Parcefal. »Die Pferde wollen gefüttert werden und werden mir diese Unterbrechung sicher nicht danken.«

Merlin sah mich an. »Es gab eine Zeit, Galahad, da haben mir die Menschen den Respekt gezollt, den ich verdiene.« Seine Augen wirkten wie entbrannt, und rein äußerlich hätte ich glauben mögen, dass die Götter ihm *tatsächlich* eingegeben hatten, was immer ihm durch den Kopf ging. »Werd niemals alt, Junge, das ist mein Ratschlag an dich.«

Arthur aber, der den Druiden am besten kannte, betrachtete ihn schweigend, und ich hatte das Gefühl, er wartete auf etwas. Er kannte dieses Feuer in Merlins Augen.

Merlin wandte sich Arthur zu und nickte knapp, ehe er sprach. »Es könnte noch einen anderen Weg geben, Arthur. Um Guinevere zurückzubringen.«

Sofort hörten alle aufmerksam zu. Der Riemen in Gawains

Händen erschlaffte. Gediens und Parcefal sahen einander stirnrunzelnd an, und ich schaute zu Iselle, aber sie war ganz in Merlins Bann, ihr Blick nicht weniger wild als der seine.

»Habt ihr je von den dreizehn Schätzen der britischen Insel gehört?«, fragte er. »Von Dyrnwyn oder Weißheft, dem Schwert des Rhydderch Hael? Und vom Wetzstein des Tudwal Tudglyd, der, wenn ein tapferer Mann damit seine Klinge schärfte, dieser Klinge eine Schneide verlieh, die jeden Mann tötete, dessen Blut sie vergoss, wenn aber ein Feigling damit seine Klinge schärfte, diese Klinge niemals eine Wunde schlagen konnte?«

Gawain und Parcefal wechselten einen Blick, der eindeutig besagte: Selbst wenn sie vor langer Zeit solche Geschichten gehört haben mochten, waren diese für Kinder und Einfältige bestimmt. Ich sah Iselle an und zuckte mit den Schultern, und auch sie schien noch nicht von Tudwal Tudglyds Wetzstein gehört zu haben.

Merlin blinzelte und breitete ungehalten die Arme aus. »Das Horn von Brân Galed?«

Parcefal grinste. »Befüllte sich bis zum Rand mit was immer man zu trinken wünschte«, sagte er, hörbar zufrieden mit sich selbst.

Merlin betrachtete den alten Krieger mit einer hochgezogenen Augenbraue. »Ich hätte das Horn selbst darauf verwettet, dass du von all den Schätzen nur diesen einen kennst.«

Parcefal zuckte mit den Schultern. »Kein Mensch kann sich an alle erinnern. Niemand, der kein Druide ist.«

»Einst trug ich mich mit dem Gedanken, die dreizehn Schätze selbst zu suchen«, sagte Merlin. »Sie an einem Ort zu versammeln. In Tintagel vielleicht oder Camelot. Dass ihre vereinte Anwesenheit an einem Ort den Blick der Götter auf uns ziehen würde. Mehr noch, dass ihre kombinierte Macht die Götter nach Britannien zurückbringen würde, um an der Seite unserer Speerträger zu stehen und die Sachsen zurück ins Meer zu scheuchen, dem sie entstiegen sind.« Er kratzte sich den eisengrauen Bart. »Ist euch bewusst, dass ich bereits eine Partie auf dem Spielbrett von Gwenddoleu ap Ceidio gespielt habe?«, fragte er uns. »Gegen König Culhweh von Ebrauc habe ich einen Sklaven gewonnen, aber der ist weggelaufen, also habe ich seine Seele verflucht«, fügte er Oswins wegen hinzu. Der Sachse, der damit beschäftigt war, Merlins Mantel einzufetten, setzte ein schiefes Lächeln auf. »Aber mir ist klar geworden, dass sie sich unmöglich alle zusammensammeln lassen«, fuhr Merlin fort. »Na, es wäre einfach genug, den Streitwagen von Morgan Mwynfawr als solchen zu erkennen, so man ihn denn überhaupt finden kann«, gab er mit erhobenem Zeigefinger zu bedenken. »Viel schwieriger ist es, den Kochtopf von Rhygenydd dem Priester von jedem anderen beliebigen Kochtopf zu unterscheiden.« Er verzog das Gesicht. »Und wie viele Wetzsteine muss man wohl durchprobieren, glaubt ihr, bis man Tudwals gefunden hat?« Er machte eine wegwerfende Geste. »Das Ganze würde drei Menschenleben erfordern.« Er reckte Arthur einen knochigen Finger entgegen. »Einer der dreizehn Schätze aber ist gar nicht allzu weit weg.« Er steckte einen Daumen in den Mund und kaute auf dem Nagel herum. »Na ja, immerhin ist er nicht jenseits des Walls, anders als Excalibur.«

»Von der Reise tut mir immer noch der Arsch weh«, warf Gawain ein, aber Arthur schien nicht in der Stimmung zu sein, in Erinnerungen zu schwelgen.

»Der Kessel von Annwn befindet sich auf der Insel der Toten«, sagte Merlin.

»Dann könnte er ebenso gut über Arawns Herdfeuer blubbern«, sagte Gediens und sah Parcefal vielsagend an.

»Was ist mit dem Kessel?«, fragte Arthur.

Merlin nickte. »Der Kessel ist einer der mächtigsten der alten Schätze. Er kann das Leben selbst wiederherstellen.«

Mehr musste er wohl kaum sagen. Wir alle schauten einander im Zwielicht an. Ein Kessel, der sogar Tote wiedererwecken konnte, musste doch sicher die Kraft haben, jemanden zu heilen, der nicht einmal tot, sondern nur krank war?

»Wer gebietet über den Kessel? Die Toten?«, fragte Gawain. Sein spöttischer Unterton war nicht zu überhören, trotzdem hatte er längst angebissen, und Merlin wusste es genau.

»Noch schlimmer«, gab der Druide zu.

Arthur und Gawain wechselten einen Blick, aus dem alte Kämpfe und schlechte Überlebenschancen sprachen. Und doch saßen sie beide jetzt hier. Noch immer am Leben. Noch immer Freunde.

»Sollten wir diesen Kessel in die Finger kriegen und zurückbringen, könnt Ihr ihn benutzen, um die Herrin zurückzubringen?«, fragte Gawain.

Ehe Merlin antworten konnte, sagte Arthur: »Ich dachte, du hast gesagt, deine Kraft sei erloschen.« Seine grauen Augen suchten die des Druiden. »Die Götter hätten dich verlassen.«

Merlin schürzte nachdenklich die Lippen. »Und doch haben sie mich vielleicht nicht gänzlich alleingelassen«, sagte er, »denn, wie gesagt, ich habe von dem Kessel geträumt, und wo kommen unsere Träume her, wenn nicht von den Göttern?« Er sah Gawain an. »Ich werde tun, was ich kann.« Er hob die Hand. »Wenn ich den Kessel habe.«

Seit Oswin uns gerufen und ich die Veränderung im Gesicht

des Druiden gesehen hatte, war ein Knoten in meinem Bauch gewesen. Jetzt hämmerte mein Herz wie wild.

»Gut, dann reiten wir zur Insel der Toten und finden ihn«, sagte ich zu Gawain.

»Und du glaubst, wer immer den Kessel hat, wird ihn uns einfach so geben?«, gab Parcefal zurück. Zweifellos knirschten seine alten Knochen schon vor lauter Protest beim Gedanken an eine neuerliche Reise, nach all den Jahren, die er mit der Suche nach Merlin zugebracht hatte.

»Sie werden ihn uns geben, oder wir nehmen ihn uns«, sagte ich, als wäre die Sache damit erledigt.

»Es ist fast, als wäre er wieder bei uns«, sagte Arthur zu mir, und ich wusste, dass er von meinem Vater sprach.

»Tatsache, Arthur«, sagte Gawain, und es lag ein Grinsen auf seinem Gesicht, das ich noch nicht gesehen hatte, das ihm aber passte wie ein alter Lieblingsumhang, verloren gegangen und nach langer Zeit wiedergefunden.

»Gut, das könnt ihr schön ohne mich machen«, verkündete Parcefal, »denn ich werde auf keinen Fall die Insel der Toten betreten.«

Ich grinste Iselle an, Iselle grinste mich an, und Parcefal verdrehte die Augen und murmelte etwas Unflätiges.

16

Der Fischerkönig

Zunächst wollten wir nach Ynys Môn reisen, einer Insel unmittelbar vor der Nordwestküste von Gwynedd. Von dort aus sollte es per Segelschiff weniger als eine Tagesreise gen Norden zur Insel der Toten sein, die mitten in der Irischen See lag. Es gab auch noch einen weiteren Grund, nach Ynys Môn zu reisen, abgesehen von der günstigen Lage als Starthafen. Denn wir würden Krieger brauchen, um den Kessel von Annwn wiederzugewinnen. Fürst Konstantin konnte keine entbehren, auch hatten wir keine Zeit, in Dumnonias Tälern und Siedlungen nach Freiwilligen zu suchen. Der Fürst von Ynys Môn aber, den die Menschen den Fischerkönig nannten, war reich an Silber, Speeren und Pferden, erzählte man sich, und Merlin glaubte, er würde sich überzeugen lassen, uns zu unterstützen.

»Ich freue mich darauf, den alten Pelles wiederzusehen«, hatte Merlin gesagt.

»Das wird keine Reise für Euch, alter Mann«, hatte Gawain entgegnet.

Merlin hatte nur trocken gebellt. »Erinnerst du dich nicht mehr an die letzte Suche, zu der wir gemeinsam ausgezogen sind, Gawain? Und daran, wie du und Lancelot und die anderen da unten am See gekniet und darauf gewartet habt, dass ihr an der Reihe seid, von zwei bemalten Pikten und einer nackten Priesterin ertränkt zu werden?«

Gawain verzog die Lippen in seinem dichten Bart. »Wie gesagt, von der Reise tut mir immer noch der Arsch weh. Ich wünschte, ich könnte es vergessen.«

»Dann erinnerst du dich vielleicht auch daran, dass ich euch das Leben gerettet habe«, sagte Merlin und wandte sich an mich. »Übrigens auch deinem Vater.«

»Da wart Ihr noch deutlich jünger«, knurrte Gawain. »Und noch flink genug, Vögel zu fangen, um sie in Euren Ärmeln zu verstecken.«

Merlin grinste säuerlich. »Noch bin ich nicht tot. Ihr werdet König Pelles brauchen, also braucht ihr mich.«

»Soll er doch mitkommen«, sagte Parcefal, »sonst schleppen wir am Ende den falschen Topf den ganzen Weg zurück.«

Also war Merlin mit uns aufgebrochen, und tatsächlich hatte der Druide von dem Augenblick an, da wir Arthur und Guinevere unter dem alten Apfelbaum zurückließen, plötzlich zehn Jahre jünger gewirkt. Sein Rücken war gerader, sodass er größer wirkte. Er hatte sich den langen Bart und die Schnurrbartenden gewachst, die nun als eisengraue Klingen sein knochiges Gesicht akzentuierten. Er hatte sogar den spärlichen Rest seines Haupthaars gekämmt und eingeölt, es im Nacken mit einem Lederriemen gebunden und zu Iselles Freude zwei Rabenfedern hineingesteckt. Auch trug er nicht mehr seine alte Robe, die fadenscheinig und ausgefranst gewesen war. Über Hose und Tunika, die Oswin gewaschen hatte, trug er nun einen grünen Mantel mit einer Borte aus Wolfsfell. Der Mantel war ein Geschenk von Arthur, der verkündet hatte, Merlin könne nicht wie ein Bettler oder ein christlicher Wanderpriester herumlaufen, wenn die Menschen ihm Respekt zollen und Unterstützung gewähren sollten. Mir schien der Mantel aber vor allem ein Zeichen zu sein, dass Arthur Merlins Bereitschaft, sich einmal mehr für ihn auf eine Reise zu begeben, als Beweis neu entfachter Freundschaft mit dem Druiden betrachtete und sich entsprechend revanchieren wollte. Auf jeden Fall stand ihm der Mantel sehr gut, und zusammen mit seinem neuen Eschenstab, den Iselle gefertigt und in den Merlin rätselhafte Zeichen geritzt und dazu geheime Worte gemurmelt hatte, sah er nun wirklich wie der Druide aus, den wir uns vorgestellt hatten.

»Der Kessel von Annwn ist vor langer Zeit von den Druiden geschmiedet worden, weit vor der Ankunft der Römer auf den Dunklen Inseln«, erzählte er uns, als wir nordwärts ritten, immer am Hafren entlang, der den Torfmooren hoch in den Bergen von Cambria entsprang und manchmal so voll und wild anschwoll, dass er alle Rundhäuser fortspülte, welche die Menschen zu dicht an seinen Ufern erbaut hatten. »Meine Vorfahren haben den Kessel auf Ynys Môn aufbewahrt, in ihrer Hochburg dort.«

Iselle hatte genickt, mit einem begeisterten Funkeln in den Augen, wie es sich immer einstellte, wenn Merlin von den alten Zeiten und den Druiden und ihren geheimnisvollen Riten erzählte. Sie bemerkte, wie ich sie ansah, und wandte den Kopf ab. Ein Lächeln umspielte ihre Lippen, und mir stieg die Hitze in die Wangen. Auch ich hatte dem Druiden mit halbem Ohr zugehört, eigentlich aber an die Nacht gedacht, die ich mit Iselle in Arthurs Scheune verbracht hatte, und ich war mir sicher, sie wusste es.

»Natürlich«, fuhr Merlin fort, »konnten selbst jene, die die Zukunft in ihren Träumen gesehen haben, sie nicht verhindern, und so kam der römische General Suetonius Paulinus mit seinen

Legionen, um die Flamme des Wissens in Britannien zu ersticken.« Bei diesen Worten wurde seine Miene so betrübt, dass man glauben mochte, er hätte das Massaker selbst miterlebt oder gar ein Schwert geschwungen, um seine Brüder zu verteidigen. Aber es war wirklich eine Katastrophe gewesen und die Zeiten so finster wie jene, in denen wir uns jetzt befanden. Wie es mir beigebracht worden war, hatten sich die Druiden zu einem letzten verzweifelten Rückzugsgefecht vor ihren heiligen Hainen versammelt, aber die Römer hatten am Ende gesiegt – wie so oft – und ein vollkommenes Blutbad angerichtet. Nicht ein einziger Druide hatte den nächsten Sonnenaufgang über Ynys Môn miterlebt.

Was nicht ganz stimmte, wenn man Merlin Glauben schenkte.

»Drei Druiden sind dem Gemetzel entkommen«, erzählte er uns, wiegte sich im Sattel und hielt ein Blatt in die Höhe, sodass die untergehende Sonne hindurchschien. »Per Schiff haben sie den Kessel auf die Insel gebracht, wo er bis zum heutigen Tag geblieben ist.« Er hob die Hand, das Blatt flatterte davon, und da sah ich, dass es ein Schmetterling war, der erste, den ich seit dem vergangenen Sommer erblickte. Iselle schaute ihm hinterher, bis er verschwunden war. »Natürlich sind wir nicht die Ersten, die Annwns Kessel suchen«, sagte Merlin und griff lässig nach den Zügeln.

»Man nennt sie nicht umsonst die Insel der Toten«, sagte Gawain in seiner schroffen, unverblümten Art.

Im hohen Gras krächzten Wiesenrallen. Eine sanfte Brise erschütterte ein Wäldchen aus Haseln und Erlen, über und über mit Knospen behangen, und eine Wolke gelben Blütenstaubes verteilte sich zwischen dem Bärenklau und den hohen Halmen, die das brackige Ufer säumten.

»Aber vielleicht will der Kessel von uns gefunden werden«, sagte Iselle. Die Augen des Druiden weiteten sich überrascht.

»Vielleicht.« Er nickte bedächtig.

Und wir alle hofften, Iselle möge recht behalten. Wir ritten weiter in Richtung Powys, die Küste von Caer Gloui entlang. Drosselrohrsänger schnappten sich fliegende Insekten aus der Luft über dem Flussufer. Hier und da sangen Nachtigallen in den umliegenden Dickichten eine vielstimmige Ballade zu Ehren der kommenden Nacht.

Da wir wie Kriegsherren ausstaffiert waren, konnten Gawain, Parcefal, Gediens und ich nicht damit rechnen, unbemerkt zu reisen. Unsere Rüstungen und Helme schimmerten, und die Sonne, die an diesen helleren Tagen immer höher stieg, kündigte uns schon von fern an wie Krieger aus alten Lagerfeuergeschichten. Wir hatten unsere Helmbüsche gekämmt und gewaschen, sodass sie wie Blut flossen oder, im Fall des Helmes meines Vaters, wie frischer Schnee, der von einem hohen Ast fällt. Selbst unsere Speerspitzen glommen wie Sterne, die weit ins Morgengrauen überdauern, und sie waren ein weiterer Grund dafür, dass wir kaum andere Menschen sahen, denn sie mussten uns bemerken, lange bevor wir sie sehen konnten. Mehrfach aber sahen wir die Rücken von Männern oder Frauen, die davonliefen, um sich zu verbergen oder ihre Herren vor uns zu warnen, und immer wieder wiesen Iselle oder ich – denn wir hatten die schärfsten Augen – unsere Gefährten auf Kinder hin, die hinter uns von Baumstamm zu Ginsterbusch huschten.

Wann immer wir uns einem Runddorf näherten, was sich

manchmal nicht vermeiden ließ, richteten sich die Menschen in den Feldern vor den Wällen, wo sie säten, jäteten oder pflügten, auf und starrten uns an, und ein oder zwei riefen uns zu, um zu erfahren, wer wir seien, denn aus der Nähe waren wir offensichtlich weder Halsabschneider noch Plünderer, und so fürchteten sie nicht, wir könnten ihnen ein Leid antun. Wir riefen zurück, dass wir Fürst Merlin nach Ynys Môn geleiteten, und ich zumindest freute mich immer wieder darüber, wie ihnen die Augen aus den Höhlen traten, als sie begriffen, wer der Graubart im grünen Mantel in unserer Mitte war. Schließlich war es die Wahrheit, und Merlin als Druide genoss hohes Ansehen in allen Ländern und bei allen Stämmen Britanniens – nur nicht bei Herrin Morgana und ihren sächsischen Verbündeten. So weit nordwestlich von unseren Feinden wähnten wir uns allerdings in Sicherheit.

Eines Abends wurden wir von einem Häuptling namens Cyledyr in sein Dorf eingeladen, um bei Bier und Herdfeuer die Neuigkeiten zu teilen, die wir von unseren Reisen mitbrachten. Cyledyr behauptete, Merlin habe ihn als Kind einmal von schrecklichen Zahnschmerzen geheilt. Merlin war umsichtig genug vorzugeben, sich an diese Begebenheit und an den Knaben zu erinnern, und so reckte Cyledyr unter den Blicken seiner Freunde stolz das Kinn und ließ unsere Becher wieder und wieder befüllen, bis wir alle auf den Bänken am Feuer einschliefen und erst beim zweiten Hahnenschrei mit dröhnenden Kopfschmerzen erwachten.

Ein andermal wurden wir auf dem Weg von Speerträgern abgefangen, die auf stämmigen zerzausten Ponys saßen und verkündeten, sie dienten König Gwion, und wir müssten ihrem König unbedingt unsere Aufwartung machen und ihn darum bitten, durch sein Land reisen zu dürfen. Es waren zottelige, vernarbte, streitlustige Männer, allesamt in abgenutzte Lederrüstungen und Tierfelle gehüllt, und ich hatte den Eindruck, dass sie hofften, wir würden ihre Forderung ablehnen. Sie schienen sich danach zu sehnen, uns zu beweisen, dass feine schimmernde Rüstungen allein noch keine großen Krieger machten. Trotzdem war ich mir sicher, sie hätten sich bei erster Gelegenheit unserer Schuppenrüstungen bemächtigt, ob nun durch Kampf oder Diebstahl. Es war nicht einmal Mittag, als uns diese zwölf Männer den Weg versperrten, und es gefiel uns überhaupt nicht, ihnen zu folgen und so einen ganzen Tag zu verlieren. Parcefal knurrte, wir sollten einen oder zwei von ihnen erschlagen, dann würden sich die anderen wie Spreu im Wind verteilen, aber in ihren Augen war etwas anderes zu lesen. Auch Gawain schien es zu sehen, und so folgten wir ihnen zu ihrer Siedlung, deren tiefer Graben, hoher Wall und mächtige Palisade, in der viele geschwärzte und versengte Stämme steckten, uns bestätigten, dass dies ein kriegerisches Volk war und wir gut daran getan hatten, die Einladung anzunehmen.

König Gwion war ein Bär von einem Mann und hatte gewaltige Freude daran, uns nicht weniger als fünfzig Köpfe zu zeigen, die seine Krieger in den jüngsten Kämpfen gewonnen hatten, obwohl die Saison für Feldzüge gerade erst angebrochen war.

»Fürst Arthur würde Euch reich belohnen, solltet Ihr Eure Speerträger ostwärts gegen die Sachsen führen«, sagte Gawain zum König über sein Trinkhorn hinweg, denn Männer wie diese, die gut reiten konnten und voller Stolz die Köpfe ihrer Feinde sammelten, würden uns im kommenden Sommer überaus hilfreich sein. Aber König Gwion lachte nur, als er Gawains

Vorschlag hörte, wie ein Mann, der beweisen will, dass er sich nicht zum Narren halten lässt.

»Jeder weiß, dass Arthur längst tot ist«, sagte er grinsend, »und für uns sind die Sachsen weit weg. Sie sind nicht mein Problem, Gawain von Lyonesse.« Er reckte einen Arm in die Luft, der mit dicken, vernarbten Muskeln bepackt war. »Ich habe genug eigene Feinde zu töten und brauche nicht noch mehr.« Er hob das Trinkhorn und prostete seinen Kriegern zu, die dicht am Herdfeuer saßen, obwohl es nicht kalt war, aber nach dem langen Winter verklangen solche Gewohnheiten nur langsam. »Wenn einmal alle Geister in Powys kopflos sind«, sagte er und drehte sich zu Merlin, »und Ihr Fürst Arthur aus Annwn zurückbringt, Druide, dann werde ich kommen und mit euch gemeinsam Sachsen töten.«

Es hätte wenig gebracht, über Arthurs Existenz zu diskutieren, also gab Gawain nach, und wir alle erhoben unsere Hörner und dankten ihm für seine Gastfreundschaft. Und am Morgen schenkte König Gwion Gawain einen Schädel, von dem er behauptete, er selbst habe ihn einem Riesen namens Berth abgeschlagen, der Gwions Volk überfallen hatte, um Rinder zu rauben. Wir alle stimmten zu, dass dieser Schädel gut anderthalbmal so groß war wie ein gewöhnlicher und dieser Berth in der Tat ein gewaltiger Kerl gewesen sein müsse. Gawain dankte König Gwion für dieses Geschenk und nahm sich die Zeit, ein großes Loch zu graben, um ihn loszuwerden, sobald wir uns außer Sichtweite von Gwions Kriegern befanden, die uns auf ihren kleinen stämmigen Ponys noch eine Weile gefolgt waren.

In der folgenden Nacht sahen wir den Widerschein der Feuer zu Beltane unter dem schwarzen Himmel und wussten, dass in diesem Moment in Camelot die Herrin Morgana mit heiligen

Riten – ob nun sächsischer oder britannischer Tradition – unseren verhassten Feind ehelichte. Und doch sprachen wir kaum darüber.

Immer weiter nach Norden ritten wir, vorbei an verlassenen, windgepeitschten Hügelfestungen, über Weiden voller Schafe und Löwenzahn und Butterblumen, durch Flusstäler, in denen nur Hasen und Falken herrschten. Einmal sagte Iselle, sie habe hinter uns auf einer bewaldeten Hügelkuppe Stahl aufblitzen sehen, und wir fragten uns, ob König Gwions Männer uns noch immer folgten, vielleicht um sicherzugehen, dass wir ihr Land auch wirklich verließen. Weitere Zeichen sahen wir jedoch nicht, und als wir das zerklüftete, von eiligen Wolken beschattete Königreich Gwynedd erreichten, empfing König Cadwallon uns mit einem Festmahl aus Hammel, Schwein und dunklem Honigwein, der nach Rauch und Heide schmeckte. Cadwallon, den seine Männer Langhand nannten, war so römisch wie Fürst Konstantin, und die grimmige kleine Festung, die ihm als Sitz diente, sollte seine Herrschaft eindeutig mit der alten Ordnung des römischen Imperiums verknüpfen und die Gedanken von Stabilität und Kampfkraft am Leben halten – wie sich ein Kind, das in eine riesige finstere Höhle hineinschreit, von der Stimme trösten lässt, die als Echo zurückgeworfen wird.

Er war ein gedrungener, glatt rasierter Mann mit klugen Augen unter strohigem Haar im gleichen Kupferton wie Iselles. Cadwallons Schläue mäßigte die kriegerische Natur, mit der sein Volk geboren wurde, und Gawain und Merlin trauten ihm sogar genug, um ihm von unserer Suche nach dem Kessel von Annwn zu erzählen.

Er und seine Leute waren Christen, also brauchten wir nicht zu befürchten, sie könnten den Kessel für sich beanspruchen. Außerdem sagte er, wir seien verrückt, freiwillig zur Insel der Toten fahren zu wollen. Er erzählte von anderen Expeditionen, die auf der Suche nach dem Kessel gewesen waren, nicht zu seinen Lebzeiten, sondern während der Herrschaft seines Vaters und Großvaters. Keiner dieser Männer war je zurückgekehrt. Trotzdem hatte König Cadwallon genug Respekt vor Merlin, den er noch von früher kannte, und vor Fürst Arthur, dessen Bären er auf unseren Schilden erkannt hatte, dass er sagte, er wolle für den Erfolg unserer Reise und für Guineveres Genesung beten.

»Fürst Arthur und ich sind Waffenbrüder«, sagte er an jenem Abend, als wir zu Tisch saßen, nachdem Merlin seine Halle mit den Geschichten über die dreizehn Schätze unterhalten hatte. »Wir haben beide unser Leben ganz in den Dienst der Verteidigung unserer Völker gegen räuberische Teufel gestellt. Er gegen die Sachsen, ich gegen die Iren.« Er lenkte seinen Blick auf seinen Thron, um auch unsere Blicke auf den roten Umhang eines römischen Offiziers zu ziehen, der über den großen Stuhl drapiert war. Er hatte seinem Großvater gehört. Er war zu alt und zu ehrwürdig, um noch getragen zu werden, aber zu prächtig römisch, um hinter einer Tür oder in einer dunklen Kiste verborgen zu werden, wo niemand ihn sehen konnte. »Wir haben beide gebrannt für unsere Sache«, sagte Cadwallon, »wie Fackeln in der Nacht die Finsternis zurückdrängen.«

»Arthur wird einmal mehr hell erstrahlen, Herr König«, versicherte ihm Gawain.

Der König nickte, die Lippen zu einer schmalen Linie verzogen. Ich hielt es für unwahrscheinlich, dass er Gawain wirklich glaubte, Arthur würde sich noch einmal erheben, um die Könige Britanniens anzuführen, aber ich glaube, er wünschte es sich. Denn er hatte König Pelles geholfen, Ynys Môn von Iren zu säubern, die eine ständige Bedrohung gewesen waren, seit die Legionen ihre Festungen entlang der Irischen See geräumt hatten. Vielleicht hatte Cadwallon sich so seinen Spitznamen verdient, Langhand, denn seine Macht erstreckte sich vom Meeresstrand bis zu den Horsten der Adler, von den Bergen bis in die Sümpfe, obwohl ich auch gehört hatte, er könne einen Stein vom Boden aufheben und damit einen Raben töten, ohne sich zu bücken. Nicht dass seine Arme auf mich sonderlich lang wirkten, aber so oder so war König Cadwallon überzeugt von seinem Platz in der Welt und von der Aufgabe, die Gott ihm gegeben hatte, und er hielt Barden in seinen Diensten, die Lieder verfassen sollten, damit auch alle anderen es wüssten.

In jener Nacht blieben wir nüchtern, denn der König selbst war ein abstinenter Mann, und außerdem sprachen wir über Arthur und Guinevere, und es hätte sich falsch angefühlt, uns dabei um den Verstand zu trinken. Und am nächsten Morgen, der nass und grau und neblig anbrach, überquerten wir die seichte Meerenge nach Ynys Môn.

Tränen standen in Gawains Augen, als König Cadwallons Boot uns über das ruhige Wasser brachte. Auch Parcefal und Gediens standen stumm im Bug, angespannt vor Gefühlen und verloren in Erinnerungen. König Cadwallon hatte Botschaft an König Pelles gesandt, um ihn von unserer Ankunft zu unterrichten, und so wurden wir in den Dünen von zwanzig mit Speeren gerüsteten Kriegern erwartet, deren bronzene Schuppenrüstungen schimmerten wie pures Gold. Ihre großen Pferde standen bis zu den Sprunggelenken im vom Wind zerzausten Gras. Ihre Helme glommen schwach im Nebel, die roten Helmbüsche wie Blutstropfen im grauen Morgenlicht.

»Arthurs Gefährten«, raunte ich, und obwohl ich die Männer unter den mit Silber verzierten Helmen nicht kannte, rührte auch mich ihr Anblick fast zu Tränen. Die letzten von Arthurs legendären Reitern. Nichts anderes konnten sie sein. Männer, die sich in einer anderen Zeit einen unvergleichlichen Ruf geschmiedet hatten, die vor vielen Jahren die Herzen der Sachsen mit Schrecken erfüllt hatten, dann aber aus der Welt verblasst waren. Als ich sie nun sah, war mir, als blickte ich über das Wasser hinweg in die Vergangenheit, und ein dumpfer Schmerz lag auf meiner Seele.

»Da ist Cai.« Mit zusammengekniffenen Augen spähte Gawain durch den Nebel, der südwärts durch die Meerenge rollte. Als wollten die tief hängenden Wolken auf die Erde herabsteigen.

»Er ist es«, bestätigte Parcefal mit einem Nicken. »Er hat sich schon immer so im Sattel zurückgelehnt.«

Ich hatte von Cai ap Cynyr gehört. Er war schon einer von Arthurs Offizieren gewesen, als dieser noch für König Syagrius in Gallien gekämpft hatte. Zwei Jahre nach Arthurs letzter Schlacht, als die meisten Menschen in Britannien glaubten, Arthur sei auf die eine oder andere Weise aus der Welt verschwunden, hatte Fürst Cai die letzten der Reiter auf der Suche nach einem neuen Herrn nach Westen geführt. Sie waren zu wenige gewesen, um den Kampf gegen die Sachsen allein fortzusetzen, und statt sich in sinnlosen Scharmützeln im Dienste schlechterer Anführer als Arthur aufzureiben, hatte Cai die Einheit der

Gruppe erhalten wollen, wie man eine Kerzenflamme mit der Hand abschirmt, wenn man einen dunklen Raum durchquert. Und auf Ynys Môn, fernab vom Mahlstrom des Chaos, in dem Britannien ohne Arthur versank, hatten diese Kataphrakten, wie sie in der Abenddämmerung des Imperiums genannt worden waren, diese Ritter aus einer anderen Zeit, in Pelles einen würdigen König gefunden.

Wir gingen an Land. Eine Weile standen wir dort auf dem Sand und sahen die grimmigen, goldschimmernden Männer an, die uns aus dem Schatten ihrer Helme heraus anstarrten, während ihre Pferde, deren Atem wie dicke Wolken in der feuchtkalten Luft hing, schnaubten und wieherten und unseren unbekannten Geruch aufnahmen. Manche Blicke ruhten auf mir, das blieb mir nicht verborgen, und ich wusste, diese Männer mussten meinen Vater gekannt und an seiner Seite gekämpft haben. Der eine oder andere mochte sogar gegen ihn gekämpft haben, nachdem er und Fürst Arthur zu Feinden geworden waren. Sie mussten seine prächtige Rüstung ebenso gut kennen wie Arthurs eigene, und ich spürte das Gewicht des Schuppenpanzers, des Schildes auf meinem Rücken und des Helmes auf meinem Kopf, wie ich es seit den ersten Übungsstunden nicht mehr erlebt hatte.

Als wir an Land gekommen waren, war Merlin auf die Knie gesunken, hatte den Boden geküsst und etwas Huflattich gepflückt, den wir auch auf Ynys Wydryn oft gesammelt hatten, denn nicht nur linderte er verlässlich jeden Husten, sondern mit einem Sud aus seinen Blättern auch Schnittverletzungen und Brandwunden.

»Ich bin zu Hause, Brüder«, murmelte Merlin, als spräche er mit den gelben Blumen in seiner Hand, wollte aber natürlich seinen Vorfahren die Ehre erweisen, die hier für tausend Jahre die heiligen Haine gehütet hatten und wohl noch immer da gewesen wären, hätten nicht Schlachtreihen aus Männern in roten Mänteln und genagelten Schuhen Feuer und Gemetzel nach Ynys Môn getragen. Schließlich griff der Letzte der Druiden nach seinem Stab und stand auf. Noch immer hielt er die gelben Sterne in der linken Hand. »Sollen wir dieses Spielchen noch lange fortsetzen?«, fragte er und sah erst Gawain an, dann Fürst Cai, dann wieder Gawain. Die Mienen beider Männer waren kälter als das Wasser hinter uns, das Pelles' Männer nun mit ihren Rudern aufwühlten, als sie das Boot zurück in den rollenden Nebel steuerten, um die Meerenge zu überqueren und unsere Pferde zu holen.

Iselle sah mich mit gerunzelter Stirn an und wollte offenbar fragen, ob ich verstünde, was hier vor sich ging, aber genau in dem Moment bröckelte Gawains Fassade, sein Mund verzog sich zu einem breiten Grinsen, und er schritt voran, konnte das Schauspiel nicht länger aufrechterhalten.

»Brüder!«, rief er den Reitern zu, die nun alle ebenfalls grinsten und absaßen, sodass sie endlich wie Männer aus Fleisch und Blut wirkten, nicht mehr wie düstere Geister aus der Vergangenheit.

Bronzeschuppen rasselten, Leder knirschte, und Stimmen dröhnten, als sich Arthurs einstige Kampfgefährten begrüßten, sich umarmten und auf die Schultern klopften und einander bei den Unterarmen griffen. Die alten Grußworte und Erwiderungen ließen die Jahre von ihnen abfallen, und schnell gab es nur noch die lässige Respektlosigkeit jener, die gemeinsam Blut vergossen hatten und einander so gut kannten, wie lange sie einander auch nicht mehr gesehen haben mochten.

»Und das muss Galahad sein«, sagte Fürst Cai mit einer Stimme wie ein scharfer Spaten in steinigem Erdreich, spannte die breiten Schultern an und betrachtete mich, von meinen Stiefeln und den Sperberschienen bis zu meinem Gesicht unter dem weiß gekrönten Helm. Zwischen den langen grauen Enden seines Schnurrbartes spannte er den Kiefer an, und ich fürchtete, mein Anblick könnte ihm missfallen.

»Wenn du nur halb so mutig bist wie Lancelot, werden wir nichts an dir auszusetzen haben«, sagte er, und in dem Moment begriff ich, dass er gar nicht mich sah, sondern das Blutbad der großen Schlacht, welches den Schatten auf sein Gesicht geworfen hatte.

»Es ehrt mich, Euch kennenzulernen, Herr«, sagte ich. Er schüttelte die Hand, die ich ihm reichte, und Gawain packte meine Schulter.

»Galahad ist so flink, wie Lancelot es war«, sagte er, »und mir scheint, er hat auch etwas von seinem … Talent geerbt.«

Cai sah mich mit großen Augen an, die hell in seinem sonnengebräunten Gesicht leuchteten. »Die Brüder vom Dornbusch hatten nichts dagegen, dass Gawain dich mitnimmt?« Er schien sowohl Gawain als auch mich zu adressieren. »Nachdem sie dich so viele Jahre untergebracht und beköstigt haben?«

»Die Brüder sind nicht mehr«, antwortete ich, und der Schmerz war dumpf geworden, sodass ich mich fragte, ob er nicht bald zu einer bloßen Erinnerung von Schmerz werden würde, statt noch Schmerz selbst zu sein, wie es auch war, wenn ich an meine Mutter dachte.

»Sachsen«, sagte Gawain. Erklärung genug. »Wir haben Galahad gerade noch rechtzeitig rausgeholt.« Die Reiter ringsum murmelten und fluchten. Die Vorstellung, dass ihre alten

Feinde ungehindert den Südosten verheerten, verletzte ihren Stolz, und vielleicht trug sich der eine oder andere noch immer mit Scham, dem Krieg den Rücken gekehrt zu haben und fortgeritten zu sein. Der Verlust solcher Männer musste den Untergang von Arthurs Britannien deutlich beschleunigt haben. Und doch … Was können Männer und Pferde tun, um die Sonne am Untergehen zu hindern?

»Das tut mir leid«, sagte Cai. Zu mir, nicht zu Gawain.

»Fürst Arthur wird wiederkommen«, sagte ich, da ich nicht wusste, was ich sonst erwidern sollte.

Cai musterte Gawain mit seinen grauen Augen. »Das wäre ein Tag, an dem im ganzen Land Freudenfeuer brennen«, sagte er, »und jeder junge Mann seines Vaters Waffen zur Hand nimmt, um zu kämpfen.« Er nickte mir zu und wandte sich dann an Iselle, die Gawain ebenfalls vorstellte. Er pries die Hingabe, mit der sie Sachsen tötete, und ihr Können, das meines bei Weitem überstieg, schließlich hatte ich ja noch niemanden getötet, vor allem keine Sachsen. Cai neigte respektvoll das Haupt, und auch seine Männer scharten sich um Iselle, baten darum, das Sachsenschwert zu sehen, das sie aus der Scheide zog und dem nächsten Krieger reichte, einem hochgewachsenen, blonden Mann, der vor vielen Jahren ein Auge verloren hatte. Er brummte bewundernd und pries hörbar widerstrebend die Künste der sächsischen Waffenschmiede und die hohe Qualität ihres Stahls.

Tu ihnen den Gefallen, sagte ich Iselle mit einem Blick, und das tat sie, zog also auch das lange Sachsenmesser aus ihrem Gürtel und reichte es mit dem Griff voran einem weiteren der Krieger, und ich kam nicht umhin, mich zu fragen, was diese Männer wohl sagen würden, wüssten sie, dass diese junge Frau mit dem energischen Blick die Tochter von Fürst Arthur und Herrin Guinevere war.

»Noch nicht, Galahad.« Merlin stand so dicht neben mir, dass ich Bienenwachs und Talg riechen konnte, die er sich in Bart und Schnurrbart gerieben hatte, um sie zu steifen Klingen zu formen. »Jetzt ist der falsche Zeitpunkt.« Seine Worte raubten mir den Atem. Lagen meine Gedanken wirklich so deutlich über mein Gesicht verteilt, dass er sie lesen konnte wie die Sedimente am Boden eines Weinbechers, aus denen Barden Weissagungen herauslesen, um die Menge zu unterhalten? Ich schaute mich vorsichtig um, aber Iselle sprach noch immer mit Cai, der sich gerade nach Guinevere erkundigte.

»Warum nicht?«, raunte ich und nahm Merlin übel, dass er mich überhaupt in dieses Geheimnis eingeweiht hatte. »Sie hat verdient, es zu erfahren.« Nach dem, was sie in jener Nacht in Arthurs Scheune mit mir geteilt hatte, wie konnte ich da dieses Wissen nicht mit ihr teilen?

»Sobald der richtige Moment gekommen ist, wird sie es erfahren.« Seine Worte klangen für mich nicht nach denen eines Mannes, der nicht mehr daran glaubt, dass die Götter unsere Geschicke lenken. »Außerdem, Galahad«, fügte er grinsend hinzu, »solltest du dich lieber um andere Dinge kümmern, zum Beispiel dafür zu sorgen, bei deinem Großvater den richtigen ersten Eindruck zu hinterlassen.«

Er betrachtete mich, rümpfte die Nase und trommelte mit den Fingern auf den knorrigen Kopf seines Eschenstabes. »Hatte ich das bis jetzt nicht erwähnt?«, fragte er und labte sich sichtlich an meiner Verwirrung.

»Was redet Ihr da?«, fragte ich.

Er schaute auf meine Hand herab, die sich um Eberzahns

Griff geschlossen hatte. »Wie schnell deine Gedanken in Blutdurst ertrinken«, sagte er. »Genau wie bei deinem Vater.«

Ich starrte ihn böse an. Er seufzte. »König Pelles ist dein Großvater mütterlicherseits«, sagte er und zuckte mit den Schultern. »Haben deine Eltern nie über den Fischerkönig geredet?«

Mein Geist watete durch Erinnerungen bis zurück in die Kindheit. Doch, vielleicht waberte da etwas, eine schemenhafte Erinnerung daran, wie meine Mutter sagte, wir würden meinen Großvater, den König, nicht wiedersehen. Es war aber nichts, was ich hätte ergreifen und in die Gegenwart zerren können. Kurz nach meinem siebten Sommer war sie gestorben, und ich konnte nicht ausschließen, dass mein Vater danach nie wieder ein Wort über meinen Großvater verloren hatte.

»Ich erinnere mich nicht«, sagte ich.

»Manche Erinnerungen sind so schwer wie der Mühlstein, der das Korn für unser täglich Brot mahlt«, sagte Merlin und deutete mit dem Stab auf Gediens und einen zweiten Krieger, die tief in einer geteilten Erinnerung versunken schienen. Der Druide hob eine Braue. »Andere Erinnerungen sind wie Tautropfen an einem Spinnennetz. Die leichteste Brise kann sie abwerfen.«

»Weiß König Pelles von mir?«, fragte ich und hasste es, dass Merlin mehr über meine Sippe und mein Leben wusste als ich selbst.

Der Druide nickte. »Er hat dich einmal gesehen. Als du noch ein kleiner Junge warst.« Er schaute hinauf zu einem Paar Uferschwalben, die über unsere Köpfe hinwegjagten. Ihre weißen Bäuche blitzten im Nebel auf. Er verzog das Gesicht. Vielleicht sah er ein schlechtes Zeichen in ihrem Flug, oder vielleicht konnte er auch nichts aus ihren Bewegungen lesen und wurde dadurch daran erinnert, dass die Götter ihn verlassen hatten. »Wollen wir hoffen, dass er sich an dich erinnert, Galahad«, sagte er.

Das Wiehern unserer Pferde vom Wasser her ließ uns wissen, dass König Cadwallons Männer sie in diesem Augenblick aufs Boot schafften.

»Im Namen von König Pelles ap Phellehan, Geißel der Iren, geliebt von den Göttern und seinem Volk, willkommen auf Ynys Môn«, rief Fürst Cai und holte so die offizielle Begrüßung nach, die das herzliche Wiedersehen bislang verhindert hatte. »Ich wünschte nur, Fürst Arthur wäre ebenfalls hier«, fuhr er fort und löste zustimmendes Murmeln bei seinen Männern aus, »dann könnte unsere Bruderschaft heute Abend vereint trinken, und die Geister unserer gefallenen Kameraden würden das Licht der Lampen mit uns teilen, als wäre es Samhain und wir hätten ihnen Wein bereitgestellt.«

Alle Männer verstummten einen Moment und nickten ernst, dann lächelten sie wieder. Unsere Pferde hatten das Ufer fast erreicht, also wandten wir uns zum Wasser, um dabei zu helfen, das Boot und seine kostbare Fracht sicher auf den Strand zu ziehen, während Fürst Cais Männer ihre prächtigen Schlachtrösser bestiegen und die Zügel ergriffen.

»Dann hat er dir also schon von deinem Großvater erzählt?«, fragte Gawain, als wir auf der Landseite der Planken standen, über die die Pferde auf den Strand gebracht werden sollten.

»Hat er«, sagte ich und ging davon aus, dass er die Veränderung meiner Miene bemerkt hatte. »Du hast es gewusst?«

»Habe ich«, gab er zu.

»Und wolltest es mir nicht verraten?«

Seine Brauen wölbten sich unter dem Rand des Helmes. »Ich

hatte es eigentlich vor, aber Merlin hat mich davon überzeugt, dass dieses Wissen dein Verhalten verändern würde, wenn du dem König zum ersten Mal gegenüberstehst, weil dann die ganze Vergangenheit hochgekocht wäre. Dass es besser wäre, der König würde dich so kennenlernen, wie du bist.« Er kaute einen Moment auf seinen nächsten Worten herum, ehe er sie aussprach. »König Pelles hat deinen Vater nicht gemocht.« Er musste es nicht weiter erklären. Ich konnte mir sehr gut denken, warum mein Großvater der König meinen Vater nicht gemocht hatte, da er wie ganz Britannien von der Liebe meines Vaters zu Guinevere gewusst haben musste. »Ich weiß nicht, warum der Druide plötzlich seine Meinung geändert hat«, knurrte er, »aber ich hätte es dir so oder so sagen sollen.«

Ich wusste jedoch, warum Merlin es mir erzählt hatte. Da er gesehen hatte, dass ich drauf und dran war, Iselle die Wahrheit über ihre Herkunft zu verraten, hatte er meine Gedanken in eine andere Richtung lenken wollen. Und sein Plan war aufgegangen, denn ich wollte Gawain nach meinem Großvater ausfragen und was für ein Mann er sei, erhielt aber keine Gelegenheit mehr, denn jetzt kamen die Pferde über die Planken geklappert, und wir mussten sie behutsam auf festen Boden führen.

Dann saßen auch wir auf und folgten Arthurs letzten Reitern über die grasbewachsenen Dünen und eine weite Wiese, wo sich das Schaumkraut üppig in der Brise wiegte, was auf die Anwesenheit von Nattern schließen ließ, also achteten wir darauf, wohin unsere Pferde traten. Wir ritten über denselben Grund, über den einst die Legionen marschiert waren, und passierten uralte Eichen, die es als kniehohe Schösslinge irgendwie fertiggebracht haben mussten, nicht von all den genagelten

Stiefeln zertreten oder von den beweglichen Schildmauern zerknickt zu werden, die sich unerbittlich wie die Flut über die Insel ergossen hatten. Wir ritten, um König Pelles zu treffen, den die Männer den Fischerkönig nannten – und der mein Großvater war.

Nie im Leben hatte ich so fürstlich gespeist wie in den Tagen, ehe wir uns zur Insel der Toten einschifften. Das Festmahl, das uns mein Großvater König Pelles auftischte, war der Lieder eines Barden würdig, der von jedem Gang mit einer Ehrerbietung berichtet, die gemeinhin für Helden des Altertums oder die Konstellationen am Nachthimmel reserviert ist. Wir aßen Gans und Ente, Sau am Spieß und Huhn, Eier, Aal, Kammmuscheln, Austern und Miesmuscheln, frisch gebackenes Brot und Käse, Lauch und Pastinaken und Rüben. Wir tranken Wein von der Farbe der Umhänge römischer Kaiser, der nach fernen Landen unter einer wärmeren Sonne schmeckte. Und Bier gab es, gebraut mit Tännelkraut, Schafgarbe und der Gundelrebe, die durch Gestrüpp und Eichenwälder kriecht. Wir tafelten in einer langen Halle, die von zwei runden Herdfeuern gewärmt wurde, an einem großen Tisch mit vielen Bänken, mit all den Männern, die einst mit Fürst Arthur geritten waren, nun aber einem anderen Herrn dienten, und es sagte einiges über König Pelles aus, dass er in der Lage war, in solch kurzer Zeit ein derartiges Bankett herzurichten.

Der Fischerkönig war bereits in den hohen Siebzigern, spindeldürr und zittrig. Er hatte einen prächtigen Haarschopf, weiß wie Schwanengefieder, und buschige Augenbrauen in der gleichen Farbe, die ihm den Blick eines Mannes verliehen, der neugierig und weise ist, wenn auch nicht ganz zurechnungsfähig. Auch sein kurzer Bart war weiß und sauber gestutzt und so weich wie die feinen Daunen am Bauch einer Gans. Seine wässrigen Augen waren vom blassen Veilchenblau der Glockenblumen, wie sie gern von gottesfürchtigen Liebenden getragen werden, über die Bruder Judoc jedoch gesagt hatte, man dürfe sie nicht pflücken, da sie des Teufels seien. Die Wangen des Königs waren von roten Äderchen durchzogen, fein wie Spinnenseide. Er war alt und gebrechlich, wirkte wie ein Mann, der über die ihm zugestandenen Jahre hinaus gelebt hat, und schien doch noch eine Menge Leben in sich zu tragen.

»Mein eigener Enkel«, sagte er und erkannte mich im selben Moment, in dem er diese erstaunlich blauen Augen auf mich richtete. Er streckte eine knochige Hand nach mir aus und zog die Linien meines Gesichtes nach, ohne mich wirklich zu berühren. »Deiner Mutter so ähnlich, es bricht mir mein altes Herz«, sagte er und machte sich nichts daraus, seinen Tränen freien Lauf zu lassen. »Und was für ein hübsches Paar ihr abgebt«, fügte er hinzu und betrachtete Iselle, die an meiner Seite stand.

Wir liefen beide rot an, und ich mied Gawains Blick, als ich erklärte, Iselle und ich seien bloß Freunde und nicht mehr. Aber der König lächelte nur, wie man es tut, wenn man Nachsicht mit einem Kind zeigt. Er lebte schon zu lange und hatte zu viel gesehen.

»Was war meine Mutter für ein Mensch, Herr König?«, fragte ich. Er hatte mir einen Platz an seiner Seite zugewiesen, und ich war froh, ihn nach meiner Mutter zu fragen, obwohl ihre Erwähnung etwas von dem alten Schmerz in meiner Brust erweckte, und ich hoffte, er würde sich nicht zu der drückenden

Qual auswachsen, die mich so lange beim Gedanken an sie begleitet hatte.

»Ach, meine Helaine.« König Pelles starrte geradeaus, blickte aber in sich hinein. »Sie war so hübsch. Und hatte ein wirklich sanftmütiges Wesen. Aber sie hat sich nicht zum Narren halten lassen.« Sein Blick wurde wieder scharf und kehrte zu mir zurück. »Nicht einmal von deinem Vater.« Er seufzte. »Aber sie hat ihn geliebt. Wir Menschen können als Fürst oder Herrin über tausend Männer gebieten, Galahad, aber nicht über unser Herz.« Gawain und Cai, Parcefal, Gediens und die anderen waren tief in Geschichten versunken, ertränkten sich in Wein und Vergangenheit. Merlin unterhielt sich mit dem Barden des Königs, einem wohlgenährten, rotbäckigen Mann, der jedes Wort des Druiden aufzusaugen schien wie eine Hauskatze, die Milch aus ihrer Schüssel schlappt.

»Ich sehe ihr Gesicht nicht mehr vor mir«, gab ich an den König gewandt zu, sagte es aber auch, damit Iselle mich besser kennenlernte.

»Dann musst du bloß in den Spiegel schauen, Galahad«, sagte König Pelles, »und du wirst ihre Augen und ihre hübschen Gesichtszüge erkennen. Ihre Lippen auch.«

Ich wusste nicht, wie das möglich sein sollte, wie ich meiner Mutter derart ähneln sollte, wo doch alle anderen meinen Vater in mir sahen. Aber vielleicht sehen wir manchmal, was unser Herz sehen will. Und es war ganz eindeutig, dass mein Großvater seine Tochter vermisste, wie ich meine Mutter vermisste.

»Wann immer ich Veilchen rieche, denke ich an sie«, sagte ich. »Sobald ihr Duft in der Luft liegt, bin ich wieder ein kleiner Junge.«

Da lächelte der König und richtete seine großen blauen Augen auf Iselle, als hätte er gewusst, dass sie etwas sagen wollte. Drei Herzschläge lang schien es, als wollte Iselle die wortlose Einladung ausschlagen. Dann sagte sie: »Sie wäre bei dir geblieben, hätte sie es nur gekonnt.«

Ich nickte. »Ich weiß. Anders als mein Vater. *Er* hatte die Wahl.«

Ich bereute die Worte, sowie ich sie ausgesprochen hatte. Sie klangen so launisch. Aber der Blick des Königs blieb frei von Tadel.

»Ich konnte Lancelot nicht leiden«, sagte er. »Und habe darüber meine Tochter verloren.« Er hob eine Hand, an der Ringe aus Silber und Gold im Feuerschein blitzten. »Aber andere haben ihn innig geliebt. Deine Mutter zum Beispiel. Und Guinevere.« Er deutete auf die grinsenden, ergrauten Krieger an seiner langen Tafel. »Diese Männer, die an seiner Seite gekämpft haben. Sogar Arthur hat ihn geliebt.« Er schüttelte den Kopf. »Nach allem, was passiert ist, hat Arthur ihn trotzdem geliebt.« Er hob seinen Becher an, der aus römischem Glas gefertigt war, gelb und wolkig wie die Augen eines Greises, und nippte an seinem Wein. Und an seinen Gedanken. »Ich bin ein alter Narr, Galahad.« Er stellte den Becher ab. »Aber ich weiß, dass ein Mann, der von manchen so geliebt und von anderen so gehasst wird, jemand sein muss, der seinem Herzen treu bleibt.« Als er lächelte, zog sich sein Gesicht in die alten Falten und Furchen zurück, wie es Sattelleder nach langem Gebrauch tut. »Außerdem war er dem Vernehmen nach ebenso arrogant wie talentiert. Ich würde mein Königreich darauf verwetten, dass dein Vater die Möglichkeit nicht einmal in Betracht gezogen hat, er könnte am Ende jenes entsetzlichen Tages nicht zu dir zurückkehren.«

Ich dachte lange über seine Worte nach und leerte meinen Becher, um meinen Gedanken Zeit zu geben, sich zu setzen. Ich konnte König Pelles nicht glauben. Als wir dort auf dem Hügel standen, hatten mein Vater und ich beide das Ausmaß des Gemetzels gesehen. Wir hatten die Schildwälle aufeinanderprallen sehen und ihren Donner gehört. Ich hatte den Tod in der Luft riechen können, genau wie Tormaigh, das Schlachtross meines Vaters. Und trotzdem hatte er die Hand nach seinem langen Speer ausgestreckt, den ich ihm reichte. Kein Mann, vor allem keiner mit der Erfahrung meines Vaters, hätte hoffen können, in diesen blutigen Mahlstrom zu reiten und wieder herauszukommen.

König Pelles beugte sich zu mir und legte auf dem Tisch seine Hand auf meine. Ich roch seinen säuerlichen alten Atem. »Ich bin von Herzen froh, dich wiederzusehen, mein Enkel«, sagte er und drückte meine Hand.

»Ich auch, Großvater«, sagte ich.

Da beugte er sich noch näher zu mir, damit Iselle ihn nicht mehr hören konnte. »Sie hat den stolzen Blick einer Königin«, sagte er mit einem schelmischen Funkeln in den Augen. Seine Brauen zogen sich wie zwei Verschwörer zusammen.

Ich erwiderte sein Lächeln und sah Iselle an, die sich in der Halle umschaute. Pelles' Barde spielte seine Lyra und sang mir zu Ehren die Ballade von König Ban und Königin Elaine.

»Den hat sie, Großvater«, sagte ich.

Den hatte sie wirklich.

Die Nacht des Festmahls in der Halle des Fischerkönigs war eine Vollmondnacht. Silbrig weißes Licht warf Schatten übers Land. Es erleuchtete Eichen und Eschen und Hasen, die im langen Gras herumtollten. Es ließ Eulen aufblitzen, die von hohen Ästen segelten, und brachte die Wölfe aus ihren Höhlen, die wir in Gwynedds hohen Wäldern heulen hörten. Es war eine Nacht voller Schreien und Quieken, von Fressen und Gefressenwerden, und obwohl niemand es erwähnte, dachten wir alle an König Cerdics Ultimatum.

Statt aber in Camelot zu sein und dem Sachsenkönig und seiner neuen Königin Morgana die Treue zu schwören, feierten wir auf Ynys Môn. Wir leerten Becher mit den Männern, die der Vergangenheit den Rücken gekehrt hatten, und bereiteten uns darauf vor, die Irische See zu überqueren auf der Suche nach einem Kessel, von dem es hieß, er würde niemals das Essen eines Feiglings erwärmen. Ein Kessel, der die Toten zu neuem Leben erwecken konnte. Und statt seine Speerträger nach Hause auf ihre Höfe zu schicken und Arthurs Bärenbanner zu Morgana zu bringen, die es anzünden und brennen sehen und seine Asche zusammen mit den letzten Hoffnungen Britanniens im Wind verstreuen wollte, bereitete sich Fürst Konstantin auf den Krieg vor.

Der König, mein Großvater, habe über Nacht zwanzig Jahre abgeworfen, sagte Merlin, so groß sei seine Freude über unser Wiedersehen – trotz des bittersüßen Beigeschmacks der Vertrautheit, die die Erinnerung an alten Schmerz weckt. Denn in mir sah er seine Tochter, die für ihn schon einige Jahre verloren gewesen war, ehe das Fieber sie holte. Es war in seinen wässrigen Augen zu lesen, die, während sie stumm erforschten, was für eine Art Mann ich sei, gleichzeitig stets nach innen blickten, in andere Zeiten und an andere Orte. Auf die vielschichtigen gemeinsamen Momente zwischen Vater und Tochter, die erst jetzt, da es zu spät war, ihre Patina abstreiften und ihren unschätzbaren Wert enthüllten.

Mit Tränen in den Augen erzählte er mir Geschichten über meine Mutter, wie sie als Kind gewesen war, und Iselle und ich lauschten ihm, nicht herablassend, wie es junge Leute manchmal bei den Alten tun, sondern wie die Menschen einem Barden zuhören, der aus alten, abgenutzten Fäden eine neue goldene Geschichte spinnen kann. Ich wollte wissen, was meine Mutter gern gegessen hatte, und erfahren, wie sie sich einmal in einer Kiste eingeschlossen hatte, sodass der König und die Königin sie einen ganzen Tag lang nicht finden konnten und Speerträger über die ganze Insel ausgesandt hatten. Ich wollte wissen, was ihre Lieblingsfarbe für Leinen gewesen war, denn ich erinnerte mich an sie in Blau, und welche ihre Lieblingsvögel gewesen waren. Eher Kleinigkeiten also, aber alles Dinge, die ich nie hatte erfahren dürfen, so jung war ich gewesen, als der Tod sie uns entrissen hatte.

Ich glaube, Iselle hörte zu, weil sie das Gefühl hatte, meine Mutter zu kennen bedeutete auch, mich besser kennenzulernen, und wenn sich der alte König auch nicht wirklich an alles erinnern mochte, wovon er uns erzählte, so war er doch sehr überzeugend, während ringsum Männer und Frauen in einer Lautstärke feierten, als werfe sich das Meer gegen die Klippen. Die einst berühmten Pferdeherren von Aremorica und Britannien labten sich am Fleisch und tranken die Vergangenheit in vollen Zügen. Als könnten sie noch einmal den guten Wein kosten, der schon vor Jahren ausgetrunken worden war, wie Merlin es formuliert hatte. Oder einen ganzen Tag lang reiten, ohne hinterher ihre geschundenen Leiber zu spüren. Als könnten sie Arthurs Namen zum Himmel erheben, und er würde es hören und auf seiner weißen Stute Llamrei herbeigaloppiert kommen, seine Rüstung schimmernd im Sonnenschein und der rote Helmbusch wie ein Banner im Wind.

Als die Lieder gesungen und die Weinschläuche geleert waren, fragte Merlin König Pelles, ob er uns dabei helfen wolle, den Kessel von Annwn zu gewinnen. Natürlich wusste er längst, weshalb wir gekommen waren. König Cadwallons Boten hatten diese Neuigkeit durchsickern lassen wie ein alter Eimer, der Salz verliert; es aber aus Merlins Mund zu hören, noch dazu tief in der Nacht, schien den alten König wie eine schwere Last zu treffen, als hätte er es wieder aus dem Sinn verloren oder gehofft, wir hätten es vergessen. Seine Augen büßten ein wenig von ihrem blauen Funkeln ein, und ich sah, wie er mit dem rechten Daumen versonnen einen Goldring an der Linken drehte, wieder und wieder um den knochigen Finger.

»Die Insel bedeutet den Tod«, sagte er und brachte damit jede Zunge in der Halle zum Schweigen, bis auf jene im Feuer, die weiter ihre Geheimnisse flüsterten. »Ebenso der Kessel selbst. Der Drang, ihn zu besitzen.« Seine Hand kroch über die Tischplatte, um die eiserne Klinge eines Messers zu berühren. »Seit dem Tag, an dem die heiligen Haine in Flammen aufgingen und die Flüsse mit dem Blut der Druiden getränkt wurden, seit jene, die das Gemetzel überlebten, den Kessel übers Meer in Sicherheit brachten, gibt es Männer, die ihn begehren.« Er schaute Merlin in die Augen. »Wie Ihr sehr wohl wisst, mein alter Freund. Aber niemand hat ihn je finden können.« Genau in dem Moment erlosch zitternd eine Kerze, und rings um den Tisch sah ich finstere Blicke angesichts dieses Zeichens. »Niemand«, wiederholte er.

Es war Merlin, der das folgende unheilvolle Schweigen brach. »Wir können uns dessen nicht sicher sein, Herr König«, erwiderte er. »Dass niemand ihn je gefunden hat, meine ich.« Er ließ eine Hand mit gespreizten Fingern gen Decke flattern. »Wenn eine Schwalbe im Frühling über Eurer Scheune von einem Turmfalken geschlagen wird, heißt das nicht, dass diese Schwalbe nicht trotzdem im fernen Afrika überwintert hat.« Der Druide hatte ausgiebig getrunken, trotzdem ergaben seine Worte noch Sinn für mich, obwohl ihn viele ringsum stirnrunzelnd ansahen. »Der Kessel ist dort«, sagte er. »Ich habe schon vor Jahren von ihm geträumt.«

Die Brauen des Königs wölbten sich wie Wellen im Wind. »Auf der Insel gibt es schlimmere Dinge als Turmfalken, Merlin«, sagte er, vermied es aber, diese Dinge beim Namen zu nennen.

»So erzählt man sich«, bestätigte Merlin mit einem Nicken und breitete über den Tisch eine Hand in Richtung Gawain aus. »Aber bis jetzt hat uns noch nichts umbringen können.«

»Nicht dass man es nicht fleißig versucht hätte.« Wie bei einem abweisenden Hund waren zwischen Gawains Lippen die geschlossenen Zähne zu sehen. Einige von König Pelles' Reitern ließen ihre Fäuste auf die Eichenbalken des Tisches krachen. Fürst Cai nickte seinem alten Freund auf eine Weise zu, die mir sagte, Gawain hatte seinen Teil der Arbeit bereits erledigt und Cai davon überzeugt, uns zu helfen, sollte der König es zulassen.

Nun war ich an der Reihe. Trotz des vielen Weines war meine Kehle plötzlich trocken. Mein Magen fühlte sich leer an. Ich räusperte mich und setzte mich aufrecht hin. »Wir können jetzt nicht umkehren, Großvater. Um die Sachsen zu besiegen, brauchen wir Fürst Arthur. Aber ohne Guinevere kann es keinen Arthur geben.« Ich sah Iselle an und stellte fest, dass es mir nichts ausmachte, sollte jeder Mann und jede Frau in der Halle sehen können, was in mir vorging, solange es nur der König ebenfalls sah. »Wir werden zur Insel der Toten fahren. Wir werden den Kessel finden und ihn nach Dumnonia bringen, damit Merlin mit seiner Kraft die Herrin Guinevere heilen kann.« Ich sah wieder meinen Großvater an. »Herr König.« Ich drückte die Schultern durch und hob das Kinn. »Seit ich Ynys Wydryn verlassen musste, habe ich brennende Höfe gesehen, deren Vieh ostwärts getrieben wird, um sächsische Krieger zu ernähren. Ich bin über Leichen gestolpert, die einfach im Gras liegen gelassen wurden, um dort zu verrotten. Ich habe Kinder gesehen, die ziellos wie Rauch durch die Wälder streifen.« Ich spürte die Haut in meinem Nacken prickeln. »Ganz Britannien wird zu einer Insel der Toten werden, wenn es uns nicht gelingt, unsere Feinde zu stellen und sie zurückzudrängen.«

König Pelles starrte mich an und zupfte mit Zeigefinger und Daumen an seinem kurzen weißen Bart. Andächtig schüttelte er den Kopf. »Sie steht hier vor mir«, sagte er wie aus weiter Ferne. Dann blinzelte er langsam und ordnete seine Gedanken. »Ihr seid beide hier.« Er nickte. »Meine Tochter und mein Enkel. Ihr Götter, was war ich nur für ein störrischer Narr, irgendetwas zwischen uns kommen zu lassen.« Sein Gesicht zuckte vor schmerzhaften Erinnerungen. »Meine Helaine.« Ihr Name klang wie der letzte Atemzug eines Sterbenden, und ich dachte schon, er würde abermals weinen, aber er atmete tief durch und beherrschte sich. »Was für ein König wäre ich denn … und überhaupt, was für ein Mann, würde ich dir den Rücken kehren, Galahad, meinem eigen Fleisch und Blut?« Er betrachtete Iselle. »Sollte ich dir meine Hilfe versagen, bloß weil ich alt bin und vielleicht nicht mehr da sein werde, um auf deinen Sieg anzustoßen oder traurig meinen Becher in deinem Andenken zu erheben? Nein.« Er schüttelte den Kopf. »Ein Tor ist, wer keine

Bäume pflanzt, nur weil er weiß, dass er nie in ihrem Schatten sitzen wird.«

Und damit packte er die Armlehnen seines Thrones, wuchtete sich aufrecht und verscheuchte den Höfling, der ihn stützen wollte. »Ihr sollt die Hälfte meiner treuen Reiter haben, Fürst Gawain, und ein Schiff, um euch übers Meer zu bringen.« Er packte seinen Weinbecher und reckte ihn in die Höhe, obwohl sein Arm zitterte und ein wenig rote Flüssigkeit über den Rand schwappte und auf den Tisch fiel. »Und wenn ihr mit dem Schatz zurückkehrt, werden wir ein solches Festmahl veranstalten, dass die heutige Nacht dagegen kümmerlich wirkt«, verkündete er und hielt den Becher weiter hocherhoben, während ringsum Fäuste auf Eiche schlugen und ein großer Donner durch die Halle rollte.

Dann drehte er sich zur Seite und schaute auf mich herab, denn ich saß noch immer, und der Donner verebbte, denn der König hatte noch mehr zu sagen. »Und ich werde meinen Enkel besser kennenlernen«, sagte er deutlich leiser. Es war nicht mehr die Stimme eines Königs, nur die eines Mannes, erfüllt von Bedauern. Trotzdem jubelten die Männer abermals. Gawain und Cai ließen ihre Becher aneinanderkrachen und vergossen Bier über die königliche Tafel.

König Pelles nahm Iselle bei der Hand und verließ den Tisch, um ihr den großen Wandteppich zu zeigen, der hinter seinem Thron hing, bestickt mit der Szene, wie der sagenumwobene Held und König, Brân der Gesegnete, im Großen Krieg mit einem vergifteten irischen Speer durch den Fuß getötet wird. Neben dem Riesen Brân, der mit kunstvoller Nadel dargestellt war, standen drei Krieger mit gezückten Schwertern, bereit, ihm den Kopf abzuschlagen, wie es ihnen der sterbende Held befohlen hatte. Dann aber wurde mein Blick abgelenkt, angezogen von Merlin, der mich betrachtete und dabei grinste wie jemand, der eine Wette gewonnen hat und weiß, es wäre unklug, sich damit zu brüsten.

17

Die Insel der Toten

Über die graue See unter dem grauen Himmel segelten wir nach Norden. Der Westwind spuckte mir Regen ins Gesicht, während ich die kleinen Felseninseln an uns vorbeiziehen sah. Wir hatten genug Wind im Segel, um den Regen abzuschütteln und uns mit ordentlicher Geschwindigkeit voranzutreiben. Der Bug zerteilte das Meer in weiße Schaumkronen.

»Wir sollten die Insel ein gutes Stück vor der Abenddämmerung erreichen«, sagte Cai und streichelte Brust und Widerrist seines Wallachs, eines Iberers mit einem Stockmaß von sechzehn Handbreit. »Solange Karadas Strömung und Gezeiten im Auge behält«, fügte er laut genug hinzu, dass der Kapitän im Heck es hören konnte. Karadas befeuchtete einen Finger und reckte ihn in die dünne Brise, rief uns zu, es sei nichts Ungewöhnliches, dass der Wind hier vor der Nordküste wie aus dem Nichts auffrische.

»Und wenn das passiert«, sagte er, »zusammen mit dem Gezeitenstrom nach Westen, dann muss ich all mein Können einsetzen, um zu verhindern, dass wir uns die Hülle an den Schären aufreißen und ihr Landratten mit all eurer hübschen Ausrüstung untergeht.« Grinsend stellte er seine Zahnlücke zur Schau, und Cai grinste zurück. Beide amüsierten sich über die nervösen Blicke, die manche der Krieger austauschten, während sie ihre Pferde beruhigten, denn die Tiere hassten das Meer noch inniger als ihre Reiter.

Iselle, die ihr Frühstück bereits den Fischen hatte zukommen lassen, hing über der Bordwand und suchte ihre Blässe vor uns anderen zu verbergen, was Gawain sehr belustigte. Ich kümmerte mich um ihr Pferd, als wäre es mein eigenes. Genau wie sie war auch ich zum ersten Mal auf See, genoss das Erlebnis jedoch in vollen Zügen, den Meeresatem im Gesicht und in meinen Haaren, das Heben und Senken des Rumpfes der *Calistra* über die Berge und Täler der Wellen und das Gefühl des Unbekannten, das mich sehr ergriffen hatte, vielleicht wegen der Jahre, die ich behütet im Kloster auf Ynys Wydryn verbracht hatte, wo die Tage nur wenig Abwechslung bereithielten. Obwohl ich davon gehört hatte, dass Männer im Meer ertrunken waren, nachdem ihre Schiffe von Felsen wie von Zähnen aufgeschlitzt worden waren, sodass das Leben wie Eingeweide aus einem verwundeten Tier ins Meer rutschte, wiegte ich mich an jenem Tag in Sicherheit. Seeleute galten als noch abergläubischer als die meisten Menschen, und solange Karadas mit Cai scherzte und ihn damit aufzog, in die kalte Umarmung von Manannán mac Lir hinabzusinken, konnte dies eigentlich nur bedeuten, dass ein solches Ereignis beinahe ausgeschlossen war. Hoffte ich zumindest.

Wovor ich mich fürchtete, war nicht die Irische See, nicht an diesem Frühlingstag, auch nicht jener grausame Meeresgott, sondern das, was uns auf der Insel erwarten mochte. Wir waren weniger zahlreich, als wir geplant hatten. König Pelles war durchaus großzügig gewesen, als er uns Fürst Cai und neun seiner Reiter mitgegeben hatte, sodass wir insgesamt siebzehn waren, die die Insel betreten würden. Aber siebzehn klang nicht nach sonderlich viel, wenn man bedachte, dass wir zu einem Ort unterwegs waren, von dem Menschen nicht zurückkehrten. Trotzdem hätten wir vom König kaum erwarten können, dass er uns noch mehr Krieger für unsere Expedition lieh, auch wenn sie vom Letzten der Druiden geleitet wurde, dem Nachkommen jener Priester, die die gleiche Reise unternommen hatten, um den Kessel in Sicherheit zu bringen. Vor so vielen Jahren.

Außerdem hätten auf der *Calistra* auch nicht mehr Männer und Pferde Platz gefunden. Schon jetzt waren nicht nur der niedrige Laderaum, sondern auch aller verfügbare Platz an Deck vollgestopft mit Männern, Kriegsgerät und scheuenden Pferdeleibern; eine reizbare Fracht, von der Angst und Unbehagen ausging und sich vermischte mit dem Gestank der geteerten Seile, des brackigen Bilgewassers, der mit Talg eingefetteten Wolle und der Ausscheidungen der großen Tiere, und so stand ich da und reckte den Hals, um etwas frischen Seewind zu atmen.

»Arthur war früher schrecklich seekrank.« Gawain grinste und sah Iselle zu, die sich über die Reling beugte und ihr Kupferhaar in einer verkrampften Faust hochhielt, um nicht hineinzuspucken. »Als wir das erste Mal den Schmalen Ozean in Richtung Aremorica überquert haben, war sein Gesicht giftgrün. Er hat behauptet, es liege nur an dem sehnigen Hasen, den er am Abend davor gegessen hatte, aber den hatte ich auch gegessen, und ich war frisch und fröhlich.« Der große Mann schüttelte den Kopf. »Arthur hat das Meer nie leiden können.«

Ich hingegen mochte es sehr. Obwohl mich schon ein seltsames Gefühl beschlich, als ich Ynys Môn nicht länger hinter dem Heck ausmachen konnte, sondern nur noch ein graues Wabern aus Meer, Himmel und Wolken, unterbrochen einzig von gelegentlichen Seevögeln, die ihr Leben fernab von den

Sorgen und Nöten der Menschen verbrachten. Eine Silbermöwe kreischte, als der Wind sie wie ein Blatt auf einem Fluss mit sich trug. Oder die schwarz-weißen Vögel mit feurig roten Schnäbeln, die ganz knapp über den Wellen dahinjagten und unglaublich schnell mit ihren stämmigen Flügeln schlugen. Dann und wann sah ich die seltsamen Vögel wie Steine ins Wasser plumpsen und verschwinden, als wechselten sie in eine andere Welt hinüber. Und da dachte ich an unsere Reise hier draußen auf dem Westlichen Ozean, hinter dem Annwn lag, die Welt jenseits dieses Lebens. So dachten zumindest all jene in Britannien, die sich nicht Christus zugewandt hatten.

Ich selbst wusste nicht mehr, woran ich wirklich glaubte, aber je länger wir über dieses scheinbar endlose, sich ständig verändernde Meer segelten, durch Regenschleier und manchmal begleitet von schlanken Tieren, die wie Pfeile unter den Wellen dahinzogen oder hüpften und Purzelbäume schlugen, als wollten sie herausfinden, wer an Bord dieses Schiffes war, desto mehr fühlte ich mich eher Merlins Glauben verbunden als dem meiner ehemaligen Brüder, von denen nichts geblieben war außer den Erinnerungen, die ich mit mir trug.

Ein mächtiger Krieger mit langen schwarzen Locken namens Medyr war der Erste, der ausrief, er könne durch Regen und Gischt flache Klippen ausmachen. Entweder die Pferde verstanden seine Worte, oder sie witterten das Land, auf jeden Fall fingen sie an, zu wiehern und zu stampfen und ihre Köpfe in die Höhe zu werfen, bis ihre Mähnen im Wind flatterten.

»Bald seid Ihr uns los«, rief Cai Karadas zu, der gerade finstere Flüche murmelte angesichts all des Drecks, den die nervösen Pferde auf seinem sauber geschrubbten Deck hinterlassen hatten.

»Ihr werdet euch vielleicht noch wünschen, ich hätte uns *doch* auf die Felsen gesteuert und alle zu den Krabben hinabgeschickt«, gab der Kapitän zurück und stellte sich in den Bug, um voraus in den Nieselregen zu starren. »Ich würde niemals auf dieser Insel herumrennen, nicht mal für einen Jahresvorrat an Met und eine Schönheit mit rabenschwarzem Haar, die mir beim Trinken hilft.«

»Wir haben Speere und Pferde, und wir haben einen Druiden«, sagte Sadoc, ein Krieger mit schmalem Gesicht und hervortretenden Augen. Er tätschelte die Flanke seines Fuchswallachs und starrte die Küste an, in Richtung derer die *Calistra* nun trotz Ebbe glitt wie ein Kranich zu seinem Horst.

»Nichts für ungut, Herr Merlin«, sagte Karadas und zeigte dem Druiden eine schwielige, teerverschmierte Handfläche, »aber die hasserfüllten Kreaturen auf dieser Insel machen sich nichts aus den Gesetzen und Anstandsregeln, die gewöhnliche Menschen leiten. Druide, König, Ritter oder Sklave. Niemand kann da drüben einen Fuß an Land setzen und erwarten, wieder in die Welt der Lebenden zurückzukehren.« Abermals hob er die Hand. »Na gut, ich habe meine Meinung kundgetan, soll niemand etwas anderes behaupten. Und ich hoffe bei allen Göttern, euch übermorgen früh am Strand zu sehen, denn ich werde euch nicht suchen kommen.«

»Hauptsache, Ihr seid da«, sagte Cai.

»Und bringt Getreide für die Pferde mit«, fügte Gawain hinzu.

»Und Bier für uns.« Parcefals Einwurf trug ihm ein Nicken von Gediens und mehreren anderen Kriegern ein, auch wenn ich mir nicht erklären konnte, wie sie in dieser Situation an Bier denken konnten.

Und dann hielten wir alle unsere Zügel und redeten beruhigend auf unsere Pferde ein, während die Besatzung der *Calistra* das Segel ein Stück einholte, um abzubremsen. Karadas richtete den Bug auf eine kleine Bucht, von der er wusste, dass sie flach und sandig genug war, um das Schiff anlanden zu lassen.

»Was immer wir da finden – lieber das, als weiter auf diesem Schiff zu bleiben«, sagte Iselle. Sie war noch immer bleich, die Lippen vom sauren Geschmack ihrer Galle verzogen.

»Ich habe beschlossen, dass mir die Seefahrt zusagt«, sagte ich und lächelte. Sagte es auch, um die Furcht aus meinem Gesicht zu verbannen, obwohl ich bestimmt nicht der Einzige an Bord war, der sich vor dem fürchtete, was uns auf der Insel erwartete.

Karadas verzog das Gesicht, als der Rumpf der *Calistra* über den Strand knirschte. Das Geräusch übertönte sogar das Kreischen der Pferde und die Flüche der Männer, die versuchten, sich selbst und ihre Tiere auf den Beinen zu halten, als die Vorwärtsbewegung des Schiffes abrupt aussetzte. Sechs Seeleute sprangen mit Planken und Stangen von Bord, um den mit Muscheln verkrusteten Schiffsrumpf abzustützen, während wir die Pferde an Land brachten.

»Wer hat das verdammte Horn?«, rief Karadas, worauf ein Seemann das Horn hob, das er über die Schulter geschlungen hatte. Denn nachdem sie das Schiff mit der Ebbe auf den Strand gebracht hatten, würden Karadas und seine Männer nun warten müssen, bis die Flut sie wieder seetüchtig machte, und obwohl auch die Seeleute mit Speeren bewaffnet waren und manche von ihnen sogar Geschichten über kürzliche Zusammenstöße mit irischen Piraten erzählt hatten, war die Insel der Toten doch etwas ganz anderes.

»Sollten wir das Horn hören, kommen wir, so schnell wir können«, hatte Cai dem Kapitän versprochen.

»Ja, das will ich meinen«, hatte Karadas gesagt, trotzdem wusste ich, dass die Besatzung der *Calistra* unablässig die Dünen und das hohe Gras betrachten und zu Manannán beten würde, die Flut möge sich sputen.

Obwohl man sie die Insel der Toten nannte, wimmelte es hier von Leben. Die hufeisenförmige Bucht war erfüllt vom Lärm der Regenpfeifer, Seeschwalben und Austernfischer – und von den Robben, die auf den vorgelagerten Felseninseln lagen und ihre seltsamen Trauergesänge ertönen ließen. Gawain meinte, sie erinnerten ihn an die Brüder des Dornbusches. Die steinigen Anhöhen hinter dem Ufer hallten vom Kreischen der Lummen, Kormorane und unterschiedlichsten Möwen wider, und spätestens jetzt ging mir auf, was für ein Narr ich gewesen war, mir vorzustellen, die Insel müsse von Grabesstille erfüllt sein.

Wir saßen auf, ritten in einer Zweierreihe los und ließen die Pferde in Ruhe einen Weg durch den nassen Sand bis hinauf zur Flutlinie finden, ehe wir mehr von ihnen verlangten. Mein Wallach aber schien so froh darüber zu sein, endlich das Schiff verlassen zu haben, dass er wohl mit Wonne losgaloppiert wäre, hätte ich ihm die Sporen gegeben. Seine Nüstern waren wieder weich und rund, nachdem sie an Bord eng verkrampft gewesen waren. Und sein Unterkiefer war so entspannt, dass Speichel von seinem Kinn tropfte, was mich an Tormaigh erinnerte, das Schlachtross meines Vaters, denn auch er hatte gesabbert, wenn er zufrieden gewesen war. Wahrscheinlich war einzig Iselle noch erleichterter, endlich wieder an Land zu sein.

Ich hatte den Namen des Wallachs nie erfahren und ihn daher Seren getauft nach dem weißen Stern, der oberhalb seiner Augen im schwarzen Fell erstrahlte. Er hatte den Namen so bereitwillig angenommen, dass Iselle meinte, ich hätte ihm wohl den Namen verliehen, den er ohnehin getragen hatte. Wahrscheinlich hatte sie recht, denn man konnte die Fellzeichnung an seinem Kopf nicht erblicken, ohne sofort an einen Stern zu denken.

Wir ritten die Dünen hinauf durch raues Gras, über dem die Stechmücken in braunen Wolken hingen, sodass wir Mund und Nase bedeckten. Manche von uns wandten sich im Sattel um und sahen Karadas und seine Männer, die hinter uns her starrten. Der junge Seemann reckte das Horn in die Höhe, um uns daran zu erinnern, was wir zu tun hatten, sollte sein Klang vor Einsetzen der Flut erschallen. Ich schlug das Zeichen des Dornbusches, vielleicht aus reiner Gewohnheit, und hoffte, wir würden die *Calistra* am zweiten Morgen wiedersehen, und die Seeleute würden jubeln, wenn sie einen der alten Schätze Britanniens in unserem Besitz sahen.

»Denk nur, was wir mit bloß einer weiteren Hundertschaft erreichen könnten«, sagte Gediens. Er und Parcefal ritten hinter Iselle und mir, während Gawain mit Fürst Cai und Merlin die Spitze übernommen hatte.

»Da gibt es wenig nachzudenken«, sagte Parcefal. »Wir würden die Sachsen ins Morimaru treiben und zusehen, wie sie ertrinken.«

Aber wir alle wussten, dass dies nie mehr als ein Traum sein würde. Zusammen mit ihren Brüdern, die auf Ynys Môn geblieben waren, waren diese Männer die letzten von Arthurs Kataphrakten, jenen gefürchteten Rittern, die mit ihm in Gallien und Britannien gekämpft hatten. Dieser Tage brachte kein König des Landes mehr Pferde dieser Güte über den Schmalen Ozean. Sie gaben ihr Silber für Sklaven aus, die ihre Gräben vertieften und ihre Palisaden erhöhten, und für die Speerträger, die über die angespitzten Pfähle hinweg auf das gepeinigte Land hinausschauten.

Wer war ich denn, in Gesellschaft dieser wenigen zu reiten? Ich kam mir wie ein Hochstapler vor, wie ein Mann, der sich der Taten eines anderen rühmt und weiß, seine Verfehlungen werden früher oder später ans Tageslicht kommen müssen. Und doch kam ich nicht umhin, mich geehrt zu fühlen, gemeinsam mit diesen Kriegern zu reisen, deren Anblick das Blut in Wallung brachte und Feuer im Herzen entfachte. Ihre Kettenglieder und Bronzeschuppen waren so gut gepflegt, dass sie noch das sterbende Tageslicht einfingen. Die in Silber gefassten Helme mit den eisernen Wangenklappen und den langen Helmbüschen, alle sorgfältig gewaschen und gekämmt, die runden Schilde auf ihren Rücken, auf denen Arthurs schwarzer Bär prangte, denn obwohl diese Männer König Pelles die Treue geschworen hatten, weigerten sie sich, ihr altes Wappen aufzugeben. Manche von ihnen waren so alt wie Gawain, einige sogar so alt wie Parcefal, andere hingegen waren junge Männer aus Dumnonia gewesen, ausgebildet und in die Einheit aufgenommen während Arthurs Sachsenkriege. Alle waren sie Schlächter. Alle teilten sie eine Verbindung, die nur der Tod lösen konnte, und selbst dieser nicht endgültig, solange Menschen blieben, die sich an ihre Taten erinnerten. Und alle hatten sie meinen Vater gekannt, und ich spürte ihre Neugier mir gegenüber.

Du bist nicht er. Du bist nicht dein Vater. Das flüsterte mir Bruder Yvains Stimme zu, die mir vom Seewind getragen in den Nacken fuhr. Worte, die er gesprochen hatte, bevor ihn Fürst Geldrins Kämpfer in Tintagel von der Klippe gestoßen hatten. Ich war nicht mein Vater. Trotzdem hoffte ich, wenigstens einen Teil seines Mutes zeigen zu können, wenn es darauf ankam.

»Was ist los?«, rief Gediens hinter mir an Merlin gerichtet und zerriss damit meine Gedanken. Der Druide hatte sein Pferd ein Stück von unserer Reihe fortgelenkt und saß nun mit dem Rücken zu uns da, während wir vorbeizogen. Er betrachtete einen fernen Gürtel aus Holunderbäumen, die am Rand einer steilen Anhöhe standen. Sachte lenkte Oswin sein Pferd neben ihn, geduldig wie ein Jagdhund, der weiß, dass jedes Geräusch und jede Bewegung die Vögel aufscheuchen könnten, ehe sein Meister bereit ist.

»Was seht Ihr?«, rief Gediens. Merlin reagierte nicht, saß nur da und starrte die Bäume an. Sein Stab lag quer über dem Sattel, wie Krieger ihre Speere halten.

»Würde mich wundern, wenn seine alten Augen viel mehr sehen könnten als seine Nase«, murmelte Parcefal hinter mir; leise genug, dass Merlin es nicht hören konnte.

»Er braucht keine Augen zum Sehen.« Iselles Aussage ließ mich erschaudern.

»Der alte Ziegenbock weiß irgendwas, das er uns noch nicht verraten hat«, raunte Gediens. »Verlasst euch drauf.«

Und in der folgenden Nacht erfuhren wir, worum es sich handelte.

Im Schein des abnehmenden Mondes erreichten wir ein bewaldetes Tal, durch das sich ein kleiner Bach schlängelte, vorbei an geisterhaften Birken und buschigen Eschen. Er funkelte durch die Nacht wie ein Band aus schwarzer Seide. Neben dem Bach standen zwei Gebäude unter einer uralten Bergulme, deren weite Äste noch blattlos waren, dafür aber erfüllt von roten Blütenquasten. Sie mussten den Bewohnern dieser Hütten Schutz gewährt haben.

Aber dieser Ort war seit Langem verlassen, und ehe Fürst Cai seine Männer absitzen hieß, schickte Gawain mich allein vor, um herauszufinden, ob sich die Stelle überhaupt zum Übernachten eignete. Also schlich ich über die Lichtung und widerstand dem Drang, Eberzahn aus der Scheide zu ziehen, auch wenn ich die Hand nicht von seinem Griff nahm und mein Blut laut in den Ohren rauschte, je näher ich dem alten Rundhaus kam.

Das Strohdach bestand nur noch aus Moos und Farn, auch waren mehrere Dachbalken eingestürzt und hatten verrottetes Stroh in den Innenraum ergossen, der feucht roch und eindeutig Ratten oder Mäuse beherbergte. Die Tiere nahmen Reißaus, als ich den Innenraum erforschte und sich meine Augen allmählich an die Dunkelheit gewöhnten. Die Wände aus Flechtwerk und Lehm, einst weiß getüncht, waren halb verfault und stanken. Tiefer im Zwielicht standen ein Tisch, vier Stühle und drei Betten, übersät mit Köteln und eingehüllt in Spinnennetze, die im Luftzug aus der geöffneten Tür zitterten und bebten, als erwachten sie aus tiefem Schlaf. Trotzdem konnten uns das Rundhaus und die kleine, ebenfalls vom Wetter gezeichnete Scheune Schutz vor der Nacht bieten, und das verkündete ich Fürst Cai, der nickte und einen erleichterten Blick mit Gawain austauschte. Denn auch gut gerüstet, wie sie waren, behagte es ihnen nicht, in der Dunkelheit tiefer in unbekanntes Gelände vorzudringen.

»Keine Feuer«, sagte Gawain. Der Rauch würde vom Wind zu weit getragen werden. Seine Rüstung schimmerte matt im Schein des einsamen Binsenlichts, das jemand inmitten des Herdes platziert hatte, die erste schwache Wärme, die diese geschwärzten Steine spürten, seit hier vor langer Zeit das letzte Feuer erloschen war. »Legt euch hin. Im Morgengrauen reiten wir weiter.«

Mit der großen Effizienz erfahrener Soldaten, die schon lange gemeinsam unterwegs waren, machten sich die Männer daran, ihre Lager auf dem harten Boden auszubreiten. Jeder war darauf erpicht, möglichst viel Schlaf zu bekommen, ehe er an der Reihe war, die Pferde zu bewachen oder am Ufer des Baches oder oben auf der Anhöhe, die das Tal überblickte, Wache zu stehen. Wir alle hatten überzählige Mäntel, Decken oder Felle mitgebracht, und niemand murrte, dass es kein wärmendes Feuer geben sollte; manche Männer grummelten jedoch, weil sie kaltes Fleisch und Brot kauen mussten, und mir wurde klar, dass diese Krieger zwar sicherlich mit vielen Entbehrungen vertraut waren, sich im Dienst meines Großvaters allerdings auch an ein gutes Leben gewöhnt hatten.

Ich nahm den Helm und den schweren Schuppenrock ab und fühlte eine Last von mir abfallen, die größer schien als das bloße Gewicht der Rüstung. Es war wie das Abwerfen der großen Erwartungen – meiner eigenen und auch der meiner Gefährten –, als ich die Rüstung sorgfältig neben meinen Sattel legte. Aber mit der Entlastung kam auch die Angst, die anderen könnten mich als den erkennen, der ich wirklich war – ein

Mann, der nie Teil einer Kriegerschar gewesen war, sich nie im Kampf hatte behaupten müssen und nie Blut vergossen hatte. Ganz anders als sie.

Da ich an alldem nichts ändern konnte, breitete ich meine Decke auf dem gestampften Boden neben einem alten Webstuhl aus, der hinter dem Herd stand. Noch immer hing ein großes gemustertes Wolltuch im Rahmen, das Werk vieler Tage Arbeit und doch unvollendet. Auch die Steingewichte an den Kettfäden waren noch vorhanden und bewegten sich kaum merklich im Atem der Nachtluft, die durch das zerstörte Dach strömte, und ich fragte mich, wie es sein konnte, dass die dünnen Wollfäden nicht schon vor Jahren gerissen waren. Ich dachte an das Kind, das im Kloster zur Welt gekommen war und nicht länger gelebt hatte, als eine Kerze braucht, um niederzubrennen. Ich dachte an die Brüder, deren Knochen jetzt über den Hügel verstreut liegen mussten, und an die Leichen, die im Sumpf an den Seilen gebaumelt hatten, eine von ihnen ebenfalls ein Kind, ein Junge von nicht mehr als neun Sommern. Ich dachte an meine Mutter, deren Geist sich in diesem alten Haus zu regen schien wie die alten Spinnweben. Auf einmal war sie mir sehr nah. Näher als in vielen Jahren, und ihre Anwesenheit lag drückend auf meiner Brust. Als hätte sich ihr Geist der Anziehungskraft des einen Abends nicht entziehen können, an dem ihr Vater und ihr Sohn zusammensaßen, wäre direkt bis zum Rand des Schleiers gewandert, der ihre Welt und unsere trennte, um dort in Qualen aus Trauer und Neid zu verharren.

So viele Lebensfäden waren viel zu früh zerrissen worden, durchtrennt von den Göttern oder vom Schicksal oder von anderen Menschen, während die beschwerten Schnüre, die von den Knochen des alten Webstuhls herabhingen, irgendwie gehalten hatten.

Ich sah zu, wie sich Cadwy, ein Mann mit vernarbtem Gesicht und den Schultern eines Ochsen, auf der Kante eines der Betten niederließ und etwas betrachtete, das im Halbdunkel aussah wie ein Schuh. Offensichtlich war ich nicht der Einzige, der sich fragte, was mit den Leuten passiert war, die hier gewohnt hatten. Aber keiner von uns wollte diese Gedanken in Worte fassen, denn wir alle wussten, dass manche Dinge erst dadurch wahr werden, dass man sie ausspricht.

Außerdem fragte ich mich, wo Iselle abgeblieben war, und gab mir Mühe, nicht beleidigt zu sein, weil sie ihre Decke nicht neben meiner ausgerollt hatte. Da öffnete sich quietschend die Tür, und ihr Gesicht tauchte auf. Ihr kupfernes Haar glühte im Mondschein und überstrahlte das stotternde Binsenlicht im Herd. Ihr Blick hieß mich, ihr zu folgen, also ließ ich meine Ausrüstung liegen und stand auf, nahm nur Eberzahn mit und wickelte mich in meinen Umhang zum Schutz vor der Nacht, die feucht genug war, um mir ins Fleisch zu kriechen und störrisch dort zu verharren. Ich fragte, wohin wir gingen, aber Iselle antwortete nicht. Ich schaute an ihr vorbei auf die alte Bergulme, die jetzt im Schatten aufragte, denn gerade segelte eine Wolke vor dem Mond vorbei. Ein knorriger und verkrümmter Baum, seine Knoten wie mächtige Warzen, der vielfache Stamm verzogen wie menschliche Gliedmaßen, die im Feuer gefoltert werden. Und unterhalb der weiten Äste, zwischen den teils frei liegenden Wurzeln, sah ich dicht gedrängt fünf Menschen stehen, von denen einer Oswin war, erkennbar an seinen hellen Haaren.

»Was macht ihr hier?«, fragte ich, aber Iselle zischte mich an. Wir stellten uns zu der kleinen Versammlung, und Gawain nickte mir auf eine Weise zu, die mir sagte, er hatte Iselle losgeschickt, mich zu holen. Fürst Cai quittierte mein Kommen mit einer hochgezogenen Braue, Gediens und Parcefal schauten jedoch nicht einmal auf, so konzentriert betrachteten sie den Mann, der vor dem Baum kniete und die Hände auf die Wurzeln gelegt hatte, als wären es mächtige Schlangen, denen er befahl, sich hinab in die Erde zu bohren.

Die verhüllte und gebeugte Gestalt war Merlin. Verschwunden war der grüne Umhang mit dem Wolfsfell, den Arthur ihm geschenkt hatte. Stattdessen trug er wieder seine alte schwarze Robe, die ihn einhüllte wie ein Leichentuch, ohne dessen lange Umarmung die Knochen des Leichnams weit verstreut liegen würden. Mir war nicht bewusst gewesen, dass er sein altes Gewand mitgebracht hatte. Und jetzt sang der Druide leise vor sich hin. Zu meiner Überraschung hatte er eine angenehme Stimme, klang deutlich jünger als jener Merlin, den ich kannte, melodisch wie klares Wasser, das über ein Kieselbett fließt. Viele der Worte kannte ich nicht, und doch wusste ich, dass es ein trauriges Lied war, das von verlorenen und fast vergessenen Dingen handelte. Es kam mir vor, als singe Merlin zu dem Baum und seinem langen Gedächtnis, denn diese Bergulme musste ihre großen Wurzeln ins Erdreich hinabgeschickt haben, lange bevor die Legionen nach Britannien gekommen waren. Fast tausend Jahre musste sie als Wächter in diesem kleinen Tal gestanden haben, und vielleicht hatte sie die Ankunft des Kessels beobachtet, kaum eine Generation, nachdem Joseph von Arimathäa aus den Ländern der Sonne auf diese Dunklen Inseln gekommen war und auf Ynys Wydryn seinen Stab in den Boden gestoßen hatte, woraus der Heilige Dornbusch erwachsen war.

Wir standen im Dunkeln. Wir sahen zu und warteten, und selbst Gawain, dessen Geduld für Merlins Umtriebe dünn wie frisches Eis war, wagte es nicht, die Riten zu unterbrechen, die Merlin im Mondschatten des alten Baumes durchführte. Ich sah, dass sich Iselle sanft im Rhythmus der Melodie wiegte und die Augen geschlossen hielt, und mir schien, als verstünde sie tief im Inneren, was vor sich ging, denn auch sie war ein Wesen der Erde und des Himmels, stark wie die Bergulme und ebenso tief im Land verwurzelt. Und obwohl ich anders als sie nicht durch die Magie von Merlins Lied gebunden war, deren Melodie unsichtbare Fäden zu weben schien wie der alte Webstuhl mit seinem unvollendeten Werk, spürte auch ich ihre Macht, die stärker wirkte als die Lobpreisungen, die wir von unserer kleinen Zuflucht auf der Insel gen Himmel gesandt hatten, selbst mit vereinten Stimmen.

Und dann, als ich mir kaum noch bewusst war, wie weit mein Geist in die Tiefen von Merlins seltsamer Liturgie gewandert war, riss das Lied plötzlich ab, ganz ohne Vorwarnung. Er zog die Hände von den dicken Wurzeln zurück wie ein Mann, der einen eisernen Topf angefasst hat, ohne zu wissen, dass er noch heiß vom Herdfeuer ist. Dann hockte der Druide völlig regungslos da.

Gawain und ich schauten uns um, dachten, Merlin müsse etwas gehört haben, das wir nicht bemerkt hatten. Aber die Nacht im Tal jenseits des alten Hofes war still, bis auf das leise Säuseln des Windes zwischen den Blüten des Baumes und zwischen Ginster und Nesseln, die sich wie eine Flutwelle bis zu den Zäunen des alten Pferchs und zur eingefallenen Wand des Kornspeichers vorgewagt hatten.

Auch Parcefal und Cai wechselten einen Blick. Gediens hob

das Kinn und sah Oswin an, suchte nach einer Erklärung. Aber niemand wagte, als Erster zu sprechen, aus Furcht, den Ritus irgendwie zu stören. Niemand – bis auf Gawain.

»Was ist los, Merlin?«, fragte er, und im Strahl des Mondlichts, das zwischen den Ästen herabfiel, war sein vernarbtes Gesicht schrecklich anzusehen.

Oswin half Merlin auf die Beine, und der Druide drehte sich zu uns. Unter der Kapuze waren seine Augen dunkel und scharf wie Feuersteine.

»Ich bin nicht der Letzte«, flüsterte er. Seine Stimme war nicht mehr das sanfte Plätschern fließenden Wassers, sondern das Schaben des Wetzsteins auf der Klinge. Er murmelte etwas Unverständliches, wandte den Kopf ab und spuckte aus, wollte vielleicht die Wurzeln des Baumes treffen, vielleicht auch nicht. Wir anderen schauten einander an, versuchten, sein Benehmen zu deuten, schauten wieder Merlin an.

»Nicht der letzte Was?«, fragte Gawain, aber Merlin war tief in Gedanken. »Raus mit der Sprache, Druide«, knurrte Gawain, der eindeutig keine Lust hatte, Merlin gegenüber weiter Nachsicht zu zeigen.

Der Druide riss die Augen auf. Weiß leuchteten sie unter seiner Kapuze hervor. »Hier gibt es noch einen Druiden«, sagte er. »Auf dieser Insel.«

Manch einer berührte seinen Schwertgriff oder ein anderes Stück Eisen, ich schlug das Zeichen des Dornbusches und ärgerte mich im selben Moment über die hartnäckige Angewohnheit.

»Beim Kessel?«, fragte Iselle. Von uns allen schien sie Merlins Offenbarung am wenigsten zu verwundern. Vielleicht hatte sie aber auch einfach das größte Vertrauen in die Fähigkeit des alten Mannes, solches Wissen aus den Wurzeln eines Baumes zu ziehen oder aus einem Lied oder wie auch immer er es angestellt hatte.

Merlin dachte über ihre Frage nach.

»Ich weiß es nicht.« Aber etwas an ihm war anders als vorher. Er stand ein wenig aufrechter da, seine Schultern waren weniger gebeugt. Er nahm Oswin den Stab ab und zog sich die Kapuze vom Kopf, und da war ein Leuchten in seinen Augen, das ich noch nie gesehen hatte – als wäre sein Gesicht aus dem Inneren von einer Kerze erhellt. Da spielte etwas wie ein Lächeln um seine Mundwinkel, aber uns allen war klar, dass er fürs Erste nicht mehr über diesen anderen Druiden preisgeben wollte. Also sagte Gawain, wir sollten alle zusehen, dass wir endlich etwas Schlaf bekämen, wandte sich ab und ging zurück zur Scheune, wo er sein Lager bereitet hatte.

Ich hatte mich gerade umgedreht, um ihm zu folgen, da warf Merlin mir einen Arm um die Schultern. Obwohl es nicht regnete, roch die Wolle seines schwarzen Gewandes feucht und muffig. »Ich lebe wieder, Galahad«, sagte er und grub seine klauenartige Hand in das Fleisch meines Oberarms. Bis auf Oswin, der ein paar Schritte hinter uns verharrte, gingen die anderen voraus und ließen uns unter den Ästen der Ulme allein, wo man sich nicht aufhalten soll, wie jedes Kind weiß. »Zum ersten Mal seit Jahren bin ich wieder lebendig. Ich habe mich geirrt, Galahad, zu glauben, die Götter hätten mich verlassen.« Während er weiterging, deutete er mit dem freien Arm ausladend in Richtung der Anhöhe, wo sich gelbe Schlüsselblumen, Sauerampfer und Weicher Storchschnabel im Mondschein wiegten. Oben auf dem Hügel sah ich Stahl aufblitzen. Nur ganz kurz. Die Speerspitze eines der Krieger von Fürst Cai, der die erste Wache hatte.

»Vielleicht sind wir an diesem Ort auch den Göttern näher. Was glaubst du, Junge?«, fragte er.

Es machte mir nicht wirklich etwas aus, dass er mich so nannte. Aus Sicht des Mannes, der Uther zu Dumnonias Thron verholfen hatte, musste jeder jung wirken. »Ich glaube, Ihr solltet Iselle endlich erzählen, was sie längst hätte erfahren sollen«, sagte ich und betrachtete sie, wie sie neben einem alten, moosbewachsenen Holzstapel unter dem Vordach des Rundhauses stand. Merlin hielt inne und drehte mich zu sich herum. Seine Kraft überraschte mich.

»Glaubst du, das spielt jetzt gerade eine Rolle?«

Ich nickte. »Ich würde es auf jeden Fall wissen wollen, ginge es um mich.« Und ich hatte weiterhin das Gefühl, Iselles Vertrauen zu missbrauchen, solange ich es ihr nicht erzählte, auch wenn ich diesen Aspekt für mich behielt.

»Dann sag es ihr.« Er warf diese Worte einfach von sich. Und doch sah er mich dabei an, als habe er eine Herausforderung ausgesprochen und sei gespannt, ob ich ihr gewachsen wäre. »Sag es ihr noch diese Nacht. Warum nicht?« Er beugte sich vor und zischte mir leise zu: »Ist ja nicht so, als hättet ihr nicht sowieso geplant, euch davonzustehlen und ein trockenes Plätzchen zu suchen. Sobald alle anderen wie die Wildschweine schnarchen.«

Seine Worte über einen anderen Druiden auf dieser Insel waren beunruhigend genug gewesen, aber jetzt erst glaubte ich daran, dass Merlin wirklich eine von den Göttern verliehene Weitsicht besaß, die anderen Menschen versagt war.

Er zuckte mit den Schultern. »Oder du rollst dich wie eine kleine Maus in deine Felle ein und träumst von deinem Dornbusch«, sagte er. »Aber wie auch immer du dich entscheiden solltest, Galahad – lass mich damit in Frieden.«

Er marschierte in Richtung Rundhaus davon, und Oswin, der seinem Meister wie ein Schatten folgte, grinste mich an. Wie dringend ich diesem Sachsen das Grinsen austreiben wollte. Aber ich drehte mich nur um und ging zur Südseite des Hauses und zu dem Holzstapel, neben dem Iselle wartete.

Wir trafen uns unter der alten Bergulme, hielten uns dort aber nicht auf, denn wir schienen die Unruhe zu teilen, dass die Götter an diesem Ort verweilen könnten, und wir wollten niemandes Blicke auf uns ziehen, nicht einmal deren. Trotzdem hielten wir es für unklug, uns allzu weit vom Hof zu entfernen, und schlugen uns also nur ein kleines Stück zwischen die Bäume am Westrand des Tales. Selbst dort galoppierte mein Herz in der Brust, und meine Ohren suchten nach jedem kleinsten Geräusch, je weiter wir uns vom Haus entfernten und in den Schatten hielten, damit uns das Mondlicht nicht finden konnte.

»Hier«, sagte ich. Wir blieben neben einer Vogelbeere stehen, die bereits vollständig Blätter ausgetrieben hatte. Ihre glatte Rinde schimmerte in hellem Silbergrau wie eine polierte Klinge. Ich erinnerte mich daran, wie Bruder Brice einmal erzählt hatte, das Kreuz von Golgatha sei ebenfalls aus dem Holz der Vogelbeere geschnitten worden, ging aber davon aus, dass Iselle sich kaum für dieses Detail interessieren würde. Ich drückte die Handfläche auf den Boden. Unter dem Dach der gefiederten Blätter war es trocken genug, also nahm ich meinen weißen Umhang ab und legte ihn aus. Iselle betrachtete mich. Und schwieg.

Sie hatte ihr langes Messer mitgenommen, nicht aber ihr Sachsenschwert. Ich hatte meinen Speer und Eberzahn dabei, mehr aber auch nicht. Sollten die anderen glauben, ich sei bloß gegangen, um meine Blase zu entleeren, falls sie überhaupt etwas dachten, bevor sie wieder in den Schlaf fielen.

Ich legte Speer und Schwert neben dem Umhang ab, richtete mich auf und drehte mich zu ihr. »Ich habe dich vermisst«, sagte ich.

Sie hob die Brauen. »Wir waren jeden Tag gemeinsam unterwegs.«

»Du weißt, was ich meine«, sagte ich.

Sie lächelte. »Ich glaube nicht, dass aus dir ein guter Mönch geworden wäre.« Sie schaute auf meinen weißen Umhang herab, der dort ausgebreitet lag.

Ich dachte darüber nach. »Glaub ich auch nicht«, sagte ich dann.

Ich legte meine Hände um die ihren, und diesmal führte *ich sie*, zog sie hinab auf den Umhang, und sie ließ mich gewähren, mit einem halben Lächeln auf den Lippen, als wäre sie neugierig zu sehen, was ich von einem Moment auf den nächsten tun würde.

Müssen mich denn alle auf die Probe stellen?, dachte ich.

Sie schaute nach links und nach rechts in den mondbeschienenen Wald, dann ließ sie sich zu Boden sinken, griff hinter ihren Kopf und breitete das offene Kupferhaar auf dem weißen Umhang aus, sodass es mir wie die schimmernde Mähne eines prächtigen Fabelwesens vorkam.

»Ich hab dich auch vermisst.« Sie nahm meine Hand und zog mich sanft zu sich herab, und für die nächsten tausend Herzschläge sagte keiner von uns ein Wort.

Bis Iselle spürte, dass uns etwas – oder jemand – beobachtete.

Zuerst dachte ich, ich hätte etwas falsch gemacht, denn plötzlich entzog sie sich mir, legte mir eine Hand auf die Brust und wandte das Gesicht ab. Aber schnell begriff ich, dass sie zwischen die Bäume spähte, also rollte ich mich zur Seite ab, stand auf und richtete meine Kleidung.

»Was ist los?«, zischte ich, während ich mich anzog, mein Schwert gürtete und den Speer vom Boden aufhob, dabei die ganze Zeit die umliegenden Bäume beobachtete und Iselles Blicken folgte.

»Da ist irgendwer«, sagte sie.

Furcht zog mir den Magen zusammen. Trocknete mir die Kehle aus. Ich lauschte und rechnete halb damit, den traurigen Ton des Hornes zu hören, der uns mitteilen würde, dass Sadoc oder Gadran oben von der Anhöhe aus Feinde in der Nacht erblickt hatten. Ich wünschte, ich hätte Schuppenpanzer und Schild mitgenommen. Vor allem aber verfluchte ich mich, was ich doch für ein Narr war, dass ich Iselle hier heraus in den Wald geführt hatte, ein gutes Stück von der Sicherheit des alten Hofes entfernt.

»Ein Tier?«, schlug ich vor. »Dachs oder Fuchs?«

Iselle hatte ihr langes Messer gezückt. Herausfordernd richtete sie es auf die Schatten.

»Ich glaube nicht«, sagte sie.

Ich sah mich um und war auf einmal von der eisigen Furcht ergriffen, zwischen den Bäumen ringsum könnten unsichtbare Feinde lauern. Oder waren es Geister? War ich deshalb blind für ihr Aussehen? Waren es die Toten, die dieser Insel ihren Namen gegeben hatten?

»Komm heraus«, sagte Iselle drängend, warf diese Worte zwischen die silbernen Birken in die mondlichtgesprenkelte Nacht, so schien es mir zumindest. »Komm. Wir tun dir nichts«, sagte sie und ließ als Zeichen ihrer friedlichen Absichten das Messer sinken.

Ich hielt meinen Speer weiter kampfbereit.

»Wir tun dir nichts«, sagte Iselle abermals – mit einer Stimme, wie man sie einsetzt, um ein Kind davon zu überzeugen, dass ihm keine Gefahr droht. Hinter einer zerfetzten Wolkenbank tauchte der Mond für einen Moment vollständig auf, und da trat auch eine Gestalt hinter einer jungen Linde hervor. Ich blinzelte und sah mich noch einmal um, rechnete mit einer List. Es war ein Junge. Vielleicht elf Sommer alt. Mehr nicht. Er hatte dunkle Haare und einen wilden Blick und war blass wie der Mond. Seine Augen glichen tiefen Teichen. Hose, Tunika und Umhang waren ausgefranst und zerschlissen und verdreckt von Matsch, Blättern und Dornen.

»Bist du allein?«, fragte Iselle. Ich hatte meine Zunge noch nicht wiedergefunden.

Der Junge nickte.

Noch immer hatte ich meinen Speer nicht gesenkt. Der Mond schien jetzt hell durch die Bäume ringsum, und ich wandte mich nach links und rechts, wartete weiter darauf, Feinde auftauchen zu sehen.

»Komm.« Iselle winkte den Jungen mit der freien Hand zu sich und ließ ihr langes Messer zurück in die Scheide gleiten. Der Junge sah mich misstrauisch an, trat aber aus dem Schatten und kam auf uns zu.

»Wie lange hast du uns schon heimlich beobachtet?«, fragte ich.

Der Junge schien darüber nachzudenken. »Einige Zeit«, sagte er, was nicht die Antwort war, die ich hatte hören wollen. Dann aber sagte er: »Seit ihr an Land gekommen seid.« Er rümpfte die Nase, und sein junges Gesicht wirkte wie von Alter und Gram verzogen. »Aber ich habe euch auch davor schon beobachtet.«

Iselle und ich schauten einander an, wussten beide nicht, was wir davon halten sollten. »Wo sind deine Eltern?«, fragte Iselle. Ich rang immer noch mit der Vorstellung, er könnte uns beobachtet haben, seit ich meinen Umhang ausgebreitet hatte.

Der Junge ballte die Hände zu Fäusten. »Sie haben sie mitgenommen.«

»Wann? Wer?«, fragte ich, aber Iselle schüttelte den Kopf und trat einen Schritt auf den Jungen zu.

»Komm mit uns. Zum Hof drüben. Da ist es sicher.«

Der Junge schüttelte den Kopf. »Es ist nicht sicher.« Dann riss er die Augen auf. »Sie kommen.«

Iselle hob eine Hand, um mich am Sprechen zu hindern. »Wer kommt?«, fragte sie den Jungen. Genau das hatte ich auch fragen wollen.

Ein Beben schien durch seinen kleinen Leib zu fahren. »Die Neamh-mairbh«, sagte er.

Iselle und ich wechselten abermals einen Blick, fassten aber das geteilte Grauen nicht in Worte, denn die Neamh-mairbh waren die wandelnden Toten. Monster aus Lagerfeuergeschichten. Entsetzliche Gestalten, die angeblich das Blut ihrer erschlagenen Opfer tranken. Meine Nackenhaare stellten sich auf, und das Schaudern lief mir bis zu den Unterarmen. Wieder hob ich den Speer und schaute mich um. Ich sah ein Gesicht, und mein Herz machte einen wilden Satz. Nur ein Muster in der Birkenrinde. Mein Magen zog sich zusammen beim Klang der Büsche im Wind, beim fernen Knacken eines Astes, der wahrscheinlich nichts weiter bedeutete, als dass ein nächtliches Raubtier durch die gefallenen Blätter pirschte.

»Wie heißt du?«, fragte Iselle den Jungen.

Da tat er etwas vollkommen Unerwartetes. Er grinste breit.

»Ich bin Taliesin«, sagte er.

Trotz der finsteren Warnung über die Neamh-mairbh, die der Junge ausgestoßen hatte, rang Iselle sich ebenfalls ein Lächeln ab, nur für ihn. »Na gut, Taliesin, wir sollten gehen.«

Die Eltern des Jungen waren schon vor über einem Jahr entführt worden. Nicht von dem Hof, der uns jetzt als Unterschlupf diente, sondern von einem anderen, der an der Ostseite der Insel auf einer Anhöhe an der Küste stand. Seitdem war Taliesin allein gewesen. Ein Junge, der sich auf der Insel der Toten allein hatte durchschlagen müssen. Und wir waren die ersten Menschen, die er in all der Zeit zu Gesicht bekommen hatte … sofern wir davon ausgingen, dass jene, die seine Mutter und seinen Vater geraubt hatten, *keine* Menschen waren. Nicht mehr. Die Vorstellung ließ mir das Blut in den Adern gefrieren.

»Kann es sein, dass du es warst, den ich gespürt habe?«, fragte Merlin den Jungen. Taliesin antwortete nicht, aber Merlin nickte. »Ja. Ja, ich glaube schon. Zuerst dachte ich, es wäre ein Druide, aber du warst es. Jetzt bin ich mir sicher.« Er betrachtete den Jungen mit solch unverhohlener Neugier, dass ich fast erwartete, Taliesin müsste unter dem wilden Blick schmelzen wie ein Eiszapfen neben einer Kerzenflamme. Aber der Junge war kein gewöhnlicher Junge, ob nun aufgrund des Lebens, das er hier so einsam hatte durchmachen müssen, oder aus noch seltsameren Gründen, und er betrachtete Merlin nicht weniger neugierig und so intensiv, dass wir anderen, die dort in der Dunkelheit herumstanden, die nur von der kleinen Lampe in Fürst Cais Hand erhellt wurde, das Gefühl hatten, einen Spiegel zu betrachten, der dem alten Mann sein junges Selbst zeigte. Auch wenn ich bezweifelte, dass Merlin je so ein hübsches Kind gewesen war wie Taliesin.

»Hast du die Gabe der Weitsicht?«, fragte Merlin.

Taliesin legte den Kopf schief und schien seine Antwort zu bedenken. »Ich kann manchmal Sachen sehen«, sagte er, und die großen Augen wanderten zur offenen Tür, vor der sich Cais Männer im Dunkeln bewegten und einander anzischten, wachsam und kampfbereit zu sein.

»Wenn der Junge die Wahrheit sagt, haben wir keine Zeit für lange Fragerei«, warf Gawain ein. Er legte Taliesin die Hand auf die Schulter, der bei der Berührung zusammenzuckte. »Wie viele kommen? Sind es Banditen und Halsabschneider? Oder Krieger? Männer mit Schwertern und Helmen?« Er tippte sich an den eigenen verzierten Helm, als hätte der Junge so etwas vielleicht noch nie gesehen.

Einen Moment lang schien sich Taliesin nicht in seinem Körper zu befinden, seine dunklen Augen sahen Dinge jenseits der Wände aus fauligem Flechtwerk. Dinge, die sich nur schwer in Worte fassen oder gar über die Lippen bringen ließen. Dann zitterte er, sein Blick klarte auf und fokussierte sich auf Gawain.

»Sie sind hier«, zischte er.

Gawain und Merlin wechselten einen Blick, der so laut war wie gesprochene Worte, und da tauchte Gediens im Türrahmen auf, füllte ihn mit seinen breiten Schultern beinahe aus.

»Ein Horn«, teilte er Gawain mit. »Gadran, auf der Anhöhe im Westen.«

Gawain nickte und warf Taliesin einen argwöhnischen Blick zu, während er die silberne Fibel seines Umhangs schloss und sich eindeutig fragte, wie der Junge dies gewusst haben konnte.

Dann marschierte er nach draußen zu Fürst Cai, der seine Männer bereits zu einer Verteidigungslinie zusammengezogen hatte, mit den Rücken zur geöffneten Tür der Hütte.

Ich setzte meinen Helm auf und griff nach Schild und Speer, Iselle zückte ihren Bogen. Das Sachsenschwert hing bereits wieder an ihrem Gürtel.

»Du bleibst hier bei mir, Taliesin«, sagte Merlin und zeigte auf Oswin, der im Schatten neben dem alten Webstuhl stand und die Schneide seiner kurzen Axt prüfte, indem er ein Stück aus dem Balken des Webrahmens schnitt. »Und du brauchst keine Angst zu haben. Was immer da draußen herumläuft, kann auf keinen Fall so böse oder verschlagen sein wie dieser Sachse da.«

Oswin grinste, zog den kleinen eisernen Hammer aus seiner Tunika, der ihm an einem Lederriemen um den Hals hing, und drückte ihn sich an die Lippen, um seinen Gott Thunor anzurufen.

Draußen hatten sich Fürst Cai und seine Männer halbmondförmig aufgestellt, jeder Krieger fünf Fuß vom Nebenmann entfernt, die Schilde erhoben, die Speere geradeaus gestreckt, einen Fuß nach vorn, den anderen ins Gras gestemmt. Kein Schildwall, bei dem sich die in Leder gebundenen Ränder berühren und die Krieger einander nah genug sind, um das Heben und Senken von Schulter und Brust der Nebenmänner bei jedem ängstlichen Atemzug spüren zu können. Dafür waren wir nicht genug. So aber würde jeder Platz genug für die Arbeit mit dem eigenen Speer haben. Iselle stand auf der offenen Fläche inmitten des Halbmonds und hatte einen Pfeil aufgelegt, hielt den Bogen aber noch an der Seite.

Ich schaute hinüber zur Scheune, wo zwei weitere Männer standen und die Pferde bewachten, die zur Sicherheit dort hineingebracht worden waren, denn die Nacht war zu dunkel, um beritten zu kämpfen.

»Wo soll ich mich hinstellen?«, fragte ich Gawain, der zur Anhöhe im Westen spähte, wo große Felsen im Mondlicht schimmerten. Fürst Cais Männer hatten sich annähernd wie ein Organismus bewegt, wie eine Gänseschar, die sich am Himmel zusammenzieht, und ich wusste nicht, wo ich mich einzureihen hatte.

Gawain knurrte eine Verwünschung. Die Felsen auf der Anhöhe verschwanden, plötzlich in Dunkelheit gehüllt, und als wir zum abnehmenden Mond aufschauten, wurde er gerade von neuen Wolken aus dem Westen verschluckt. Finsternis durchflutete das Tal, verschlang den Hof und uns alle, die wir mit großen Augen dort warteten, wo einst eine Familie die Erde umgewälzt und Vieh gehalten hatte, nun aber Brombeeren und Nesseln herrschten.

»Da kommt jemand!«, brüllte ein Mann und deutete mit der Speerspitze zwischen die gedrungenen dunklen Umrisse der verjüngten Bäume am Fuß der östlichen Anhöhe. Schilde wurden höher gereckt. Leiber strafften sich. Muskeln spannten sich an.

»Ich bin es«, rief eine Stimme aus der Dunkelheit, und die Männer ringsum atmeten aus, murmelten Flüche, berührten ihr Eisen, als Sadoc auf die Lichtung trat. Seine Schuppenrüstung und Wehrgehänge klimperten, seine Brust hob und senkte sich rasch. Der Halbmond aus Kriegern rückte auseinander und nahm ihn auf.

»Was hast du gesehen?«, fragte Cai.

»Nichts«, gab Sadoc zurück und positionierte sich genau wie die anderen, nur seine Speerspitze bebte noch vom schweren Atem. »Ich habe Gadrans Horn gehört. Ist er noch da oben?«

Niemand antwortete. Es war nicht nötig. Wir alle hatten erwartet oder gehofft, Gadrans Horn noch einmal zu hören oder ihn selbst kommen zu sehen, um zu melden, auf was für Gegner wir uns vorbereiten sollten. Aber die Nacht war unheimlich still. Sie schien uns von allen Seiten erdrücken zu wollen, eine undurchdringliche Dunkelheit, die uns einkesselte, bedrohlich wie ein böses Omen, das flüsternd den Tod verheißt. Wir warteten, das Blut rauschte in meinen Ohren, mein Atem seltsam laut in dem Helm mit den silbrig verzierten Wangenklappen. Die Muskeln in meinen Oberschenkeln zuckten. Ich biss mir auf die Zähne, um sie am Klappern zu hindern.

Was, wenn ich nicht kämpfen kann? Was, wenn ich ein Feigling bin? Diese Männer hier, allesamt Krieger, sehen meinen Vater, wann immer sie mich anschauen. Aber ich bin nicht mein Vater.

Ich schüttelte den Kopf, als könnte ich diese Ängste entwurzeln und zerstreuen. Da sauste ein Speer aus der Nacht heran und klapperte gegen einen Schild, und mit ihm kamen die Schreie.

»Artorius!«, brüllte Fürst Cai, und seine Männer griffen den Kriegsschrei auf, als massenhaft Gestalten aus der Dunkelheit auf uns zuschwärmten und die Geräusche des Gemetzels die Welt erfüllten: Kreischen und das hölzerne Dröhnen der Schilde und der metallische Kuss von Klinge und Schildbuckel. Die Neamh-mairbh waren gekommen.

Ein weißer Blitz in der Nacht. Ein Feind ging zu Boden und umklammerte den schwanenbefiederten Pfeil in seiner Brust.

Vor mir rammte Gawain seinen Speer tief ins Fleisch, riss ihn heraus, stach abermals zu, trat einen Schritt vor und schwang seinen Schild in einer Kreisbewegung herum, hämmerte den Schildbuckel in ein geiferndes Gesicht.

»Kämpfen!«, brüllte er. »Bei allen Göttern, Junge! Kämpfen!«

Ich schaute nach links und nach rechts. Überall Chaos. Ich sah Fürst Cai gegen drei dieser Kreaturen kämpfen, sie verzweifelt mit Speer und Schild abwehren. Ich sah Parcefal seinen Speer werfen und das Schwert ziehen, sah die Klinge einen Bogen beschreiben und einen Kopf vom Rumpf trennen. Und ich sah Gediens die Gegner zurückwerfen, sein Speer stets in Bewegung wie eine brennende Fackel, die die Dunkelheit abhält. Den ganzen Halbmond entlang zerrissen Klingen das Leichentuch der Nacht, umtanzt von wehenden Helmbüschen.

»Kämpfen, Galahad!«, donnerte Gawain, warf seinen Speer und trat zurück, um rechtzeitig sein Schwert zu ziehen. »Verflucht!« Es klang wie das tiefe rollende Knurren eines Hundes, trotzdem hörte ich es durch den Schlachtenlärm. Dann zischte ein weiterer Pfeil vorbei, und ich sah einen der Unseren fallen. Die Kreaturen schienen an ihm zu hängen, wild wie tollwütige Tiere und einfach zu viele. Er ging zu Boden, und sie versuchten, ihn durchs hohe Gras mit sich zu schleifen, aber seine Kameraden wollten ihn nicht aufgeben. Einer packte ihn am Bein, ein weiterer trieb die Kreaturen mit Stahl und Zorn zurück.

Gawain zerteilte einen Schild, dessen Träger zurückwich. Aus dem Stumpf des abgetrennten Unterarms spritzte das Blut.

»Töte sie, Galahad!«, schrie Gawain. Dann schrie Cai, dass Fiacha gefallen sei, und im Schatten konnte ich drei dieser Kreaturen erkennen, die über Fiacha hingen und ihm die prächtige Rüstung vom Leib rissen. Und da schritt ich auf sie zu, Schild und Speer erhoben, die Schreie und das Klirren ringsum auf einmal weit weg wie das Murmeln der See hinter grasbedeckten Dünen. Die Dunkelheit wurde tiefer, engte mein Blickfeld ein, bis ich vor mir nur noch die Feinde und die eiserne Spitze meines Speeres sah.

Der erste schaute gerade rechtzeitig auf, um seinen Tod in meiner Speerspitze kommen zu sehen, den Mund zu einem lautlosen Schrei geöffnet. Ich zerrte den Speer aus der Augenhöhle, ehe er sich verkanten konnte, warf ihn dem zweiten Feind hinterher, der in Richtung der Bäume floh, und traf ihn in den Rücken. Der dritte warf sich mit blanker Klinge und gefletschten Zähnen auf mich, zuckte aber plötzlich mit einem weiß gefiederten Pfeil im Mund zurück. Dann war Eberzahn in meiner Hand, und nun war *ich* der Schrecken in der Finsternis, sah mich nach neuen Opfern um. Zwei weitere Wilde kamen kreischend aus den Schatten heran, der eine warf sich gegen meinen Schild und wollte ihn mir entreißen. Der neue Riemen hielt, ich drehte mich in der Hüfte und rammte dem Feind mit dem Getöse brechender Knochen meine Klinge in die Seite. Ein dünnes Jaulen, und die Kreatur fiel nach hinten, aber sofort traf mich etwas in die rechte Schulter, hart genug, um meinen Kopf schmerzhaft in den Nacken zu werfen. Wieder drehte ich mich um die eigene Achse, ließ den Rand meines Schildes wie eine Sense durch einen Mund fahren, verspritzte Zähne und Blut im Gras.

Einen Moment lang verlor ich die Kreatur aus den Augen, dann sah ich sie auf dem Rücken zwischen den Nesseln liegen. Mit weit aufgerissenen Augen versuchte sie, rückwärts davonzukrabbeln wie ein riesiges Insekt. In drei Schritten war ich über ihr und ließ Eberzahn herabsausen. Die schimmernde Klinge gierte nach Blut. Das Ding erzitterte und lag dann still da.

Irgendwer rief meinen Namen, klang aber sehr weit weg, irgendwo jenseits des pulsierenden Blutes in meinen Ohren.

Noch zwei erschlug ich, konnte mich aber hinterher nicht mehr an die Art und Weise erinnern, und dann gab es auf einmal wieder blasses Licht in der Welt, und als ich aufschaute, sah ich den Mond von den Wolken befreit.

Und plötzlich flohen die Kreaturen zurück zwischen die Bäume rings um den Hof, verschwanden so schnell wie ein Fischschwarm, wenn eine Hand die Wasseroberfläche durchbricht. Eben waren sie noch da, eine Horde kreischenden Wahnsinns, im nächsten Augenblick waren sie fort, und wir blieben atemlos und in Angstschweiß gebadet zurück. Rissen die Augen auf. Drehten uns hierhin und dorthin in gelähmter Verwirrung. Ungesättigt. Im Blutrausch. Hassten den Feind noch mehr für die Flucht als für den Angriff.

Iselle stand vor mir. Ich sah ihre Lippen meinen Namen formen, konnte sie aber nicht hören. Ich drehte mich zur Seite und sah, dass Gediens mich ernst anstarrte. Einfach nur anstarrte. Auch Parcefal sah mich an und sagte etwas zu seinem Nebenmann.

Ich hörte das Wort *Verletzt* und begriff, dass Gawain mich fragte, ob ich eine Wunde davongetragen habe. Ich schüttelte den Kopf, erinnerte mich dann aber an den Schlag gegen meine Schulter. Ich befühlte die Schuppen dort. Sie waren heil, und Schmerzen spürte ich auch nicht.

»Halt!«, befahl Fürst Cai und schritt an seinen Männern vorbei auf mich zu. »Halt! Lasst sie ziehen!«

Er hatte meinen Speer aufgehoben und brachte ihn mir zurück. »Das war ein guter Wurf«, sagte er und zog die Klinge durch eine Faust voll Ampfer, um sie zu reinigen. »Du hast dich wacker geschlagen, Galahad.« Er hielt mir meinen Speer hin und schaute mich fest an. Dann wandte er sich ab und rief seinen Leuten zu, die Bäume nicht aus den Augen zu lassen, sollten diese Männer, die uns angegriffen hatten, noch einmal zurückkommen. Denn es *waren* Männer gewesen, das fiel mir spätestens jetzt auf, als wir zwischen den Gefallenen umhergingen und alle niedermachten, die noch atmeten.

»Galahad!« Gediens kam zu mir. »Komm her, Junge.« Er zog mich in eine Umarmung, seine blutverschmierte Rüstung drückte sich an meine, die Bronzeschuppen küssten sich. »Ich wusste doch, was in dir steckt«, sagte er. »Wir haben es alle gewusst.« Er löste sich und schaute mir in die Augen. »Du hast gekämpft wie Taranis persönlich.«

»Taranis hätte niemals seinen Schild so hängen lassen«, warf Gawain ein.

»Der hier lebt noch«, rief Merlin. Der Druide war in Begleitung von Oswin und Taliesin aus dem Haus gekommen und kniete jetzt neben einem verwundeten Gegner, dem es gelungen war, noch ein gutes Stück durch das nasse, zertrampelte Gras davonzukriechen. Gurgelnd und röchelnd lag die Kreatur da. Oswin rollte den Mann auf den Rücken, sodass wir die blutigen Bläschen auf seinen Lippen sehen konnten. Wie alle anderen war auch er in Leder und Häute gehüllt und stank nach ranzigem Fleisch und Ausscheidungen, schlimmer als jedes Tier. Sein Haar war lang und weiß, mit Kalk verdickt, klebte am Schädel und war im Nacken zusammengerafft. Sein Gesicht unter der Maske aus dunklem Blut wirkte wild, die Haut spannte sich straff über scharfe Wangenknochen und die Stirn, seine Lippen waren von den Zähnen zurückgezogen wie bei einer Leiche, die bereits einen Monat im Grab liegt. Das Seltsamste aber, bei ihm und allen anderen Feinden, war der grünliche Farbton der Haut. Im flackernden Schein des Binsenlichtes, das Oswin über Merlins Kopf hielt, sah der Mann dort auf dem Boden aus wie verschimmeltes Brot. An den Händen und am Hals schien die Verfärbung besonders stark zu sein, und auch dies galt ebenso für den Rest der Feinde, soweit ich das im schwachen Licht des abnehmenden Mondes richtig gesehen hatte.

»Versucht, etwas aus ihm herauszukriegen«, wies Gawain den Druiden an, und Merlin bemühte sich, fragte, wohin die anderen geflohen seien und warum sie uns angegriffen hatten, ohne zu wissen, wer wir waren oder weshalb wir gekommen sein könnten. Er erkundigte sich sogar nach dem Kessel von Annwn und versprach im Gegenzug einen Trunk aus Beinwell und Silberweidenrinde, um den Schmerz zu lindern, der die Augen des Sterbenden zu scharfen kleinen Pfeilspitzen verzog.

Als der Mann keinerlei Verständnis zeigte, wechselte der Druide in andere Zungen: ins Irische und Gallische – wovon ich bloß ein paar Worte verstand – und sogar in die alte Sprache der Pikten im Norden, jedoch ohne Erfolg. Selbst wenn er ihn hätte verstehen können, war der Mann bereits zu weit entschwunden. Wie ein Boot, das außer Sichtweite der Küste gefahren ist, wo man nur noch den Horizont ausmachen und sich jenseits dessen nichts als unbekannte Weiten ausmalen kann. Er spuckte und keuchte und krallte die Finger in die böse Wunde in seiner Brust, und als endgültig klar war, dass er uns keine Hilfe mehr sein würde, nickte Gawain knapp, und Oswin schnitt ihm die Kehle durch.

Wir zählten fünfzehn erschlagene Feinde, auch wenn einige von uns gesehen hatten, dass die Überlebenden weitere Verwundete mit sich geschleift hatten wie schwere Säcke, zurück in den Wald, und wir wussten, wer auch immer unsere Feinde waren, wir hatten ihnen schreckliche Verluste zugefügt. Aber Fiacha war tot. Sein Kettenhemd war blutverschmiert, seine Augen aufgerissen, als suchten sie noch immer die Dunkelheit nach Feinden ab. Und er war nicht der Einzige. Auch Guidan, der älteste Krieger unserer Schar, der bereits mit dem jungen Arthur durch Aremorica geritten war, wo seine Truppe ihren großen Ruf begründet hatte, war erschlagen worden. Ein grob gefertigtes Messer mit Knochengriff steckte noch unter seinem rechten Arm, wo es zwar dickes Leder gab, aber keine Kettenglieder.

Ich betrachtete die beiden toten Krieger und konnte nicht anders, als mich zumindest teilweise schuldig zu fühlen, da ich eine Rolle dabei gespielt hatte, König Pelles davon zu überzeugen, sie uns auf diese Insel begleiten zu lassen. Mehr noch, jetzt erst ging mir endgültig auf, dass wir keineswegs unbesiegbar waren, trotz unserer Pferde und Rüstungen, trotz der Kampfkraft dieser Krieger und ihres großen Ruhmes. Sie konnten sterben, wie die Brüder vom Dornbusch gestorben waren. Wir konnten scheitern.

Als Fiacha und Guidan Seite an Seite auf den Boden des Rundhauses gebettet worden waren, gingen die Männer nacheinander hinein, um zu sagen, was immer ihnen auf dem Herzen lag, während der Rest von uns draußen die Bäume anstarrte und manche vielleicht sogar hofften, die Feinde mögen zurückkehren, denn im Kampf bleibt nicht viel Zeit zum Nachdenken.

»Es tut mir leid, Cai«, sagte Gawain, der neben seinem alten Freund stand. Gemeinsam betrachteten sie Taliesin, der durch die Nacht von Leiche zu Leiche huschte, in die toten Gesichter spuckte und dabei Flüche murmelte, die mir Schauer über den Rücken jagten. Solch bittere Worte aus so einem jungen Mund. »Sie waren unsere Brüder. Wir werden sie ehren.«

Fürst Cai nahm den Helm ab und kratzte sich das dunkle Haar, das nur an den Schläfen Grau zeigte. »Die beste Art, ihnen Ehre zu erweisen, ist, den verdammten Kessel zu finden und dabei so viele von diesen stinkenden Kotfressern zu erschlagen, wie wir können, bevor wir diese … erbärmliche Insel wieder hinter uns lassen«, gab er zurück.

Gawain nickte, und doch mussten Zweifel an ihm nagen, während er mit dem Rücken zu dieser unglückseligen Hütte dastand. Schuppenrüstung und Helm schimmerten matt im Mondlicht. Es war unsere erste Nacht auf der Insel, und schon hatte dieser Ort dreien aus unserer Mitte das Leben gekostet, denn wir wussten alle, dass Gadran oben auf der westlichen Anhöhe, der uns genug Zeit verschafft hatte, uns auf den Angriff vorzubereiten, ebenfalls tot war. Ansonsten wäre er längst zu uns gestoßen.

Iselle kam und stellte sich neben mich. Gemeinsam sahen wir zu, wie sich Taliesin neben eine der dunklen Gestalten kniete. Ich sah eine Klinge aufblitzen, dann warf sich der Junge zu Boden und rammte das Messer in die Leiche.

»Du bist also doch ein Krieger«, murmelte Iselle. »Wie dein Vater.«

Ich sagte nichts und hoffte, es war zu dunkel, um sehen zu können, dass ich am ganzen Leib zitterte wie ein Hund, wenn der Himmel in den Feuern von Beltane erstrahlt.

»Vielleicht …«, hob sie an, verstummte aber wieder, musste anscheinend ihre Gedanken erst noch entwirren, ehe sie sie ausbreiten konnte. Ich sah sie von der Seite an. Sie wirkte gefasst. Ihr Atem ging tief und gleichmäßig. Ihr Kiefer war vorgestreckt wie bei jemandem, der weiß, dass es eine schwierige Aufgabe zu erledigen gilt, die man dennoch meistern wird.

Wieder sagte ich nichts, denn ich fürchtete, das Zittern in meinem Fleisch würde sich auf meine Stimme übertragen.

Nach einer Weile sagte sie: »Vielleicht solltest du akzeptieren, wer du bist. Was du bist.«

Und was ist das?, dachte ich. Ein wütender Kampf in der Dunkelheit macht mich wohl kaum zu einem Krieger. Ja, ich hatte getötet. Ich hatte schlecht ausgebildete, dürftig bewaffnete Feinde getötet, die sich kaum um ihr Leben zu scheren schienen. Das machte mich wahrlich nicht zu einem großen Recken. Und doch. Irgendetwas war in mir *erwacht.* Ich wusste es, spürte, wie es sich durch meine Eingeweide wand. Es kroch mir bis ins Mark und wärmte mich mit seinem Verlangen wie ein Bauch voll heißer Brühe.

»Ich bin nicht mein Vater«, sagte ich.

»Musst du auch gar nicht sein«, sagte Iselle. »Aber du bist auch kein Novize mehr. Es gibt keine Mauern, hinter denen du dich verstecken kannst. Du wirst nie mehr Trost darin finden, Psalmen für Christus zu singen. Nur im Schwung deiner Klinge.«

Ihre Worte schnitten sich wie Eiswasser durch die Hitze in meinem Leib. Ich schaute sie an, aber sie beobachtete den Wald im Osten, wo wieder Schatten herrschte. Sie betrachtete die Dunkelheit, *sah aber mich.*

Und dann hörten wir Gadrans Horn.

18

Der Kessel von Annwn

Wir ritten noch vor Morgengrauen los. Kletterten aus diesem Tal heraus, als erwachten wir aus einem finsteren Traum. Wir ließen den Hof mit seinen neuen Toten hinter uns, von denen zwei nun in Tücher gehüllt zwischen den Spinnweben auf den Betten lagen, in denen so lange Zeit niemand mehr geschlafen hatte. Auf dem Rückweg würden wir Fiacha und Guidan mitnehmen und zurück nach Ynys Môn bringen, damit ihnen die große Feuerbestattung zuteilwerden konnte, die solchen Kriegern zustand. Die übrigen Leichen ließen wir für die Krähen und Raben liegen, für die Möwen und die Wölfe, falls es Letztere auf dieser Insel gab. Denn diese barbarischen Kreaturen hatten nichts Besseres verdient.

Es hatte einige Diskussionen darüber gegeben, ob wir den vergleichsweise sicheren Hof wirklich noch in der Nacht verlassen sollten. Beim dünnen Dröhnen von Gadrans Horn rückten wir alle enger zusammen, wie die Finger einer Faust, und warteten, was Cai und Gawain beschließen würden.

»Was, wenn es seine Mörder sind, die jetzt das Horn benutzen?«, fragte ein Mann namens Myr und starrte in Richtung der Bäume, aus denen die weißhaarigen Feinde gekommen waren. »Wenn sie uns nur hervorlocken wollen, um uns im Dunkeln zu umzingeln?«

Eine berechtigte Frage, und Myr war nicht der Einzige, der eine Falle vermutete. Trotzdem brauchte Cai nichts mehr zu sagen als: Was, wenn es aber *doch* Gadran gewesen war? Sein erstes Signal, um uns zu warnen, sein zweites, sehr viel später, ein Hilferuf. Diese Frage war Grund genug für Cai, also ritten wir nun die Anhöhe hinauf und hofften, dass Gadran noch am Leben, dass er diesen wilden Teufeln irgendwie entronnen war und uns nun gerufen hatte, ihn zu finden.

Aber wir fanden ihn nicht, und schließlich ritten wir weiter nach Nordosten, tiefer ins Landesinnere, denn was blieb uns anderes übrig? Niemand hielt es für eine gute Idee, ein zweites Nachtlager aufzuschlagen. Sowieso hätte niemand von uns schlafen können in dem Wissen, dass Gadran noch irgendwo da draußen sein mochte, und mit dem Kampf, der noch immer in unseren Adern pulsierte. Dann verkündete Taliesin zu unser aller Verblüffung, er wisse, wo die Neamh-mairbh hausten.

»Ich bin ihnen gefolgt«, sagte er.

Gawain betrachtete Merlin mit einer hochgezogenen Braue, der lächelte, als hätte er nur darauf gewartet, dass der Junge dies sagte. Iselle nickte Taliesin zu, ermunterte ihn, mehr zu verraten, uns so viel wie möglich zu erzählen.

»Nachdem sie meine Mutter und meinen Vater genommen haben, sind sie noch mal zurückgekommen«, sagte der Junge. »Um nach mir zu suchen.« Mir schauderte bei der Vorstellung, was die Neamh-mairbh Taliesin wohl angetan hätten, wäre er ihnen in die Hände gefallen. Noch immer schien es unmöglich, dass er so lange allein auf dieser Insel überlebt hatte, auf der des Nachts solche Kreaturen Jagd machten. Aber er war kein normales Kind. Er hatte etwas Anderweltliches an sich. Er wirkte mehr wie der Traum eines Jungen denn wie ein Kind aus Fleisch und Blut.

»Wenn wir ihren Unterschlupf finden, finden wir auch den Kessel«, sagte Merlin. Von uns allen schien er am wenigsten Angst zu haben. Er war alt. Er war kein Krieger. Und doch wirkte er weder erschöpft noch besorgt angesichts der Aufgabe, die vor uns lag. Während wir anderen uns im Sattel immer wieder die Hälse verdrehten, um die Nacht abzusuchen, in jedem Busch und jeder Kuhle einen Überfall lauern sahen, mit verkrampften Fingern Zügel und Speere umklammerten und jeden Moment damit rechneten, dass die Neamh-mairbh kreischend und mit im Mondlicht blitzenden Klingen über uns herfallen würden, saß Merlin auf seinem Pferd wie ein Mann, der zu seiner Geliebten unterwegs ist. Seine Augen schimmerten wie Glut im Dunkeln. Er wirkte unbeschwert. Schien Selbstmitleid und Schuld und Versagen abgeschüttelt zu haben wie eine Schlange, die ihre alte Haut ablegt, und wirkte jetzt vital. Jünger gar, als flösse ein wenig von Taliesins Jugend in ihn hinein. Oder aber – viel wahrscheinlicher – der Druide saugte dem Jungen, der neben ihm auf Fiachas Pferd ritt, die Lebensenergie aus.

Ich kannte den Grund für Merlins Wiedererwachen. Er hatte Taliesins Anwesenheit gespürt, wie der Jagdhund die Hindin wittert, und von dem Moment an, als er zwischen den Wurzeln der uralten Ulme kniete, war ihm klar gewesen, dass die Götter ihn doch nicht verlassen hatten. Dass er doch noch einen Teil der Kraft in sich trug, die seinen Ruhm auf schrecklichen Schwingen durch ganz Britannien getragen hatte. Und ich war sicher nicht der Einzige von uns, der dachte, wenn denn Merlin wieder zu dem Druiden werden konnte, der er einst gewesen war, könnte auch Arthur wirklich wieder zu dem Kriegsherrn werden, den wir brauchten, und gemeinsam würden sie die Könige Britanniens einen und die verlorenen Lande wiedergewinnen.

Noch einmal hörten wir Gadrans Horn. Ein lang gezogener, einsamer Ton in der fernen Finsternis. Die Männer berührten ihr Eisen und fluchten, knurrten Drohungen in die Nacht und spuckten aus, denn wir wussten jetzt, dass es nicht Gadran war, der in dieses Horn blies. Die Neamh-mairbh lockten uns fort. Wir hatten ihnen Schmerzen zugefügt. Sie hatten uns dort im Tal abschlachten wollen, aber es war ihnen misslungen, und wir hatten viele von ihnen erschlagen. Jetzt sannen sie auf Rache. Sie wollten, dass wir sie fanden, und das würden wir.

Wir ritten durch eine flache Hügellandschaft mit saftigen Wiesen, die auf dem Festland sicher voller Feldfrüchte gewesen wären, dicht bewachsen mit Gerste und Hafer, mit Erbsen und Bohnen und Linsen; stattdessen aber lockten sie nur unsere Reittiere mit hohem Gras. Wir durchquerten einen flachen Bachlauf und führten die Pferde einen Hang hinauf, der dicht mit Ehrenpreis bewachsen war, dessen blaue Blüten wie teure Steine im Monddunkel glommen. Iselle und auch einige von Fürst Cais Männern nahmen sich die Zeit, abzusitzen, die Blumen zu pflücken und sie in ihre Tuniken oder Ärmel zu stopfen, denn angeblich schützten diese Blumen Reisende vor Unbill. Ich konnte mir nicht erklären, was die zarten Blüten gegen die kreischenden Neamh-mairbh ausrichten sollten, nahm es den anderen aber nicht übel, jeden Glücksbringer anzunehmen, der sich finden ließ.

Die Hügel führten hinauf zu einem Landrücken, der über und über mit Ginster bedeckt war, und ihm folgten wir, machten einen Bogen um ein dunkles Waldstück, bis wir feststellten, dass wir nun nach Nordwesten ritten, in Richtung der Küste, und fast unmerklich verrann die Nacht. Irgendwann sickerte Morgengrauen in die Welt. Wir waren müde, denn wir hatten nicht geschlafen, aber mit der Dunkelheit schwand auch etwas von unserer Furcht, und es war ermutigend zu wissen, dass ein ganzer Tag voller Licht vor uns lag.

Wir gelangten an einen weiteren Bach, an den Taliesin sich noch erinnerte aus der Nacht, als er den Neamh-mairbh gefolgt war, und dort machten wir Rast, um zu trinken und vielleicht auch neuen Mut zu sammeln, wie man ein Fell enger zieht, ehe man in die Kälte hinaustritt.

»Du musst nicht weitergehen«, sagte Merlin zu dem Jungen, der am Ostufer des kleinen Wasserlaufs stand, nach Westen starrte und auf dem Daumennagel kaute.

»Merlin hat recht.« Fürst Cai saß wieder auf und drehte sein Pferd. »Ich lasse einen Mann hier bei dir, Junge. Danach sammeln wir euch ein.«

Wonach?, dachte ich, aber Taliesin schüttelte ohnehin den Kopf, sein verdrecktes schönes Gesicht missbilligend verzogen. »Ich komme mit, Herr.« Er warf einen Blick auf Iselle, die ermutigend nickte und die Zügel seines Pferdes hielt, damit der Junge aufsitzen konnte, obwohl das Tier auch so reglos für ihn gestanden hätte. Taliesin hatte von Pferden noch weniger Ahnung als Iselle, und doch hatten er und der Wallach bereits ein Einvernehmen geschlossen, das mir bei jedem anderen Kind seltsam vorgekommen wäre.

»Wir sind vielleicht nicht in der Lage, dich zu beschützen«, sagte Cai warnend und dachte wohl genau wie ich, wie klein Taliesin wirkte, als er da auf dem mächtigen Tier saß, das vor ihm Fiacha getragen hatte.

»Der Junge hat hier ein Jahr lang allein überlebt«, sagte

Gawain, »während wir in der ersten Nacht drei Krieger verloren haben. Vielleicht ist er ohne unseren Schutz besser dran. Wenn er mitkommen will, soll er.«

Cai kratzte sich den Bart und rümpfte die Nase, aber Merlin nickte. »Taliesin ist nur ein Blatt im Wind wie wir alle.« Also führten wir unsere Pferde über den Bach und auf eine Wiese, wo ganze Tücher aus Spinnenseide mit Tautröpfchen im Morgennebel glitzerten. Ich konnte wieder das Meer riechen und seinen sanften Atem hören, der lauter wurde, als wir an einem Wäldchen aus Hasel und Eichen vorbeikamen, die der ewig auflandige Wind nach Osten verkrümmt hatte. Wir erreichten eine flache Anhöhe aus rauem Gras und blickten über die nebelverhangene Westliche See. Trotz der Nebelfelder konnten wir die Berge im Norden von Irland ausmachen, und ich fragte mich, was das wohl für ein wilder Ort sein mochte, während ich meine Lunge mit freier Luft füllte und die salzigen Böen genoss, die mir durch die Haare fuhren. Zum ersten Mal, seit wir den Hof verlassen hatten, konnte ich kein Blut riechen.

»Da«, sagte Taliesin und lenkte meinen Blick weg vom Meer, ehe ich mich sattgesehen hatte. »Daran erinnere ich mich.« Er zeigte die Küste entlang nach Norden auf eine zerklüftete Landzunge, die viele hundert Fuß über dem Meer thronte, das sich unten weiß auf die Felsen warf. »Nur noch ein bisschen weiter«, sagte der Junge, und da merkte ich, wie mein Herz gegen die Rippen schlug. Bald würden wir wieder kämpfen, es sei denn, wir konnten die Neamh-mairbh irgendwie davon überzeugen, den Kessel von Annwn preiszugeben und uns in Frieden ziehen zu lassen. Unwahrscheinlich, bedachte man den Ruf dieser Insel, jeden zu verschlingen, der töricht genug war, an Land zu gehen.

Und doch zog ich grimmigen Trost aus der Gewissheit, Teil einer Bruderschaft von Kriegern zu sein, die Seite an Seite jedem Feind ins Auge blicken würden. Natürlich war ich schon vorher Teil einer Bruderschaft gewesen, auf Ynys Wydryn, aber das schien mir ein ganzes Leben her zu sein, außerdem war ich von keinem der Brüder je auf Augenhöhe behandelt worden. Und obwohl ich diesen Kriegern nicht das Wasser reichen konnte, hatte ich mit ihnen gemeinsam gekämpft, und das verband uns auf gewisse Weise miteinander. Natürlich war es ein dünner und brüchiger Bund, verglichen mit dem, den Iselle und ich teilten. Ich wusste, ich würde mein Leben für sie geben. Das sagte ich mir, als die Sonne, die tief über dem Horizont aufgegangen war, die Schatten von Reitern und Pferden über den von Ginster umrandeten Küstenpfad warf. Wir ritten unserem Schicksal entgegen.

Wir erreichten eine weitere Landzunge, die wie eine Festungsmauer in die von Morgenstimmung erhellte See hinausragte, abweisend und unbezwingbar in der wimmelnd grauen Masse stand, die sie vergeblich belagerte, deren Legionen sich zu Füßen der Mauer aufrieben. Und auch die Zinnen waren weiß, wo Scharen von Seevögeln kreisten und abtauchten, deren verzagte Schreie ein seltsames Flechtwerk aus Tönen schufen. Zum Land hin war die Anhöhe mit Bäumen bestanden, die bereits das frische Grün neuer Blätter zeigten.

»Was jetzt?«, fragte Gawain, zog den Stöpsel aus seiner Flasche und nahm einen Schluck, während die anderen zu uns aufschlossen und ihre Pferde zügelten. Wir standen auf dem Hang und schauten hinab in ein Tal, das mit weißem Strandleimkraut und rosa Grasnelken gesprenkelt war. Über uns zogen dünne Wolkenfetzen ostwärts durch den gleißend blauen Himmel, frisch gewaschen vom gestrigen Regen.

»Der Junge wird es uns sagen.« Merlin drehte sich im Sattel und sah Taliesin an, der neben Iselle ritt. Seit unserem Treffen im Tal waren die beiden unzertrennlich geworden, und der Junge vertraute ihr eindeutig mehr als irgendwem sonst. Sogar mehr als Merlin, der so angetan von ihm war.

»Soll ich das Leben meiner Männer in die Hände eines Kindes geben?«, knurrte Fürst Cai.

»Kann auch nicht schlimmer enden, als einem Druiden zu dienen«, sagte Gawain, steckte den Stopfen wieder zurück und vertäute die Flasche an seinem Sattelhorn.

Merlin hob das Kinn und sah Gawain an. Sein steifer Bart war wie eine Klinge auf den Krieger gerichtet. »Und doch hast du all die Jahre nach mir gesucht, Gawain – da kann ich doch nicht anders, als langsam zu glauben, du genießt meine Gegenwart.«

Gawain ließ sich zu keiner Antwort herab, tauschte nur einen vielsagenden Blick mit Parcefal aus, der ebenfalls allzu gut wusste, wie sehr Merlins Geflüster in den Ohren von Königen und Kriegsherren Britannien geprägt hatte, zum Guten wie zum Schlechten.

»Warst du hier schon mal, Junge?«, fragte Gawain Taliesin, der seinen Wallach bis zum Rand des Abhangs geführt hatte.

Taliesin nickte, und diese Geste reichte aus, dass ringsum die Speerschäfte etwas fester ergriffen wurden.

»Da«, sagte Iselle und deutete hinab ins Tal. »Die dunkle Linie im Gras. Wie eine Dachsspur.«

Parcefal schüttelte verwundert den Kopf. »Du hast wirklich scharfe Augen, Mädchen.«

»Aber wo führt dieser Weg hin?«, fragte ich. Falls diese Spur aus zerdrücktem Gras wirklich ein Pfad der Neamh-mairbh war, wo endete er? Ich hatte nicht erwartet, dass wir zu einer Hügelfestung kommen würden, zu einer großen Siedlung mit Palisaden und dicken Rauchwolken. Nicht einmal zu einer kleinen Siedlung mit einem Torfwall, die man in den Königreichen Britanniens so häufig fand wie Butterblumen auf einer Frühlingsweide. Aber doch wenigstens ein paar verstreute Rundhäuser. Vielleicht zwei oder drei solcher Ansammlungen, zwischen denen jeweils eine halbe Tagesreise lag. Dieser ausgetretene Pfad aber schien nirgendwohin zu führen.

»Nun, Junge?« Cai richtete seine Augen auf Taliesin. Sie waren grau wie das Fell seines Wallachs.

Aber Taliesin antwortete nur Iselle. »In der Nacht, als ich ihnen gefolgt bin, hatten sie Feuer dabei«, sagte er und verzog das Gesicht. »Ich war da unten. Ganz nah. Nah genug, um ihren Gestank zu riechen.« Er riss die Augen auf. »Und dann sind sie verschwunden.« Er wandte sich an Merlin. »Vielleicht ein Tarnzauber?«

Merlin schürzte die Lippen. »Möglich. Obwohl ich nicht glaube, dass diese Wilden über das nötige Wissen für so einen Zauber verfügen.«

»Na, jedenfalls werden wir den Kessel nicht finden, wenn wir hier nur rumsitzen«, sagte Parcefal, also schlossen wir die Riemen unserer Helme und senkten die Wangenklappen. Wir tasteten nach den Schwertgriffen, um uns zu vergewissern, dass sie in Reichweite waren, und warfen unsere Umhänge nach hinten, damit sie nicht im Weg wären. So ritten wir den Hang hinab, und jetzt schnaubten und wieherten unsere Pferde leise, denn sie witterten etwas, das wir noch nicht bemerkt hatten. Seren stülpte seine Oberlippe aus und atmete schwer, und ich spürte, wie sich sein Leib unter mir verkrampfte, also beugte ich mich vor und sagte ihm, dass er ein guter Junge sei, ein tapferer Junge, und dass wir uns umeinander kümmern würden, was auch passieren mochte.

»Wo immer sie stecken, sie wissen, dass wir hier sind«, sagte Fürst Cai, »also wundert euch nicht, wenn sie plötzlich kreischend wie Todesfeen über uns herfallen.«

»Und schlachtet nicht alle ab«, sagte Merlin. »Wir brauchen mindestens einen lebend.«

Gawain warf mir einen Blick zu. »Töte sie nur, Junge. Um den Kessel kümmern wir uns hinterher.«

Ich nickte. Meine Handfläche lag feucht um den Speerschaft, mein Blut beschleunigte seine Reise durch meine Adern. Dann schlugen wir den Pfad ein, den Iselle von oben entdeckt hatte, und ritten in Zweierreihen weiter, Cai und Gawain voraus, Gediens und Parcefal als Nachhut. Speerspitzen, Helme und Schuppenpanzer fingen die Morgensonne ein. Zaumzeug klimperte, Hufe scharrten über den Boden. Denn Cai hatte zweifellos recht – die Neamh-mairbh wussten, dass wir kamen, also stand es uns gut zu Gesicht, unerschrocken und furchtlos zu erscheinen, in ihr Land einzureiten wie Kriegsherren, die gekommen waren, um Steuern oder Eide einzufordern, nicht wie Krieger, die noch immer unter dem Verlust dreier Brüder wankten. Und als wir zu einem kleinen Hügel kamen, der dicht mit Ginster und Gundelrebe bewachsen war, die in der Brise aus dem Westen zitterten, hob Merlin seinen Stab, um uns Einhalt zu gebieten.

»Es war kein Tarnzauber, Taliesin«, sagte er. Ein Grinsen verzog die Lippen unter der langen Gabel seines mit Bienenwachs und Talg versteiften Schnurrbarts. Erfreut, verkünden zu können, dass die Neamh-mairbh nicht über Magie verfügten.

»Wo sind sie dann?«, fragte Gawain. Wir alle drehten uns hierhin und dorthin und fragten uns, was der Druide entdeckt haben mochte, das uns verborgen geblieben war.

»Sie sind in der Erde, Gawain.« Merlin stieß seinen Stab auf den Boden. »Unter uns.«

»Sie warten auf uns«, sagte Cadwy und schaute an seinen Füßen vorbei. Sein Gesicht schien nur aus Bart, Narben und umwölkten Brauen zu bestehen.

Iselle und ich wechselten einen entsetzten Blick. Gawain knurrte eine Verwünschung, und Fürst Cai rief Balor an, den Gott des Todes.

Denn die Neamh-mairbh wohnten in der Erde. Wir würden hinabkriechen müssen, um sie zu finden.

Wir fanden den Eingang auf der Ostseite des Hügels. Ein klaffendes Maul, umringt von Felsen wie zerbrochenen Zähnen, viele gezeichnet von uralten Werkzeugspuren. Als ich davorstand, spürte ich warme Luft auf meinem Gesicht, schal wie alter Atem. Dazu den schmierigen, dreckigen Geruch von brennendem Fett und etwas Metallischem, das ich auf der Zunge schmecken konnte.

»Das ist eine Pforte nach Annwn«, sagte Sadoc und spuckte aus.

Gediens schlug ihm auf die Schulter und grinste breit. »Worauf warten wir dann noch?«, fragte er und deutete mit dem Speer auf die Öffnung. »Da unten warten jede Menge alte Freunde, mit denen ich gerne endlich wieder trinken würde.«

Cai hieß seine Männer frisches Holz sammeln, um Fackeln

herzustellen, wickelte die Enden in Streifen, die er aus seinem eigenen Umhang schnitt, der neu war und die Wolle noch reich an Schafsöl. Dann wechselten er und Gawain einen Blick, denn sie wussten, es war an der Zeit zu bestimmen, wer diesen Schlund betreten und wer vor dem Eingang Wache stehen sollte.

»Fünf, um bei dem Jungen und den Pferden zu bleiben«, sagte Fürst Cai. Niemand hob die Hand. »Es ist nicht gesagt, dass es hier draußen sicherer sein wird«, sagte er, denn er wusste, dass sich niemand die Blöße geben wollte, Angst vor dem Hinabkriechen in die Höhle zu zeigen. Trotzdem gab es keine Freiwilligen.

»Die Ältesten sollten hierblieben«, sagte Gawain, »abgesehen von Merlin, der mitkommen muss, weil nur er den Kessel als solchen erkennen kann, und von mir, denn es ist meine Aufgabe, ihn am Leben zu halten.«

»Glaub ja nicht, du kannst mich hier oben zurücklassen«, sagte Parcefal, denn alle wussten, dass er nach Guidans Tod nun der älteste Krieger war.

»Deine Augen sind nicht mehr so scharf wie früher, Bruder«, sagte Gawain. »Da unten im Dunkeln wirst du uns keine große Hilfe sein.« Parcefal murmelte etwas darüber, seine Augen seien genauso gut wie die aller anderen, akzeptierte Gawains Entscheidung aber.

»Ich jage seit Jahren in der Dunkelheit«, sagte Iselle. »Ich komme mit.«

Alle stimmten überein, dass Iselle die Augen eines Falken besaß und mit in die Höhle kommen sollte, aber Taliesin packte ihre Hand und flehte sie an, nicht zu gehen, sagte, wenn sie ginge, käme er mit nach unten.

»Nein, Junge.« Gawain schüttelte den Kopf. »Du bleibst hier.«

»Ich passe auf ihn auf.« Iselle drückte Taliesins Hand.

»Nein«, sagte Gawain abermals.

»Merlin?« Iselle drehte sich zu dem Druiden, der sie nicht gehört zu haben schien, sein Gesicht von uns abgewandt hatte und eine Mönchsgrasmücke auf einem nahen Baumstumpf beobachtete. Das Gezwitscher des Vogels endete in verschnörkelten Flötentönen, denen Merlin lauschte, als handle es sich um eine Sprache, die er allein verstünde.

»Der Junge sollte mit uns kommen«, sagte er. »Die Götter wünschen es so.«

Wie eine Gewitterwolke zog Zorn über Gawains Miene; er fluchte leise, schien dem Druiden aber dennoch nicht widersprechen zu wollen, wo es um den Willen der Götter ging.

»Medyr, Tarawg, Nabon, Cadwy, ihr bleibt mit Parcefal hier«, sagte Fürst Cai. »Stoßt ins Horn, solltet ihr Hilfe brauchen. Verteidigt die Pferde mit eurem Leben.«

»Schwerter und Schilde«, wies Gawain an, drehte seinen Speer und rammte ihn mit der Spitze in den Boden. »Da unten ist nicht genug Platz für Speerkampf.«

Und so versammelten wir uns vor dem gähnenden Rachen, der hinab in die Erde führte, während Merlin mit geheimem Flüstern die Götter anrief und Cai Sadoc und Gawain je eine brennende Fackel reichte.

Zu zehnt betraten wir die Höhle. Gawain voran, dann Gediens, dann ich. Hinter mir kamen Iselle, Taliesin, Merlin und Oswin, hinter ihnen Cai, Myr und Sadoc.

Kurz hinter dem Eingang verzweigte sich die Höhle zu drei Tunneln; einer führte direkt geradeaus, einer nach rechts und einer nach links. Der geradeaus war der breiteste, also krümmte Gawain den Rücken, schlug diesen Weg ein und hielt den Arm vor sich gestreckt. Die Fackel zischte in dem engen Raum und warf zuckende Schatten über die Felsen. Ich musste daran denken, wie wir unter Ynys Wydryn davongekrochen waren – nur war dieser Tunnel breiter, und es fühlte sich etwas weniger danach an, als kröche ich einen Grabhügel hinab in ein pechschwarzes Jenseits. Trotzdem fürchtete ich mich, hatte Gänsehaut auf den Armen und im Nacken, und alle Instinkte schrien mich an, schleunigst umzukehren.

Über uns schmiegten sich Fledermäuse in Felsspalten. Ihre kleinen Leiber bebten, und auch mein Fleisch bebte, in meinem Magen wanden sich Schlangen, krochen umeinander, verknoteten und lösten sich. Der Rauch der Fackeln biss mir in die Augen und ließ sie tränen. Der beißende Qualm krallte sich in meine Kehle, und doch bemerkte ich noch einen anderen Gestank in dem stickigen Tunnel. Es roch nach Ausscheidungen und Blut. Und Tod.

Iselle berührte meine Schulter und deutete auf die Felswände um uns herum. Ihre Brauen waren zu einer unausgesprochenen Frage verzogen, denn im Fackelschein schimmerte das Gestein grün. An manchen Stellen gab es nur grüne Streifen, als hätte jemand Seegras vom Ufer geholt und an die Wände geklebt. An anderen Stellen waren große Bereiche der Felswand gänzlich grün. Ich dachte an die grünliche Hautfarbe der toten Neamh-mairbh im Tal.

Nach etwa hundert Schritten verbreiterte sich der Tunnel zu einer Kammer, in der wir uns aufrichten und Rücken an Rücken versammeln konnten, die Schilde gegen die Dunkelheit erhoben, die sich jenseits des Fackelscheins erstreckte. Hier war die

Luft noch stickiger, es stank nach Blut, und Gawain reckte seine Fackel in Richtung eines kleinen Alkovens in der gegenüberliegenden Wand, wo etwas Weißes glomm. Er zischte mir zu, und zu zweit gingen wir hinüber, um herauszufinden, worum es sich handelte.

Knochen. Ein Haufen aus Rippen, Beinknochen, Armknochen und grinsenden Schädeln. Manche stammten von Tieren, die meisten aber von Menschen. Gawain hielt die Fackel noch näher an den Haufen, nah genug, dass wir beide die Messerspuren in einem der Schenkelknochen erkannten. Auch manch anderer Knochen zeigte ähnliche Gewaltspuren. Viele der dickeren waren aufgebrochen, wie um an das Knochenmark zu gelangen.

Längst war mir die Galle hochgekommen. Ich konnte sie schmecken, schluckte mehrfach und sah auch in Gawains flackernd erhelltem Gesicht blanken Ekel. Wir kehrten zu den anderen zurück, die sich nicht gerührt hatten und noch immer dicht an dicht unter der seltsam grünen Felsendecke standen, über die Ränder ihrer Schilde spähten, das Feuer der Fackel in ihren Augen. Ich sah Iselle an und hoffte, sie konnte meine Furcht nicht sehen.

»Da«, raunte Merlin. Seine Stimme schien nicht von ihm, sondern aus der Dunkelheit ringsum zu kommen. Er deutete mit dem Stab auf einen weiteren Tunnel, direkt gegenüber dem Knochenhaufen. Gawain nickte und ging voran, und ich war mir sicher, alle mussten mein Herz hämmern hören, so rasch brannten die Fackeln herunter. Schweiß lief mir als Rinnsal zwischen den Schulterblättern hinab, dicke Tropfen brachen aus meiner Kopfhaut hervor und sickerten aus meinem Helm, klebten sich an meine langen Haare und fielen schließlich auf den ausgetretenen, mit feinem Schutt bedeckten Boden. Keiner von uns wollte diesen Tunnel betreten, obwohl wir alle wussten, dass uns nichts anderes übrig blieb.

Wieder kamen wir nur gebückt voran, und die grünen Felswände rückten zu beiden Seiten näher, bis nur noch eine Hand zwischen die Ränder unserer Schilde und den nackten Stein passte. Mich suchte die entsetzliche Vorstellung heim, dass die Passage immer schmaler und schmaler werden würde, bis ich mich nicht einmal mehr würde umdrehen können, um sie wieder zu verlassen. Mein Brustkorb hatte sich verkrampft, ich konnte kaum noch atmen. *Ich werde ersticken,* dachte ich.

»Immerhin können uns diese Hunde hier nicht einkesseln«, sagte einer der Männer hinter mir, was ihm ein Zischen von Fürst Cai eintrug, der uns angewiesen hatte, so lautlos wie möglich vorzugehen.

Plötzlich gab es ein Grunzen und ein Schlurfen, und ich schaute über die Schulter, wo nur hektische Bewegung im Fackelschein zu erkennen war.

»Sadoc!«, schrie jemand. Der Ruf hallte von den massiven Felswänden wider. »Sadoc!«

»Was ist los?«, rief Gawain, alle Vorsicht vergessen.

Hinter mir fast nur noch Dunkelheit. Sadocs Fackel war erloschen, und Gawains Licht reichte kaum weiter als bis zu Iselle und Taliesin.

»Er ist verschwunden!«, sagte Fürst Cai.

»Was soll das heißen?«, fragte Gawain. Da war Furcht in seiner Stimme, die zu hören meine Eingeweide beinahe zerfließen ließ.

»Weg. Sie haben ihn gepackt.« Der Krieger, der dies gerufen hatte, Myr, hatte sich in die Richtung gedreht, aus der wir gekommen waren, und redete über die Schulter. Ich hörte das Entsetzen in seiner Stimme. »Er war direkt hinter mir, nah genug, dass seine Fackel mir die Nackenhaare versengt hat.«

Fürst Cai trottete tiefer in den Tunnel und wurde von Finsternis verschluckt. »Sadoc! Gib Antwort, Mann!«, rief er. Aber es kam keine Antwort.

»Und du hast nichts gesehen?«, fragte Gawain.

»Nichts«, antwortete Myr.

Da tauchte Fürst Cai wieder am Rand des sichtbaren Bereiches auf. Er sah Gawain an und schüttelte den Kopf. Gawain fauchte eine Verwünschung, und Fürst Cai übernahm die Nachhut hinter Myr.

»Wir gehen weiter«, sagte Merlin.

Das taten wir, und bald öffnete sich der Tunnel zu einer weiteren Kammer. Größer als die erste, vielleicht so groß wie vier Rundhäuser zusammen. Gawain schwenkte die Fackel umher, und mit jeder Bewegung seines Armes atmete das Feuer lauter. Einen Herzschlag lang verscheuchten die Flammen die Dunkelheit, ehe sie wieder zurückflutete. Im fliegenden Feuerschweif aber erkannten wir Dinge, die uns sagten, dass dies hier die Behausung der Neamh-mairbh sein musste. Tierfelle auf dem Boden. Grobschlächtige hölzerne Schemel. Eiserne Töpfe, Becher und Teller. Felle und altes Sattelzeug sowie, aufgereiht an einer Wand, alte ramponierte Schilde, behangen mit Spinnweben, ihr Tragwerk längst verrottet. Auch gab es hier noch mehr Knochen und mehrere Speere, an einer anderen Wand ein Fass, halb voll mit Regenwasser, das dort irgendwo durchs Erdreich sickerte. Man hörte es im Dunkeln tropfen. Und als wir tiefer in den Raum vordrangen, zeigte Gawains Fackel uns noch etwas anderes. Etwas, das sowohl seine Hand als auch unser aller

Atem innehalten ließ. Hoch und still hielt er die Fackel, die bereits stotterte, während sie sich durch den Rest der Stoffumwicklung fraß. Noch aber reichte das Licht aus, um die von Steinen umringte Feuerstelle zu sehen und das, was dort in der Mitte saß. Als hätte es uns erwartet.

Der Kessel von Annwn sah nicht gerade aus wie ein Schatz. Er stand auf vier flachen Steinhaufen, sodass ein Feuer unter ihm entfacht werden konnte, war schwarz verkrustet von Ruß und Dreck und Essensresten und eindeutig beim Kochen übergelaufen. Und mit tiefem Entsetzen wusste ich plötzlich, um was für ein Essen es sich handelte. Es lag noch immer in der Luft, metallisch und schwärend süß. Ein grober Geruch, vermengt mit einer Art zähflüssiger Angst, die nicht nur von uns zu stammen schien. Cai war es, der unsere Befürchtungen endgültig bestätigte. Die böse Vorahnung trieb ihn mit raschen Schritten zum Kessel und ließ ihn hineinschauen, während wir Übrigen langsamer folgten und weiter die Dunkelheit jenseits von Gawains sterbendem Licht beäugten.

»Gadran«, sagte Cai barsch. Der Name hing in der stickigen Luft.

»Wir haben ihn.« Merlin kniete sich hin, spuckte auf seine Finger und versuchte, einen Teil des Drecks abzuwischen, um das Metall darunter zu begutachten. Schon hatte er einen kleinen Silberfleck freigelegt. Eine Schlange, die unter Merlins Berührung zum Leben erwachte und sich im flackernden Fackelschein nach vielen Lebzeiten langen Schlummers wieder zu regen schien. »Wir haben ihn, Gawain«, wiederholte Merlin. Und das hatten wir. Einer der alten Schätze Britanniens stand griffbereit vor uns. Der eine Kessel, der dem Gemetzel in den heiligen Hainen auf Ynys Môn entronnen war. Ein Schatz, von dem es hieß, er habe die Macht, Tote zum Leben zu erwecken. Und doch verblasste diese Vorstellung im Moment vor der Tatsache, was aus Gadran geworden war, dessen Tod wir zwar befürchtet hatten, ohne aber die Hoffnung gänzlich aufzugeben.

»Ich werde auf diese Insel zurückkehren und sie alle töten«, sagte Cai.

Sie hatten Gadran ausgeweidet und zerstückelt. Seine blassen Gliedmaßen lagen auf seinem Rumpf, zuoberst sein Kopf. Bart und Haare waren verbrannt und hatten eine Kraterlandschaft aus verkohlten Stoppeln und aufgeplatzter Haut hinterlassen. Seine Augen waren geschlossen. Ein kleiner Trost, auch wenn es unmöglich war, sich nicht den Schrecken auszumalen, der sie erfüllt haben musste, sollte er noch am Leben gewesen sein, als ihn die Neamh-mairbh in ihre Höhle geschleift hatten. Der Abscheu, den ich vorher verspürt hatte, der scheußliche Ekel, der mir Galle in den Rachen getrieben hatte, war jetzt verebbt. Oder vielleicht von etwas anderem überflutet, denn in mir wallte Zorn auf, der mir heiß in Brust und Glieder stieg und mich zu übermannen drohte. Da lagen Tod und Schrecken vor mir ausgebreitet. Und doch wollte ich töten. Mehr noch als Wollen. Ich gierte danach.

»Verschwinden wir«, sagte Gawain.

»Sollten ihn erst ausleeren«, sagte Gediens.

Cai nickte Myr zu, ihm zu helfen, und zu zweit packten sie den Rand des Kessels, um ihn auszuschütten.

In dem Moment kamen sie.

Ich konnte nicht erkennen, von wo sie kamen. Von einem

Augenblick auf den anderen war die Dunkelheit um uns herum plötzlich voller Leiber.

»Schilde!«, brüllte Cai.

»Um den Kessel versammeln«, rief Gawain, und schnell umringten wir diesen Schatz Britanniens, sperrten mit eng anliegenden Schilden die Finsternis aus. »Dicht zusammenbleiben«, sagte Gawain, und dann griffen sie an. Ein kreischender Teufel krachte gegen meinen Schild, aber ich hatte mich rechtzeitig abgestützt, fing den Aufprall ab und rammte Eberzahn um den Rand des Schildes herum ins Fleisch. Der Neamh-mairbh grunzte und fiel nach hinten, aber sofort hatte ein anderer mit beiden Händen meinen Schild gepackt und wollte ihn mir entreißen. Ich ließ den Arm locker und stieß dann mit Eberzahn zu, traf den Feind in den Hals, drehte die Klinge, zog sie zurück und schützte mich wieder mit dem Schild. Neben mir stand Iselle, das Sachsenschwert in der Rechten, das lange Messer in der Linken, hackte auf eine weiße Wade ein, zerschnitt eine Wange. Ihr Feind ging zu Boden, ergriff seinen zerstörten Leib und heulte.

»Töte sie, Galahad«, krächzte Merlin hinter mir. Er hatte den Stab vor sich gestreckt, schützte sowohl den Kessel als auch Taliesin, während Oswin mit uns im Kreis stand.

Mit metallischem Dröhnen traf ein Stein meinen Helm. Ein weiterer krachte gegen die rechte Wangenklappe und hätte mir ohne Schutz den Kiefer gebrochen. Stattdessen schürte er bloß meinen Zorn. Ich rammte Eberzahn einem Mann in die Seite und fühlte heißes Blut über meine Hand rinnen und das Knirschen der Schneide auf den Rippen, als ich es zurückzog. Ich hackte eine Hand ab, die vor meine Füße fiel, und hieb einem Neamh-mairbh in den Hals, der Iselle umgeworfen hatte und gerade seinen Speer hob, um sie zu erstechen. Während ich über Iselle stand, damit sie wieder auf die Beine kommen konnte, sah ich, wie Myr einen Speer in die Kehle bekam und sofort zu Boden ging. Jenseits des Kessels war Gediens auf den Knien und griff sich an den Hals, während Cai ihn abschirmte und die Neamh-mairbh auf Distanz hielt. Sein Schwert blitzte im stotternden, sterbenden Fackelschein auf.

»Galahad!«, rief Merlin, und als ich mich umdrehte, schwang er den Stab und wehrte sich gegen eine wilde, weißhaarige Kreatur, die unseren Ring durchbrochen hatte. Aber ich konnte Iselle nicht im Stich lassen, die zwar wieder auf den Beinen war, aber nur gebückt, und beide Klingen hob, während ringsum alles in Chaos versank.

Dann war Oswin zur Stelle und versenkte seine Axt im Rücken des Feindes, aber im gleichen Moment warfen sich zwei weitere Teufel auf den Sachsen und stachen immer wieder auf ihn ein. Er ging in die Knie, Merlin kreischte, und sein Stab schmetterte gegen einen Kopf. Alles war Bewegung und Feuer und Schatten und Geschrei und das Klirren und Schaben der Klingen.

Zuckend erstarb Gawains Fackel. Er warf den Stock von sich, der dort mit einer letzten kleinen Flamme in einer Qualmwolke verlosch, dann gab es nur noch vollkommene Finsternis. Die Neamh-mairbh ließen zischend von uns ab. Wie wir waren auch sie für den Moment verloren, erblindet im Wandel zwischen Licht und Dunkelheit. Ich hob meinen Schild, rang nach Atem, wusste, in wenigen Herzschlägen würden sie sich wieder auf uns werfen.

Und da begann Taliesin zu singen.

Nie hatte ich eine Stimme wie seine gehört. Klar wie das Wasser eines Gebirgsbachs. Süß wie die Blüten des Geißblatts, deren Nektar die Kinder so gern schlürfen, und doch stark genug, uns in der Dunkelheit zu binden, wie sich die Arme der Waldrebe um die Äste der Bäume winden. Die Musik wirbelte durch die Kammer und schien von überall gleichzeitig zu kommen: eine einzige Stimme und doch viele. Wie ein Chor aus den Echos der Vergangenheit, die nach langer Gefangenschaft Erlösung suchten. Er sang von Wald und Ozean, von einem gehörnten Gott und einer Schlange mit Widderhorn und von einem silbernen Wendelring, der hell wie der Mond erstrahlte.

Ich kannte dieses Lied nicht, wäre aber keineswegs verblüfft gewesen zu erfahren, dass diese Melodie schon zu den Krähen und Raben emporgestiegen war, lange bevor die römischen Adler Britannien erreicht hatten. Es lag alte Magie darin. Schweißgebadet und schwer atmend stand ich da, spähte über den Rand meines Schildes ins Dunkel, konnte mit Mühe die Umrisse der Neamh-mairbh erkennen, ihre kalkweißen Haare und ihre Augen. Aus irgendeinem Grund warteten sie. Vielleicht fürchteten sie unsere Klingen. Vielleicht dachten sie, es lägen schon genug Tote in dieser Kammer, um sie für viele Tage zu ernähren. Ich glaube aber, es war Taliesin, der sie von uns fernhielt, dessen Lied uralte geteilte Erinnerungen wachgerufen hatte, die sie an eine Geschichte denken ließ, in der ihr Volk einst gewandelt war, gelebt hatte, gebetet, getrauert. Das Webmuster eines Stoffes, der sie einst gekleidet hatte.

Es war ein Zauber, vielleicht so mächtig wie alles, was selbst erfahrene Druiden aufbieten konnten, und ich spürte, wie er auch Iselle neben mir festhielt. Sie war vollkommen reglos, ein Teil von ihr tief in dem Lied verloren.

»Wir verschwinden«, krächzte Gawain.

»Nicht ohne den Kessel«, zischte Merlin.

Ich ließ Eberzahn in die Scheide gleiten, schlang meinen Schild über den Rücken und half Cai und Gawain dabei, den Kessel auf die Seite zu drehen. Gadrans Überreste verteilten sich zwischen Asche und Herdsteinen. »Ich trage ihn«, sagte ich, ging in die Hocke und legte die Arme um den Bauch des Kessels. Götter, was für ein Gewicht! Aber ich war stark, und die Neamh-mairbh würden mich niederstrecken müssen, um mich davon abzuhalten, diesen Schatz Britanniens ins Freie zu tragen.

»Wir gehen los und halten nicht an und bringen dieses Ding heil nach draußen«, sagte Gawain, dessen Zähne im schwachen grünlichen Schein von den Wänden der Höhle sichtbar waren. Taliesin sang noch immer, seine Stimme wickelte die Neamh-mairbh ein und band sie an Ort und Stelle, und plötzlich ging mir auf, dass dies die Antwort darauf war, wie der Junge allein auf der Insel hatte überleben können. Dass diese Wesen, die in der Dunkelheit hausten, ihn entweder fürchteten oder verehrten. Diesen jungen Knaben, in dessen reiner Stimme sich eine tiefe, alte Macht regte. Als wäre sein Lied das erste Lied, das die Götter vor Urzeiten den Menschen geschenkt hatten. Damit sie die Bäume und den Mond, die Sonne und die Sterne benennen und das Wissen über diese Wunder an ihre Kinder weitergeben konnten.

Dennoch war selbst ein solcher Zauber hauchdünn wie die Fäden der Spinne im Heidekraut, und es schien unmöglich, dass der Junge in der Lage sein sollte, die Neamh-mairbh noch länger zu bannen. Jetzt, da sie wussten, dass wir gekommen waren, ihren Kessel zu stehlen, würden sie sicher umso entschlossener und wilder über uns herfallen.

»Bereit«, sagte Gawain. Es war keine Frage. Er würde vorausgehen, dann Merlin mit Taliesin, dann ich. Iselle stand zu meiner Rechten, die Klingen in der Dunkelheit erhoben. Gediens zu meiner Linken scherte sich nicht um die blutende Wunde an seinem Hals, und Cai würde unseren Rückzug nach hinten sichern.

Gawain hob seinen Schild an. »Jetzt.« Wir setzten uns in Bewegung. Und der Zauber war gebrochen.

Gawains Schwert fuhr herab, jemand starb, auch von hinten war Kampf zu hören, aber ich ging weiter. Wir eilten zurück durch den schmalen Tunnel, jetzt wieder in einer Reihe, und die Felswände scheuerten mir Knöchel und Handrücken blutig, denn der Tunnel war kaum breiter als der Kessel selbst.

Vor mir blieb Gawain stehen. »Wo lang?«, schrie er, während Cai von hinten brüllte, nicht stehen zu bleiben, und meine Arme bereits unter der kostbaren Fracht zitterten. Ich sah Taliesins große Augen im Dunkeln leuchten.

»Links«, rief Iselle. Ohne Zögern schlug Gawain den neuen Weg ein, und ich glaubte, mein Rücken müsse brechen, so gebeugt kroch ich unter der Felsendecke entlang, die Wange an das kalte Metall des Kessels gepresst, der Generationen von Menschenfleisch gekocht hatte. Aber Cai hielt die Feinde nicht weniger erfolgreich von uns ab, als Taliesin es getan hatte, und so erreichten wir die kleinere Kammer mit dem Knochenhaufen, dann weiter in den nächsten Tunnel, und da spürte ich einen Luftzug, kühl auf meinen geschundenen Händen.

»Fast da«, sagte Gawain. »Wenn sie uns nach draußen folgen, schlachten wir sie ab.« Und das würden wir, denn Parcefal und die anderen warteten dort unter dem weiten Himmel, und sobald sie uns hervorkommen sahen, blutig und weniger zahlreich als zuvor, würden sie ihre Pferde besteigen und die Neamh-mairbh niedermähen wie die Sense die Gerste.

»Schneller, Galahad!«, forderte Iselle, und endlich konnte ich mich wieder aufrichten. Mein Steiß brannte vor Schmerzen, die Muskeln in meinen Armen waren steif und zittrig, aber ich rannte weiter und würde den Kessel nicht fallen lassen.

»Cai ist gestürzt!«, brüllte Gediens. Seine Stimme füllte den gesamten Tunnel aus.

»Nicht anhalten!«, schrie Gawain.

»Weiter!«, schrie Gediens, und ich konnte nicht atmen, rannte aber trotzdem weiter, denn es gab nicht genug Platz, als dass Iselle und Gediens an mir vorbeigekommen wären, und wenn ich nicht schnell genug war, würden sie sterben.

Ich stolperte voran, fiel halb, behielt irgendwie die Beine unter mir. Der Schild hämmerte gegen meinen Rücken. Wieder und wieder schlug ich mit den Schultern und den Armen gegen den Fels. Das Blut rauschte in meinen Ohren und ertränkte meine Flüche, die laut in der Luft lagen, weil ich nicht sehen konnte, wohin ich lief, Gawain nur durch das Schlurfen seiner Stiefel über den Boden folgen konnte, durch sein Keuchen und das Klirren seiner Rüstung und seiner Wangenklappen. Plötzlich ein Lichtstrahl, der Tunnel stieg an, und ich schob mich mit letzter Kraft hinauf, brüllend vor Qual und geblendet vom gleißenden Tag.

Sobald wir die Höhle verlassen hatten, ließ ich den Kessel fallen. Er schlug hohl auf den Boden, rollte zur Seite und kam neben dem Pfad im hohen Gras zum Liegen. Ich riss mir den Schild vom Rücken, zog Eberzahn und drehte mich um, als Gediens und Cai bereits im Höhleneingang erschienen. Sie gingen rückwärts, hatten die Schilde erhoben, waren blutverschmiert.

»Galahad!«, rief Iselle. Abermals fuhr ich herum und sah Parcefal, der den Speer gen Himmel erhoben hatte und sein Pferd im Kreis führte. Medyr, Tarawg, Nabon und Cadwy waren alle aufgesessen und bildeten eine Reihe gen Norden, die Speere fest umschlossen, die Schilde noch auf dem Rücken. Ihre Helmbüsche tanzten. Einen Speerwurf entfernt standen zwischen Gras und Butterblumen mindestens ein Dutzend Neamh-mairbh, die mit Speeren und Messern drohten. Einige trugen Bögen, die sie bereits spannten. Selbst aus der Entfernung sah ich den Grünstich ihrer Haut, und mit ihren zerschlissenen Kleidern und den weißen Haaren sahen sie aus wie Tote, die sich eigenhändig aus ihren Grabhügeln gekratzt hatten. Wie Wesen aus einer alten Geschichte, von denen man sich am Feuer erzählt, um die Zuhörer zu fesseln und hinterher ihre Träume heimsuchen zu lassen.

In der Mitte dieser Schar stand ganz vorn ein großer Mann mit einer großen Axt. Er trug einen kupfernen Wendelring um den Hals, dick wie ein Seil, und noch mehr Kupferringe an den Handgelenken – und natürlich war es Kupfererz, das grün die Wände der Höhle durchzog.

Der Riese trug ein Bärenfell über seinen Tierhäuten und sah aus, als hätte er es dem Bären mit bloßen Händen abgerungen. Sein langes weißes Haar war über den großen Kopf nach hinten geklebt, die Nase war breit und gebrochen, die tief liegenden Augen starrten den Kessel von Annwn an, den ich fallen gelassen hatte. Er öffnete den Mund und sagte etwas zu den Männern hinter ihm.

»Wir hätten den Eingang versperren sollen«, sagte Cai. Er

schleppte sich vornübergebeugt dahin und atmete schwer. »Wir hätten ihn zu zweit halten können.«

»Zu spät«, sagte Gawain, denn schon strömten die Neamh-mairbh, gegen die wir eben gekämpft hatten, hinter uns aus der Höhle, als spuckte die erkrankte Erde eine Welle aus Gift von sich. Blinzelnd kamen sie in den Tag, entsetzt von der Helligkeit, schirmten ihre Augen mit den Händen ab. Viele von ihnen waren verletzt und bluteten.

»Sollen wir aufsitzen?«, fragte Gediens und deutete mit seiner blutigen Klinge auf unsere Pferde, die dort standen und zuckten und die Köpfe herumwarfen, denn die Fußfesseln behagten ihnen gar nicht. Parcefal musste sie angesichts der anrückenden Neamh-mairbh angelegt haben, um sie am Fliehen zu hindern.

»Keine Zeit«, sagte Gawain. Wir waren so gut wie umzingelt, auch wenn die Höhlenbewohner noch auf Abstand blieben – vielleicht weil sie wussten, dass wir gefährlich waren und viele weitere von ihnen sterben würden. Oder sie warteten auf das Zeichen des großen Axtträgers.

»Wir müssen den Kessel verteidigen.« Merlin sah sich wild um, sein Gesicht blutverschmiert, sein aufwendiger Bart zerzaust. Trotz allem aber war er noch immer am Leben, dank Oswin, der unten in der Höhle geblieben war. In seinem Grabhügel.

»Stellt euch zu mir!«, rief Iselle. Sie war zu ihrem Pferd geeilt, hatte Bogen und Köcher geholt und stand nun neben dem Kessel. Das blanke Sachsenschwert steckte vor ihr im Boden, sollten ihr die Pfeile ausgehen oder die Neamh-mairbh zu nah kommen. Sie war bereit für ihr letztes Gefecht, und mir wallte das Herz in der Brust ob ihrer Kühnheit. Neben ihr stand

Taliesin, der ihr langes Messer mit beiden Händen gepackt hielt und die alten Feinde mit seinen großen Augen anstarrte.

Gediens und Fürst Cai stellten sich Iselle zur Seite vor den Kessel, und ich ging zu ihnen, lenkte für einen kurzen Moment Iselles Augen auf mich und versuchte, in diesem einen Blick alles zu sagen, was nicht ausgesprochen werden durfte, wollten wir uns weiter an die Illusion der Hoffnung klammern. Gawain aber kam nicht zu uns. Er ging auf die anderen Neamh-mairbh zu mit geradem Rücken und erhobenem Kinn und einem Speer in der Rechten. Er ging direkt an Parcefal und den anderen Reitern vorbei, ignorierte seinen alten Freund, der ihn von der Stute herab anknurrte, was in Balors Namen er vorhabe.

»Du!«, brüllte Gawain, schritt auf die abgerissene Kämpferschar zu, streckte den linken Arm aus und zeigte auf den bärenhaften Anführer. »Du!« Immer noch ging er weiter, war den Neamh-mairbh jetzt näher als Parcefal und seinen Reitern, und ich wusste, sollten die Höhlenbewohner angreifen, wäre Gawain tot, ehe selbst das schnellste Pferd ihn erreichen konnte.

Da zog er den Arm zurück und schleuderte seinen Speer, und er flog, wie ich es nicht mehr gesehen hatte, seit ich ein kleiner Junge gewesen war und meinem Vater beim Üben zugesehen hatte. Hoch in den Himmel schraubte er sich, fiel dann zurück, wurde noch schneller und hätte sich dem großen Mann mitten durch die Brust gebohrt, hätte der nicht im letzten Moment seinen Oberkörper zur Seite gedreht, sodass sich die Speerspitze in den Boden bohrte und der Schaft dort wie eine Beleidigung stand, so gerade wie Gawains Finger, der noch immer auf den großen Krieger zeigte. »Du und ich!« Gawain schritt weiter auf ihn zu, zog jetzt aber sein Schwert, gab dem Anführer der Neamh-mairbh nicht genug Zeit zu überlegen, was er tun sollte, aber gerade genug Zeit, um zu begreifen, dass dies eine Herausforderung war, die er weder ignorieren noch ablehnen konnte.

»Du ranziger Schiss einer unförmigen Riesin!«, schrie Gawain. »Kämpf mit mir, du Feigling! Kämpf mit mir, oder die Reiter des Fürsten Arthur, Sohn von Uther Pendragon und Herr der Schlacht, werden deine Leute erschlagen und euch aus diesem Land vertreiben.«

Arthurs Reiter nannte er sie, nicht König Pelles'. Und doch sah ich keinen Widerspruch bei Fürst Cai oder einem der vier Männer, die neben Parcefal saßen.

Die Axt wurde hochgerissen. Der große Mann brüllte etwas in seiner Sprache und schritt Gawain entgegen. Er verlangsamte nicht, sondern schwang die Axt mit beiden Händen, Gawain aber tänzelte beiseite, als hätte er die Hälfte seiner Jahre abgeworfen. Die beiden Krieger umkreisten einander, maßen einander mit Blicken, der Neamh-mairbh einen ganzen Kopf größer als Gawain und deutlich breiter in Brust und Schultern.

»Er war schon immer ein Narr«, sagte Merlin, aber es lag Bewunderung in seinem Blick, denn er wusste, Gawain hatte womöglich die einzig verbleibende Chance ergriffen. Indem er den Anführer der Neamh-mairbh im Zweikampf bezwang, konnte er vielleicht unser Überleben erkaufen, wie schon in grauer Vorzeit die Recken zweier Seiten vor ihre Armeen getreten waren und ihr eigenes Blut vergossen hatten, um eine Entscheidung herbeizuführen und ein Blutbad zu verhindern.

Der Hüne brüllte wie ein Stier und schwang abermals die Axt, und diesmal hob Gawain den Schild, und die Axt fuhr krachend dagegen, während Gawain den Schild bereits zurückriss, um den Schlag aufzufangen. Er hieb mit seinem Schwert nach dem Hals des Gegners, aber der Mann war flink trotz seiner Masse, warf sich rechtzeitig nach hinten und ließ die Axt um seinen Kopf kreisen. Wieder krachte sie in Gawains Schild und ließ Splitter aus Lindenholz aufwirbeln.

Die Neamh-mairbh johlten und kreischten, Gawain trat einen Schritt zurück und hackte mit dem Schwert die Reste dessen zurecht, was von seinem Schild übrig geblieben war. Noch immer stand Arthurs Bär auf dem eisernen Buckel, aber seine obere Körperhälfte fehlte, und ein langer Splitter, scharf wie eine Nadel, lief entlang der Maserung durch die gesamte Breite des Schildes.

»Er kann von Glück sagen, dass ihm dieser grünhäutige Teufel nicht den halben Arm abgerissen hat.« Cai wischte sich mit dem Unterarm über die verschwitzte Stirn. Als labe er sich an der eigenen Kraft und am Anblick des ruinierten Schildes seines Gegners, reckte der monströse Krieger seine Axt in den Himmel, stieß ein lautes Heulen aus und rückte weiter vor, schwang sie in weitem Bogen hin und her, als schlüge er eine Schneise durch Horden geisterhafter Feinde, die er allein sehen konnte.

Gawains Helmbusch aus rotem Rosshaar tanzte, als er zuckte und sich duckte, hüpfte und zurückwich, der Axt manchmal nur um Fingerlänge entging, aber stets nah genug blieb, um den Mann zu locken. Ihn weiter die große Axt schwingen zu lassen. Ihn sich langsam in wilden Blutdurst hineinsteigern zu lassen. Ihn dazu zu treiben, dass er danach gierte, nicht nur Lindenholz, sondern endlich Fleisch und Knochen zu spalten.

»Schnapp ihn dir. Jetzt«, murmelte Gediens. Die Neamh-mairbh ringsum waren vom Kampf nicht weniger gebannt als vorher von Taliesins Lied. Immer mehr von ihnen riefen leise und rhythmisch *»Bredbeddle! Bredbeddle!«*, was der Name des Riesen sein musste.

Jetzt kratzte Bredbeddles Axt über Gawains Schildbuckel, und der nächste Schlag fuhr auf Gawains Schulter herab, warf Bronzeschuppen in die Luft und entlockte Gawain einen Schmerzensschrei, den Neamh-mairbh hingegen Triumphgeheul. *»Bredbeddle! Bredbeddle! Bredbeddle!«*, sangen sie immer lauter, und es klang wie ein Trommelschlag, der Gawains Untergang verkündete, denn sie hielten ihn für erledigt. Sie erwarteten, ihren Helden gleich über Gawains Leiche stehen zu sehen. Schon malten sie sich ein Festmahl aus, wie es ihr Stamm seit Jahren nicht mehr erlebt hatte.

»Jetzt«, sagte ich so leise, dass Gawain es unmöglich hören konnte. Trotzdem schien er es vernommen zu haben, denn die Axt sauste heran. Gawain warf sich nach hinten, und die Klinge zog nur um Haaresbreite an seinem Kehlkopf vorbei. Als er sich aber mit dem hinteren Fuß abstützte, wuchtete er seinen Körper nach vorn und war plötzlich innerhalb des Bannkreises der langen Axt, wo ihm die böse Schneide nicht mehr gefährlich werden konnte. Er warf den Kopf nach vorn und rammte Bredbeddle seinen Helm ins Gesicht. Selbst aus der Entfernung hörte ich Knochen splittern.

Als der große Mann einen Schritt zurück tat, schwang Gawain den halben Schild herum und rammte ihn Bredbeddle mit genug Wucht in den Hals, dass er nach hinten taumelte. Der

Riese schaffte allerdings keine drei schwankenden Schritte, ehe Gawain, der sich umgedreht hatte und in die Knie gegangen war, sein Schwert vorstieß und Bredbeddle von hinten den rechten Oberschenkel aufschlitzte. Bredbeddle fiel auf die Knie, brüllte vor Wut und Schmerz, fasste sich an den Hals und den langen Holzsplitter, der hineingefahren war. Gawain war wieder auf den Beinen und ließ sein Schwert einmal kreisen, ehe er einen Schritt nach vorn machte und Bredbeddle mit einer fließenden Bewegung den Kopf vom Rumpf trennte.

Der Kopf fiel ins Gras, der leblose Körper sackte daneben zusammen.

Angespannt erwarteten wir die Reaktion der Neamh-mairbh. Rechneten damit, dass sie uns angriffen. Aber das taten sie nicht. Sie standen bloß da, starrten den Leichnam an. Dann gesellten sich jene, die uns aus der Erde gefolgt waren, in einem weiten Bogen zu ihren Angehörigen, die schon vortraten, um Leib und Kopf ihres Helden zu bergen.

»Es gab eine Zeit, da hätte Gawain so einen Ochsen flink wie der Flügelschlag eines Raben geschlachtet«, sagte Merlin. »Er wird tatsächlich alt.«

Aber der Druide irrte sich. Gawain hatte genau gewusst, was er tat. Hätte er den Mann nach ein paar Schlägen ausgeweidet, wären die Neamh-mairbh wütend und umso begieriger gewesen, Rache an uns zu nehmen. Also hatte Gawain ihnen ein Spektakel geliefert. Er hatte ihnen den Mut und die Kraft ihres Helden verdeutlicht. Hatte ihnen Hoffnung gemacht und ihnen diese Hoffnung wieder entrissen, sie leer zurückgelassen wie alte Weinschläuche, ihnen den Kampfeswillen ausgetrieben. Vielleicht hatte er sogar zugelassen, dass die Axt seine Schulter streifte. Oder er *war* in diesem einen Moment zu langsam gewesen. Natürlich war er älter als in Arthurs Tagen, da hatte Merlin recht. Aber ich wusste, er hätte Bredbeddle dennoch töten können, ohne ins Schwitzen zu geraten. Und so wusste ich, dass er soeben unser aller Leben erkauft hatte.

19

Geisterhafte Wanderer

Wir segelten unter einem Himmel aus Eisen und Rost. Hinter uns wurde die Insel der Toten langsam vom Nebel verschluckt und von Laken aus trüben Wolken erdrückt, die unaufhaltsam südwärts zogen, getrieben vom selben Wind, der auch das Wollsegel der *Calistra* bauschte. Wie auf der Hinfahrt standen wir bei unseren Pferden, nur hatten wir diesmal ihren Trost nötiger als sie unseren. Wir lehnten uns an ihre Flanken, klammerten uns fest an sie und brauchten ihre Kraft, denn wir waren zutiefst erschöpft. Vielleicht neideten wir ihnen auch ihren pferdischen Gleichmut und hofften, er möge in uns einsickern und uns betäuben wie Bier, das die Wunden des Herzens betäubt, so sehr vermissten wir unsere Brüder. Wir hatten Gadrans zerstückelten Leichnam nicht bergen können. Auch Oswin, der Merlin so viele Jahre treu gedient hatte, würde niemals wieder von Sonnenlicht geküsst werden. Und Sadoc, der in der Finsternis verschwunden war, und Myr, den ich hatte fallen sehen, blieben ebenfalls im Dunkel zurück. Ein kleiner Trost war immerhin, dass wir Fiacha und Guidan von dem kleinen Hof mitnehmen konnten, auf dem wir sie zurückgelassen hatten, und so würden wenigstens diese beiden nach Ynys Môn zurückkehren, um von dort aus auf den Schwingen des Scheiterhaufens ihre Heldenreise gen Annwn anzutreten.

Wir waren so früh wie möglich zur Küste aufgebrochen, statt weiter im Landesinneren zu warten, und hatten die *Calistra* draußen in der Morgendämmerung vor Anker liegen sehen, wo sie auf die Flut wartete, die sie wieder in die Bucht auf Sand und Kies tragen sollte. Karadas hob lässig eine Hand zum Gruß, aber selbst auf die Entfernung konnten wir die großen Augen erkennen, mit denen seine Besatzung den Kessel anstarrte, den wir gebracht hatten und der jetzt mit Seilen an zwei Speeren hing, die wir an den Sattelhörnern von Oswins und Sadocs Pferd befestigt hatten. Außerdem konnten sie sehen, dass wir weniger waren, und wussten es wohl besser, als unseren Erfolg in Abwesenheit der Verlorenen zu feiern. In dieser Nacht schlief keiner von uns viel, denn wir konnten die Blicke nicht von den Dünen und Felsen nehmen, voller Angst, die Menschenfresser könnten uns nachstellen, und so waren wir am Morgen unbeschreiblich erschöpft, als wir endlich das Schiff bestiegen und das Segel hissten, begleitet vom Kreischen der Möwen und dem Hämmern der Wellen am Ufer.

Ich stand bei Seren, jenseits von müde, schmiegte meinen Kopf an seinen, nahm seine Wärme in mich auf, eine Hand sanft hinter sein Auge gelegt, wo ich sein Herz fühlen konnte und wusste, dass wir beide noch lebten. Es war seltsam, aber niemand hatte das Gefühl, wir hätten gesiegt. Karadas bellte seiner Mannschaft, die sich zwischen Tauen und Segel und Steuerruder abmühte, Befehle zu. Der Bug der *Calistra* zerfurchte das Meer, und so eilten wir nach Ynys Môn, als wollte selbst das Schiff dringend zehntausend graue Hügel zwischen sein Heck und das verblassende Land bringen. Wir aber, die dieses Land betreten hatten und gar in seine Tiefe gekrochen waren, blieben in gewisser Weise noch immer dort zurück. Im Tal mit dem verlassenen Hof, wo wir auf der Suche nach verlorenen Seelen in die Nacht hinausstarrten. Oder in Angstschweiß gebadet in der beengten Schwärze der Höhlen, wo hungrige Wesen wie schattenhafte Monster in einem Albtraum lauerten.

Wir Überlebenden betrachteten den Kessel, wie wir einen Fluch anstarren würden, könnte man Flüche sehen. Merlin machte ich keine Vorwürfe. Ich hatte die Qual in Fürst Arthurs Augen gesehen, so scharf selbst nach all den Jahren. Ich hatte die Herrin Guinevere getroffen, hatte vor langer Zeit sogar mit eigenen Augen ihre Auflösung in Körper und Geist mitangesehen. Und so wusste ich, warum Merlin den Kessel gesucht hatte. Aber Cai und Medyr, Tarawg, Nabon und Cadwy machten ihm Vorwürfe. Sie sprachen es nicht aus, aber das wäre auch nicht nötig gewesen. Sie standen zwischen ihren Pferden, stemmten sich gegen das Rollen der *Calistra* und wirkten stumm wie Steine, die man zu Ehren der gefallenen Waffenbrüder errichtet hatte. Hin und wieder sah ich, wie einer von ihnen den Kessel beim Mast mit Argwohn oder Abscheu musterte und wohl dachte, der Preis, den wir dafür bezahlt hatten, stelle seinen Wert bei Weitem in den Schatten.

»Hast du gewusst, dass ich ihn gefunden habe, als er sich in einer Esche versteckte?«, sagte Merlin. Ich hob meinen Kopf von Serens Hals und sah ihn über den Pferderücken hinweg an. »Nicht der einfachste Kletterbaum, die Esche.« Ich wusste, er sprach von Oswin. »Aber er hatte gerade mitangesehen, wie Uthers Recke seinen Vater aufspießte, also hatte er wohl allen Grund, da hinaufzuklettern.« Er lächelte vage. »Außerdem war er ein Knabe, noch keine dreizehn Sommer alt, und Knaben können außergewöhnliche Dinge vollbringen, wenn sie nur nicht zu viel darüber nachdenken.«

»Ihr habt sein Leben gerettet?«, fragte ich.

Merlin verzog das Gesicht. »Uthers Männer waren im Blutrausch. Haben alles abgeschlachtet, was atmete.« Seine Stirn umwölkte sich. »Und noch schlimmere Dinge getan.« Er legte eine Hand auf Serens Widerrist, als müsste er herausfinden, welchen Trost ich aus dem Wallach zog. »Ich habe Uthers Unmenschen versprochen, dass, wer auch immer den Sachsenjungen anrührt, ein Jahr lang nur noch Blut pissen wird.« Er schaute in den grauen Himmel, wo sich eine Möwe mit dem Nordwind balgte. Ihr ausgelassenes Kreischen klang wie ein Lied zu Ehren unserer Gefallenen. »Damals haben mich die Menschen noch gefürchtet. Jetzt fürchten sie nicht einmal mehr die Götter. Sie sorgen sich nur um ihr eigenes kleines Leben. Wird die Gerste auch hoch genug wachsen? Werden sie Kindbett oder Seuche oder Hunger überstehen? Werden sie es im Winter warm haben?«

»Werden die Sachsen kommen?«, fügte ich hinzu.

Er nickte. »Das auch. Das immer.«

Ich legte die Finger ineinander, machte aber nicht das Zeichen des Dornbusches, sondern drückte den linken Daumen in die rechte Handfläche und massierte mein Fleisch, das ganz wund war davon, wie wild ich Eberzahn in den Höhlen ergriffen hatte.

»Die Menschen respektieren Euch immer noch.« Ich senkte den Kopf und nickte in Richtung Gawain und Cai, die im Heck standen und sich unterhielten. Neben ihnen saß Gediens an der Bordwand, während Iselle, mit Taliesin nah wie ein Schatten an ihrer Seite, die Schnittwunde untersuchte, die der Krieger am Hals erlitten hatte. Wir sahen zu, wie sie den blutverschmierten Verband abnahm und Karadas' Wein über die Wunde schüttete, sehr zum Verdruss des Kapitäns. »Seht, was sie erduldet haben, weil Ihr gesagt habt, dass es nötig ist.«

Auch Cai war verletzt, wie ich wusste, von einem Speerstoß, der seine Rüstung nicht durchschlagen, die Schulter aber arg gequetscht hatte, und von einem Schlag gegen den Helm, dessentwegen er immer noch doppelt sah, behauptete jedenfalls Gawain.

Merlin rümpfte die Nase. »Und dafür hassen sie mich.«

Ich betrachtete den Kessel von Annwn, diesen Schatz Britanniens, der noch immer verdreckt von Alter und Schmutz und Ruß war und nach Gadrans Blut stank, obwohl Cai und Gawain ihn mit Meerwasser ausgespült hatten, bis Merlin sie krächzend aufgefordert hatte, den zuständigen Gott nicht weiter zu beleidigen. »Wenn es aber die Herrin retten kann.« Diese sieben Worte waren so schwer vor Hoffnung, dass sie aus meinem Mund fielen wie Ballast über die Bordwand und keine weiteren folgen wollten.

Merlin kratzte sich die bärtige Wange und schien in seinen eigenen Gedanken gefangen zu sein. Dann beugte er sich über Serens Hals, und ich drehte mein Ohr in Richtung seiner rissigen Lippen. »In Wahrheit fürchte ich, wir müssen uns auf das Schlimmste gefasst machen, Galahad«, sagte er mit einer Stimme, die wie das Knarren der geteerten Schiffstaue klang. »Selbst *wenn* ich sie erreichen kann, fürchte ich, sie wird die Rückreise nicht überleben.«

Ich zuckte vor diesen sauren Worten und seinem sauren Atem zurück und schaute ihm in die Augen. »Ihr glaubt nicht, dass es überhaupt gelingen kann?«

Merlin sah mich finster an und zischte, ich solle meine Zunge hüten, obwohl mich über das Raunen der See und das Ächzen der Planken und Taue und das Wiehern der anderen Pferde hinweg ohnehin nur Seren gehört haben konnte.

Wieder beugte sich der Druide zu mir. »Ich will nur sagen, dass wir auch auf andere Ausgänge gefasst sein sollten.«

Meine Knie wurden weich. Ich schaute rüber zu Guidan und Fiala, die dort neben dem Kessel unter ihren Leichentüchern lagen, und plötzlich flammte großer Zorn in meiner Brust auf. Wie konnte Merlin mir das jetzt so sagen nach allem, was wir durchgemacht hatten, um diesen angeblichen Schatz Britanniens zu bergen? Ich sah mich um und betrachtete die Männer, die ihr Leben riskiert und Brüder verloren hatten, weil wir – nicht nur Merlin, denn ich war definitiv mit verantwortlich – sie um Hilfe gebeten hatten. Und ich sah Iselle an, deren Haare wie Flammen im Wind wehten, denn sie war Britannien und brannte mit der Hoffnung eines ganzen Volkes. Ich fühlte mich ungeheuer elend, fast fiebrig vor Scham, konnte aber nicht ungehört machen, was der Druide von sich gegeben hatte. Und es zu wissen, während andere es nicht wussten, machte mich genauso niederträchtig wie ihn.

»Warum haben sechs Männer ihr Leben dafür gegeben?«, fragte ich. »Warum sind wir hier?« Ich deutete auf das schaukelnde Wabern von grauer See und grauem Himmel ringsum. »Statt an Fürst Konstantins Seite unseren Feinden zu trotzen?«

»Spiel nicht den Narren, Bursche, du weißt genau, warum«, sagte Merlin.

Und das tat ich. »Für Arthur.«

Ich atmete zitternd aus und sah zu Gawain, dessen Anrufung der blutsbrüderlichen Bande der eigentliche Grund gewesen war, aus dem sich Cai und die anderen Reiter, die Letzten ihrer Art, uns angeschlossen hatten. Und ich wusste, sollte er von Merlins Zweifeln erfahren, würde er den alten Mann wahrscheinlich über Bord werfen.

»Für Arthur«, flüsterte Merlin leise, nur für sich. »Es war alles für Arthur.«

Seren schnaubte und hob den Kopf, verärgert ob meiner Missachtung, denn ich hatte aufgehört, ihm Hals und Flanke zu streicheln. Sein Schwanz war fest zwischen die Hinterbacken geklemmt. Seine Ohren zuckten bei jedem unbekannten Geräusch nach vorn und nach hinten, bei jedem Knirschen im Rumpf und jedem Knattern des Segels, und wie der Rest von uns schien er dringend irgendwo sein zu wollen, wo dieser abscheulich missbrauchte und beschmutzte Kessel nicht war. »Bald, mein Freund. Wir sind fast da«, sagte ich, schmiegte meine Wange an seine Schnauze und sog den süßen Geruch seines ehrlichen Atems ein. »So ein tapferer Junge.«

»Was würdest du für sie tun?«, fragte Merlin.

Ich sah ihn fragend an. Er verdrehte die Augen. »Du weißt, wen ich meine.«

Mein Blick wanderte zu ihr. »Alles.«

Er hob die Brauen. »Selbst zur Insel der Toten reisen, um ein Relikt zu bergen, weil sie sich an die Hoffnung klammert, dass Arthur wieder reiten wird?«

Ich nickte.

»Und so würde auch ich alles für Arthur tun.« Er hielt inne. »Alles versuchen.« Er schüttelte den Kopf. Sein langer grauer Bart wurde vom Wind zerzaust. Er sah alt und abgehärmt aus wie ein greiser Jagdhund, dessen Fleisch so eingefallen ist, dass man die Knochen durch das Fell sehen kann. Seine Augen aber waren nicht die Augen eines alten Mannes, weder wässrig noch trüb, auch war ihr Weiß nicht wie bei dem alten Jagdhund rötlich verfärbt. Merlins Augen waren wie Glut in der Asche, pulsierten mit geheimnisvollem Leben, warteten nur auf den Atem, der sie neu entfachen würde. »Ich habe ihn schon enttäuscht«, sagte er und schlang die Arme um Serens Hals, als die *Calistra* über eine Welle hüpfte. Einige Pferde schrien vor Furcht. »Ich habe Arthur Lancelot gegeben. Und ich habe den Göttern Guinevere gegeben. Also hatte Arthur das Schwert Britanniens – deinen Vater meine ich, nicht dieses Schmuckstück, mit dem er im ganzen Land herumgewedelt hat, um die Könige zu beeindrucken. *Und* er hatte die Götter.« Seine Hände ruhten auf Serens Rücken, und jetzt strich er mit zwei Fingern der Linken über die rechte Handfläche, fuhr die Triskele aus ineinander verschlungenen Spiralen ab, die vor langer Zeit in seine Haut gestochen worden war und sich noch immer grün wie dünne Adern zeigte. Er schüttelte den Kopf. »Ich dachte, es wäre genug. Ich hätte begreifen müssen, was passieren würde. Ich hätte wissen müssen, dass Liebe genauso viel zerstören kann wie Feuer.«

Mein Vater hatte die Frau eines anderen geliebt, und diese Liebe hatte alles vergiftet. Ich verstand nicht, wie irgendetwas daran Merlins Schuld sein sollte, aber wenn er einen Teil der Schuld beanspruchte, stand es mir kaum zu, ihm zu widersprechen. Hatten nicht die Druiden immer schon ihre Finger im Spiel gehabt?

»Ich habe versagt, Arthur und Britannien gegenüber. Und deshalb, Galahad, muss ich versuchen zu reparieren, was ich kann.« Er schaute über den Bug der *Calistra* hinweg, wo sich durch einen immer dunkleren Regenschleier die Klippen von Ynys Môn abzeichneten. Reparieren. Meinte er Britannien oder Guinevere oder Arthur? Vielleicht alle drei.

»Ihr *werdet* Guinevere heilen«, sagte ich, als hätte ich die Macht, dies zu beschließen, »und Arthur wird uns wieder führen.«

Merlin erwiderte nichts, zog nur seinen Bart durch eine knorrige Faust und lenkte seinen Blick auf den Kessel von Annwn.

Ich wusste nicht, was der Druide sah, wenn er diesen verdreckte Metallbottich betrachtete, den seine Vorfahren übers Meer gebracht hatten, um ihn vor den Flammen zu retten, die die Römer in den heiligen Hainen entfacht hatten. Wann immer ich diesen Kessel anschaute, sah ich nichts als den Tod.

Wir sahen einen Jungen und ein Mädchen über die nächste Hügelkuppe verschwinden, um eilig die Nachricht unserer Rückkehr zu verkünden, und als uns die Wächter im Torhaus später zwischen den Bäumen auftauchen sahen, zusammen mit dem Kessel, der sanft zwischen zwei reiterlosen Pferden schwang, stießen sie ins Horn. Ich hatte erwartet, dass man uns mit Jubel und Rufen empfangen würde, mit Kindern, die neben uns herrannten, und mit den traurigen Blicken derer, die allzu gut den Preis dafür erkannten, dass es uns gelungen war, diesen Schatz Britanniens nach Ynys Môn zu bringen. Aber da war kein Jubel, nicht einmal, nachdem wir unsere Pferde durch das Tor in den Hof führten, während die sinkende Sonne zwischen den Wolken hervorbrach, um die Festung in ein seltsames rotes Licht zu hüllen.

Einer von Fürst Cais Kriegern stand dort, um uns zu erwarten; die anderen Reiter mit den roten Helmbüschen, die zurückgeblieben waren, gesellten sich mit ihren Bärenschilden und Speeren zu uns, umringten den Kessel, begrüßten die alten

Freunde, erwähnten die leeren Sättel und erkundigten sich, was auf der Insel der Toten passiert sei. Und zuerst dachte ich, sie scharten sich um den Kessel als Zeichen der Ehrerbietung für uns und all jene, die nicht zurückgekehrt waren.

Aber dann sah ich die Krähenschilde.

Meine Brust zog sich zusammen, und ich schaute Gawain gerade rechtzeitig an, um zu sehen, wie er sich im Sattel zur Seite beugte und ausspuckte, denn auch er hatte die Schilde entdeckt.

»Was im Namen des gehörnten Gottes tun die hier?«, sagte Parcefal und hob den Speer an, der auf seinen vorderen Sattelhörnern gelegen hatte.

»Sie sind am Tag eures Aufbruchs angekommen«, sagte einer von Cais Männern neben uns. »Die Fürsten Melehan und Ambrosius. Die Söhne Mordreds«, fügte der Mann hinzu und berührte seinen eisernen Schildbuckel bei der Erwähnung von Arthurs Sohn, der ihn verraten hatte.

»Wir wissen, wer sie sind«, sagte Gawain. »Was wollen sie hier?«

Mich beschlich plötzlich die entsetzliche Furcht, dass Morgana und König Cerdic nicht gewartet hatten, um ihre Drohung wahr zu machen. Dass ihre vereinte Armee Fürst Konstantin bereits vernichtend geschlagen hatte und sie nun gekommen waren, um auch von den Königen in Dyfed, Powys und Gwynedd Treueeide zu erzwingen. Iselle war es, die mir diese Angst nahm und an ihrer Stelle sogleich eine neue säte.

»Sie sind uns gefolgt«, sagte sie. Sie hatte ihr langes Sachsenmesser aus der Scheide gezogen, die Klinge funkelte in der roten Sonne.

»Sie hat recht«, sagte Gediens, und ich erinnerte mich, dass

Iselle in einem Flusstal südlich von Gwynedd hinter uns ein Kettenhemd oder einen Helm hatte aufblitzen sehen. Wir hatten gedacht, es müsse sich um König Gwions Männer handeln, die uns beschatteten, um herauszufinden, ob wir wirklich waren, wer wir zu sein behaupteten, aber jetzt kam es mir durchaus wahrscheinlich vor, dass Melehan und Ambrosius uns gefolgt waren. Ich fragte mich, ob sie sich vor so vielen Tagen direkt in Venta Belgarum an unsere Fersen geheftet hatten, um uns später im Sumpf zu verlieren und erst wiederzufinden, als wir Arthurs Hof erneut verließen. Oder hatte einer unserer Gastgeber in den Festungen und Siedlungen auf dem Weg eine Nachricht an Morgana in Camelot geschickt und uns an unsere Feinde verkauft, während er noch Speis und Trank mit uns teilte?

»Wir bleiben beim Kessel«, sagte Gawain laut genug, dass wir es alle hören konnten. »Niemand sonst nähert sich ihm auf weniger als zwanzig Fuß, verstanden?« Die hungrigen und durstigen und völlig erschöpften Männer ringsum murmelten zustimmend, saßen jetzt aufrechter im Sattel, packten ihre Speerschäfte und ließen die Menge nicht mehr aus den Augen. Bis jetzt aber standen die Krähenschilde nur in mehreren Gruppen dort, insgesamt etwa dreißig Mann, und beobachteten uns. Beobachteten den Kessel.

Dann lenkte ein Raunen unsere Aufmerksamkeit auf die Halle, denn König Pelles, der Fischerkönig, mein Großvater, trat aus dem dunklen, von Feuern erhellten Innenraum hinaus in den Abend. Mit beiden Händen klammerte er sich an einen großen Stab, denn er war alt und lahm, und obwohl er die Nachricht bereits vernommen haben musste, wurden seine alten Augen unter den buschigen Brauen rund wie römische Münzen, als er den Kessel sah.

»Es wird hier keinen Zwist geben«, rief er, nahm eine zitternde Hand vom Stab und reckte sie in Richtung der Krähenschilde. »Keinen Streit!« Sein Haar, so weiß und weich wie der Nacken einer Taube, wurde von einer sanften Brise erfasst, die den säuerlichen Geruch des Weißklees mit sich brachte, der auf dem Erdhang im Schatten der Palisade wuchs. »Unsere Gäste sind in Frieden gekommen«, rief er mit seiner trockenen, dünnen Stimme, und diesmal richtete er sich an uns. Da hörte ich Merlin hinter mir unterdrückt einen Fluch krächzen, denn hinter dem König kamen Melehan und Ambrosius aus der Halle, schritten sehr langsam einher, um keinen Ärger zu erregen, weil sie den lahmen König überholten. Dann ließen die beiden Brüder König Pelles allein weitergehen; sie waren abgeklärt genug, um zehn Schritte Abstand von unserem Ring aus Pferden zu halten. Meine Müdigkeit war entschwunden wie Stare, die man aus ihren Nestern aufschreckt, und ich wollte nichts sehnlicher, als Seren anzusporonen und meinen Speer in diesen Verrätern zu versenken. In diesen Söhnen eines Verräters.

»Fürst Gawain«, sagte Melehan. »Ihr anderen Fürsten«, fügte er hinzu und nickte in Richtung Parcefal und Gediens; eine geheuchelte Respektsbezeugung, die ihm so schlecht zu Gesicht stand wie seinem Bruder das falsche Lächeln. »Es freut mich, Euch zu …«

»Was wollt ihr hier?«, unterbrach Gawain ihn, ohne auf gespielte Höflichkeit zu achten. Melehan aber wirkte keineswegs beleidigt, sondern nickte nur, als hätte er nichts anderes erwartet als diese kalten Mienen, die ihn anstarrten.

»Wir sind gekommen, um König Pelles ein Bündnisangebot mit Königin Morgana und König Cerdic zu unterbreiten.« Er breitete die Arme aus und drehte sich halb in Richtung des

Königs. »Denn Gwynedd ist nicht allzu weit von Camelot entfernt.«

»Von Verrätern und Sachsen ist man nie weit genug weg«, knurrte Gawain, während mehrere Männer um mich herum fluchten oder ausspuckten bei dieser Bestätigung, dass die Herrin Morgana den Sachsenkönig tatsächlich wie angekündigt geehelicht hatte, als die Feuer von Beltane in den Nachthimmel züngelten. Nur konnte ich mir nicht vorstellen, dass Mordreds Söhne darüber wirklich erbaut waren, ihre Großmutter als Gemahlin jenes Mannes zu sehen, dessen plündernde Banden seit Arthurs Tagen durchs Land zogen wie Raubtiere, die nach Frischfleisch suchten. Und doch sicherte diese Heirat Melehan und Ambrosius die Herrschaft über Dumnonia, vielleicht gar eines Tages als Pendragons von ganz Britannien, mit Zwillingsthronen auf der Empore von Arthurs großer Halle in Camelot, von wo aus sie finstere Schatten über diese Dunklen, aber immer noch dunkler werdenden Inseln werfen konnten. Götter, wie ich die beiden hasste! Selbst mein Wallach spürte es und wieherte leise und scharrte mit den Hufen im matschigen Boden.

»Betrüblicherweise hat König Pelles das Angebot unserer Königin für ein Abkommen abgelehnt«, sagte Ambrosius und gab sich alle Mühe, sein Gesicht frei von Missfallen zu halten. Die Männer und Frauen, die sich bei der Nachricht unserer Rückkehr hier versammelt hatten, standen unbehaglich herum und starrten abwechselnd uns und die Krähenschilde an, fürchteten einen Kampf und fühlten sich doch von dem Kessel angezogen. Die Frauen und Familien der Männer, die nicht zurückgekehrt waren, hatten jedoch nur Augen für die Pferde, die sie kannten, und die leeren Sättel auf ihren Rücken. Sie scherten sich weder um die drohende Gewalt noch um den Schatz

Britanniens, für den ihre Männer gestorben waren, sondern klammerten sich aneinander, kleine Inseln aus Trauer in einem Meer widerstreitender Strömungen.

»Wenn ihr eure Antwort bekommen habt, warum seid ihr dann noch hier?«, fragte Gawain und sah die Brüder abwechselnd an.

»Sie sind meine Gäste, Fürst Gawain.« König Pelles sah ihn drohend an. »Ich habe ihr Wort, dass es kein Blutvergießen geben wird. So wie ich auch Eures haben werde.«

Gawain sah mich an. Nicht Cai oder Gediens oder Parcefal, sondern mich. Ich glaube, er konnte meinen Hass förmlich spüren, wie die Hand die Hitze der Flamme selbst aus einiger Entfernung spürt, und ich wusste, wenn ich nur sagte, wir sollten gegen die Krähenschilde kämpfen, würde Gawain seinen wilden Zorn auf sie entfesseln.

»Nein, Galahad.« Merlin saß direkt hinter mir und musste Gawains Blick gedeutet haben. »Es hat genug Tote gegeben. Jetzt ist nicht der richtige Zeitpunkt«, sagte der Druide trotz der Grausamkeiten, die er in der Hand der Zwillinge erlitten hatte. »Wir haben den Kessel. Alles andere darf uns nicht kümmern.«

Ich drehte mich im Sattel und sah Iselle an, die neben Taliesin saß und seine Hand hielt, während sie mit der anderen Hand das lange Messer packte. Der Junge schien mehr Angst vor der versammelten Menschenmenge zu haben als vor den Neamhmairbh und ihren schrecklichen Höhlen. Es musste sehr lange her sein, dass er so viele Menschen auf einmal gesehen hatte, wenn überhaupt jemals.

Ich richtete mich auf, sah Gawain an und schüttelte den Kopf. Er blinzelte als Bestätigung, während König Pelles Diener anwies, die beiden in Tücher gehüllten Leichname von den

Pferderücken zu heben, die den Rückweg in dieser unwürdigen Haltung hatten absolvieren müssen.

»Der König und die Königin haben euer Versäumnis, nach Camelot zu kommen und den Treueeid zu leisten, als Kriegserklärung aufgefasst.« Melehans Stimme war weithin zu hören. »Und doch seid ihr hier statt an Fürst Konstantins Seite, dessen armselige Armee noch vor Mittsommer aufgerieben sein wird.«

»Was uns auf den Gedanken bringt«, sagte sein Zwillingsbruder und griff den Faden gekonnt auf, als handelte es sich um ein altes Spiel zwischen den beiden, »dass ihr vielleicht doch nicht vorhabt, einen Krieg zu führen, von dem ihr wisst, dass ihr ihn nicht gewinnen könnt, sondern euch nur auf diese lange Reise begeben habt, um ein Hochzeitsgeschenk zu finden, das Königin Morgana und Königs Cerdic würdig ist.«

Damit deutete er auf den Kessel. Ein Lächeln hob die langen Schnurrbartenden in sein schmales Gesicht. »Es sieht mir zwar nicht nach viel aus, aber ich bin mir sicher, Merlin kann uns erklären, warum dieses Ding mehrere Menschenleben wert war.« Er deutete auf Fiacha und Guidan, die eben vorbei an König Pelles in seine Halle getragen wurden.

»Ich warte noch immer auf Euer Wort, dass es hier kein Blutvergießen geben wird, Fürst Gawain«, sagte der König und stützte sich auf seinen Stab. Mit sichtbarer Anstrengung hob er den Stab und richtete das Ende erst auf Fürst Cai, dann in einem Bogen auf einige weitere Krieger mit roten Helmbüschen, die rings um den Schatz des Druiden auf ihren Rössern saßen. »Diese Männer mögen Eure Waffenbrüder sein, aber sie dienen mir. Sie haben *mir* einen Eid geleistet.« Dieser letzte Satz war zwar ebenfalls an Gawain adressiert, richtete sich aber eher an die Männer selbst.

»Bei meiner Ehre, Herr König.« Als Gawain das Haupt neigte, fingen sich die letzten Sonnenstrahlen in seinem Helm. »Ich wünsche nichts weiter als Bier und ein Bett.«

Der König gab sich damit zufrieden und wies Fürst Cai an, den Kessel von Annwn in seine Halle zu bringen, wo wir alle schlafen sollten, während die Fürsten Melehan und Ambrosius die Nacht außerhalb der Festung auf der Weide vor der Südmauer verbringen sollten.

»Ich würde euch weiter den Boden meiner Halle anbieten, aber meine Männer haben viel durchgemacht«, sagte er zu Melehan und Ambrosius. Der König – mein Großvater, wie ich mir immer wieder ins Gedächtnis rufen musste – war alt und lahm, aber kein Narr. Er wusste, dass wir den Kessel bewachen mussten. Was Morganas Enkeln natürlich keineswegs gefiel. Melehan mahlte mit den Kiefern, als müsste er etwas Fauliges hinunterschlucken, verschränkte die Arme vor der Brust und drückte sich einen Daumen an die Lippen, um die Worte zurückzuhalten, die ausgesprochen werden wollten.

»Wir verstehen, Herr König«, sagte er schließlich.

»Im Morgengrauen werden wir uns gen Camelot aufmachen, König Pelles«, sagte Ambrosius. »Solltet Ihr Euch das Angebot der Königin noch einmal durch den Kopf gehen lassen, wäre es uns eine Ehre, vor dem Aufbruch noch einmal mit Euch zu sprechen.«

»Wenn Ihr so lange gelebt habt wie ich, junger Melehan, dann werdet Ihr wissen, dass es zu viel wertvolle Zeit und Kraft kostet, seine Meinung zu ändern«, sagte König Pelles und zwinkerte Taliesin zu, auch wenn er sich fragen musste, wer der Knabe sein mochte. »Abgesehen davon«, fügte er hinzu und drehte sich noch einmal mit seinem Stab, um Melehan anzusehen, »braucht es dafür ein besseres Gedächtnis, als ich es aufbieten kann. Wenn man seine Meinung ändert wie der Wind seine Richtung, wie kann man dann noch wissen, wo man eigentlich steht?«

Melehan murmelte eine Antwort, aber der König hörte ihm nicht mehr zu. Er humpelte zu mir herüber, wo ich auf Seren saß, und streichelte dem Wallach das Maul, als wären die beiden alte Freunde.

»Ich bin froh, dich unversehrt wiederzusehen, Galahad.« Seine fahlblauen Augen erforschten mein Gesicht. »Aber du bist müde, wie ich sehe. Und du hast gelitten.« Er zog die buschigen weißen Brauen zusammen. »Und du hast dich verändert.« Er betrachtete mich noch immer.

»Wir sind alle erschöpft, Herr König«, sagte ich. »Großvater«, fügte ich hinzu und rang mir ein Lächeln ab, von dem ich wusste, dass es meine Augen nicht erreichte.

Aber das Lächeln des alten Mannes war liebevoll und traurig, und er nickte, als wollte er sich für diesen kleinen Austausch bedanken. »Dann komm, mein Junge, und ruh dich aus.« Er deutete mit dem Stab in Richtung seiner Halle, deren eigentlich graues Strohdach von der untergehenden Sonne frisch gedeckt schien. Dort auf dem Dachfirst, windwärts des Rauches, der in den Himmel strebte, saß ein Sperber und betrachtete uns mit seinen wilden gelben Augen. Graubraunes Federkleid. Weiße Streifen auf der Brust. Ein Weibchen. Sofort entspann sich ein Bild in meinem Kopf. Mein Vater als Knabe, mit genau solch einem Vogel auf dem Arm. Zu zweit verbringen sie die Tage. Und sind doch in gewisser Weise beide allein.

»Euch alle erwartet Gemütlichkeit«, verkündete der König und brach damit den Bann, der mich einen Moment lang gefesselt hatte. Ringsum saßen die anderen ab, streckten die schmerzenden Muskeln, verscheuchten die Taubheit aus Beinen und Hintern, während sich bereits Diener und Stallburschen näherten, um sich um Pferde und Gepäck zu kümmern. »Morgen werdet ihr uns erzählen, wie ihr den Kessel gewonnen habt. Dann werden wir den Göttern die Namen der Gefallenen zurufen«, fügte er laut genug hinzu, dass die Trauernden es hören konnten, »und unsere Becher zu ihren Ehren erheben.«

Ich schlang mein Bein über Serens Rücken und rutschte zu Boden. Rüstung, Mantel und Helm zogen mich hinab wie in großes Wasser, immer tiefer und tiefer. Nie im Leben war ich so erschöpft gewesen und hätte dort im Stehen einschlafen können, wären meine Beine noch stark genug gewesen, mein Gewicht zu tragen.

Ein Bursche nahm Serens Zügel, und ich zuckte zusammen, wollte sie ihm einen Herzschlag lang entreißen, wollte nicht von dem Wallach getrennt werden. Aber ich wusste, er und die anderen Pferde würden gefüttert und gestriegelt und gut umsorgt werden, also sagte ich Seren nur, ich würde ihn sehr bald wiedersehen, und lenkte meine Schritte in Richtung Halle, folgte Gawain, Parcefal und Fürst Cai, die ihrerseits Merlin und dem Kessel folgten.

»So, Junge, und wer bist du?«, hörte ich den Fischerkönig fragen.

»Taliesin, Herr König«, erwiderte der Knabe.

»Es freut mich, dich kennenzulernen, Taliesin«, sagte mein Großvater, und offenbar traute Taliesin ihm genug, um Iselles Hand loszulassen, denn sie ging jetzt neben mir. Ich konnte ihren Schweiß riechen, süß und erdig, und atmete tief davon, während wir gemeinsam auf die Halle des Königs zugingen und von den Krähenschilden in der Menge beäugt wurden.

Buche und Birke, Erle und Eiche. Die tiefen Wälder ergießen sich vom Hügel hinab ins Tal, ein mächtiger Fluss aus zitternden, windbewegten Blättern, dem ich folge, meine Flügel biegsam, mein Herz stark in der Brust. Der Wind strömt durch meine Federn. Dann hinab in ein Luftloch, das sich ans Land klammert und in dem die Sperberin sein kann, wozu sie geboren wurde. Flüchtig wie ein Geist. Hier und sofort wieder fort. Absolut tödlich.

Ich segle knapp über Hagebutten und Brombeeren dahin, über moosige Baumstümpfe und Farnwedel, schnell und tief wie ein Sensenblatt. Dann hinauf auf den ausgestreckten Arm und den Lederhandschuh, der intensiv nach dem Körper des Jungen und nach Blut duftet.

Dieser Junge, dieser treue Lancelot, ist der Einzige, dem sie vertraut. Er hat sie gefüttert und beschützt, sein kühner Blick beruhigt sie, die alle anderen Menschen hasst. Den Jungen aber toleriert sie. Und jetzt, an diesem nassen grauen Morgen, würde sie für ihn töten.

Halb verborgen hinter einem verkrümmten Baumstamm warten wir, vollkommen lautlos. Ich fühle den Leib der Sperberin wie einen Knoten gespannt, ihre Sehnen kampfbereit verkrampft, und spüre selbst durch den Lederhandschuh, dass der Junge genauso gespannt ist, genauso begierig.

Da, die Felsentaube. Auch der Junge hat sie bemerkt. Ich spüre den Schwall des Blutes in seinem Arm, obwohl er noch immer reglos dasteht. Dann gleiten wir wie ein Gespenst vom Handschuh, schnell und tief und wieder hinauf, und ich spüre den Schrecken der Taube, als ihr die Krallen ins Fleisch schlagen. Spüre auch, wie das Leben gleich einem Atemstoß ihrem Körper entweicht. Wir ziehen eine lange Schleife und werfen den blutig zerrissenen Leib zu Füßen des Jungen ab.

Ich könnte meine Seele von der des Vogels entflechten und fortfliegen. Aber ich bin gern bei dem Jungen, also bleibe ich noch ein Weilchen und betrachte ihn. Lasse mich von ihm füttern, lasse ihn meine Schwingen und meinen Hals streicheln, und als er mich an die Sitzstange gebunden zurücklässt, warte ich auf seine Rückkehr und will ihn bestrafen, weil er mich missachtet.

Da öffnet sich die Tür, dünnes Licht durchflutet die Dunkelheit und schmerzt meine Augen, aber ich rieche sofort, dass nicht er es ist, sondern ein anderer Junge. Und spüre sogleich seinen Hass. Ich rufe mir zu, mich zu lösen, meine Verbindung mit diesem Tier zu kappen und mich an eine andere Seele zu klammern.

Geh, los!

Aber ich bleibe. Ich sehe diesen Jungen nahen und fühle die Furcht der Sperberin. Sie wallt in ihrem rasenden Herzen auf, fließt in ihre ausgebreiteten Schwingen, und sie schreit, warnt den Fremden, ihr fernzubleiben, droht ihm, er aber kommt noch näher, und wir schlagen wild aus, greifen mit den Flügeln in die Luft, und das endlich lässt den Jungen innehalten, denn er muss den Zorn in unseren Augen sehen. Aber sein Hass ist stärker als seine Furcht. Er bückt sich und hebt den Schürhaken auf, der neben dem Herd liegt.

Geh! Du musst dieses Tier verlassen!

Er hebt den Arm, und ich weiß, ich sollte längst fort sein, sollte meinen Geist weit von hier fortwerfen, aber ich tue es nicht, und der Schürhaken saust herab, trifft meine Schwinge, und der Schmerz ist stärker als alles, was ich je empfunden habe.

Flieg!

Die Sperberin kreischt und will wieder ausschlagen, aber der Junge nimmt die Fessel und schlingt sie um unseren gebrochenen rechten Flügel, einmal, zweimal, und wir kämpfen, stechen nach ihm, hinterlassen eine blutende Wunde an seinem Arm. Er versetzt uns einen Schlag mit dem Handrücken, wirft uns von der Sitzstange, die Fessel zieht sich straff, und wir hängen dort, drehen uns um die eigene Achse, schreien vor Schmerz und Wut und Angst.

Nie war ich erschöpfter gewesen, aber der Schlaf wollte einfach nicht kommen. Ich lag da und starrte hinauf zu den von Vogeldreck besudelten Dachbalken, zu den wehenden Spinnweben und der Unterseite der Strohbündel, auf denen die Flammen der Herdfeuer so unruhig tanzten wie die Gedanken durch meinen Kopf. Manche der Männer waren eingeschlafen, sowie ihre Köpfe die Felle oder Mäntel berührten, die sie aufgerollt als Kopfkissen benutzten. Ihr Schnarchen bildete einen abgehackten, misstönenden Chor, bisweilen anschwellend, dann wieder zerfasernd wie Brandung im Spiel zwischen den Steinen am Ufer. Andere unterhielten sich leise, ein sanftes, stetiges Brummen im Hintergrund, und einige wenige, die wie ich keinen Schlaf fanden, saßen allein herum und tranken sich langsam in die Besinnungslosigkeit. Mitten zwischen uns allen, stumm und doch im Feuerschein fast lebendig, pulsierend wie ein fiebriges Herz, stand der Kessel von Annwn. Ein uraltes leeres Gefäß und dennoch bis zum Rand gefüllt mit Geistern, kochend und schäumend vom Geflüster der Toten, das mich nicht zur Ruhe kommen ließ.

Ich wälzte mich auf die Seite und schaute Iselle direkt in die Augen. Hinter ihr lag Taliesin und schlief fest, sein Gesicht so gelassen, so schön, es wirkte beinahe unmöglich, dass er in seinem kurzen Leben solch schreckliche Dinge erlebt haben sollte.

»Es gibt keinen anderen Weg«, flüsterte Iselle.

Ich nickte. Lange Zeit sahen wir einander stumm an, erhoben uns schließlich lautlos und gingen zu Gawain hinüber, der jenseits des Feuers im Schatten saß. Sobald wir uns neben ihm niederließen, schaute er von Iselle zu mir und legte den Finger an die Lippen, ehe er sich nach Fürst Cai umsah, der zwischen seinen Fellen lag und vielleicht schlief, vielleicht aber auch nicht. Dann sah er wieder mich an und nickte, ich solle reden, obwohl ich im gleichen Moment wusste, dass ich eigentlich gar nichts sagen musste.

»Du weißt, was wir tun müssen«, raunte ich.

»Weiß ich«, sagte er.

»Du hast dein Wort gegeben …«, sagte ich und meinte seine Zusicherung, die König Pelles ihm abverlangt hatte, dass es nicht zu Blutvergießen kommen würde.

»Ich gebe weniger auf meine Ehre, als ich es einmal getan habe«, sagte er so müde, dass er offenbar nicht einmal sich selbst belügen wollte. »Aber Cai können wir nicht fragen.«

Das war ein schwerer Schlag, auch wenn ich es verstehen konnte. Cai hatte schon so viel gegeben und so viel verloren, und Gawain würde seinen Freund nicht darum bitten, seinen Herrn zu hintergehen oder, schlimmer noch, ihn zu beschämen, indem er die Gastfreundschaft schändete, die der König den Gästen aus Camelot gewährt hatte.

»Und du?«, fragte Gawain mich. »Du bist von seinem Blut.«

Da erinnerte ich mich daran, wie der König mich draußen auf dem Hof angesehen hatte. Er hatte etwas in mir gesehen, was noch nicht dort gewesen war, als wir uns zum ersten Mal getroffen hatten. Ich wusste, dass er es gesehen hatte, denn ich spürte es selbst. Wie ein Quell dunklen Wassers oder ein

Traum, dessen Bosheit einem noch lange nach dem Erwachen anhaftet.

»Haben wir eine andere Wahl?«, fragte ich. Abgesehen von der einen Nacht, in der wir über meine Mutter gesprochen hatten, kannte ich meinen Großvater nicht. Trotzdem fürchtete ich, gerade weil wir die Erinnerung an sie teilten, die große Enttäuschung, die ich in den blassen Augen des alten Mannes sehen würde, sobald es getan war. Er würde nicht länger seine Tochter in mir erkennen. Nur noch meinen Vater.

Aber mir war eben auch nicht verborgen geblieben, wie die Prinzen Melehan und Ambrosius uns betrachtet hatten, als wir mit dem Kessel durch das Tor geritten kamen. Es war absolut wahrscheinlich, dass sie uns noch in dieser Nacht angreifen würden, dass sie sich in diesem Augenblick bereits mit Stahl und Feuer draußen versammelten. Andererseits mussten sie sich die Mühe gar nicht machen, brauchten unseretwegen keinen Krieg mit König Pelles anzufangen. Sie mussten nur wie versprochen im Morgengrauen abziehen und uns in den Wäldern und Tälern von Gwynedd oder Powys auflauern. Sie wussten, dass wir den Kessel südwärts bringen wollten, in Richtung Dumnonia oder Cornubia, auch wenn sie nicht wissen konnten, was genau unser Ziel war. Sie würden versuchen, Merlin lebend gefangen zu nehmen, den Rest von uns abschlachten und den Schatz zu Morgana schleppen, die immer großen Wert auf das Wohlwollen der Götter gelegt hatte und die Macht des Kessels für ihre Zwecke nutzen würde.

All das war sonnenklar, und so blieb uns nichts anderes übrig, als in dieser Nacht zu töten.

Iselle hieß uns schweigen und schaute in Richtung des großen Feuers. Da glommen Augen in der Dunkelheit. Augen, welche die Flammen reflektierten, die im Herd loderten und flackerten wie Wimpel in einer leichten Brise. Parcefal und Gediens beobachteten uns. Ebenso Cadwy, dessen vernarbtes Gesicht im Zwielicht ein brutales Grinsen zu zeigen schien. Und Merlin, der noch vor wenigen Augenblicken ausgesehen hatte, als schliefe er fest, jetzt aber im Schneidersitz neben dem Kessel saß, eine Hand auf dessen Rand gelegt hatte und mit den Fingern die Figuren und Formen entlangfuhr, die vor so langer Zeit in das Metall geprägt worden waren, sich unter der rußigen Kruste jedoch kaum abzeichneten. Merlins Blick aber ruhte auf uns. Vielleicht konnten sie alle wie wir nicht schlafen, hatten uns im Licht des Feuers zu Gawain gehen sehen und waren einfach neugierig, was wir mit ihm zu besprechen hatten.

Da kniete sich eine weitere Gestalt im Schatten neben uns nieder und zog ihren langen Schnurrbart durch eine Faust, deren Knöchel knorrig wie alte Wurzeln hervortraten.

»Also«, sagte Fürst Cai, und sein Blick huschte von Gawain zu Iselle und zu mir, »wie stellen wir es an?«

Wir waren geisterhafte Wanderer, pirschten uns durch eine Nacht, die sonst nur von Fledermaus und Fuchs heimgesucht wurde, von Dachs und Iltis und hin und wieder vom markerschütternden Schrei einer Eule in den Wäldern westlich der Halle des Fischerkönigs. Aber auch wir suchten diese Nacht heim, denn wir waren ein Teil von ihr geworden, hatten unsere Handrücken und Gesichter und Hälse mit Dreck beschmiert und uns dunkle Mäntel übergeworfen, damit sich das kalte Licht des abnehmenden Mondes nicht in Bronzeschuppen oder Eisenringen oder Schwertgriffen verfing. Unsere Helme hingen in Säcke gehüllt an unseren Sätteln, und alle, deren Pferde Weiß im Fell zeigten, hatten ihre Rösser mit dunklen Tierhäuten verkleidet oder die hellen Stellen ebenfalls mit Schlamm eingerieben.

Ich dachte an die Nacht, in der ich mich aus dem Kloster von Ynys Wydryn gestohlen hatte und mit dem Korbboot hinaus in die Sümpfe gefahren war, voller Furcht vor den Thrys, jenen Kreaturen, die im Riedgras und in den geheimen Ängsten der Menschen hausen. Und ich dachte daran, dass wir sieben, die wir uns aus dem Nordtor gestohlen hatten, mit hängenden Schultern und hängenden Köpfen und stumm wie der Tod, gerade eher Thrys waren als Menschen.

Wir ritten nach Norden über uralte Erdwälle und Grabhügel, die den Boden wie die Rücken vieler schlafender Drachen krümmten, und nutzten die breite Festung hinter uns, um uns den Blicken jener zu entziehen, die vor dem Haupttor im Süden kampierten. Dann wandten wir uns ostwärts und ritten über üppiges Weideland, folgten einem alten Pfad, der sich eine felsige Anhöhe hinaufschlängelte, wo dunkel und dräuend vor dem Nachthimmel ein Wäldchen stand, das aussah wie die Palisade einer weiteren Festung.

Ich ritt am Ende unserer kleinen Schar und drehte mich immer wieder im Sattel, um in die Nacht zu spähen, lauschte angespannt auf jedes Geräusch, das nicht von uns stammte. Und wir bewegten uns nahezu lautlos, bis auf das gelegentliche Kratzen eines Hufes, den schnaufenden Atem der Pferde und das leise Klimpern, mit dem sie auf ihren Trensen kauten, denn auch sie waren nervös, dank unserer geschwärzten Gesichter und der finsteren Nacht und unserer eigenen Unruhe, die sie sehr wohl spürten.

Vor mir ritt Merlin hinter dem Kessel von Annwn, der an den Sattelhörnern von Gediens und Parcefal vertäut war. Iselle führte uns an, eine gebeugte Gestalt in dunklem Umhang, den gespannten Bogen quer vor sich auf den Sattelhörnern, wie auch mein Speer vor mir lag, dessen Spitze schwarz war, denn ich hatte sie mit geschmolzenem Talg eingerieben und in die Asche des Herdfeuers gestoßen.

Niemand sagte ein Wort, als wir unsere Pferde hinauf zu diesem Wäldchen führten, aber vielleicht war ich nicht der Einzige, der langsam zu hoffen wagte, dass wir tatsächlich unbemerkt entkommen waren, dass wir das Unmögliche vollbracht hatten und ganz mit der Nacht verschmolzen waren, uns so unsichtbar gemacht hatten wie die Toten, die an Samhain den Schleier zwischen den Welten passieren.

Genau daran dachte ich, als sich Serens Ohren zuckend drehten und ich ihn unter mir erbeben fühlte, denn er hatte sie vor uns allen vernommen. Dann aber sah ich sie auch. Wir alle sahen sie. Männer oben auf der Anhöhe weiter im Südosten, vom Mond erhellt. Wie wir hielten sie auf das Wäldchen zu. Ihre Speerspitzen ragten in den Himmel. Männer aus Dumnonia. Männer, die an der Seite von Fürst Konstantin hätten kämpfen oder aber Camelots Wälle gegen König Cerdics Sachsen hätten verteidigen sollen. Diese Briten dienten jedoch Mordreds Söhnen, und so waren sie unsere Feinde.

»Wir reiten weiter«, knurrte Gawain.

Die Krähenschilde waren zu Fuß unterwegs, trotzdem konnten wir ihnen unmöglich entkommen, nicht mit dem schweren Kessel, der zwischen Parcefal und Gediens hing und ihre Pferde durch zwei sieben Fuß lange Stäbe aus Eschenholz miteinander verband. Also ritten wir weiter, als hätten wir nicht bemerkt, wie sie da wie hungrige Wölfe durchs hohe Gras sprangen, und wieder spürte ich die Kampfeslust in meinem Leib erwachen, spürte, wie sich mein Herzschlag beschleunigte und das Blut in Schüben in die Muskeln meiner Oberschenkel und durch meine Arme in die Hände floss, die Zügel und Speer hielten.

»Weiterreiten«, wiederholte Gawain.

Melehan und Ambrosius hatten gewusst, dass wir die Nacht zur Flucht nutzen würden, um nicht unweigerlich in den Hügeln von Gwynedd aufgerieben zu werden, fern vom Schutz des Fischerkönigs. Also hatten ihre Männer im Dunkeln Wache gestanden und nur darauf gewartet, dass wir die schützende Festung verließen. Und als sie uns gesehen hatten, mussten sie uns für Narren gehalten haben, dass wir glaubten, wir könnten uns unsichtbar wie Baummarder aus dem Staub machen und mit dem alten Schatz Britanniens und unserem Leben davonkommen. Ich stellte mir das Grinsen auf den Gesichtern der Brüder vor, als sie die alte Viehtrift jenseits des Landrückens zu unserer Rechten hinaufeilten, begierig, vor uns die überlegene Position zu erreichen und unsere Herzen mit kalter Furcht zu erfüllen, sobald wir sie entdeckten. Und das hatten wir nun, wie sie dort zur rechten Seite der Bäume den Hügel hinanstürmten und sich vor dem dunklen Horizont abzeichneten.

Iselle hob eine Hand und zügelte ihr Pferd, und wir alle taten es ihr gleich, blieben auf der Stelle stehen, als hätten wir die Krähenschilde jetzt erst bemerkt. Eines unserer Pferde wieherte, Gawains Stute scheute und sprang ein Stück zur Seite, sodass er kämpfen musste, sie wieder umzudrehen, auch wenn ich vermutete, er hatte die ganze Sache nur inszeniert.

»Wir wollen den Kessel«, rief Melehan oder Ambrosius – unmöglich, sie bei diesem Licht zu unterscheiden – zu uns herab.

»Und wir wollen den Druiden«, rief der andere Bruder.

Sie wussten, wir waren schon zu weit gekommen, um noch umkehren und in die sichere Festung zurückreiten zu können. Sie mussten aber ebenso wissen, dass wir ihnen weder den Kessel noch Merlin jemals freiwillig geben würden.

»Kommt und holt sie euch«, schrie Gawain und saß ab, um deutlich zu machen, dass er nicht vorhatte, die Flucht zu ergreifen. Es war seine Einladung an Mordreds Söhne, die Anhöhe herabzukommen und uns zu vernichten, das blutige Werk zu vollenden, das ihr Vater an jenem Tag vor zehn Jahren begonnen hatte, als er sich gegen Arthur gestellt und Britannien verraten hatte. Als so viele tapfere Krieger sächsischen und dumnonischen Klingen zum Opfer gefallen waren, unter ihnen auch mein Vater.

Parcefal und Gediens, die mit dem Kessel zwischen sich ohnehin nicht beritten kämpfen konnten, saßen ebenfalls ab, und da folgten auch Iselle und ich. Sie zog den Bogen von ihrem Sattel, ich holte meinen Helm aus dem Sack und streifte den weißen Helmbusch glatt, ehe ich ihn aufsetzte.

»Bleib dicht bei mir«, sagte ich zu Iselle, warf meinen Umhang ab und nahm den Schild vom Rücken.

Sie warf mir ein böses Lächeln zu. »Komm meinen Pfeilen nicht in die Quere«, gab sie zurück, zog einen der weiß befiederten Schäfte aus ihrem Köcher und legte ihn auf.

»Schilde.« Gawain setzte sich den Helm auf und schloss die Wangenklappen. Gediens und Parcefal traten an seine Seite. Auch ihre Helme schimmerten dumpf über den schlammbesudelten Gesichtern. Ich stellte mich rechts von ihnen auf und rechnete halb damit, dass Gawain mich in die Mitte schicken würde, da die rechte Seite der gefährlichste Ort ist, wo kein

Schild eines Nachbarn die eigene Flanke schützt. Aber weder Gawain noch einer der anderen sagte etwas, und ich nahm es als Zeichen des Respekts. Mein Herz donnerte wild und verlangend, meine Ohren waren erfüllt vom Rauschen meines Blutes.

»Da kommen sie«, sagte Gediens, als die Brüder ihre Speerträger den südwärts gerichteten Hang hinabführten.

Noch stand Iselle vor uns allen, einen Pfeil auf der Sehne und zwei weitere neben ihrem rechten Fuß in der Erde. Ich hoffte, sie würde kein Risiko eingehen und sich rechtzeitig hinter unsere Reihe zurückziehen, ehe die Feinde nah genug waren, um ihre Speere zu schleudern.

Hinter uns stand Merlin mit Taliesin, den Pferden und dem Kessel. Ich hörte ihn eine Beschwörungsformel murmeln und fragte mich, ob die Krähenschilde irgendwelche Zweifel hegten, vielleicht nagende Furcht verspürten, als sie sich uns näherten, da sie wussten, wir hatten einen Druiden bei uns – obwohl wir wohl den armseligsten Schildwall bildeten, den sie je gesehen haben dürften.

Iselle schoss. Ich sah die weiße Befiederung auf unsere Feinde zustreben und hörte den dumpfen Schlag, als sich der Pfeil in einen Schild bohrte. Ich schaute über die Schulter auf die ferne Festung hinter uns, die in Dunkelheit gehüllt lag. Nur die Rauchsäule des großen Herdfeuers stieg als hellbrauner Finger vor dem pechschwarzen Himmel auf.

»Sind das alle?« Parcefal beugte sich vor, als könnte das seinen alten Augen helfen, die Krähenschilde besser zu erkennen.

»Es sind genug«, sagte Gediens, als ein weiterer Pfeil Iselles Bogen verließ und irgendwo dort zwischen den Kriegern verschwand, deren Schildbuckel und Helme dann und wann ein wenig Mondlicht reflektierten, nur um schnell wieder in der

Finsternis zu verschwinden. Mindestens vierzig Mann schritten den Hang herab auf uns zu, was bedeutete, Melehan und Ambrosius hatten wahrscheinlich ihre gesamte Einheit aus dem Lager vor dem Südtor abgezogen. Und genau das hatten wir gehofft.

»Iselle!«, rief ich, weil die Feinde jetzt nah genug waren, dass ich ihre Gesichter bleich schimmern sah und auch ihre Gürtelschnallen, Messergriffe und Schildbuckel nicht mehr verschwanden.

Als Iselle einen weiteren Pfeil aus dem Köcher zog, bohrte sich keine drei Fuß vor ihr ein Speer in den Boden. Trotzdem zuckte sie nicht einmal, sondern legte auf, spannte und schoss, und obwohl ich den Pfeil nicht fliegen sah, hörte ich den Schrei in der Nacht und sah einen Mann fallen, die Hände vors Gesicht geschlagen.

»Iselle!«, schrie ich abermals, denn ein weiterer Speer ragte vor ihr aus dem Boden, als wäre er plötzlich dort gesprossen. Noch einmal legte sie an, und als dieser Pfeil von einem Helm abprallte, drehte sie sich endlich um und schritt uns entgegen. Noch im Laufen legte sie den nächsten Pfeil auf.

»Stirb ja nicht, Galahad«, knurrte Gawain mich vom anderen Ende des Schildwalls an. Die Feinde waren jetzt so nah, dass ich selbst in der Dunkelheit die Krähen ausmachen konnte, die zu Ehren der Herrin Morgana auf ihren Schilden prangten. Und ich hasste sie dafür.

»Beschützt die Pferde und den Kessel«, sagte Parcefal.

Ich reckte den Schild und richtete den Speer geradeaus. Jetzt konnte ich die nahenden Kämpfer sogar riechen. Wollfett und Schweiß. Leder und Dung und die Zwiebeln ihrer letzten Mahlzeit.

Dann warfen sie sich auf uns, wie wir es uns erhofft hatten.

Irgendwo links von uns ertönte jenseits der westlichen Anhöhe ein Horn in der Nacht. Ein Horn, dessen brüllender Ton Fürst Arthurs Feinde über so viele Jahre mit Entsetzen erfüllt hatte, das damals wie heute vom Atem der gleichen Lunge gefüllt wurde. Und sowie dieser unheilvolle Ton verklang, war die Luft vom Donnern der Hufe erfüllt, als über den Hügel die Reiter preschten, mit gesenkten Speeren und fliegenden Helmbüschen und den Namen Arthurs und der Götter auf ihren Lippen.

Die Krähenschilde hatten keinen Wall aus Lindenholz und Stahl gebildet. Sie hatten es nicht für nötig befunden, waren sicher gewesen, auch so über uns herfallen zu können wie eine Welle aus kalten Schatten übers Land, wenn die Sonne gen Horizont sinkt. Jetzt aber drehten sie sich nach dieser Welle aus tödlichen stählernen Spitzen um, die den Abhang entlang auf sie zurollte, und manche von ihnen rückten mit erhobenen Schilden eng zusammen, während andere, getrieben von verzweifeltem und vergeblichem Instinkt, sich umdrehten und flohen. Und hätte in jenem Moment eine Wolke den Mond verdeckt, hätten manche von ihnen vielleicht Schutz in der Dunkelheit gefunden. So aber fiel das silbrige Licht wie eine Klinge übers Land.

Fürst Cai ritt an der Spitze der Keilformation und stieß als Erster zu, keinen halben Herzschlag später folgten seine Kameraden, und ein schreckliches Getöse zerriss die Nacht; das Splittern von Schilden und Knochen, das Klirren von Stahl auf Stahl und die Schreie der Sterbenden und das Gekreisch der Pferde und das Brechen von Männern.

Cai und seine Reiter stießen durch die Verheerung, die sie

verursacht hatten, und trieben ihre Rösser weiter den Abhang entlang, denn sie waren nur fünfzehn Mann, und Cai wusste, sie durften sich mit so vielen Speerträgern keinen Nahkampf liefern, wollten sie dem Feind nicht Gelegenheit geben, die Überzahl zu nutzen und einige der Reiter und Rösser zu töten. Aber auch einen wohl platzierten Schildwall konnten sie nicht durchdringen, und schnell rief Cai seinen Männern zu, umzukehren und abermals einen Keil zu bilden, was mit der fließenden Leichtigkeit langjähriger Übung geschah.

»Schildwall! Schildwall!«, schrie Ambrosius, und obwohl sich die Krähenschilde wie Herbstlaub im Wind über den halben Hang verteilt hatten, fanden viele trotz der Zerstörung schnell ihre Nerven wieder und rannten entweder zu Ambrosius oder zu Melehan, der einen Speerwurf weiter links stand, ebenfalls Befehle brüllte und mit dem Speer gegen seinen Schild schlug.

Aber Cai und seine Kataphrakten rauschten schon wieder mit tanzenden Helmbüschen heran. Die Schilde hüpften auf ihren Rücken, die in Eisen geschlagenen Hufe ihrer Schlachtrösser trommelten einen drohenden Dreitakt.

»Bei den Göttern, wie habe ich diesen Anblick vermisst«, tönte Parcefal, als Cai und seine Männer vollen Galopp erreichten und der Keil Ambrosius' losen Schildwall durchschlug. Speere fuhren herab, die Pferde in ihren Lederrüstungen zerbrachen Männer noch im Stehen. Diesmal trieb Cai sie nicht weiter, sondern riss seinen grauen Iberer herum und zog sein Schwert. Seine Krieger taten es ihm gleich, zwängten sich zwischen die Lebenden, die Toten und die Sterbenden, hackten mit ihren Schwertern um sich wie Männer, die das Gestrüpp um einen alten verfallenen Schrein entfernen.

Weiter links hatte Melehan etwa zwanzig Kämpfer um sich

geschart, die von Cais zweitem Angriff bislang verschont geblieben waren. Im grauen Licht konnte ich sehen, wie sie sich Schulter an Schulter aufstellten, die linken Beine voran, beide Füße fest in den Boden gestemmt, die Schilde überlappend, und ich wusste, sie würden nur schwer zu besiegen sein.

»Zu Cai!«, schrie ich, und dann war ich auch schon losgerannt, mein Atem laut in meinem Helm, meine Beine schwer und stampfend, obwohl sich das gesammelte Gewicht von Schuppenpanzer und Ledertunika, Schild und Beinschienen plötzlich wie nichts anfühlte. Ich spürte nur noch den Hunger zu töten. Vielleicht wusste ein Teil von mir, dass die Reiter, sollte Melehan seinen Schildwall erfolgreich gegen die Kataphrakten zum Einsatz bringen, irgendwann entweder in ihren Sätteln aufgespießt oder von ihren Pferden gezogen und auf dem Boden niedergemacht würden. Also rannte ich auf das Gemetzel zu, mitten hinein in das Chaos aus Stahl und Fleisch, und erst als ich mittendrin war wie ein Stein, den ein schneller Gebirgsbach umspült, begriff ich, dass Gawain und Gediens, Parcefal und Iselle mit mir gelaufen waren.

Ich tötete. Mein Speer lag wie ein lebendiges Wesen in meiner Hand, die Spitze schlitzte und zerfetzte, und als ich ihn zu tief in die Eingeweide eines Gegners gerammt hatte, zog ich Eberzahn und löschte Leben mit dieser Klinge aus, wie mein Vater es getan hatte. Ich war schnell und stark und hatte sogar ein wenig Talent, vor allem aber war ich wild, und diese Wildheit sah ich in den Augen derer gespiegelt, die ich niedermachte.

»Für Arthur!«, brüllte Parcefal und hieb einen Arm ab, der mitsamt Schild zu Boden fiel.

»Arthur!«, stimmte Gediens ein und rammte seinen Speer durch den Hals eines Mannes, der versucht hatte, einen der

Reiter von hinten aufzuspießen. Das Wiehern der Pferde und die Schreie der Männer vereinten sich zu einer entsetzlichen Kakofonie, und weiter fuhr mein Schwert wie eine Sense nieder, bis meine Hand schlüpfrig vom Blut war und mein Gesicht klebrig von Blut und Schweiß, und irgendwann gab es niemanden mehr zu töten.

»Formation! Formation!«, schrie Fürst Cai und lenkte seinen grauen Wallach in engen Kreisen, das blutige Schwert wie eine Opfergabe zum abnehmenden Mond erhoben.

»Cai, genug!«, brüllte Gawain. Er stützte die Hände auf die Knie, saugte pfeifend Luft in seine Lunge, betrachtete aber die verbleibenden Krähenschilde, die gute achtzig Schritte entfernt einen neuen Schildwall gebildet hatten.

Um mich herum überall Leichen, und keine einzige von unserer Seite.

»Halt!« Cai und seine Männer versuchten, ihre Pferde unter Kontrolle zu bringen, denn das Blut der Tiere jagte heiß durch ihre mächtigen Muskeln, ihre Flanken zitterten vor Schrecken und Kampfeswut.

Parcefal und Gediens klaubten Speere auf und reichten sie den Reitern, damit diese nicht absitzen mussten, um sich neu zu bewaffnen, sollte Cai den Befehl geben, Melehans Schildwall anzugreifen. Iselle sammelte ihre Pfeile ein, und ich sah, wie sie einen aus der Kehle eines Toten riss und die Spitze im Gras abwischte.

»Bist du verletzt?«, fragte ich.

»Nein«, gab sie zurück. »Du?«

Ich schüttelte den Kopf, und Iselle rammte den Pfeil in den Köcher an ihrem Gürtel. Dann nickte sie, um meine Aufmerksamkeit auf eine Szene in meinem Rücken zu lenken.

Gawain hatte sein Schwert mit beiden Händen ergriffen und reckte es über den Kopf. Einen Moment lang hing die polierte Klinge dort wie ein Richtspruch, der das Schicksal aller Männer band, dann sauste sie herab auf den dunklen Umriss, der zu Gawains Füßen im Gras lag. Ruckartig befreite er die Klinge, riss sie abermals in die Höhe, und diesmal brüllte er vor Anstrengung, als er sie ein weiteres Mal niederfahren ließ. Er bückte sich, hob mit der linken Hand etwas an, richtete sich auf und schritt den Hügel hinauf unseren Feinden entgegen.

»Galahad, zu mir«, befahl er, und so trat ich an seine rechte Seite, atmete schwer und blinzelte mir den Schweiß aus den Augen. Auch mein Blut war noch immer in Wallung, meine Hand klebte am in Leder und Silber gebundenen Heft von Eberzahn, die Klinge besudelt mit dem Blut fremder Männer.

»Melehan!«, rief Gawain. »Melehan ap Mordred ap Arthur!«

Mordreds Sohn drückte sich aus dem Schildwall und baute sich vor seinen Kämpfern auf, die fest und trotzig dort standen, obwohl sie innerlich taumeln mussten, hatten sie doch gerade mitangesehen, wie die Hälfte ihrer Schar schneller niedergemacht worden war, als es dauert, ein Pferd aufzuzäumen und zu satteln. Sie alle waren Briten, und nie hätten sie damit gerechnet, sich Arthurs legendärer Reiter erwehren zu müssen.

»Schau her, Verräter.« Gawains Stimme hallte durch die stille Nachtluft. »Sohn eines Verräters.« Damit hob er den linken Arm und hielt den abgeschlagenen Kopf am dunklen Haarschopf hoch. Aus dem zerfetzten Hals tropfte es rhythmisch ins Gras.

Der steinernen Miene des Prinzen war zu entnehmen, dass Melehan bereits gewusst hatte, sein Bruder lebte nicht mehr. Dass all seine Männer bis auf die, die in seinem Rücken standen, gefallen waren und sich nie wieder erheben würden. Jetzt aber das tote Gesicht seines Bruders zu sehen, so bleich im Mondlicht, die leblosen Augen und die erstarrte Fratze, wo kurz zuvor noch kraftvolles Leben geherrscht hatte – Melehan hustete und erbrach sich dampfend in den Sauerampfer.

Gawain richtete seine blutverschmierte Klinge auf mich. »Hier steht Galahad.«

»Ich weiß, wer er ist«, fauchte Melehan und fuhr sich mit dem Handrücken über den Mund.

Gawain nickte. »Dann wirst du dich auch an seinen Vater erinnern. Lancelot ap Ban. Lebensernter. Schlächter der Sachsen. Der größte Krieger, seit Taranis, der Herr des Krieges, auf Erden wandelte.« Melehan antwortete nicht, sondern spuckte fauligen Speichel ins Gras. »Galahad hier hat gerade deinen Bruder getötet«, sagte Gawain, »hat ihn geschlachtet wie einen tollwütigen Hund.«

Melehans Blick fiel auf mich. Der Hass in seinen Augen war scharf und rau, und ich starrte zurück, warf dann aber einen Seitenblick auf den Kopf, den Gawain noch immer hoch hielt, denn ich konnte mich nicht entsinnen, gegen Ambrosius gekämpft zu haben, und hoffte, das Antlitz des Toten könnte meine Erinnerung beflügeln.

»Wir haben einen neuen Kriegsherrn, Melehan ap Mordred.« Wieder richtete Gawain seine Klinge auf mich. »Geh und sag das der Herrin Morgana und dem Sachsenschwein Cerdic. Wir haben Galahad ap Lancelot.« Damit schleuderte er Melehan den Kopf des Ambrosius entgegen, der beinahe zur Seite sprang und entsetzt zusah, wie der Kopf seines Bruders über die Wiese rollte und vor den Füßen eines Speerträgers zu liegen kam.

»Und jetzt verschwindet, Verräter«, befahl Gawain den Männern aus Camelot.

Sie sahen einander an und schauten auf ihren Prinzen, der für den Moment ganz still dastand, seinen Blick weiter wie eine Klaue in mein Gesicht gegraben. Aber selbst Melehan wusste, dass weiteres Verweilen den Tod bedeutet hätte. Er konnte nicht wissen, dass wir ihn ohne den Segen des Fischerkönigs angegriffen hatten, musste also glauben, der Fischerkönig würde ihm, selbst wenn er uns durch ein Wunder auf dieser von Leichen übersäten Anhöhe bezwingen konnte, Krieger hinterherschicken. So oder so konnte er nicht hoffen, das Morgengrauen zu erleben.

»Verschwindet«, wiederholte Gawain.

Der große Krieger zur Rechten Melehans deutete mit dem Speer über die Anhöhe. »Was ist mit unseren Toten?«

»Sie haben Dumnonia verraten und werden den Krähen und Hunden überlassen«, gab Gawain zurück. »Das da aber nehmt ihr mit.« Er zeigte auf den Kopf, der zwischen den Blumen lag und in den Nachthimmel starrte.

Melehan drehte sich nicht um, machte nur eine Geste, den Kopf aufzuheben, was einer seiner Männer auch tat, ihn in den Umhang wickelte, den er abgenommen hatte, und das Ganze mit seinem Gürtel verschnürte.

»Ihr könnt nicht gewinnen«, sagte Melehan zu Gawain. Dann hob er das Kinn. »Ihr seid bereits Geister!«, brüllte er, damit Fürst Cai und die anderen ihn hören konnten. »Geister aus der Vergangenheit. Bald werdet ihr euren Toten Gesellschaft leisten, und ich werde Hochkönig sein. Ich werde Hochkönig sein!«

Ich spürte, wie Gawain neben mir die Muskeln anspannte, und einen Herzschlag lang glaubten wir beide, Melehan würde kämpfen, dass seine Männer mit den Schwertern gegen ihre

Schilde schlagen und das Gemetzel erneut beginnen würde. Aber dann deutete Melehan mit seinem Speer gen Osten und wandte sich ab. Seine Männer folgten und beäugten uns im Gehen, als misstrauten sie dem Geschenk des Lebens, das Gawain ihnen zugestanden hatte. Als rechneten sie damit, dass Cais Reiter die Pferde anspornen würden, da ihre Speere noch immer nach Blut dürsteten.

Aber Fürst Cai und seine Krieger saßen schweigsam auf ihren Rössern, die Speere vor sich über die Sattelhörner gelegt, und schauten den Männern hinterher.

»Wir werden abermals gegen sie kämpfen müssen«, sagte Parcefal, der mit Iselle und Gediens an meine Seite getreten war.

»Das werden wir«, sagte Gawain.

»Nur werden uns dann mehr von denen gegenüberstehen, als es Haare an einem Bärenarsch gibt«, sagte Parcefal.

»So ist es«, sagte Gawain.

»Aber wir werden Arthur bei uns haben«, sagte Iselle.

Niemand antwortete, und ich dachte an das, was Merlin mir gesagt hatte, an seine Befürchtung, dass selbst die Macht des Kessels nicht ausreichen könnte, um die Herrin Guinevere zurück zu ihrem Körper zu führen. Und ohne Guinevere würde es keinen Arthur geben.

»Ich schicke ihnen Späher hinterher, um sicherzugehen, dass sie Gwynedd verlassen«, sagte Fürst Cai.

»Sie werden abziehen«, sagte Gawain. »Lass die Männer rasten. Sie haben eine lange Reise vor sich.«

Ich sah keine Überraschung in Cais Gesicht. Er ließ die Schultern kreisen und starrte in die Nacht, der verblassenden Reihe der Speerträger hinterher.

»Ihr kommt mit uns zurück?«, fragte Gediens und schaute von Cai zu Gawain, wie um eine Erklärung einzufordern. Gawain stand da und betrachtete Cai, hatte die Arme vor der Brust verschränkt wie jemand, der sich vor der Möglichkeit schützen will, falschgelegen zu haben. Neben ihm stand Parcefal mit offenem Mund und sah ebenfalls Cai an, der sich jetzt im Sattel drehte und die stummen Reiter hinter sich betrachtete. Manche von ihnen nickten mit grimmigen Gesichtern, die im Schatten ihrer Helme wie aus Granit gehauen schienen. Dann endlich sah Cai, Herr über Arthurs letzte Reiter, zu Gawain herunter.

»Wir kommen zurück«, sagte er. »Wenn die Möglichkeit besteht, dass Arthur wieder reitet, haben wir keine andere Wahl.«

Gawain nickte. Kein Lächeln auf seinem vernarbten Gesicht. Nur eine stumme Billigung, als wäre alles vorherbestimmt. So unausweichlich wie der Tod.

20

Guinevere

Wir müssen einen Anblick abgegeben haben, der noch lange nach unserem Tod auf den Saiten der Barden fortdauern würde. Eine Vision, die sich im Hirn verfängt, wie sich mancher Traum noch an die Seele klammert, viele Jahre nach der Nacht, in der er geboren wurde. Männer in Bronzeschuppen mit langen Helmbüschen und silbern verzierten Helmen, jeder Helm wie eine weitere flammende Sommersonne, die Speerspitzen mit Wimpeln aus rotem Samt verziert, die im Wind züngelten wie Ranken aus lauterem Blut im Wasser. Männer auf Schlachtrössern, deren gepflegtes Fell auf den großen Muskeln schillerte und die, nicht weniger stolz als die Männer auf ihren Rücken, ihre eigenen Rüstungen trugen; Brust- und Stirnpanzer aus gehärtetem Leder, das reichlich mit Bienenwachs eingerieben war, bis es wie poliertes Eichenholz schimmerte. Wir ritten nach Süden, durch Gwynedd und Powys und Caer Gloui, und die abgehärmte Landbevölkerung auf den Feldern, die dürren Männer, die das lange Gras mit ihren Sensen bearbeiteten, die Frauen und die drahtigen Kinder, die ihnen folgten und das Heu wendeten, damit es gleichmäßig trocknete, die Schäfer, die ihre Tiere so früh wie möglich schoren – sie alle hielten inne und starrten uns an, wie wir vorbeizogen.

Manch einer fragte, wer wir seien, und immer sagten wir, wir seien Fürst Arthurs Mannen, die gekommen waren, um Britannien wiederzugewinnen. Andere betrachteten uns von fern und wagten sich nicht näher heran, als fürchteten sie, wir wären keine Männer aus Fleisch und Blut, sondern die Geister alter Krieger, die durch den Schleier geritten waren, der die Welten trennt, um uns für längst vergangenen Verrat zu rächen.

Und in gewisser Weise stimmte auch das.

Fürst Cai schickte Boten zu den Herren Britanniens, zu König Catigern und König Bivitas und Fürst Cyndaf von Caer Celemion, wies sie an, Speerspitzen und Schwerter zu schmieden, Pfeile und Schilde zu fertigen, ihre Kämpfer zu versammeln und sich auf den Krieg vorzubereiten. Denn Arthur werde wiederkehren, und wer sich nicht bereit erkläre, unter dem Bärenbanner zu streiten, begehe Verrat am Land seiner Ahnen und sei ein Feind der Götter Britanniens.

Auch ostwärts nach Caer Lerion schickten wir einen Mann, um Fürst Konstantin mitzuteilen, er solle gen Süden nach Dumnonia vorrücken, denn in Dumnonia hatte Arthurs Herz am lautesten geschlagen, dort war das Echo seiner ruhmreichen Taten noch immer zu hören wie der Klang ferner Kriegshörner im Wind. Und so würde sich unser Schicksal in Dumnonia entscheiden.

König Pelles war traurig gewesen, mich ziehen zu lassen, aber ich glaube, ich war nicht mehr der Mann, der noch vor Kurzem seine Halle betreten hatte, und als mein Großvater mir im schattigen Innenhof Lebewohl sagte, ehe sich die Sonne über die östliche Palisade erhoben hatte, schien er trotz der Tränen in seinen alten Augen mehr von meinem Vater in mir zu erkennen als von meiner Mutter.

Er hatte meine Hände mit den seinen umschlossen und in

Richtung Iselle genickt, die ganz in der Nähe ihre Stute sattelte. Beider Atem verband sich in der morgendlichen Kühle zu einer großen Wolke. »Sie ist das Land und das Herdfeuer und der Traum«, sagte der König. »Was immer sonst passiert, Galahad, vergiss das nicht.«

Einen Herzschlag lang glaubte ich, er wisse, dass sie die Tochter von Arthur und Guinevere war, und hielt unter seinem kritischen Blick die Luft an. Wie hatte er es erfahren können? Hatte Merlin es ihm erzählt? Vielleicht aber wusste der alte Mann nicht, wer Iselle wirklich war, sondern nur dass ich sie liebte – denn das tat ich –, und wollte nicht mehr sagen, als dass es unsere Liebsten sind, für die wir hoffen und träumen und kämpfen müssen.

Was immer mein Großvater wusste oder nicht wusste, ich versprach ihm, mich an seine Worte zu erinnern und sie mir zu Herzen zu nehmen. Dann waren wir zum Tor hinausgeritten, hatten der Reihe nach die verzierten Speerspitzen in Richtung des Königs geneigt, als wir ihn passierten. Cai und seine Reiter hatten sich mit Dank und Ehrerbietigkeit und Liebe von dem Mann getrennt, dem sie zehn Jahre lang gedient hatten und der sie nun ohne Murren von ihrem Eid entbunden hatte.

»Ihr wart immer Fürst Arthurs Männer«, hatte Pelles gesagt, als Cai die förmliche Genehmigung des Königs einholte, uns nach Dumnonia und in den Krieg begleiten zu dürfen. »Wir werden uns in diesem Leben nicht wiedersehen.«

Es war ein trauriger Abschied, denn König Pelles war gut und großzügig zu ihnen gewesen, und sie hatten ihm ergeben gedient. Trotzdem gehörten sie zu Arthur und er zu ihnen, und so hatten wir schweren Herzens die Festung des Königs verlassen, begleitet vom Weinen seiner Untertanen, die dort im

Morgengrauen versammelt standen und uns hinterherschauten, bis wir verschwunden waren.

Und diese Männer, die so lange aus der Welt verschwunden waren, ließen ihren Tränen freien Lauf in ihre Bärte, als sie das verheerte Britannien bereisten. Denn je weiter wir nach Südosten kamen, desto mehr Zerfall und Leid sahen wir. Verkohlte und rauchende Siedlungen. Männer, Frauen und Kinder, die dort lagen, wo man sie erschlagen hatte. Überall warnten uns Krähen und Raben vor den Toten, auf denen sie sich wie schwarze Mäntel versammelten. Die Vögel hüteten ihr Festmahl begehrlich und erhoben sich erst unter lautstarkem Protest in die Lüfte, waren wir weniger als eine Speerlänge entfernt. Oder es waren die Hunde, die uns vor Leichen zwischen geschwärzten Ruinen warnten, die einander im Kampf um die besten Stücke anknurrten und auch uns verbellten, obwohl wir uns von ihnen fernhielten, denn niemand wollte solche Schrecken sehen, wenn es nicht anders ging.

Wir sahen Männer, die verstümmelt von tiefen Ästen baumelten, als Warnung an alle, was jene erwartete, die sich zu wehren wagten. Wir sahen Frauen und Kinder über Felder wandern oder die alten Viehtriften entlang, manchmal in kleinen Gruppen, oft aber allein, vielleicht die einzigen Überlebenden ihres Hofes. Sie bewegten sich wie verloren, als wären sie im Halbschlaf. Wir sahen die schwelenden Überreste von Scheiterhaufen und die aufgeworfene Erde frischer Gräber, und wir sahen Tore, die vor uns verschlossen wurden, die Palisaden zu beiden Seiten mit furchtsamen Gesichtern bestückt, obwohl wir ihnen zuriefen, dass wir Fürst Arthurs Männer waren, die von Ynys Môn zurückkehrten, um Krieg gegen die Herrin Morgana und ihren Sachsenkönig zu führen.

»Ihr wart sehr lange fort, Brüder«, knurrte Gawain an Cai gewandt, als wir auf der Straße einer Gruppe Flüchtlinge begegneten, einem Dutzend alter Männer, Frauen und Kinder, die Handkarren schoben oder ihre Habe in Säcken auf den Schultern trugen. Sie waren aus ihrem Dorf an der Nordgrenze nach Caer Celemion geflohen und wollten Zuflucht in der umwallten Stadt Caer Baddan suchen, die bei den Römern Aquae Sulis geheißen hatte. Sie starrten uns mit einer Mischung aus Angst, Verwunderung und Unglauben an; beim Anblick unserer Bärenschilde verkündete aber ein Graubart, der schon unter Uthers Herrschaft alt gewesen sein musste, er wolle selbst zum Speer greifen, sollte Arthur tatsächlich zurückkehren.

Fürst Cai und seine Krieger sahen viel und sagten wenig, obwohl sie eindeutig entsetzt waren zu begreifen, wie weit die plündernden Horden der Sachsen durch das Tal des Tamesis nach Westen vorgedrungen waren. Manche von ihnen saßen sogar ab, teilten Käse und Brot und Bier mit diesen Vertriebenen, und mir kam es vor, als machten Arthurs Krieger sich selbst dafür verantwortlich, weil sie in den Jahren nach der großen Schlacht nicht geblieben waren, um weiterzukämpfen. Aber wie konnten Männer hoffen, die länger werdenden Schatten aufzuhalten, wenn der Sommer dem Herbst weicht? Wie wollte man die Blätter daran hindern, von den Bäumen zu fallen?

Als wir ins südliche Caer Gloui gelangten, hielten wir uns an die Küste, so weit von Camelot entfernt wie nur möglich, denn wir wussten, dass Melehan Botschaft über uns und den Kessel an Morgana geschickt haben würde, und zweifellos waren die Speerträger der Herrin bereits auf der Suche nach uns.

Da unsere Vorräte langsam zur Neige gingen, kauften wir Nahrung, wo immer wir konnten, jagten und sammelten den

Rest und stellten bald fest, dass Taliesin beinahe so großes Wissen wie Merlin besaß, wenn es darum ging, welche Pflanzen, Kräuter und Beeren wir unserer Brühe gefahrlos hinzufügen konnten. Der Junge ließ uns sogar Büschel von Nieswurz an schattigen Stellen zwischen den Bäumen ausgraben. Diese trocknete er über dem Lagerfeuer, ehe er die Blumen zerschnitt und sie unter uns verteilte, damit wir unsere Kleidung an verschiedenen Stellen damit bestückten. Denn dies sei ein einfacher Zauber, der uns vor unseren Feinden verbergen würde, sagte Taliesin, und als einige der Männer Merlin ansahen und auf seine Bestätigung warteten, grinste der Druide und fragte, warum im Namen aller Götter sie den Worten eines Jungen misstrauen sollten, der ein Jahr lang allein auf einer Insel voller menschenfressender Höhlenbewohner überlebt hatte.

Vierzehn Tage nach unserer Abreise von Ynys Môn befanden wir uns wieder zwischen Heide, Marsch und Sumpf, wo Weihe, Rohrdommel und der große weiße Fischreiher herrschten, wo die Luft von dichten Insektenschwärmen erfüllt war und die Schilfdickichte lautstark vor Leben pulsierten. In den Eichenwäldern nordwestlich von Ynys Wydryn, dessen Gipfel in Morgennebel gehüllt lag, ließen wir Fürst Cai und seine Krieger zurück, als die Nacht gen Osten floh. Nur Gediens, Parcefal, Gawain, Iselle, Taliesin, Merlin und ich gingen weiter, auch nahmen wir nur zwei Pferde mit, die den Kessel tragen mussten, die übrigen ließen wir in Cais Obhut, statt sie noch tiefer mit uns ins Moor zu nehmen. Vorbei an Inseln aus Holunder und ausgewachsenem Niederwald aus Ahorn und Hasel, um den sich seit vielen Jahren niemand mehr gekümmert hatte, sodass er jetzt vierzig Fuß hoch stand. Die langen geraden Stangen zitterten, als wir uns an ihnen vorbeischlängelten, und

Taliesin starrte mit unschuldiger Begeisterung hinauf. Als die Hitze des Tages langsam abnahm und die Abenddämmerung nicht mehr fern war, kamen wir schweißgebadet und erschöpft zu der hohen Mauer aus dichtem Schilf, die Fürst Arthurs Hof wie eine goldene Palisade umgab. Ich stellte fest, dass ich selbst wie die Stämme des Niederwalds zitterte, denn wir waren wieder bei Arthur und Guinevere, hatten den Schatz von Annwn geborgen und trugen die Hoffnungen so vieler Menschen mit uns.

Es war, als wären wir nie fort gewesen. Der kleine Hof war unverändert, noch immer saß Guinevere in ihrem Sessel im Halbdunkel des Rundhauses, noch immer wirkte Arthur wie eine verlorene Seele, wie ein Mann, der von Dämonen heimgesucht wird, der gefangen sitzt zwischen der Vergangenheit und einer Zukunft, die sich nie ereignet hat. Und doch – obwohl er den Kessel von Annwn mit solchem Argwohn betrachtete, dass es schon an Geringschätzigkeit grenzte, sah ich ein winziges Flämmchen in seinen Augen flackern, als Gawain ihm erzählte, dass Cai und die letzten seiner Reiter zurückgekehrt waren und ganz in der Nähe warteten.

»Der Fischerkönig hat sie ziehen lassen?«, fragte Arthur und betrachtete mit umwölkter Stirn die Sonne, die rund und orange wie Eigelb hinter der westlichen Schilfwand verschwand.

»Pelles ist ein alter Mann«, sagte Gawain. »Er hat Cais Dienste nicht mehr nötig, aber ich glaube, auch sonst hätte er ihn nicht aufgehalten. Sie würden lieber für dich kämpfen und dabei sterben als auf Ynys Môn in ihren Betten.«

Arthur erwiderte nichts, aber in seinen Augen glitzerten

Tränen, als er den langsamen, geisterhaften Flug einer Nachtschwalbe betrachtete, die über den Schilfbetten Motten jagte.

»Morgen werde ich es versuchen, Arthur«, sagte Merlin. Dann machte er sich mit Iselle und Taliesin daran, den Kessel zu säubern. Erst weichten sie die Kruste aus Ruß mit heißem Wasser auf, dann rieben sie den Dreck mit talggetränkten Tüchern fort.

»Ich bin mir sicher, der König war froh, nach all den Jahren seinen Enkel zu treffen.« Arthur drehte sich zu mir und versuchte sich erfolglos an einem Lächeln.

»Ich glaube, ich habe ihn an meinen Vater erinnert«, erwiderte ich und bereute die Worte sofort, schließlich hatte ich auch Arthur an meinen Vater erinnert, was sich für ihn wie ein Messer in einer alten Wunde angefühlt haben musste.

Er nickte. »Lancelot ist in dir, Galahad, genau wie Uther in mir ist und Konstantin in Uther war.« Er hob eine Augenbraue und ließ sie schwermütig fallen. »Und wie ich in Mordred war«, fügte er hinzu. Seine raue Stimme konnte das Bedauern nicht überdecken. Er wandte sich von mir ab, schaute wieder gen Westen, aber die Sonne war bereits außer Sicht, und schnell wurde es kühler. »Wir können nichts dagegen tun. Sie leben in uns weiter. In unserem Blut und unserem Mark. Und in unseren Köpfen.« Mit zwei Fingern tippte er sich an die Stirn. »Aber wir sind nicht sie. Wir müssen unsere eigenen Triumphe erringen. Unsere eigenen Fehler machen. Wir können lieben, hoffen, hassen, morden … bedauern.« Er seufzte. »Für nichts davon brauchen wir unsere Väter.«

Wieder drehte er sich zu mir, und sein Gesicht wirkte wie ausgezehrt; da waren dunkle Teiche unter seinen Augen und in den eingefallenen Wangen, als hätten sich die Schatten, die mit dem Schwinden der Sonne kamen, allesamt auf Arthur gestürzt und Besitz von ihm ergriffen. »Ich habe deinen Vater geliebt«, sagte er. »Und ich habe ihn gehasst.« Er biss sich auf die Lippe und machte ein dumpfes Geräusch tief in seiner Kehle. »Nein, nicht gehasst. Aber ich habe ihn beneidet. Und es gab eine Zeit, da wollte ich ihn tot sehen. Aber als ich ihn ein letztes Mal gebraucht habe, ist er trotzdem gekommen.« Er sah jetzt nicht mehr mich, sondern nur die Vergangenheit. Oder einen bestimmten Tag in der Vergangenheit. Den Tag, den auch ich seitdem tausendfach durchlebt hatte, um ihm ein anderes Ende zu geben. »Lancelot hat diese Schlacht gedreht. Er kam zu uns herabgeritten, und als meine Leute ihn sahen, als wir alle ihn sahen, haben wir frischen Mut geschöpft. Ich kann es mir nicht anders erklären, als dass die Götter an diesem Tag wahrhaftig an seiner Seite geritten sind, denn er hat gekämpft wie einer von ihnen. Aber er ist wie ein Mensch gestorben. Als mein Freund. Als mein Bruder.«

Ich versuchte zu schlucken. Biss die Zähne zusammen und glaubte diesem Mann, dass er meinen Vater geliebt hatte. Und vielleicht verstand ich zum ersten Mal, warum mein Vater den Hügel hinabgeritten war, hinein in das rote Gemetzel. Warum er von mir fortgeritten war.

»Du bist nicht er«, sagte Arthur. »Aber in gewisser Weise kannst du hoffen, wie er zu werden, Galahad.«

Ich dachte darüber nach, schaute der verschwundenen Sonne hinterher, ehe ich antwortete. »Es wird mir eine Ehre sein, für Euch zu kämpfen, wie er es getan hat, Herr.«

Arthurs Mund verzog sich zu einem gepressten Lächeln. »Nicht ich bin es, für den du kämpfen wirst«, gab er zurück.

Ich wollte ihn fragen, wie er das meinte, als Taliesin uns

begeistert zurief, wir sollten kommen und sehen, was er gemeinsam mit Iselle und Merlin enthüllt hatte.

Der Kessel von Annwn war schwarz verdreckt gewesen, und Merlin hatte sein Messer einsetzen müssen, um die dicke Schicht zu entfernen, die sich über Jahre unheiligen Missbrauchs und lästerlicher Nutzung angesammelt hatte. Denn unter dieser Kruste aus Ruß und Fett erzählte der Kessel eine andere Geschichte. Eine Geschichte von Britannien und seinen Göttern und Helden.

»Er ist aus Silber«, sagte Iselle, obwohl wir das selbst sehen konnten, auch wenn sie kaum mehr als die Hälfte der Oberfläche freigelegt hatten. Der Kessel war aus vielen miteinander verbundenen Silberplatten gefertigt, die mit geschmolzenem Zinn verlötet und mit einem Eisenring unter dem Rand zusätzlich befestigt worden waren. Jetzt in der Dämmerung, als das Licht aus der Welt zu sickern schien, wirkten die Silberplatten fast lebendig, denn jede von ihnen war mit Figuren verziert; Tiere und Menschen und Götter, die alle stolz aus dem Metall hervortraten, als hätte das Silber selbst sie geboren, so groß war das Können des Meisterschmieds, der diese Platten vor langer Zeit von der Innenseite bearbeitet hatte, um die Figuren als Relief auf der Außenwand zu erschaffen.

Ich erkannte die Pferdegöttin Rhiannon auf einem pfeilschnellen Ross, ich sah Wesen, deren Namen ich nicht kannte, gehörnt und mit brutalen Klauen versehen. Da gab es Krieger, die Schwerter in die Höhe reckten, heilige Stiere und einen Gott oder Helden, der einen Streitwagen lenkte, dessen Räder feurige Sonnen waren. Jede Silberplatte zeigte eine andere Szene, Geschichten, die vielleicht Merlin allein bekannt waren, die man sich am Herdfeuer erzählt hatte, lange bevor die

Römer mit ihren Legionen und ihren Adlern unsere Gestade erreichten.

»Das hier ist Gofannon.« Merlin deutete auf eine Gestalt, die in der einen Hand einen Schmiedehammer und in der anderen ein Schwert führte. »Und da ist die Mondgöttin Arianrhod, seht ihr?« Er legte zwei Finger auf ihre Umrisse und auf die Vergangenheit, berührte so die Welt, die seine druidischen Vorfahren gekannt hatten.

Taliesin saß auf der anderen Seite des Kessels und rubbelte das Silber mit einem Tuch frei. Sein junges Gesicht unter dem schwarzen Schopf war hoch konzentriert, die Schneidezähne halb in der Unterlippe versunken.

Ich spähte in den Kessel und versuchte, nicht daran zu denken, was wir darin vorgefunden hatten, als wir in den Höhlen auf der Insel der Toten auf ihn gestoßen waren. Die Innenwand war arg getrübt, auf der Bodenplatte aber war die zentrale Szene zu erkennen, in der drei Gestalten eine vierte über einen Kessel hielten. Ich dachte daran, wie Merlin erzählt hatte, der Kessel von Annwn könne neues Leben spenden. War es das, was diese drei Gestalten dort versuchten? Hoben sie die vierte Gestalt in den Kessel, um sie von den Toten zurückzubringen?

»Er ist wunderschön«, sagte ich.

»Viel schöner, als ich je erwartet hätte«, gab auch Merlin zu. Er schaute hinauf in den stetig dunkleren Himmel. Mir schien, er suchte nach einem Zeichen der Götter, ob sie wussten, dass er diesen alten Schatz geborgen hatte, und vielleicht sogar dankbar für seine Tat waren.

Taliesin nahm den Lappen von der Platte, die er bearbeitet hatte, und richtete seine großen Augen auf Iselle. »Eirianwen«, sagte er und sprach diesen Namen mit Verwunderung aus, aber ganz leise, wie um die Göttin nicht anzurufen. »Sie konnte sich in einen Wolf verwandeln.«

Merlin schaute zu dem Jungen auf. »Eirianwen ist in diesem Land so gut wie vergessen.« Er hob eine Hand und ließ die skelettartigen Finger flattern. »Sie ist mit dem Rauch der brennenden Haine entschwunden.« Er legte den Kopf schief und betrachtete den Knaben. »Woher weißt du von ihr, mein Kind?«

Taliesin zuckte mit den Schultern. »Wenn ich singe, kommt sie zu mir«, sagte er, und der beiläufige Tonfall passte keineswegs zu dieser seltsamen Enthüllung. Seine Worte ließen mich erschauern und stellten die Härchen an meinen Armen auf. Er strich mit dem Zeigefinger über die beiden kunstvoll gearbeiteten Figuren, die er freigelegt hatte. Die Göttin und den Wolf. Arthur sah Merlin an. Ich sah Iselle an.

»Herr«, sagte Taliesin und hob seinen Blick zu Arthur. Die makellose Haut des Jungen war sehr bleich, bis auf ein paar Sommersprossen, die sich über Nase und Wangen verteilten. Man hätte glauben mögen, er wäre es gewesen, der in einer Höhle fernab der Sonne gelebt hatte. »Ich hoffe, Eure Herrin kehrt zu Euch zurück.« Da lag solch ehrliche Anteilnahme in seiner Stimme, dass es mir den Atem raubte.

Arthur fand keine Antwort. Er starrte in die großen Augen des Knaben und schien zu versuchen, sich daran zu erinnern, wie es gewesen war, so jung zu sein, wenn sich all die Jahre noch vor einem erstrecken wie eine weite, von Tau benetzte Weide, die nur darauf wartet, dass man über sie hinweggaloppiert. Vielleicht wollte er ein Stück von Taliesins Hoffnung selbst fühlen. Dieses Vertrauen in unsichtbare Dinge. In die Götter und in uralte Geschichten und halb vergessene Träume.

»Ich danke dir, Taliesin«, sagte er nach langem Schweigen.

»Sei bedankt.« Dann wandte er sich ab und ging zum Haus zurück, ließ uns mit dem Kessel von Annwn allein und mit den Geschichten, von denen dieses Kunstwerk flüsternd berichtete, und ich wusste, er würde jetzt Guinevere zu Bett tragen und sich neben sie legen.

»Im Morgengrauen fange ich an, Arthur«, rief Merlin seinem alten Freund hinterher, der nicht antwortete, sondern bloß nickte und dann verschwunden war.

Ich schaute auf und sah Gediens und Parcefal. Sie trugen einen großen Braten und ein paar Wasservögel, die wir geräuchert und aufgehängt hatten, ehe wir nach Ynys Môn und zur Insel der Toten aufgebrochen waren. Sie würden das Essen zu Fürst Cai und seinen Leuten bringen und wahrscheinlich auch die Nacht dort verbringen und wohl auch den nächsten Tag, statt hier auf dem Hof auszuharren, hilflos und zwischen Angst und Hoffnung zerrissen, während Merlin seine Riten durchführte und sich bemühte, Guinevere nicht nur um ihrer selbst willen zurückzuholen, sondern auch für Arthur und für ganz Britannien.

Ich wurde vom fahlen Licht geweckt, das wie hundert Speere durch die Löcher im Dach des alten Stalls fiel. Draußen beim Stumpf der alten Weide fand ich Iselle, die eine Zielscheibe aus geflochtenem Schilf mit ihren Pfeilen beschoss. Ganz in der Nähe kniete Taliesin und spielte mit Banon, rang mit der großen schwarzen Hündin, legte sich die Vorderpfoten auf die Schultern, als wäre sie ein wildes, dunkles Ungeheuer, dem er nicht widerstehen konnte. Banon knurrte eifrig, um der Geschichte die nötige Glaubwürdigkeit zu verleihen. Gerade sah er wie ein ganz normaler Junge aus, gab sich ganz diesem Augenblick hin, und es war seltsam, daran zu denken, welche Macht er in sich trug. Diese Gabe, mit der er unten in der Finsternis die hässlichen, hasserfüllten Kreaturen bezwungen hatte.

Der Morgen war feucht und kalt, über den Schilfbetten hing dichter Nebel. Hin und wieder rief eine Rohrdommel aus ihrem Versteck im Moor, ein verlorenes Klagen, das nach Einsamkeit und Wehmut klang.

»Sie haben schon angefangen«, knurrte Iselle und schickte einen weiteren Pfeil los, der dumpf in den Ring aus Veilchen schlug, den sie geflochten und im Zentrum der Scheibe aufgehängt hatte.

Ich schaute zum Haus rüber und roch im gleichen Moment den von Kräutern durchsetzten Rauch, der aus Arthurs Dach drang. Ich ging zur Zielscheibe, zog die drei Pfeile heraus, die im Blumenring steckten, und brachte sie Iselle zurück. Einen behielt ich in der rechten Hand.

»Arthur ist bei ihnen«, sagte sie. »Gawain kontrolliert die Fallen.«

Ich nickte. Sie reichte mir den Bogen, und ich legte den Pfeil auf. Kurz hinter der eisernen Spitze klebte altes Blut an seinem Schaft, auch die weiße Befiederung war rötlich verfärbt.

»Glaubst du, sie wird wieder … normal?«, fragte Iselle. »Wenn sie zurückkommt?«

Ich trat einen Schritt vor, um mich nach dem Ziel auszurichten. In Wahrheit aber wollte ich mein Gesicht vor ihr verbergen. Ich spannte die Sehne, zog den Bogen hoch und hielt ihn gespannt.

»Wie kann sie noch sein wie vorher, nach so vielen Jahren?«, fragte ich, spürte die straffe Sehne und meine Fingerspitzen am

Kinn. Ich wollte ihr sagen, was Merlin mir gesagt hatte, ihr von seiner Sorge erzählen, Guinevere selbst mithilfe des Kessels womöglich nicht heilen zu können. Aber was hätte das jetzt gebracht, wo die Riten bereits begonnen hatten und wir ohnehin bald genug wissen würden, ob er Erfolg hatte oder nicht?

»Ich habe daran gedacht, wie sehr Arthur sich freut, wenn sie wieder bei ihm ist«, sagte Iselle. »Er wird *so* glücklich sein.«

Ich ließ die Sehne los. Der Pfeil schien in der Luft zu zittern und schlug dumpf in die Scheibe. Außerhalb des Rings aus Veilchen. Ich warf Iselle einen Seitenblick zu und hob eine Braue, die sie darum bat, kein Wort über meinen schlechten Schuss zu verlieren.

»Ich kann mir kaum vorstellen, wie Arthur lächelt«, fügte sie hinzu. »Aber er muss viel gelächelt haben, als er und Guinevere noch jung waren, bevor er andauernd nur kämpfen musste. Und vor allem anderen«, schob sie hinterher. Meinen Vater brauchte sie nicht extra zu erwähnen. Wir wussten beide, was sie mit *allem anderen* gemeint hatte. »Trotzdem ist es schwer, sich auf seinem Gesicht jetzt ein Lächeln vorzustellen.«

»Stimmt«, sagte ich. »Aber ich hoffe auch, dass er noch vor heute Abend wieder lächeln kann.« Das hoffte ich wirklich, auch wenn mich die Zweifel, die Merlins Worte auf der Rückreise von der Insel der Toten in mir gesät hatten, nicht loslassen wollten.

Ich streckte die Hand aus. Iselle reichte mir den nächsten Pfeil. Und rümpfte die Nase. »Was, wenn Merlin Guinevere zurückbringt und Arthur und die Herrin so glücklich sind, dass er trotzdem nicht wieder in den Krieg ziehen will? Wer will schon kämpfen, wenn er ganz damit beschäftigt ist, verliebt zu sein?«

Ich hatte den Pfeil aufgelegt, spannte aber den Bogen nicht. Stattdessen drehte ich mich zu ihr um. »Ist nicht Liebe manchmal genau der Grund dafür, dass wir überhaupt kämpfen? Um sie zu schützen?« Ich sah zu Taliesin und Banon, die verbissen an einem Stock zerrten. Die Hündin stieß ein tiefes Knurren aus, ihre langen Zähne lagen frei. »Um die zu beschützen, die wir lieben?«

Iselle dachte darüber nach, und ich widmete mich wieder der Zielscheibe, zog an, atmete langsam aus und schoss. Der Pfeil sauste schnurgerade und schlug mitten im Kreis der Veilchen ein.

»Glück«, sagte Iselle.

Ich lächelte. Die Tür zum Rundhaus knarrte auf, und da stand Arthur. Weißer Rauch bauschte sich um seine Gestalt, sein Gesicht war abgehärmt und furchtsam und schrecklich anzusehen im Morgengrauen. Er fing meinen Blick auf, wandte sich wortlos ab und ging in Richtung Sumpf davon.

»Komm, Galahad«, rief Merlin aus dem Haus. Ich sah Iselle an. Sie nickte mir zu, also ging ich folgsam, aber mein Magen drehte sich um, während ich über den von Tau benetzten Hof schritt, denn ich fürchtete, was mich im Haus erwarten würde.

Zuerst sah ich nichts als Qualm. Er war dicht und beißend, hing wie gebündelt in der Luft und floss nur langsam zum Dach hinauf, und ich erkannte, dass er dem Kessel von Annwn entstieg, der auf den Steinen über dem Herdfeuer saß, denn er war zu schwer, um ihn wie einen normalen Kochtopf an das eiserne Dreibein zu hängen.

»Tür zu, du Narr«, sagte Merlin. Er stand neben dem Bett, wo Guinevere lag, bedeckt von einem Bärenfell. Ich hustete und blinzelte und beugte mich nach draußen, um einen letzten

Atemzug von der klaren Morgenluft zu nehmen, ehe ich die Tür hinter mir schloss. »Hier, komm her«, sagte der Druide. »Halt das mal.«

Ich ging zu ihm, und er reichte mir einen hölzernen Becher. Ich drehte ihn in der Hand und sah, dass er kaum von jenem zu unterscheiden war, den Bruder Yvain auf seiner Drehbank gefertigt hatte an dem Tag, als das Neugeborene auf Ynys Wydryn starb.

»Tu genau, was ich sage.« Merlin zog Guineveres Arm unter dem Fell hervor und bettete ihn darauf.

»Und Arthur?«, fragte ich, denn ich fand, er sollte an meiner statt hier sein.

Merlin griff zum Tisch am Kopfende des Bettes und nahm sein Messer zur Hand. Die blanke Klinge war geschärft und poliert und gefährlich scharf. »Ich habe ihn losgeschickt, um nach Kriechendem Günsel zu suchen«, sagte er. »Der von manchen auch Blitz und Donner genannt wird.«

»Wird das helfen?«, fragte ich und spürte eine kriechende Kälte in meinem Leib, obwohl die Flammen des Herdfeuers dann und wann über den Rand des Kessels züngelten, wie um die Figuren zu peinigen, die sich in Licht und Schatten auf der silbernen Oberfläche zu winden schienen.

»Kriechender Günsel ist immer nützlich«, sagte Merlin versonnen. »Gut gegen Schnitte und Prellungen, gegen Magengeschwüre. Zum Heilen allgemein.« Er hob Guineveres Arm an, der dünn war wie ein Birkenschössling, setzte die Messerspitze an ihren blassen Unterarm, wo im flackernden Schein eines Binsenlichtes grüne Äderchen direkt unter der Haut zu erkennen waren. »Ich musste Arthur aus dem Weg haben. Versuch du mal, mit ihm zu arbeiten, während er dich unentwegt finster anstarrt.« Eine seiner weißen Brauen wölbte sich, als er mir bedeutete, den Becher unter den Arm der Herrin zu halten. »Und dieser Teil des Rituals würde ihm kaum gefallen«, sagte er und drückte die Messerspitze tiefer, um die Haut zu durchstoßen. Er zog das Messer ihren Arm entlang, schlitzte durch ihr Fleisch.

Ich zuckte zusammen, obwohl sich Guineveres Blick nicht unter Schmerzen schärfte. Sie regte den Arm nicht einmal. Lag nur da und starrte an die Decke, ihr Gesicht eingefallen, aber dem Anschein nach friedlich. Ihre Haare schimmerten wie Rabenschwingen.

Es kam deutlich mehr Blut, als ich erwartet hatte. Hell und heiß lief es in kleinen Bächen über die blasse Haut und tropfte mit eiligem Rhythmus in den Becher, den ich mit beiden Händen festhielt, um ganz sicher keinen Tropfen zu vergeuden. Auch als er voll war, hielt ich ihn weiter fest, während Merlin die Wunde verband. Ich wollte Guineveres Antlitz nicht betrachten, konnte aber nicht anders. Was würde mein Vater denken, könnte er sie hier so liegen sehen, gefangen in lebendigem Tod?

»Gib her«, sagte Merlin, nahm mir den Becher ab und ging zum Kessel. Dort blieb er eine Weile stehen und murmelte leise vor sich hin, rief die Götter und das uralte Wissen seiner Vorfahren an. Dann goss er Guineveres Blut in den Kessel. Es zischte, Dampf stieg auf, und als ich in den großen Silberkessel spähte, sah ich ihr Blut blubbern und Blasen werfen zwischen den geschwärzten Kräutern am Boden.

Der Qualm machte mich derart benommen, dass ich zurücktrat. Merlin nahm seinen Stab und verrührte damit den Inhalt des Kessels. Rundherum, immer wieder, mit Murmeln und Zählen und hin und wieder einem Stoß des Stabes, um die Kräuter noch weiter zu zermalmen. Er hieß mich, Wasser aus der Regentonne zu holen, und fügte es nach und nach der Mixtur hinzu, und als er endlich zufrieden war, wies er mich an, das Herdfeuer zu löschen, was ich ebenfalls mit Wasser tat. Die Glut zischte, und der Qualm wurde so dick, dass ich kaum noch atmen konnte.

»*Jetzt* brauche ich Arthur wieder.« Merlin schaute zur Tür. »Wenn er nicht bald zurückkommt, wird Iselle mir helfen müssen.«

Ich fragte nicht, warum ich nicht weiter helfen konnte. In Wahrheit war ich erleichtert, sagte also, ich würde gehen und Arthur suchen, der aber kurz darauf von selbst zurückkehrte, als hätte er gespürt, dass er wieder gebraucht wurde. Er wirkte überrascht, mich im Haus anzutreffen, diesen von Flammen und Schatten bespielten Raum mit mir zu teilen, der dicht von Qualm und dichter noch von Ritus und Beschwörung erfüllt war. Fast wirkte er verärgert, aber Merlin deutete auf die Pflanzen in seiner Hand und murmelte, Arthur habe seine Sache gut gemacht, und in dem Moment schien Arthur meine Anwesenheit zu vergessen und nur noch Augen für Guinevere zu haben. Wieder verfing sich sein Geist in den Dornen der Hoffnung.

»Jetzt raus mit dir, Galahad«, sagte Merlin, und so ließ ich die beiden mit dem Druiden allein, drehte mich allerdings auf der Türschwelle noch einmal um und sah, wie Merlin das Bärenfell von der Herrin zog. Darunter war sie nackt. Ich sah Arthurs Blick auf ihr ruhen. Noch immer hielt er die violetten Blumen, die er gesammelt hatte und die Merlin nicht brauchte, dann wandte ich mich ab und ging hinaus, zog die Tür hinter mir zu und füllte meine Lunge gierig mit frischer Luft. Mein Kopf drehte sich vom Qualm, und mein Magen wand sich wie ein Sack voller Aale.

Die Stimme schreckte die Krähen aus dem Wäldchen auf und bohrte sich in meine Brust wie eine kalte Hand, die nach meinem Herzen greifen wollte. Banons schwarzer Kopf ruckte von ihren Vorderpfoten hoch, sie sandte ein Winseln in Richtung Haus. Im Stall wieherte ein Pferd und stampfte auf. Gawain, Iselle und ich schauten einander mit großen, fragenden Augen an.

Die Stimme war Arthurs gewesen, und alle spitzten wir die Ohren, erwarteten, noch mehr zu hören, verständliche Worte vielleicht oder wenigstens eine Erklärung. Denn was wir vernommen hatten, war zweideutig, ein Schmerzensschrei oder ein Ausdruck erlesener Freude und Erleichterung, wie ein Schrei aus dem Bett zweier Liebender. Ungeklärt hing er im Abendrot.

»Hat es funktioniert?«, fragte Taliesin Iselle. Wir hatten ein Feuer auf dem Hof entzündet, dagesessen und dem Tag zugesehen, wie er langsam aus der Welt sickerte, während Libellen durch die warme Luft schwirrten. Der Junge streckte sich nach Iselle aus, die seine Hand ergriff, nicht jedoch eine Antwort für ihn hatte.

Banon stand auf und ging zum Haus, legte den Kopf schief, um Dingen zu lauschen, die uns verborgen blieben. Dann wieder Arthurs Stimme. Undeutlich. Irgendetwas über die Götter.

Die Tür schnappte auf, und er wankte ins Freie, fiel auf die Knie, sein Gesicht knochenbleich, die eingefallenen Wangen von Tränen überströmt.

»Arthur?« Gawain hatte sich erhoben. Wir alle standen auf. Es fühlte sich falsch an, sitzen zu bleiben, während Arthur im getrockneten Matsch kniete. »Arthur?«, wiederholte Gawain. Er klang misstrauisch, beinahe ängstlich.

Arthur hielt die verkrampften Fäuste vor der Brust, seine Augen waren geschlossen und seine Nasenlöcher gebläht, denn tief sog er die saubere Luft ein. Er wirkte wie jemand, der sich fürchtet vor dem, was er gesehen hat, oder fürchtet, dass er gesehen hat, was nicht sein kann.

Gawain war noch vier Schritte von seinem Herrn und Freund entfernt, als Arthur die Augen aufschlug und ihn ansah.

»Und?«, fragte Gawain. Wir waren ihm gefolgt, blieben aber hinter ihm stehen. Er war unser Schild gegen das Schlimmste.

»Sie ist hier«, flüsterte Arthur und starrte noch immer Gawain an. Seine Augen füllten sich wieder mit Tränen und all dem Leid seines langen Lebens.

Iselle und ich wechselten einen Blick, trauten uns kaum zu glauben, was wir gehört hatten. Dachten, Arthur müsse einen Fehler gemacht haben, geboren aus seinen ewigen Qualen.

Gawain drehte sich um und bedeutete mir, wir sollten hineingehen und uns selbst davon überzeugen. Ich sah Arthur an, der sich weder regte noch Anstalten machte, uns den Zutritt zu verbieten, also betraten wir sein Haus.

Noch immer hing Kräuterqualm in der Luft, aber die Schwaden hatten sich gelichtet, verweilten unterm Dach und in den dunklen Ecken und strebten der offenen Tür entgegen. Der Kessel lag auf einem Bett aus grauer Asche, in dem hin und wieder noch kupferfarbene Hitze pulsierte, auch wenn keine Flammen mehr zu sehen waren. Merlin stand am Tisch und schenkte Wein in einen Becher. Er wirkte gebrochen, gebeugt und zittrig, das letzte welke Blatt an einem sterbenden Baum.

»Bedeckt sie«, knurrte Gawain leise.

Guinevere lag wie zuvor auf dem Bett, noch immer nackt, doch ihre Haut war dunkel wie die Schatten im Raum, die jetzt tiefer wurden, je weiter sich das Zwielicht in den Sümpfen ausbreitete. Nur das Weiß in ihren Augen leuchtete hell durch den

Dreck, und da auch Merlins Hände dunkel verfärbt waren, begriff ich, dass er den Inhalt des Kessels, Kräuter und Wasser, Blut und Talg, auf ihrer Haut verstrichen haben musste. Er hatte sogar ihre Haare und Fußsohlen eingerieben, und mir schauderte beim Gedanken an das Ritual, das Guinevere und Arthur über sich hatten ergehen lassen müssen.

Iselle deckte sie mit dem Bärenfell zu, während Merlin ihr eine Hand in den Nacken legte und ihren Kopf anhob, um den Becher an ihre Lippen zu führen. Sie schien das Getränk nur tröpfchenweise einzuatmen, betrachtete Iselle, schaute dann mich an. Ihr Blick war so scharf, wie ich es nie zuvor erlebt hatte. Sie *sah* uns. Ganz ohne Zweifel.

Die Tür quietschte, und Arthur trat ein. Wir rückten auseinander, um ihn durchzulassen.

»Ihr habt es geschafft«, sagte Gawain zu Merlin. Seine Stimme war rau, sein Gesicht aber wirkte fast jugendlich vor Verwunderung.

Merlin stand stirnrunzelnd da, massierte mit dem Daumen die Triskele in seiner Handfläche. Arthur ließ sich auf dem Schemel neben dem Bett nieder und nahm Guineveres mit Dreck gesalbte Hand in seine Hände.

»Meine Liebste.« Er hauchte die Worte. Er war vor ihr geflohen und vor der Magie, die sie zurückgebracht hatte. Aber er war Arthur, Kriegsherr der Briten, und hatte seinen Mut gesammelt. »Meine Liebste. Meine Guinevere.«

Sein Blick hing an ihr, ihr Blick hing an ihm, und da war keine Entfernung zwischen ihnen. Keine Jahre. Keine Verbitterung.

»Mein Arthur«, sagte sie oder versuchte, es zu sagen. Ihre Lippen formten die Worte, ihre Stimme aber war dünner als die Rauchfäden, die sich zur Tür schlängelten.

»Du bist so lange fort gewesen«, sagte Arthur. »So lange.« Seine Tränen tropften aufs Bett.

Guinevere biss die Zähne zusammen, ihre Kiefergelenke drückten sich in die dünne Haut, die sich über ihr Gesicht spannte. Sie wollte sprechen, brachte aber keinen Laut heraus. Merlin setzte ihr den Becher an die Lippen, und sie trank. Ein wenig rote Flüssigkeit lief ihr übers Kinn, wo Arthur sie sanft mit dem Finger fortwischte.

»Dieser Dreck muss ab«, sagte er zu Merlin.

Guinevere schloss die Augen. Sammelte sich. Schlug die Augen auf, in denen Tränen schimmerten. »Ich kann nicht bleiben, Liebster«, sagte sie.

Es schien sie all ihre Kraft gekostet zu haben, dies zu sagen, aber obwohl die Worte dünn wie Atemwolken klangen, war ihr Inhalt brutal, und sie wusste es auch. Denn sie schaute Arthur an, als wünschte sie, die Worte zurücknehmen zu können, wüsste aber, dass es ihr nicht vergönnt war.

Arthur schüttelte den Kopf und schaute zu Merlin auf, als verdächtigte er den Druiden, ihm einen bösen Streich gespielt zu haben. Aber Merlin wich Arthurs schrecklichem Blick nicht aus, und da Arthur keine Arglist in den Augen des alten Mannes entdecken konnte, wandte er sich wieder an Guinevere.

»Ich habe all die Jahre gewartet«, sagte er, und Guineveres Hand sah so klein aus in seinen Händen. So zart. »Die Götter haben dich zu mir zurückgebracht.«

Ihre Augen fielen zu, und sie atmete langsam aus, als wäre dieser Atem jahrelang in ihr gefangen gewesen. »Ich kann nicht bleiben, Liebster«, wiederholte sie.

»Warum nicht?« Arthurs Stimmlage war qualvoll verzogen, sein Gesicht eine Fratze solcher Schmerzen, wie ich sie nie zuvor gesehen hatte und nie wieder sehen würde. Es war, als zerflösse Arthurs Seele vor meinen Augen, wie ein Mann mit einer Speerwunde im Bauch blutet und blutet, bis er nicht mehr ist. »Du kommst wieder zu Kräften«, sagte er. »Wir haben endlich wieder Zeit füreinander.«

Wieder schloss Guinevere die Augen und schien hinwegzudämmern. Gawain legte Arthur eine Hand auf die Schulter, und auch sein Gesicht, so vernarbt und gebrochen von Gewalt und Entbehrungen, wirkte jetzt wie das eines Jungen, der Angst vor der Dunkelheit hat.

Ich fühlte mich furchtbar fehl am Platz. All das war nicht für meine Ohren bestimmt. Nicht für meine Augen. Und doch konnte ich mich nicht entziehen, denn etwas hielt mich hier, eine Stimme, deren Vibration ich tief in meinen Eingeweiden spürte, sagte mir, dass ich um meines Vaters willen bleiben musste. Hören und sehen und verstehen musste.

Arthur holte rasselnd Luft. Einmal. Zweimal. Mit einem stummen Blick bat Iselle Merlin um Erlaubnis, Guineveres Gesicht mit einem Leintuch und einer Schale heißen Wassers zu säubern, die sie in der Asche des Herdfeuers erwärmt hatte.

Arthur schaute zu ihr auf. »Danke, Iselle«, flüsterte er, während sie mit unendlicher Behutsamkeit die dunkle Paste aus Guineveres Gesicht entfernte, Strich um Strich die weiße Haut freilegte. Als sie fertig war, nahm Iselle die Schale und den verdreckten Lappen fort, und Arthur legte Guinevere eine Hand auf die Schulter, um sie sanft zu wecken.

»Arthur«, murmelte sie und sah ihn an, als wäre es das erste Mal.

Arthur rang sich ein müdes Lächeln ab.

»Lass mich gehen«, sagte Guinevere. Arthurs Lächeln erstarb.

»Nein.« Er schüttelte den Kopf, als wäre allein sein Wille stark genug, sie zu halten. »Ich kann nicht«, krächzte er, seine Stimme brüchig wie alter Mörtel, der droht, alles zum Einsturz zu bringen, was je gebaut wurde.

Iselle und Taliesin hielten einander fest, und ich beneidete den Jungen, wusste aber gleichzeitig, dass Iselles Berührung mich endgültig brechen würde.

Arthur legte Guineveres Hand an seine Lippen und küsste sie. »Warum willst du nicht bei mir bleiben?«, fragte er. Ihr Blick rutschte von seinem Gesicht zu meinem. Ich keuchte, spürte plötzliche Kälte durch meine Knochen fließen. Trotzdem konnte ich den Blick nicht abwenden, und als auch Arthur zu mir aufschaute, sah ich den Hass in seinem Blick, tief wie die See. Voll dunkler und schäumender Strömungen. Die ihn ertränkten.

Er sah Guinevere an. »*Seinetwegen?*«

Ich wusste, dass er meinen Vater meinte.

Guineveres Augen waren Teiche aus Trauer und hielten Arthur fest, wie eine Mutter ihr Kind hält. »Er wartet auf mich«, sagte sie schlicht. Tränen liefen über ihre Wangen, aber ihr Blick hing weiter an Arthur. »Und ich muss gehen.« Sie stockte. »Bitte, Liebster, lass mich gehen.«

Arthur schloss die Augen. Tränen fielen in seinen Bart. Das Kinn fiel ihm auf die Brust, und Guinevere betrachtete ihn, ihre Hände noch immer ineinander verschlungen. Arthur tat drei abgehackte Atemzüge, beugte sich vor und küsste sie auf die Stirn, hielt seine Lippen lange Zeit dort. Dann stand er auf, wandte sich ab und ging aus dem Haus.

Lange standen wir alle wie gelähmt da. Voller Furcht. Wussten nicht, was wir tun sollten. Fanden keine Worte, die wir in die steigende schwarze Flut hätten schleudern können wie Opfergaben, um einen hasserfüllten Gott zu besänftigen. Es war Iselle, die schließlich das Schweigen brach und Taliesin bat, mehr Wasser zu erhitzen, damit sie Guinevere säubern konnte.

Merlin saß mit dem Rücken zur Wand, wischte vor sich das Stroh beiseite, bis die glatte gestampfte Erde zum Vorschein kam. Er zog einige Knochen aus einem Beutel und breitete sie auf dem Boden aus. Im Halbdunkel sahen sie aus wie Fingerknöchel. Gawain ging zum Tisch und goss sich einen Becher Wein ein, stürzte ihn hinunter, füllte den Becher ein zweites Mal. Er war nicht der Einzige, der diesem Ort zu entfliehen suchte. Dieser Nacht.

Ich wandte mich zur offenen Tür und zum Mondlicht, das auf den strohbedeckten Boden fiel. »Lass ihn, Galahad«, rief Gawain leise und erschöpft. »Er wird mit niemandem reden wollen.«

Aber vielleicht irrte Gawain sich. Vielleicht würde Arthur mit Iselle reden wollen. Wenn er es nur wüsste. Also ließ ich die anderen stehen und sah mich draußen zwischen Kornspeicher, Räucherkammer, Stall und Scheune um. Ich ließ meine Augen den Hof durchsieben, drehte mich schließlich in Richtung Sumpf, und da sah ich ihn, nicht mehr als ein Schatten, der auf die hohe Schilfmauer zuhielt. Wo wollte er hin?

Ich folgte ihm ins Moor, ins vom Mond beschienene Röhricht, hielt aber einigen Abstand und achtete darauf, nicht von dem schmalen Holzweg abzukommen. Ab und an plumpste in der Nähe eine Kröte oder Wühlmaus ins Wasser. Über mir flatterten Motten und Fledermäuse entlang, ringsum knisterte und zischte das Schilf. Von irgendwo weiter rechts ertönte das schweineartige Quieken der scheuen Wasserralle, die zwischen den Stielen Jagd machte. Und immer noch ging ich weiter, musste Arthur folgen und wusste doch nicht, warum.

Eine Eule kreischte, und ich richtete den Blick in Richtung der fernen Wälder, die ich dank des Schilfes nicht sehen konnte. Als ich wieder nach vorn schaute, konnte ich auch Arthur nicht mehr sehen. Hatte er bemerkt, dass ich ihm folgte? Wer war ich, mich in seinen Kummer zu drängen, in seine schreckliche Trauer, die noch tiefer sein musste als das Wasser ringsum, aus dem der Gestank verrottender Vegetation aufstieg wie Dampf aus einer vergorenen Suppe? Aber Arthur hatte immer noch Iselle. Er hatte eine Tochter. Bestimmt würde er das einsehen. Und wenn nicht von sich aus, würde ich ihn dazu zwingen.

Also eilte ich den alten Damm entlang, tiefer und tiefer ins Moor, wo das Schilf spärlicher wurde und der Mond in finsteren Tümpeln versank. Hier war der Weg besser erhalten, bestand aus dicken Eichenplanken, die auf Gestrüpphaufen und parallelen Baumstämmen lagen, sodass ich deutlich schneller vorankam, ohne Angst haben zu müssen, im dunklen Wasser zu verschwinden.

Allmählich fing ich allerdings an, mich zu fragen, ob ich Arthur wirklich gesehen hatte. War es nur ein Trugbild in der Nacht oder etwas noch Unheilvolleres gewesen? Ich hielt an und schaute zurück. Etwas berührte meine Haare. Eine Motte, hoffentlich. Vom Rand der Heidelandschaft im Norden, eingebettet zwischen Wald und Sumpf, schrie eine Füchsin, und da zog ich mein Messer gegen die Nacht.

Was, wenn Fürst Arthur noch auf dem Hof war und ich einen Thrys oder eine Erscheinung von jenseits des Schleiers gesehen hatte, die mich immer tiefer allein in den Sumpf zu locken suchte?

Ein Vogel klapperte aus dem Schilf in den Himmel, und

ich fuhr nach dem Geräusch herum, sah zu, wie er zum Mond hinaufklatschte. Dann sah ich einen dunklen Haufen auf dem Holzweg, und mein Herz schlug gegen das Brustbein. Da war er. Gebückt oder auf den Knien, über das Wasser gebeugt. Er streckte den Arm nach etwas aus.

Ich machte noch zwei Schritte und blieb wieder stehen. Arthur hob den Kopf und sah sich um. Ganz still stand ich da, das hohe Schilf strich mir über die rechte Schulter, und Arthur schien mich nicht zu sehen, denn er wandte sich ab und ließ sich vom Holzweg in das kleine Korbboot herab, das dort am Pfahlwerk vertäut lag.

Ich wollte ihn rufen. Aber ich wollte auch verborgen bleiben, denn in diesem Moment überwältigte mich das Gefühl, ein Eindringling zu sein, mich in Dinge zu mischen, die mich nichts angingen, und so hütete ich meine Zunge und blieb stehen. Ich spürte auch noch etwas anderes. Ein Gefühl, für das ich keinen Namen hatte, das aber dicht und schwer auf mir lastete, und ich konnte mich nicht rühren, selbst wenn ich es gewollt hätte. Als hätte eine höhere Macht, einer der Götter gar, ein unsichtbares Netz über mich gebreitet, das mich an Ort und Stelle band.

Ich sah Arthurs dunklen Umriss, und als er sich vom Weg abstieß, spülte bleiches Mondlicht über sein Gesicht. In dem Moment schien er mich zu sehen. Er schaute direkt in meine Richtung. Durch die Nacht schien sein Blick in meine Augen zu fallen, als lägen ein Dutzend Jahre dazwischen, als teilten unsere Leiber nicht länger dieselbe Nacht, unsere Lungen nicht dieselbe Luft. Ehe er verschwunden war, war er bereits fort. Ich hörte das Platschen des Paddels im Wasser. Sah Arthur, den großen Kriegsherrn, der uns zum Sieg führen sollte, wie er sich in dem kleinen Gefährt vorbeugte und es durch den Mond gleiten ließ, der auf dem Wasser zitterte.

Sah ihm hinterher, bis ihn die Dunkelheit ganz verschlungen hatte.

Ich spüre die Furcht des Tieres. Sie erfüllt ihren Leib wie Krankheit, und so keucht sie einen eiligen Rhythmus, hält nur selten kurz inne, um zu lauschen. Dann wieder das Keuchen. Sie weiß, dass ihr Herr fort ist. Sie spürt seine Abwesenheit und ängstigt sich vor der Einsamkeit, wie ihre wölfischen Vorfahren fürchteten, aus dem Rudel verstoßen zu werden.

Sein Duft liegt noch immer in der Nachtluft, aber schwach jetzt, verebbt immer weiter. Verblasst. So tapsen wir unter dem Mond hinüber zum knorrigen alten Baum, wo sein Duft am stärksten verbleibt, denn er scheint in die Rinde gesickert zu sein, scheint das hohe Gras wie ein tröstlicher ätherischer Tau zu benetzen. Dort legen wir uns nieder, als wollten wir uns eine Weile an seiner Seite ausruhen und an der Wärme teilhaben, die aus seinem Leib in den Boden gewandert ist, als hätte er Wurzeln geschlagen.

Ein Teil von mir, jener Teil, der mein eigenes Bewusstsein noch von Banons entwirren kann, will bleiben, an dieser Stelle, um der Hündin willen. Denn sie war Arthur so ergeben wie kaum ein Mensch zuvor, loyaler als viele seiner Anhänger. Loyaler als ich. Und es ist beruhigend, ihre bedingungslose Liebe zu spüren. Ein Vertrauen, das nicht befleckt werden kann. Eine unzerstörbare Treue. Und doch können wir nicht bleiben. Kann ich nicht bleiben.

Die Tür fährt auf, und eine junge Frau tritt ins Freie. Hinter ihr dringt Rauch aus dem Haus wie ein Schleier, den der Wind erfasst. Banon stößt ein Winseln aus, vielleicht aus Protest gegen meine Nötigung, aber sie kann mir nicht widerstehen, und wir erheben uns müde, lassen den Apfelbaum und Arthurs Geist hinter uns, trotten über den vertrauten Hof auf sie zu, still und schwarz wie ein Schatten.

Tränen glitzern auf ihren Wangen, als sie zu den Sternen und zum Mond aufschaut. Banon schnüffelt an ihrem Bein, und sie geht in die Knie, streichelt die Hündin sanft zwischen den Ohren und spricht leise Worte, die sich nicht weniger beruhigend anfühlen als ihre Finger. Dann gehen wir weiter, halten auf den Stall zu, sehen uns um, aber ihr Gesicht ist wieder zum Licht des Mondes erhoben, also stoßen wir ein trauriges Winseln aus. Die Frau ruft leise nach Banon, und die Hündin antwortet mit einem scharfen Bellen, dann bewegen wir uns weiter, und diesmal spüre ich, dass Iselle uns folgt.

Meine kleine Iselle.

Die Tür zum Stall steht offen, wir schlüpfen in den dunklen Innenraum, in den uralten Geruch von Tieren und Stroh, von Dung und Staub und dem beißenden Schafsgestank der eingefetteten Werkzeuge. Wieder jault Banon, aber das wäre nicht nötig gewesen, denn die junge Frau schlüpft hinter uns in die Dunkelheit und steht einen Moment da, lässt sich von ihr umhüllen, lässt sie ihre Augen schärfen, mit denen sie in die Schatten späht.

Mir bleibt nicht viel Zeit. Mein Griff um den Geist des Tieres lockert sich. Wäre sie wild, hätte ich sie bereits verloren. Aber sie ist alles andere als das. Sie hat Angst, und sie vermisst Arthur, und vielleicht lässt sie mich länger verweilen, weil sie ein wenig Trost aus meiner Anwesenheit zieht. Wir laufen tiefer in die Dunkelheit, und obwohl Banon nicht versteht, was wir dort wollen, wehrt sie sich nicht, setzt sich schließlich hoch aufgerichtet auf die Hinterbeine, ihre Nase voll vom Geruch der rostigen Eisensichel, die an der dicken Holzwand lehnt, und vom Duft des groben Bündels aus Wolle, das auf einem altvernarbten, bemoosten Baumstumpf liegt, der einst als Hackklotz benutzt wurde.

Die Stimme lockt mich fort, aber noch kann ich Banon halten, und jetzt jault sie doch unter Protest, will nicht länger im dunklen Stall sein, sondern draußen im Hof auf die Rückkehr ihres Herrn warten. Das Jaulen lockt die junge Frau an. Sie bewegt sich durch einen Strahl aus Mondlicht, der durch eine Spalte in der Holzwand fällt, bleibt neben uns stehen, krault Banons Nacken und Widerrist und murmelt beruhigend. Banon stupst das Stoffbündel mit der Schnauze an und leckt an dem Tierfett. Ich aber verblasse so rasch wie Arthurs Duft in der Nachtluft, verliere den Zugriff auf das Tier. Ich kann nicht bleiben. Aber noch muss ich.

Nur ein wenig länger.

Die Hand zieht uns zurück in Richtung Tür und Nacht, aber ich halte Banon an Ort und Stelle fest. Einmal bellt sie, dann spüre ich, wie sich meine Seele von ihrer löst, abwickelt, ihr eigenes Wesen wieder die Kontrolle übernimmt. Sie steht auf. Dreht sich um. Trottet in Richtung Hof. Aber die junge Frau hebt das Bündel auf, wiegt es in der Hand, trägt es in den Strahl aus Mondlicht und wickelt es auf.

Ich gehe jetzt. Zu ihm.

Erhebe mich in die Dunkelheit.

Ich komme.

Unter mir reckt die junge Frau ihre Entdeckung in den Mondschein. Eisen und Stahl. Elfenbein, schimmernd wie Sahne. Poliertes Holz. Ein Messer, das die Finsternis wie eine Brandfackel zerteilen kann.

Ich komme. Mein Liebster.

Guinevere starb in der Nacht. Vielleicht im selben Augenblick, da Arthur in die einsame Dunkelheit davonglitt.

»Jetzt ist sie frei«, sagte Iselle, als ich schließlich zum Hof zurückkehrte. Lange Zeit war ich am Rand des Wassers geblieben und hatte gen Westen in die Nacht gestarrt, Arthur hinterher. In Streifen aus fahlem Gold brach die Dämmerung über die Sümpfe herein, schon war die Luft wieder erfüllt von schwirrenden Insekten und lautem Vogelsang. Ein Tag wie jeder andere. »Ich habe ihre Hand gehalten, als sie uns verlassen hat«, sagte Iselle und betrachtete den alten Apfelbaum, an dessen Stamm gelehnt Gawain saß, mit einem Weinkrug in der Hand. Er sah einem Falken hinterher, der hoch über dem Röhricht seine Kreise zog, das weite Land unter sich ausgebreitet. »Merlin hat ihr einen Trank eingeflößt. Gegen die Schmerzen.« Sie sah mich an, als wollte sie die Wirkung des Trankes in Zweifel ziehen, ohne dies auszusprechen. Aber was spielte das jetzt noch für eine Rolle?

So war also auch Guinevere fort. Ich spürte weder Überraschung noch Angst, nur eine schwere Last auf der Seele wie von den Torfballen, die sich unter dem Vordach des Hauses stapelten.

»Dann ist es aus.« Meine Worte schienen von weither zu kommen, so leer wie der endlose Himmel über uns.

Iselle löste einen Lederriemen vom Handgelenk, schob mit beiden Händen ihr Kupferhaar nach hinten und band es im Nacken zusammen. Unter ihren Augen lagen dunkle Schatten, in ihnen eine Müdigkeit, die auch Schlaf nicht lindern konnte. Trotzdem trotzte ihre wilde Schönheit dem mitleidlosen Morgengrauen.

»Wo ist Taliesin?«, fragte ich. Banon konnte ich drüben beim hohen Schilf sehen. Ihr schwarzer Schwanz wiegte sich von links nach rechts, und sie winselte leise gen Westen, sehnte sich nach ihrem Herrn, aber der Junge war nicht bei ihr.

»Er ist bei Merlin«, sagte Iselle und schaute in Richtung des Wäldchens aus Salweide, Hasel und Esche.

Das überraschte mich, denn Taliesin war Iselle nicht von der Seite gewichen, seit wir ihn auf der Insel der Toten gefunden hatten – oder er uns, besser gesagt. Aber wer hätte es dem Jungen auch verdenken können, diesen Ort und seine Geister hinter sich zu lassen? Vor allem einem Jungen, der schon von so vielen Geistern geplagt wurde, die er allein kannte, von denen er sich nie würde befreien können, falls Merlin nicht einen geheimen Weg kannte.

Ich schaute wieder Iselle an, und ihr Blick bohrte sich in meine Seele wie die Klauen des Falken ins Fleisch der Beute.

»Hast du es gewusst?« Da war leuchtendes Blut in ihren Wangen, aber kein Argwohn in ihrem Gesicht. Darüber war sie längst hinaus. »Die Wahrheit, Galahad.«

Eine unsichtbare Hand griff nach meiner Kehle. Meine Brust schnürte sich zusammen. Ich wollte mich abwenden, wollte mich der Kette ihres Blickes entreißen, aber stattdessen starrte ich in ihre grünen Augen, so ähnlich jenen anderen, die sich in dieser Nacht geschlossen hatten und nicht wieder aufgehen würden.

»Ja«, flüsterte ich. »Habe ich.«

Ich malte mir die Szene der vergangenen Nacht aus, wie Guinevere Iselle erzählte, dass sie ihre Mutter war. Ich konnte mir Iselles Gesichtsausdruck vorstellen. Die Verwirrung und dann das Begreifen. Die Trauer und dann den Zorn.

»Verdammt!«

Sie schloss die Augen, atmete tief ein und aus, als müsste sie körperliche Schmerzen erdulden. Als sie die Augen wieder aufschlug, war ihr Blick fast scharf genug, um mir die Haut aufzuschlitzen. »Wie lange schon?«

Ich hielt ihrem Blick stand. »Merlin hat es mir erzählt. Als wir aus Camelot zurückgekommen sind.«

Das hasste sie, hasste es, dass ich es schon so lange gewusst hatte. Ihre Zähne bearbeiteten ihre Unterlippe, während sie versuchte, ihre Wut im Zaum zu halten. »Verdammt, Galahad. Warum hast du es mir nicht gesagt?«

Ich dachte über die Frage nach. Ich hatte Angst gehabt, es ihr zu sagen. Das war einer der Gründe, weshalb ich Merlins Geheimnis bewahrt hatte. Aber nicht der einzige.

»Hat Merlin dich schwören lassen, nichts zu sagen?«, fragte sie, als hoffte sie darauf. Als würde es die Sache zumindest besser machen.

Ich schüttelte den Kopf. »Nein. Es war meine Entscheidung.« Ich stockte. »Es gab viele Situationen, wo ich überlegt habe, es dir zu sagen, mich aber dagegen entschieden habe.«

Wieder ließ sie die Stille zwischen uns wachsen, sich ausbreiten wie eine Blutlache in einem Laken. Banon schaute zu uns herüber, jaulte, wollte wissen, wo Arthur war.

»Du hast beschlossen, ich hätte nicht das Recht zu erfahren, wer meine Eltern sind«, sagte Iselle.

»Es war eine Last, die ich dir gern erspart hätte«, sagte ich. »Ich kenne diese Last.« Ich streckte meine Hand nach der ihren aus, aber sie zuckte zurück und zeigte mit dem Finger auf mich.

»Das stand dir nicht zu«, fauchte sie. »Du hattest nicht das Recht, mir das vorzuenthalten.«

»Ich weiß«, sagte ich. »Es tut mir leid.«

Sie presste sich die Handflächen ins Gesicht, schob sich die

Hände durch die Haare, zerrte an ihren Locken. Ihre Hände zitterten.

»Und mir tut es leid, dass dich dein Vater auf diesem Hügel zurückgelassen hat, Galahad. Es tut mir leid, dass er nicht zu dir zurückgekommen ist.« Ruckartig machte sie eine ausladende Geste und biss die Zähne zusammen. »Aber vielleicht wäre mein Vater geblieben, hätte er es gewusst.«

»Vielleicht hat er es gewusst«, sagte ich. »Aber Arthur hätte dir nie ein Vater sein können. Er war ein Kriegsherr. Das war sein Daseinsgrund. Das und Guinevere.« Ich hätte meine Zunge hüten sollen. Ich war ein Narr. Aber es war die Wahrheit. In dieser Hinsicht waren Arthur und mein Vater gleich gewesen. Beide von größeren Ambitionen als der Aufzucht von Kindern getrieben. Beide von finstereren Dämonen angespornt als jenen, die gewöhnliche Menschen heimsuchen. Beide im Bann derselben Frau und dadurch vielleicht zu keiner anderen Form von Liebe fähig.

»Vielleicht wäre er geblieben.« Sie hatte Tränen in den Augen.

»Nein, Iselle.« Ich zeigte auf die Pferche, auf die kümmerlichen Schafe und Schweine und die Ansammlung heruntergekommener Gebäude, die diesen Hof ausmachten. »Sieh dich doch um hier.« Sie brauchte sich nicht umzusehen. »Arthur, Sohn des Uther, ist schon seit vielen Jahren fort«, sagte ich. Iselles Blick wurde hart, und ich wusste, ich hatte sie verletzt, hasste mich dafür. Ich wollte ihr sagen, dass es ein Fehler gewesen war, es ihr vorzuenthalten. Dass ich wünschte, ich hätte es ihr verraten, sowie Merlin es mir verraten hatte. Ich wollte ihr sagen, dass Arthur vielleicht *tatsächlich* geblieben wäre, hätte Iselle ihn darum gebeten, obwohl ich wusste, dass es nicht stimmte. Aber nichts davon sagte ich.

Iselle ging zum Haus, nahm ihren Köcher und ihren Bogen und ihr langes Sachsenschwert, das in seiner Scheide am Flechtwerk der Außenwand lehnte. Sie wandte sich in die aufgehende Sonne und ging auf die Bäume zu.

Und ich schaute ihr hinterher.

21

Iselle

»Was soll das heißen, sie ist weg?«, fragte Merlin. »Arthur hinterher?« Taliesin stand neben ihm, einen toten Hasen in der einen Hand, einen Bund roter Lichtnelken in der anderen. Hinter ihnen standen die Pferde über Kreuz im Schatten des Stalls, wedelten mit dem Schweif, zuckten sich Wolken aus Fliegen vom Leib und fraßen das hohe Gras.

Ich schüttelte den Kopf. »Nein, sie ist nach Osten gegangen. In den Wald.«

Merlin schwang seinen Eschenstab in meine Richtung. Ich musste mich ducken, sonst hätte er mich getroffen. »Und du hast sie ziehen lassen?«, fragte er vorwurfsvoll und starrte mich an. Taliesin schaute in Richtung der Bäume, sein junges Gesicht sorgenvoll verzogen.

»Sie war wütend«, sagte ich.

Der Druide hob den Stab und richtete ihn auf mich, als wollte er einen Fluch oder Zauber auf mich schleudern. »Natürlich war sie wütend, Galahad. Du hast die ganze Zeit gewusst, dass sie die Tochter von Arthur und Guinevere ist, und hast es ihr verschwiegen.«

Ich zog die Stirn kraus. »Ihr habt es auch gewusst.«

»Mich liebt sie aber nicht, du Narr.« Er rammte den Stab in den Boden und legte beide Hände auf das knotige Kopfstück.

Merlins Pferd hob den Kopf, blähte die Nüstern und schnaubte lauthals, gefolgt von einem leisen Wiehern. Ich folgte seinem Blick und sah Reiter zwischen den krummen alten Apfelbäumen hervorkommen. Ihre Rüstungen, Helme und Schildbuckel funkelten, die Speerspitzen blitzten in der späten Nachmittagssonne.

»Wir haben sie gerufen«, sagte Merlin und hob den Stab, um die Fürsten Parcefal, Gediens und Cai und die Männer, die mit ihnen ritten, zu begrüßen.

»Wissen sie Bescheid?«, fragte ich. »Dass es vorbei ist?«

»Ich habe ihnen die Botschaft gesandt, die Herrin Guinevere sei endlich erlöst.« Merlin zuckte mit den Schultern. »Vielleicht wissen sie also, dass Arthur nicht mehr reiten wird.«

Gediens und ich begrüßten einander stumm aus der Entfernung, und als sie die Pferde auf den Hof geführt hatten, saßen sie ab, schlangen die Zügel über die Zäune der Pferche, und nicht wenige schauten sich verwundert um, dass dies der Ort sein sollte, an dem ihr Herr, der große Krieger der Briten, die letzten zehn Jahre verbracht hatte.

Ich wollte mich Gediens und den anderen nicht stellen, wollte nicht derjenige sein, der es ihnen berichtete. Aber Gawain saß noch immer zusammengesunken am Apfelbaum, besinnungslos besoffen, und mehrere Männer sahen mich bereits an, also trat ich vor und begrüßte sie mit einem schmerzhaften Kloß im Hals und einem sauren Geschmack im Mund.

»Wo ist er, Galahad?«, rief Parcefal, als ich noch drei Speerlängen von den Reitern entfernt war, die dort angehalten hatten, als wären sie unwillig, eine unsichtbare Grenze zu überqueren. Eine Grenze der Erkenntnis.

»Er ist fort.« Ich deutete hinter mich. »In den Sumpf. Letzte Nacht.«

Parcefal und Cai wechselten einen Blick, der ihre Befürchtungen zu bestätigen schien. Die Männer ringsum murmelten gedämpft. Nur Gediens sah mich schweigend an, schien auf mehr zu warten.

»Ich glaube nicht, dass er zurückkommt«, sagte ich.

»Woher willst du das wissen?« Cai zeigte mit dem Finger auf mich, als wollte er mich warnen, solche Reden zu schwingen.

»Vielleicht, sobald die Kämpfe anfangen«, sagte Cadwy. »Vielleicht kommt er dann zurück.«

Medyr, der den Helm abgenommen hatte, um sich mit der Hand durch die schwarzen Locken zu fahren, schien ihm zuzustimmen. »Wenn wir ihn am dringendsten brauchen, *wird* er zurückkommen.« Er sah mich an. »So wie Lancelot damals.«

Ich wollte ihnen nicht widersprechen, hielt also den Mund, denn ich wusste, dass hier und jetzt ihre Hoffnung im Sterben lag.

»Es ist vorbei«, knurrte jemand. Ich drehte mich um und sah Gawain, der mit dem Weinkrug in der Hand zu uns torkelte. Er hob ihn zum Mund und schüttete sich den Rest in den Hals. Ein Teil der Flüssigkeit spritzte durch seinen ergrauten Bart auf den Boden. »Vorbei«, fauchte er und warf den Weinkrug gegen die Hauswand, wo er zerschellte. »Arthur kommt nicht zurück. Es war alles umsonst.« Auf unsicheren Beinen stand er da, wankte wie eine einsame Esche im Wind.

»Hör auf, dich in deiner Verzweiflung zu suhlen, Gawain«, sagte Merlin scharf und trat zu uns, stützte sich bei jedem zweiten Schritt auf seinen Stab. Sein grauer Bart war geflochten und steif wie ein Tau. »Das steht einem Prinzen von Lyonesse nicht gut zu Gesicht.«

Einen Herzschlag lang starrte Gawain den Druiden verdutzt

an, dann stolperte er vorwärts, vergrub die Finger im Umhang des Druiden und hob den alten Mann von den Füßen.

»Ihr seid schuld daran, dass sie tot ist!«, fauchte Gawain. Gediens und ich eilten dem Druiden zu Hilfe, packten jeder einen Arm und zogen, um Merlin wieder sicher zu Boden zu bringen, während Gawain uns anbrüllte, die Finger von ihm zu nehmen.

»Lass ihn in Frieden, Gawain«, sagte ich. Merlin entzog sich seinem Griff und stolperte nach hinten, außer Reichweite des großen Kriegers.

»Er hat sie zurückgebracht, obwohl er wusste, dass sie sterben würde«, klagte Gawain den Druiden an. Da richteten sich alle Augen auf Merlin. »Ihr hattet sie schon beim ersten Versuch gefunden, nicht wahr? Als Ihr den Federumhang angelegt habt? Ihr habt sie gefunden, Druide.« Gawains geifernde Worte liefen lallend ineinander. Er riss einen Arm gen Himmel. »Irgendwo da draußen habt Ihr sie getroffen, und sie hat Euch gesagt, dass sie nicht zurückkommen will.«

Merlin mochte alt und gebrechlich sein, aber er hatte Mut genug, sich breitschultrig vor Gawain aufzubauen, und plötzlich lag ein wilder Zorn in seiner Miene, der meinen Mageninhalt zu Eis werden ließ. Mehrere Krieger griffen nach Eisen, um sich vor dem finsteren Fluch zu schützen, den der Druide gleich rufen würde.

»Ich habe sie gefunden«, gab Merlin zu, »und versucht, sie zu Arthur zurückzubringen. Aber Guineveres Herz hat Lancelot gehört. Schon immer.« Seine Stimme war fest und von solcher Macht, dass alle ihm zuhören mussten, um die Wahrheit zu erfahren. Er trat vor, wieder in Gawains Reichweite, und zeigte mit einem knorrigen Finger auf den Krieger. »Und du hast das ebenfalls gewusst. Du hast es immer gewusst.«

Gawain drehte den Kopf und spuckte ins Gras. »Was ändert das jetzt noch?« Er zuckte mit den Schultern. »Es ist vorbei. Ohne Arthur können wir nicht kämpfen. Niemand wird zu uns stoßen.« Da drehte er sich zu mir, und sein vernarbtes Gesicht war kaum wiederzuerkennen. »Dein Vater hat uns alles genommen«, fauchte er. »Selbst im Tod hat er uns dem Untergang geweiht.«

Unversehens überkam mich heiße Wut. Ich warf mich auf ihn. Schlug so hart zu, dass er mehrere Schritte nach hinten stolperte und mit dem Hintern im Gras landete, zwischen den gelben und weißen Blümchen, die uns wie tausend Augen anstarrten.

»Friede, Galahad«, zischte Gediens und packte mich von hinten, denn ich hatte mit kochendem Blut weitere drei Schritte auf Gawain zugemacht. »Friede.«

»Da ist er ja.« Gawain starrte zu mir herauf, und ein böses Lächeln verzerrte seinen Mund. »Da ist der Mann, der mit uns geritten wäre, um die Sachsen zurück ins Meer zu treiben. Ein verdammter Schlächter, ganz wie sein Vater.«

Mit einem Ruck befreite ich mich von Gediens, riss Eberzahn aus der Scheide und hielt Gawain die Spitze an die Kehle. Gawain hob das Kinn, bot mir den Gnadenstoß an, und in diesem Moment wollte ich zustoßen, obwohl Gediens und Parcefal hinter mir schrien, ich solle mein Schwert senken und von ihm ablassen.

»Verloren«, sagte Gawain. »Alles ist verloren.«

Mein Blick wurde klar, ich sah Eberzahn an Gawains Hals. Sah Taliesin, der mich mit großen Augen anstarrte. Kurz glaubte ich, seine Stimme zu hören, den betörenden Zauber seines Gesangs, der wie eine warme Brise zwischen Sommerlaub durch meinen Kopf waberte. Aber das konnte unmöglich sein. Der Junge hatte die Lippen fest verschlossen.

Ich zog die Klinge weg.

»Galahad, geh Iselle suchen«, sagte Merlin. Seine Stimme drang in mein Ohr wie Wind, der sich den Weg durch eine lange Höhle bahnt. »Hast du mich verstanden? Geh los und bring sie zurück.«

Unterbewusst bekam ich mit, dass Parcefal und Cai Gawain auf die Füße halfen. Und dass Tarawg, Nabon, Medyr und einige andere verkündeten, die Herrin Guinevere trotz allem sehen zu wollen, denn sie alle hatten sie geliebt und ihr einst gedient und wollten ihr die letzte Ehre erweisen, ehe wir die Herrin auf den Scheiterhaufen legten und ihre Asche dem Westwind anvertrauten.

»Los jetzt, Galahad«, herrschte Merlin mich an. Er bleckte die Zähne, seine Haare wurden vom Wind zerzaust. »Finde sie.«

Ich fühlte mich wie ein Ertrinkender, mein Geist schlug wild um sich, suchte etwas zum Festhalten, die Gedanken wirbelten durch meinen Kopf, jeder Atemzug zu dünn und zu schwach, um mich am Leben zu halten. Aber ich hatte gerade noch Verstand genug, um zu begreifen, dass ich diesen Ort dringend verlassen musste. Und Blut genug in den Adern, um zu wissen, dass ich Iselle wollte. Sie brauchte. Und so drehte ich ihnen allen den Rücken zu, griff einen Speer aus dem Stall und ging in Richtung der Bäume davon, über denen die Krähen in einer schwarzen Wolke tanzten und kreischend den Tod unseres Traumes beweinten.

Ich fand sie nicht. Sie fand mich. Mit einem Peitschenschlag schlug zitternd ein Pfeil neben mir in den Stumpf einer Weide, und erleichtert sah ich die weiße Befiederung am Ende des Schafts.

»Was willst du?«, rief sie. Der Pfeil sagte mir, dass ich sie zu meiner Rechten in einem Dickicht aus Erlen suchen musste, auch wenn ich sie noch nicht sehen konnte. Ich dachte an den Tag, an dem wir uns kennengelernt hatten, als sie die Sachsen getötet hatte, die sonst mich umgebracht hätten.

»Merlin will, dass du zurückkommst«, sagte ich. Ganz der Feigling, der ich war.

»Warum?«, fragte sie, zeigte sich aber noch immer nicht.

Tatsächlich wusste ich nicht, warum Merlin mich losgeschickt hatte, um sie zu finden. Vielleicht nur um Gawain und mich daran zu hindern, uns gegenseitig umzubringen.

»Gediens und Cai und die anderen sind angekommen«, sagte ich.

Ganz in der Nähe schnatterte fröhlich ein Schilfrohrsänger, freute sich über den reich gedeckten Tisch aus Eintagsfliegen, Motten und Florfliegen, die in dichten Schwaden durch die Abenddämmerung flitzten.

»Es ist vorbei.« Schrecklich tiefe Trauer lag in ihrer Stimme. »Sie werden jetzt nicht mehr kämpfen. Nicht ohne Arthur.« Sie trat hinter einer Erle hervor, der Bogen hing schlaff an ihrer Seite. Mein Herz schlug gegen meinen Brustkorb. »Der Krieg ist verloren, bevor er angefangen hat«, sagte sie.

»Fürst Konstantin wird weiterkämpfen«, sagte ich.

»Er kann nicht gewinnen. Das weißt du genau.«

Ich nickte. »Komm mit zurück. Es wird bald dunkel.«

»Warum hast du es mir nicht gesagt?«, fragte sie.

Ich holte tief Luft. »Sie hätten dir nichts als Schmerz gebracht. Sie waren nicht mehr sie selbst.«

Selbst auf die Entfernung sah ich, wie sich ihre Stirn umwölkte. »Du hast nie daran geglaubt, dass sie wieder zusammen sein könnten? Dass Arthur uns in die Schlacht führen würde?«

»Ich wollte daran glauben«, sagte ich ehrlich. Ich schaute nach Westen, wo die Sonne wie ein Flammenschild hinterm Horizont versank. Schwalben und Mauersegler jagten zwischen den Schilfwedeln entlang und erbeuteten Insekten im Flug.

»Bald ist es dunkel«, wiederholte ich.

Sie antwortete nicht. Ihr Schweigen sagte alles.

»Ich hätte es dir sagen sollen«, sagte ich. »Es tut mir leid.«

Was immer Iselle denken mochte, sie behielt es für sich, aber ich sah ihr an, dass sie gerade im Geiste Fragen an andere richtete, nicht an mich, also ergriff ich die Gelegenheit und näherte mich.

»Es tut mir leid«, sagte ich abermals und schloss sie in die Arme. Sie verspannte sich wie ein gestraffter Bogen, aber ich ließ sie nicht los, und irgendwann entspannte sie sich langsam. Ich küsste ihr Kupferhaar und sog ihren Duft ein, als wären es meine letzten Atemzüge.

»Glaubst du, er wusste es?« Ihre Stimme war fast zu leise, um eine Antwort zu fordern.

»Wie kann er es nicht gewusst haben?«, flüsterte ich zurück. »Du bist sein Fleisch und Blut. Aber Arthur war es nie vergönnt, Vater zu sein. Er hat den Krieg geliebt und deine Mutter. Ich glaube, vor allem anderen hat er sich gefürchtet.«

Sie schaute auf ihren Bogen und strich mit dem Daumen über die Pfeilauflage aus Horn, die glatt und abgegriffen war. »Er hat versucht, sie zu verbrennen«, sagte sie.

»Ich weiß.«

»Hätte er das wirklich getan? Wenn Lancelot nicht gekommen wäre?«

Ich dachte darüber nach, aber ehe ich antworten konnte, sagte Iselle: »Vielleicht wollte er nur deinem Vater eine Falle stellen.«

»Das werden wir nie wissen«, sagte ich.

Ich konnte ihr Gesicht nicht sehen, fühlte aber, wie sie sich erneut verspannte.

»Wie kann sie danach noch zu ihm zurückkehren?«

Die gleiche Frage hatte ich mir auch oft gestellt, doch erst jetzt sah ich eine Möglichkeit, die zumindest etwas Sinn ergab. »Sie hat sich schuldig gefühlt. Dass sie zwischen die beiden Männer geraten ist, die gemeinsam die Hoffnung Britanniens waren. Sie wollte versuchen, es wiedergutzumachen.«

Iselle antwortete nicht, aber ich wusste, dass sie es nicht glaubte. Ich konnte es spüren.

Ich hielt sie im Arm und wartete auf die nächste Frage, die ich bereits kannte. Sie würde fragen, warum Guinevere, ihre Mutter, sie weggegeben hatte. Auf diese Frage wartete ich. Fürchtete mich vor ihr. Fürchtete, ich würde ihr keine Antwort geben können, wusste auch, dass ich nicht den Mut hatte, Partei für Guinevere zu ergreifen, denn Iselle hatte etwas Besseres verdient. Aber die Frage blieb aus.

Ich hielt sie im Arm. Säte mehr Küsse in ihren Schopf, und sollte die Sonne hinter dem Horizont verschwinden, sollte die Welt von Finsternis überflutet werden, ich wäre bereitwillig für alle Ewigkeit mit Iselle durch die Sümpfe gewandert, hätte mit ihr gemeinsam Wiesen und Röhricht bejagt, zwei rastlose Geister, unbeschwert von Erinnerung oder Angst oder gar Hoffnung.

Iselle entzog sich meinen Armen und schaute mir in die Augen. »Wie kann sie solche Macht über die beiden gehabt haben?«, fragte sie, und in diesem Moment, als das Licht aus der Welt wich, erzitterte meine Seele, denn ich wusste, wie.

Ich wusste es.

Ich streckte die Hand aus und wischte ihr mit dem Daumen eine Träne von der Wange.

»Ich werde dich nie verlassen«, sagte ich.

Als wir zurückkehrten, war es Nacht. Der Mond hing weiß und feist am Himmel, schmiedete das Schilf zu Speerspitzen und versilberte den Rauch des Lagerfeuers, das Cais Reiter neben Arthurs altem Apfelbaum entfacht hatten. Neben dem Baum, unter dem Arthur so oft gesessen hatte, um mit Guinevere den Sonnenuntergang zu betrachten.

Merlin hatte alle angewiesen, sich dort zu versammeln, sehr zu Gawains offensichtlichem Missfallen, denn der hatte einen neuen Weinschlauch angebrochen – wahrscheinlich von Cais Männern mitgebracht –, sich wieder vor den knorrigen Baum gesetzt und abermals damit begonnen, seine Innereien auszuspülen.

Als er mich im Feuerschein erblickte, hob er den Weinschlauch, bot ihn mir an, und ich nahm ihn und trank, auch wenn ich wusste, dass ich es hätte sein sollen, der den Frieden suchte. Ich zuckte beschämt, als er das Gesicht abwandte und die Flammen eine große Prellung an seinem Kiefer enthüllten, rot und violett wie die Blüten der Flockenblume.

Ich gab ihm den Schlauch zurück. »Was hat er vor?«, lallte

Gawain und reckte das Kinn in Richtung Merlin, der ein wenig abseits im Mondlicht stand und hinauf in den Nachthimmel starrte, als flüsterten die Sterne, die sich dort häuften, in leisen, ewigen Stimmen, die er allein hören konnte.

Ich zuckte mit den Schultern, dachte aber, er würde wohl etwas Bedeutsames zu verkünden haben, denn er trug seinen schwarzen Umhang und den Eschenstab, hatte sich den Bart zu einem geölten Tau gebunden und die Augen mit Asche umrandet.

»Wir hätten ihn in seinem Loch auf Ynys Weith sitzen lassen sollen«, knurrte Gawain und deutete mit dem Weinschlauch auf den Druiden. »Es wäre besser, du hättest ihn nie gefunden, Parcefal.«

Parcefal kam gerade mit einem Armvoll Brennholz vom Haus ans Feuer. »Wir mussten es versuchen, alter Freund«, sagte er, ließ die Holzscheite neben dem Lagerfeuer fallen und sah Gawain an. Er bot einen schrecklichen Anblick im Feuerschein mit der langen Narbe, die sich vom rechten Auge über die Wange durch die Lippen bis hinab zum Kinn zog. Und doch zeugte diese furchtbare Narbe weniger von Schmerz und Leid als das traurige Lächeln, das er seinem Freund schenkte. Zwei Krieger, umzingelt von der Vergangenheit und all dem, worauf sie vergeblich gehofft hatten.

Ich sah Merlin an. Er hatte es nicht geschafft, Arthur Guinevere zurückzubringen, wir alle hatten es nicht geschafft, den Briten Arthur zurückzubringen, und doch wirkte der Druide strenger und rätselhafter als je zuvor. Er schien Kraft aus der Nacht zu schöpfen, die uns umhüllte, selbst nach dem Verlust von Arthur und Guinevere schien ihn etwas anzutreiben, während wir anderen wie die Früchte eines vergifteten Baumes verwelkten.

Ich suchte nach Iselle und sah sie drüben bei der Räucherkammer. Sie sprach mit Taliesin, der etwas in den Händen hielt, ein Stoffbündel offenbar. Was immer der Junge zu ihr sagte, Iselle schien es nicht hören zu wollen, wollte auch nicht annehmen, was er ihr zu geben versuchte. Sie schüttelte den Kopf und wandte sich ab, ihr Gesichtsausdruck kalt unter dem weißen Mond. Aber Taliesin ergriff ihre Hand und zog sie zum Feuer. Einen Moment lang glaubte ich, sie würde sich losreißen, aber sie ließ sich führen, und beide setzten sich auf die Tierfelle, die Cais Männer ums Feuer ausgebreitet hatten. Mit einem Blick fragte ich sie, was passiert sei, aber sie schüttelte den Kopf, und da trat Merlin in den golden schimmernden Flammenschein.

»Freunde! Männer von Dumnonia! Krieger des Kessels!«, sagte er, hob seine Stimme über das Murmeln der Krieger und das Knistern des Feuers. Alle Gesichter drehten sich zu ihm, und Stille senkte sich über die Lichtung, sodass Sumpf, Schilfwall und Baumschatten plötzlich näher zu rücken schienen, um uns daran zu erinnern, dass wir nur wenige waren und die Finsternis gewaltig. Mir schauderte. »Ihr habt in ganz Britannien gekämpft und sogar jenseits des Schmalen Ozeans in den dunklen Wäldern Galliens. Ihr habt für dieses Land geblutet und für Arthur. Aber der Kampf ist noch nicht vorbei. Die Feinde Britanniens, die seit Arthurs letzter großer Schlacht das Land verwüstet haben, sammeln sich erneut. Sie wollen uns endgültig aus unserer Heimat und der Gunst unserer Götter vertreiben. Die Herrin von Camelot hat uns verraten, hat sich den König der Sachsen in ihr Bett geholt. Aus purer Verzweiflung, einen letzten Rest Macht in Dumnonia zu behalten, hat sich Morgana mit König Cerdic vermählt, der geschworen hat, den Thron des

Hochkönigs, Uthers Thron, Morganas Enkeln zu überlassen. Dank sei Taranis, dem Herrn des Krieges, und Dank sei Galahads Klinge, denn wenigstens einer der verderbten Söhne Mordreds ist gefallen.«

Die Blicke der Männer richteten sich auf mich. Manche nickten anerkennend und dachten an die gemeinsame blutige Nacht, und es wärmte mir das Herz.

»Der zweite aber lebt noch«, sagte Merlin. »Melehan ap Mordred ap Arthur wird über Dumnonia herrschen.«

Mehrere Männer spuckten fluchend ins Feuer. Gediens schüttelte vor Scham den Kopf, Gawain reckte den Weinschlauch, wie um dem zukünftigen König Dumnonias zuzuprosten.

»Er wird nichts weiter als eine Marionette sein«, sagte Fürst Cai und warf einen Stock aufs Feuer. »Herrschen werden die Sachsen. Melehan kann nicht genug Speere aufbieten, um wirkliche Macht auszuüben.«

»Sie werden ihn niemals auf Uthers Thron dulden«, sagte Medyr und half Cadwy, vier Wasservögel aufzuspießen, die später, wenn die Flammen niedergebrannt waren, übers Feuer gehängt werden sollten. »Sie schneiden Melehan die Kehle durch, bevor er sich zum König ausrufen lassen kann.«

»Kann sein.« Merlin nickte. »So oder so wäre es dann zu spät und Britannien endgültig verloren.«

»Britannien ist bereits verloren«, knurrte Parcefal und rief rings ums Feuer zustimmendes Gemurmel hervor.

»Kann sein«, sagte Merlin abermals.

»Was wollt Ihr dann von uns, Druide?« Das kam von Gawain, der noch immer abseits saß. Ein schattenhafter Umriss vor dem knorrigen Stamm des mondsilbrigen Apfelbaums.

»Ich will, dass du kämpfst, Gawain, Prinz von Lyonesse«,

sagte Merlin. »Das ist es doch, was du tust, nicht wahr?« Er vollführte eine ausladende Geste mit seinem Stab, schloss die versammelte Kriegerschar ein, deren Gesichter von Feuer oder Mond erhellt waren. »Ich will, dass ihr alle kämpft. Ein letztes Mal.«

»Es ist aus, Merlin.« Tarawg schüttelte den Kopf. »Ohne Arthur können wir nicht kämpfen. Ohne ihn werden die anderen Könige nicht kämpfen wollen.«

»Ihr wollt also Fürst Konstantin sich selbst überlassen, der all die Jahre weiter gegen unsere Feinde stand, während ihr in der Halle des Fischerkönigs getafelt habt? Ihr wollt ihn mit den letzten treuen Speerträgern allein kämpfen lassen?«, fragte Merlin uns alle. Niemand antwortete, aber selbst in Gawains betrunkenem Gesicht sah ich die Unruhe und wusste, es schmerzte ihn, Konstantin im Stich zu lassen. »Dann hat Konstantin vielleicht vor so vielen Jahren doch recht gehabt, als er befand, er hätte zum König ausgerufen werden sollen, als Uther im Sterben lag. Denn er allein hat nie aufgegeben und wird es auch niemals tun. Ehe ihn nicht eine Sachsenklinge niederstreckt.«

»Was passieren wird, noch bevor der Sommer zur Neige geht«, warf Nabon ein und setzte einen prallen Weinschlauch an die Lippen. Manche der Männer flüsterten wieder untereinander, diskutierten das unausweichliche Schicksal aller, die sich noch gegen die Sachsen und ihre neuen Verbündeten auflehnten. Merlin aber trat einen Schritt aufs Feuer zu, hob den Stab und zog abermals die Aufmerksamkeit aller auf sich.

»Es gab einmal einen Traum von Britannien.« Seine Stimme war stark und klar und floss trotzdem sanft wie die Sahneschicht im Milcheimer. »Einen Traum von Camelot. Arthur hat an diesen Traum geglaubt, und ich an Arthur. Wir alle haben an Arthur geglaubt. Er war der Beste von uns. Er war das Licht in der Dunkelheit.« Ein Raunen ringsum, Becher wurden gehoben, manche sprachen Arthurs Namen in die Nacht. »Ihr mögt glauben, es sei vorbei, aber das ist es nicht«, fuhr Merlin fort. »Es gibt noch immer eine Flamme, und diese Flamme wird zu einem Feuer werden, das die Götter wiedererweckt.« Und damit öffnete Merlin seine Hand zum Feuer, und eine helle Flamme schoss in die Höhe, eine hüpfende Zunge aus Kupfer, die durch die Dunkelheit leckte und uns aufkeuchen ließ. Viele wichen vor Angst und Verwunderung zurück.

Ich sah Medyr und Nabon und einige andere nach ihren Gürtelschnallen oder Messern greifen, um sich vor Merlins Magie zu schützen.

»Ich war wie ihr«, sagte der Druide. »Ich dachte, der Traum wäre entschwunden.« Er hob die Hand und wedelte mit den Fingern. »Ich dachte, die Götter hätten uns den Rücken gekehrt. Dass nur noch ein ferner Hauch ihrer Macht in Britannien verblieben wäre, wie der Geruch in der Luft nach einem großen Regen.« Er sah hinauf zu den Sternen und schüttelte den Kopf. »Ich konnte sie nicht mehr hören. Ich konnte mich nicht mehr zu ihnen träumen und dachte also, meine eigenen Kräfte wären meinem Körper entwichen wie das Blut, das auf dem Feld von Camlan aus den Leibern so vieler tapferer Krieger geflossen ist.« Er zeigte auf Parcefal und Cai, auf Gediens und Cadwy, auf Tarawg und Nabon. »Ihr wart dort«, sagte er. Es klang fast wie eine Anschuldigung. »Ihr alle habt geblutet.«

»Wir waren da, Druide. Wo wart Ihr?«, sagte ein Krieger namens Culhwch und beäugte Merlin übers Feuer hinweg.

»Mein Körper mag nicht bei euch gewesen sein, Culhwch ap Cynan, aber Männer – und Frauen – bestehen aus mehr als Fleisch und Knochen.« Er verzog das Gesicht. »Ich habe auf meine Weise für Arthur gekämpft, ihr auf die eure. Aber hinterher war ich am Ende meiner Kräfte. Wir haben den Sachsen Einhalt geboten, aber der Blutzoll war gewaltig, und ich befürchtete, wir hätten zu viel gegeben und zu wenig gewonnen. Die Götter haben mir mein zweites Gesicht genommen. Das war ihre Bestrafung, denn ich habe Fehler gemacht.« Da warf er einen Blick auf mich, und ich wusste, er meinte meinen Vater und Guinevere. »Aber die Götter haben uns noch nicht verlassen«, sagte Merlin und breitete die Arme aus, als wollte er die Sterne und den Mond, die Flammen und die Dunkelheit einladen, sich in Taranis oder Balor, Epona oder Rhiannon zu verwandeln. »Ich habe ihre Anwesenheit auf der Insel der Toten gespürt und in dem Knaben Taliesin.« Die Männer betrachteten den Jungen und erinnerten sich wohl an die Erzählung, wie er in den Höhlen der Neamh-mairbh gesungen und seine Stimme die bösen Kreaturen gelähmt, sie in der Dunkelheit gebunden hatte. »Ich habe die Götter im Kessel von Annwn gespürt, und nun spüre ich sie auch hier. Jetzt. An diesem Ort.« Er hob den Blick und schaute sich um, und in diesem Moment schien es, als wären wir allesamt unsichtbar. Nur Merlin und die Götter, die sich wie Motten um eine Kerze an diesem Feuer versammelt hatten. »Sie wollen, dass wir wieder kämpfen für diesen alten Traum. Sie wollen, dass wir für Britannien kämpfen.«

»Wir brauchen Arthur«, rief Gawain. »Aber Arthur ist fort.«

Merlin lächelte und schaute in die Runde. »Und doch sind wir alle hier versammelt.«

»Wohl kaum eine Armee«, sagte Parcefal und erzeugte eine Welle leisen Gelächters.

»Es braucht nur ein Blatt des Schierlingskrauts, um einen ausgewachsenen Mann zu töten, Parcefal«, gab Merlin zurück. »Wir sind keine Armee, aber der Grundstock einer solchen. Wir sind der Zunder, der hundert Feuer entfachen wird. Tausend Feuer.«

Manch ein Krieger schüttelte den Kopf. Einige sagten, Merlin sei zu spät. Dass er diese Rede vor zehn Jahren hätte halten sollen, dann hätte es vielleicht noch eine Chance gegeben. Man hätte sich nach Camlan neu ordnen können, um die Sachsen ins Meer zu treiben.

»Jetzt bin ich hier«, sagte Merlin. »Und bin mächtiger als je zuvor, denn ich habe den größten aller Schätze des alten Britannien. Ich habe den Kessel von Annwn.« Als er dies sagte, schaute er mich an, und ich sah ein triumphales Glitzern in seinen Augen. Da spürte ich Schlangen in meinen Eingeweiden zucken, denn ich begriff, dass wir nicht zur Insel der Toten gefahren waren, um den Kessel für Guinevere und Arthur zu bergen, sondern für Merlin. Er hatte gewusst, dass Guinevere nicht bleiben würde, auch wenn es ihm gelänge, sie in ihren Körper zurückzubringen. Sie *konnte* nicht bleiben. Wir aber hatten Merlin den Kessel verschafft, diesen Schatz, der einst den alten Druiden gehört hatte, und in Wahrheit hatte Merlin ihn für sich selbst haben wollen. In diesem Silbergefäß fand er die Götter wieder, die er für immer verloren geglaubt hatte.

Sein Blick verharrte auf mir, denn er wusste, dass ich es wusste, und genoss den Moment sichtlich. »Und wir haben Galahad ap Lancelot«, fuhr er fort, starrte mich noch immer an, zeigte mit dem Stab auf mich. »Einen Krieger, der das Zeug dazu hat, noch gewaltiger zu werden als sein Vater. Denn obwohl Lancelot auf dem Schlachtfeld ohnegleichen war, so war er auch blind für die Nöte Britanniens. Er hat einzig die Herrin gesehen. Galahad hier hat ein ebenso großes Herz wie sein Vater.« Er drückte sich einen knorrigen Finger an die Schläfe. »Aber er hat mehr Grips. Er weiß, was wir aufzubauen versuchen. Er weiß, was Britannien sein könnte, wenn wir jetzt nur zusammenstehen. Hier, an diesem Ort.« Ich spürte die Blicke der Männer auf mir lasten, schwerer als jede Rüstung, trotzdem stand ich breitbeinig und erhoben da, denn ich wollte, dass sie an Merlins Worte glaubten. Wollte selbst daran glauben. »Galahad wird es sein, der die Hand ausstreckt und ergreift, was mir die Götter in meinen Träumen gezeigt haben«, sagte er und machte eine Pause, um die Worte sacken zu lassen. Wieder schaute er hinauf ins von Sternen übersäte Himmelsgewölbe, und bis auf die rauschenden Flammen war die Nacht ganz still, als hinge selbst sie an den Lippen des Druiden.

Er senkte den Kopf und wandte sich Iselle zu. Da sah ich sie an und sie mich, denn wir wussten beide, was kommen musste. Ihr Kiefer war angespannt, ihre Wangenknochen scharf unter der blassen Haut, die Lippen zu einer schmalen Linie zusammengepresst.

»Unsere Feinde wissen bereits, dass Galahad ap Lancelot Ambrosius ap Mordred erschlagen hat«, fuhr der Druide fort. »Sie fürchten ihn und tun gut daran.« Er warf eine Hand in Richtung der hohen Schilfmauer, durch die ich Arthur in der vorigen Nacht gefolgt war. »Aber wie steht es um Arthur?, klagt ihr. Wie können wir kämpfen ohne den Sohn des Pendragon, der uns anführt?« Nun sah er Iselle direkt an und hielt abermals inne, ließ die Stille zurückkehren, starrte sie einfach an, als hätte er sie nie zuvor wirklich gesehen, sie erst jetzt erkannt, in dieser Nacht unter den Sternen.

»Steh auf, Iselle.« Seine Stimme war ebenmäßig und wohlklingend, und in der Dunkelheit hätte man glauben mögen, sie komme von einem wesentlich jüngeren Mann. Iselle blickte mich Hilfe suchend an. Nie hatte ich sie so verängstigt gesehen wie in diesem Augenblick, aber ich nickte nur, sie solle tun, was der Druide verlangte. »Komm, Iselle«, sagte Merlin, »wir wollen dich nun schauen.« Diesmal stand sie auf, ballte die Fäuste und reckte das Kinn, statt ihr Unwohlsein zu zeigen. Sie hatte keine Ahnung, dass sie aussah wie eine Königin.

Merlin neigte das Haupt. »Diese junge Frau, die hier vor euch steht, *mit* uns steht, ist die Tochter der Herrin Guinevere.« Ein Raunen erhob sich, ein dumpfes Dröhnen wie von fernem Hufschlag. »Arthurs Tochter«, sagte Merlin, und das Raunen schwoll an. Die Männer fluchten und knurrten, manche kamen auf die Beine oder griffen nach Eisen oder riefen die Götter, und alle starrten Iselle an, als wäre sie plötzlich in unserer Mitte erschienen wie ein Geist an Samhain. »Sie ist eine Kriegerin, wie ihr sehr gut wisst«, sagte Merlin. »Uthers Blut fließt in ihren Adern. Guineveres ebenfalls, und Guinevere trug eine Macht in sich, wie selbst ich sie niemals hätte erlangen können.«

Culhwch machte drei Schritte auf Iselle zu, hob den Becher, ragte schattenhaft vor den Flammen auf und runzelte die Stirn. »Du bist Arthurs Tochter?«

Iselle nickte.

»Jetzt sehe ich es auch«, sagte ein anderer.

»Bei Balors Auge«, knurrte Parcefal.

»Das habt Ihr mir verschwiegen, Merlin?«, sagte Gawain. Er

war auf die Beine gekommen, stand schwankend da, zeigte mit dem Finger auf den Druiden.

»Gawain, du schaust auf eine Wiese und siehst eine Wiese. Du siehst weder den Farbstoff in der Blutwurz noch die heilende Kraft des Huflattichs, noch im vierblättrigen Kleeblatt den Namen desjenigen, der einen Zauber gegen dich richtet.« Er zuckte mit den Schultern. »Du bist ein Krieger.«

Gawain sah mich an. »Hast du es gewusst?«

»Ja«, sagte ich. »Nach Camelot.«

Gawain fauchte eine Verwünschung und trat einen qualmenden Stock fort, der aus dem Feuer gefallen war und jetzt Funken schlug wie ein Schwarm Glühwürmchen. Aber Iselle rief seinen Namen, und er richtete seinen betrunkenen Blick auf sie. »Ich habe es selbst erst letzte Nacht erfahren«, sagte sie. »Guinevere … meine Mutter … hat es mir gesagt.«

»Und nun wisst ihr es alle«, sagte Merlin, hob den Stab mit beiden Händen und schwenkte ihn durch den Feuerschein. Er sah in die Gesichter ringsum, ließ die Erkenntnis in die Männer einsinken, wie sich das Feuer in die Scheite fraß, bis sie knackten und knisterten. »Iselle wird uns anführen.«

Cadwy murmelte etwas Unverständliches. Mehrere andere runzelten die Stirn oder schüttelten den Kopf.

Ich richtete mich auf. »Iselle ist eine Kriegerin. An dem Tag, als ich sie kennengelernt habe, hat sie drei Sachsen getötet, ehe die mich töten konnten.« Ich sah sie an, und ihr Blick gebot mir, nicht mehr preiszugeben. »Sie hat nicht gewusst, dass sie Fürst Arthurs Tochter ist, und trotzdem haben sie mehr geteilt als Fleisch und Blut. Sie hat den gleichen Traum von Britannien geträumt.«

»Ihr wollt, dass sie uns in die Schlacht führt?«, fragte Cadwy. »Nichts für ungut, Mädchen, aber …«

»Hier ist kein Mann, der größeren Mut hätte als sie.« Ich hörte die Herausforderung in meiner Stimme, aber niemand widersprach. Alle hier kannten Iselle und hatten sie kämpfen sehen.

»Niemand wird glauben, dass sie wirklich Arthurs Tochter ist«, sagte ein glatzköpfiger Krieger namens Hardolf, der einen mächtigen Bart trug. Er drehte den Spieß, an dem die Wasservögel glänzten. Ihr Bratensaft tropfte zischend ins Feuer.

»Glaubst du es denn, Hardolf?«, fragte ich ihn und zeigte auf Iselle, lud ihn ein, sie noch einmal zu betrachten.

Das Fleisch brutzelte, und Hardolf runzelte die Stirn. »Ja«, sagte er, »jetzt gibt es keinen Zweifel mehr.«

Ich nickte. »Dann wird es auch jeder andere sehen.« Denn mit einem Mal konnte auch ich es deutlich erkennen. Iselle war unsere Hoffnung. Sie würde sein, was das Schwert Excalibur vor vielen Jahren gewesen war – ein Symbol, das die Könige und Krieger Britanniens aufs Schlachtfeld führte. Merlin sah mich an, und ich wusste, dass auch er die Bilder sah, die sich in meinem Geist manifestierten. Das Banner von Powys mit dem Hirschgeweih, den borstigen Eber von Caer Gloui, die Speerträger von Dumnonia und Cornubia, von Caer Celemion und Cynwidion zu einem einzigen Schildwall unter der gleißenden Sommersonne vereint und alle voller Hoffnung, dass wir siegen *konnten*, weil wir Iselle ferch Arthur ap Uther bei uns hatten. Und Merlin grinste, denn er wusste, dass ich es vor mir sah. Vielleicht hatte er längst gewusst, dass ich es sehen würde.

Noch aber konnte Iselle diese Zukunft nicht sehen, denn sie schüttelte langsam den Kopf. »Ich will das nicht«, sagte sie leise zu sich selbst. Ich hörte sie nicht, sah nur die Bewegung ihrer Lippen. Sie hob den Kopf, sah Merlin an, dann mich. »Ich will das nicht«, sagte sie. »Ich bin kein Anführer, wie Arthur einer war.«

»Aber du kannst es werden«, sagte Merlin. »Es ist der Wille der Götter. Das sehe ich jetzt.« Er legte sich eine Hand vors Auge. »Das ist es, worauf wir gewartet haben.« Wieder schwenkte er den Stab in Richtung des Hauses und des Schatzes, der dort in der kalten Asche saß. »Wir haben den Kessel von Annwn«, und wieder schwang der Stab in Richtung der Männer am Feuer, »und die letzten von Arthurs viel gerühmten Reitern, und den Sohn des Lancelot.« Der Stab richtete sich auf mich. »All das ist kein Zufall. Die Götter haben uns zu dieser Brühe verrührt, Mädchen, und selbst wenn du das nicht willst, obliegt es nicht deiner Entscheidung. Nicht mehr.«

Er rammte den Stab derart energisch in den Boden, dass ich an die Geschichte des Joseph von Arimathäa denken musste, wie er seinen Stab auf Ynys Wydryn in den Boden gerammt hatte, der Wurzeln und Blüten getrieben hatte und zum Heiligen Dornbusch geworden war. Aber hier, auf diesem einsamen Hof tief im Sumpf, war es kein Baum, den Merlin pflanzte, sondern Hoffnung.

Jenseits des Feuers grummelte Gawain etwas und zog sein Schwert. Er streckte den Arm aus, schob Tarawg und Cadwy beiseite und schritt auf Iselle zu, und einen schrecklichen Moment lang glaubte ich, er habe seinen Verstand im Wein verloren. Als er aber noch eine Speerlänge von Iselle entfernt war, als ich Eberzahn bereits halb gezogen und drei Schritte getan hatte, blieb Gawain stehen und ergriff sein Schwert an Heft und Klinge.

»Herrin, wenn du führen willst, werde ich folgen«, sagte er und fiel auf die Knie, hob das Schwert über den Kopf, starrte Iselle an. »Mein Schwert gehört dir.«

Also ging ich weiter bis zu Gawain und kniete mich neben ihn.

»Steh auf«, zischte Iselle.

»Mein Schwert und mein Leben gehören dir, Herrin«, sagte ich und reckte Eberzahn in die Höhe.

Ich sah den Aufruhr in ihr, sie öffnete und schloss die Fäuste, hatte die Brauen verzogen und zog mit den Zähnen an ihrer Unterlippe.

»Steh auf, Galahad. Ihr beide«, zischte sie abermals, aber wir standen nicht auf, sondern wechselten einen Blick, dachten beide, dass wir wohl wie die größten Narren in ganz Britannien aussehen mussten, wie wir hier im Gras knieten vor einer Frau, die uns nicht führen wollte, ihr unser Leben versprachen, als geböten wir über Armeen, die kämpfen würden, wo und wann wir es befahlen.

Aber dann spürte ich sie in meinem Rücken wie einen Schatten, der mich zu verschlucken drohte. Fühlte ihre Schritte im Boden unter meinen Knien. Hörte das leise Summen ihrer Klingen, die aus den Kehlen der Lederscheiden gezogen wurden. Sie versammelten sich um uns und gingen in die Knie und hoben ihre Schwerter in den Feuerschein.

»Wir gehören dir, Herrin«, sagte Parcefal.

»Unsere Schwerter dir zu Diensten«, sagte Cadwy.

In dem Moment trat Taliesin zu ihr und reichte Iselle das Stoffbündel, das sie einige Stunden zuvor abgelehnt hatte. Wieder schüttelte sie den Kopf, also löste Taliesin die Lederriemen und zog ein Schwert aus dem Tuch, und die Männer ringsum holten geräuschvoll Luft, denn sie kannten diese lange Klinge mit dem glänzenden Griff aus Elfenbein, kunstvoll geformt, um sich in die Hand zu schmiegen, mit der Parierstange und dem runden Knauf aus dunklem Holz. Ich hatte gehört, wie es als Caliburn und Caledfwlch bezeichnet wurde, aber diese Männer hier – und ganz Britannien – kannten es als Excalibur.

So überrascht alle waren, das Schwert zu erblicken, murmelte Merlin sofort ein paar geheime Worte an die Götter und zischte Iselle an, die Klinge zu ergreifen, was sie schließlich tat, auch wenn sie Excalibur schlaff zur Seite sinken ließ. Merlin rief Taliesin zu sich und reichte dem Jungen seinen Stab. Dann trat der Druide vor und zog von irgendwo innerhalb seiner Robe einen Kranz hervor, geflochten aus den roten Lichtnelken, die ich früher am Tag in der Hand des Knaben gesehen hatte. *Blodau neidr*, Schlangenblume, wie sie von manchen Leuten genannt wurde, denn angeblich heilten ihre Samen Schlangenbisse. Andere wiederum behaupteten, dass, sammelte man rote Lichtnelken, jemand sterben würde, den man liebte, und ich dachte an Guinevere und fragte mich, wann genau während der vergangenen Nacht Taliesin diese Blumen aus der Hecke oder dem Waldboden gezupft hatte.

Merlin hob die Arme und setzte Iselle den Kranz aufs Haupt, krönte sie, wie die Römer ihre Anführer gekrönt hatten.

»Die Götter sind hier unter uns«, sagte Merlin, und wir Knienden schauten uns in den vom Feuer geworfenen Schatten und der mondbleichen Nacht um, als warteten wir nur darauf, gleich Epona auf ihrer großen Stute zu erblicken und Cernunnos den Gehörnten und Morrigán, die Königin der Dämonen, und den schrecklichen Balor, dessen eines unheilvolles Auge in der Dunkelheit funkelte, und Taranis den Donnerer, Herr des Krieges, der seinen Speer zu Iselle erheben würde wie wir unsere Schwerter, begierig darauf, mit uns gemeinsam in die Schlacht zu ziehen, wie er es vor so vielen Lebzeiten getan hatte, als sich die Stämme der Briten gegen die Macht von Rom zusammenschlossen.

Wir waren wenige. Wir waren die Letzten. Um uns herum überall Finsternis.

Aber Merlin und Iselle hatten die Flamme der Hoffnung in unseren Herzen entfacht, und so würden wir in den Krieg ziehen.

»Du brauchst ein Banner, Herrin«, sagte Gawain. Er saß auf einem Hocker und schwitzte in der Sonne, während er seine prächtige Rüstung polierte. Sein Gesicht war grau, die Augen verquollen von Wein und Schlafmangel, und Parcefal hatte gescherzt, sollte er seinen Helm noch weiter polieren, stünde ihm der Schock bevor, sein eigenes Gesicht darin erblicken zu müssen. »Eine Königin braucht ein Kriegsbanner.«

»Ich bin keine Königin«, sagte Iselle.

»Du brauchst ein Banner«, sagte Gawain entschieden, und ich nickte ihr zu, dass er recht habe.

»Der Bär«, sagte Gediens, als wäre er überrascht, dass sich die Frage überhaupt stellte. Er zog einen Kamm durch seinen langen roten Helmbusch, während Parcefal und ich unsere Pferde sattelten. »Sie ist Arthurs Tochter. Der Bär gehört ihr.«

Gawain schüttelte den Kopf. »Konstantin benutzt den Bären, er ist seit Jahren sein Zeichen. Es sollte etwas anderes sein. Etwas, das unsere Feinde nicht kennen.«

»Uthers Drache«, schlug Parcefal vor. »Sollen die Sachsen wissen, dass sie das Untier erweckt haben.«

»Das würde Morgana auf jeden Fall hassen«, sagte Gawain und grinste schief. Er drehte seinen Panzer in der Hand, fing das Sonnenlicht in den einzelnen Schuppen auf, um sich davon zu überzeugen, dass nirgendwo mehr Patina haftete.

»Jawohl, sie wird glauben, Uther sei zurückgekehrt, um sie heimzusuchen«, sagte Gediens, denn Uther hatte Morganas Vater Fürst Gorlois getötet und sich ihre Mutter Igraine genommen, mitsamt ihrer großen Felsenfestung Tintagel.

»Nein«, sagte Iselle. »Ich will mein eigenes Banner.«

Merlin befestigte eben einen Sack mit Vorräten am Sattel eines der Packpferde, aber ich wusste, er hatte uns sehr genau zugehört. Jetzt lächelte er.

Und ich wusste, was Iselle wollte.

»Einen Wolf«, sagte ich.

Sie nickte.

Gawain, Gediens und Parcefal grinsten einander an.

»Einen Wolf«, bestätigte Iselle, denn sie hatte selbst lange wie eine einsame Wölfin gelebt, wild und frei. Jetzt aber hatte sie ihr eigenes Rudel. Es passte perfekt.

»Was hältst du davon, Taliesin?«, fragte sie, und wir alle sahen den Knaben an, der drüben bei der Regentonne stand, um unsere Flaschen und die geleerten Weinschläuche mit Frischwasser zu befüllen. Der Junge legte den Kopf in den Nacken und heulte laut in den blauen Himmel, was ein Dutzend Wasservögel knatternd aus dem Schilf scheuchte, und auch die Krähen im Wäldchen krächzten alarmiert, und da lachten wir alle wie alte Freunde, die sich zu Beltane versammelt haben.

Und *was* für ein Fest es gegeben hatte, an diesem letzten Abend. Wir hatten die verbliebenen Schweine und Hühner geschlachtet und uns die Bäuche vollgeschlagen, und Fürst Cai hatte den Becher in die Sümpfe erhoben und seinem alten Freund für dieses letzte Geschenk gedankt. Als dann die

Schatten länger wurden, scheinbar überall aus dem Boden krochen, und das Röhricht von der kommenden Abenddämmerung flüsterte, hatten Gawain und ich Guineveres in Leinen gehüllten Leichnam aus dem Haus getragen und sie auf einen Scheiterhaufen aus Schilf und Windbruch gebettet. Sie wog weniger als meine Rüstung, mein Helm und meine Beinschienen, die Frau, die mein Vater fast sein ganzes Leben lang geliebt hatte. Deren Seele sich mit seiner verflochten hatte wie die Zaunwinde, die Iselle und Taliesin aus den Heckenrosen jenseits des Apfelgartens gepflückt und auf die Herrin gelegt hatten, sodass ein Tuch aus weißen Blüten sie zierte.

Merlin rammte die Fackel in den trockenen Haufen, und das Feuer breitete sich mit beängstigender Geschwindigkeit aus, als hätten die Flammen schon zu lange auf Guinevere gewartet. Sie rasten durch den Scheiterhaufen, suchend und hungrig, und ich sah zu, wie die weißen Blüten verwelkten, sich bräunten und vergingen, während Merlin in der Dämmerung leise zu den Göttern sprach.

Der glühende Odem des Feuers und das Knistern des trockenen Brennstoffs ertränkten das Piepen der Krickenten und das Trillern des Ziegenmelkers. Als die ersten Flammen die Herrin erreichten, senkte manch ein Krieger den Kopf. Ich aber sah weiter zu. Ein Blitz aus rotem Gold, als das Leintuch Feuer fing, dann schnell schwarz wurde und die blasse Haut freilegte, ehe auch ich den Blick zu Boden richtete.

Guinevere war frei. Sie und mein Vater waren an einem fernen Ort endlich wieder verbunden, und vielleicht hatte es immer so sein sollen. Trotzdem dachte ich an meine Mutter, die jenseits des Schleiers auf meinen Vater gewartet haben musste, seit sie vor vielen Jahren vorangegangen war. Hatte mein Vater sie gefunden, als er an jenem Sommertag in der Schlacht fiel? Oder hatte er sich im Schatten eines großen Laubbaums niedergelassen und dort auf Guinevere gewartet, wie Arthur unter seinem knorrigen Apfelbaum auf sie gewartet hatte? Hatte mein Vater im Tod meine Mutter im Stich gelassen, wie mich im Leben?

Wir sahen zu, als der schwarze Rauch wie ein Teil der Nacht gen Himmel stieg, sich höher und höher schraubte bis zwischen die fahlen Sterne, die langsam im schwindenden Abendlicht auftauchten. Männer, die einander wie Brüder kannten, ließen ihren Tränen freien Lauf. Sie tropften ihnen in die Bärte, während sie dastanden, gebeugt unter der Last der Erinnerung an die Tage, als sie jung und stark gewesen waren und alles möglich schien. Es waren stolze Männer. Krieger. Und sie beweinten all das, was verloren war. Und als sie dem Rauch hinterherschauten, der waberte und wirbelte wie der letzte Atem eines Gottes, befreit vom Fluch der Unsterblichkeit, wusste ich, dass sie in diesem Moment auch Arthur Lebewohl sagten.

Am Morgen waren wir unseren Plan noch einmal durchgegangen, soweit es einen gab, und hatten uns schließlich verabschiedet, nachdem wir uns abermals der gemeinsamen Sache und diesem letzten Kampf verschrieben hatten, der neues Leben in den verblassten Traum von Britannien hauchen sollte, ehe er für immer verschwand.

Cai führte seine vierzehn gleißenden Krieger nach Osten, um alle Speerträger auszuheben, die kämpfen wollten, und um sich den Menschen in ihrer ganzen Pracht zu zeigen, mit den glitzernden Helmen und Schuppenpanzern in der Sommersonne, mit den langen roten Helmbüschen, die vom Blut kündeten, das sie vergießen wollten. Noch wussten wir nicht, ob die Könige Britanniens auf die Aufforderung reagieren würden, die

Cais Boten bei unserer Abreise von Ynys Môn durchs Land getragen hatten. Währenddessen wollten wir die Nachricht so weit wie möglich verbreiten, dass Arthurs berühmte Reiter nach Dumnonia zurückgekehrt waren. Die Fürsten und Speerträger des Landes sollten wissen, dass sich die großen Krieger der Vergangenheit ein letztes Mal versammelten und die Zeit zum Kampf gekommen war. Also würde Cai die Flammen der Gerüchte anstacheln und gleichzeitig versuchen, so viel wie möglich über die Kampfkraft unseres Gegners in Erfahrung zu bringen, ehe er nach Westen umschwenkte und auf Ynys Wydryn zu uns stieß, wo wir Stellung beziehen wollten.

»Da sind wir also«, sagte Gawain, nachdem wir die beiden Schafe und die Ziege aus ihrem Pferch getrieben und Taliesin sein Bestes gegeben hatte, den Tieren zu erklären, sie müssten ab jetzt selbst für ihr Futter sorgen und sollten sich von den Schilfbetten fernhalten. Keiner von uns zweifelte daran, dass der Junge in der Lage war, sich den Tieren verständlich zu machen, auch wenn wir nicht wussten, wie das sein konnte.

Als wir die Pferde von diesem traurigen kleinen Ort in den Sümpfen führten und Arthurs schwarze Hündin Banon neben uns hertrottete, dachte ich an das Gelächter, das wir in den Himmel gesandt hatten, als Taliesin wie ein Wolf geheult hatte. Das erste echte fröhliche Gelächter, das an diesem Ort seit vielen Jahren erklungen war. Vielleicht seit jeher. Und das letzte.

»Glaubt ihr, er kommt je zurück?«, dachte Gediens laut nach, drehte sich im Sattel um und betrachtete ein letztes Mal den Hof von Arthur und Guinevere.

»Vielleicht – wenn es aussieht, als wäre alles verloren«, sagte Parcefal und starrte ostwärts in die aufgehende Sonne, deren geschmolzener Kupferschein all die alten Narben und Kratzer auf seiner Schuppenrüstung und die Furchen in seinem Gesicht und die grauen Stoppeln auf seinen wettergegerbten Wangen freilegte. »Dann kommt er vielleicht.«

Mit diesem Gedanken, der leise an unserer Hoffnung zupfte, ritten wir weiter. Iselle, Gawain, Merlin, Taliesin, Parcefal, Gediens und ich. Wir sieben ritten nach Süden, um Fürst Konstantin zu treffen und in den Krieg zu ziehen.

22

Die Schwerter Britanniens

»Fürst Cyndaf ist fort«, sagte Gediens, nahm den Helm ab und fuhr sich mit der Hand durch die kurzen Haare, die im Bronzeschimmer der Feuerschale eher blond als grau wirkten. König Cuel hatte gerade die feindlichen Stellungen erläutert, brach aber mitten im Satz ab, denn es war offensichtlich, dass Gediens Neuigkeiten brachte.

»Fort?« Gawain ließ den Becher sinken, von dem er hatte trinken wollen. »Fort wohin?«

Gediens zuckte mit den Schultern und starrte mit umwölkter Stirn auf den Tisch, auf dem Gawain und König Cuel mit Holzkohle Ynys Wydryn gezeichnet hatten. Mehrere glatte Kiesel stellten unsere Truppen dar, drei leere Becher die der Gegner. »Hat offenbar den Schutz der Dunkelheit abgewartet und ist mit seinen Leuten nach Osten abgezogen.«

»Die Pest soll ihn holen.« Fürst Konstantin schlug gegen die nächste Zeltstange. Gawain stieß einen Fluch aus, und König Bivitas von Cynwidion knurrte, er sei durchaus nicht überrascht, denn die Männer von Caer Celemion seien eben Feiglinge und schon immer welche gewesen.

»Wir können nur hoffen, dass die Sachsen nicht gesehen haben, wie er verschwunden ist«, sagte König Catigern von Powys und hob die Augenbrauen, während er mit einem schmalen

Splitter zwischen seinen Zähnen herumstocherte. Wir standen zu zwölft in diesem Zelt, um den Tisch versammelt oder ums Feuer oder abseits im Schatten. Die Könige und Fürsten Britanniens, die unserem Ruf gefolgt waren.

»Cerdic wird es erfahren«, sagte Merlin und betrachtete die Flammen, die in der Feuerschale hüpften und tanzten. »Der Mann ist ein Sachse, kein Idiot.«

König Catigern verzog das Gesicht und spuckte aus, was er hervorgepult hatte.

»Besser, wenn Cyndaf oder wer auch immer jetzt verschwindet, statt morgen seine Stellung zu verlassen«, sagte Gawain. »Oder schlimmer noch, sich Morgana anzuschließen.«

»Neun Mal werde ich jeden Mann verfluchen, der es wagt«, zischte Merlin leise, eine Warnung, die jeder König und Fürst an seine Männer weitergeben würde.

Wir alle wussten, dass Gawain an Camlan dachte, als Mordred Arthur inmitten der Schlacht verraten und das Blatt zugunsten der Sachsen gewendet hatte. So tief hatte in Mordred der Hass auf den Vater geschmort, der vor all den Jahren versucht hatte, den eigenen Sohn umzubringen, um die Schande zu begraben, mit der eigenen Halbschwester ein Kind gezeugt zu haben. Dies war das geheime Gift gewesen, das Mordred gegen die eigenen Landsleute trieb und das Arthur zusammen mit Mordreds Blut auf diesem blutgetränkten Schlachtfeld vergossen hatte.

»Wir sind besser dran ohne diese Schlange in unseren Reihen«, murmelte König Bivitas, der über seinen südlichen Nachbarn nichts Gutes zu sagen hatte.

»Fürst Cyndaf ist kein Feigling«, brummte König Catigern mit einer Stimme wie Felsen, die über einen Abhang zu Tal rollen.

Als König von Powys war Catigern einer der mächtigsten Herrscher Britanniens und zweifellos der mächtigste Mann in diesem Zelt. Vierhundert Speerträger hatte er nach Süden gebracht, um unter Iselles Wolfsbanner zu kämpfen, und Merlin hatte geflüstert, selbst die Götter würden die Ohren spitzen, wenn Catigern den Mund aufmachte. »Ein König, der seine Männer hintergeht, die tapferen Speerträger, die geschworen haben, für ihn zu kämpfen …« Er schritt zu der Feuerschale und warf den Splitter hinein. »So ein Mann entehrt seinen Thron.«

Ich sah die finsteren Blicke und die umwölkten Brauen. Wir brauchten die Krieger von Powys und mussten nun fürchten, dass auch König Catigern Zweifel hegte.

»Drückt Euch klar aus, König Catigern«, kam eine Stimme aus den Schatten am anderen Ende des großen Zeltes. Fürst Geldrin trat in den Feuerschein und zog seinen langen Schnurrbart durch eine Faust. Alle in diesem Zelt wussten, warum Fürst Cyndaf die Männer von Caer Celemion gesammelt hatte und mitten in der Nacht verschwunden war, aber Fürst Geldrin wollte offenbar, dass König Catigern es aussprach.

Der König warf einen Blick auf Iselle, die einen Schritt weg von Gawains Seite machte, wie um zu zeigen, dass sie seinen Schutz weder suchte noch nötig hatte. Denn sie wusste wohl besser als jeder andere, was folgen würde, als Catigern den Blick auf Gawain richtete. »Ihr habt uns Arthur versprochen«, sagte er.

Da war die Wahrheit, blank und scharf wie eine Klinge in der Nacht.

»Arthur ist fort«, gab Gawain zurück. »Das lässt sich nicht ändern. Aber hier steht Arthurs Tochter. Uthers Enkeltochter.«

König Catigern war ein großer Mann. Breitschultrig und mit mächtiger Brust, wenn auch deutlich untersetzt. Selbst wenn er nicht sprach, war er laut. »Vor zehn Jahren hatten wir Arthurs Sohn, das hat uns auch nichts genützt.« Hier und da Gemurmel. »Jetzt haben wir seine Tochter, und Ihr glaubt, das sei genug?«

Ich hatte schon von anderen Kämpfern gehört, die sich leise in den Wald oder die Sümpfe davongestohlen hatten, wie sich der Fuchs vor dem Morgengrauen vom Hühnerstall entfernt. Sie waren für Arthur und den Sieg gekommen, hatten aber den Glauben an beides verloren.

Farbe stieg in Iselles blasse Wangen. Sie hob Catigern ihren Becher entgegen. »Und trotzdem seid Ihr hier, Herr König.«

Catigern machte tief in der Kehle ein Geräusch. »Ich bin hier, Herrin, weil ihr im kommenden Winter allesamt das Knie beugen müsst, falls wir die Sachsen nicht hier und jetzt stoppen.« Er sah König Bivitas von Cynwidion und König Cuel von Caer Gloui und noch ein paar andere Fürsten an, deren Länder näher an der Sachsengrenze lagen als seine eigenen. »Und in drei Jahren werde selbst ich ihnen Tribut zahlen müssen.« Er wandte sich wieder an Iselle. »Ich bin hier, weil ich glaube, dass wir kämpfen müssen, Herrin.«

Iselle nickte und hielt den Blick des Königs einen Moment fest. Wortlos schienen sie einander Respekt zu zollen. Dann wandte sie sich an Fürst Geldrin, der sich einen Becher Wein einschenkte. »Und Ihr, Fürst Geldrin, warum seid Ihr gekommen? Bestimmt können Euch die Sachsen in Eurer Festung auf den Klippen nicht gefährlich werden?«

Tatsächlich wollten wir alle wissen, warum Geldrin gekommen war. Der Herr der Klippen war uns nicht eben wohlgesinnt, nicht nach unserer Begegnung in Tintagel. Er hatte Bruder Yvains Tod befohlen. Seine Männer hatten meinen alten Freund zum Rand der Klippe gebracht und ihn hinunter auf die vom Meer gezeichneten Felsen gestoßen, und obwohl sich Fürst Geldrin der Herrin Triamour widersetzt hatte, als er sich weigerte, auch den Rest von uns zu töten, hatte ich ihn gehasst und darauf gebrannt, Bruder Yvain zu rächen.

Dann aber war Fürst Geldrin zu unser aller Überraschung mit achtzig Kriegern nach Ynys Wydryn gekommen und hatte geschworen, im Namen der Herrin Iselle ferch Arthur ap Uther zu kämpfen, und so war mir nichts anderes übrig geblieben, als meinen Hass auf den Mann hinunterzuschlucken.

»Ich habe von den Sachsen wenig zu befürchten«, gab Fürst Geldrin zu und neigte den Kopf in Richtung Iselle. »Oder von der Herrin Morgana, auch wenn sie gut bezahlt für meinen Wein und mein Olivenöl und ich ein ärmerer Mann sein werde, wenn sie nicht mehr über Camelot herrscht.« In drei Schritten stand er plötzlich neben mir. »Aber der Vater dieses Mannes war mein Freund«, sagte er, ergriff mit seiner Hand meine Schulter und mit seinem Blick meine Augen. »Euer Vater hatte eine Sperberin, Galahad. Eine wilde kleine Kreatur, nur Schnabel und Klauen und Hass.«

Ich nickte. »Ein Junge namens Melwas hat ihr den Flügel gebrochen. Mein Vater hat mir davon erzählt.« Hinter mir raunte jemand, Melwas sei Mordreds Gefolgsmann gewesen.

»Kurz darauf ist der Vogel gestorben«, sagte Fürst Geldrin, und ein Schatten fiel über sein Gesicht, den der Feuerschein nicht vertreiben konnte. »Ich hätte es verhindern, hätte Melwas aufhalten können, aber das habe ich nicht. Ich habe es nie vergessen können.« Er sah die Könige Cuel und Bivitas an und zuckte mit den Schultern. »Seltsam, dass eine so kleine Sache einen all die Jahre verfolgen kann.« Er wandte sich wieder Iselle zu. »Und auch Eure Mutter habe ich gekannt, Herrin. Sie war freundlich zu mir.« Er nickte, ein Echo des Eides, den er Iselle am Vortag geleistet hatte, und sah König Catigern an. »Ich kämpfe für Galahad und für die Herrin Iselle«, sagte er. »Und wenn es vorbei ist, kehre ich in meinen Horst zurück, und Ihr könnt Euch um die Reste zanken.«

Ich konnte diesen Mann nicht mögen, aber ich bewunderte ihn; in einem Zelt voller Könige und Fürsten hatte er eine einfache Wahrheit ins Licht gerückt. So reich und mächtig ein Mann auch werden mag, kann er doch nicht dem entfliehen, was er seinem eigenen Ehrgefühl schuldig ist.

»Wir alle sind hier, um zu kämpfen«, sagte König Cuel, der begierig schien, endlich wieder zur Sache zu kommen. »Aber der Verlust von Fürst Cyndaf und seinen zweihundert Mann ist ein schwerer Schlag.« Er kratzte sich den langen krausen Bart, der wie ein rotes Vogelnest in seinem Gesicht hing und nicht aussah, als wäre er jemals mit einem Kamm in Berührung gekommen. »Und ich fürchte, unsere Reihen werden sich weiter lichten, ehe der Morgen graut«, sagte er und öffnete seine großen Hände in Richtung Gawain und Iselle. »Selbst gegen eine doppelte Übermacht bestand Hoffnung, solange wir dachten, Arthur würde uns anführen. Aber jetzt?« Seine roten Brauen zogen sich zusammen.

»Ihr glaubt, wir sollten verhandeln, König Cuel?«, fragte Merlin ihn. »Ihr glaubt, Morgana und ihr Sachsenkönig werden einfach zulassen, dass Ihr Eure Männer zurück nach Caer Gloui führt, und vergessen, dass Ihr dort Euer Eberbanner gegen sie errichtet hattet?«

»Mittlerweile wird sie wissen, dass Arthur nicht gekommen ist«, gab König Cuel zurück.

»Das wird sie«, sagte Merlin, »und genauso wird sie sehen, dass wir trotzdem noch hier sind.« Er breitete ruckartig die Arme aus. »Begreift Ihr denn nicht?« Seine Robe war schwarz, seine Augen aber spiegelten die Flammen wider wie zwei Bronzeschuppen. »Wir sind hier.« Die drei Worte klangen wie Trommelschläge. »Und das ist erst der Anfang. Selbst wenn wir diese Schlacht vielleicht nicht gewinnen mögen, werden wir unseren Feinden tief ins Fleisch schneiden. Wir werden sie bluten lassen, und die anderen Könige und Fürsten Britanniens, die Männer von Gwinntguic und Caer Lerion, von Elmet und Rheged, alle, die nicht gekommen sind, um uns zur Seite zu stehen, werden Sachsenblut wittern. Sie werden sich versammeln wie die Wölfe um ein verwundetes Reh, und sie werden zuschlagen.« Er hieb mit der Faust in die Triskele der anderen Handfläche. »Trotzdem glaube ich, dass wir gewinnen *werden*.« Er wandte sich an Gawain. »Warum sonst bin ich noch am Leben, ein alter Mann wie ich, wenn nicht durch den Willen der Götter? Sie haben mir eine zweite Chance gegeben, versteht ihr? Einmal habe ich sie enttäuscht. Ich habe euch alle enttäuscht.« Da zeigte er auf mich, und als sich die Köpfe in meine Richtung drehten, schienen die Kerzen im Zelt zu erzittern. »Hier steht Lancelots Sohn. Ein Mann, der die Schwäche seines Vaters nicht teilt.« Er schwenkte herum und zeigte mit dem Finger auf Iselle. »Und hier steht Uther Pendragons Fleisch und Blut in Gestalt einer Kriegerin, die nicht an der Bürde des Versagens ihres Vaters trägt.« Sein brennender Blick glitt über die versammelten Fürsten und Könige. »Das ist unsere Chance zu beenden, was Uther angefangen hat.«

»Und wie viele junge Männer müssen morgen früh sterben, damit Ihr Euch mit den Göttern gut stellen könnt, Druide?« Dies von Menadoc, dem König Cornubias, der nach dem Tod seines Bruders Cyn-March dessen Thron übernommen hatte, wie Uther nach der Ermordung seines Bruders Ambrosius Aurelius die Macht in Dumnonia an sich gerissen hatte. Menadoc war alt, so alt wie Merlin vielleicht, und da Cornubia ein Unterkönigreich von Dumnonia war, wusste er genau, wie sehr seine Leute unter Morgana leiden würden, sollten wir verlieren. Bis jetzt hatte er geschwiegen, und seine Worte waren schwer, als hätte er alles bisher Gesagte genau abgewogen und festgestellt, dass sich die Waagschalen nicht ausglichen.

»Die Götter haben immer Opfer gefordert, König Menadoc. Das wisst Ihr sehr gut«, sagte Merlin.

Menadoc wusste es, trotzdem gefiel es ihm nicht. Er hatte zu viele seiner Speerträger in den Kriegen anderer Herrscher verloren. »Ihr habt Euch geirrt, was Arthur anbelangt. Ja, eine Weile hat er der Flut Einhalt geboten, aber er war nicht der Pendragon, den Ihr vorhergesagt hattet.« Er reckte einen Arm in Richtung Cuel. »Er war nicht einmal König. Was, wenn Ihr Euch bei diesem Mädchen ebenfalls irrt?« Grimmig starrte er Iselle an und schüttelte schließlich den Kopf. »Unsere Welt hat sich verändert. Die Götter haben sich verändert. Die Zeit der Druiden ist lange vorbei.«

»Seid doch kein Narr, Menadoc.« Merlin trat auf den Mann zu, aber auch Iselle trat vor und gebot Merlins Zunge mit einer erhobenen Hand Einhalt.

»Meinen ersten Sachsen habe ich im Alter von dreizehn Jahren getötet«, sagte sie zu König Menadoc, der das Kinn hob und sie einlud weiterzusprechen. »Er war allein. Hatte sich im

Sumpf verirrt, als ein Nebel aufkam und ihn vom Rest seines Jagdtrupps trennte. Ein großer Mann. So groß wie Gawain. Aber er hatte Angst.« Sie hob eine Hand an ihre blasse Kehle. »Hat immer wieder den silbernen Hammer seines Gottes berührt. Er hat seine Götter um Hilfe angefleht, als ich mich ihm durch das Röhricht gezeigt habe.« Sie ließ die Worte sacken und schien einen Moment lang in der Erinnerung zu verharren.

»Ich glaube nicht, dass er mir etwas antun wollte«, fuhr sie fort. »Ich glaube, er war froh, da draußen einen anderen Menschen zu sehen, zu wissen, dass er doch nicht allein war.« Sie zuckte mit den Schultern. »Vielleicht hat er gedacht, ich würde ihm helfen. Ich erinnere mich noch an sein Gesicht. Es war ein ehrliches Gesicht. Ein starkes Gesicht. Ich habe ihn angelächelt, um ihm zu zeigen, dass ich keine Angst habe, und er hat beruhigend auf mich eingeredet, während er näher kam, hat die Hände von seinen Klingen ferngehalten, um mich nicht zu verschrecken. Und als er ganz nah war, so nah, dass ich seinen Gestank riechen konnte, habe ich mein Messer gezogen und es in seinem Auge versenkt.« Ihre Lippen verzogen sich bei der Erinnerung. »Ich habe zugesehen, wie er ins schwarze Wasser fiel und sich an meinem Messer festgeklammert hat, und mir gedacht, was für ein Narr ich bin, ihn nicht mit einem Pfeil getötet zu haben, weil er wild um sich geschlagen hat, während er untergegangen ist. Ich konnte ihn nicht erreichen und habe mein Messer nie wiedergesehen.«

Diese Geschichte hatte sie mir nie erzählt. Mir schauderte. Und nach den Blicken ringsum zu urteilen, war ich damit nicht allein. Dass ein junges Mädchen zu so etwas in der Lage war. So brutal sein konnte.

»Ich habe Sachsen getötet, lange bevor ich wusste, wessen

Enkeltochter ich bin. Wessen Tochter«, sagte Iselle. »Und wenn wir morgen unseren Feinden gegenüberstehen, werdet ihr mich nicht im Hintergrund kauern sehen, ganz gleich, welche Pläne Merlin für Britannien und für mich geschmiedet haben mag.«

Ich ballte die Fäuste an den Seiten. Mir schnürte sich die Brust zusammen, und ich versuchte, Iselles Blick zu erhaschen, sie zu drängen, nicht noch mehr zu sagen, denn ich wollte nicht, dass sie ihr Leben aufs Spiel setzte, um diesen Männern etwas zu beweisen. Aber sie mied meinen Blick. Sie wusste, was sie tat.

»Morgen werden wir kämpfen«, sagte Iselle entschieden. »Nicht weil Arthur mein Vater war, sondern weil wir kämpfen *müssen.* Wir alle. Hier an diesem Ort. Sonst verlieren wir alles. Sonst wird unser Volk endgültig vertrieben oder erschlagen oder versklavt. Sonst verlassen uns die Götter und kehren nie mehr zurück, denn wir werden ihnen bewiesen haben, dass wir unwürdig sind. Also will ich kämpfen.« Sie holte tief Luft und hob das Kinn. »Aber werdet Ihr mit Euren tapferen Kriegern an meiner Seite kämpfen, König Menadoc?«

Der alte König verzog das Gesicht und zeigte die spärlichen Überreste seiner Zähne. »Ja, wir werden kämpfen, Herrin«, knurrte er. »Die Männer von Cornubia werden Euch nicht enttäuschen.«

»Und auch wir werden kämpfen, Herrin.« Diesmal war es König Cuel, der sprach. »Wir werden diesen Sachsenhund und seine verräterische Schlampe mit eingezogenen Schwänzen zurück nach Camelot jagen.« Damit erhob er den Becher in Richtung Iselle, und da erhoben auch die übrigen Könige und Fürsten ringsum ihre Becher im flackernden Zwielicht und schworen unseren Feinden den Tod. So laut war ihr Chor, dass die Männer draußen im Lager, die auf den Morgen warteten und auf das Gemetzel, das mit ihm kommen würde, glauben mussten, ein Kriegsgott sei zu uns ins Zelt geschritten und habe uns den Sieg versprochen.

Gawain nickte mir zu, und ich nickte zurück. Dann sah ich Merlin an. Er zog den geflochtenen Bart durch eine Faust und betrachtete Iselle. Der Anflug eines Lächelns umspielte seine Lippen, in seinen Augen tanzte das Feuer.

Die Feinde nahten wie die Schatten eiliger Wolken, die eine Sommerwiese verdunkeln. In drei großen Blöcken rückten sie vor, fünfhundert Krieger in jeder dieser wälzenden Massen, gekrönt von Mauern aus Schilden, deren Buckel in der Sonne blitzten, und von großen Hecken aus Speeren, deren Spitzen Schmerz und Tod verhießen, den Untergang vieler Männer und die Qual von Müttern und Gemahlinnen.

Zur Linken eine große Kriegsmeute der Sachsen, ihr Banner ein moosgrüner Schiffsrumpf auf hellbraunem Grund. Manche in Kettenhemden, die meisten aber in Leder und Häuten und sogar Fellen, obwohl der neue Tag große Hitze versprach. Hier und da Stahlhelme. Ansonsten Lederkappen. Alle mit Speer und Schild und einem Hunger nach gutem, fruchtbarem Boden für den Ackerbau und das Großziehen neuer Sachsen.

In der Mitte Morganas Dumnonier; Speerträger aus Camelot und von den Verbündeten der Herrin, die sie unter ihrem Banner versammelt hatte, das drei Krähen wie zu einer Garbe vereinte. Gawain hatte gemurmelt, er könne die Toten hören, unsere Väter und deren Väter und alle, die sächsischen Klingen zum Opfer gefallen waren, wie sie in großer Pein stöhnten, dort Briten und Sachsen Seite an Seite stehen zu sehen, und das gegen die Männer, die für Uther und Arthur und Fürst Konstantin gekämpft hatten.

Zur Rechten nahte der größte Block, König Cerdics Sachsen. Die Ränder ihrer Schilde küssten sich, ihr Bollwerk aus Lindenholz und Eisen und Leder war so fest gefügt wie die Planken ihrer Schiffe. Dies waren die Männer, die wirklich für das gekämpft hatten, was sie uns genommen hatten. Was sie von uns gewonnen hatten. Viele waren noch jung, Söhne oder gar Enkel der ersten Männer, die ihre Heimat verlassen und das Morimaru überquert hatten. Männer, die dem Schlachtruf des alten Königs gefolgt waren, weil auch sie nach eigenem Land und Reichtum und Ruhm lechzten und hofften, all das in Dumnonia und Caer Celemion und Cynwidion zu finden.

Kein Albtraum hätte einen solchen Anblick heraufbeschwören können, und die Krieger in meiner Nähe riefen ihre Götter an oder entleerten ihre Blasen oder erbrachen sich ins Mädesüß oder murmelten letzte Worte im Gedenken an ihre Liebsten, als könnten sie vom Wind getragen irgendwie deren Ohren erreichen. Manche versuchten, einen alten Kriegsgesang aus den Zeiten ihrer Väter und Großväter anzustimmen, aber das Lied verwitterte und verblasste schon nach wenigen Zeilen, und niemand fasste sich ein Herz, es noch einmal erklingen zu lassen.

Der Gestank menschlicher Ausscheidungen hing schwer in der Luft, meine eigenen Eingeweide waren sauer und meine Kehle trocken, und ich fühlte mich *so* schwer, wie gelähmt von der Erinnerung an das letzte Mal, dass ich eine solche Streitmacht erblickt hatte. Als ich ein Junge gewesen war und mitangesehen hatte, wie mein Vater in diesen Mahlstrom aus Hass und Angst geritten und nicht wieder herausgekommen war.

»Heute werden wir sie schlagen und zurückholen, was sie uns gestohlen haben!«, brüllte Fürst Konstantin. Er und seine zweihundert Speerträger standen in unserem Zentrum unter Arthurs Bärenbanner, das zwischen zwei langen Sauspießen aufgehängt in der Brise flatterte, sodass sich der schwarze Bär auf seinem roten Feld zu schütteln schien. »Wir werden die Sachsen aus Dumnonia vertreiben. Wir werden Britannien wiedererrichten, wie es einst gewesen ist.«

»Vor den Römern oder nach ihnen, was meint er?« Iselle stand neben mir und grinste, denn Konstantin trug seinen Helm mit dem steifen roten Busch, seinen Brust- und Rückenpanzer aus gehämmerter Bronze und seinen violetten Umhang. Auch seine Männer waren ähnlich ausstaffiert – nur in Rot – und sahen aus wie die Legionäre, die einst über die Straßen Britanniens marschiert waren.

»Bist du bereit?«, fragte ich sie.

Sie nickte, wischte sich die Kupferhaare aus dem Gesicht und setzte ihren Eisenhelm auf, mit den hervorstehenden Augenbrauen und dem Schlangenkopf, der bis hinab auf die Hälfte des Nasenschutzes reichte. Der Helm war ein Geschenk von König Menadoc von Cornubia, der ihn für den Sohn hatte fertigen lassen, der ihm nie vergönnt gewesen war. Gefüttert mit Rosshaar, passte er Iselle wie angegossen.

»Wie sehe ich aus?«, fragte sie mich.

Eine Bronzerüstung wie meine wäre zu schwer für sie gewesen, also trug sie eine lange Rüstung aus Lederschuppen, die Fürst Konstantin ihr geschenkt hatte, gewonnen in einer Schlacht vor langer Zeit. Aber Iselle und ich hatten neun der kleinen Bronzeschuppen aus meiner Rüstung geschnitten – die ich nie geflickt hatte, weshalb sie noch immer von den Narben der letzten Schlacht meines Vaters gezeichnet war –, und Gawain, Gediens, Parcefal und Cai hatten ebenfalls jeder neun ihrer Schuppen gegeben, und diese hatten wir hier und dort in Iselles Lederrüstung eingearbeitet, sodass sie das Sonnenlicht einfingen und feurig blitzten, wann immer sie sich bewegte.

»Na, wie sehe ich aus?«, fragte sie abermals, denn ihr Anblick hatte mir die Sprache verschlagen. Dies war es, wonach sie sich gesehnt hatte, wie ich erst jetzt begriff. Teil von etwas zu sein, das größer war als sie selbst. Ihre Stimme dem Gesang hinzuzufügen, der auf dem Wind entschwand und die alten Götter zurück nach Britannien rief. Die Schatten aus dem Land zu jagen oder aber bei dem Versuch, ihr Blut für unseren Boden zu geben.

»Wie eine Königin«, brachte ich heraus. »Du siehst aus wie eine Königin.« Denn das tat sie.

Sie spannte den Kiefer an und nickte, dass sie bereit sei, also rief ich den Speerträgern zu, dass wir nahten, und sie bildeten eine Gasse, um uns durchzulassen. Ich trug das Wolfsbanner, das die Frauen in König Cuels Tross gefertigt hatten, ebenfalls befestigt an zwei Speeren, und gemeinsam durchschritten wir diesen Kanal zu Rufen wie »Herrin Iselle! Herrin Iselle!« und »Iselle ferch Arthur!« und »Die Herrin von Dumnonia!«. Aus manchen Mündern gar ein wildes »Sachsenschlächterin!«, denn offenbar hatten die Könige und Fürsten, die Teil des Kriegsrates am vorigen Abend gewesen waren, Iselles Geschichte an ihre Männer weitergetragen, sodass ihr Ruf aus dem Zelt gequollen war wie Qualm aus feuchtem Feuerholz und sich weit verbreitet hatte. Und obwohl Iselle noch keine Schlacht geschlagen und den meisten Männern, die ihre Klingen und ihren Mut nach Ynys Wydryn gebracht hatten, unbekannt war, sahen sie nun eine Kriegsgöttin vor sich, der fruchtbaren Erde entsprungen wie Sommerweizen. Eine Heldin, sie gegen die Eindringlinge zu führen, eine neue Boudicca, wie sie einst die britischen Stämme vereint und zu vielen Siegen gegen die gewaltigen Legionen Roms geführt hatte.

»Sachsenschlächterin! Sachsenschlächterin!«, grölten die Männer gemeinsam, mit Stimmen wie Stahl auf Wetzstein, ein Chor, der mir Gänsehaut in den Nacken und auf die Arme trieb. Neben Arthurs Bärenbanner blieben wir stehen, und Fürst Konstantin persönlich trat vor und rammte seinen Speer in die taufeuchte Erde, um mir zu helfen, beide Schäfte von Iselles Banner tief genug im Boden zu versenken, dass sie auch stehen bleiben würden, wenn der Wind mit der Wolle spielte.

Als das erledigt war, nahmen Iselle und ich uns einen Moment, um den springenden Wolf zu bewundern, schwarz wie ein Schatten auf einem grünen Feld. Dann wandten wir uns um und betrachteten die Feinde, die ihren dreifachen Schildwall zwei Pfeilschüsse entfernt zum Stehen gebracht hatten und nun abwarteten, die Speerspitzen gen Himmel gerichtet.

»Es sind so viele.« Da lag etwas fast wie Verwunderung in ihrer Stimme.

»Das ist gut«, sagte ich. »Je mehr von ihnen hier sind, desto mehr können wir erschlagen.«

Ein Knurren entwich Fürst Konstantins Kehle. »Ich hoffe, du bist nicht so waghalsig wie dein Vater. Diese Schlacht wird nicht schnell vorüber sein, du solltest also achtgeben, dass du am Ende noch am Leben bist.« Er richtete seine alten Augen, die so viele Schlachten und so viel Gemetzel gesehen hatten, auf die Sachsen und ihre Verbündeten aus Dumnonia. »Wir werden sie bluten lassen, Galahad. Tropfen für Tropfen lassen wir sie bluten, bis sie nichts mehr zu geben haben.«

Seine Rüstung mit den kunstvoll geschmiedeten Bauch- und Brustmuskeln leuchtete in der Morgensonne, und obwohl er alt war, glaubte ich, dass auch sein Körper unter dem Brustpanzer noch immer hart und muskulös war. Er war ein Echo des großen Rom, dieser Konstantin, ein beständiges Überbleibsel von eiserner Disziplin und unbeugsamem Willen, und wie bei den römischen Statuen und Palästen, ihren Mauern und Amphitheatern, die noch immer auf diesen Dunklen Inseln standen, konnte ich mir gut vorstellen, dass auch Fürst Konstantin uns alle überdauern würde. »Wirf dein Leben nicht eilfertig weg, Junge«, sagte er. »Sollen die Hurensöhne kommen und es sich holen.«

Ich nickte, holte tief Luft, atmete aus. Konstantin war es gewesen, der den Ort bestimmt hatte, an dem wir uns der Entscheidungsschlacht stellten, und selbst Gawain, der den Mann nicht leiden konnte, hatte ihm beigepflichtet, dies sei der beste Platz, um unsere Banner aufzustellen. Und auch der schlechteste. Denn Ynys Wydryn war faktisch eine Insel, nur ganz im Osten durch eine schmale Landzunge mit dem Festland verbunden, und auf dieser Landzunge, entzweit durch einen breiten Graben aus grauer Vorzeit, standen wir und versperrten dem Feind den Weg. Und deshalb hatten die drei großen Heeresteile dort drüben ebenfalls angehalten. Der feste Boden war so schmal, dass nur eine ihrer Abteilungen uns angreifen konnte, der Großteil von Cerdics Sachsen und Morganas Dumnoniern also warten musste, ehe sie ins Geschehen eingreifen konnten.

So war ihre zahlenmäßige Überlegenheit zum größten Teil ausgehebelt, obwohl sie natürlich jederzeit zurückweichen und müde Männer durch ausgeruhte ersetzen konnten, was uns nicht vergönnt war.

Gleichzeitig war es ein verzweifelter Ort, um die Banner von Wolf und Bär aufzuziehen, flankiert von König Catigerns Hirschgeweih und der strahlenden Sonne Cornubias und dem wilden Eber von Caer Gloui, denn sollten König Cerdic und Königin Morgana beschließen, abwarten zu wollen, konnten sie uns wie ein Stöpsel im Flaschenhals auf dieser Insel festsetzen, und wir zwölfhundert müssten von Fisch und Wasservögeln leben und hier alt werden im Schatten des Hügels, der knapp zwei Meilen hinter uns aufragte. Ganz wie es einmal mein Schicksal gewesen zu sein schien. Denn diese Insel war mein Zuhause gewesen. Und nun würde ich vielleicht doch noch hier sterben, mein Blut der fruchtbaren Erde überantworten wie meine Brüder, die mich im Schatten des Heiligen Dornbusches großgezogen hatten. Ich hoffte, ich würde den gleichen Mut besitzen wie sie.

»Schau.« Iselle zeigte mit ihrem Speer.

Die Krähenschilde teilten sich, und zwei Gestalten traten vor, ein Krieger mit einem silbern funkelnden Wendelring um den Hals und eine schwarzhaarige Frau in einem schwarzen Kleid, die selbst fast wie eine Krähe aussah, als sie in unsere Richtung schritt. Ich erkannte sie beide. Dann trat noch ein dritter Mann aus König Cerdics Schildwall und gesellte sich zu ihnen. Nicht Cerdics Sohn, Prinz Cynric, sondern einer, den ich noch nie gesehen hatte.

»Wie gut ist dein Wurfarm?«, fragte Fürst Konstantin und nickte dem Speer in meiner Hand zu.

Ich griff den Schaft fester und wog ihn in der Hand, aber Iselle schüttelte den Kopf.

»Nein, Galahad. Lasst uns hören, was sie zu sagen haben.«

»Sie wollen sich einen Überblick verschaffen, mit wem sie es zu tun haben«, sagte Fürst Konstantin. »Das sollten wir nicht zulassen.«

Aber Iselle schritt bereits den Abhang hinunter. Konstantin sah mich an, die Brauen hochgezogen, ein schiefes Lächeln auf den Lippen, und gemeinsam folgten wir Iselle in den Graben und auf der anderen Seite wieder hinaus auf die ebene Landzunge, von wo aus Fürst Melehan, die Herrin Triamour und der andere Sachse, wer immer er sein mochte, nicht viel mehr sehen würden als die ersten vier Reihen unserer Speerträger.

Weiter gingen wir nicht, ließen Bruder und Schwester und ihren sächsischen Verbündeten den ganzen Weg gehen und die Last unserer Blicke tragen, bis sie sechs Schritte vor uns anhielten. Dort nickten sie zur Begrüßung, und wir nickten ebenfalls, sagten aber nichts, machten deutlich, dass wir nichts mit ihnen zu besprechen wünschten.

Die Herrin Triamour brach das Schweigen.

»Ist es wahr, Herrin?«, fragte sie. »Ihr seid Arthurs Tochter?«

»So ist es, Herrin«, sagte Iselle.

Die Herrin Triamour lächelte traurig. Nie hatte ich ein traurigeres Gesicht gesehen als das ihre, und vielleicht auch nie ein schöneres. »Dann wisst Ihr, dass wir blutsverwandt sind«, sagte sie, was natürlich stimmte, da Triamour und Melehan Kinder von Mordred waren. »Euer Vater war mein Großvater«, sagte die Herrin und betrachtete Iselle, als sei sie neugierig, was ihre Tante mit dieser Tatsache anfangen würde. Iselle aber gab ihr nicht die Genugtuung, überhaupt darauf zu reagieren.

»Wo seid Ihr all die Jahre gewesen?«, fragte Triamour.

»Ich habe überlebt, so gut wie möglich, weit weg von all dem hier«, gab Iselle zurück. »Habe Sachsen getötet, wo ich nur konnte.« Ihre Worte straften den großen blonden Sachsen in seinem langen Kettenhemd mit Verachtung. Als wäre er gar nicht da. »Und Ihr?«, fragte sie zurück.

Die Herrin Triamour antwortete nicht. Ich sah Fürst Melehan an und wusste, dass er den Blick die ganze Zeit über nicht von mir genommen hatte, denn ich hatte seinen Bruder getötet, und er wollte mit mir kämpfen, wollte mich um alles in der Welt erschlagen. Ich glaube, er hätte ohne Zögern den Thron aufgegeben, den König Cerdic und seine Großmutter ihm versprochen hatten, im Tausch für meinen Kopf auf seiner Speerspitze.

»Ihr könntet Euch uns anschließen, Herrin«, sagte Triamour zu Iselle. »Statt hier mit denen zu sterben.« Eine blasse Hand deutete auf Fürst Konstantin und mich.

»Und Ihr könntet Euch uns anschließen«, sagte Iselle, »und gemeinsam könnten wir Cerdic besiegen und die Macht der Sachsen in Britannien für eine ganze Generation brechen.« Wieder beachtete Iselle den Sachsen nicht, ich aber sah ihn an, um festzustellen, ob er sie verstehen konnte. Natürlich konnte er. Deshalb hatte Cerdic ihn mit Melehan und Triamour losgeschickt. Bei Iselles Vorschlag, Triamour solle sich uns anschließen, hatte sich ein leises Lächeln in seinen Blick gemischt.

»Meine Großmutter will das Gleiche wie Ihr«, sagte die Herrin Triamour. »Frieden in Britannien.«

»Morgana will Britannien dem König dieses Mannes schenken«, sagte Konstantin und hob sein glatt rasiertes Kinn in Richtung des Sachsen. »Aber Morgana kann nicht über Britannien verfügen.«

»Wenn mein Bruder König ist, wird er Dumnonia beschützen«, sagte Triamour.

»Euer Bruder ist ein Feigling und ein Verräter und wird niemals König sein«, sagte ich. Melehan *war* ein Verräter, ein Feigling hingegen war er nicht, und ich hatte gehofft, ihn dazu zu provozieren, sein Schwert zu ziehen, aber er schüttelte die Beleidigung ab und versprach mir lediglich mit den Augen den Tod.

»Ich glaube, die Zeit für Unterredungen ist vorbei«, sagte Fürst Konstantin, aber Melehan hob die Hand, als wollte er ihn bitten, ihnen noch einen Moment Gehör zu schenken. Er deutete auf das Elfenbeinheft des Schwertes an Iselles Hüfte. »Ist das Excalibur?«

»Das ist es«, sagte Iselle.

Melehan lechzte nach meinem Leben, begehrte aber auch Excalibur, und ihm war anzusehen, dass er sich dieses Schwert an seinem Gürtel vorstellte. »Arthur konnte nicht gewinnen.« Er sprach den Namen seines Großvaters aus, als schmecke er verfault. »Was lässt Euch glauben, Ihr könntet es?«

Iselle lächelte. Trotz der drohenden Schlacht und der Übermacht, die uns entgegenstand, trotz all des Todes und des Leidens und der Qualen, die uns an diesem Tag bevorstanden, lächelte sie. Und ich sah, wie Melehan es hasste und es den Sachsen verwirrte und die Herrin Triamour ängstigte. »Wir haben Merlin«, sagte Iselle. »Und Merlin hat den Kessel von Annwn. Wir haben die Hilfe der Götter.« Sprach es aus, als wären es schlichte Wahrheiten, und doch brachten ihre Worte mein Blut in Wallung. Ich war tief beeindruckt von ihrem Auftreten.

»Eure Götter sind schwach«, fauchte der Sachse. Seine ersten Worte. »So schwach wie ein Weib.«

Zum ersten Mal sah Iselle den Mann an, und der Sachse grinste, weil er glaubte, sie erfolgreich beleidigt zu haben.

»Und wir haben Galahad«, sagte sie und schaute dem Sachsen in seine blauen Augen.

Ihre Worte trafen mich unvorbereitet, denn eben noch hatte sie von einem der Schätze Britanniens erzählt, von einem Druiden und den Göttern selbst, aber ein plötzlicher Instinkt, unvorhergesehen und ungebeten, trieb mich zum Handeln.

Also erschlug ich den Sachsen.

Es geschah ganz schnell. Die Herrin Triamour starrte den Toten an, Melehan zog sein Schwert halb aus der Scheide, aber Fürst Konstantin senkte seinen Speer.

»Das würde ich lassen«, sagte Konstantin sehr laut, denn unsere Männer jenseits des Grabens jubelten, und Melehan ließ seine polierte Klinge noch einmal in der Morgensonne blitzen, ehe er sie wieder in ihr dunkles Bett rammte.

»Ihr seid ehrlos«, krächzte er mich an, seine Augen geweitet und von solchem Hass erfüllt, dass sie fast zu bersten schienen.

»Ich habe ihn sein Schwert ziehen lassen.« Ich richtete meine blutverschmierte Klinge auf den toten Sachsen, der das grüne Gras und die fruchtbare Erde Dumnonias mit seinem Blut tränkte, wie so viele seiner Leute vor ihm. Und ich *hatte* ihn sein Schwert ziehen lassen. Mehr noch, ich hatte ihm sogar bedeutet, es zu ziehen. Er war erfahren genug, um zu wissen, dass es mir ernst war, hatte sein Schwert gezückt und mich mit einem schnellen Schwung angegriffen, schnell und tödlich. Die Spitze seiner Klinge war zischend über meinen Schuppenpanzer geglitten, ehe ich mich nach hinten gedreht, Eberzahn in seiner Kehle versenkt und nach vorn gerammt hatte, bis die glänzende

Parierstange in seinem Bart steckte. Als ich Eberzahn hervorzog, war das Blut gute fünf Fuß weit gespritzt, hatte Iselle quer über die Wange und auch die Herrin Triamour ins blasse Gesicht und gar über die vollen Lippen getroffen.

Triamour wischte sich das Blut nun ab, verschmierte es über den braunen Hautfleck unterhalb ihres linken Auges, Iselle aber ließ die Blutspritzer kleben. Stechpalmbeeren in frischem Schnee.

Während unsere Speerträger johlten und mein Leib noch immer zitterte, schlug ich dem Sachsen den Kopf ab. »Bringt ihn zurück zu dem alten Hund, der das Bett mit Eurer Großmutter teilt«, sagte ich und drückte ihn Melehan in die Hand, der es leid sein musste, anderer Leute Köpfe gereicht zu bekommen. Trotzdem nahm er ihn entgegen.

Die Herrin Triamour schaute hinüber zu Wolfsbanner und Bärenbanner und den grimmigen Männern, die am Rand des Grabens aufgereiht standen und die Speere gegen ihre Schilde schlugen. Manch einer schrie mich an, ich solle auch Melehan erschlagen, andere baten Fürst Konstantin lautstark um Erlaubnis, den Graben durchqueren und es selbst tun zu dürfen.

»Ihr werdet hier alle sterben.« Die Worte der Herrin Triamour erhoben sich über das Getöse, und ihr schönes, trauriges Gesicht schien nichts als Bedauern zu zeigen.

»Wir erwarten kein Erbarmen, denn auch wir zeigen keines«, sagte Fürst Konstantin.

Melehan stand da und hielt den Kopf des Sachsen bei den langen blonden Haaren. Aus dem zerfetzten Halsstumpf tropfte es ins Gras, die toten Augen starrten ungläubig ins Nichts.

»Ich werde Euch auf dem Schlachtfeld finden, Galahad«, fauchte er.

»Das hoffe ich«, gab ich zurück.

Dann sah er Iselle an und zuckte mit dem Kinn in Richtung Konstantin. »Ihr werdet Euch noch wünschen, diese alten Männer hätten Euch nicht aus den Sümpfen gezerrt«, sagte er. »Arthur ist nicht mehr hier, um Euch zu retten.«

Iselle schwieg, denn sie hatte alles gesagt, und so blieben die letzten Worte dem Mann überlassen, der all die Jahre das Bärenbanner hochgehalten hatte.

»Ihr seid ein Narr, wenn Ihr glaubt, dass Arthur jetzt nicht hier wäre«, sagte Fürst Konstantin. Er sah sich um, betrachtete das wogende Gras und die fernen Schilfbetten und das Gestrüpp aus Weißdorn unten am Bachlauf im Graben zu unserer Rechten.

Melehan und Triamour wechselten einen Blick, dessen Bedeutung Bruder und Schwester vorbehalten blieb, dann wandten sie sich ab und kehrten zu ihren Leuten zurück. Unsere Männer jenseits des Grabens schleuderten ihnen wüste Beschimpfungen hinterher, nannten Melehan den Sohn eines Wurmes und einen Verräter und noch viel Schlimmeres, während andere der Herrin Triamour versicherten, sie würden sie nach der Schlacht aufsuchen, und diese Drohungen liefen mir kalt den Rücken runter, denn sie waren weit furchtbarer als alles, was sie Melehan verheißen hatten.

Wir schauten ihnen hinterher, allesamt in unseren eigenen Gedanken gefangen und uns der Schwere dieser Auseinandersetzung bewusst. Denn jetzt konnte es keinen Frieden mehr geben, nur Kampf und Schmerz und Tod.

»Ich glaube nicht, dass du einen guten Mönch vom Heiligen Dornbusch abgegeben hättest, Junge«, sagte Fürst Konstantin. Seine Augen lagen im Schatten des Helmes und der buschigen Brauen.

»Ich auch nicht«, gab ich zu und erinnerte mich daran, wie Iselle dasselbe gesagt hatte, ehe wir uns auf der Insel der Toten liebten. Ich sah sie von der Seite an. Ihr Kiefer war angespannt, die Muskeln in ihrer Wange hüpften unter der blutbefleckten Haut.

Dann drehte sich Konstantin, Sohn des Ambrosius, Neffe des Uther Pendragon und Kriegsherr Britanniens, um, stieg in den Graben hinab und kehrte zu unseren Reihen zurück. Wir folgten ihm.

Und kaum standen wir wieder unter unseren Bannern, da ertönten auch schon die Klagelaute der sächsischen Kriegshörner in der Morgenluft, und die Masse der Speerträger mit den Krähenschilden setzte sich über die grüne Wiese in Bewegung.

»Zurück! Schaff die Herrin nach hinten!«, brüllte Fürst Konstantin, sein Gesicht eine wilde, blutverschmierte Fratze. »Bring sie weg von hier, Galahad!« Ich hackte in einen Hals, rammte Eberzahn in eine kettenbewehrte Schulter, brach durch die Ringe in Leder, Fleisch und Knochen. Meinen Speer hatte ich längst verloren, den Schild aber hielt ich fest und legte jetzt die Kraft meiner linken Schulter hinein, wuchtete mich gegen den Druck der Leiber, die sich gegen uns pressten, versuchte irgendwie, auf den Beinen zu bleiben und nicht hinabgezogen zu werden auf den Boden, wo Männer sich wanden und schrien und erstickten und verendeten.

»Iselle!« Mitten in der menschlichen Walze sah ich sie, in dieser Flut aus verzweifeltem Schrecken, und obwohl sie nur zwei Schritte entfernt stand, war sie unerreichbar. Dann sah ich einen jungen Krieger seinen Speer beidhändig über den Kopf recken, die Spitze auf sie gerichtet.

Ich schrie sie an, aber die ganze Welt war von Lärm erfüllt. Vom Klirren der Klingen und vom Donnern der Schilde, von entsetzlichen Schmerzensschreien und dem Keuchen der Männer, die um jeden Atemzug kämpfen mussten. Nie hatte ich solche Lautstärke erlebt, nicht einmal am Ufer des Meeres in einem schweren Sturm.

Meine Kraft war völlig hilflos gegen die drückende Masse, und so zog ich Eberzahn hoch, zerschnitt die Lederriemen meines Schildes und streifte ihn ab. Dann suchte und fand ich blind meine Schwertscheide und ließ Eberzahn hineingleiten, denn hier war kein Platz mehr für meine Klinge.

Unser Schildwall hatte standgehalten, bis eine große Wolkenbank, grau wie verbrannte Holzkohle, über die Mittagssonne zog. Da schließlich hatten sich die Krähenschilde auf unserer Seite des Grabens festgesetzt und waren seitdem tiefer und tiefer in unsere Reihen eingedrungen. Zur Linken wie zur Rechten hielt der Schildwall weiterhin, unser Zentrum aber war gebrochen, das Chaos hatte die Oberhand gewonnen. Ich zog mein langes Messer und stieß es in Hälse und Brustkörbe, in Bäuche und Hüften, zog und zerrte mit der anderen Hand die zuckenden Leiber derer aus dem Weg, die ich erschlug, wuchtete sie aus dem Weg, zwang sie hinunter ins Blutbad zu unseren Füßen, trat auf sie und über sie, um irgendwie zu Iselle vorzudringen.

Klingen schabten über meine Rüstung, Finger griffen wie Ginstergestrüpp nach meinen Beinschienen und Füßen, aber ich war unaufhaltsam und tötete und verstümmelte und stand endlich dem jungen Sachsen gegenüber, der den Speer nicht rechtzeitig senken konnte, ehe ich ihm mein Messer in die Höhle unter dem erhobenen rechten Arm rammte. Er kreischte mir ins Gesicht, als ich das Messer herauszog und auf ihn einhackte, ihm in einem Schwall heißen Blutes den Unterkiefer abtrennte.

»Galahad!« Iselle hatte die Augen aufgerissen und war rot beschmiert. Sie sah verloren aus. Verwirrt. Als wäre sie mitten in diesem stinkenden, zuckenden Gemetzel aus tiefem Schlummer erwacht und könnte sich nicht erklären, wie sie hierhergekommen war.

»Zurück!«, rief ich, stellte mich vor sie und zog wieder Eberzahn, und gemeinsam wichen wir zurück, während Fürst Konstantin seine besten Männer zu einem verzweifelten Gegenangriff auf die Krähenschilde trieb.

»Für Herrin Iselle!«, brüllten unsere Krieger. »Für die Herrin!«, und sie wogten nach vorn, trieben die Krähenschilde zurück auf den Hang. »Für die Herrin!« Sie drückten weiter und warfen die Feinde in den Graben hinab auf jene, die hinter ihnen heraufklettern wollten. Der Graben füllte sich mit einer wogenden Masse ringender Männer.

Da riss ein gewaltiger Knall den Himmel entzwei, verschluckte all den Lärm der kämpfenden Sterblichen so brutal, dass ich es in meiner Brust spürte, im Boden ringsum und in meinen Beinen. Ein tiefes Donnern folgte, rollte weiter und weiter durch den letzten Augenblick im Leben mancher Männer hier unten. Es klang, als jagte ein Gott mit seinem Streitwagen über das Dach der Welt. Ihm folgte das Zischen einer riesigen Schlange, als plötzlich Regen niederfuhr, den Tag vernebelte, das Blut von Helmen und Schilden und Gesichtern wusch. Von einem Moment auf den anderen wurde das Gras gefährlich schlüpfrig, überall glitten Männer aus und gingen zu Boden. Wer nicht in den vorderen Reihen stand oder mit uns in der Mitte kämpfte, reckte das Gesicht zum grauen Himmel und sperrte den Mund auf, um so viel Wasser wie möglich zu bekommen, und als ich einen Blick über die Schulter warf, sah ich Merlin auf der Anhöhe stehen, Arme und Stab in den bleiernen Himmel erhoben, als hätte er dieses Unwetter heraufbeschworen. Sein geflochtener Bart stand steif vom Kinn ab, die schwarze Farbe, mit der er seine Augen verdunkelt hatte, lief ihm die hageren Wangen herab.

Der nächste Blitzschlag zerfetzte den Himmel im Westen, der Regen ging wie ein Pfeilhagel nieder, prallte von Helmen ab und durchnässte die Kriegsbanner, die schwer zwischen ihren Speeren hingen. Konstantins Männer schleuderten ihre Speere den Hang hinunter auf die Männer, die sich im Graben abmühten, die brüllten und kreischten und sich in purer Verzweiflung herumwarfen.

Und dann rief Morganas Kriegshorn ihre Speerträger zum Rückzug.

An die fünfzig unserer Leute verfolgten sie die andere Seite des Grabens hinauf, die meisten aber ließen von den Krähenschilden ab, beschränkten sich auf Schmährufe und waren froh, ihre Rücken statt der Gesichter zu sehen. Ich schaute nach rechts, wo König Bivitas von Cynwidion mit seinen Speerträgern stand. Noch immer fest. Noch immer kühn. Er fing meinen Blick auf und nickte. Noch weiter zur Rechten standen die Männer von Caer Gloui mit ihrem König Cuel. Ich konnte sie nicht sehen, nur das Banner mit dem wilden Eber erhob sich fest im schäumenden Regen. Dahinter standen als Reserve etwa fünfzig tapfere Männer aus Caer Celemion, die uns nicht im Stich gelassen und sich geweigert hatten, mit ihrem Fürsten Cyndaf abzuziehen.

Überall ringsum standen Männer vornübergebeugt, saugten keuchend Luft in ihre Lungen. Manche schmeckten den Regen auf der Zunge oder streiften die Helme ab, um ihn zu sammeln, denn dafür fiel wahrlich genug.

»Bist du verletzt?«, fragte ich Iselle, suchte sie mit Blicken nach Wunden ab, nach Schäden an ihrer Lederrüstung. Meine Augen waren von Schweiß und Regen erfüllt und meine Sicht verschwommen, außerdem ängstigte ich mich, dass sie einen Stich abbekommen und ihn noch nicht bemerkt haben könnte, was im Eifer des Gefechts durchaus passieren mag.

»Nein«, sagte sie. Excalibur lag in ihrer rechten Hand. Die Klinge war blutverschmiert. Ihr Blick klärte sich, sie schien wieder bei sich zu sein. »Nein«, sagte sie abermals, als müsste sie sich ihr Urteil selbst bestätigen. »Du?«

Ich schüttelte den Kopf und nahm ihren Arm, wollte sie in die hinteren Reihen führen, wo König Menadoc von Cornubia und Fürst Geldrin mit ihren Männern als weitere Reserve warteten, aber sie entzog sich meinem Griff und nahm den Helm ab, damit die Männer ringsum sehen konnten, dass sie lebendig und unversehrt war.

»Bring sie weg von hier, Galahad«, brüllte Fürst Konstantin, schritt auf uns zu, schob seine Leute unsanft aus dem Weg.

»Nein, Galahad«, sagte Iselle. »Das mache ich nicht.«

»Du musst«, drängte ich sie, aber da war Konstantin auch schon bei uns.

»Ihr müsst Euch im Hintergrund halten, Herrin«, sagte er blutüberströmt und wütend, noch immer in den Klauen der Kampfeslust. Starrte sie wild an. »Wenn Ihr sterbt, ist alles aus.«

»Ich bleibe hier«, sagte Iselle.

Konstantins Kopf zuckte nach hinten, als hätte sie ihn geohrfeigt. »Ihr werdet tun, was ich Euch sage, *Herrin*«, brachte er knirschend heraus.

Keinen Herzschlag später saß Eberzahn an seiner Kehle.

»Vorsicht, Herr«, krächzte ich. Denn auch mein Körper war noch in den Fängen der wütenden Kriegslust, und außerdem machte ich mir Vorwürfe, dass ich mich im Getümmel so weit von Iselle entfernt hatte. Jeder Mann, der sie jetzt noch bedrohte, ob Sachse oder Brite, sollte mit dem Leben bezahlen.

»Nehmt das Schwert runter, Galahad«, befahl Morvan, Konstantins rechte Hand. Seine Klinge hing nah genug an meinem Gesicht, dass ich die einzelnen Regentropfen sehen konnte, die das Blut von ihr wuschen.

»Galahad.« Das war Iselles Stimme, die wollte, dass ich auf Morvan hörte.

Ich senkte Eberzahn nicht, nahm den Blick nicht aus Konstantins Gesicht, ignorierte Morvan, als wäre er so unwichtig wie das Wasser, das vom Rand meines Helmes rann. Ich spürte, dass noch weitere Krieger um uns standen, Speere und Schwerter gezückt hatten und auf den Befehl ihres Herrn warteten. Jenseits dessen und überall die Schreie und das Stöhnen der Gebrochenen und Sterbenden.

Konstantin bedeutete Morvan mit einer knappen Geste, sein Schwert zu senken, was der Mann auch tat, mich aber weiter finster anstarrte.

»Dann solltest du besser dafür sorgen, dass sie am Leben bleibt, Bursche«, fauchte Konstantin mich an.

»Das werde ich«, sagte ich und nahm die Klinge von seiner Kehle.

»Sie kommen!«, schrie jemand, und alle drehten wir uns wieder nach Osten, unsere kleinlichen Zankereien vergessen im Angesicht von König Cerdics Sachsen, deren Schildwall nahte, vierzig Mann breit und fünf Reihen tief. Die zurückweichenden Krähenschilde strömten zu beiden Seiten an ihnen vorbei, und manche blieben im trügerischen Untergrund stecken, denn durch das Bollwerk der Sachsen hindurch konnten sie nicht.

»Cerdic hat Morgana ihre Männer vorschicken lassen«, sagte Konstantin. »Um ihre Loyalität unter Beweis zu stellen.«

»Und um uns weichzuklopfen«, sagte Morvan.

Unsere Männer sammelten Speere und andere weggeworfene Waffen auf. Manche waren noch unten im Graben und plünderten die erschlagenen Feinde, zogen Helme, Armreifen und Ringe ab, zerrten Rüstungen von den Körpern, die vor Minuten noch lebendige Männer gewesen waren, tranken aus Flaschen, für die die Toten keine Verwendung mehr hatten, schnitten Amulette von den Lederriemen um ihre Hälse und suchten nach Münzen und anderen Wertsachen. Es blieb jedoch keine Zeit, unsere eigenen Toten zu bergen, und so blieben sie liegen, wo sie gefallen waren, Dutzende in ihren roten Umhängen, einst die Blumen Britanniens und nun verloren als grässliche Opfergabe, die weder Männer noch Götter besänftigen konnte.

»Diese Runde wird härter«, verkündete Konstantin und beschrieb mit seinem Schwert, das von feindlichen Schilden und Knochen abgestumpft war, einen Bogen in Richtung der anrückenden Wand. »Denn dieser Sachsenkönig weiß, dass wir alles sind, was zwischen ihm und dem Thron Britanniens steht.« Seine Stimme war wie von Schwingen getragen, erstreckte sich weit über den Lärm. »An diesem Tag, an diesem Ort, wird sich das Schicksal von Dumnonia und Caer Celemion, von Cynwidion und Caer Gwinntguic und selbst des mächtigen Powys entscheiden«, schrie er und nickte nach links, wo König Catigern vor seinen Untertanen stand. »Wir dürfen nicht scheitern!«

Ich nickte Iselle zu, die ihren Kopf in grimmiger Entschlossenheit senkte. Beide mussten wir uns wortlos eingestehen, dass Fürst Konstantin ein großer Anführer war und wir uns glücklich schätzen konnten, ihn zu haben.

»Ihr werdet keinen Tadel an den Kriegern von Powys finden, Fürst Konstantin!«, brüllte König Catigern und spuckte den Regen fort, der durch seinen dichten Schnurrbart lief. »Schickt uns die Sachsenhunde her, dass sie in unseren Speeren verrecken.«

»Powys! Powys! Powys!«, riefen sie und droschen die Speere gegen ihre Schilde, ein böses Echo des Donners, denn obwohl die Männer unter dem Banner mit dem Hirschgeweih einen halbherzigen Angriff der Krähenschilde zurückgeschlagen hatten, waren sie noch nicht der vollen Wucht der Feinde ausgesetzt gewesen, der wir im Zentrum hatten standhalten müssen, und wirkten begierig, sich uns als mindestens ebenbürtig zu erweisen.

Ich hob einen verschrammten, aber brauchbaren Schild vom Boden auf, zerrte einem toten Krähenschild den Speer aus den steifen Fingern und nahm wieder meinen Platz in der Mitte unserer Formation ein. Neben Iselle.

»Können wir gewinnen?«, fragte sie leise. Sie schaute direkt geradeaus, einen Schild in der linken, Excalibur in der rechten Hand, die Wangenklappen ihres Helmes geschlossen, sodass ihr Gesicht fast nicht zu erkennen war, sondern nur ihre Augen, wild wie die eines Falken.

»Wenn wir genug von ihnen erschlagen«, gab ich zurück.

Die Sachsen hatten mit »Woden! Woden! Woden!« ihren bekannten Schlachtruf angestimmt. Der Gestank aufgerissener Innereien und der erschreckende Eisengeruch des Blutes tränkten die Luft so schwer, dass selbst der Regen sie nicht fortspülen konnte, und auch die Sachsen waren zu riechen. Ihre vollgesogenen, ranzigen Pelze, ihr Gestank nach Schweinemist und ihr biergetränkter Atem, der in Wolken um ihre Gesichter waberte, als sie nahten und ihren Gott anriefen, der einst in weiter Ferne jenseits des Meeres gewohnt hatte, nun aber, so erzählte man sich raunend, ebenfalls auf diesen Dunklen Inseln hauste.

»Macht Platz!«, rief eine vertraute Stimme hinter uns. »Macht Platz, verdammt!« In unserem Rücken bildete sich eine Gasse, und Merlin, der ein weißes Pferd mit sich führte, kam hindurch. »Sei so gut und lass nicht zu, dass sie mich erschlagen, Galahad, braver Junge«, rief er und führte das Ross am Zügel hinab in den Graben und auf der anderen Seite hinauf auf die Ebene.

»Wo hat er das denn aufgetrieben?«, fragte Iselle, denn es war ein solch prächtiges Pferd, dass selbst Arthur es zweifellos für sich beansprucht hätte, als er noch Herr der Streitrösser gewesen war.

»Was habt Ihr vor, Merlin?«, rief ich ihm zu, aber der Druide beachtete mich nicht. Da stand er mit dem edlen Tier, das sich jederzeit hätte losreißen oder den Druiden gar problemlos töten können.

»Glaubst du, sie haben ihn jetzt alle gesehen?«, schrie Merlin zu mir zurück. Noch immer hielt er die Zügel ergriffen und schaute in den nahenden Schildwall.

»Ihn gesehen?«, rief ich. »König Cerdic wird ihn gleich reiten, wenn Ihr nicht sofort zurückkommt!«

Merlin nickte und hob beschwichtigend eine Hand. Er zog ein Messer aus dem Gürtel und legte sein Gesicht an die Schnauze des großen Tieres, schien ihm etwas zuzuflüstern oder zu singen, und das schöne Pferd senkte das Haupt, fügte sich in die Umarmung des alten Mannes. Merlins Arm bewegte sich schnell, und das Messer grub sich ins Fleisch, aber noch immer stand das Pferd da, beschwerte sich nicht, während Merlins Hände und Robe und selbst sein Gesicht vom Blut benetzt wurden, das im Regen dampfte.

»Merlin!«, schrie Iselle, denn die Sachsen waren jetzt keinen Pfeilschuss mehr entfernt. Sehr bald würden die Stärksten unter ihnen versuchen, den Ruhm einzuheimsen, einen Druiden mit einem Speerwurf erlegt zu haben – eine Tat, die ihre Barden in Lieder gießen würden. Aber noch immer klammerte sich Merlin an den Kopf des Pferdes, umarmte ihn, flüsterte beruhigende Worte wie ein Mann, der seinem Ross für einen guten Ritt dankt.

»Merlin, sie sind gleich da!«, schrie Iselle, und während diese Worte noch als Wolke in der Luft hingen, gaben die Vorderbeine des Pferdes nach, es ging in die Knie, und da war es kein weißes Pferd mehr, sondern zur Hälfte ein rotes. Merlin stand da und zeigte mit dem blutigen Messer auf die Sachsen, die innehielten. Die Ränder ihrer Schilde küssten sich, aber der Schlachtruf nach *Woden* erstarb auf ihren Lippen.

»Verschwendung, so ein gutes Pferd«, knurrte jemand neben mir. Und vielleicht hatte er recht. Vielleicht aber auch nicht, denn ich wusste nun, was Merlin tat oder zumindest, warum er es tat.

Das prächtige Ross, auf seine Weise so schön wie Tormaigh, das alte Schlachtross meines Vaters, sank mit leisem Schnauben auf die Seite, hob ein letztes Mal das Haupt und legte sich im Gras nieder. Sein Bauch hob und senkte sich mit den letzten großen Atemzügen.

»Die Bastarde sind stehen geblieben«, sagte ein anderer von Konstantins in Rot gehüllten Speerträgern. Er sah nicht das Pferd an, sondern die Sachsen. »Warum sind sie stehen geblieben?«

»Weil Merlin König Cerdic mit einem Fluch belegt hat«, sagte ich.

»Indem er einem Gaul die Kehle durchschneidet?«, fragte der erste Mann.

»Cerdic beansprucht für sich, vom Sachsenhäuptling Hengist abzustammen«, sagte ich, »der wiederum angeblich ein Nachfahre ihres Gottes Woden war. Hengist und sein Bruder Horsa waren die ersten Sachsen, die Land in Britannien gewonnen haben. Hengist wurde zum König von Ceint.« Ich wusste außerdem, dass Hengist Pferd bedeutete, sagte es aber nicht. All das hatte ich vor vielen Jahren von Bruder Brice erfahren, denn als Vorbereitung meines Noviziats war von mir erwartet worden, dass ich lernte, wie der Untergang Britanniens begonnen hatte.

Nun stand ich da und sah zu, wie der Schildwall der Sachsen aus Furcht vor Merlins Magie verharrte, voller Angst, dass der letzte Druide Britanniens ihren König verflucht hatte, als er dem prächtigen Ross die Kehle durchschnitt, und ich fragte mich, ob die Gebeine von Brice und den übrigen Brüdern noch immer ungestört zwischen den Ruinen der Klostergebäude lagen. Sollte ich diesen Tag überleben, würde ich die Brüder begraben, wie sie es verdient hatten. Das schwor ich mir selbst und sämtlichen Göttern, die zuhören mochten. Zuerst aber würde ich sie rächen. Das Blut in meinen Adern, heiß und wallend, verlangte danach. Jetzt kannte ich keine Furcht mehr. Ich sehnte mich nach dem Kampf. Hier, im Schatten von Ynys Wydryn, auf dieser Insel in den großen Sümpfen, würde ich mich meinem Schicksal stellen, wie die Brüder es getan hatten.

Fürst Konstantin befahl einer Gruppe von zwanzig Mann, die übrigen Speere und Schwerter aufzuheben und alle Krähenschilde zu erschlagen, die noch ächzend im Graben lagen. Andere nutzten die Gelegenheit, um zu trinken oder ihre gespaltenen Schilde durch heile zu ersetzen, Taranis um Kraft und Kampfgeschick zu bitten oder Arawn anzurufen, ihnen die schnelle Reise ins Jenseits zu erlauben, sollten sie in der Schlacht fallen.

»Wie lange kann der Fluch des Druiden sie aufhalten?«, fragte Morvan, aber niemand hatte eine Antwort für ihn. Nicht einmal Merlin selbst, der das Pferd, das dort lag und den Rest seines Blutes in die Wiese pumpte, zurückließ und den Graben durchquerte, alles mit der Eile eines Mannes, der unterwegs ist, um Pilze und Kräuter zu sammeln.

Ich aber stand da und *hoffte*, dass seine Magie schwinden möge oder die Zauberer, die König Cerdic vor seinen Schildwall geschickt hatte, um Merlins Bann zu brechen, rasch Erfolg haben würden. Ich wollte, dass die Sachsen ihren Mut wiederfanden, dem Fluch des Druiden trotzten und zu uns kamen, denn erst dann konnte ich sie töten. Ich würde sie niedermetzeln, wie mein Vater es getan hatte. Ich war Galahad ap Lancelot, und ich war ein Schlächter.

Die drei sächsischen Zauberer brauchten die Zeit, in der eine Kerze zur Hälfte niederbrennt, um Merlins Bannfluch mit dem Pferd zu kontern. Genug Zeit, dass unsere Männer wieder zu Kräften kamen und sich auf den nächsten Kampf vorbereiten konnten, aber nicht lange genug, als dass sich Zweifel und Furcht zu tief in ihre Seelen fressen konnten.

»Bleib dicht bei mir«, sagte ich zu Iselle.

»Nicht zu dicht«, gab sie mit erhobener Braue zurück.

Ich nickte, denn ich wusste, wie wild ich im Mahlstrom der Schlacht wurde. »Nein, nicht zu dicht.«

Manche unserer Männer in den hinteren Reihen waren mit Bögen ausgerüstet, und sobald die Sachsen weniger als fünfzig Schritte entfernt waren, sandten diese Schützen ihre Pfeile über unsere Köpfe wie Schwalben, die zu ihren Nestern schwärmen. Wir bejubelten jeden Pfeil, der einen Sachsen in Gesicht, Schulter oder Bein traf, und selbst jene, die von ihren Helmen abprallten, auch wenn die meisten danebengingen und in den Boden oder in Schilde fuhren.

Mit klapperndem Donner und einem Chor wilden Keuchens traf ihr Schildwall auf unseren, und dann begann das Schieben. In diesem Moment war man dem Feind nah genug, um Sauerkäse, Knoblauch oder Zwiebeln zu riechen, die er gegessen, und das Bier, das er getrunken hatte. Und auch seine Angst. Ich legte mich gegen meinen Schild und rammte Eberzahn in jede Lücke, die ich finden konnte, während Iselle ihren Speer über den Rand meines Schildes in die Gesichter der Gegner stieß und sie anschrie, ihr Blick wie rasend.

Der Mann, der sich gegen meinen Schild drückte, ging zu Boden. Sofort rammte ihm Iselle den Speer in den Bauch, um sicherzugehen, dass er wirklich tot war, aber schon hatte ein neuer Mann seinen Platz eingenommen, und als wir auch ihn getötet hatten, folgte der nächste, und so ging es weiter, bis wir nach Luft schnappten, ohne zu Atem zu kommen.

Wie die verräterischen Schwarzen Krähen vor ihnen konzentrierten auch die Sachsen ihren Angriff auf unser Zentrum, denn sie wussten, hier stand Iselle unter ihrem Wolfsbanner, und wollten sie töten, um unseren Widerstand zu brechen. Ich wusste, dass Konstantin recht gehabt hatte, dass es Wahnsinn war, sie an vorderster Front kämpfen zu lassen. Aber ich wusste auch, dass ihre Anwesenheit unsere Krieger ringsum zu unglaublichen Taten anspornte. Iselle zu sehen, wie sie mitten unter ihnen kämpfte, ganz wie sie versprochen hatte, wie sie ihren Speer schwang und tötete und wie eine wilde Kriegsgöttin kreischte, beschämte oder bestärkte alle Männer ringsum, noch stärker zu schieben, mit neuer Kraft zu hacken und um sich zu schlagen, keinen Schritt zurückzuweichen, sondern dem Feind Boden abzutrotzen. Iselle hatte das Blut des Pendragon in ihren Adern. Sie war das schlagende Herz von Dumnonia, von Britannien, und wir alle kämpften für sie.

Aber die Feinde waren zu zahlreich und wir zu wenige.

»Haltet stand! Haltet!«, brüllte Fürst Konstantin mit seiner mächtigen Stimme, die seit mehr als meiner doppelten Lebenszeit über Schlachtfelder getragen hatte. »Haltet stand, verdammt! Halten!«, aber wir konnten nicht standhalten.

Ich riskierte einen schnellen Blick über die Schulter und sah König Menadocs Sonnenschilde in Gruppen zu je einem Dutzend herbeieilen, um die Löcher zu stopfen, welche die Sachsen in unseren Schildwall rissen. Sie kamen und riefen »Cornubia! Cornubia!«. Voller Stolz auf das Land ihrer Väter gaben sie ihre Schultern und Schilde und Klingen, um die Sachsen aufzuhalten oder gar zurückzudrängen. Aber je häufiger ich ihren Schlachtruf vernahm, desto mehr Brüche mussten in unserem Schildwall entstanden sein, unsere Mauer aus Fleisch und Holz und Stahl löste sich auf und verging wie ein Sandhügel am Strand im Angesicht der endlos rollenden Wellen.

»Zurück!«, brüllte ich. »Formation halten!«

Ich schaute unsere Schlachtreihe entlang. Mein Blick wurde von stechenden Schwertern verstellt, von wilden bärtigen Fratzen und vom Regen, der noch immer aus dem schiefergrauen Himmel auf uns einhämmerte, aber ich sah Fürst Konstantin, und er sah mich. Er fletschte die Zähne und nickte, dann gab er den gleichen Befehl. »Zurück! Langsam! Haltet die Schilde oben! Zurück! König Catigern!«, schrie er. »Zieht Eure Männer zurück, verflucht!«

Ich sah den massigen König von Powys eine Verwünschung ausspucken und seine Männer anweisen, in einer Reihe mit unseren zurückzuweichen. Mit viel Schubsen und Drücken gaben wir langsam die Anhöhe preis, bewegten uns rückwärts, zogen uns als ein Block zurück, noch immer dem Feind zugewandt, unsere Schilde noch immer gegen ihre gepresst, hinaus auf die Ebene hinter dem Graben. Ich sah etwa dreißig von Menadocs Sonnenschilden nach rechts davoneilen, um eine Gruppe Sachsen abzufangen, die unsere Schlachtreihe umgehen wollten, um von hinten anzugreifen. Mit splitternden Schilden und viel Gebrüll prallten beide Trupps aufeinander.

Plötzlich stolperte mein Nebenmann über ein Grasbüschel oder die eigenen Füße und schlug hin. Ich rammte Eberzahn in den Boden und beugte mich zu ihm, schrie ihn an, er solle meine Hand ergreifen, aber das Gewicht des Gegners auf unserem Schildwall war zu groß, ihr Vordringen so wenig aufzuhalten wie die Nacht, und gerade als sich unsere Finger berührten, wurde ich zurückgedrängt, schaffte es in letzter Sekunde, mein kostbares Schwert loszureißen, ehe es zu spät war. Ich erhaschte einen letzten Blick auf den Mann, sah seinen flehenden Blick und das Entsetzen in seinem Gesicht, dann war er verschwunden. Er war jünger gewesen als ich.

»Was siehst du?«, fragte ich Iselle, denn ich kauerte hinter meinem Schild, sie aber langte mit dem Speer über dessen Rand und hatte freie Sicht.

»Sachsen«, gab sie zurück, was nicht die erhoffte Antwort war.

Wir wichen weiter zurück, mussten unsere Toten und Sterbenden liegen lassen. Schon zweihundert Schritte jenseits des Grabens. Wir konnten die Sachsen nicht aufhalten, aber noch hatten sie unseren Schildwall nicht gebrochen. Noch nicht.

Wir erschlugen jetzt nur noch wenige. Unser einziges Ziel lautete nun, so lange zu überleben, bis die Sachsen von ihren Albträumen heimgesucht wurden, und so gaben wir die schmale Landzunge zwischen den Schilfgürteln auf, auch wenn ich wusste, dass wir sehr bald stehen bleiben mussten, sonst würden wir die Insel selbst erreichen, und dann würden Morgana und Cerdic uns ihre ganze Armee entgegenwerfen, um uns zu übermannen und einzukesseln und unser Schicksal zu besiegeln.

»Da!«, keuchte Iselle, blinzelte sich Schweiß und Regen aus den Augen und schaute über den gegnerischen Schildwall hinweg. Der Sachse, der gegen meinen Schild drückte, wurde langsam müde, das spürte ich durch beide Holzschichten hindurch, auch wenn ihn die Männer in seinem Rücken weiter vorwärts schoben. Ich hob den Kopf über den Rand, um festzustellen, dass wir bereits dreihundert Schritte hinter den Graben zurückgefallen waren, kaum noch hundert Schritte vom Ende der schmalen Landzunge hinter uns entfernt. »Da drüben! Auf der Anhöhe«, sagte Iselle.

»Ich sehe sie«, fauchte ich und manövrierte meinen Schildbuckel über den des Sachsen, um seinen Schild nach unten drücken zu können. Er hatte keine Kraft mehr. Sein Schild rutschte weg, und ich sah die Überraschung in seiner Miene, als Eberzahn durch seine Zähne fuhr und aus dem Hinterkopf hervorbrach.

König Cerdic und die Herrin Morgana standen auf der Anhöhe vor dem Graben, umgeben von den Kriegern ihrer Häuser. Cerdic trug ein Kettenhemd. Seine Haare, sein Kinnbart und der lange Schnurrbart waren so silbern wie sein Helm. Die Herrin Morgana war wie ihre Enkelin Triamour ganz in schwarze Gewänder gehüllt. Ein alter Bär und zwei Aaskrähen, deren Blicke über das weite Feld voller Leichen schweiften.

Kommt schon, trieb ich sie im Geiste an. *Hier sind wir.*

Immer noch wichen wir zurück, Schritt um Schritt, kamen der sanften Erhöhung immer näher, die zum Hügel selbst führte, dem breiten Land immer näher, auf dem uns die Feinde in einer Welle aus Stahl und Tod überrollen würden.

Kommt schon. Kommt her und tötet uns.

Der Schlachtenlärm war nicht mehr so überwältigend wie zuvor. Die Männer wurden müde, die Arme schwerer. Klingen bissen weniger oft in Schilde, schleiften weniger häufig über Helme. Kehlen waren zu trocken, um weiter Beschimpfungen zu brüllen. Noch immer schlug der Regen auf uns ein, die schäumende Wiese war nur noch Matsch. Wir schlitterten und rutschten durch den Schlamm, die Muskeln in meinen Waden, Schultern und Armen schrien heiß vor Schmerz. Der Klang meiner eigenen rasselnden Atemzüge hing laut in meinem Helm, mein pulsierendes Blut war ein rhythmisches Dröhnen in den Ohren, und alles wirkte irgendwie weit weg. Die Schlacht. Das Ringen. Dieses brutale Kräftemessen. Alles trat in weite Ferne, und auf einmal war ich wieder ein kleiner Junge, der vom Hügel von Camlan aus in die Ebene schaute. Meinem Vater hinterhersah, der zu seinem alten Freund ritt. Die beiden gepanzerten Männer flackerten wie Flammen in der Nacht.

Als ich das nächste Mal den Kopf hob, dachte ich zunächst, die Herrin Morgana und ihr Sachsenkönig hätten sich wieder hinter den Graben zurückgezogen, sah dann jedoch Cerdic, der in einer Gruppe von zwanzig blonden Kriegern in Kettenhemden auf uns zuhielt, als wäre er begierig darauf, sich in die Schlacht zu stürzen, jetzt, da das Ende absehbar schien. Der alte Krieger, der Uther und Arthur und Konstantin und nun uns bekämpft hatte, wollte nah genug sein, um unseren Untergang mit eigenen Augen zu bezeugen. Er gierte danach, die Niederlage in unseren Gesichtern zu sehen, zu spüren, wie uns die letzte Hoffnung verließ, wie das letzte Flämmchen des Widerstands erlosch.

Was also musste im Kopf des alten Sachsen vorgehen, als er den langen, unheilvollen Ton aus Cais Kriegshorn vernahm, der wie ein göttlicher Richtspruch über Ynys Wydryn erklang?

Sie kamen in Speerformation, und irgendwie *waren* sie auch ein Speer, geschleudert von Taranis, einem der alten Götter Britanniens. Oder vielleicht auch ein Blitzstrahl, denn Taranis ist der Gott des Donners, und dies schien ein Tag zu sein, an dem der Himmel mit sich selbst im Krieg lag.

Fürst Cai führte sie an. Er war die Speerspitze. Zu seiner Linken ritten Parcefal und Cadwy, zu seiner Rechten Gawain und Gediens, dahinter der Rest ihrer Einheit, ein Dutzend schimmernde Krieger, die über die Sommerblumen galoppierten, mit silbern verzierten Helmen und langen roten Helmbüschen, mit langen Speeren in den Armbeugen auf ihren in Leder gehüllten Streitrössern: Sie trugen gehärtete Rossstirnen für die Gesichter und breite Brustpanzer vor den mächtigen Herzen.

Die Letzten von Arthurs großen Reitern. Männer aus einer anderen Zeit, die sich in ihre letzte Schlacht warfen.

Und obgleich sie nicht einmal zwanzig an der Zahl waren, erzitterte die Erde unter dem Donner der in Eisen geschlagenen Hufe, und selbst mitten in unserem verzweifelten Kampf brandete großer Jubel auf.

»Bleibt stehen!«, schrie Fürst Konstantin.

»Bleibt stehen!«, schrie ich, und hinter mir stieß jemand ins Horn, damit alle wussten, dies war die Stelle, an der wir nicht weiter zurückweichen durften. Keinen Schritt durften wir den Feinden mehr nachgeben, hier mussten wir sie erschlagen.

Ein Beben lief durch den Schildwall der Sachsen. Der gewaltige Druck ließ zunehmend nach, als immer mehr Männer einen Blick über die Schulter riskierten, ergriffen von der schlimmsten aller Ängste für jene, die in einem Schildwall stehen: plötzlich Feinde im Rücken zu wissen.

Auch Iselle spürte es. »Macht sie nieder!«, schrie sie, parierte einen Speer, der auf ihr Gesicht zielte, und rammte den eigenen Speer in die Kehle eines Sachsen. »Tötet sie!«

Manchmal reicht Zweifel aus, um einen Mann zu töten, und Fürst Cai und Gawain hatten Zweifel in den Reihen der Feinde gesät, also trieben wir sie zurück, wir hackten und schnitten, und zur Linken hielten die Männer aus Powys dem Feind nicht nur stand, sondern gewannen ebenfalls Boden zurück. Ihr Kriegerkönig wurde all den Liedern gerecht, in denen Barden den Mut und die Kampfkraft seines Volkes besangen.

Iselle hatte den Mann vor mir getötet, und einen Augenblick lang hatte ich freies Sichtfeld auf Gawain und Parcefal, wie sie ihre Speere in Cerdics Krieger trieben, die, statt zu fliehen, tapfer ihren König umringten. Ich sah Gawain den Speer schleudern und das Schwert zücken. Sah ihn sein Ross ins tiefste Getümmel treiben, links und rechts um sich schlagen. Ich sah Gediens einem Mann den Kopf vom Rumpf trennen, sah Parcefal seinen Speer werfen, der den Mann direkt neben dem König traf. Und ich sah einen hünenhaften Sachsen, der eine enorme Axt auf Gediens' Stute schwang, beide Vorderbeine am Knie zerteilte, Pferd und Reiter zu Boden gehen ließ. *Gediens. Nein!*

Eine Speerspitze traf meinen Helm, prallte aber ab. Eine weitere traf mich in die Schulter, kam aber nicht durch die Bronzeschuppen. Ich hämmerte Eberzahn in eine Lederkappe und spürte, wie sich die scharfe Klinge verfing.

»Gawain braucht uns«, krächzte Iselle, und ich sah die Angst in ihren Augen und versuchte, abermals über den Rand meines Schildes zu spähen. Jetzt aber sah ich nichts mehr von dem fernen Kampf zwischen den Reitern und dem Sachsenkönig, der einen weiten Pfeilschuss entfernt stattfand. Was ich sehen konnte, waren die anderen Sachsen, die dritte große Gruppe, die unter dem Banner mit dem Schiffsrumpf aufmarschiert war und bislang nicht in die Schlacht eingegriffen hatte. Sie rannten nun los, um König Cerdic zu helfen. Eine breite brüllende Horde aus Männern mit Schilden, Äxten, Speeren oder Schwertern stürmte durch die Regenschleier. Und ich wusste, dass Cai und Gawain, Parcefal und die anderen in ihrer Verzweiflung, den Sachsenkönig erschlagen und so unseren Feinden das Herz herausreißen zu wollen, nicht weitergeritten waren und sich zu einem neuen Sturmangriff gesammelt hatten, sondern im Nahkampf geblieben waren, stießen und hieben und ihre Pferde anspornten, um sich durch Cerdics beste Krieger zu ihrem König vorzuarbeiten.

»Wenn wir ihnen nicht helfen, sterben sie«, sagte Iselle.

»Wenn wir ihnen helfen, sterben wir«, fauchte ich.

Aber Iselle hatte recht. Die Sachsen würden jeden der berittenen Krieger umschwärmen wie Jagdhunde einen Hirsch, würden die Pferde wieder und wieder verwunden, sie ausbluten lassen. Sie würden mit ihren Speeren nach den Reitern stechen, und die Pferdeherren Britanniens würden fallen, einer nach dem anderen, bis sie nicht mehr waren.

Ich schaute nach links. Die Speerträger aus Powys waren bereits vor uns, machten aber keinen weiteren Boden gut. Zu meiner Rechten war König Bivitas gefallen. Ich hatte die verzweifelten Schreie seiner Krieger gehört und mitbekommen, dass sich die Nachricht wie ein fauliger Hauch in unseren Reihen verbreitete. Trotzdem kämpften seine Männer weiter, ebenso die Krieger aus Caer Gloui unter der Führung von König Cuel, deren Schildwall an manchen Stellen allerdings nur noch drei Reihen tief stand. Die fünfzig Mann aus Caer Celemion aber, angeführt von einem ergrauten Krieger namens Gralon, hielten sich weiter als Reserve im Hintergrund.

»Ruft Gralon her!«, brüllte ich.

Kurz darauf hatte sich Gralon einen Weg durch unsere Reihen geschoben. Seine Speerträger standen hinter uns, grimmig und gut gerüstet.

»Sind Eure Leute kampfbereit?«, fragte ich ihn. Einen Herzschlag lang sah er mich verdutzt an, als wäre er unsicher, ob ich genug Jahre auf dem Buckel oder Blut unter den Fingernägeln hatte, um ihm Befehle erteilen zu können. Dann aber grinste er, und das war Antwort genug. Denn Gralon war begierig, aus dem Schatten herauszutreten, den sein Fürst Cyndaf auf die Ehre der Männer von Caer Celemion geworfen hatte, und so sagte ich ihm, was wir tun wollten.

Als er seine Männer in Stellung brachte, wirkte Gralon wie ein Kriegshund, der an seiner Leine zerrte. Sein Bart war von Speichel durchzogen, seine Augen traten aus den Höhlen, er schlug sich mit der flachen Hand gegen den Eisenhelm und versetzte sich zunehmend in einen Kampfrausch, während seine Männer vier Reihen breit hinter ihm standen, die Schwerter beidhändig ergriffen.

»Jetzt, Gralon!«, rief ich. »Für Caer Celemion!« Ich drehte mich zu Iselle, die wieder neben mir stand und ihren Schild zur Hälfte hinter meinen geklemmt hatte. »Tief Luft holen und einhalten«, sagte ich, und dann stießen Gralons Männer hinter uns zu, trieben mir die Luft aus dem Leib wie ein Fauchen aus dem Blasebalg einer Schmiede. Der Druck auf meinem Rücken war enorm, und ich sah Iselles Gesicht von einem Schmerz verzerrt, den auch die eisernen Wangenklappen ihres Helmes nicht verbergen konnten. Aber wir bewegten uns. Vorwärts. Und hätten wir die Füße vom Boden gehoben, wir wären wie Treibholz in der Brandung fortgetragen worden. Wir versuchten, uns auf den Beinen zu halten, den festen Tritt nicht zu verlieren. Gralon und seine Kolonne trieben uns weiter, zerdrückten uns, pressten Luft und Leben aus unseren Leibern – aber die Sachsen wichen zurück.

Ich wollte Iselle sagen, sie solle standhaft bleiben und atmen, bekam aber kein Wort heraus. Wie Asche waberten schwarze Flecken durch mein Blickfeld, und ich dachte, ich hätte uns beide getötet mit diesem Befehl, aber selbst da konnte ich Iselle nicht sagen, dass es mir leidtat. Ihre Lider waren schwer. Schlossen sich. Ich spürte ihren Körper neben meinem erschlaffen und verfluchte die Götter, wenn auch nur in Gedanken, aber dann war die gegnerische Schlachtreihe endlich gebrochen, zerkrümelte vor uns wie morsches Holz vor dem gehämmerten Nagel, und drei Herzschläge später brachen wir aus der Rückseite ihrer Formation hervor in den leeren, vom Regen verwaschenen Tag.

Strauchelnd saugte ich Luft und Regen in meine Lunge, mein Blick wurde wieder klar, und auch die übrigen Sinne kehrten in einer Flut aus Lärm und Gestank zurück, die warme Festigkeit des Schwertgriffs in meiner Hand und das Gewicht des Schuppenpanzers auf meinem Leib. Iselle war in die Knie gegangen, stand aber bereits wieder, vornübergebeugt und keuchend, nickte mir zu, sie sei unversehrt, folgte dann meinem Blick. Keinen Pfeilschuss entfernt kämpften die Reiter Britanniens um ihr Leben.

Hinter mir ein Brüllen. Die Krieger von Caer Celemion strömten aus der Bresche, die sie in die Schlachtreihe der Sachsen geschlagen hatten.

»Weiter!«, schrie Gralon sie an, vor allem jene, die auf die Rücken der Sachsen ringsum einhackten. »Rennt weiter, ihr Bastarde! Weiter, Galahad!«

Ich zeigte mit Eberzahns Klinge über das weite Feld. »Zu den Pferden! Zu Fürst Cai!« Ich hatte es kaum gerufen, da rannten Iselle und ich bereits über die matschig aufgerissene Erde, über zertretene Blumen und vorbei an Leichen, die mit glasigen Augen in eine Welt starrten, der sie nicht länger angehörten.

Ich war jung. Noch kein Kriegsherr, wie mein Vater einer gewesen war. Aber ich konnte rennen, trotz meiner schweren Rüstung, obwohl meine Lunge noch immer vor Entbehrung schrie, und ich tötete den ersten Sachsen, ehe er Zeit hatte, sich ganz der unerwarteten neuen Bedrohung zuzuwenden. Iselle war direkt hinter mir und hämmerte Excalibur gegen einen Schild, aber da sprangen zwei große Männer aus Caer Celemion schützend vor sie und schlugen den Sachsen nieder.

Es war der reine Wahnsinn. Cais Männer führten ihre Pferde im Kreis, die langen Helmbüsche tanzten, als sie immer wieder mit ihren Schwertern zuschlugen, Schädel spalteten und Arme an den Schultern abhieben, und selbst die Pferde kämpften, bissen Männern ins Gesicht und schwenkten die gepanzerten Köpfe, um Nasen und Genicke zu brechen. Und jetzt warfen sich Gralons Männer auf diese Sachsen, deren feine Kettenhemden und Helme die Krieger von Caer Celemion nicht beeindrucken konnten. Da sie bislang in Reserve gehalten worden waren, kämpften Gralons Leute mit der brutalen Wildheit von Raubtieren, die man zu lange von ihrer Beute ferngehalten hatte.

Durch den blutigen Strudel sah ich Gawain, der sich im Sattel drehte und auf Männer zu beiden Seiten einschlug. Rote Fontänen und Schreie erhoben sich in die Luft. Neben ihm sah ich Parcefal auf seiner großen Stute Lavina, wie er sich halb aus dem Sattel lehnte, um einem Sachsen das Schwert in den Rücken zu stoßen. Ich sah die Schwertspitze durch den Brustkorb des Mannes brechen, ehe Parcefal die Klinge zurückzog und der Körper des Mannes vornüberkippte, wo er unter die Hufe geriet. Auf der anderen Seite von Parcefal war Fürst Cai, und gemeinsam trieben diese drei ihre Rösser noch immer auf König Cerdic zu, der jetzt eine lange Axt ergriffen hatte und zwischen den letzten beiden Überlebenden seiner Leibgarde stand. Drei Sachsen, in ihren eisernen Kettenhemden groß und breit und grau wie eine Felswand.

»Krähenschilde.« Iselle deutete mit Excalibur auf die Anhöhe hinter dem Graben, auf der wir im Morgengrauen unsere Banner errichtet hatten.

»Zu viele«, sagte ich. Sie schwärmten in großer Zahl durch den Graben, und an ihrer Spitze entdeckte ich Melehan, der Morganas Männer anführte, um den König der Sachsen zu retten.

Auch Gawain hatte sie bemerkt. Er brüllte Cerdic eine Herausforderung entgegen, gab seiner Stute die Sporen und schwang sein Schwert auf einen Schild herab.

Aber uns blieb keine Zeit. Die Krähenschilde hatten uns beinahe erreicht.

»Wir können sie aufhalten«, grunzte Gralon zwischen zwei keuchenden Atemzügen. Sein ergrauter Bart war von roten Strähnen durchzogen. »Schafft die Herrin weg von hier.«

Ich schaute zurück zu den verhakten Schildwällen. Wir waren *durch*gebrochen, hatten die Sachsen aber nicht *ge*brochen, und statt zweier sauberer Schildwälle waren die Schlachtreihen jetzt weniger eindeutig und an mehreren Stellen zu großen Scharmützeln verdichtet.

»Gawain!«, rief ich. Er schaute in Richtung der Krähenschilde, und ich sah die verzweifelte, hilflose Wut in seinem Blick, denn er wusste, dass wir versagt hatten. König Cerdic würde am Leben bleiben und wir die Schlacht verlieren.

»Galahad, schafft die Herrin weg von hier.« Da war keine Furcht in Gralons Stimme. Seine Männer standen um uns herum, blutig und keuchend und mit aufgerissenen Augen warteten sie auf seine Befehle. Ich nickte, und er nickte zurück, dann knurrte er die Männer von Caer Celemion an, sich in einem zwei Reihen tiefen Schildwall auf die Flutwelle der Krähenschilde vorzubereiten.

Zehn von Cais Männern waren noch immer zu Pferd. Gediens war tot. Ich sah ihn ein Stück entfernt im Schlamm liegen. Er starrte hinauf in den Himmel, der Regen prallte von seinem bleichen Gesicht ab.

»Nimm mein Pferd, Galahad«, sagte Medyr, der auf mich zuhinkte und sein Streitross an den Zügeln führte. Sein Helm war fort, und die schwarzen Locken waren von Blut durchzogen, das ihm der Regen ins Gesicht wusch. Sein rechter Arm war unterhalb des kurzen Ärmels seines Schuppenpanzers aufgeschlitzt. »Ich kann nicht mehr reiten.«

»Nein, Medyr«, sagte ich. »Nein.«

»Tu, was er sagt, Galahad.« Ich schaute auf und sah Gawains Pferd nahen. Heißer Atem drang in großen Wolken aus den Nüstern unter der ledernen Rossstirn hervor. »Bring Iselle in Sicherheit.« Iselle starrte König Cerdic an, der mit dem Rücken zu uns stand und mit seiner langen Axt die Krähenschilde zur Eile drängte, denn er gierte danach, die erschlagenen Krieger seines Hauses zu rächen. »Wir müssen dich jetzt wegbringen, Herrin«, sagte Gawain zu Iselle, und die Worte taten ihm sichtlich weh.

Iselle schien ihn nicht zu hören. Noch immer betrachtete sie König Cerdic, hasste ihn aus der Ferne. Sie wusste, wie nah wir gekommen waren und dass es absolut nichts bedeutete.

Dann endlich richtete sie ihren Blick auf Gawain und mich. »Ich werde nicht weglaufen, während andere bleiben und kämpfen«, sagte sie. Mein Magen zog sich vor Stolz und Furcht zusammen.

»Der Hügel«, sagte ich zu den anderen. »Wir sammeln uns oben neu.« Mit lautem Splittern prallten Morganas Krieger auf Gralons kleinen Schildwall.

Parcefal riss sein Pferd herum und kam zu uns, setzte sich ab von den restlichen Reitern, die ganz in der Nähe ihre Pferde mit Worten und Streicheleinheiten aufmunterten, während sie auf neue Befehle warteten. »Wir können uns durchschlagen. Da.« Er zeigte hinter uns auf die ferne rechte Flanke der Sachsen. Sah Gawain an und zuckte mit den Schultern. »Hier können wir nicht bleiben«, sagte er. Und recht hatte er, denn die Krähenschilde hatten Gralons dürftigen Schildwall bereits umschwärmt und würden uns bald erreicht haben.

Ich hob einen schweren Sachsenspeer auf und bestieg Medyrs Pferd. Iselle kletterte hinter mich, Medyr hinter Fürst Cai, der sich weigerte, einen seiner Männer zurückzulassen.

»Ich führe«, sagte Parcefal. Niemand widersprach. Wir setzten uns in Bewegung, die restlichen Reiter bildeten geschmeidig wie Gänse im Flug die vertraute Keilformation, die eigenen oder frisch erbeutete Speere abermals in Erwartung des Sturmangriffs unter die Arme geklemmt.

Der Wind frischte zunehmend auf, fegte dichte Regenschleier ostwärts und uns damit direkt ins Gesicht, sodass wir ständig blinzeln mussten. Manche der Sachsen in den hinteren Reihen warfen nervöse Blicke über die Schulter, denn sie wussten Arthurs legendäre Reiter in ihrem Rücken, obwohl sie sich bestimmt nicht erträumten, wir könnten versuchen wollen, in eine derart dicht gepackte Masse mit Schilden bewehrter Männer vorzustoßen – unter anderem weil sie wussten, wir würden dafür auch die eigenen Reihen durchbrechen müssen.

»Gawain hat mir einmal gesagt, dass Pferde sich weigern, einen richtigen Schildwall zu stürmen«, sagte Iselle. Ihr linker Arm lag um meine Taille, ihre Hand um meine Gürtelschnalle zur Faust geballt, in der Rechten hielt sie Excalibur. Irgendwie hatte sie sich zwischen mich und die beiden hinteren Sattelhörner geklemmt, und so saßen wir beide hoch auf Medyrs Pferd, das ungehalten wieherte. Ich beugte mich vor und streichelte ihm den muskulösen Nacken, wo er nicht von der Rüstung bedeckt war, flüsterte ihm zu, dass wir Freunde seien und alles gut werden würde, er jetzt aber tapfer sein und rennen müsse und nicht anhalten dürfe, ehe ich es ihm sagte. In meinen Beinen spürte ich das Zittern seines Leibes und seine große Kraft, und ich wusste, er war so feurig wie Tormaigh und würde uns nicht im Stich lassen.

Zuerst trotteten wir langsam auf das Zentrum der Sachsen zu, denn wir wollten nicht, dass die Männer des rechten Flügels unsere Absichten zu früh erkannten und einen Schildwall in unsere Richtung bildeten. Außerdem drehten sich die Sachsen im Zentrum zu uns, als sie uns kommen sahen, was ein wenig Druck von Konstantins erschöpften Truppen nahm.

Die Hufe trommelten auf die Erde, mein Puls trommelte in meinen Ohren, und trotz ihrer Lederrüstung und meiner Bronzeschuppen fühlte ich Iselles Herz in meinem Rücken klopfen, als wir das Scharmützel hinter uns ließen und auf das große Gemetzel vor uns zuhielten. Plötzlich drehte Parcefal ohne Vorwarnung schräg über die Wiese ab, und wir folgten ihm,

Cadwy zu unserer Linken, Gawain zur Rechten. Im gleichen Moment wechselten unsere Pferde vom Zweitaktgang des Trabs in den Dreitaktgang des Galopps.

Helmbüsche hüpften und wehten. Der Atem der Pferde zog sich im kalten Regen wie Ranken hinter ihnen her. Fast hatten wir den Nordrand der Landbrücke erreicht, fast die Schilfbetten, in denen der Regen wie ein bösartiges Tier zischte, als Parcefal abermals abdrehte und seinem Ross die Sporen gab. Wir flogen hinterher.

Wie ein Stein in der Wasseroberfläche löste das Begreifen eine Welle in der Schlachtreihe der Sachsen aus, manche drehten sich um und rissen die Schilde hoch, ein paar bereiteten sich sogar darauf vor, ihre Speere auf uns zu schleudern in der Hoffnung, ein oder zwei Sättel zu leeren, ehe wir sie erreicht hatten.

»Artorius!«, schrie ein Reiter hinter mir.

»Artorius!«, brüllte ein zweiter, dann: »Iselle!«

Immer mehr griffen den Schlachtruf auf. »Iselle! Iselle!«

Wir flogen weiter. Noch immer wussten wir nicht, ob unsere Pferde den Sturmangriff mitmachen würden, mussten aber reiten, als hätten wir keinerlei Zweifel.

»Iselle!«, rief auch ich. Kein Schlachtruf, sondern eine Verkündung an alle Götter und alle Menschen. Sollte ich sterben, dann für sie. Da traf Parcefals Stute mit Rasseln und Geschrei auf die feindliche Reihe. Lavina hielt ihr Tempo, und wir ergossen uns hinter ihr in die Bresche. Der Lärm war wie das Ende der Welt. Die Schreie von Pferden und Männern. Splitternde Schilde und Speere und Knochen. Ein Schleifen und Klirren und Singen von Eisen und Stahl – lange, reine Töne, die in den grauen Himmel aufstiegen. Ächzen und Brüllen und hervorgepresster Atem und eiserne Hufe, die Donnerschläge durch den Boden sandten.

Ich stieß den Sachsenspeer durch den Hals eines Mannes und riss ihn im Weiterreiten heraus. Iselle ließ Excalibur kreisen und trennte einen Kopf glatt vom Rumpf. Ein Sachse stach von unten mit seinem Speer nach Cadwy, aber der Aufprall drückte ihm das stumpfe Ende sofort in die Brust. Er ging zu Boden, und Cadwy ritt weiter.

Die meisten versuchten, sich irgendwie in Sicherheit zu bringen, warfen sich in ihre Gefährten, schrien ihre Landsleute an, sich zu bewegen, damit sie weiterleben konnten, setzten alles daran, uns aus dem Weg zu gehen. So hatten die Männer von Powys genug Vorwarnung und schafften es gerade, sich zu den Seiten zurückzuziehen und eine Gasse zu bilden, während sich die Pferdeherren Britanniens zu einer Zweierreihe formierten, um passgenau wie ein Pfeil durch hohes Gras zwischen unseren Kriegern hindurchzuschlüpfen.

Ich zog die Zügel nach rechts, und wir ritten zu der Stelle, wo Fürst Geldrin dabei war, seine Reserve einzuteilen, um den Männern von Cynwidion zu helfen, die ohne ihren König kurz davor standen, überrannt zu werden.

»Schöner Ausflug, Galahad ap Lancelot?«, fragte Fürst Geldrin.

Ich deutete mit dem blutigen Speer nach Westen auf den Hügel, den ich so gut kannte. »Bringt Eure Leute da rauf. Wir ziehen uns zurück.«

Seine Brauen umwölkten sich. Regen tropfte aus den Enden seines langen Schnurrbarts. »Wir können sie hier festhalten«, sagte er und deutete mit dem eigenen Speer auf das Chaos vor uns. Er wollte kämpfen.

Ich schüttelte den Kopf. »Nein!« Ich spürte die Ungeduld des Pferdes unter mir. Sein Verlangen weiterzurennen. Seine Nervosität, weil ich es so stillhielt. Oder es wenigstens versuchte. »Die Krähenschilde und die restlichen Sachsen kommen gleich auch noch dazu.« Ich wollte nicht an Gralon und seine tapferen Krieger aus Caer Celemion denken. Sie mussten längst tot sein. »Rauf auf den Hügel und dort einen frischen Schildwall formieren. Da pflanzen wir unser Banner neu.«

Fürst Geldrin richtete den Blick auf Iselle hinter mir. »Was sagt Ihr, Herrin?«

»Man nennt Euch den Herrn der Klippen, oder?«, gab sie zurück, und ich stellte mir ihre weißen Zähne in der blutverschmierten Fratze vor. »Wir ziehen uns nach oben zurück.«

Geldrin lächelte sogar, verbeugte sich leicht, drehte sich um und brüllte seine Leute an, die ihre Schilde packten und sofort gen Westen losrannten.

Ich sah mich nach Fürst Cai und den anderen um. Nicht alle hatten es durch die Bresche geschafft, aber ich fing Gawains Blick auf, der auf den Hügel deutete und lautlos mit den Lippen *Los* formte.

Also ritt ich dorthin, wo Iselles Banner stand, so weit entfernt von dem Ort, an dem wir diesen Tag begonnen hatten. Sie hatten es nicht richtig gepflanzt, sondern die stumpfen Enden der Speere bloß eilig in den Boden gerammt, sodass das ganze Konstrukt schief wie ein sturmgepeitschter Baum stand und bei der nächsten Bö umfallen mochte. Ich riss einen Speer heraus, lenkte Medyrs Ross vorwärts und zog auch den zweiten Speer hervor, versuchte verbissen, nicht an das Chaos und den Kampf in meinem Rücken zu denken, dessen Lärm in meine Ohren drang und mit jeder Sekunde lauter zu werden schien.

Flüchtig dachte ich daran, dass ich Merlin schon länger nicht mehr gesehen hatte, und fragte mich, ob er unsere Niederlage im Wind gerochen und sich einmal mehr davongemacht hatte, ob er Iselle im Stich ließ, wie er Arthur im entscheidenden Moment im Stich gelassen hatte. Ich sagte nichts zu Iselle, wusste aber, dass ihr seine Abwesenheit ebenfalls aufgefallen sein musste.

»Bist du dir ganz sicher?«, fragte ich über die Schulter, legte die langen Speere und das schwere, durchnässte Wolfsbanner vor mir zwischen Sattel und dem langen Hals des Pferdes ab.

»Musst du das wirklich fragen?«, gab sie zurück.

»Wenn wir einmal oben sind, sitzen wir in der Falle«, sagte ich. »Vielleicht kommen wir nie mehr runter.«

»Ich weiß.«

Diese zwei Worte waren wie eine Tür, die soeben ins Schloss gefallen und verriegelt worden war. Es gab kein Zurück. Und zum ersten Mal in meinem Leben beneidete ich meinen Vater. Bis zu jenem Tag, an dem er beschlossen hatte, mich zurückzulassen, obwohl er wusste, wir würden einander nie wiedersehen, hatte er sein Leben nach seinem Willen geführt, nach seinem Wesen. Er hatte geliebt, und diese Liebe war wie eine tiefe Wunde gewesen, die nie verheilen konnte. Bis zum Moment seines Todes hatte sie ihn gequält, aber trotzdem war er in der Lage gewesen zu lieben. Wenn Iselle und ich nun das Wolfsbanner oben auf dem Hügel errichteten, würden wir die Liebe aufgeben, mit all ihrem Schmerz und all ihrer Freude. Für uns würde es keine Zukunft geben, denn wir würden nicht überleben, und so würde ich nicht haben, was mein Vater gehabt hatte. Nicht einmal das.

Mein Pferd wieherte und warf den Kopf in den Nacken. Ich ließ zu, dass sich diese Gedanken von mir lösten und mit dem Wind davongetragen wurden. Iselle hatte ihre Antwort gegeben, und was immer uns erwarten mochte, keiner von uns würde vor diesem Schicksal zurückweichen. Also drückte ich das rechte Knie gegen die Flanke des Pferdes und schnalzte mit den Zügeln. Wir ritten auf den in Regenschleier gehüllten Hügel zu, der so viele Jahre meines Lebens über mir aufgeragt hatte. Gawain und Cai ritten hinter unserem Schildwall entlang und riefen den Königen und Fürsten zu, sie müssten nun den Boden aufgeben, für den sie so hart gekämpft hatten, und sich zum Gipfel zurückziehen, wo wir uns zum letzten Gefecht sammeln wollten. Wo wir unsere Feinde bluten lassen würden, bis die abgestuften Hänge mit Blut benetzt waren und die Hallen der sächsischen Götter so vollgestopft mit Seelen, dass ihre Toten keinen Platz mehr fanden, um mit ihren Ahnen zu feiern.

Wir kamen von Süden heran, erklommen die lange Anhöhe, die wie der Rücken eines Wals dalag. Der Wind schlug mit solcher Wucht von links auf uns ein, dass wir die Gesichter abwenden mussten. Fürst Geldrins Männer hatten den direkten Weg gewählt und erklommen die steile Ostflanke, die Schilde über den Rücken geschlungen, während sie sich durchs hohe Gras hinaufzogen.

Mein Pferd keuchte, denn wir waren eine schwerere Last, als es gewöhnt war, und ich sagte ihm, es tue mir leid, seinen Namen nicht zu kennen. Dann fragte ich Iselle, ob sie gen Osten über den Rand der Anhöhe schauen konnte. Ich hatte schemenhaft etwas entdeckt, hoffte aber, mich zu täuschen, dass der Regen in den Augen und das graue Tageslicht mir Dinge vorgaukelten, die nicht da waren.

»Und?«, hakte ich nach.

»Reit weiter«, sagte sie. Und so ritten wir.

23

Eine Flamme in der Finsternis

»Das ist es also, Galahad«, sagte Merlin und schaute hinaus über das Getümmel, während sich unsere Männer weiter den Hügel hinaufmühten, keuchend und durchnässt, Flüchtlinge des Gemetzels. Sie nahmen ihre Plätze im Schildwall ein, der die Hügelkuppe zierte wie eine blutige Krone. »Das ist das Feuer, in dem wir Britannien neu schmieden werden.«

»Ihr hättet den Jungen nicht mit heraufnehmen sollen.« Ich nickte Taliesin zu, der blass und mit großen Augen neben dem Druiden stand, die Haare vom Regen platt an den Schädel geklebt. Er wirkte sehr verloren in all dem verzweifelten Chaos.

Als wir den Gipfel erreicht hatten, wo die alte römische Ruine stand, waren Iselle und ich überrascht gewesen, den Druiden und den Jungen vorzufinden, als hätten sie dort geduldig auf uns gewartet. Als hätten sie gewusst, dass wir kommen würden. Noch überraschter waren wir gewesen, auch den Kessel von Annwn zu sehen, der dort stand und matt im Regen glänzte, welcher bereits einen Tümpel am Boden gebildet hatte.

»Meiner Erfahrung nach schätzen Knaben es nicht, zurückgelassen zu werden.« Merlin sah mich an. Ob er wusste, wie oft ich im Dormitorium des Klosters gelegen, vergeblich auf den Schlaf gewartet und versucht hatte, mir einen Traum zurechtzulegen, in dem ich meines Vaters Sattel teilte und wir zusammen ritten, meine Arme um seine Taille geschlungen, als Tormaigh uns hinunter zu Arthur trug?

»Aber das soll uns jetzt nicht kümmern«, sagte er und wischte mit der Hand durch den Regen, während er auf uns zutrat. »Hierher, ihr beiden«, fauchte er und reichte Taliesin seinen Stab. »Schnell jetzt!«

Wir saßen ab, ich sah Iselle an und sie mich, dann schritten wir gemeinsam durchs windgepeitschte Gras auf den Druiden zu.

»Ich weiß!«, sagte Merlin, der uns entgegenkam wie ein finsterer skelettierter Geist im Sturm, und ehe ich ihn aufhalten konnte, riss er seine klauenartigen Hände in die Höhe und packte meinen Umhang, wo er an den Schultern befestigt war. »Ich weiß es jetzt, Galahad! Warum Guinevere zu Arthur zurückgekehrt ist.« Seine Augen wirkten wie wahnsinnig, als er hektisch den Regen fortblinzelte. »Warum sie noch eine Nacht mit ihm verbracht hat.«

Er richtete die wilden Augen auf Iselle. »Du musst dich doch gefragt haben, wie deine Mutter zu Arthur zurückkehren konnte, nachdem er sie an einen Pfahl gefesselt und ein Feuer unter ihren hübschen Füßen entfacht hatte?«

Iselle starrte ihn böse an. »Weil sie schon damals den Verstand verloren hatte«, fauchte sie, meinte es aber nicht wirklich.

Merlin schüttelte den Kopf und schleuderte Wassertropfen aus dem strähnigen langen Bart. »Nein, Kind«, sagte er. *Kind.* Obwohl Iselle in blutverschmierter Rüstung dastand, ihr Wolfsbanner in den Regenböen flatterte und die Männer mit ihrem Namen auf den Lippen kämpften und starben. »Weil sie diesen Tag gesehen hat«, sagte er. »Ihre Fähigkeiten waren noch größer als meine. Die Götter haben Guinevere den heutigen Tag gezeigt.« Er breitete die Arme aus, um den ganzen Hügel und den schrecklichen Konflikt ringsum einzuschließen. »Verstehst du denn nicht?« Iselle sah mich an. Ich schüttelte sachte den Kopf, und Merlin seufzte theatralisch. »Sie hat ihr Kind gesehen«, sagte er. »Arthurs Kind. Sie hat dich gesehen, Iselle, und wusste, was sie tun musste. Wie auch du weißt, was du tun musst.«

»Ich weiß, wie man Sachsen tötet, Druide«, sagte sie mit einer verbitterten Grimasse.

Merlin reckte sein regennasses Gesicht gen Himmel. »Endlich sehe ich alles.« Er lachte mit echter Freude, und mehrere erschöpfte Speerträger drehten sich nach dem Geräusch um, zweifellos im Glauben, vor sich die Feinde und hinter sich nur Wahnsinnige zu haben.

»Ich dachte, alles wäre verloren. Alles aus. Aber das war es nie.« Der Druide schüttelte den Kopf. »Was bin ich für ein alter Narr.«

Taliesin kam zu uns, hob den alten Sack an und hielt ihn Merlin hin. »Machen wir es jetzt?«, fragte er.

»Noch nicht, Junge«, sagte Merlin, streichelte Taliesin mit einer knochigen Hand über den Kopf und nahm seinen Stab wieder entgegen. »Aber bald, glaube ich.« Er sah Iselle an. »Nun denn, zeig dich ihnen, Iselle, Tochter des Arthur, Enkeltochter des Pendragon.« Er deutete auf den Rand der Hügelkuppe. »Alle sollen dich erblicken, auch die Götter.«

Lange hielt Iselle seinem Blick stand, dann nickte sie, drehte sich um und nahm ihren Platz im Schildwall ein. Die Männer jubelten heiser, wie ein Chor von Saatkrähen.

»Woher wisst Ihr das?«, fragte ich Merlin.

Er wandte sich halb ab und deutete hinter sich. »Der Kessel hat es mir verraten. Ich habe es alles im Kessel gesehen.«

Ich fand sein Grinsen unter den gegenwärtigen Umständen nur schwer zu ertragen. In diesem Moment kletterten feindliche Krieger den Hügel herauf, um uns zu töten. Also gedachte ich, den Kopf des alten Mannes aus den Wolken zu holen, indem ich ihn fragte, wie er den Kessel auf den Hügel geschafft hatte. Er aber antwortete, er habe einen Zauber gewirkt und einen Schwarm Möwen dazu veranlasst, den Rand des Kessels mit ihren starken Beinen zu ergreifen und den Schatz hinaufzutragen. Nirgendwo war in dem Regen ein Vogel zu sehen. Wahrscheinlich hatte Merlin eher einige Leute aus dem Tross bezahlt oder bedroht, um das Ding hier hochschleppen zu lassen, und sie hinterher weggeschickt, weil er wusste, was folgen würde.

Denn folgen konnte nur ein weiteres Blutbad.

Noch während Iselle und ich den Hügel hinaufgeritten waren, hatten wir den Untergang der Männer von Powys mitansehen müssen. So stolz und wild waren sie gewesen, dass sie sich nicht hatten zurückziehen wollen, denn ihr Kriegerkönig kämpfte mitten unter ihnen und war umringt von seinen besten Speerträgern. Als aber die übrigen Fürsten und Könige Britanniens dem Befehl folgten, sich auf den Hügel zurückzuziehen, mit erhobenen Schilden und Waffen langsam rückwärts marschierten, um sich vor den vorrückenden Feinden zu schützen, waren die Männer von Powys zunehmend isoliert worden, bis die Reihen aus Sachsen und Morganas Männern sie umschlossen hatten, wie sich ein Bachlauf den einfachsten Weg um einen Stein sucht. Wir hatten zugesehen, wie König Catigern sich hatte einkesseln lassen. Noch immer lastete der Anblick schwer auf mir, und nun stolperten die Überlebenden – in kleinen Gruppen von kaum fünf bis zehn Leuten – die Anhöhe hoch, flohen vor dem Massaker an ihren Landsleuten. König Catigern war nirgendwo zu sehen.

Einzig Fürst Konstantin und seine Mannen in den roten Umhängen hatten einen völlig ungeordneten Rückzug verhindert. Sie waren die erfahrensten Krieger Britanniens, nachdem sie so viele Jahre Seite an Seite gegen die Sachsen gestanden hatten, und brachen auch jetzt nicht ein, sondern standen auf halber Höhe der Ostflanke um Arthurs Bärenbanner vereint, die Ränder ihrer großen Schilde küssten sich, die steifen Helmbüsche zitterten im Wind. Sie verschafften uns die nötige Zeit, den Schildwall oben auf dem Hügel zu bilden.

»Hier stellen wir uns unserem Schicksal!«, brüllte Gawain, zerrte Männer in den Wall, schlug Kriegern, die er seit Langem kannte, auf die Schultern und teilte wissende Blicke mit einigen der Ältesten. Wie meine eigene war auch seine prächtige Bronzerüstung blutverschmiert und würde es bleiben, denn der Regen hatte ausgesetzt. »Hier werden wir sie besiegen. Hier oben, wo uns die Götter zuschauen können.« Er hatte sich nie viel aus den Göttern gemacht, wusste aber, was die Männer hören wollten, und seine Worte peitschten durch den Wind, der Iselles Wolfsbanner bauschte. Der Stoff spannte sich zwischen den langen Speeren, deren Schäfte ich tief in die weiche Erde gerammt hatte.

Nachdem sie ihre Pferde beim alten verfallenen Wachturm angebunden hatten, kamen Fürst Cai und seine letzten Reiter herüber, um mit Iselle und mir am Ostrand des Plateaus zu stehen, von wo aus wir zusehen konnten, wie sich der Feind zum alles entscheidenden Vorstoß wappnete. Sie schlossen sich zu mehr als einem Dutzend schmaler Schildwälle zusammen, viele von ihnen sechs Reihen tief. Morganas Männer und ihre

Verbündeten ein gutes Stück links von Fürst Konstantin und seinen roten Umhängen, die Sachsen direkt vor ihnen über den Rest des terrassenförmigen Hangs ausgebreitet.

»Konstantin muss zurück sein, bevor ihm diese Sachsenschweine in den Rücken fallen können«, sagte Fürst Cai und wischte sich den Schweiß aus den Augen.

»Seine Männer sind mit den Kräften am Ende.« Iselle schüttelte wie verwundert den Kopf und legte eine Hand auf das dunkel verschmierte Blut an ihrem Hals. Ich war erleichtert, als nur blasse Haut und keine Wunde zum Vorschein kam. »Sie müssen sich ausruhen.«

»Sie können sich für immer ausruhen, wenn sie sich nicht bald bewegen.« Parcefal ging mit dem Wetzstein über die Seiten seiner Speerspitze. Sein Gesicht wirkte eingefallen, die Augen lagen tief in den Höhlen, die Haut darunter war verfärbt und geschwollen. Er war alt und müde, und doch hätte ich nicht gegen ihn kämpfen wollen.

»Komm mit, Galahad«, befahl Merlin plötzlich und schob Männer mit seinem Stab beiseite, damit er und Taliesin den Schildwall passieren konnten. Er hatte seine Federrobe angelegt, leuchtete schwarz und violett und grün im Spiel des Windes, und die Männer traten zurück, mieden die Berührung der schillernden Federn, denn sie fürchteten diesen Umhang und seine Zauberkraft. »Ich will dir etwas zeigen, bei dessen Anblick sich die Priester vom Dornbusch sofort die Kutten eingenässt hätten«, rief mir der Druide über die Schulter zu, »und im Gegenzug sorgst du dafür, dass mir und dem Knaben kein Leid geschieht.«

Ich sah Iselle an. »Geh«, sagte sie, also folgte ich Merlin und Taliesin hinab auf die erste Terrasse unterhalb des Gipfels, während ringsum viele Männer Merlin zuriefen, er solle die Gedärme der Sachsen in Schlangen verwandeln oder ihnen das Hirn im Schädel kochen oder ihre Münder mit Maden füllen und noch vieles mehr, das von schrecklichem Einfallsreichtum war.

»Ihr werdet euch einen Moment gedulden müssen«, rief Merlin über die Schulter, und ein bösartiges Grinsen saß auf seinen gekrümmten Lippen. Jetzt erst fiel mir auf, dass Taliesin eine Krähe fest in seinen kleinen Händen hielt, konnte mir aber nicht erklären, woher er sie genommen hatte. Da reckte Merlin den Stab über den Kopf und hielt ihn dort mit zitternden Armen, bis unten genug Leute ihn entdeckt hatten und sich die Kunde durch die Schildwälle verbreitete.

»Männer Britanniens!«, schrie er, und seine Stimme knarzte wie ein arg beanspruchtes dickes Tau. Langsam drehte er den Kopf und ließ seinen bösen Blick über die Reihen der feindlichen Speerträger streifen. »Ihr verdammt eure eigenen Seelen. Ihr dient den Feinden der Götter!« Er drehte sich halb zu mir und rümpfte die Nase. »Können sie mich hören, Galahad?« Seine Federn waren heftig zerzaust, und ich fragte mich, ob er einige von ihnen aus der Robe gezupft und ihnen Leben eingehaucht hatte, um die Krähe in Taliesins Händen zu erschaffen.

Ich zuckte mit den Schultern. »Es ist ziemlich windig.«

»Gib her, Junge«, sagte er, und Taliesin trat heran, reichte Merlin die Krähe und nahm den Stab wieder entgegen. Merlin hob die Krähe vors Gesicht und flüsterte ihr zu. Das stramme Seil seines geflochtenen Bartes zuckte auf und nieder. Der Vogel krächzte und zuckte mit dem Kopf hierhin und dorthin, blinzelte mit den schwarzen Augen, als Merlin ihn über den Kopf hob, damit alle ihn sehen konnten. »Morgana hat uns verraten!«, brüllte er. »Und dafür verfluche ich sie. Noch vor Samhain wird sie sterben, und alle, die heute für sie kämpfen, werden leiden. Wer aber *mit uns* gegen die Eindringlinge kämpft, dem wird nichts geschehen. Hier ist mein Fluch!« Damit öffnete er die Hände, und die Krähe schlug mit den Flügeln, erhob sich, strebte krächzend hinauf ins Grau, flog gen Osten über unsere Feinde hinweg. Und noch war Merlins Ruf so groß, dass Hunderte Augenpaare dem Flug des Vogels folgten. In diesem Moment wurden die Schlacht und das Gemetzel von einem einzigen Vogel überschattet; auch vom Hügel aus beobachteten alle die Krähe und fragten sich, ob Merlin wirklich die Macht hatte, einen solchen Zauber zu wirken.

Und da fiel der Vogel. Haltlos stürzte er zu Boden, drehte sich um sich selbst, die Schwingen tot und nutzlos, der kleine Körper schlaff, und ich konnte nicht sehen, wo er landete, hörte aber Keuchen und Raunen und sah viele Männer, die Eisen berührten, um sich vor Merlins großem Fluch zu schützen. Ich zitterte in meinem Schuppenpanzer.

Hatte die Herrin Morgana es gesehen? Hoffentlich. Ich wollte, dass ihr Blut ebenso gefror wie das meine. Ich wollte, dass sie mitbekam, wie ihre Krähenschilde einander ansahen, erfüllt von der Furcht, die Merlin in ihren Herzen gesät hatte. Schon diskutierten einige Krieger miteinander, manche drehten ihre Schilde und Speere in Richtung der Sachsen zur Rechten, die sich auch keinen Reim darauf machen konnten, wie Merlin einen fliegenden Vogel allein mit Gedanken oder Worten getötet hatte.

»Komm, Taliesin«, sagte der alte Druide, und gemeinsam kletterten wir wieder zum Plateau hinauf. Da glaubte ich kurz, etwas Kleines und Weißes zwischen Zeigefinger und Daumen des Druiden zu sehen, ehe er es ins Gras fallen ließ. Nur ein kleiner Knochensplitter vielleicht. Eine Nadel, scharf und dünn genug, um eine Wunde zu verarzten oder einen Riss in der Federrobe zu nähen. Oder um das Herz eines Vogels zu durchbohren. Oder meine Augen hatten mir einen Streich gespielt, weil ein Teil meines Hirns fieberhaft nach einer Erklärung suchte.

Fürst Konstantin hingegen hatte dringend Aufschub gebraucht, und den hatte Merlin ihm verschafft. Während die Reihen Morganas von Furcht und Unsicherheit erschüttert wurden, führte er seine roten Umhänge den Hügel hinauf, und wir auf dem Gipfel jubelten, als sich die tapferen Männer in unseren Schildwall einfügten. Wir bejubelten diese Männer und bejubelten Merlin und verhöhnten die Feinde, denn viele von ihnen waren nun gemeinsam mit ihrer Herrin verflucht.

Und noch immer johlten und jubelten wir, als die Sachsen anrückten, um uns zu töten.

Ich stand mit den Pferdeherren, mit Arthurs Gefährten, diesen stolzen Männern, die in Britannien und in Gallien an seiner Seite gekämpft hatten. Männer, die im Krieg gestählt waren und selbst jetzt, so alt einige von ihnen auch sein mochten, fest standen und mit dem stetigen Rhythmus langer Erfahrung kämpften. Eine Bruderschaft des Blutes. Sie hatten meinen Vater gekannt, denn er war einer von ihnen gewesen, und jetzt würden sie auch mich kennenlernen.

»Steht!«, brüllte Fürst Cai und rammte den Speer gegen die Unterseite eines Sachsenschildes, drehte so die Oberkante nach vorn und bot mir einen Ausblick auf Bart und Zähne. Ich verfehlte nicht, und der Sachse starb mit dem blubbernden Blut, das aus dem aufgerissenen Hals schäumte. Dann trafen die beiden Schildwälle endgültig aufeinander, sie schoben von unten nach oben, ihre Klingen suchten nach unseren Beinen, und unsere Schläge prasselten auf ihre Schilde und Helme, denn wir hatten die überlegene Position und wollten sie, konnten sie nicht aufgeben.

»Steht!«, kreischte Iselle mit aufgerissenen Augen und blutverschmiert, rammte ihren Speer hinab in Bärenfell und Leder und Fleisch.

Eine Klinge rutschte kratzend an meiner rechten Beinschiene ab, deren Raubvogelkopf mein Knie bewachte. Eine andere, oder vielleicht dieselbe, schnitt durch meine Hose und schlitzte sich in meinen linken Oberschenkel. Der Schmerz brannte wie Feuer.

»Schiebt sie zurück!«, brüllte Gawain und hämmerte mit dem Schwert auf einen Schild ein, sein Gesicht hasserfüllt verzogen, sein Bart voller Speichel. »Schenkt ihnen keinen Boden!«

Aber es waren zu viele. Cadwy bekam einen Speer in den Bauch, wurde tief aufgespießt, bis sein Gedärm auslief, er auf die Knie fiel und sich stöhnend umklammerte. Nabon versuchte, seinem Kameraden unter die Arme zu greifen und ihn nach hinten zu ziehen, aber ein Sachsenspeer fuhr durch seine Wade. Er bückte sich, um nach dem Speer zu greifen, schrie vor Wut und Schmerz. Kurz verlor ich ihn aus den Augen, aber als ich ihn wieder sah, starrten seine Augen, und sein Mund stand noch immer offen. Sein Schrei war verstummt, hallte nur noch in der Anderwelt wider.

Ich sah Fürst Konstantins Schwert, das sich unablässig hob und senkte. Ich sah Gawain, der wie ein Held aus den alten

Sagen kämpfte, Sachsen in den Boden rammte und ununterbrochen ihre besten Krieger herausforderte, sich ihm zu stellen. Ich schaute hinüber zur Nordseite des Plateaus und sah König Cuel mit seinen Männern aus Caer Gloui, die verbissen unter ihrem Eberbanner kämpften. Bei ihnen waren König Menadoc und seine Sonnenschilde aus Cornubia. Verbissen versuchten sie, den Schatten zurückzuwerfen, der uns zu übermannen drohte.

Weiter unten am Hang hatten sich zwei der dumnonischen Schildwälle – gut dreihundert Mann – umgedreht und warteten jetzt auf die Sachsen unter dem Banner mit dem grünen Schiffsrumpf. Offenbar hatten Merlins Fluch und die stürzende Krähe fast die Hälfte der Krähenschilde dazu gebracht, sich gegen ihre Herrin Morgana zu stellen. Noch aber hatten sie nicht in den Kampf eingegriffen. Und selbst wenn sie es taten, war es wahrscheinlich zu spät, denn König Cerdics Krieger und Morganas Getreue zählten noch immer über tausend Mann. Wir würden sie nicht aufhalten können.

Ein gewaltiger Sachse packte meinen Schild mit beiden Händen, riss ihn mir vom Arm und warf sich auf mich. Ich fiel nach hinten, der große Mann landete auf mir, presste mir die Luft aus dem Leib, und im selben Moment sah ich, wie seine Brüder unsere Reihe zurücktrieben. Hörte ihr animalisches Keuchen, als sie unseren Schildwall brachen, und dann den großen Jubel, mit dem andere durch die Bresche strömten.

Iselle!

Ich bekam meine linke Hand unter den Sachsen, der beide Hände um meinen Hals geschlossen hatte, zog sein Messer aus der Scheide und rammte es ihm in die Seite, spürte die Klinge über seine Rippen schaben und roch seinen Atem, als er einen gutturalen Ton herausbrachte wie ein verwirrtes Tier. Dann versteifte er sich, und seine Augen quollen vor. Ich spürte die Spitze des Speeres, den Parcefal ihm in den Rücken gerammt hatte, beinahe bis in meine Brust.

»Auf die Beine«, knurrte Parcefal und wirbelte herum, um sich des nächsten Sachsen zu erwehren, während ich den Toten von mir wuchtete, mich umdrehte und sah, wie Culhwch Iselle mit seinem Leib abschirmte. Gleich drei Sachsen durchbohrten ihn mit Speeren. Unsere Front brach zusammen. Aber ich war wieder auf den Beinen, hatte Eberzahn in der Hand, denn ich wollte nicht weniger sein, als *er* gewesen war. Und wieder überkam mich dieses seltsame Gefühl, als hätte sich das wirbelnde Chaos auf dem Hügel wie die Ebbe zurückgezogen und mich in einen Wachtraum befördert. Einen Traum, über den ich vollständig die Kontrolle hatte, den ich selbst erschuf.

Ich schnitt und lief, drehte und duckte mich und stieß zu. Eberzahn blitzte in meiner rechten Hand, das lange Messer in meiner linken, und meine Gegner waren langsam. Ungeschickt. Ich machte sie nieder, wo sie standen.

Culhwch ging zu Boden. Ein Sachse rammte Iselle seinen Schildbuckel ins Gesicht, und sie taumelte nach hinten, während ich schon den Mann erschlug und sie auffing, ehe ihre Beine nachgeben konnten.

»Ich hab dich«, sagte ich. Sie verzog das Gesicht und spuckte das Blut aus, das ihr aus der Schnittwunde über dem rechten Auge in den Mund rann. Irgendwie hatte sie sich trotzdem auf den Beinen und Excalibur festgehalten, reckte die Klinge vor sich in die Höhe, während ich nach einem Ausweg suchte.

Ich sah Tarawg, der blutüberströmt eine Axt schwang und trotzig brüllte, noch während sie ihn niedermachten. Ich sah den tapferen Medyr, dessen schwarze Locken Blutspritzer verteilten, während er herumwirbelte und zwei Sachsen im Zaum hielt, obwohl sich bereits ein dritter von hinten näherte.

Ich schaute hierhin und dorthin und suchte nach einem Ausweg, obwohl es keinen gab. Ich schaute nach Südosten und sah eine pechschwarze Rauchsäule über Camelot aufsteigen, hatte aber keine Zeit, darüber nachzudenken, sondern parierte bereits den nächsten Speerstoß. Und noch einen. Hielt Iselle an mich gedrückt, war wie zerfressen von Hass auf jeden Mann und jede Klinge, die ihr zu nah kommen wollte.

Medyr war gefallen, aber Gawain stand wieder neben mir, und auch Parcefal kämpfte ganz in der Nähe. Die Feinde waren überall. Ringsum auf dem Gipfel hatten sie unseren Schildwall an vielen Stellen durchbrochen und versuchten, Merlin zu erreichen, der mit Taliesin beim Kessel von Annwn stand. Zu zweit führten sie irgendein Ritual durch, während um sie herum das Gemetzel tobte.

Ich lenkte einen Schwertstreich ab und streckte den Mann nieder, Gawain trennte einem anderen den Kopf vom Rumpf.

»Ich lass dich nicht allein«, knurrte ich Iselle an.

Ein Schwert biss in meine linke Schulter, ließ Bronzeschuppen wie Funken auffliegen. Ich ließ das Messer fallen und hielt Iselle trotzdem fest, während sie Excalibur in einem offenen Mund versenkte und die Klinge mit einer schnellen Drehung befreite.

Es waren einfach zu viele.

Aber wir würden uns nicht ergeben. Wir würden uns niemals ergeben. Mit dem linken Arm um Iselle stolperten wir weiter, hielten uns aber auf den Beinen, und in meiner Verzweiflung, einen Ausweg zu suchen, riss ich mir den Helm vom Kopf und ließ ihn fallen. Der schöne weiße Helmbusch segelte hinterher. Da schnitten sich gut zwanzig Männer einen Weg in unsere Richtung, und ich sah, dass Fürst Geldrin sie führte. Er warf sich auf die Feinde, seine Männer bildeten einen Schildwall um uns, um Iselle, und dann waren auch König Menadoc und seine Sonnenschilde da und warfen die Sachsen mit grimmiger, verzweifelter Kraft zurück.

Und irgendwo im Osten ertönte ein Horn.

Ich bekam kaum Luft. Hatte Blut in den Augen und im Mund. Mein Herz schien vor lauter Hämmern bersten zu wollen. Aber ich hielt mich aufrecht und Iselle ebenfalls, und gemeinsam sahen wir zu, wie die Sachsen auf unserer Seite des Hügels vom Plateau zurückgedrängt wurden.

»Warum?«, krächzte ich. Meine Kehle war zu trocken für weitere Worte. Wir sahen neue Feinde ihre Schilde überlappen und dachten, sie würden vorwärtsmarschieren, um uns vom Hügel zu fegen, aber dann schritten sie rückwärts, die Klingen in unsere Richtung erhoben. Sie zogen sich zurück, und jetzt erst begriffen wir, dass das Kriegshorn sie zurückrief. Wir konnten uns nicht erklären, warum König Cerdic seine Männer im Moment des Sieges abziehen sollte.

»Was passiert denn da?« Gawains mächtige Brust hob und senkte sich, von seinem Schwert tropften Fleischbrocken ins Gras. »Warum ziehen die sich zurück?« Aber niemand konnte es ihm beantworten, auch war der Kampf keineswegs vorbei. Die Sachsen aber zogen sich *tatsächlich* vom Hügel zurück, fluteten wie das zurückweichende Meer zu ihrem König hinab.

»Da drüben!«, rief ein Mann und zeigte mit seinem zerbrochenen Schwert die Ostflanke hinab. Erst dachte ich, er meinte die Krähenschilde, die offenbar den zweiten Block der Sachsen zurückgeschlagen hatten. Einer der Schildwälle stand da, verhöhnte die Sachsen, hämmerte Speerschäfte und Schwertgriffe mit großem Donner gegen ihre Schilde. Der zweite Wall der Krähenschilde stand der Frau zugewandt, der sie noch am gleichen Morgen gedient hatten, ehe sie abtrünnig geworden waren, nachdem sie gesehen hatten, wie der letzte Druide Britanniens eine Krähe vom Himmel geholt hatte – mit reiner Geisteskraft und vielleicht auch mithilfe der Götter.

Dann aber begriff ich, was uns der Krieger mit dem gebrochenen Schwert zeigen wollte. Da war eine dritte Gruppe Sachsen. Noch einmal dreihundert Mann, die sich in der einsetzenden Dämmerung am Fuß des Hügels eingefunden hatten und die Speere in den verblassenden Himmel richteten.

Ringsum stöhnten unsere Männer. Manche verfluchten die Götter. Ein paar fielen auf die Knie, als Erschöpfung in die letzten Winkel ihrer Leiber strömte, wo bislang noch ein Funke Hoffnung ausgeharrt hatte.

»Nehmen die denn nie ein Ende?«, fauchte Parcefal und setzte den Helm ab, war aber zu erschöpft, um sich die strähnigen grauen Haare aus den Augen zu streichen.

»Das ist Prinz Cynric«, sagte Iselle, und recht hatte sie. Ich erkannte den Mann wieder: den hellen Bart, das lange goldene Haar und das polierte Kettenhemd, das wie Silber strahlte.

»Vielleicht sind die müde, bis sie hier oben ankommen«, sagte einer von König Menadocs Sonnenschilden und trat verbittertes Gelächter los, denn Humor ist das Letzte, was Männern bleibt, die wissen, dass sie sterben werden. Natürlich gingen alle davon aus, dass König Cerdic seinen Angriff abgebrochen hatte, damit sein Sohn, der eben eingetroffene Prinz, noch einen Teil des Ruhmes abbekommen konnte. Dass sie bald gemeinsam vorrücken würden, um uns vom Hügel und in die Vergessenheit zu fegen. Dass sie gemeinsam die Flamme Britanniens ein für alle Mal auslöschen würden.

»Ich dachte schon, er kommt doch nicht mehr.« Merlins Stimme drang laut wie Krähengeschrei in mein Ohr, denn ich hatte nicht bemerkt, dass er neben mich getreten war.

Ich fuhr herum und starrte ihn an. »Ihr habt gewusst, dass er kommt?«

Hier und da lieferten sich kleinere Gruppen, die nicht ablassen wollten oder konnten, noch immer Scharmützel. Insgesamt aber war es, als hielten die Schlacht und der Tag selbst den Atem an.

»Wir haben es gehofft«, antwortete Gawain für sie beide. »Auch wenn der Bastard gewartet hat, bis kaum noch die Hälfte von uns übrig ist.«

»Er ist ehrgeizig, nicht dumm«, sagte Merlin und spähte mit seinen alten Augen den Hügel hinab.

Gawain schüttelte den Kopf, spuckte ins Gras und marschierte los, um den Fürsten Cai und Konstantin zu erklären, was offenbar nur er und der Druide wussten.

»Prinz Cynric wird nicht angreifen?«, fragte ich.

»Nein, das glaube ich kaum«, sagte Merlin. »Na ja, zumindest nicht uns.« Und da verstand ich.

»Habt Ihr mit ihm verhandelt?« Ich spürte plötzlichen Ärger aufblitzen, weil er es mir vorenthalten hatte.

Der Druide wischte meine Andeutung mit einer lässigen Geste beiseite. »Wir haben den einen oder anderen Boten hin- und hergeschickt.«

Ich fauchte eine Verwünschung, es nicht selbst gesehen zu haben, aber dann schien Bruder Yvains Stimme aus der Vergangenheit an mein Ohr zu dringen. *Da kann man lieber versuchen zu erraten, was ein Fisch sich denkt, als einem Druiden in den Kopf schauen zu wollen.* Meine Aufmerksamkeit wurde den Hügel hinab gelenkt, wo auf halber Höhe Prinz Melehan stand und seine Männer anschrie, versuchte, sie zu einem neuen Schildwall zu formen, der sich nicht gegen uns, sondern gegen Prinz Cynric am Fuß des Hangs richtete. Denn Melehan wusste sehr wohl, was vor sich ging. Er wusste, dass der Prinz der Sachsen vorhatte, ihn zu töten, denn Cynric hatte den Handel niemals akzeptiert, den sein Vater mit Herrin Morgana eingegangen war; dass Dumnonias Thron im Austausch für sofortigen Frieden an Mordreds Söhne fallen sollte, nachdem Cerdic und Morgana gestorben waren. Warum sollte Melehan bekommen, was Prinz Cynric zustand, sofern er es sich holen konnte? Und so würde Cynric versuchen, Melehan hier und jetzt zu vernichten, und seinem Vater fiel die Bürde der Entscheidung zu, ob er sich gegen den eigenen Sohn wendete oder abwartete, wie die Sache ausging. Vielleicht würde er sich sogar mit seinem Sohn verbünden und gemeinsam Morganas Macht brechen.

So oder so würde es an diesem grauen Tag noch mehr Blutvergießen geben, dachte ich finster.

Ich schaute abermals gen Südosten zur großen Hügelfestung, dieser alten Bastion voller Trotz und Hoffnung, deren Erdwälle mein Vater und Arthur eigenhändig ausgehoben hatten. Sie stand jetzt unter einer Rauchsäule, die sich wie ein gigantischer Fleck über den Himmel im Osten verteilte. Auch Gawain und Iselle und einige andere schauten nach Camelot.

»Die Götter sind grausam«, murmelte Parcefal.

Niemand sonst sprach. Der Anblick lastete zu schwer auf unseren Herzen.

Wie Merlin und Gawain gehofft hatten, war Cynric endlich

gekommen, aber vorher hatte er Camelot niedergebrannt. Was also blieb Morgana jetzt noch übrig außer Kampf oder Flucht? Sie würde irgendwie versuchen, auf die eine oder andere Weise zu überleben.

»Cynric wird uns nicht angreifen?«, fragte ich Merlin abermals, denn es kam mir noch immer unmöglich vor, dass wir diesen Tag überleben könnten.

»Falls er es tut, werde ich sein Gedärm in drei Ratten verwandeln, die ihn bei lebendigem Leib von innen heraus zerfressen. Wir haben eine Waffenruhe vereinbart.«

»Waffenruhe?«, wiederholte Iselle und zuckte zusammen, als sie zwei Finger an den Schnitt über dem Auge legte, um zu sehen, ob er noch blutete. Sogar jetzt, nach diesem Tag und im Angesicht des scheinbar unausweichlichen Todes, schien sie die Vorstellung zu verachten, Frieden mit den Sachsen zu schließen. »Wie lange?«, hakte sie nach und wischte das frische Blut an ihrer Hose ab.

»Wer weiß, Herrin?«, gab Merlin zurück. »Aber die Götter sind mit uns, und das ist alles, was im Moment zählt.« Er nickte Iselle und mir zu, schenkte Taliesin ein Augenzwinkern. Dann wies er den Jungen an, nicht von seiner Seite zu weichen, und machte sich auf den Weg quer über die Hügelkuppe, verkündete allen in einer dünnen Stimme, die vom Wind zerzaust wurde, dass *er* mithilfe des Kessels von Annwn die Götter beschworen habe. Dass die Götter ihn erhört und an unserer Seite gekämpft und seinen Fluch zu unseren Feinden getragen hätten, damit sie sterben würden und wir leben konnten.

Damit Britannien fortdauerte.

Eine Weile schauten wir dem Kampf zu. Ich sah Melehan mit seinen besten Leuten einen verzweifelten Ausfall wagen, um Prinz Cynric zu töten. Ein großer Keil aus Krähenschilden brach sich einen Weg durch die Sachsen. Der Mann war wahrlich kein Feigling, aber er hatte auch jeden Grund, Prinz Cynrics Tod zu ersehnen. Wie es ausging, sah ich nicht, denn ich wusste, dass wir nicht auf dem Hügel ausharren sollten, wo es plötzlich eine Möglichkeit zum Rückzug gab. Wir würden zurückkehren, um unsere Toten zu bergen, aber bald war es Nacht, und wir mussten verschwinden, solange wir noch konnten.

Ich fand Gawain und besprach mich mit ihm. Erneut machte ich mich mit Medyrs Pferd vertraut und fragte es, ob es mich wohl noch einmal tragen würde, wenn ich im Gegenzug dafür sorgte, dass sein tapferer Herr die Feuerbestattung bekam, die solchen Helden zustand. Da trat Morvan zu mir, Konstantins rechte Hand, und sagte, sein Herr wünsche mich zu sprechen. Konstantin hatte dafür gesorgt, dass er es war, der die Kapitulation der dreihundert Krähenschilde annahm, die Morgana den Rücken gekehrt hatten, und nahm den Männern soeben den Treueeid ab, hier und jetzt auf dem Hügel, in Sichtweite aller, die es vielleicht interessierte.

»Herr«, sagte ich. Er wandte sich von den Reihen der knienden Kämpfer ab und bedeutete Morvan, das Verfahren weiterzuführen. »Wir sollten gehen, ehe die Streitfrage entschieden ist.« Ich nickte in Richtung der Schildwälle am Fuß des Hügels, die in diesem Moment aufeinanderprallten. Für den Moment sah es so aus, als wollte König Cerdic zusehen, wie sein Sohn und Melehan die Sache unter sich ausmachten.

»Die Sachsen werden uns heute nicht noch einmal angreifen«, stellte Fürst Konstantin fest und deutete auf seine neuen

Rekruten, die vielen Speerträger, die zu uns übergelaufen waren. »Sie wissen, ein Sieg würde sie zu teuer zu stehen kommen.« Er lächelte müde. »Scheint, als hätte der Druide endlich seinen Wert bewiesen.«

Ich nickte und fühlte mich plötzlich maßlos erschöpft. »Ich muss gehen, Herr.«

»Wohin?«, fragte er.

Ich antwortete nicht.

»Komm mit mir, Galahad«, sagte er. »Ich habe dich heute kämpfen sehen. Du hast eine Gabe. Vielleicht bist du sogar so gut wie dein Vater. Aber ich glaube, du hast etwas, das selbst der große Lancelot nicht besaß.« Ich fragte ihn nicht, was er meinte, aber das hielt ihn nicht davon ab, es mir mitzuteilen. »Du hast das Zeug dazu, ein echter Anführer zu werden. Ich habe es gesehen. Sie haben auch für dich gekämpft, Junge.«

»Sie haben für Iselle gekämpft«, gab ich zurück.

Er trat einen Schritt auf mich zu. »Sie ist Arthurs Tochter. Daran kann niemand zweifeln. Und das hat uns heute geholfen. Denn Arthurs Name war immer …« Er schaute hinüber zum Bärenbanner, das unter dem nachdunkelnden Himmel flatterte. »… immer noch in der Luft.« Er wedelte mit den blutverschmierten Fingern. »Die Männer wollten Iselle mit eigenen Augen sehen. Und ich glaube, viele von ihnen haben halb daran geglaubt – oder wenigstens gehofft, dass Arthur doch noch kommt.« Er hob eine Braue. »Aber wir beide wissen, dass Arthur nicht wieder auftaucht. Er wird nie mehr reiten, und deshalb brauchen wir einen neuen Krieger, der diesen Menschen Hoffnung gibt. Wir brauchen einen König, Galahad.«

»Ich dachte, Ihr wärt ein König«, sagte ich.

Er ignorierte es. »Ich bin alt. Und ich bin müde. Ich habe

mein ganzes Leben lang gekämpft, aber das kann nicht ewig weitergehen.« Er richtete sich auf, als wollte er die eigenen Worte Lügen strafen. »Begleite mich und lerne von mir.« Wieder breitete er eine Hand in Richtung der knienden Männer aus, denen das Gemetzel erspart geblieben war, das soeben am Fuß des Hügels stattfand. »Wir haben hier den Grundstock für eine Armee. Mit der Zeit werden sich uns noch mehr anschließen, weil wir hier und heute Widerstand geleistet haben und nicht besiegt wurden, trotz unserer Unterzahl.«

Ich drehte mich um und suchte Iselles Blick. Sie half Fürst Cai, einen Verwundeten in den Sattel zu hieven.

»Aber ihr werden sie nicht folgen«, sagte Konstantin.

»Weil sie eine Frau ist?«, fragte ich. »Sie ist kein geringerer Krieger als jeder Mann hier.«

»Wir brauchen mehr als einen Krieger«, sagte er. »Wir brauchen einen König.«

Ich starrte ihn an und spürte das Blut in meinen Adern brodeln. Heiß und gierig.

»Komm mit mir nach Caer Lerion«, sagte er. »Dort gibt es mehr Männer, die sich uns anschließen werden. Nach dieser Schlacht.« Er trat vor und ergriff meinen Unterarm, dessen Muskeln aufschrien, denn sie hatten den ganzen Tag lang Eberzahn geschwungen. »Da fangen wir neu an, und gemeinsam *werden* wir ein neues Britannien schmieden.«

Ich erinnerte mich daran, wie mir mein Vater von jenem Morgen in Tintagel erzählt hatte, als Uther tot war und Fürst Konstantin, außer sich vor Zorn, nicht zu seinem Erben bestimmt worden zu sein, Fürst Arthurs Männer abgeschlachtet und ihre Pferde verstümmelt hatte. Mein Vater hatte gesagt, er müsse nur an diesen Tag denken, um sofort wieder das

Kreischen der Pferde zu hören. Er und Arthur und Gawain und Merlin waren nur knapp mit dem Leben davongekommen.

Ich zog meinen Arm weg und sah hinauf in den düsteren Himmel. »Wollt Ihr sie jetzt töten?«, fragte ich ihn. »Oder erst im Morgengrauen?«

Seine dunklen Augen waren plötzlich scharf. In seiner Wange zuckte ein Muskel unter einer alten Narbe und grauen Stoppeln, aber er schwieg. Und so wandte ich mich ab und ging. Zurück zu Iselle.

Wir ritten nach Camelot, ohne dass uns jemand aufhielt. Iselle und ich, Gawain, Parcefal, Merlin, Taliesin, Fürst Cai und die letzten Pferdeherren Britanniens. Dreiundzwanzig waren wir. Der Rest folgte zu Fuß, darunter Fürst Geldrin mit seinen Männern, König Menadoc mit seinen Sonnenschilden und einige andere, die sich ausruhen wollten, ehe sie die Heimreise antraten. Die Überlebenden aus Cynwidion und Powys sowie König Cuel von Caer Gloui waren hingegen bereits auf dem Rückweg in ihre jeweiligen Reiche, wollten den Schutz der Dunkelheit nutzen, um so viel Entfernung wie möglich zwischen sich und die Feinde zu bringen.

Wir aber waren nach Camelot gekommen und liefen jetzt zwischen den geschwärzten und qualmenden Balken umher, zwischen verkohlten Strohdächern und kleinen Feuern, die noch immer hier und da loderten. Zwischen den Leichen. Dutzenden, grau von Tod und Asche, rot von Blut.

Es war nur eine kleine Garnison zurückgelassen worden, denn was hatte Morgana schon von den Sachsen zu fürchten? Sie waren fortgelaufen oder niedergemacht worden.

»Prinz Cynric wird ein beachtlicher Gegner sein«, sagte Gawain.

Aber nicht heute.

Manche der Überlebenden wanderten durch Camelot, als wären sie selbst halb tot. Sie wirkten verloren und verwirrt, denn der Ort war kaum wiederzuerkennen. Andere saßen neben den Ruinen ihrer Häuser oder neben ihren erschlagenen Angehörigen; einige wenige bemühten sich sogar, die Feuer zu löschen, die sich dank des Regens nicht richtig ausgebreitet hatten.

Niemand hielt uns auf. Alles starrte uns an, denn wir kamen auf Schlachtrössern, trugen Helme und Rüstungen, die beschädigt und eingedellt und mit Blut verkrustet waren. Unsere Gesichter waren dreckig und gezeichnet und bleich, unsere Augen von Schrecken geschwollen.

Morganas große Halle, die einmal Arthurs Halle gewesen war, stand noch. Die Sachsen hatten versucht, sie in Brand zu stecken, aber weder die mächtigen Stämme noch das Dach hatten gezündet, und so stand sie da, und Iselle und ich starrten sie an – sie, weil ihr Vater und ihre Mutter hier gelebt hatten, ich, weil ich den Schmerz fast fühlen konnte, den mein Vater empfunden haben musste, wann immer er dieses Gebäude angesehen hatte in dem Wissen, dass Guinevere dort lag. In Arthurs Bett.

Parcefal knurrte, Prinz Cynric würde nicht der Gegner sein, den Gawain erwartete, wenn er nicht einmal klug genug war, eine eigene Garnison in Camelot zurückzulassen. Aber ich wusste, Cynric würde jeden einzelnen Speer gebraucht haben für den Fall, dass sich sein königlicher Vater gegen ihn stellte. Und was Camelot anging, so hielt ich es für wahrscheinlich, dass er diesen Ort verachtete, wie die Sachsen seit jeher die steinernen

Villen und Paläste verachteten, welche die Römer hinterlassen hatten. Camelot war das Herz von Arthurs Widerstand gewesen, also hatte Cynric es niedergebrannt. Oder es wenigstens versucht.

»Ich will die Tore ausgebessert und die Wehrgänge bemannt sehen!«, verkündete Fürst Cai und deutete mit seinem stumpfen Schwert einmal rings durch die Siedlung. Die müden Krieger schnappten sich Schild und Speer und begaben sich auf die Mauern, selbst die Könige und Fürsten. Alle wussten, dass es eine lange Nacht werden würde.

Ich wandte mich von Arthurs Halle ab, inzwischen humpelnd von dem Schwertstreich, der mich in den Oberschenkel getroffen hatte. Ich holte das Wolfsbanner, das ich bei Medyrs Pferd zurückgelassen hatte, dessen Namen ich noch immer nicht kannte. Ich trug das Banner zu einer Stelle, wo Erde und Asche zu Matsch zerwühlt waren. Dort rammte ich erst einen Speer in den Boden, dann den anderen und streckte das Banner aus, bis der Wolf eindeutig zu erkennen war.

Als ich mich wieder zu Iselle drehte, war Taliesin bei ihr. Sie legte dem Jungen den Arm um die Schulter, und gemeinsam betrachteten wir das Wolfsbanner, hofften, es würde in der weichen Erde stehen bleiben. Dahinter wich im Westen das letzte Licht aus dem Himmel. Bald würde es dunkel sein, und in der Dunkelheit sind wir leichte Beute für unsere Ängste.

Ich schaute rüber zu dem, was einmal Arthurs Stallungen gewesen waren. Bei unserer Ankunft hatte das Gebäude noch gebrannt und war kurz darauf in einer großen Funkenwolke eingestürzt. Einige Speerträger versuchten nun, die Brandherde zu löschen, die noch hier und dort flackerten, aber Merlin verscheuchte sie mit seinem Stab.

»He, Galahad«, rief er. »Entfach es lieber neu. Wir brauchen ein Feuer, und das hier ist doch ein guter Platz, oder? So gut wie jeder andere.«

Ich zerrte einige umgestürzte Balken zu einem Haufen zusammen. Bald schlugen die Flammen hoch und jagten die Schatten davon.

NACHWORT

Achtung, dieses Nachwort enthält Spoiler!

Camelot ist vielleicht eher ein Begleitband zu *Lancelot* als eine Fortsetzung im klassischen Sinne. Es war auch durchaus wahrscheinlich, dass es so kommen würde. Als ich *Lancelot* geschrieben habe, hatte ich nicht die Absicht, einen weiteren Band folgen zu lassen. *Lancelot* war ein sattes, dickes Einzelwerk. Die Neuinterpretation einer der größten Figuren in den britischen Mythen und Sagen. Während des Schreibens habe ich keine Sekunde daran gedacht, der Geschichte ein offenes Ende zu geben oder den Figuren ein zweites Leben auf weiteren Seiten zu spendieren. Dann allerdings überzeugten mich sowohl mein Agent als auch mein Lektor davon, dass ich mit dieser Welt und diesen Figuren, die ich so gut kennengelernt hatte, noch nicht fertig war. Schließlich hatte sich *Lancelot* gut verkauft, und Teile der Leserschaft waren enttäuscht, dass es nicht mehr davon geben sollte, und na gut: Hatte ich nicht viel zu viel Zeit und Arbeit investiert, diese Vision Britanniens zu Arthurs und Lancelots Zeiten zu erschaffen, um mich einfach abzuwenden?

Da erinnerte ich mich an den Jungen, der auf den letzten Seiten von *Lancelot* auf dem Hügel allein gelassen wird. Ich konnte ihn vor mir sehen, wie er dastand und auf seinen Vater wartete, der nicht zurückkommen würde. Mein eigener Bruder war wegen dieses Endes ganz besonders aufgebracht. Wie konnte Lancelot seinen Sohn einfach im Stich lassen?, fragte er mich mit demonstrativ gerümpfter Nase, die andeutete, dass ich ihm damit ruiniert hatte, was bis zu jenem Punkt offenbar ein gutes Buch gewesen war.

Aber Lancelot *musste* doch Arthur zu Hilfe reiten, legte ich ihm dar. Um ihrer alten Freundschaft willen. Für die Ehre. Für Britannien. Für Guinevere! Und wer weiß, vielleicht dachte der große Krieger wirklich, er würde diesen Hügel erneut hinaufreiten und seinen Sohn wiedersehen? Aber selbst wenn das nicht der Fall war und er diese anderen Dinge seinem Sohn vorziehen *musste* – zeigte das nicht gerade, dass Lancelot am Ende trotz seines Talents, trotz seiner brillanten Fähigkeiten ein Mensch mit Makeln war? Wie sein Vater vor ihm.

Und doch. Dieser Junge allein auf dem Hügel. Er stand dort immer noch und würde ewig dort stehen … es sei denn, ich gäbe ihm seine eigene Geschichte. War ich ihm das nicht schuldig? Auf jeden Fall gab es genug Leute, die so dachten.

Ich wollte das Buch *Galahad* nennen. Das schien mir nach *Lancelot* das Richtige zu sein. Ich sah jedoch ein, dass Galahad einfach kein so geläufiger Name ist, wohingegen Camelot ein großes Echo in der Vorstellungskraft der Menschen auslöst. Es ist mehr als eine Festung aus Holz und Stein auf einem uralten Hügel – es ist ein Traum. Der Ausdruck von Hoffnung, Einigkeit und Widerstand gegen eine Welt, die sich verfinstert. Ein verblassender Traum natürlich, nach der großen Schlacht auf den letzten Seiten von *Lancelot*.

Ich wusste aber, dass es sich nicht um *Lancelot* Teil II handeln würde. *Camelot* sollte eine andere Geschichte werden, musste es sogar. Auch würde Galahad eine entschieden andere Figur sein als sein Vater, und das nicht nur, weil es bei einer weiteren Geschichte mit einem Ich-Erzähler wichtig war, diesem Erzähler eine andere Stimme zu geben, damit es sich nicht wie eine Weitererzählung des vorherigen Buches anfühlte.

Nein, er war auch ein anderer Typ Mann. In der klassischen Sage ist Galahad die Verkörperung von Reinheit und Tugend. Sein Leben lang ist er jungfräulich und ohne Sünde. Das würde bei mir natürlich anders laufen! Seit er Parzival als Gralsheld abgelöst hatte, war Galahad in einem Kloster aufgezogen worden, dennoch aber der mächtigste Krieger auf Erden, ein Mann, dessen Ankunft schon seit den Tagen des Joseph von Arimathäa prophezeit worden war. Ihm allein war es vorherbestimmt, den Gral zu finden. Schwierig, das so hinzubiegen, dachte ich, in einem nachrömischen Britannien, das seit dem Ende von *Lancelot* endgültig zu einem brutalen Höllenloch voller halsabschneiderischer Anarchie, Gemetzel, Dreck und Dunkelheit geworden ist, wo Hungersnöte und Seuchen herrschen und der unsichere Waffenstillstand zwischen Sachsen und Briten immer brüchiger wird. Einen solchen Goldjungen mit reinem Herzen mitten in dieses Chaos zu werfen, schien mir nicht nur unpassend, sondern auch grausam. Außerdem brauchen Protagonisten in einem Drama eine Motivation. Wo bleibt der Konflikt, wo die Herausforderung, wenn man von vornherein als Gewinner feststeht? Wo die Spannung?

Ich wusste, Galahad würde nicht Lancelots kompromissloses Selbstvertrauen und seine unverkennbaren Fähigkeiten erben. In vielerlei Hinsicht stellt Galahad die Antithese seines Vaters dar. Er ist verunsichert und muss seinen Platz in der Welt erst finden. Er hat Angst vor dem Unbekannten und ist nicht mit

Lancelots erbarmungsloser Zielstrebigkeit gesegnet. Galahad ist ein junger Mann, auf dem nicht nur das Erbe des Vaters schwer lastet, sondern vor allem die Tatsache, von ihm im Stich gelassen worden zu sein. Er versucht so lange wie möglich, alles abzuweisen, was seinen Vater ausgemacht hat, verweigert sich dem martialischen Leben und dem Flüstern des eigenen Blutes. Aber wie weit vom Stamm kann ein solcher Apfel wirklich fallen?

Die Hauptfiguren würden ganz andere Menschen sein als im vorigen Buch, dem Prozess des Schreibens aber habe ich mich auf ähnliche Weise genähert, habe die Fäden der altbekannten Sagen aufgenommen und sie zu etwas Neuem gesponnen. Sobald ich eine grobe Kapitelübersicht erstellt hatte, konnte ich zusehen, wie die Geschichte ein Eigenleben annahm, wie es wahrscheinlich den meisten Autoren selbst mit den besten Plänen ergeht, und das ist wohl auch nur gesund so. Denn was hätte es für einen Sinn ergeben, bloß eine bereits existierende Version der Artussage neu aufzubereiten? Das ist doch gerade das Faszinierende und Verrückte an den Geschichten über Artus, die zwischen dem sechsten Jahrhundert und heute erschaffen worden sind – die schiere Vielfalt in der Ausgestaltung der Figuren, Orte, Motive, Ziele und Geschehnisse. So viele Schriftsteller haben den Kanon immer wieder verändert und erweitert (und sind dabei zweifellos ebenfalls von ihren sorgsam ausgetüftelten Vorstellungen abgewichen), und das seit … na ja, seit jeher.

Lancelot selbst war höchstwahrscheinlich eine Erfindung von Chrétien de Troyes im späten zwölften Jahrhundert (obgleich es Gelehrte gibt, die anderer Meinung sind), wirklich ausgearbeitet wird die Figur aber erst ein wenig später in einer

Reihe höfischer Romane, dem altfranzösischen Vulgata-Zyklus. So oder so war entweder Chrétien oder jemand anders der Meinung, es mangele der Geschichte an einem tapferen und brillanten Ritter, an einem echten Sidekick für den Helden. An einem Mann, dessen Liebe zur Frau seines besten Freundes am Ende alle ins Unglück stürzen würde.

Oder man nehme Gawain, einen von Arthurs berühmtesten Rittern. In der frühen französischen Dichtung ist er der Inbegriff des ritterlichen Kriegers. Im Vulgata-Zyklus und späteren Werken hingegen ist er ein Schurke, der während der Gralssuche andere Ritter ermordet. Und dann ist da noch Morgan le Fay (Morgana in *Lancelot* und diesem Buch), die im Laufe der gesamten Artussage so gar kein klares Bild abgibt. In manchen Versionen ist sie böse, in anderen mitfühlend und großzügig. In manchen wunderschön, in anderen hässlich. Manchmal eine normale Frau, dann wieder eine Zauberin oder hin und wieder sogar eine metaphorische Figur.

Was ich damit sagen will, ist, dass sich die Artussage konstant weiterentwickelt, sich verändert, und das ist etwas Gutes. So sollte es sein. Die Welt bleibt schließlich auch nicht dieselbe, und man sollte doch davon ausgehen, dass jeder Schriftsteller die eigenen Lebensumstände und das eigene Zeitalter in den Text einfließen lässt, um etwas zu erschaffen, das anders ist als die vorangegangenen Werke. Wenn Sie genau hingeschaut haben, haben Sie bestimmt meine Versionen einiger bekannter Motive entdeckt. Da gibt es Gawain und den Grünen Ritter. Es gibt den Raubzug in die Anderwelt auf der Suche nach dem Kessel. Und natürlich taucht Taliesin in dem Gedicht *The Spoils of Annwfn* zum ersten Mal auf, daher musste er auch in meiner Geschichte vorkommen. Die Inspiration für meinen Kessel war übrigens der prächtige Kessel von Gundestrup, der mich vollkommen verzaubert hat, als ich ihn 2016 bei der Kelten-Ausstellung im British Museum mit eigenen Augen gesehen habe.

Und was Arthurs Tochter angeht … nun, warum nicht? Wenn mein Galahad in diesem brutalen, zerrissenen Land nicht jungfräulich und ohne Sünde sein konnte, dann hat der berühmte und charismatische Kriegsherr Arthur, Sohn von Uther Pendragon, auch ziemlich sicher mehrere Nachkommen gezeugt, legitime wie außereheliche. Und wenn wir all das einen Moment für bare Münze nehmen, wäre es dann nicht möglich oder gar wahrscheinlich, dass man sie als Frau aus der Geschichtsschreibung getilgt hätte? Aber natürlich ist alles möglich, denn das sind alles nur Geschichten. Also habe ich wie schon bei *Lancelot* auch bei *Camelot* den Mythos und den Menschen auf eine Weise neu interpretiert, die für mich die richtige war, aus meiner Perspektive, geprägt von meinen Erfahrungen, meinem Herzen, meiner Seele.

Natürlich ist es in erster Linie die Suche nach dem Heiligen Gral, mit der Galahad untrennbar verbunden ist. Wo also ist mein Gral?, mag man sich fragen. Ist es der Kessel von Annwn, dessen Entdeckung Merlins Machenschaften in Gang setzt und zu seiner Erkenntnis über das Schicksal Britanniens führt, wie die Götter es ihm darlegen? Oder ist der Gral in dieser Geschichte gar kein Gegenstand, sondern eine Person, nämlich Iselle, die durch Galahads Liebe zu ihr seinem Leben einen Sinn verleiht? Oder vielleicht ist der Gral hier absichtlich abwesend, sein Schatten nur in Form einer Metapher präsent, in Galahads Reise zur Selbstfindung, während er versucht, die Last seiner Vergangenheit abzuwerfen, um in der Gegenwart

Ziel und Bedeutung zu finden – und Hoffnung für die Zukunft. Ist es seine letztlich erfolgreiche Suche nach diesem nicht vorkommenden Gral, im Endeffekt sein Begreifen, dass er wohl oder übel seines Vaters Sohn ist, trotzdem aber sein eigener Herr und somit frei, seinen eigenen Weg zu gehen?

Diese Entscheidung überlasse ich Ihnen.

Giles Kristian
21. Januar 2020

Danksagung

Viele Dinge fließen in die Fertigstellung eines Buches ein, bis man keine andere Wahl mehr hat, als es aus der Hand zu geben, es wie eine Flaschenpost in die Welt zu entlassen und zu hoffen, dass es irgendwo irgendwen findet. Jedes dieser Enden ist in Wahrheit trügerisch, denn natürlich ist die letzte Inkarnation die einzige, die wirklich zählt. Trotzdem markiert jedes dieser Enden auch das Ende einer Herausforderung und ist es deshalb meiner Meinung nach wert, gefeiert zu werden. Der Rausch, den man spürt, wenn man »Ende« unter den Erstentwurf tippt, ist nicht zu verachten. Aber wie irgendwer irgendwann mal gesagt hat, ist der Erstentwurf eigentlich nur der Vorgang, bei dem der Autor sich selbst die Geschichte erzählt. Danach braucht man eine andere Perspektive, die man nicht einnehmen kann, wenn man der Geschichte so nah ist. Was einem selbst völlig eindeutig erscheint, mag für Leser unsichtbar bleiben. Diese subtilen Details von Figuren, Motiven und Symbolik sind, tja, zu subtil. Man selbst ist mit seinen Protagonisten so vertraut, da vergisst man manchmal, dass sie in den Köpfen der Leser keineswegs schon seit einem Jahr oder mehr gewohnt haben.

An dem Punkt wird der Blickwinkel anderer Menschen unverzichtbar, und die Lektoren, diese viel zu selten besungenen

Helden, müssen all ihr Können aufbieten, um einem dabei zu helfen, das Manuskript zu formen. Sie brauchen nicht nur all ihre Erfahrung bezüglich des Handwerks, des Geschäfts, des Marktes und der vorgesehenen Zielgruppe (und des Autors!), sondern müssen auch den ganzen Publikationsprozess begleiten, um dem Buch die beste Chance zu geben, bei der Leserschaft anzukommen.

Wenn Musiker Alben herausbringen, wird der Produzent immer gewürdigt. Ich finde, Lektoren sollten grundsätzlich ebenfalls im Impressum genannt werden. Von daher ist die erste Person, der ich hier mit großer Freude danken möchte, mein leidgeprüfter Lektor Simon Taylor, dessen weiser Rat mir wie immer sehr dabei geholfen hat, diese Geschichte auf Vordermann zu bringen.

Darüber hinaus möchte ich mich bei einigen weiteren brillanten Menschen bedanken, deren Talent und Fähigkeiten mir dabei geholfen haben, diese Geschichte und dieses Buch zu erschaffen, in welchem Format Sie es auch immer konsumiert haben mögen.

Mein Dank an die adleräugige Elizabeth Dobson, deren akribische und scharfsinnige Redaktion mir unzähliges Erröten erspart hat. Alle Fehler, die dennoch verbleiben, sind allein meine Schuld. Dank auch an Nancy Webber und Anna Hervé für ihre Fähigkeiten im Korrekturlesen. Ich stehe in eurer Schuld! Dank auch an die Textaufbereiterin Vivien Thompson, die all diese Arbeit am Manuskript koordiniert und die vielen Korrekturen und Justierungen zu einem stimmigen Endergebnis gebündelt hat. An Dredheza Maloku, die dafür gesorgt hat, dass mit den Wörtern und Metadaten alles in bester Ordnung ist. An Phil Lord für das Layout des Buches und an Liane Payne fürs Kreieren der wunderbaren Karte, vielen, vielen Dank. Auch Phil Evans aus der Produktionsabteilung habe ich zu danken, der den Textsatz, die Umbruchkorrektur, den Weg in die Druckerei und zweifellos noch viel mehr betreut hat. Und wie immer finde ich, dass Stephen Mulcahey ein grandioses Titelbild erschaffen hat, und muss Anthony Maddock für sein Kunstwerk und seine Arbeit beim Prüfdruck danken.

Lieber Philip »The Voice« Stephens, ich bin begeistert und fühle mich geehrt, dich abermals als Sprecher des Hörbuchs zu haben, und danke an dich, Alice Twomey, dass es dieses Hörbuch überhaupt gibt. Ein herzlicher Dank auch an Lilly Cox für das Marketing dieses Buches und an Hayley Barnes für all die Mühe, ihm Aufmerksamkeit zu verschaffen. Ich weiß euren Einsatz sehr zu schätzen.

Dank an Anthony Hewson, der *Camelot* in seiner ersten Fassung gelesen hat, die sicher so schick war wie ein Kartoffelsack, und Dank natürlich wie immer an meine atemberaubende Frau Sally und meinen ewig geduldigen Agenten Bill Hamilton, dass er sich weiter mit mir abgibt.

Zu guter Letzt muss ich wohl noch ein Buch erwähnen, das während der Arbeit an *Lancelot* und *Camelot* ein konstanter Begleiter auf meinem Schreibtisch war (unter anderem, weil es zu schwer ist, um es herumzutragen). *The Arthurian Name Dictionary* von Christopher W. Bruce (erschienen 1999 bei Taylor & Francis) ist ein umfassendes Wörterbuch der Figuren, Orte, Gegenstände und Motive aus den Legenden um König Arthur und die Ritter der Tafelrunde. Es ist ein gewaltiger Wälzer und ein ungeheures Werk, für dessen Existenz ich überaus dankbar bin.

Wäre dies eine jener Artussagen mit einer großen runden Tafel, ihr alle würdet ringsum sitzen, der Wein würde fließen, und die Barden würden singen. Da es eine andere Sorte Geschichte ist, hoffe ich, dass ihr auch mit einem matschigen Schemel in den Sümpfen von Avalon vorliebnehmt, während die Sonne im Röhricht versinkt und die Dunkelheit langsam näher rückt.

GLOSSAR

Anderwelt: In der keltischen Mythologie gibt es kein festes Totenreich. Die Anderwelt liegt parallel zu unserer und ist bevölkert von allerhand mystischen Wesen. Der Übergang von einer Welt in die andere ist an bestimmten Orten und zu bestimmten Zeiten leichter möglich als bei den meisten anderen Jenseitsvorstellungen. Die Toten sind eher einer zyklischen Wiedergeburt in andere Daseinsformen im Diesseits unterworfen. In Teilen Britanniens scheint dies allerdings schon durch eine spätrömische bzw. frühchristliche Jenseitsvorstellung ersetzt worden zu sein.

Annwn: Siehe **Anderwelt**.

Arawn: Fürst der Anderwelt Annwn im **Mabinogion**; eventuell identisch mit dem keltischen Gott Arubianus.

Aremorica: Auch Armorica – antike Bezeichnung für die Nordwestküste des heutigen Frankreich zwischen den Flüssen Seine und Loire, also in etwa Normandie und Bretagne. Der Name ist herzuleiten durchs heutige Bretonisch – »ar Mor« bedeutet »nah beim Meer«.

Arianrhod: Figur aus dem **Mabinogion**, eventuell zurückzuführen auf eine alte keltische Gottheit.

Avalon: Hier das in dieser Form nicht mehr existierende Schwemmland des Severn, heute Somerset Levels. In der

Artussage der Ort, an dem sich Artus nach einer Verwundung erholt. Der Ort Glastonbury erhebt den Anspruch, das legendäre Avalon zu sein.

Balor: Auch Balar – Held der frühmittelalterlichen keltischen Mythologie Irlands und der irischen Sage. Wird oft als Totengott gedeutet, aber auch mit dem nordbritannischen Kriegsgott Belatucadrus in Verbindung gebracht. Hatte den bösen Blick – ein Blick, und der Gegner fiel tot um, deshalb auch Balor Drochshuile (Balor des bösen Auges) genannt. Wird oft als einäugig dargestellt.

Belatucadrus: Keltischer Kriegsgott, vor allem in Nordbritannien verehrt.

Beltane: Siehe **Samhain**.

Bernaccia: Ehemals Kleinkönigreich in Nordengland/Südschottland, ab dem 6. Jahrhundert als Bernicia eines der ersten angelsächsischen Königreiche in Britannien.

Binsenlicht: Eine preiswerte Alternative zu Kerzen und Fackeln, gerade auf den britischen Inseln bis ins 19. Jahrhundert hinein bei der Landbevölkerung weitverbreitet. Die ausgewachsenen Halme der Binsen werden gesammelt, dann wird bis auf einen kleinen Streifen vorsichtig die grüne Pflanzenhaut entfernt, der verbleibende Stock aus Mark getrocknet und schließlich in Fett oder Talg getränkt. Die üblichen Stöcke von dreißig Zentimetern Länge spenden für etwa eine Viertelstunde ein helles, kaum flackerndes Licht.

Caer: Stadt (siehe z. B. Caerdydd = Cardiff).

Caer Celemion: Nachrömisches Kleinkönigreich in Südengland um die ehemalige Handelsstadt Calleva Atrebatum (Silchester), die ehemalige Hauptstadt des britischen Ablegers der Belger aus dem Stamm der Atrebaten.

Caer Gloui: Römisch Glevum – das heutige Gloucester.

Caer Gwinntguic: Kurzlebiges Königreich auf dem Gebiet des heutigen Hampshire in Südengland. Die Hauptstadt **Venta Belgarum** (das heutige Winchester) war erst Hauptstadt der dort ansässigen Belger, nach der Eroberung der Römer das Zentrum der neuen Provinz und wurde später zur Hauptstadt von Wessex.

Caer Lerion: Kurzlebiges Reich in den heutigen East Midlands. Die Hauptstadt Ratae Corieltavorum (das heutige Leicester) war erst Hauptstadt der dort ansässigen Corieltauver und nach der Eroberung der Römer wichtige Handelsstadt.

Cambria: Römische Bezeichnung für die Gegend des heutigen Wales.

Camelot: Der Sage nach der Hof von Arthur. Sollte es eine ähnliche historische Gestalt gegeben haben, kommt nach heutiger Sachlage als Camelot am ehesten *Cadbury Castle* infrage, sowohl von der Lage her als auch durch entsprechende archäologische Funde, die eine massive Ausbesserung der eisenzeitlichen Anlage in der Zeit nach dem Abzug der Römer belegen.

Camlan: In der Artussage die letzte Schlacht des Königs, in der er und Mordred tödlich verwundet werden. Eventuell angelehnt an eine historische Auseinandersetzung im Jahr 537, Ort und Echtheit sind jedoch umstritten.

Ceint: Der walisische Name für Kent im Südwesten Englands, das schon zur Römerzeit germanischen Bundesgenossen als Siedlungsgebiet zur Verfügung gestellt wurde, zum Schutz gegen die übers Meer einfallenden Stämme.

Cernunnos: Vermutlich latinisierter Name eines keltischen Gottes. Wird als »der Gehörnte« gedeutet, anhand bildlicher

Darstellungen jedoch meist als Gott der Natur, der Tiere oder der Fruchtbarkeit interpretiert.

Cornubia: Römische Bezeichnung für Cornwall.

Crannog: Eine künstliche runde Insel, errichtet aus Baumstämmen, Steinen und Sand.

Cú Chulainn: Ein Halbgott aus dem altirischen Ulster-Zyklus. Seine Kraft und Aufgaben lassen eine gesamt-indogermanische Verbindung mit den Geschichten über Herakles, Rostam und dem Hildebrandslied vermuten.

Cynwidion: Evtl. nachrömisches Kleinkönigreich in der Gegend des heutigen Northampton in Mittelengland, Historizität nicht gesichert.

Damm: Die Funde ausgedehnter Holzstege durch die Feuchtgebiete der Somerset Levels gehen zurück bis ins Neolithikum und lassen sich anhand dendrologischer Untersuchungen exakt datieren. Die beiden ältesten (der *Sweet Track* und der *Post Track*) stammen aus den Jahren 3807 und 3838 v. Chr.

Dormitorium: Schlafsaal eines Klosters.

Dreizehn Schätze der Insel Britannien: Walisisch *Tri Thlws ar Ddeg Ynys Prydain*; legendäre Gegenstände aus spätmittelalterlicher Überlieferung, stets dreizehn an der Zahl, auch wenn sich die Gegenstände und deren Eigenschaften je nach Quelle unterscheiden.

Dumnonia: Keltisches Königreich im nachrömischen Britannien. Umfasste in etwa das heutige Devon sowie Teile von Somerset und Dorset.

Dyfed: Siehe **Powys**.

Ebrauc: Das heutige York – unter den Römern als Eburacum Provinzhauptstadt des nördlichen Britanniens, nach Abzug der Legionen wichtiges kulturelles Zentrum und Kleinkönigreich.

Epona: Keltische Göttin der Fruchtbarkeit, von den römischen Truppen vor allem in Gallien zur Göttin der Pferde und Reiterei erhoben, aber auch in Rom selbst als solche verehrt.

Fallsucht: Alte Bezeichnung der Epilepsie.

Fossa: Die einzige der britischen Römerstraßen, die von den Angelsachsen nicht umbenannt wurde, sondern noch immer ihren Namen trägt. Führte ehemals von Exeter (Isca Dumnoniorum) bis nach Lincoln (Lindum). Fossa bedeutet »Graben«, denn nach der anfänglichen Eroberung Britanniens bildete die befestigte Straße eine Zeit lang die Westgrenze des Imperiums.

Gälen: Hier Schotten oder Iren, heute die Gälisch sprechende Minderheit ebendort.

Garbe: Ein Getreidebündel.

Gestockt (Holz): Lässt man geschlagenes Holz erst einmal liegen und trocknet es nicht sofort, entstehen mit der Zeit durch z. B. Pilze ungewöhnliche Muster.

Gildas: Prägende Figur des keltischen Christentums im poströmischen Britannien. Sein wichtigstes Werk, »Der Untergang Britanniens« (*De Excidio Britanniae*), ist eine lange lateinische Predigt und eines der wenigen erhaltenen Schriftstücke aus dieser Epoche.

Glywyssing: Nachrömisches Kleinkönigreich im südöstlichen Wales, das bis ins 10. Jahrhundert Bestand hatte, als es mit Gwent verschmolz.

Gofannon: Walisische Sagengestalt aus dem **Mabinogion**, möglicherweise Überrest einer altkeltischen Gottheit.

Gwynedd: Siehe **Powys**.

Habit: Die Tracht einer Ordensgemeinschaft, meist eine Tunika, Soutane oder Kutte.

Hafren: Der walisische Name für den Severn (lat. Sabrina), den längsten und wasserreichsten Fluss Englands, dessen großes Mündungsgebiet zusammen mit dem Bristolkanal Südengland von Wales trennt.

Heiliger Dornbusch: Noch immer als *Glastonbury Thorn* bekannt – eine spezielle Weißdornart, die zweimal im Jahr blüht, der Legende nach entstanden, als Joseph von Arimathäa mit dem Heiligen Gral nach Britannien kam und seinen Stab auf dem Wearyall Hill nahe Glastonbury in die Erde rammte. Der »ursprüngliche« Baum ist dort mehrfach neu gepflanzt und immer wieder durch Vandalismus zerstört worden.

Hengist und Horsa: Wahrscheinlich fiktive Brüder, die als erste Angelsachsen zunächst beim Abzug der römischen Truppen zur Verteidigung gegen schottische Plünderer nach Britannien gerufen wurden, sich dann um das Jahr 440 gegen die Briten wandten und so den Beginn der angelsächsischen Landnahme einleiteten.

Hindin: Hirschkuh.

Hornsattel: Steigbügel waren in Europa erst ab dem 8. Jahrhundert bekannt. Der ursprünglich keltische Hornsattel, den die Römer schnell übernahmen, hatte zwei Paar Lederhörner, vorn ein flaches, hinten ein steil aufgerichtetes, und gab dem Reiter so auch ohne Steigbügel guten Halt.

Insel der Toten: Die Isle of Man.

Isthmus: Engste Stelle einer Landbrücke, die zwei größere Landmassen oder das Festland und eine Halbinsel miteinander verbindet.

Kanter: Ein leichter Galopp.

Kataphrakten: Schwere gepanzerte Kavallerie, die in Europa erst in der Spätantike Verbreitung fand und im Römischen

Reich von den Parthern und Sarmaten übernommen wurde. Sie stellen sowohl taktisch als auch sozial die Vorläufer der mittelalterlichen Ritter dar.

Kellerer: Von Cellarius – Person, die in einem Kloster oder auf einem Gutshof die Aufsicht über Weinberg und Vorratskeller hat.

Keltische Mythologie: Über den keltischen Götterglauben ist nur wenig bekannt, da es kaum schriftliche Überlieferungen gibt. Die *Interpretatio Romana* und *Interpretatio Graeca* (keltische Götter und solche anderer unterworfener Völker werden als klassische Gottheiten interpretiert) bieten nur ein stark vereinfachtes Bild der Götterfunktionen und sagen kaum etwas zum dazugehörenden Mythos aus. Hinzu kommt ein weitgehendes Unverständnis für die Vielschichtigkeit der Keltengötter. Somit bleiben in erster Linie lateinische bzw. griechische Inschriften und das **Mabinogion** als Quelle eines bruchstückhaften Gesamtbilds.

Komplet: Siehe **Stundengebete.**

Konstantin (III.): Ließ sich im Jahr 407 von seinen Legionen in Britannien zum Kaiser ausrufen und regierte bis 411, wurde aber nie reichsweit anerkannt.

Krammetsvogel: Wacholderdrossel.

Latrunculi: Römisches Brettspiel, einer frühen Version von Schach nicht unähnlich.

Laudes: Siehe **Stundengebete.**

Lindinis: Heute Ilchester, Kleinstadt in Somerset.

Lindisware: Auch Lindsey – kurzlebiges angelsächsisches Königreich auf dem Gebiet von Lincolnshire in den East Midlands. Hauptstadt war vermutlich das heutige Lincoln (römisch Lindum Colonia).

Longe: Eine lange Leine zur Ausbildung junger Pferde.

Lyonesse: Mythisches untergegangenes Königreich aus der Artusepik, eventuell die heutigen Scilly-Inseln, die bis ins Frühmittelalter noch eine zusammenhängende große Insel bildeten.

Mabinogion: Eine Sammlung mittelalterlicher walisischer Manuskripte, deren Motive allerdings oft auf die mündlich überlieferte vorchristlich-keltische Mythologie zurückgehen.

Manannán (mac Lir): Seegottheit der irischen Mythologie – Wächter der Anderwelt und derjenige, der die Seelen der Toten ins Jenseits segelt. Besitzt u. a. einen hochseetüchtigen Streitwagen und einen Tarnumhang.

Mithras: Römische Gottheit und Personifizierung der Sonne, ursprünglich aus dem persischen Raum. Durch die römischen Legionäre verbreitete sich der Mithraismus als strenger Mysterienkult ausschließlich für Männer in allen Teilen des Reiches und war besonders in Grenzprovinzen sehr beliebt. Der genaue Inhalt der Glaubenslehre ist weitgehend ungeklärt.

Morimaru: Alter keltischer Name für die Nordsee, wörtlich »Totes Meer«.

Morrigán: Altirisch »Große Königin« – vielschichtige und nicht klar zu definierende Figur der irischen Sage. Sie taucht manchmal allein, manchmal als Teil einer Dreifaltigkeit göttlicher Schwestern, in unterschiedlichen Tiergestalten oder unter anderen Namen auf. Je nach Quelle ist sie mal finstere Göttin für Krieg, Tod und Gemetzel, mal dient sie als Schutzgottheit sowohl dem Land und den Tieren als auch dem Volk im Krieg. Vermutlich Vorbild für spätere Sagengestalten wie Morgan le Fay und die Todesfee (Banshee).

Neamh-mairbh: Die »lebenden Toten« – Vampire der irisch-keltischen Mythologie.

Non: Siehe **Stundengebete.**

Noviziat: Die Ausbildungszeit in einer Ordensgemeinschaft.

Parwydydd: Der Fluss Parrett, der im Mündungsgebiet des Severn endet.

Pendragon: Walisisch, wörtlich »Kopf des Drachen« – oberster Heerführer, Anführer.

Pennard: Ein Hügel in den Somerset Levels.

Powys: Wie auch Gwent, **Gwynedd** und **Dyfed** Königreiche in Wales, die nach dem Ende der römischen Herrschaft in Britannien entstanden, sich der Landnahme der Angelsachsen widersetzten und noch lange versuchten, am Erbe von Christentum, lateinischer Schrift, römischer Lebensart und Kontakt zum Mittelmeerraum festzuhalten.

Rhegin: Hypothetisches poströmisches Kleinkönigreich um die Stadt Noviomagus Regnorum (Chichester) im heutigen West Sussex.

Rhiannon: Pferdegöttin in der walisisch-keltischen Mythologie, taucht erstmals im **Mabinogion** auf. Möglicherweise deckungsgleich mit den römisch-keltischen Göttinnen Rigantona und **Epona.**

Ricke: Weibliches Reh.

Sachsenküste: Der *Litus Saxonicum* war eine gewaltige Kette stark befestigter Militärlager und Flottenstationen zum Schutz des Imperiums vor Seeräubern und damit Teil des britannischen bzw. gallischen Limes. Sie schloss die gesamte französische Nordküste, die gesamte belgische Küste sowie die gesamte englische Südküste und die südliche Hälfte der englischen Ostküste ein.

Samhain: Eins der vier großen irisch-keltischen Feste, zusammen mit Imbolc (1. Februar), **Beltane** (1. Mai) und Lugnasa (1. August). Beginnt schon am Vorabend des 1. November; wie zu den anderen Festen sind an Samhain viele Tore in die **Anderwelt** geöffnet. In der Antike begann für die Kelten an diesem Tag das neue Jahr.

Sax: Auch Scramasax – einschneidige Hiebwaffe, von der Eisenzeit bis ins Hochmittelalter weitverbreitet. Möglicherweise der Ursprung der »Sachsen« als Bezeichnung für die Stämme, die diese aus Skandinavien kommende Schwertform in Mitteleuropa verbreiteten.

Schmaler Ozean: Der Ärmelkanal.

Schweißfieber: Auch Englischer Schweiß, bis heute ungeklärte hoch ansteckende Seuchenkrankheit, die im Mittelalter in mehreren Wellen auftrat.

Sech: Auch Pflugmesser – klingenförmiges Werkzeug, das den Boden vor der Pflugschar auflockert.

Sext: Siehe **Stundengebete.**

Stundengebete: Bei Ordensgemeinschaften auch Chorgebete genannt. Entstanden aus der Tradition des Judentums, sich dreimal am Tag zum Gebet zu versammeln. Die **Laudes** matutinae (»morgendliche Lobgesänge«) werden bei Tagesanbruch abgehalten, die **Sext** zur sechsten Stunde des Tages (gegen 12 Uhr), die **Non** zur neunten Stunde (gegen 15 Uhr), dem überlieferten Todeszeitpunkt Christi, die **Vesper** beschließt am frühen Abend die Arbeit des Tages, die **Komplet** ist das Nachtgebet, mit dem der Tag beendet wird.

Suetonius Paulinus: Römischer General und Politiker, von 58 bis 62 n. Chr. Statthalter und Oberbefehlshaber von Britannien, schlug in dieser Zeit mehrere Rebellionen so brutal nieder, dass er von Kaiser Nero wahrscheinlich unter einem Vorwand nach Rom zurückbeordert wurde.

Syagrius: Letzter selbstständiger römischstämmiger Herrscher in Gallien. Seine Hauptstadt war **Soissons** (Augusta Suessionum). Unterlag im Jahr 486/487 ebendort dem fränkischen Heerführer Chlodwig I., der später das vereinte Frankenreich gründete.

Tamesis: Römischer Name der Themse.

Taranis: Keltischer Gott des Himmels, des Wetters und des Donners. Sprachlich und inhaltlich verwandt mit Thor.

Thunor: Altenglischer Name des Gottes Thor.

Tintagel: Ortschaft und Burgruine an der Nordküste Cornwalls, der Legende nach Residenz von König Arthur bzw. Artus, recht sicher aber spätantiker Fürstensitz mit regen Beziehungen in den Mittelmeerraum.

Tiw: Altenglischer Name des Gottes Tyr.

Todesfee: Siehe **Morrigán**.

Tonsur: Religiös geprägte Frisur; die vollständige oder teilweise Entfernung des Haupthaars.

Triskele: Weltweit verbreitetes Symbol in Form von drei ineinander verschachtelten Spiralen, Kreisbögen, Dreiecken etc. In der Spiralform vor allem im keltischen Neolithikum sehr ausgeprägt.

Venta Belgarum: Siehe **Caer Gwinntguic**.

Vesper: Siehe **Stundengebete.**

Wärmestube: Auch Kalefaktorium – in den generell unbeheizten mittelalterlichen Klosteranlagen ein beheizbarer Raum, in dem man sich im Winter aufhalten konnte.

Weißer Christus: Auch Hvitekrist – stammt wohl von dem Brauch, dass neu getaufte Christen in der ersten Woche nach ihrer Taufe weiße Gewänder zu tragen hatten. So wurde die Farbe bei den skandinavischen Heiden im Vergleich zum »Roten Thor« möglicherweise ein Synonym für Schwäche und Feigheit.

Whitelake: Ein Fluss in den Somerset Levels.

Widerrist: Der erhöhte Übergang vom Hals in den Rücken bei vierbeinigen Säugetieren.

Woden: Altenglisch für Odin.

Ynys Môn: Walisischer Name der Insel Anglesey im Nordwesten von Wales.

Ynys Weith: Walisischer/kornischer Name der Insel Wight im Ärmelkanal. Zusammen mit Kent die wichtigste Eroberung der Jüten während der Landnahme Britanniens.

Ynys Wydryn: Keltisch für »Glasinsel«. Der heutige *Glastonbury Tor*, ursprünglich offenbar *Ynys yr Afalon*, und somit vielleicht das **Avalon** der Artussage.

JOHANN SEEGER
Die Schule der Redner
HISTORISCHER ROMAN
HEYNE